一瓢水

木兰 著

一爿食铺的涅槃重生
三代女性的悲欢命运

A LADLE OF WATER

作家出版社

图书在版编目（CIP）数据

一瓢水 / 木然著 . -- 北京：作家出版社，2025.1.

-- ISBN 978 - 7 - 5212 - 3162 - 5

Ⅰ . I247.5

中国国家版本馆 CIP 数据核字第 2024XM2625 号

一瓢水

作　　者：木　然

封面题字：木　然

责任编辑：桑　桑 邢　与

装帧设计：孙惟静

出版发行：作家出版社有限公司

社　　址：北京农展馆南里 10 号　　　　邮　　编：100125

电话传真：86 - 10 - 65067186（发行中心）

　　　　　86 - 10 - 65004079（总编室）

E - mail: zuojia@zuojia.net.cn

http://www.zuojiachubanshe.com

印　　刷：三河市北燕印装有限公司

成品尺寸：152 × 230

字　　数：510 千

印　　张：33

版　　次：2025 年 1 月第 1 版

印　　次：2025 年 1 月第 1 次印刷

ISBN 978 - 7 - 5212 - 3162 - 5

定　　价：60.00 元

目录

第一章

江南女人

1

民国二十六年，是个灾年。

这年五月的一天，天气晴好。太阳洒下一道道宽阔耀眼的光束，白云浮游天空，好似贴在蓝绸布上的花。淡蓝的空气里，清新气息四处弥漫。江南雨季刚刚开始，江边蹿高的芦苇，郁郁葱葱，散发着湿润的清香气。一只水鸟落在枝叶上，摇摇晃晃，发出几声清脆的鸟鸣。它没有站稳，重又飞了起来。当它再次落下时站稳了，对着天空叫了两声，上下抖动着尾巴。

一个年轻女人在江岸行走，穿着蓝色旗袍，乌亮的大波浪头发，淡绿色高跟鞋，身材苗条而丰满，皮肤白皙，是个标准的美人儿。江边春末的阳光照在她身上，散发着鲜艳的光芒。女人看到了那只水鸟，脸上挂着微笑。她停下脚步，理了理头发，继续前行。女人的步履急促但不失沉稳，心里带着某种欣喜，步伐渐渐加快了。骄阳下的女人的额头有了几粒细小的汗珠，发出晶莹的光点。远处的水鸟扑棱飞了起来，飞过女人的头顶，朝着江面飞去。

五月的江南，是鲜花盛开的季节，岸边一簇簇野花随处开放着，在阳光下显得特别耀眼。女人无心于观望野花绚烂，径直来到江边码头。这个黄浦江下游支流入口处的江岸码头很是冷清，三三两两几人，祭出不一样的空阔与寂寥。女人站立码头，用手对着自己的脸扇了扇风，把目光送向江面。江上空无一船，闪着涟漪的金光，她急切地等候着自己的男人从外地归来。女人在家等了很久了，不能再等了，再等下去，就成凄凉枯黄的落叶了。

阳光照在黄浦江上，反射到女人脸上，一闪一闪的。女人施了胭脂粉黛，淡淡的，描了柳条眉。自己的男人不喜欢浓妆艳抹，也不喜欢女人素面朝天，她知道化妆的分寸，总是在浓浓相宜之间，得来男人一笑。

一阵阵风从江面吹来，女人感觉到一丝丝凉爽，她微微跳了几下，胸前的两坨不停地震颤。恰巧，码头黑帮老大带着几个弟兄，大摇大摆地向这边走来。阳光下的黑帮老大，像一只黑色大鹰展开双翅，鹰眼扫视着周围的一切。漂亮女人一下子映入他的眼帘，他微微一愣，眼睛定住了，眼前的女人如一只漂亮的梅花小鹿。

"黑鹰"摸了摸自己的光秃脑袋，向几个弟兄使了眼色，弟兄们心领神会，不容分说抢了"梅花小鹿"到码头仓库里。

黑鹰呼啦飞向仓库，把小鹿给坏了。

黑鹰抹了抹嘴，摸着自己的光头道："你一出现就勾走了我的魂魄，就像九月江边樟树的果实吸引椋鸟，这不能完全怪我。"他顿了顿说，"漂亮的脸蛋，丰满的身段，如玉的肌肤，是个血性男人就想要你，何况我这样的人。"说完扬长而去。

女人泪流满面，极度惊恐，涌起无限仇恨。仓库外面，阳光下的驳岸码头，冒着阵阵热浪。女人冷静了下来，只把那苦果往肚子里吞了。仇恨是棵树，越是培土浇灌，越是长出鲜艳带刺的毒花，在这乱世之中，哪里去说理论道？坏了自己的名声不说，还得罪了恶霸招惹麻烦，弄不好还会伤及自己男人的性命。这是她第一时间想到的事情，她必须这样去想，隐忍下这件事。女人理了理头发和弄皱了的旗袍，强忍悲痛，向码头走去。

阳光照着江岸的两棵大树，形影相吊，给人以孤清之感。年轻女人脑海里浮现出申城初冬的景致，大片落叶，街树只剩下光秃的枝丫。树，春天发芽，夏天繁茂，秋天结果，冬天落叶。树还是树，风还是风，树叶落了还会生长，就像季节轮替。这是她在美妙的诗歌里看到的，没想到在这一刻蹦出来了。

一艘帆船出现在江面上，小小的在远处移动着。女人目不转睛，死死盯着帆船。江水波光涟漪，帆船一会儿清晰，一会儿又被光线晃成了虚幻，她的心随之跳动起来。

船越来越大了。男人站立船头，一身长衣，一副书生模样。女人多想这船尽快靠岸，恨不能一下子飞到船上，伏在男人的怀里大哭一场。女人控制住自己的情绪，再大的委屈，也不能显在脸上。她擦去滚落下的泪珠，把微笑留住。

船拢岸了，行船带来的水浪拍打着江岸，然后折回在船旁打起了漩涡，闪着银白色光。女人顾不得看那漩涡，眼睛死死盯着自己的男人。

男人从船上下来，走到女人跟前，急切地想对她说些外面的见闻。女人拉着他就往家回，不让他说话。男人丈二和尚摸不着头脑，怎么话都不让说了？

男人一脸疑惑地跟着女人快步离开码头，消失在江岸小道的芦苇丛中。

下客之后的帆船，正在下货，流动的江水，一片宁静。天空飞来几只大鸟，稀稀地叫着，那是红嘴蓝鹊。接着又飞来一群椋鸟，叫声嘈杂，一会儿水上，一会儿天上，像一股股黑色的旋风。温暖的太阳，柔和的风，一派烟雨过后的江南春末图。

被恶霸强暴的女人，内心里有了阴影。一个体面的女人，男人在洋行里做事，觉得自己不洁了。女人知道这脏是他人强加的，但一部分也来自自己外表对他人的招引。她不应该穿戴得那样艳丽。女人不停地瞄着男人，男人的表情稍有变化，她就神色恍惚。

男人对于女人的情绪有所觉察，觉得她总是躲避自己的眼神。他问女人："出什么事情了？"

女人自言自语道："你一趟趟地出去，心中总是放心不下。"

男人道："做好了事情，就会时常在你身边。相信我，一定会有好生活。"

女人一个劲地点头，又一个劲地摇头，眼睛不能直视男人的脸。惶恐不安的女人，希望男人在家，又希望男人出远门，这样飘忽不定的心绪缠绕着她。

黑帮老大不停地来纠缠女人，女人知道自己惹上大麻烦了。这样的人实在是得罪不起，女人央求他放过自己。多么柔嫩的梅花小鹿啊，黑鹰岂能善罢甘休。小鹿不停地颤抖，更加刺激着黑鹰发狂，硬要她做了自己的姨太太，否则就杀了她男人。

女人一阵阵发呆打愣，提心吊胆地活在恐惧之中。小鹿知道自己怎么也逃脱不了空中黑鹰了，无望地看着天空，恨着自己的身子。要这样招惹人眼干吗？她更恨这恶霸横行的世道，人兽混杂，乾坤颠倒，暗无天日。女人进入了梦幻。只有在梦幻里，她才是干净的。她多想回到那个先前的时空中，可已经不可能了。

天完全黑了下来，月亮挂在天上。惨淡的月光照进屋里，一片凄婉的白色。女人蜷缩着身体，心剧烈地疼痛，她控制不住自己，一个劲地哭泣。

男人一旁哄着："如此伤心，到底发生了什么事情？"

女人不响。

男人着急。

一静一动之间，男人对女人说："不要怕的，再大的事情一起扛就是了。你这样不停地哭泣，哭坏了身体，更是糟糕。"

无论男人怎样劝解，女人就是不说，以沉默相对。

男人火了，霍地站了起来，大声说道："你到底是怎么回事？夫妻本是连理枝，哪有遇事独自怜。哭有何用，你得把事情说清楚。"

看着男人的样子，女人的身体颤抖不已。

男人苦笑道："你不要抖，也不要怕，你要说，说出事情来我们好去应对。你不说，哪来应对的法子？"

女人跪下了，告诉男人事情的经过。

一阵乌云遮盖了月亮，屋里一片漆黑。书生做梦也没有想到，自己漂亮的女人遭遇这样的劫难。他一脸惊愕，立于床前半天说不出话来。

"你让我好好想想，这可不是一般的事情，弄不好要出人命的。"书生渐渐反应了过来，让女人站起来说话。

女人依旧埋着头，跪在地上。

"你给我站起来。"书生大声说道。

女人颤巍巍地坐到了床边。

月亮从云层里出来，白色月光照进屋里。古色的床架，于月色中闪着青紫的光，床单仿佛披了一层灰白的纱。床头上挂着莫奈油画《草地上的午餐》，在灰淡的光线里，依然熠熠生辉。颤颤巍巍坐在床沿的女人，抬头看着自己的男人，眼泪挂在脸上，胸脯不停地起伏，等他拿出一个主张来。

书生在屋里来回走动，女人转头看着自己的男人。时间停滞了，空气窒息了，一片凝重压抑。思忖半晌，书生对女人说："去江北瓢城。"

女人收拾好行李，站在男人面前。

"走。"男人一声令下，女人跟随男人，走出屋外，向码头走去。

远处高楼上的霓虹灯变换着颜色，近处楼宇的灯火倒映水中，书生与女人登上北去的帆船，渐渐消失在茫茫夜幕之中……

就在他们去往江北瓢城的途中，中国北方古都城外一座南宋石造联拱桥上，中日军队发生了冲突，史称"卢沟桥事变"。

抗日战争全面爆发。

2

动荡不宁的时代，世道昏黑，没有安定的日子。从江南逃亡江北的男女，一路无语。女人的容颜给家带来了麻烦，心中无比痛苦。幸好自己的男人是个心胸开阔深明大义之人，带着她离开老鹰出没的地方。看着书生，女人充满感激，出了这么大事情，没有一句重话给她。优雅书生的担当，成为她内心缠绕的深切愧疚。他们一路北去，离家乡越来越远了，这是一种深深的离别，不知道何时才能回来。

远处故土的残影忽隐忽现，女人突然感觉到，他们就是随风飘荡的树叶，抵挡不住风雨。"树叶。"女人抬头望向天空，自言自语道，"是树叶。"人不遇事不知渺小，一旦遇事方才明了自身卑微。女人转头看向高傲的书生，心在滴血。书生男人的决定冷静而果断，是个最好的法子，躲过恶棍纠缠，远走高飞到一个畜生触及不到的地方。恶霸就是虎狼豺豹花蛇毒蝎，招惹不起。她最怕自己的男人意气用事，做出过激的行为，酿成不可收拾的后果。

书生深深爱着漂亮女人，他必须出来与她一同扛着。上天让她来到自己生命里，他就有了保护她的责任。自己女人生在显赫的家庭里，她是父亲的第四房姨太所生。生下她不久，母亲就去世了。父亲极为疼爱她，一路给她最好的教育，让她读女校，还要送她去读女子大学。

她生活在郊外的一座大宅里，一辆黑色轿车开到大宅门前，戴着白色手套的仆人上前开门。女子上车，向市街里驶去。这样的场景，是她生活中的常态。一天午后，女子在申城市街花园旁的咖啡厅里，与书生相遇。儒雅潇洒的男人，坐在窗边的位置上，略带忧伤的眼神，一下子勾走了她的魂魄。女子情不自禁地向他走去，坐在他的对面。男子收回眺望窗外的目光，看着眼前女子，微微向她点头。

相识之后，女子控制不住与男子见面的欲望，外滩、公园、咖啡厅、电影院。男人告诉她自己是一介穷书生，不可玷污了小姐的圣洁。情窦初开的女子根本听不进男子的话，她根本不在乎这些，就是要爱他。

"你还要我怎样？"女子含泪对书生说。

书生看着女子，为着她的一片痴情所感动。

女子的父亲怒了，说要杀了书生。女儿说书生前脚走，自己后脚跟。说一不二的父亲对她也是无奈，只好以断了经济、了却父女关系相威胁。

女儿并不屈服。

父亲对仆人大声道："把她赶出去，从此不再相认。"随手拿起桌上的砚台，砸向价值连城的宋代瓷瓶。

瓷瓶的碎片四处溅落，裂了一对父女恩情。

女子从家里出来的那天傍晚，申城下了大雨，下得弥弥漫漫。她在雨幕中行走，任凭雨水打湿全身。女子流落街头，与书生相依为命，淹没在茫茫人海之中。女子相跟着书生行走在都市市街里，男人四处寻觅工作。

三十年代的申城，高楼林立，车水马龙，灯红酒绿。晚间的霓虹灯使得这座城市成为名副其实的不夜城，一派纸醉金迷的景象。放眼看去，市街两边广告林立，有的闪烁着灯光，有的瞬间熄灭，这个熄灭了，那个又亮了，五颜六色，一个光影璀璨的夜世界。这个中国最富裕最现代化的大都市，同时也是最混乱的城市，是个充满魅力和矛盾的地方。有政府、帮会管理的区域；有英、美、法等国列强划分的租界，政治、经济、法律、巡警，一应俱全，成了国中之国。街面上到处是外国人的身影，他们生活在这里，比生活在自己的国度里还要自由，大个子高鼻梁，就是特权与显贵的象征。半封建半殖民地社会，在这里有着最直接的体验。豪华酒店、时尚舞厅、夜总会、电影院、跑马场、胡同、民居、寺庙、茶馆、有轨电车、轿车、黄包车，多元文化融合；各种商品琳琅满目，娱乐活动应有尽有，商人、外交官、记者、艺术家、黑帮老大、地痞流氓、毒品贩子；是东亚乃至世界金融贸易中心之一，自由、开放、充满各种危险，这里见证了多少悲欢离合、惊心动魄的人间故事。

书生穿行于密集的人流之间，终于在"十里洋场"端了洋饭碗，找到一个"买办"的工作。书生对女人说："我一定让你过上体面生活，为了我，你牺牲太多，我们的好日子会在后头。""过上体面生活"的渴求，成了他们最强烈的愿望，为着这个愿望，书生与心爱的女子聚少离多，却丝毫没有淡了之间的情思，相反，越来越浓烈了，只是思念的时光煎熬难忍……

去往江北的帆船在河中行进，申城的高楼渐渐地稀疏起来，在眺望的视野里，变成高低不平积木一般的淡淡暗影。女人哭了，男人也落泪了。在都市过体面生活的期望已经破灭，前方一片迷茫。男人以为，离开申城，才会有安定的生活。女人也是同样的心思，他们不是逃避过往的记忆，而是远离恶霸横行的世界，在江北创立一片新天地，过上好生活。

过长江的时候，风和日丽。宽阔的江面一片平静，宛如一面巨大的镜子，映照着辽阔的天空。看着如镜的江水，女人知道，她与男人离开生她养她的故土，并非是远行，而是与那座城市诀别了。

船驶进河口，女人明白已经到了江北。男人站立船尾，回望茫茫江面，对岸成了一条细细的长线。

日夜行船，终于到了江北瓢城西城码头。

船在西城码头靠岸，正是正午时分，河岸边停满了船，码头上人来人往。书生带着女人上岸，放下行李，站立河边，回望大河远方。在他的眼前闪现的是远去申城飘忽不定的影子，他仿佛还在那一路漂游的帆船上。女人站在男人身后，眼睛里尽是泪，一切都是她造成的，连累了书生背井离乡。

码头上的人渐渐稀疏了，书生拉着女人，向市街里走去。

一阵风吹来，风中隐隐传出淡淡的清香，时隐时现，时浓时淡，一点点，一片片，飘散在空气中。没有想到，刚落脚瓢城，就闻到了这样清新的香味，他思忖着，应该是桂花的清香。书生立于市街不动，不停地嗅着鼻子，寻思着香气的来处。他四处寻觅，一定要找到清香散发的地方。

女人知道自己男人的秉性，只有找到了香气的来处，才会罢休。生活虽说艰难，却不能脱了内在雅气，人存于世间，一为求务生计，二为精神情致，二者缺一不可。女人一路相跟着男人，一街一街、一巷一巷地寻着，牌楼、小桥、店铺、石头路面、一座座古朴的市街房舍。书生仰头，眯眼，在江北瓢城的大街小巷穿行。

女人已经走不动了。书生依然专注执着，由西向东，由北向南，终于在瓢城南城门下停止了脚步。

一阵浓郁的香气飘来，书生知道香气的源头就在附近。他立在南城门下，判断着香气的方向。女人看着男人，感到快要找到香气的来处了。男人对女人挤了挤眼睛，女人会心地笑了。那天刮的是西风，风一起，香气来了，特别地浓郁；风一停，香气没了，细细去闻，只有一眼眼余香。于是书生断定，这清香来自南门的西边。果不其然，他们在南门西边不远处河岸旁一座老宅后面，找到了高大的桂花树。

他们来到桂树下，只见那棵桂树生长得壮硕茂密，树叶密不透风，满树的桂花金黄灿灿。男人哈哈大笑，指着桂树说："这棵桂树生长得太过繁茂，花香也过浓郁。俗了，呛人。"于是，他决定，在西门与南门之间租下房子，这样既可以闻到淡淡优雅的桂花香气，又便于在瓢城西街寻找营生的活计。书生与女人租下房子，这是河边的一个带阁楼的青砖青瓦房，很像他们在申城租住的房屋，抬头就可以看见南城外河边的那棵桂树的树梢。

女人甚是欢喜，知道书生男人已经在瓢城落脚生根了。离开故土的女人，并没有太多的思乡之情，那头已经有了心结，充满了恐惧；这头才刚刚开始，只要与自己的男人在一起比什么都强，男人就是她的天，就是她的家，就是她的命。安顿下来的日子真好，女人精心料理着家务，照顾好书生男人，把家里打理得井井有条，好让他有精力外出寻觅工作。

江北瓢城，形如水瓢，故而得名。这座如瓢之城成了他们的生存之地，成了他们的新家园。在这儿人生地不熟，生活拮据，又找不到像样的事情来做，所带银钱并不能维系长久生活。书生不停地在外面奔跑，寻觅可做之事，以解决营生问题。

清晨，天空飘着淡淡的薄雾，光线从雾纱拂面的空气里泻下，照着一个个瓢城街景。一弯石桥下停着一条乌篷船，乌篷船很矮，便于在城市的石桥下穿行。不远处的树上有两只小鸟，在树枝间蹦跳鸣叫。河面升腾起一阵雾气，遮了树上的小鸟，盖了河中乌篷船。书生一次次被眼前的景致所吸引，沉浸其中别有一番滋味，真正的小城原始风景。就在他快要陶醉的时候，一个激灵，睁大了眼睛，刻意悠闲地品尝，不能得来真正的雅趣，首要任务是找到可做的行当。

　　走在瓢城西街里，各种买卖的店铺一个挨着一个。书生跑了好一阵子，谈了不少的人家，就是没有一个适合自己做的事情。他在挑剔，人家也在挑剔。"不文不武的。"看着他离去的背影，一个个头摇得跟拨浪鼓似的。

　　书生又一次来到西城。古色古香的市街风景，慢悠悠的生活情形，书生无心去欣赏，依旧挨家挨户地进入门店，与店主一个个攀谈。他知道，自己是在找一个长久可做的事情，急不得。俗话说，心急吃不了热豆腐，磨刀不误砍柴工。

　　又是无功而返的一天，书生坐在屋前，看着远处桂树的树梢。一阵桂花的清香传来，淡淡的。他笑了。前街已经找遍，没有找到满意的店铺，但他并不灰心，那个自己合做的活计，一定在那儿等着，只是自己还没有发现。

　　让女人过上体面生活的愿望，支撑着书生男人。他满怀希望踏着晨曦出门，神情沮丧拖带夕晖回家。他知道，那些看过的事情，即便是勉强做了，也不会长久。书生与漂亮女人对于初到瓢城的新鲜感消失了，离开申城带来的欣慰，被现实的窘迫所冲淡。瓢城人从他们的口语与气质中，看到了不同，同时也对这对"蛮腔蛮调"的外乡人，避而远之。

　　这天，男人去往瓢城后街转转，碰碰运气。瓢城后街较之于前街，有着明显的清冷。书生一路寻觅，来到一家老物件门店。店铺的名号是"沈记古玩"，铺面的门脸，是临街的几个玻璃橱窗，里面摆放着古董老物件，有铜器、木器、玉器、瓷器。他在门口欣赏一番，略有所思地走进店铺。店铺里的物件更多了，有字画、屏风、座钟、奇石、古老乐器、西洋留声机等，真的像一个小型博物馆。他的眼睛一亮，这儿正是自己要寻觅的店家。书生站立店铺中央，扫视店铺陈设，似乎看到了时光倒流的脚步，一切变得亘古起来。

这是瓢城沈家三爷所开店铺，后来沈家三爷离开瓢城，去向不明，由一位沈姓的远房亲戚维持局面。店主注意到了来客，不停地打量着他：瘦精精的，面盘方正，眉目清秀，一股文气，略带淡淡的侠气。店主情不自禁地走出柜台向他走来，走近一看，果然气宇不凡。

书生看到店主，一个枯瘦的老者，戴着没有边框的圆形眼镜，卷曲的头发，满手青筋，一双眼睛炯炯有神。他的风仪与神情表明骨子里的傲气被长年累月的买卖所淹没了，有着商人的世故与圆滑。书生向店主打躬行礼，店主微微点头予以还礼："欢迎光临。"

书生将一件件老物件看过。店主一旁琢磨着来客的用意，是挑几件合意的老物件回家？不像。是闲暇了外出随便转转？也不像。究竟是怎样的一个情形？店主反复琢磨。

书生道："我从申城而来，生计出了问题，想寻一事做。"没等店主回答，他接着说，"我可以将本店的物件一一做鉴别，保可以提升四成的收益，不会让老板失望。"

店主看着来客相貌不俗，与古玩店铺的气韵颇为相符，笑道："客家来自申城，果然与众不同。提升几成的收益先不必挂在心上，想干就留下。凡事讲究缘分，我看我们之间颇有眼缘。"

书生点头称是，仿佛与店铺有着一种久违的感觉，与店主也是感到亲近。

书生留在了"沈记古玩"做事。店主让他在前店招呼客人。书生非常愿意。店主是个大气之人，既用之，就放手让他做之。店主对书生说："你大可以放手做事，不必顾忌我的感受。经商之道，唯诚待人，人自怀服；任术御物，物终不亲。"

"这是自然，欺诈之事不可为，有悖于经商道理。不过时贱而买，虽贵已贱；时贵而卖，虽贱已贵。要靠运势，亦在于造势。"

店主看着他，那眼神在说，看来真的有些法子，看得还挺远，那你就按照自己的意思去造势吧。

3

中秋节快到了，暑气还没有散去，申城传来"淞沪会战"打响的消息，日本人对中国的侵略战火，从北方烧到了南方，叫嚣"三个月灭亡中国"。书生遥望故乡申城，心中一片苍凉。他知道，那座大都市正遭受着炮火的蹂躏，生灵涂炭。书生关心着淞沪战事的发展，民国政府摆开决战的架势。中日双方共有一百万军队投入战斗，中国军队近八十万，日本军队二十多万，打得异常惨烈。

书生一边做着古玩生意，一边关心着上海战事，生活还得继续。留在店铺里做事的书生，把一个个老物件仔细端详，反复研究，仿佛在鉴赏一件件稀罕的古董。他将一个个物件重新排位，价格有升有降。那些并不怎么起眼的物件，价格却有了大幅的提升，并将它们放到了显眼的地方，让顾客便于挑选。

店主不解，这些平日里就难以出手的东西，如此调整，更是不好出货。如果你是用这样的法子来提升收益，那定是胡乱的空落之举，万不可为之。买卖有自身的规律，哪能是异想天开，主观臆断呢？店主有些急了，意欲阻止他的行为。书生并不与店主争持，默默地做着自己的事情，他向店主微笑着表示，相信他的这番调整，会带来不一样的情形，让店主放心。

看到书生的样子，店主也豁出去了，就让你按照自己的想法去做好了。我倒是要看看这个儒雅的文墨之人，到底有什么过人之处。是骡子是马，拉出来遛遛就知道了，不在于一趟两趟的生意。

店主笑了。

书生也笑了。

店主挥挥手，到后店去了。

阳光照进店铺，照在那些重新摆放的老物件上。店主坐到后店，平静地端着盖碗喝茶，将眼镜摘下，不时地看着前店里的情状。店主的眼睛瞄着那些平日摆放在不显眼地方的物件，看他如何经营。一种奇妙的担忧与兴奋混杂起来的东西涌上心头，这个经营多年的老店主，被一个新来的年轻书生给深深吸引了。说来也怪，经过书生的一番调整，一阵拾掇，并由书生的嘴说出的物件背后的故事与他对于物件气象的描述，有了跌宕起伏的色彩，卖得挺好。顾客们信他，更是觉得那些背后的故事，拥有"来头"，店铺的人气较之于以往有了明显提升。

店主看着书生与顾客不停交流的身影，心想此人果然有些法子，并非只会说大话的狂悖之辈。书生的一举一动店主看在眼里，心中升腾起了钦佩。反观自己多年的营生，竟不及年轻书生的一番思路活泛的经营。"惭愧，惭愧，后生可畏，后生可畏啊。"他端起盖碗，呷了一口茶。

一天，店主请书生去瓢城茶馆喝茶。

书生道："你乃老板，我为伙计，何必如此客套，有什么事情尽管吩咐便是。"

"人外有人，天外有天。"店主笑道，"何谈吩咐，我是想请教先生一二，望先生不吝赐教。"

书生道："老板经营多年，依据的是物件的成色与来历定价，这些顾客自然懂得。而我注重的是物件蕴含的文墨底蕴以及它所能拥有的背后故事。这样，物件的气象较之于以前就有了很大的提升。这并不违背诚信原则，黄金有价玉无价，就是这个道理。"

"高人。"店主道，"你不必站店，与我外出收货。你做鉴定，我付钱拿物。"从此，瓢城周边的县城乡镇街巷院落田头农舍，都可以看到店主与书生的身影。一老一小，不知道的人以为是做买卖的父子，或者是师徒二人。店主前面走着，书生后面跟着，收着古旧的老物件。

得来鉴赏老物件的工作，书生喜出望外。营生有了着落，亦是一个愉悦的活计。书生从没有做过这样的行当，却有着天然的禀赋，眼光犀利独到，感觉敏锐准确，很快就掌握了行当的诀窍。他游走于这样的生意里，措置裕如，连他自己也感到惊讶。活计越干越出色了，家里的日子也一日日地好起来。再看看自己的女人，越发地肌骨莹润，光彩照人。

亮堂起来的日子里，女人的脸上有了久违的笑容，看着远处桂树的树梢，心中想起初到瓢城时的情景，越发地感到书生的远见。瞅着男人得来可心的行当，女人自己也想做点事情，几次想对男人说，可话到了嘴边却又咽了回去。她思忖着男人不会同意，书生男人做事向来有其原则，不会让她抛头露面吃苦受累。可女人有女人的想法，体面生活，得一同来做努力，她不能长久待在家里吃闲饭。

夕阳西落的黄昏，屋外响着叽叽喳喳的鸟叫声，男人一脸悦色回到家里。女人打水让他盥洗，烧了几样好菜，犒劳男人。男人洗手抹脸之后，开始小酌。几口酒下肚来了诗兴："桂林虽产千株桂，未解当天影日开。我到月中收得种，为君移向故园栽。"书生吟唱着，把目光送向南门外的桂树树梢。

女人对男人说："我思忖着，想做点事情，只怕你不会同意。"

男人道："男人苦钱养家，天经地义，你在家里歇息。现在时局不稳，初来乍到瓢城，女人家做事也不方便。再说你天生丽质，招惹上不三不四的男人，会给自己给家带来麻烦，不值当。"

女人道："做正经的买卖，碍不着别人什么事。瓢城民风淳朴，不同于申城，自己保持矜持便是。"然后看着男人说，"闲着也是闲着，白白荒废了光阴，女人不能单靠着男人养活。"

男人笑道："原来有了自立的想法。"在男人心中，女人虽说没有做过生意，但她的出身，家庭的浸润濡染，应该有着这方面的潜质。他问女人，"你想做什么？说来听听。"说完喝了一口酒。

"我想开个食铺，可以做江南的小吃。"女人道，"食铺是能长久做的事情，江南小吃一定会受欢迎。"显然，女人的眼睛里有了食铺的样子。

男人被女人感染了，对她说："也好，那你就选择地方吧。"

女人告给男人，自己已经看好了地方，瓢城西街有家店铺要转让，里面的陈设不错，后面有个小院，稍加改造，可以开张营业。

男人大笑："看来你是有备而来的。"说完将盅中酒一饮而尽。

"那先生给取个店名吧。"女人道。

男人仰头眨了眨眼睛道："我们从江南来到江北，开一爿店铺，取瓢城的一瓢水，就叫'一瓢水'吧。"

"一瓢水。"女人细细品味，越来越觉得书生男人脱口而出的这个店名好，不但贴切地表达了要做店铺的内涵，取瓢城一瓢水，而且有水到渠成、细水长流之意。水是生命之源，是饮食店铺的根本。她越想越觉着店名拥有深意，"就是它了，一瓢水。"有了好店名，事情就成功了一半，女人相信，一瓢水店铺一定会做好，做成瓢城少有的旺铺。

从此，"一瓢水"在瓢城诞生。

盘下转让店铺之后，书生与女人紧锣密鼓地进行了一番改造。迎面的柜台红木做成，天然生漆，擦得锃亮；柜架与桌凳，从旧货市场老房子拆下来的木料做成；碗碟是江南进过来的瓷货。书生从"沈记古玩"搬来一些老物件，有铜器、瓷器、古画、座钟等。书生女人开店，"沈记"店主相送一个屏风，作为贺礼。店铺陈设虽说是拼凑起来的，却有着不一样的格局。

书生选了一块上好的原木料，制作店铺牌匾。他让女人为自己磨墨，亲笔手书"一瓢水"三个大字。"一瓢水"牌匾，原木底，字为黑色，书生左看看，右看看，又退后瞅瞅，为牌匾镶了金边。店铺正式挂牌营业那天，男人和女人一起放了鞭炮，很多人围过来看。一对江南男女，与瓢城人不一样，想必开的店铺也是特别，拥有这样的想法，人越来越多，开业的场面很是隆重。

不少人知道了瓢城西街的一瓢水店铺，店主人是个少有的漂亮女人。店里的吃食，也是瓢城罕见，味道非常特别，完全是江南风味。

"一瓢水的吃食，口味真的独特。"

一传十，十传百，一瓢水食客满座，成为西城最为热闹的地方。一批批客人来到这里，欣赏着店主人的漂亮，吃着江南的特色小吃，把美好时光留在这里。离开店铺时，还依依不舍地回望店主人的身影。

漂亮女人用心做着一瓢水生意，书生的老物件活计也做得很好。他们积攒钱财，幻想着有上好地段的庭院，种一棵桂花树，添置上等家私，过真正体面的生活。这样的憧憬，不断地引导他们到一个美妙的梦境里去。

一天申时时分，一位客人来到一瓢水店铺。他静静地走进店里，占据店中临窗一角，要几样小吃，一壶碧螺，慢慢品尝，神情颇有些禅意。漂亮女人看着他，棱角分明，身形挺拔俊朗，有着一种别样的东西在闪现。店铺的窗户非常明亮，没有一丝污迹，即便是大雨过后留下的水迹，店主人都是及时擦拭干净。阳光从窗户照进店中，照在他的脸上，显露出少有的平和与安详。在碧螺散发的清香中，他看着窗外的景致。街面行人来来往往，近处牌楼的冲天柱反射着瓢城午后的阳光，西城门楼矗立在不远处的天空下，光线正一点点地在城楼顶部移动。那移动的光照似乎不是阳光，而是略带忧郁的思绪。他静坐沉思，肃穆庄敬，不言不语，直到夕阳尽染，暮色降临。

那以后，他每天来到店里，都是在申时时分。此人是瓢城一个跑单帮的商客，在外闯荡多年，尝尽背井离乡的艰辛，回到故土发展。他成了这里的常客，喜欢这里的江南小吃，喜欢蟒蛇河水泡出来的碧螺茶，更喜欢一瓢水店铺里的女主人。他在家乡的风物中行走，觉得故乡风景并没有多少改变，依旧是亘古的样子，好似时间停留了一般。可一瓢水有着与瓢城其他店铺截然不同的风格，多少改变了他对家乡老城的看法。

他又一次来到店铺。女主人向他走来，他的眼睛定在女人身上。这个来自江南的女人，有着特别的风韵，虽说自己走南闯北，却是没有见过如此漂亮的女人。家乡风物在他心中的改变，正是从这个女人开始的。西城越来越像是清风飘荡之处了，一种清香的气息扑面而来。跑单帮的知道一瓢水店铺主人的男人是个有学问的书生，在西城后街的沈记古玩店做老物件营生。所以，他不可以造次，只把飘起的激情深深埋在心底。

他定时来，定时去，几样小吃，一壶碧螺，仅此而已。

店铺里的其他客人注意到了这个商客，在太阳稍稍偏西的时候来到店铺，坐在一瓢水边一角默默喝茶，吃着小食。没见过吃得这么细巧的人，一个长期在外闯荡的汉子，吃相却是这样儒雅，一举一动把店铺里的客人给看呆了。太阳西斜，满天霞光。暮色来临的时候，他起身离店，像是风儿一样地消失在西街中。私下里，人们议论着这位跑单帮的商客拥有的动机，想必是迷恋了店主人，其中定有大文章。在碧螺的清香中，他们看到了雾气一样的东西，仔细观察，反复端详，倒也没有看出什么言行举止的不妥，以及隐匿缥缈的东西。所不同的是，他是固定时间来，固定时间走，有着一种仪式感。

看得出来，漂亮的店主人对他也颇有好感，倒不是他每天来消费，而是他悄然而来，静穆、凝视，又悄然而去，有些像窗外不远处的西城门楼，固定不变的样子，只是阳光在门楼上不停地变换。

看着他离去的背影，店主人微微一笑。

4

瓢城西城一瓢水店铺开业以来，生意一天比一天好，顾客络绎不绝，这儿成了瓢城西城名副其实的旺铺。跑单帮的依旧定时来，定时去，成了西街中的一道风景线。来到店里，他坐于窗前，端起茶碗，看着窗外。忽地，他觉得已经是秋天了。这么想着的时候，秋风中特有的萧凉一阵阵袭来，窗外下起雨来。跑单帮的喝一口热茶，觉得家乡依旧是那个多雨的城池。

黄昏时分，雨停了，跑单帮的悄然离去。

瓢城秋季的来临，随着一阵阵风雨，暑气渐渐散去，温度开始下降，一瓢水的生意也随阴雨天气有所清淡。这天，店铺外面的天空黑云积压，西街上行人稀少，使人感到淡淡的苍凉。城墙一层层泛着苔藓，城楼上空飘着灰云，雨滴残余的声音，在西街不同地方响起。随即，黑云压了下来。又落雨了，今儿的雨，是那种瓢泼大雨。古老城池的天空里，仿佛有一个巨大的天盆，里面装着海量的天水，老天不高兴了就倒下一点，气愤了就多倒一些。今天老天爷一定是震怒了，倾倒下了那么多的雨水。

女人站在柜台里，看着外面的雨幕，脸上一片宁静。从江南来到江北，开了一瓢水店铺，可以安心地过日子了。除了多雨外，瓢城与申城并无太大差别。当然，那边是都市，这边是小城。可都市又能怎样，并不属于他们这样的人，小城却有着一份安逸与清静。

雨更大了，窗外已经看不清景物。雨打在窗户上，发出噼噼啪啪的声响，像一个个炸裂的小炮仗，窗台上飞溅起来的水，如散开的白色烟花，密密麻麻地绽放着。女人思忖着，那个跑单帮的男人今天应该不会再来了。偌大的雨，对面都看不清人脸，他还来干吗？女人的心里这么想着，也就不去看店铺门口了。

收回目光的女人，有了淡淡的忧伤，大雨中的故乡身影浮现眼前。她想到了自家洋楼花园在雨中的情景，想到了父亲，那个狠心与自己断绝一切关系的男人。父亲对她非常疼爱，她也深深爱着父亲，但敌不过与书生的情感，也就豁出去了。宋代瓷瓶碎裂的声音在耳边回响，她知道那是父亲最喜爱的瓷瓶，可见他有多么绝望了。回不去了，或许这一辈子也不会再与父亲相见。女人眨了眨眼睛，消散着思念的心绪。

眼看着申时已到，女人的心还是莫名地紧张起来，又将目光送向店外。她不知道是希望他来还是希望他不来，说不清楚心中的真实想法。飘忽不定的感觉困扰着她，把目光一次次送向大雨弥漫的窗外。就在这时，跑单帮的出现在一瓢水门口。今天他一点也不像平日里的那种"体面"，活像一只满身淋雨的落汤鸡。只见他收起手中的油布伞甩了甩，走进店铺。尽管是打了雨伞，却浑身是水，可见外面的雨有多大了。他从怀里掏出怀表看了看，准时，坐到临窗一角。

瞬间，女人似乎有了小小的兴奋，知道心中还是希望他来的。女人看了看店铺里的其他人，然后热情地为他服务，他所喜欢的几样小吃，一壶碧螺，端到了他的面前，还送上了热毛巾。跑单帮的立起身，前倾一下，对女人微笑致谢。女人赶忙以微笑还礼，眼睛从"落汤鸡"身上移开。跑单帮的坐下，女人离开。

"落汤鸡"坐在窗前慢慢品茶，静默地回忆起这些年在外打拼的风风雨雨。店铺的外面，雨弱了下来，屋檐流下的雨水，依然发出哗啦啦的声响。窗户上的雨水在缓慢地流淌，虚幻了店外的景致。店铺中，跑单帮的喝几口碧螺茶，嚼一口小食，让时间悠闲地流淌。店主人看到了他的雅致，禁不住想到了自己的男人。这个跑单帮的儒雅风度，与书生如出一辙。但他与自己的男人不同，骨子里有着狂野的一面，跑单帮的眼神告诉了她这一点。女人很快就收敛起了思绪，这是一个极不好的闪念，她告诫自己。

在以后的人生岁月里，每当想起风雨中店铺里的思绪，女人就有一种罪恶感。女人到后厨间去了，她不能再面对那个窗前喝茶的男人了。古老瓢城，民风淳厚，一派祥和景象。西城一瓢水的生意如火如荼，女人也在自持中得来一份安逸的生活。可一场劫难，正悄然向她袭来，并且越来越近了。

那个初秋，瓢城东边的东海里，波涛汹涌。远处，有海船在风浪中忽隐忽现，一会儿海浪之上，一会儿又被海浪所吞没。一上一下跳跃的海船，渐渐地看清楚了，是艘帆船。这是一艘在海上独来独往的大帆船，船上有枪，有炮，有凶狠的海匪，是一艘武装的海盗船。

帆船向大河口驶来，由小变大，由矮变高，渐渐地，可以看到船上移动的人影了。到了跟前才发现，那是一艘巨大的海上帆船，桅杆都已经伸到天空里去了。帆船放下悬梯，下来的人乘坐小船上岸，上岸后随即换坐快马，一路向瓢城奔袭而来。

瓢城要遭匪了，上次瓢城遭匪还是在清光绪年间。那次的劫难，海匪在瓢城洗劫、强奸、杀人、放火，等县衙衙役兵丁及周边驻军赶到，海匪早已经逃之夭夭了。那以后，瓢城人谈海色变。多少年来，只要一提到海边结帮来人，就关张歇业，闭门谢客，抄家伙防身。这次看来也是来者不善，得有所防范才是。然而瓢城一点消息都没有，一片太平景象。

这天，"沈记古玩"店庆，店主人请了书生夫妇。店庆之后，他们俩逛一逛瓢城城池。来到瓢城，这样得闲的工夫并不多见。

路边的豆腐脑摊主一遍遍吆喝着揽客，不少人在那里埋头吃喝，一边吃，一边看着瓢城市街的风景。不远处的说书人抖搂着"包袱"，引得听书人一阵阵欢笑。附近的米行、布店、酱园店、银器铺、饭馆，人进人出。只有药房的门口没有人影，谁身体无恙往那儿跑啊。瓢城有着这样的风俗，没事不能到药店去闲逛，会招来邪气，伤了身体。药房大门的两边挂着一副对联，刻在水曲柳长条木板上："宁可架上药生尘，但愿世间人无病"。

女人与书生正在逛街，要好好看看这江北瓢城的市街风景。女人穿着粗布衣裳，保持朴素的外表，按照瓢城人的打扮示人。然而他们的样子还是与瓢城人有所不同，质朴的衣裳，更增加了女人的美感。江南女人的美，这里的人未曾见过，引来无数注视的目光。

"这么漂亮的女人，肯定不是瓢城人。"街面上的人不停地打量着他们，不吝啬赞美之词，议论着这对男女一定来自江南。

一队迎亲的队伍穿街而过，唢呐声、鞭炮声响成一片。街面上的手艺人放下手中活计瞅着，行人停下脚步观看。迎亲的队伍从街这边走向街那边，长长的一线穿街而过，好不热闹。渐渐地，迎亲队伍消失在对面的街巷里。手艺人看着行人，行人看着手艺人，他们都笑了。生意人低头做活，行人接着逛街。

有人听到了类似马蹄的声音，一阵紧似一阵。说书人打住了，把手停在半空中不再言语。所有人都静了下来，竖起耳朵细听。当他们确认肯定是马蹄声时，一队人马已经到了跟前。一阵快马奔来扬起的尘灰飘散过去，海匪纷纷下马，不容分说，冲进店铺洗劫。街上的行人、路边歇着的生意担子四处逃散，一片狼藉。

海匪，红马，快枪，一片惊愕的人群。

书生男人与漂亮女人站在豆腐脑摊点旁边，女人一副惊魂未定的样子，显然被吓着了，没有见过这样的阵仗。女人不停地哆嗦，拉着男人走。这时，一群海匪将他们团团围住。

女人紧紧抱住书生男人，如雕塑一般立在瓢城市街里。

骑着高头大马的海匪老大，朝这边看着。虽说漂亮女人躲闪在书生男人后面，匪首还是看到了她的脸和她那婀娜的身姿。这样的一个绝代佳人岂能放过，匪首一脸狞笑。匪的世界，就是暴力与抢掠。洗城干什么？金银财宝。金银财宝干什么？女人。

"这个女人，收下了！"说着，他下马走到书生面前，指着身后不停哆嗦的女人道："她跟了我，我就放你走，想活命就乖乖地放下。"

书生昂着头，并不惧怕他的淫威。他迎面而上，哪怕是以卵击石，粉身碎骨，也在所不惜。

匪首笑了，挥了挥手。

海匪一拥而上，将书生死死按住，把漂亮女人捆了往马上抬。被海匪按倒在地的书生拼命地挣脱，他不能眼睁睁地看着自己的女人被海匪抢走，就是豁出性命，也要与他们一拼到底。他的头一次次昂起，眼睛都红了。一个海匪上去对他的头就是一脚，书生满脸是血，依然不肯低垂头颅。他要挣脱，要与海匪们拼个鱼死网破，不能丢弃的是男人的尊严和对女人的保护。

这一切被不远处的跑单帮商客看在眼里，他一个箭步冲上前去，对书生说："好汉不吃眼前亏，大丈夫相时而动，一定要忍住。"随后转身对匪首说，"冤家宜解不宜结，各自回头看后路。这一幕会出现在他的梦里，也会出现在你的梦里。"

"怎么讲，你想威胁我吗？"

"不敢，只是提醒。"

"何以见得？"

"人你带走。一年后当家的腻了，我用四根金条去换人，还了人家女人。"

"此话当真？"

"君子无戏言。"

"好，那就依你。"

就在匪首要走的时候，书生挣脱了绑匪，操起路边豆腐脑摊档的凳子就向匪首砸去。只听得砰砰砰三声枪响，书生应声倒下，倒在了血泊之中。

跑单帮的跑上前去，抱起书生道："兄弟，你这是何苦呢？留得青山在，不愁没柴烧啊。"

眼看着自己的男人被打没了，漂亮女人"啊"的一声昏死过去。

海匪带着女人，一路向东直奔大海而去。狂奔马队扬起的尘土，遮天蔽日，路边田间地里做活的人直摇头："唉，又不知道哪家的姑娘给坏了。"一旁的女人道："你就少说两句吧，不怕那'水上漂子'（黑话，海匪）给割了舌头？"说完看了看四周，低头做活。

马队迅疾而过，扬长而去。

大海出现了，宽阔无垠，海天一色，大片蓝光刺戳人眼。

远远地看到一艘帆船停泊在大河口，近了，那船的桅杆已经伸到天空里去了。海匪们纷纷下马，马发出嘶鸣，扬起的黄色尘灰烟雾一般地向海上飘去。漂亮女人在马上被颠醒了，到了海边早已是魂不附体，整个身子都已经瘫痪了，任由海匪摆布。

漂亮女人被抬上海船，海匪纷纷登船。

"开船！"匪首一声令下，帆船启航，缓缓驶出河口，向海面驶去。

帆船离海岸越来越远了，消失在大海深处。

匪首没有急于动她，这次弄到的这个女人与以往的女人不同，他从内心里喜欢。得慢慢地取了她的心，要了她的人，好好地跟我过活。匪首将女人松绑，放入船舱，吩咐下面好生伺候。

5

帆船在无垠的大海里漂行，海浪波涛汹涌，海船不停地起伏。女人关在匪首舱室里。一把短刀映入眼帘，她的目光死死地落在短刀上。短刀发出的寒光照在女人脸上，她满眼血丝，书生男人被杀的情景一幕幕在她眼前闪现。我那苦命的男人，心地善良，才华横溢，刚正不阿，说没就没了。此时的女人，已经充满了愤怒的力量，不共戴天的仇恨在心中涌起，恨不能砸漏了这棺材船。

"一帮畜生，遭天杀的，我与你们拼了。"她向短刀走去。

这时，匪首走进船舱，女人操起短刀向海匪刺去。

没想到如此柔弱的女人这般刚烈，更没有想到在马上颠簸了那么久的女人还能有如此爆发力，匪首防范不及，刀已经到了他的胸前。匪首急忙躲闪，短刀还是刺中了他的大膀，并将其刺穿。

匪首将刀拔出，血涌如注。

匪首走上前去，怒吼着撕开女人的衣服，将其按下把她给坏了。"我要干翻了你。"匪首的眼睛冒着火焰，大膀上流淌下来的血沾满了女人的身体，撕裂的吼叫声与女人痛苦的尖叫声混杂在一起，一阵阵飘出船舱，在大海里飘荡。

全船的人都听到了匪首的吼声与女人的尖叫。女人的叫声凄厉悲凉。没有人敢出声，更没有人前去看个究竟，只听得一阵阵撕心裂肺的声音响起。

声音渐渐停歇了，只有海浪拍打船舷的声响。

女人一丝不挂地被吊了起来，不停地晃动着，闪着白色的光。海匪们来看匪首老大，实质是想看漂亮女人。他们争先恐后地进入匪首的船舱，眼睛瞟着匪首老大，心却在女人身上。正在包扎的匪首道："你们就不要藏着掖着了，一个个饿狼似的，眼睛贼溜贼溜的，你们都可以干她一回。"

海匪们不敢相信自己的耳朵，呆呆地看着老大。

"我说过了，你们都可以干她一回。什么话我说过两遍了？既然入了伙，大家就是兄弟，有福同享，有难同当。大海好啊，自由自在，无法无天，老子天下第一，想干什么就干什么，玉皇大帝也管不着。"

海匪们兴高采烈，比洗劫了一座城池还要兴奋。他们的脸变得红光闪烁，有的都已经变形了。嘈杂声、嬉笑声、打骂声，此起彼伏，一个个推搡着，满脸的凶恶与淫荡。

看着这群如狼似虎的畜生，女人已经到了绝望的地步，她大声哀号道："我这是前世作什么孽了，上天要如此惩罚我？"女人的眼前又一次浮现出逝去男人的身影，"还不如当时就一头撞死，跟他一起去了。"小肚子急促抽搐，呼吸也变得十分困难。

海匪们大笑。漂亮女人无望地哀号，不停地扭动着身体，没有博得他们的怜悯，反倒激起了畜生的兽性，他们更加兴奋起来，这女人就是一具等待着蹂躏发泄的活物，一只扒了皮煮熟了的羔羊，得一块一块地切下来吃了下酒。

"妈的，谁让她长成这样了，不干她干谁？""她倒是刚烈，那就看看是她刚，还是我们刚。""哈哈，哈哈。"海匪们喝着酒，吃着肉，唱着酒歌，划着酒令，叫喊声一阵阵冲出船舱飘荡在海面。

猜拳行令赢了的海匪摔了酒碗就去要她，其他海匪一旁观看。

海匪们一个个轮流坏了女人的身子，有的像狗，有的像猪，有的像牛，有的像马，嚎叫声，撕裂声，咆哮声，此起彼伏，一群人间禽兽……

有一个人没有坏她，戴着眼镜，是个有文化的人。眼镜男人在心里恨着这群畜生不如的东西，他的女人被人强暴了，他烧了人家房子，落草为寇做了海匪。见到这样的情形，他更是从心底里鄙视这帮海匪，但入了伙，也没别的地方可去。他无法阻止这帮畜生，但他可以不做，这就是他的态度。

"眼镜"原先在省城里读书，父亲在财主家做活。在省城读书的时光里，他相识了女子学校的一位女生，与自己是同乡。两人一见钟情，并在后来的一次次交往中，相互有了细致的了解，情感快速升温，彼此许下终身。

　　那年冬天，眼镜与女子回乡成亲。下轿的时候，财主的儿子看中了她。财主儿子在乡里是个典型的浪荡公子，谁家女子被他看中，那是在劫难逃。从此，他惦记起眼镜的女人，都有了癔病，甚至还跑到眼镜婚房的墙外去偷听，回来一夜自我折腾。

　　一次眼镜外出办事，财主儿子偷偷来到他的婚房。眼镜的女人正在看书，感觉到后面有人，还没来得及掉头去看，财主儿子将她紧紧抱住。新娘拼命反抗，大声喊叫。财主儿子拿起桌上的砚台，将其打晕，实施强暴。

　　眼镜的女人一夜之间疯了，谁也不让靠近。

　　眼镜找财主理论，无果。眼镜去告官，石沉大海。自己的父亲愤然离世，母亲的眼睛一下子也看不见了。愤怒的眼镜一把火烧了财主家大院，将浪荡公子烧成废人，他下海落草为寇。

　　帆船在大海里航行，眼镜对漂亮女人说："我痛恨强暴，我也见过你男人，是个有学问的书生。"

　　一旁的土匪拼命地起哄："要了她！""要了她！""要了她！"

　　看着满脸红肿的女人，眼镜摇了摇头，面前的女人实在是可怜，他不忍下手。

　　匪首说："她不是想出去吗，那就让她去跳海好了。她不跳，就把她给沉了。"

　　众海匪没有一个敢说话，眼镜男站了出来。

　　瞬间，空气凝固了。

　　匪首看着眼镜道："你想出头吗？听说你没有干她，是不是想娶她？"

　　"不敢，她是老大的女人。"眼镜说。

　　众匪大笑，船舱里一片痒气。

　　匪首道："已经不是我的女人了，是大家的了。"然后转头对眼镜说，"想要她，就给了你。想想沉了，也是一条性命。妈的，这女人够味，就是性子太烈。"

众匪不服。

"凭什么给了他眼镜。就是给谁，也得按照老规矩彼此'开克了'（海匪黑话，干一仗）再说。他个'下了海水'的落草瞎子，怎能骑得高头大马。"海匪你一言我一语，气氛浑浊，嘈杂一片。

匪首看着众匪，甩手大声道："都给我住嘴，大家'下海'都不容易，让那女人自己去决定。"

女人谁也不跟，一心就想跳海。

眼镜对女人说："你若不肯，只有死路一条。你想跳海，可以啊，老大一句话，就沉入海底了。海深莫测，无人知晓，在乌黑冰冷的海底，会变成什么？来世做了啥都不知道。跟了我，可以护你，而且那天我也听到了商客的话，只要他来赎你，我一定放你走。"

"我太脏了。"

"你一点也不脏，是世道太肮脏了。"

抱定一死的女人，听得眼镜的一番话，求生的欲望占了上风。眼镜男说得对，不明不白地沉入海底，投胎也没有个好去处，来世只能做深海里的一条鱼。

女人跟了眼镜。

海上女人心中想念着死去的书生男人，想念着一瓢水。她想起书生男人为她题写的店铺牌匾，女人相信，一瓢水牌匾留有书生男人的余温，牌匾里有书生的魂魄。她想起了跑单帮的静坐窗前喝茶的样子，相信他一定会来救自己。女人也相信，眼镜男人一定会放她走，他是个有情有义的男人。

不幸女人的标志，是她们的美易于招惹祸端，兵荒马乱的年代，更为突显。美作为一种罪过，不在美本身，而在于对美的摧残力量。海上生活，磨砺了女人的意志，她要消磨掉外表的美丽，学会大口吃肉大口喝酒，渐渐拥有了"匪气"。与海匪们的那种敌对状态，也缓和了许多，海匪们赞叹："这女人不一般。"

阳光，海风，惊涛骇浪。女人看着无垠的大海，想想自己，已经没有什么可以牵挂的了，她的书生男人已经不在人世，那样一个儒雅之人，暴尸街头，连收尸的人都没有。

女人把迷离的目光，送向大海远方。

6

海上漂泊的女人，等待着海船靠岸，一心想离开这里。岸上跑单帮的关心着上海战事的报道。淞沪会战粉碎了日本人"三个月灭亡中国"的狂妄计划，中国军队一次次打退日本军队的进攻。为保存实力，中国军队做战略上的撤退，上海沦陷，沦为"孤岛"。撤退的民国军队，重新集结，意欲组成新的防线。日本军队一路向西，很快就兵临城下，分三路围攻民国首都南京。这个时候，跑单帮的愈加思念漂亮女人，不知道她在海上怎么样了？

寒冬腊月，日本军队攻打南京，攻势非常猛烈。民国军队进行了顽强抵抗，终究没有抵挡住日本人的进攻。南京沦陷。日本人在城里进行了大屠杀。

南京被日本人占领，报纸上的战争宣传，有了悲观的论调。战事暂时还没有波及江北瓢城。跑单帮的依旧在申时时分来到一瓢水店铺。店铺的门关了，门窗落满了灰尘。他坐在一瓢水门前，看着瓢城西街，守护着关门上锁的店铺。漂亮女人走后，跑单帮的陡然明白，自己心中早已爱上这个女人了，并且对她有了责任。他坐在一瓢水店铺门口，把目光一次次送向遥远东边的大海。

一年的时间，是他与匪首定下的时限。他与匪首的对话言犹在耳，一遍遍地在耳边回响，他一天天等待着光阴流逝，一天天有了靠近的感觉。他的胸中的思念，像春天里的桃花一样盛开着。他食不甘味，夜不能寝，自己的生意也在焦虑的风中渐渐淡去。

跑单帮的惦念着东边海里的一个女人，百般冲淡不能忘怀。瓢城的太阳从东边升起，从西边落下，一瓢水店铺中的漂亮女人，成了他反复想象的画面。东边起风了，他想到海上的行船；东边落雨了，他想到女人在船上还是在岸上。他想，女人一定是黑了，瘦了，日渐苍老了。一个江南来的女人怎能经得起海风的吹拂，海浪的颠簸，还有一帮穷凶极恶的海匪。他有事没事就往西城市街里跑，在申时时分，到一瓢水店铺看上一眼。

海上女人，也在思念瓢城的一个男人，心中不能忘怀跑单帮的仗义。人在危难时的相助弥足珍贵，她得当面致谢跑单帮的男人。女人盼着跑单帮的来接她，快快地离开这个人鬼不分的世界。她要回到瓢城，重新做起一瓢水店铺，找到自己男人的遗骸，守在他的身边。

时间的脚步不快也不慢，跑单帮的瞅着瓢城市街中的亘古景致，等待满一年时间的到来。他一次次憧憬着与女人相见的情形，定是那种久别重逢的激动样子。眼看着就到了去海边赎她的时间，他深深舒了一口气，搓着手，转着圈，不停地笑着。

跑单帮的离开瓢城，去往海边。他一路来到东海边的大河口，海面到了这儿与陆地流淌下来的大河口相连，就像一个偌大的喇叭口。河口的河水与海水有着明显的界线，一边是淡黄色，一边是浅蓝色。多年跑单帮的经验告诉他，要来的地方就在这里。看着河口的水面，他断定海船会在这里靠岸。

河口的不远处，有一小镇。说它是小镇，仅仅就是一些散落的房屋。倒是什么都有，街面、旅店、酒馆、赌场。等了整整一月，未见海船踪影，跑单帮的不急，他坚信自己的判断，海船一定会在这里靠岸。他又一次想到与女人见面的情景，已经不是那种久别重逢的激动了，女人一脸羞涩，仿佛并不认得他一般。女人上下打量着他，使他感到纳闷，难道我有很大的变化吗？跑单帮的笑了。

那天晌午，跑单帮的终于等来了海上帆船。远远看到阳光下的海面，有一个白色光点，一上一下地跳跃着。只见那白色光点渐渐大了，海船跃出海面出现在视线里。海船向河口驶来，变得越来越清晰了。到了跟前才发现，那是一艘高大无比的帆船。这样的海船，他这个常年在外跑单帮的人也只是听说过，没有亲眼见过。今天终得一见，比他想象的样子还要高大雄伟。难怪那些海匪消灭不了，这海船往海上那么一跑，备足了粮草与水，待上一年半载，谁能拿它怎样？

大船上放下小船。人从扶梯上下来，乘着小船向岸边驶来。他在岸上等着，心中既高兴又忐忑，终于要见面了。

岸边有不少女人在等着船上下来的一个。这儿是天涯海角，官府不管，民风不到，完全是一块自由的土地。她们兴高采烈地迎接着盼望已久的人儿归来。这些女人中，有妓女，有良家妇女；有死了丈夫的，有结了婚不能好好过的；有有文化的，有没文化的；有年龄大的妇人，有年龄小的姑娘。她们来到这里只图一样，放纵狂野奔放的性情，把那人间烦恼抛于脑后。

男人们上了岸，搂着各自的相好去了各处的小屋。海边河口叽叽喳喳的人群，一下子消失得无影无踪，就像是水面的一群鸭子，扑通一阵子全没了。

眼看着船上的人都下来了，不见漂亮女人的身影。跑单帮的怀疑，难道女人不在这条船上？甚至怀疑女人是否还活着。

这时，匪首从船上下来，头戴三角帽，挎着膀子，像鹰一样地走来，旁边跟着几个随从。跑单帮的一眼认出了匪首，迎了上去。匪首也认出了跑单帮的商客，对他说："还真的来化解这怨恨啊，她男人当场就被打没了，还费那个黄货干什么。不如入伙，我们一起做事。我做黑的，你做白的，大家发财。"

"商道诚信为本，希望老大信守承诺。货我已经带来，请验货放人。至于你说的黑白两道共谋生路之事，那是一厢情愿。你走你的阳关道，我走我的独木桥。"跑单帮的说，"黑白通吃一说，没有谁见过真的可以做到。倘若那样的话，怕是死无葬身之地也未可知。最后找那冤家，也是难以寻得。"

匪首笑道："商道讲个信，匪道讲个义。说了的话，无可更改，你找那眼镜去谈。"说着指了指后面的小船。

眼镜男人与漂亮女人从小船上下来，女人一眼认出了跑单帮的商客，他救自己书生男人的情景一下子浮现在眼前。女人理了理被海风吹乱的头发，走到跑单帮的面前。跑单帮的上下打量着她，依然是那么美丽，除了黑些以外，却显得更加健康了，丝毫没有想象中的那种苍老。

"已经野了，让先生见笑了。"女人说。

"一年前，我对你的先生有过承诺。虽然他已经不在了，但我对你有着一份责任。看到你一切安好，我很高兴。"跑单帮的说。

"没想到先生如此重情重义，我的那一个当场被打死了，他性情刚烈，没有听先生的话。"

"过去的事情不再提它，只会勾起伤心的回忆。我这次来，是接你走。"

眼镜站在一旁看着，他认得商客，一年前洗劫瓢城时，就知道他是个仗义之人。他与匪首老大的对话言犹在耳，那是何等的气魄。想不到他如期而至，真是一个守信的汉子。眼镜自言自语道："还是来了。"然后走上前去。

海边的天气一片晴好，海面风平浪静，停泊在大河口的海船，正往岸上搬运东西。海边留守人员往海船上运送淡水和其他物资，看得出来，他们只是短暂地休整，不日又将启航。匪首老大看了看海边的天空，与跑单帮的挥了挥手，在几个海匪的护拥下，向海边小屋走去。

跑单帮的在海边小酒馆请眼镜吃饭。当眼镜坐下时，跑单帮的对他说："看得出来，你对她多有照顾，我替她死去的男人感谢你。看来你也是有文化的人，出海落草定有缘故。我来海边仅是兑现自己的承诺，走与不走，由你们来作决定。"

眼镜道："她一直在等你，才有了活下去的念头。匪是匪，也有人性的一面。她长得那般貌美，怎忍心沉了大海，我只是做了人应该做的事情。如今你来了，怎能不让她走呢？一个如花似玉的女人在成群的海匪窝里苟活，我也不能保证她的长久安全。"

"要不你也跟我走，一起去做跑单帮的生意。有我的就有你的，然后落脚一处做一固定的营生，我们三人一起过活。"

"我是走不了啦，只能在海上漂着。即便是可以逃脱，也只会给你们增添麻烦。她就在外面，你即刻将她带走。"

女人走进酒馆，拿着行李，给跑单帮的行礼。

跑单帮的站起回礼，拿出四根金条，让眼镜转交老大。"这人我就带走了。"他对眼镜说。

"不要停留，赶紧动身。"眼镜对跑单帮的说。

"好，来瓢城一定找我。"

女人转过身去，对眼镜行了大礼，眼泪夺眶而出。

眼镜向她摆手，让她赶紧离开。

女人转头跟着跑单帮的走了，消失在眼镜的视线里。

跑单帮的离开瓢城的第三天，日本人对瓢城发动了进攻。占领瓢城前，日本军队对瓢城进行了大轰炸，瓢城大半条街被夷为平地。随后侵华日军一零一师团所属一零一旅团占领瓢城，对军人、抗日分子、爱国人士进行杀戮，并对一些群众进行报复性屠杀。日本人将这些人的头颅割下，尸体倒挂在树上，淋下血拌草料喂马。西城地藏庵的一名尼姑，遭遇五名日军轮奸，羞愤自尽……

女人跟着跑单帮的回到瓢城，瓢城已经被日本人占领。女人和书生租住的河边房子，已被炸毁。跑单帮的带着女人去往北城外的一片坟地，她的书生男人就葬在那里。一年前，跑单帮的为她男人收尸，买了棺材将其安葬在这里。女人跪在坟前痛哭流涕，她一直担心书生男人暴尸街头无人收殓，没想到跑单帮的收了尸，还买了棺木将其安葬。跑单帮的上前将她扶起，商议着为书生立个墓碑。女人与跑单帮的一同去了石料场，选了上好的石材，找了石匠刻了碑文，为她的书生男人立碑。

女人要去一瓢水店铺，这是她在海上朝思暮想的事情。跑单帮的与她一同去了瓢城西街。瓢城西街已经凌乱不堪，远远看到了"一瓢水"牌匾了，这是书生男人留给她的唯一遗物。她仿佛又看到了自己的书生男人，可到了跟前才发现，一瓢水变成了酱园店，门头上挂着日本军旗。前店后厂，后面的院子里排放着酱缸。女人呆呆地站着，知道一瓢水再也回不来了。她如梦初醒，赶紧离开西街。

以后的一段时间里，跑单帮的守护在女人身边，处处照顾着她。跑单帮的一片真心，漂亮女人看在眼里，虽为生意中人，却没有半点商道习气。先前的遭匪中，他出面保护自己的男人，现在又用金条来赎自己，也是情意至深缘分天定。女人心存感念，不知道如何报答。

海上归来的女人，知道跑单帮的心思，一时不能接受这样的情感。漂亮女人忘不了自己的书生男人，她得为他守寡，这是她能为书生做的唯一事情了。

跑单帮的向女人表示，自己的所为，不必放在心上。

7

南门城楼上悬挂着日本国旗，下面站着两个日本兵，进出的人都要鞠躬行礼。南门外的河流静静地流淌着，对岸的南瀛岛死一般地静寂。女人与跑单帮的站立河岸，看着对面的南瀛岛。南瀛岛四面环水，生长着许多古树，苍劲、墨绿，是个极幽静的地方。日本人进攻瓢城时，没有轰炸南门外的南瀛岛。

瀛洲岛最早形成于新石器时代。起初是个河中滩地，长满了野草。后来泥沙淤积，越来越大，形成了像样的半岛。五代南唐时，岛上有僧人居住。明朝初年，开挖越河，成了四面环水的独岛，孤悬于南门外的一块幽静之地。明隆庆二年（1568），宰相李春芳在此修建"东岳庙"，明万历七年（1579），瓢城知县杨瑞云带领百姓抵御洪水，将东岳庙改为"泰山庙"。现存于独岛上的泰山庙，是清朝的遗迹。风云变幻，屹立不动的是庙宇，峰回路转的是云彩，物是人非，沧海桑田。

泰山庙四进级院落，一进的入口有个八字墙，城门式的墙上书有"泰山庙"三个隶体大字；第二进为两层楼房，走廊式的楼梯位于东西两侧；第三进为气势恢宏的建筑飞檐楼，两边有厢房数间；第四进为藏经阁，建于地势最高的墩上，登阁远眺，全城景色尽收眼底。这里总有一种静静的幽谷的感觉，宛如进入幽蓝世界。

瓢城南门外有座房子，与南瀛岛隔河相望，屋后的桂花树长于何年，无人知晓。站在房舍的门前，对岸的南瀛岛尽收眼底，泰山庙的红墙与后面的翠绿竹林，在房舍斜对面的西南方向。寺庙的钟声，一下一下听得真切，细细听去，还可以听到庙里的风铃声。跑单帮的决定在瓢城南门置下这座房产，他是这么想的：如果女人想通了，他们就在南门这边一同过活；如果女人想不通，他也不急，房子就归女人居住，她得有个长久的安身之处。住在城里，进进出出，太过显眼，弄不好又会惹出事情。

河边的这座房产已经闲置很久，无人居住，正预备着折变。兵荒马乱的年代，哪有像样的买家。不料来了个相中的商客，旁边站着一个貌美如花的女人，又是那般急切地想得此房，便以家私与桂树加了一成。跑单帮的正要还价，房主道："我的那些家私，都是有年头的老物件，特别是屋后的那棵老桂树，你们以后就知道它的价值了。"跑单帮的转头看着女人，女人点头微笑，跑单帮的也就不再还价置下房产。

靠近南瀛岛泰山庙的河岸房舍，是一处僻静之地。漂亮女人喜欢屋后桂花树散发出的清香，喜欢听寺庙的钟声。女人想起来了，当初她与书生男人来过这里，见过这棵老桂树，心中就有了一份莫名的亲切感，甚至以为与这个房子有着某种缘分。

当漂亮女人知道跑单帮的是为自己置办房产时，眼泪一下子流淌下来。他的一个个举动感动了她，对他的一片深情，女人无以回报，只能以身相许与他一起共度人生了。跑单帮的看到女人有所松动，对她说："人死不能复生，先生九泉之下也希望有个可靠的人来照顾你的生活。我并没有妻室，长期在外闯荡，我也想有个家。现在到处兵荒马乱的，有个家总比没个家要强，我们一起过活。"

女人终于答应了与他在一起。跑单帮的问她，是为了报恩还是真的想一同过活，他不想乘人之危。女人的眼泪下来了。跑单帮的知道自己的话不得体，带着女人去了书生的坟前，对逝去的男人进行了祭拜。女人低头长跪不起，哭得伤心凄凉。跑单帮的将她扶起，然后一同回南门河岸的房舍。

那个宁静的夜晚，一轮好月挂在天上，屋后的桂树轻轻地摇曳，发出沙沙的声响。跑单帮的与漂亮女人坐在床沿，谁也不说话。老屋的窗外，夜色中的河流闪着点点银光，偶尔传来几声虫鸣。跑单帮的看着女人，如此貌美的一个，魂牵梦绕着自己的魂魄，现在终于得来成为身边的女人。

他想到了女人在一瓢水店铺里行走的样子，端来几样小吃，一壶碧螺，然后清风一般地离开。那时的自己也只能默默地坐着，看着窗外瓢城西城门楼在夕阳中的情形。世事难料，女人的美好家庭，说破碎就破碎了。现在女人安然归来，做了自己的女人，复杂的心情在心中翻腾着。跑单帮的伸手去解女人的衣衫，女人没有反抗。

女人躺到床上，背朝着跑单帮的男人。经过水上漂的女人有了些野性，但还是不能接受跑单帮的情爱。女人的心中也是喜欢这男人，在一瓢水的时候，就对他动过情，还一度在心里责备了自己。然而现在真的走到一起，还是不停地想到那个苦命的书生男人。跑单帮的看着赤裸的女人身体在微微颤抖，知道她又在想死去的书生男人了。

跑单帮的没有动她，他所需要的不仅仅是女人的肉体，还有她的心。跑单帮的细细地品味着女人的胴体，看傻了眼，世间竟有如此美丽的女人，洁白如玉，玉雕一般，简直就是仙女下凡了。跑单帮的在背后抱住女人。女人的身体不由自主地抖动起来，跑单帮的将她抱得更紧了，用嘴吻她的后背。

女人一个激灵，全身紧缩起来。跑单帮的松开了她，她的身体渐渐放松下来。女人在想，到了这样情形，不能辜负了人家的一片情意，就将身体转了过来。她对跑单帮的说："我的身子不洁，生活一段时间后将我丢下，你依旧浪迹天涯，做跑单帮的营生。"男人一把将她搂在怀里，不停地亲着，不让她说这样的话。他是要与她成家的，一起过平静的日子。

在男人激情的冲击下，女人的身子蛇游起来，不停地呼应着他。男人想到哪儿，哪儿就跟了过来，她要用这样的法子缓解心中愧疚，双重的愧疚——对自己书生男人的愧疚，对跑单帮的愧疚。泪水从她的眼眶里流出，男人知道她的心思，把她紧紧搂住。

慢慢静谧下来，南门外一片寂静。跑单帮的心想，这女人并非是风花雪月的女子，风骚妩媚水性杨花的裙钗，完全是大户人家的闺秀，并不贪图红尘中的荣华富贵。跑单帮的太庆幸自己的坚持了，得来这样一个女人。

南门城楼于晨曦中苏醒着身躯，黑色门楼变成了青色门楼，在早晨的阳光中又渐渐披上一层黄光，变成金色门楼了。屋后的桂花树摇曳着枝叶，阳光照在上面，闪着一个个金色的小光点。南门早晨，有着盎然的气息，屋前的河中一片金光涟漪。跑单帮的将女人搂在怀里，女人依偎着他。冷不防，男人又将她压下，再一次将女人送往欢悦的巅峰里。

没想到跑单帮的性情如此丰神迥别，特别会疼人。漂亮女人对他说："你哪里像个没有女人的男人。"

跑单帮的并不隐瞒自己过去的风流韵事，对女人说："在外飘荡这么多年，哪还没有些花事，也就是逢场作戏罢了。"

　　"没有过真正的相好？"女人问。

　　"有的。"跑单帮的告给她自己曾经有过的一个相好。

　　那是码头上卖麻绳、竹篙、铁锚店铺老板的女儿，在一次坐船时相识。两人一见钟情，在河街上跑了一整天，还在水上酒馆喝下良酒，当晚就在码头边一个放麻绳的库房里好上了。

　　"这么快？"

　　"在外跑生意的人，对于生意人家有着一种天然的亲近，大概她也是这样的情形。当然，彼此心悦是关键。"

　　"后来呢？"

　　"后来码头老板知道了此事，并没有责备我们，只是要求我入赘过活。我实在是不能这样娶她，说等做好了生意回来成亲。"

　　"后来呢？"

　　"后来自己并没有做好生意，也就没有及时回来娶她。"说着，跑单帮的哽咽起来，"这是我一生中最大的痛，当我做得有些样子的时候，她与父亲已经不在那里了。我四处寻找，没有找到他们的下落。"

　　漂亮女人抱着跑单帮的，觉得他是个有情有义之人。

　　一夜一夜的不眠，一夜夜地云雨交欢，多少平复了漂亮女人的心酸与恐惧。女人也尽量不在跑单帮的面前流露出自己的内心痛苦，她知道，这样一味地沉浸在过往的痛苦中，跑单帮的心里也不好受。她时常给跑单帮的以笑脸，跑单帮的也一次次地激情对她。只半年的光景，跑单帮的除了眼睛变大外，其他都变小了，满脸愁容，颧骨凸起，下颚尖瘦。男人在家里来回走动着，焦躁不安的脸上布满了乌云。以为娶漂亮女人，生意照样可以做得风生水起。现在看来，自己的运势已经起了变化，真是乱世风云乱世情，历尽沧桑苦飘零。

　　女人一旁看着，心渐渐冷却下来，知道自己不配与这男人长期相守，是她拖累了跑单帮的。他迟早是要走的，回到过去在外漂泊的生活里。女人低头，向房间里走去。

　　屋后的桂树，在风中不停地摇曳。

"我又没有说你什么，你要这样干什么？"跑单帮的走进屋里。

"有些事情是不需要说的。如果先生觉得我是个累赘，可以任凭你来处置。我这样的人，到哪儿都是一样，先生不必多虑。"

跑单帮的说："哪能这样说话，我又怎能做得那等无情无义之事。我是在想，不能再这样坐吃山空了，得出去营生养家。生意人一旦停顿下来，短时间可以，成年累月就撑不住了。你跟了我，得过上好日子。我知道你想重新做起一瓢水店铺，等我出去苦好了，回来做一瓢水。"

知道了男人的心思，女人流下了眼泪。他有这样的心，说明他特别在乎自己。一瓢水是女人心中的一个痛，那样好的一个店铺，刹那间就随着书生罹难，自己被海匪抓走烟消云散了。当她从海上回来的时候，日本人来了，将她的店铺霸占做了酱园店。

清晨时分，雾霭还没有散去。跑单帮的早早起床，将家里收拾得干干净净，看着屋前的河流。东边的太阳刚刚升起，发出金色的光芒，河的两岸仿佛披上了一层金光灿灿的薄纱，河水涟漪闪烁着无数光点。女人走到跑单帮的跟前，跑单帮的抚摸着她的头，对她一番交代后，依依不舍地离开房舍独自上路。

看着男人消失在远处的晨光里，女人知道，一段离别的心酸日子已经开始。跑单帮的重回江湖世界了，这就是大鱼入了江河，禽鸟归了山林。她一遍遍地温习着跑单帮的话："跟了我，得过上好日子。我出门营生，苦了钱回来做一瓢水，与你好好过日子。"并把这话当作一个可以期待的未来，深藏心底。

男人走后的日子里，女人看着屋前的河流，落寞地过活。她迎晨送夕，逐阳听雨，单单地数着日月星辰的行进。天又落雨了，先是一场酥润的细雨，碎化风中思绪；后来雨渐渐大起来了，盖过了风声。成串的雨水，顺着瓦脊流淌下来，砸向地面；风一会儿又大了起来，盖过了雨声，流淌下来的雨丝，成了一条条弧线。

风雨就这样不断地交替，打发着女人寂寞难熬的时光。

8

一天早晨，天下着大雾，女人起床走出户外。对面的南瀛岛不见了，屋前的河流像一个长长的影子，隐隐可见。抬头望去，隐约感觉到一个人从远处的雾中走来。渐渐地近了，只见那人破雾而出，站在房前不远处的路上。来人背着行囊，五官看不分明，一脸的胡子。是跑单帮的，她终于等到了跑单帮的归来。没想到他在大雾迷蒙的早晨出现在家门口，女人兴奋极了。但她没有前去迎接，鼓着嘴做生气状，嘀咕道："谁让你在外面荡了，还不是满脸胡子，失魂落魄地回到家里。"

一阵强光过来，跑单帮的不见了。在这个陡然雾消云散的时刻，阳光照射过来，门前的河流，对面的南瀛岛，清晰起来。头顶上的苍穹比往日明朗许多，一片淡蓝。女人睁大眼睛，一切景物看得清楚，河中水流的波纹都清晰可辨，那个雾中身影不见了。女人揉了揉眼睛，望着屋前伸向远方的路，知道自己在早晨的恍惚中见到了虚幻。

天突然转阴了，很快就落起了小雨，这天说变就变。河面一片雨雾蒙蒙，一股潮湿气息扑面而来，雨中的南瀛岛，笼罩在灰色雨雾中。几声鸟鸣传来，打破早晨的寂静。那是乌鸦的叫声，在雨中，也只有乌鸦会叫，一声一声，传得很远。她知道乌鸦声是从南瀛岛泰山庙后面的竹林里传来的。也是奇怪，天气好的时候，并不见那林子里有乌鸦落下。阴雨的天气中，乌鸦却会在那儿鸣叫。

太阳又出来了。雨后的阳光照在屋后的桂树上，忽闪忽闪地发出一束束耀眼的光芒。雨珠从树上落下，一滴滴地含着金光落在地面不见了。她闻到了阳光残余的味道，有些潮湿，又有些烘热，她真的太想跑单帮的了。可心中思念，渐渐地变成了遗忘他容颜的风沙，他的样子越来越模糊了。记忆与情感是极不可靠的东西，敌不过时间的风蚀。

女人站到树下，抬头望向树梢，心中一片茫然。

女人一日日地盼着，不，是在心里央求着，跑单帮的男人早日归来。她坐在门口眺望远方，盼望着那个熟悉的身影出现。她盼啊盼啊，盼了很久很久，久到了从春天到夏天，从夏天到秋天，没有盼来男人的身影。

"你到底是怎么了，会不会出事了？"女人心想不会，自己的男人是个精明能干的汉子，会依仗机巧躲过危险。可时间太长了，思念与担忧不停地放大着，使得她的心滋生出前所未有的恐惧。屋前的河流闪着涟漪，屋后桂树摇曳着枝叶，屋里屋外变得无比空旷。

女人一遍遍地骂着："天生的野种，在家如狼似虎，出去就像石头沉了大海，连个泡泡都没有。遭野路害了的，就是死了也差个人回来报丧啊。"说完自己笑了，这人都死了，还差谁来报丧啊？然后捂着自己的嘴道，"呸，气死我了。"

中秋过后的一天，天空飘着丝状的浮云，从湖县来了一个杂技戏班，在河边的一块空地上耍起了杂技。湖县在瓢城的西边，是有名的杂技之乡，许多穷人家的孩子很小就被送到县城里的戏班去练杂技。小小生命，行走在各种险道上，师傅的鞭挞，是赶着他们去做各种危险动作的号令，久而久之，竟也习惯了惊险的生活。

一阵阵乐器声、锣鼓声以及人的喝彩声从河边传来，进入女人的耳朵里。不轻易出门的她，敌不过声音的诱惑，更是自己心里的寂寞空落在驱使，女人走出家门，向河边空地走去。

远远地看到戏班里一个汉子很像跑单帮的男人，女人加快了步伐。她的脸上洋溢着欢悦的神色，想不到以这样的方式与跑单帮的相见。她的心里纳闷着，怎么男人做了这样的事情？都到了家门口了，也不先进了家通报一声。她转念一想，戏班有戏班的规矩，他又是刚进戏班的新人，得听班主的话。女人走得更快了，恨不能一下子飞到男人身边。

女人气喘吁吁来到跟前，仔细打量才发现不是。他的个头、长相与神情着实与自己男人一模一样。杂技表演开始了，漂亮女人站在台下，并不去看杂技演出，而是看那汉子，师傅在台上安排着杂技表演，照看着表演杂技的孩子。孩子在表演一个个高难的动作，他在下面护着。师傅一会儿上前，一会儿退后，死死盯着高空中的一个。台下，女人目不转睛地跟着师傅的身影在转，一脸痴呆的神色。

"像，真的太像了。"女人的心里嘀咕着。

周围的人发现了漂亮女人，一个个围过来看她。女人被围在中间，动弹不得，她反应了过来，赶紧地往外面挤，外面的人往里挤，一时间台下大乱。台上的杂技根本演不下去了，就连台上的人也将目光送到台下。

女人发现情况不妙，拼命挤出重围，径直往家回。

秋日一天天深去，河里的柳条鱼已经不见在水面游动。屋顶上落下了麻雀，不停地叫着，就是去撵它，也不像往常一样呼啦飞走了。河面的行船显然比往日少了许多，南瀛岛泰山庙里升起的青烟也比昔日的要直。寺庙的钟声还是按时敲着，寺庙的风铃声，好像有很长时间不响了。女人想到了寺庙里的情景，还是在很小的时候与母亲一同进去过，那是在申城。那天，母亲去还愿，为多年前的一个有志青年。

母亲还是学生的时候，父亲在一次联欢舞会上认识了她。从此，父亲不遗余力地追求母亲，终于在那个秋天成了他的第四房姨太。母亲怎么也忘怀不了那个有志青年，他已经不在人世。

9

进入腊月，一阵阵寒风吹来，树叶一片凋零。萧索阴冷的瓢城，是真正的寒冬景致。夕阳西下，天空中出现一片墨色流云，与晚霞混合在一起，变成半明半暗的云彩，宛如受伤的身体流出的变黑残血。女人看到这样的天象，心中有着一种不祥的预感。这预感分明与跑单帮的有关，一阵阵强烈起来。与这强烈预感一同而来的，是瓢城的暮色，随即进入她的肌体里。

惨薄的晚光跌入西天的怀抱，只是抖动了一下就黑了下来。周围的一切漆黑如墨，伸手不见五指。可很快，似乎也就是在一瞬间，夕暮过后的黑暗中，出现了青色的透明，仿佛是明亮天空与漆黑夜晚转换时的闪灵。那种透明的青色，宛如条案上的青铜器于暮色中发出的幽暗青光，有着悠远深邃的古意。女人站在黑暗中，泪水模糊了她的双眼。

一个冬日的午后，跑单帮的回到瓢城，后面跟着一个男人，一前一后进入屋里。跑单帮的进门就对女人说："赶紧地做几样下酒的菜，弄些好酒来，我与窦兄吃喝。"说着拿起水缸上的瓢就舀水喝。

外出一年的男人，满脸胡楂，又黑又瘦衣衫褴褛失魂落魄。女人不敢相信自己的眼睛，怎么弄成了这等模样？早先的男人意气风发豪爽风流一脸阳光，现在的男人像是霜打的茄子，满脸黑气。后面跟着的男人，眼神不定，微驼着背。女人不敢多问，赶紧地做了几样小菜，拿来好酒，摆好桌面，让跑单帮的与姓窦的吃喝。

跑单帮的大口大口地吃喝着，显然已经饿坏了。那个跟随他而来的姓窦男人，无心于喝酒吃菜，直勾勾地瞅着漂亮女人，目光猥琐恣肆。他只字不提债务之事，拿起筷子，胡乱地在菜盘里拨弄着，然后扫视着屋里的家私，心中正盘算着一件事情。

女人感觉到这个姓窦的男人不怀好意，眼神里有一种飘忽不定的东西，分明是冲着自己来的。男人只顾着吃喝。女人心里着急，"我知道你是饿了，可你明了？你的女人正暴露在一个神情猥琐的男人面前，你不能光顾着自己吃喝啊。"

跑单帮的全然不觉，只顾着低头吃喝。

不一会儿，姓窦的转头对跑单帮的说："你女人租给我一年，所有债务全免，如何？"说完喝了一口酒，吃了一口菜，面带奸诈的微笑。

跑单帮的一愣，不知如何作答。这太骤然了，不敢相信自己的耳朵。跑单帮的放下筷子，抹了抹嘴，看着姓窦的脸。这毕竟是让人无地自容羞愧汗颜的事情，怎能应承。他转头看向自家女人，然后盅中残酒一饮而尽。

女人瞪着眼睛看姓窦的，果然不是个好东西。她不知道跑单帮的与姓窦的之间发生了什么，但姓窦的说出这样的话来，简直就是畜生不如。

"你们商量下，给个痛快话，没多少时间了，我还要赶回家去过年。"姓窦的站了起来。

跑单帮的低头不语，女人知道其中定有隐情。

跑单帮的涨红着脸，做梦也没有想到姓窦的朋友会提出这种要求。难不成已经到了如此不堪的地步，得通过出卖自己的女人，方可换来自身苟活？

"虽说朋友妻不可欺，但我看也不失为两全其美之事。而且我也看出来了，你老兄根本就没有偿还这笔债务的能力。一年之后我按期还了你女人，天知地知你知我知，咱们两清，你我兄弟从此各奔东西，不再相见。"姓窦的说完走出屋外。

女人知道自己的男人欠下了巨额债务，已经到了山穷水尽的地步。她稳了稳神，让男人说清楚事情的原委，与那姓窦的再做商议。看得出来，姓窦的是有了家室的人，不能这样对待朋友，做出畜生不如的事情。债是债，情理是情理，不能胡来。

她向门外走去，与那姓窦的谈谈，看看能不能有另外的法子。

从姓窦的那里，女人知道了跑单帮的遭遇，不是一般的男人可以承受。

这是一宗名贵的药材生意，没有人敢接这个活，因为这批药材要到东北深山老林里去采购。去那里的人，大多是有去无回，性命难保。重大的利润诱惑使得跑单帮的无法拒绝这笔买卖，值得一搏。他接了这活。朋友让他再做思量，风险太大。他摇了摇头道："干。"只身去了东北深山老林。

冰天雪地，林海雪原茫茫密林中，寥无人烟。风雪呼啸的撕裂声响，在密林里格外刺耳，根本听不到其他声音。跑单帮的冒着漫天风雪，独自行走在茫茫林海里。

按照事先说好的地点，跑单帮的在一个小溪旁的无人木屋里等待。这个小溪边的无人木屋，是进山打猎人的栖息之地，屋里堆了一些木段，墙上挂着一张又黑又脏的兽皮，墙角有些发黑的石头蛋子一般的土豆。

送货的人来了，一个老人，一个年轻女子，一条猎犬。看到老人和女子，都是面善之人，就是那条猎犬，虽说高大也不是凶神恶煞之相。跑单帮的放下包袱，准备做些轻松的交谈。

"赶紧验货走人，此地不可久留。"年轻女子道。

猎犬叫了几声，老人端起猎枪冲出门外警戒。显然，老人是个经验丰富的猎手。跑单帮的感到了骤然紧张的气氛，照着女子的吩咐，快速验货给钱，拿货走人。

取货之后，跑单帮的一刻不敢逗留，急速赶路出山。他不走有脚印的大路，专走白雪覆盖的无人小径。长路漫漫，道路险恶，行进异常艰难。狂风夹着稠密的雪花拍打他的脸，一人行走的世界，空寂迷惘。跑单帮的日夜兼程，心中祈祷着自己能够平安出山。他想，做了这单生意，就回去与女人好好过日子，帮着女人重新做起一瓢水。

他走啊走啊，不断地稀释着夜色的苍茫与心中的暗影，躲避一切使自己暴露的可能。在离开木屋的这段时间里，他没有遇到任何险情，庆幸自己走了一条人迹罕见的路线。离开木屋的第三天，他走到了山林的边缘。抬头一看，正是黎明时分，他一点儿也不感觉到冷，感觉到的是少有的凉爽。

远处传来老鹰的叫声，一声一声地回响在密林上空。这时，一股土匪从林子里冲出，把他给绑了。土匪让他找人赎票，否则就撕票。跑单帮的想到姓窦的朋友，姓窦的千里迢迢赶来，出手相助，花了大把的金钱才让他得以脱险。

姓窦的告诉女人："当时我怎么劝他，他都执意要做，说是赚了钱，回到瓢城，帮你重新做起一瓢水，与你好好过日子。正是这个缘故，我才决定帮他，跑单帮的是个重情重义之人。"

听了姓窦的话，女人很是感动，跑单帮的男人是为了自己才落下这样一大笔债。她的第一反应是出来帮他，就像当初他帮助自己一样。她看着姓窦的，姓窦的一脸尴尬，支支吾吾地说："我那钱也不容易，不是偷的抢的，是我一笔笔苦来的，那可是一大笔钱哪，是我多少年的积攒，不能打了水漂。只因你太漂亮了，才有了这样的心思。如果你不同意，那就给个还款的时间。"

女人瞪着姓窦的道："我们没得还，但你也不能这样。"说完，眼泪唰唰流淌下来，"这算怎么回事。"

女人含泪收拾行李，一下子豁出去了。"我得帮他。"女人想，一人一命。没有更好的法子了，只有跟姓窦的走了。

跑单帮的意欲阻拦，女人看着跑单帮的道："就这样定了，不要反悔，你的朋友也真的是为你着想。"然后瞪了一眼姓窦的，转头对跑单帮的说，"到了这步田地，也只有这个法子了。说走就走，省得你反悔。"

跑单帮的看着自己的女人，眼睛里尽是朦胧的灰黑色，看着让人害怕。

离开家门的时候，女人对跑单帮的说："人都有走窄的时候，你不要多想。自己在家好好的，我一定会按时回来。只是你要记得这水是你自己泼出去的，完全是迫不得已的事情，不要到时候犯浑嫌弃我一身脏水就行。回来以后，我像以前一样伺候你，我们好好过活。"

跑单帮的脸，红一阵白一阵，双眼湿润，然后看着屋外瓢城傍晚的天空。天空一片橙红，南门城楼镀上了一层红色，门前的河水泛着一缕缕红光，却依然是一股寒冷的气息。漂亮女人与姓窦的走了，消失在远处瓢城冬日的夕阳里。看着女人离去的背影，跑单帮的拼命捶打自己，发出落水狗般呜咽的声音。

这年的新年，跑单帮的过得憋屈，昏沉无力，一个人在家里喝闷酒，悔恨、懊丧、痛苦。这是他一生中最为耻辱的一个新年，落得如此窘境，竟然用自己的女人抵债才得以安稳过年。

跑单帮的愣愣地看着屋后的桂花树，狠狠扇了自己耳光。

10

姓窦的在一处树林旁的宅子里将女人安置下来，过起了以妻抵债的生活。女人的态度非常冷淡，姓窦的心里却是窃喜，跟了自己，这就足够了。在姓窦的这边，一刻也不能放松对她的关注，实在是敌不过女人的貌美；在女人这边，一面是为自己的男人赎债，一面是冷冷地回应了姓窦的一天胜似一天的热情。

以身赎债的漂亮女人，姓窦的爱不释手，心里实在是稀罕与宠爱，一日日地陪着。姓窦的与女人谈到一瓢水店铺，知道这是她心中的一个深深念想。跑单帮的也正是为着这个差点丧命。

女人并不接姓窦的茬，知道他是在想着法子套近乎。光阴也就在这一头热一头冷中，静静地流淌着。

眼看着一年的租期将至，姓窦的与跑单帮的有约在先，不可违背。女人凝视窗外，光秃的树林，天空一下子开阔了许多。跑单帮的沮丧的脸在她的眼前浮现，心中想着与他重逢时，会是怎样的一个情形。

冬天到了，女人的心里兴奋起来，终于可以回家了。姓窦的还想做最后的争取，试探性地对女人说："你留下与我一同过活怎样？我愿意再出一大笔钱，补偿给他。"

漂亮女人说："不可。"

姓窦的说："有何不可？你与他也是半路夫妻，并不是明媒正娶，正房正室，不一定要死守陈理的。他得了钱财，可以过得更好，重新娶了新娘，一准是又一次帮了他也未可知。"

"我已经是他的人，出来之前说得清清楚楚。人不可以违背自己的诺言，至于他会怎样对我，那是他的事情。"漂亮女人对姓窦的说。

女人说了这话，姓窦的内心除了稀罕之外，又多了一份钦佩。他再三挽留，百般不成。得，既然她的心思还在跑单帮的身上，这样乘人之危也得不到女人的真心，便放弃了心中所想。

一年租期到了，姓窦的将女人送到瓢城南门跑单帮的家门口，与跑单帮的打躬作揖掉头就走。跑单帮的接下女人的包裹，一起往屋里回。

夫妻终于团聚，女人等待男人久别重逢的兴奋。一年时光受不了思念的煎熬，可见面时却没有丝毫亲热的场景，仿佛是两个并不熟悉的人。跑单帮的眼神恍惚不定，胡乱地看着别处。

一年后的重逢，冰冷得没有一丝温度，丁点儿喜兴都没有。女人心里担忧的事情还是发生了，心中一阵酸楚，眼泪从她脸上流淌下来。

跑单帮的整日整日地喝酒，就是不碰女人一下。生活在日起日落中，散发着淡淡的凄凉，渐渐为一种刺心的东西所取代。太阳照着河面，反射出耀眼的光芒。屋后的桂花树在风中不停地摇曳，发出哗哗声响。风越来越大，摇晃的树影越来越虚晃人眼。一切都回不去了。女人的心像刀割一样，瓷器已经有了永久的裂痕，周围的一切一点都不真实了。

跑单帮的变了，一点豪气也没有了。那个能说会道的敢于担当的男人到哪里去了？女人心想，或许他原本就是个窝囊废，在顺境中可以表现出敢作敢当，一派英雄豪气；一旦走了边道落了逆境就扛不住了，根本支撑不了大起大落的境遇，即便是做了天底下最混账的男人也在所不惜。

女人告诫自己，无论跑单帮的怎么对她，也要与他一同生活下去。

瓢城十二月的寒冬，夕阳西落，南门在夕晖中慢慢淡去它的身影，深去的河水变成浅灰色、墨绿色、深墨色。河南岸的建筑变得模糊不清了，远处的烟树也与天空的颜色混为一体。天完全黑了下来，女人与跑单帮的跌入昏暗寒冷的黑洞里。

屋里掌了灯，灯光里的晚饭吃得无声无息。一阵阵的咀嚼声音，昭示着对方的存在，却没有一点儿人气。人心的背离是冰冷带尖的冰凌，就是满怀激情也是无法靠近。女人一次次地想到破碎的瓷器，是破碎，不是裂痕。

收拾了碗筷，早早地盥洗睡觉。女人上床，脱了衣服，往跑单帮的身上靠。她知道，这个时候自己要主动点，慢慢化了横亘在男人心中的那块冰凌，怎么着也是自己在外与姓窦的共度了一年，巨额债务与男人的尊严相比，还是不可相提并论。

和衣坐着的男人，胸中有着怨气，他无法接纳一个与别的男人生活一年的女人，即便是为自己还债，也不能淡了这种耻辱带来的怨恨。心中怨念越来越重了，用四根金条从土匪窝里换来女人，是想过好日子，家里有一个貌美如花的女人，出去跑单帮也有劲啊。不曾想到，漂亮女人就是祸水，就是灾星，自从女人进入家门，就一直背运，悔不该当初了。此时的男人，终于将怨气撒到了女人身上。

看着充满怨恨的男人，女人知道跑单帮的已经有了深深的心结，一时半会难以改变，也就狠狠心由着他去了。女人想自己的故乡申城了，想过去曾经有过的优渥生活。但她并不后悔跟了书生男人，只是对命运的安排，感到不公。陡然地，她发现自己没有眼泪了。冬天过去，春天就会来临。

天已大亮，屋后的桂花树在晨光中发出一闪一闪的光点。女人像以前一样，精心照料着桂花树，料理着家务，把日子一天天地过下去。男人已经一蹶不振。心中阴影在黑暗之处开出了阴郁的花，那是深秋夜晚开的白色的鬼仔花。到了寒冷的冬天，鬼仔花就变成萎缩的黑色花毒了。

女人深深叹了口气，仰望着天空里的淡淡云彩。她一次次想到自己的书生男人，要是他在绝不会这样，会带她到一个无人知晓的远方。这时，屋里传来男人的叹息声，女人茫然地看着屋前的河流，打发着混沌时光。

春天到了，万物复苏，草长莺飞，处处透着生机与活力。湛蓝天空下的南瀛岛，绿绿葱葱。女人屋前屋后地忙着，把时光忙出灿烂来。跑单帮的坐在家里，眼神迷离而空洞。一静一动之间，河边老宅里的日子，如一汪深潭死水。

一个漆黑的夜晚，跑单帮的在纸上写下："等我回来，重新做一瓢水。"不辞而别。

看着跑单帮的留言，女人百感交集，自言自语道："你这是何苦呢？一瓢水回不来了，它就是一个店铺而已。你这样一走，落下我孤身一人，倒是真的伤到了我。兵荒马乱的日子，让我怎么过活？"女人反复念叨着这样的话，走出屋外，把目光送向远方。

跑单帮的离家的第二天，屋后的桂树开始摇晃，女人怀疑起风了，而瓢城风和日丽。女人站立树下，看着不停摇曳的桂树，口中念道："树欲静而风不止，你却无风自己在嘚瑟摇晃。"这么一说，桂花树摇晃得更加厉害了，摇了三天三夜。女人明白了，桂树在向她传递着某种信息。这信息到底是什么，说不清楚。

时间在季节中行走，春夏过后，秋风刮了起来，吹黄了秋草，刮落了树叶。萧瑟的秋日里，她想乘坐渡船上南瀛岛去泰山庙。她在门前常常看到泰山庙的红墙与后面的竹林，女人觉得，那片竹林一定是个独立而幽静的地方。不知为何，她陡然迷恋上那个地方，好想去一看究竟。然而想归想，终究还是没有成行，乘船上岛，要遇见不少人。

转眼间，秋天渐行渐远，冬天悄然而至。天气一下子寒冷了起来，对面的南瀛岛一片萧凉，跑单帮的出去一晃又快一年了，这一年里没有他的一点音信。女人估摸着跑单帮的一准在腊月回到瓢城。漂亮女人把家里收拾得干干净净，等待着回心转意的男人回到身边。她觉得跑单帮的回来就不会再走了，笃定自己的男人在外已经漂够了，正急切地想回到自己的身边。她已经想好了，他回来，什么也不说，好好地对他，一起过日子，一个人的世界太过苍凉。

那是个寒冷的早晨，夜里的落雪，在阳光下发出冰冷的寒光。一个在外做生意的男人，从家门前路过，告诉她你的男人已经回不来了，在一次打劫中没了，就不要再等了。女人愣在那里半天说不出话来，她的脑子一下子空了。那人又一次对她说："你男人已经没了，就不要再等了。"女人点头，把那人的话听在耳朵里。女人没有细问自己男人没了的情形，她似乎已经麻木了。

那人还想说些什么，她却道谢让人家赶路，并叮嘱人家一路好走："刚下了大雪，小心路滑。"

那人摇头自语："也是苦命的一个，这个时候还想着别人，今后的日子可怎么过？漂亮有什么用？反倒是害了自己。"

女人看着那人离去留下的脚印，突然感到自己走不动了，一屁股坐在地上，半天才哭出声来。女人极度痛苦地呜咽着，喘不过气来。跑单帮的坐在一瓢水窗前的样子，保护书生男人的仗义举动，用四根金条将自己从海上赎回的情形，为书生立碑，为她置办房产，一幕幕浮现在眼前。

屋里静悄悄的，不可能再有跑单帮的声音了，成了寂寥的孤岛。河这边的房屋与河那边的南瀛岛隔河相望，祭出不一样的凄婉。女人与桂树说话，心中孤清也只有对它倾诉了，她就像一个没有生命的东西，被扔在了这里。人的内心的苦痛为什么会对天说，对地说，对河流说，对树木说，单单不与人说？因为人是易于厌烦的生灵，复往不了如初的情思。

女人与桂树说着重复的故事，说书生男人，说海边眼镜，说跑单帮的，说一瓢水店铺。她一遍遍地说着，说完之后心里会好受一些，树也不烦她的一遍遍唠叨，摇曳着自己的枝叶。一人一树，在这江北瓢城瀛洲岛对面的房舍相依为命。

人总是在追逐幻光，以为那是美丽的云景，最终却坠入无边的苦海。跑单帮的意欲赚得钱财与漂亮女人体面地过活，结果命丧他乡。漂亮女人也一心想与跑单帮的共度余生，结果是幻梦破灭，阴阳两隔。那个仗义的对她有着大恩的跑单帮的男人永远地消失了。

夜已深去，女人看着天空里的皓月。世间有谁知道漂亮女人的苦？她对天呐喊："这儿不是月宫，是一隅孤清的寒舍，我比那嫦娥还要寂寞冷苦!"

回应她的，是一片无声的沉寂，女人的视线迷离而悲伤。

11

跑单帮的走后，漂亮女人萌发了遁入空门的想法。女人觉得自己的命实在是太苦，无心于红尘世界，清净的佛门，当是她应该去的地方，亦是自己最好的归宿。纷乱的心绪，为着这样一个决定稍稍平静下来。那个晴朗的早晨，女人上了南瀛岛泰山庙。船上的渡客一个个转过身来看她，特别是那渡船的渡工眼睛都直了，死死地盯着女人看。女人目不斜视，矜持自爱，船一靠岸，赶紧上岛，只身去往泰山庙。

泰山庙里的方丈接待了她。"阿弥陀佛。"方丈单手打躬作揖，让她进庙，女人想与方丈在庙外交谈。方丈不解，难道女施主有什么不便进庙的缘由吗？女人说，自己是罪孽之人，正独自修行，进不得大殿。方丈表示理解，让她在庙后的竹林里等候，自己稍后便到。

女人一次次在对岸远眺的竹林，今日终于进入了，抬头望向直插云天的翠竹，果然是幽独一隅。她深深地吸了口气，闻到翠竹的清香。阳光从竹林间透射下来，细碎的光点落在地面，仿佛黑白相间的花布。这时，方丈来到寺庙后的竹林，女人恭敬相迎。方丈还是一愣，竹林的阴森非但没有使女人的妖娆减色，反倒使她的美多了一层素净与朦胧，方丈被女人的美貌撼动了。尽管是一庙之主多年修行，也不能做到心静如水，方丈理了理自己的思绪，单手打躬作揖道："阿弥陀佛。女施主来本寺到底有何事？"

女人向方丈说明来意，打听遁入空门的程序。

方丈不能理解，一个貌美如花的女人怎么一心想遁入空门，难道这里面有什么隐情吗？他一脸严肃，女人便不再问。

女人起身告辞。

方丈道："施主且慢，我让清悟与你交谈，你稍稍等候。"

方丈回到寺庙。一刻工夫，泰山庙的清悟和尚来到庙后竹林。见过施主，清悟退后一步，与女人单手打躬作揖道："阿弥陀佛。"眼睛里尽是漂亮女人的容颜，分明天仙一般。

女人双手合掌回礼。眼前的清悟，高高的个子，浓眉大眼，一双大手，一对大脚，却是极度地清秀，一副白面书生的样貌。女人也是微微一愣。

清悟让女施主坐下。女施主坚持让清悟先坐。相互礼让之间，都掩饰不了彼此吸引的情愫。一个威武清秀，一个貌美如玉。一遍遍地相互打量着，仿佛先前就认得一般。

庙后的竹林里，清悟与女人独自交谈，阳光从密密的竹子缝隙间照进，闪着微弱的光，有种妙不可言的感觉。一个威武清秀的清悟在身边，女人感到一阵阵缥缈流动的空气；一个绝代佳人在身旁，清悟觉得时光如万物初开。他们对面而坐，宛如老朋友一般。女人与清悟的交谈越来越轻松自如了，庙里的世界与她在院子里独自静坐的世界，有着诸多的相通之处。他们交谈甚欢，相互请教一些问题。

漂亮女人与清悟谈了遁入空门的事情。

清悟说："泰山庙皆为和尚，女眷进入空门，得去尼姑庵。不过，你这样貌美的女人，不必走这一步，欢迎你常到寺庙来走走。"

竹林里传出他们细微的交谈声……

清晨，南门房舍在黑暗中苏醒过来，女人打开屋门，静静地望向河对岸的南瀛岛。见过清悟之后，她常常想起寺庙的大门，还有寺庙里香炉升起的紫烟。清悟的容颜，浮现在她的眼前，一阵僧众诵经的声音传来，又到了晨读时间。她看了看泰山庙的红墙，庙后的绿色竹林，准备去往尼姑庵。

可能"灯下黑"的缘故，日本人一直没有注意到瓢城南门外房舍里的漂亮女人。这次她出门去往远处的尼姑庵，非常地谨慎，穿着老妇的衣裳，用头巾扎着，很快过了南门日本人哨卡。

离瓢城三十里地的桐林镇，镇西河岸坐落着"兰陵庵"，是瓢城一带有名的尼姑庵。女人去了那里，兰陵庵的庵主容师太接待了她。女人摘下头巾，向庵主容师太说明来意。容师太见过她，未加思索就一口回绝。庵主容师太认为，这样貌美的女人来到庵里，定会搅乱了本庵的清净，从此不再有安稳的日子。并且庵主容师太断定，眼前的女施主根本就没有了却红尘，怎能进得清净之地。

怎么恳求，容师太也不肯收留。无奈，女人往瓢城回。

瓢城市街一片萧条，自从日本人来了以后，市街中的一点精华，早被吮剥干净。很多人逃离了城市，那些经济殷实的商家，拖家带口逃难，扔下上锁的店铺。日本人占领瓢城后，做出一些伪善的举动，要求商铺开业，恢复文化活动，维持社会"秩序"，但收效甚微。女人想到了兰陵庵里的五色莲花，原本是想遁入空门，逃避现世，清净地度过余生，无奈这样的想法也无法实现。她已经无处安放了，成为不可出家的"罪孽之人"。

女人孤独地走在市街中，犹如行进在荆棘丛生的荒原。返回过去无望，再造未来无门，她的眼前浮现出家乡申城江边的芦苇，还有成群的椋鸟。眼泪从脸上流淌下来，没有声音，无声的泪。

回到南门，她一时放松了警惕，有气无力地向门楼走去。两个日本兵的眼睛定在她的身上，瓢城南门漂亮女人，被日本人瞄上了，他们一路跟到南门房舍。"哟西，靠得这么近，却不知道。"他们异常兴奋。

那个春日的午后，"二鬼子"翻译官跟随两个日本兵来到女人家。日本兵不容分说，冲进屋里，要坏女人。女人拼命反抗，抓起墙上的剑就向日本兵刺去，那是跑单帮的留给她的防身宝剑。日本兵躲闪，还是被刺中了，只是刺中了他的衣服，另一个日本兵将女人压下。屋里传出女人一阵阵尖叫的声音，撕心裂肺。

翻译官坐在门口，低垂着头颅。

两个日本兵出来了，向二鬼子挥了挥手，扬长而去。

这一切都看在不远处的渡工眼里，他的手已经握成了双拳。但他没有法子，这就是被占领的滋味。什么是亡国奴？这就是亡国奴。渡工的牙齿咬得咯咯作响，他恨不能掀翻了瓢城南门，砸了下面的日本杂种。

来往于瓢城南门与南瀛岛渡船的渡工是个光棍，姓秦，个子不高，秃顶没有几根头发，人们管他叫秦渡头。秦渡头的身体很结实，眼睛也很有神，一个壮硕勤勉的男人。这里的人只知道他姓秦，不知道他的名字，都叫他秦渡头。秦渡头觉得这个称谓不错，别人这么叫着，他就一声声地应着，来回送着上南瀛岛去泰山庙的香客信众。偶尔有人叫他秦秃头，他听了也不恼，原本就是个半秃子，别人叫叫无妨。

渡船码头离漂亮女人家不远，渡船靠岸离岸，秦渡头总要瞥上一眼漂亮女人的房舍。女人家的变故与她的一举一动都在秦渡头的眼睛里装着，即便是余光也在注视着这边的情形，已然成为他生活的一部分。

这段时间里，秦渡头总想找些借口去漂亮女人家里说说话，女人不让他进屋，总是用这句话对他："有话门外说。"秦渡头并不气馁，一次次站在门外与她攀谈。女人不予搭理，让他一人自说自话。无论女人怎么对他，他都是笑脸相对。秦渡头觉得这没什么不好，一个天仙一般的漂亮女人，又死了男人，有些规避，也是情理之中的事情。再说那么漂亮的女人，凭什么与你秦渡头一个秃顶的五短汉子，弄船的粗人，混在一起？秦渡头知道自己几斤几两。

秦渡头与女人说话只是个由头，说着说着就慢慢靠近了。人靠近了，心也就不远了；心不远了，也就可以进门了；只要进了门，就可以成为朋友。在这个兵荒马乱的年代，孤独的女人有个人靠着，总比没有人靠着强。他相信这样的道理："水滴石穿"。

"我不是癞蛤蟆想吃天鹅肉。"秦渡头对自己说，"我是冬日水乡里的鸬鹚大鸟。我秦渡头是丑，但我秦渡头也是一条汉子。"这样的想法，一直支撑着他。

女人知道秦渡头的那点心思，将他拒之门外也并非心狠，是想灭了他的想法。回避男人纠缠的最好法子，就是不要让他抱有幻想。男人一旦有了幻想，就会死皮赖脸，盯着不放。她不能给他这样的机会。

秦渡头不管，任凭女人百般阻拦无缝无隙，我就是一心对你。你的男人没了，也就是自由身了。渐渐地，女人见他是个厚道之人，在水上辛苦漂着，并无半点歹意，也就不再拒他于门外了。她觉得这样做人不地道，可以不让人家靠近，但不能把人家看着是不轨的男人长期拒之门外。

秦渡头走进她的家门，一只脚刚刚踏进，女人又惊觉了起来，横在他的面前说："不行，让你进来也就违背了我的原则。"秦渡头立刻退了回来，他绝不蛮干，一旦有了一丝鲁莽，就会破了女人对他戒备的松动。

女人将头低了下去。

秦渡头站在那儿不动，只听得屋后桂树发出的沙沙声。当他确认女人心软的时候，重新跨入家门。女人没有阻挡，觉得可以做个好邻居。正是这样的想法，让秦渡头看到了希望。

秦渡头进屋后，站在堂间里，看着女人道："大门开着，让我站着说话挺累的。在渡船上一直是站着做活，到了屋里还是站着说话，我这一辈子也就是站着的命了。"

"倒是得寸进尺了，人家又没让你进来，也无心让你站着。"女人道，"自己想坐，就坐好了。"

秦渡头搬来凳子坐下，深情地看着漂亮女人。

就这样一来二去地交往之后，女人的心渐渐打开了。秦渡头一有时间，就往女人的屋里跑，女人也不像以前那样对他有所戒备了。

秦渡头看着瓢城南门的河流与天空，把渡船飘逸地撑着。

12

渡船上人来人往，天南海北地谈论着一些事情，秦渡头也有了几分见识，练就了一张会说的嘴。与女人说话有了几分底气，他一趟趟地往女人屋里跑，说些新鲜的故事。有些故事是他听来的，有些是他肚子里原有的，也有的是即兴发挥。

女人低头不语，默默听着秦渡头的各种故事与见闻，并不与他有任何的眼神交流。

在瓢城南门河边的老宅里，一对男女对面而坐。能说会道的秦渡头能把阳光说得支离破碎，把雨水说得四处飘散，天被他说晴了，地被他说绿了，河水在他的言语中打着一个个漩流。

女人从来没有见过这么能说的人，比那说书的还要厉害三分。

秦渡头说自己这么能说，全然是因为眼前的女人太漂亮，说着说着，就有了出口成章的句子。

女人暗暗一笑。

秦渡头对漂亮女人说："这人吧，什么都不是苦。要说苦，没有个合心的人在屋里说话，那才叫真的苦。"

"……"

"这男人吧，什么都不是假。要说假，没了心疼女人的真心，那才是真正的假。"

"……"

"女人是什么，是土地，要有人来耕种。一生好歹得有个家，有个孩子。将来老了也有人照应，有个后人给自己送终立牌位。"

"……"

"我知道，我们并非一个世界的人。但不管是哪个世界的人，都得吃喝拉撒睡，把日子一天天地过。"

"……"

秦渡头知道缺少吸引女人的才气与本钱，一日日地围着女人絮叨个不停，说些温润体贴的话和蹊跷有趣的故事。他往女人屋里跑的次数多了，帮着女人做事情。他相信"一生二，二生三，三生万物"的道理。

"我知道，南瀛岛泰山庙里的清悟和尚是个少有的美男子。别说是女人，就是男人也喜欢他的相貌与威武，的确是个少有的标致男儿。"秦渡头的话开始有"内容"了，他接着说，"清悟在乘渡船时，所有人都朝他看，明显是一种好奇与恭维。"

对于清悟和尚的描述与赞美，在女人心中产生了强烈的波动。

秦渡头看着漂亮女人，接着说："空门里的人有着很强的清规戒律，不可以与凡尘俗子过从甚密。当然，如果你愿意与他保持交往，别人也是干涉不了，这是你的自由。"

女人没有说话，没想到秦渡头说出这样的话来，看来在私下里，对自己没少观察。女人感到不快，我与你又有着怎样的瓜葛？你这样放肆地议论着清悟，是不应该的，你也没有那样的资格议论他。女人瞪着眼睛看秦渡头，好像在说："以后你就不要再来了，不必弄出些难堪的状况。"

秦渡头笑了，他知道女人心里在想些什么，便道："我既然说了，也就不怕你会生气。果真为情为爱，与那出家的人交往，也是刚烈女人才可以做出。我愿意为你摆渡，送你上岛。也愿意为清悟摆渡，送他过河到你屋里看你。"

"越说越不像话了。"女人的心里有了愤怒。但理解了秦渡头说这番话，完全是不由自主，不说不快。说他是有些醋意也行，说他借题发挥用心博得自己的欢心也可以，甚至带了威胁的成分也罢。不管他是怎样的男人，说出这样的话来也算他秦渡头够种。

不可否认的是，秦渡头来屋里不停地言语，慢慢成了她心中的一个念想。有时候他来得晚一些，还有了期盼。一日一日地，等待秦渡头到来，成了不可或缺的东西。女人偷偷地走出屋门，眺望远处河上的渡船。然后又收起目光，向屋里走去。不一会儿，她又出去，将目光送向河对岸的南瀛岛，这次，她看的是泰山庙后面的竹林。

一阵大风吹起，泰山庙后面的竹林传来哗哗的声响，河面起了一大片涟漪。女人不去看庙后的竹林了，也不去看河里的渡船，她嫌弃起自己来。女人坐到屋后的桂树下，抬头看那高大的桂树，心中想起一件件往事，眼泪流淌下来。

那个晌午，太阳高挂。秦渡头将一位香客送与南岸，将船撑回北岸，把船系好后，来到女人屋里。女人看着秃头，意欲让他走开。秦渡头道："你不必这样对我，别人说了心里的话，那是人家的事情。你愿意与谁交往就与谁交往，那是你的事情。人生苦短，不要辜负了美丽。"

女人依旧不语，凡人不开口，神仙难下手，看你还有什么法子。你不就是挖空心思来纠缠吗，一会儿渡船，一会儿寺庙的，我不会接你的茬儿。

秦渡头看出了女人的心思，他知道现在与她说什么都是枉然，不如先回避了好。以后闲暇的时间里，秦渡头不再到南门房舍了。他告诫自己，不要给女人压力，同时也看看自己能否断了这样的念想。

可他怎么也管不住自己的腿，没有支撑几天又往女人屋里跑了。

女人仿佛也有了松动，对于他的陡然消失，有了某种歉意的神色。她觉得不应该那样对待秦渡头，秦渡头对清悟和尚还是恭维的，对自己也充满了善意。看到女人柔和的脸色，秦渡头说上两句。见到女人的脸起了棱角，他立马离开。这样的分寸掌握，给女人带来了好感。在一起时，关于庙宇的话题，秦渡头不再提一句，尽说些搞笑的事情。说着说着，女人就被他的笑话给逗乐了。渡船、房舍，房舍、渡船，秦渡头两点一线，乐此不疲。

渐渐滋生了某种希望，秦渡头似乎感觉到了。他与往常一样，饶有兴致地给她讲述有趣的故事，让时间在欢悦中流淌。

漂亮女人终于把头抬起来了，看到面前结实的身体和一双会说话的眼睛，她的心为之一动。正是七月的瓢城，烈日当空，秦渡头光着身子在漂亮女人面前晃来晃去，这样凉快。

"炎热的夏天，一早一晚，渡船根本闲不下来。中午大太阳照着，清闲了许多，也就光着身子过来了。"秦渡头对漂亮女人说。

女人注意到屋外炎热空气里的景物，有着颤巍巍的晃动，知道夏日火烤的滋味。对于秦渡头的行为，她倒也理解，河里做活的汉子，常常出汗，不穿上衣也是正常的事情。漂亮女人不去看他，但也不去强烈地制止他。一个孤苦伶仃的女人，有这样一个肌肉发达、肩阔膀圆的男人在面前转着，也并非是完全不可以接受的事情，她的眼神有所晃动。

秦渡头在第一时间捕捉到了漂亮女人眼神的变化，加大了进攻的力度，所说的故事也带有了明显的寓意。铁杵磨针，精诚所至，金石为开，秦渡头一步步地走进女人的心里。

一天，女人轻轻地问秦渡头："你果真会照顾我一辈子？"

秦渡头立马道："能够照顾你一辈子，是我的福分。我还想帮你盘回一瓢水呢，你信不信？那是你的一个心愿。"

女人有些感动，没想到他如此心细，居然知道自己有这样的一个心愿。她对秦渡头说："你就不怕我是个祸害，灾星的女人？跟了我的男人都没有好结果。"

"我不怕的，我有菩萨保佑。再说，你先前的那些男人都是有学问有本事的体面人，我一个丑八怪弄船的，老天爷懒得管我，那边不需要我这样的人。"

女人一笑，人受宿命左右，与她往日担惊受怕的日子相比，有一个人照顾着，屋里也有了声音和人气，多少会强一些。像她这样的女人，除了秦渡头这号还有谁会来呢？与其干枯而死，不如泥泞而活，只有面对现实了。这样的想法，已经在她的心里盘桓一段时间了。

秦渡头终于看到了希望，女人已经有了心动，喜之不尽。他要趁热打铁一鼓作气，对女人说："人生天定，浮生若梦。你貌美如玉，天仙可比，但也不能因了我之丑而枯了你之美，白白流淌了光阴。不是我，也得是其他一个男人，不能再这样孤灯清影了，着实让人心灼疼痛。所谓孤阴不生，独阳不长。"

女人眼睛一亮，看着秦渡头，想不到平日里粗俗的一个，尽说些笑话的男人，竟也有得如此雅态，想必肚里有些文墨，真的是人不可貌相，海水不可斗量。

"哪里，我怎有得如此文墨，都是渡船上香客的闲聊。"

秦渡头的坦诚反而博得女人的好感，此人还实诚并不顺杆子向上。想想自己，倘若为了摆脱孤单的生活而委身于这样的男人，也是没有法子的事。若非生活所迫，谁愿意历经沧桑？女人的心软了下来。秦渡头对女人的温情与关爱，唤醒了她潜伏着的人性里的情感，女人落下了眼泪。

秦渡头大声说道："蛟龙失水，孤雁失群，苍天有眼。"一脸严肃，又掩饰不住内心的无比喜悦。

听到秦渡头的话，女人擦着眼泪笑了，笑出了声来。这秃头还不乏幽默情愫，并非痴情呆目之人，有些小心机。说他是乘人之危浑水摸鱼，也并非言过。有时，一个小小的诡计，反倒成了机巧的兴味，比那刻意的矜持来得真实。

秦渡头怎么也不能平息心中激动，将渡船撑到河南岸，对着南瀛岛泰山庙磕了三个响头，又将渡船撑到河北岸。

岸上的人看着秦渡头将船撑来撑去，议论道："难怪人家船撑得好，平时没事的时候都在练习。"

13

夜幕降临，南门房舍里亮着微暗的灯火。女人坐在床沿，看着后窗外洒下的淡淡月色，进行着激烈的思想斗争。自己的一时草率，答应了秦渡头，此刻的她有了悔意。屋后的桂花树在月光下摇曳着枝叶，她站起身走向屋前的窗户，看窗外的河流。女人心中翻江倒海，无法平静。"秦渡头这样的也可以委身了？""难不成天下男人死光了？""没有男人就不能过活了？"一个个问题接踵而至，从未有过的羞辱感涌上心头。

"我还是我吗？"她这样问自己。她觉得如果跟了秦渡头，那就不是先前的我了，完全成了另外一个女人。先前的我的内心是那样高贵，即便是遭遇了种种不测，也依然有着坚守。她看到屋前河流反射过来的银色月光，转念一想，自己被恶霸坏过，被海匪坏过，被日本兵坏过，还有什么资格想这些问题，秦渡头也是人，外表丑陋的人。极具矛盾的心理，不停地反复着。她想到了清悟，想到了在竹林里与他交谈时的欢悦，心中一团乱麻。陡然，她觉得自己已经没脸活在这个世上了，干脆一了百了。

女人笑了，她一次次地看到瓢城黄昏的凄凉景象，看到南瀛岛泰山庙在昏暗中淡去的影子，以及竹林淹没在夜幕之中的景象。对于生活的不幸，她不去多想，生命不过如此。那个先前心中曾经有过的想法，一下子又冒出来了。她什么都经历过了，得告别人间景色，离开这个应该诅咒的世界了。

这样的决定之后，女人流下了眼泪。倒不是因为痛苦与恐惧，而是想到了她生命里的那些男人。书生被打没了，在海上就有了轻生的念头，因为眼镜与跑单帮的又苟活了这些年。其实她早已将生死置之度外，生即死，死即生。但对于这个世界还是挺留恋的，尽管有着许多不尽如人意的地方。然而秦渡头的出现，使得她曾经的这个想法变得坚定起来，人不能没有尊严地活着，到了该结束的时候了。

夜间，女人悄悄来到河边。星空下的河流，有着一种空灵幽远的静谧。淡淡的月光下，对岸小岛上的柳树静静地立着，水中倒影清晰可见。她无心于河中、河边、河岸夜幕下的景致，眼前的一切已无可留恋，她要到那边的世界里去了。

那个永恒宁静的世界正在向她招手，她属于那里。女人向河中走去，渐趋平静的心绪随着身体的沉入，变成了远行的豪壮，与苦难的世界诀别。到了阴曹地府，她会向阎王爷说清楚自己的一切，任由阎王来处置。

河水一点点地吞噬着她的身体，女人面带微笑，淹没在大河里。

激动的秦渡头晚上翻来覆去睡不着，他起来往渡船走去。每当他有什么心事，就会独自到渡船上坐一坐，渡船就是他的亲人。秦渡头早已不把渡船看作是物了，而是有血有肉有感情的人。就在女人沉入河中的那一刻，被秦渡头发现了。他一个猛子扎下河去，将她捞起。

秦渡头抱着女人哭道："我知道自己配不上你，还常常到你的屋里去闲扯，一步步地逼你，逼到了这样的地步。如果你不能与我在一起过活，明说就是了，不至于自寻短见，让我这个丑陋的渡工背锅悔恨一辈子。"

女人放声大哭，对秦渡头说："我已经无脸活在世上了，我被日本人糟蹋过。"

秦渡头抱着女人道："我知道这件事情，日本人终将得到报应。这是侵略，上天不会让他们得逞，必遭天谴。"

秦渡头一刻不离地照看着女人，生怕她再寻短见。他反复向女人表明，来照顾她没有目的，自己一个人生活惯了，以后也不会再扯那些事情。男女之间还可以有兄妹之情，以后我当你是妹妹。秦渡头的一片赤诚，感动了女人破碎的心。天大，地小，人更小，上天的旨意不可违。女人一狠心，就嫁鸡随鸡、嫁狗随狗了。

女人说："我在夜间悄悄来到河边，已经沉入河中，最后一刻是你救了我，这是天意。"

秦渡头看着女人，眼泪唰地流下，对天发誓……

女人不让他发誓，这样做对天不敬。上天管不了这么多事情，上天只管因果。

秦渡头一个劲地点头。

正是瓢城十月。搬进女人屋里的那天，屋后的桂树已经挂满了一树的桂花。秦渡头将自己洗得干干净净，从里到外换了新衣裳。他在瓢城市街里置办了新锅新碗新筷，买了鸡鱼肉蛋用红纸贴着，还在瓢城西城金店定制了金镯与金簪。他觉得女人配得这些，自己也要尽其所能为女人的这份情意做些点缀。

没有婚宴，也没有朋友道贺，女人不让。秦渡头知道，女人不想别人看到他这个秃头渡工成了自己的男人。乱世之中，更是要小心行事，吹吹打打一概全免。桂树散发着清香，秦渡头向漂亮女人的屋里走去，一切是那样无声无息。

秦渡头与女人对面坐着，女人低头不语。

秦渡头道："今天是我们的大喜日子，我知道你并不愿意和我在一起，但这样在乱世中可以有个相互照应。如果你依旧有着悔意，我们之间的一切都不作数，我现在就走，今后还是以兄妹相称。"

女人依旧不语，她想到了泰山庙后面的竹林，想到了清悟和尚的容颜，他那两道紧锁着的浓眉。这个时候想到寺庙里的和尚，真是不应该，但她还是想到了。

秦渡头说："我是一个孤儿，从没有碰过女人。我是真心喜欢你，在我心中你就是天仙。"

女人向房间里走去。

夜已深去，女人不让秦渡头要了自己。近在咫尺，却不能遂了心愿，秦渡头抱着女人的脚，不停地抚摸着，然后放在自己的胸口。女人触电一般地收回，秦渡头哪肯松手，死死地抓住，就这样相持了一夜。

公鸡打鸣时分，漂亮女人哭了，哭得很伤心……

日子过得倒也平静，日升日落，人进人出，女人心中有了一丝牵挂。秦渡头一早出去弄船，中午回来点补一口，又匆匆回到渡口，晚上月亮挂天，收工回家。男人到家劈柴，女人烧饭，日子就在一缕缕炊烟中行走了岁月。

漂亮女人飘落于秃顶男人怀中，心里有着万般的无奈。但看着男人的辛苦，也从心里对他存有几分敬意。她来到桂花树下，抬头仰望高大的桂树，想起自己死去的书生男人、跑单帮的男人，还有海上的眼镜男人。这时，清悟和尚的容颜浮现眼前。可很快，这种幻影被秦渡头的身影所取代了。乱世之中，有着一方安定的苟活，也算是偏安无虞了。她不停地告诫自己安心地与他过活，这就是命，不可糟践。人什么地方都可以坏了，就是心不能坏。要是心坏了，一切皆为禽兽不如，无法归正了。别人当你是坡上的漂亮鲜花，自己不能那样去认为。花开花谢，皆与野草相伴，男女相依为命，搭伙过日子。

瓢城南门天仙一般的女人，跟了丑陋矮小的渡工秃子一起过日子了。消息传开后，议论四起："这怎么可能呢，江南来的女人，过去一瓢水的店老板，跟了渡工秦渡头？""先前我也是不信，可它真就是发生了。""信不信由你，不必大惊小怪，去看下不就明了啦。""乱了，乱了。"

河岸房舍大门几乎关着，平日里看不到女人，只看到秃头渡工进进出出。屋后摇曳的桂花树散发着清香，人们佯装着来闻桂花的香气。鬼头鬼脑地在屋子周围转着，嗅着鼻子，想象着屋子里女人的样子。这些人很快就转向了，说是秃子与妖孽就应该住在一起，是天生的一对。"一个被日本人糟蹋过的女人，不跟秃头渡工跟谁？"话越说越难听了，不停地有人加入怨毒的行列。"秦渡头脚下生风走路带跑，一有时间就往屋里去。那女人也是有了男人不问好丑，脱了裤子就上床销魂。""女人销魂是什么样子，你看到了？"有人调侃道，引来哄堂大笑。

言语如此刺耳，谈辞这般不堪。有人听不下去了，说乱世遭遇外族欺凌，自己不能再糟蹋自己的同胞了。人家屋里的事情人家自己去作践，碍不着别人什么脸眼，得饶人处且饶人。想想也是，人家屋里的事情关我们什么屁事。造化天定，祸福自受，看他们能过多久。

瓢城南门，南瀛岛，渡船，河岸房舍，桂花树，漂亮女人，这就是秦渡头的世界。可以理解的是，经历了太多劫难的漂亮女人与矮小丑陋男人在一个屋檐下生活，一晃也有些时日了。秦渡头总想弄清楚这静静的日头与南瀛岛这片水域有着怎样的关联。他忠实的身体与漂亮女人的身体扭打在一起，与她日常的寒暄却变得极为困难了。他根本没有在女人面前弄清楚这些的勇气，只能在心里琢磨着。漂亮女人谜一般地存在于他的生活中，秦渡头无法进入她的精神世界。

屋后的桂花树长势很好，越长越茂盛了，结了满满的一树桂花。桂花的香气四处飘散，路人多远就能闻到它的香味。他们驻足凝望，多好的桂树，还有那屋子里的女人，身上总是散发着桂花的清香。

"不知道她到底过得怎样。"有人议论着，"倒是个能上能下的女人，秦渡头这号她也能安逸平和一起过活，不是一般的女人，绝对不是一般的女人。"说着走着，不停地回望着风中摇曳的桂树。

太阳从东边升起，又从西边落下，漂亮女人与秦渡头把日子一天天过着。

14

抗日战争进入相持阶段，国民党投降派在南京成立汪伪政府，一时间，亡国投降的论调甚嚣尘上。瓢城来了"和平军"，曲线救国，中日亲善。在中市桥北的戏园里，唱了一出中日友好的大戏，一直唱到深夜。城外的炮楼中，日本兵与"和平军"在一起共度良宵；城内，一队队伪军、日本兵，交替巡逻，墙上写着"大东亚共荣"。

"和平军"司令是瓢城东海里的人，与海匪有着千丝万缕的联系。有人说，他是那匪首老大的同族兄弟。此人奸淫妇女、捕杀爱国人士，心狠手辣，无恶不作，是个典型的大汉奸。原先是民国军队里的一个团长，由于倒卖烟土，官运一直很背。南京汪伪政府成立后，他脱离重庆政府，投靠汪精卫，提拔做了独立旅旅长。

"和平军"司令坐镇瓢城，专程来到南门"拜访"漂亮女人。进入南门女人家，见到漂亮女人，司令的眼睛发直，对她说："我可以让一瓢水重新回到你的身边。"

女人知道他的来意，说与自己的男人商议后给老总回话。

女人告给男人秦渡头，秦渡头说："不能要一瓢水，这是陷阱。"

女人说："这我哪能不知道呢？就是可以收回一瓢水，我也绝不会向这种人妥协，宁可守穷一辈子。"她想到了申城江边码头的恶霸，想到了海匪，想到了自己的书生男人。女人想逃离瓢城，离开这个是非之地。可女人知道，秦渡头不是书生，丢下渡船又能去往哪里呢？

"和平军"司令差人过来问话，女人道："我与当家的商议过了，我们现在没有能力做一瓢水了，谢谢司令的关怀。"

软的不行，就来硬的。一个阴雨的黄昏，一辆汽车开到南门，几个荷枪实弹的"和平军"下了车，不容分说抢了女人就走。秦渡头将船撑到河岸，扔下渡船就去追赶，汽车扬起的尘土，早把他淹没了。

漂亮女人被"和平军"司令霸占了三天三夜，在一个无月的夜晚放了回来。

女人趴在屋里哭了整整一夜。秦渡头不去惊扰她，现在去只能加重她的痛苦，等她哭干了眼泪，再去安慰不迟。秦渡头抽着旱烟，这是女人被抓走后开始抽的。许久，女人不再哭泣。秦渡头灭了旱烟，进屋将她紧紧抱住，眼泪不住地流淌。

女人说："我的身子已经烂了。你走吧，让我去死。"

秦渡头摇头道："你死了，我也不活了。要去死，我们就一起去死。这样，我们还能在一起。"秦渡头看着屋外的河流，咬牙道，"这仇一定会报的，大汉奸，数典忘祖的东西！"

女人抱着男人失声痛哭，哭声回荡在晨曦南门的上空。

来年的一月，瓢城天寒地冻，南方的山区爆发了震惊中外的皖南事变。国民党顽固派出动装备精良的七个师八万余人，包围袭击了共产党新四军简陋装备的九千余人，国共合作走入低谷。《新华日报》题词"千古奇冤，江南一叶；同室操戈，相煎何急？！"共产党在瓢城南瀛岛泰山庙重建新四军军部，创建新的抗日根据地，继续与敌伪展开斗争。

新四军在江北瓢城重建军部后，日伪军精心筹划了以围歼新四军主力，摧毁新四军军部与共产党华中局为主要目标的"大扫荡"。为策应反扫荡斗争，军首长亲临瓢城西边湖县的钟庄一带勘察地形。钟庄四面环水，东、西、北面都是大河，往西北方向有旱路，进退两便，新四军军部从瓢城泰山庙撤离，将军部与华中局设在这里。

那年春上，共产党的一个游击队长来到瓢城摸底，落脚南瀛岛，准备攻打敌人的水上货物供应站，捣毁日伪军发动"扫荡"的后勤补给。这件事情不知怎么走漏了风声，被"和平军"司令知道了。他向日本人通报了这件事情，连夜与日本人直奔瀛洲岛。

"不许出声，赶紧渡船。"一阵敲门声，秦渡头从被窝里被叫醒，睡眼惺忪地爬了起来，穿好衣服，向渡口走去。他解开渡船缆绳，来回渡着日本人与"和平军"上岛。

日本人与"和平军"将南瀛岛围得水泄不通，往里慢慢缩小包围圈。游击队队长被惊醒，知道情况不妙，提枪迎敌。敌人围了上来，游击队队长一枪撂倒冲进屋里的伪军，随即向屋外冲去，左右开弓，一枪一个日本兵。这时，敌人将他们团团围住，喊话投降。"你已经被包围了，无法逃脱了。乖乖地缴械投降，保你性命。"游击队长与警卫员向喊话的方向猛烈射击，同时强行突围。终因寡不敌众，警卫员被打死，他的枪里也没了子弹。

日本小队长走上前去，满脸怒气，不容分说，拔出军刀当场劈去，游击队队长直立立地站在那儿，半天才轰然倒下。在场的人吓得直往后退，呆呆地看着倒地的游击队队长。

这件事情震动了共产党华中局高层，一定要除掉这个大汉奸。

日伪军对钟庄发动了夏季、秋季两次"扫荡"攻势，为确保新四军军部、华中局及后勤机关的安全，新四军主力向北边的宁县芦荡转移。之后取得了芦蒲、单家湾、陈集战役的胜利，终于在江北瓢城一带站稳了脚跟。

这年的十二月，日本偷袭珍珠港，太平洋战争爆发。美国对日宣战，中国正式对日、德、意宣战，世界反法西斯同盟形成。《联合国家宣言》签署，同盟国中国战区成立。

日伪军加大了对瓢城地区"大扫荡"，并由季候性"扫荡"，发展为驻扎"清剿"，再发展为分期分区"清乡"。在新四军带领下，瓢城地区军民与日伪军展开一次又一次反"扫荡"斗争，并转入外线作战，向瓢城周边推进，逐渐连成一片，创立了江北瓢宁抗日根据地，并成立了苏皖边区政府，在敌后坚持斗争。

那是一个大雨滂沱的傍晚，一队人马来到渡口。秦渡头将他们渡上南瀛岛，留下四个荷枪实弹的军人在秦渡头家里。他们对秦渡头说："老乡放心，我们共产党新四军是人民的军队，对老百姓秋毫无犯。"

按照首长的要求，他们让秦渡头天亮去"和平军"司令部报信，说共产党的一个大干部到了南瀛岛。秦渡头看着自己的女人，女人向他点头示意。积郁心中的怒火，终于爆发了，他知道新四军要收拾这个畜生了。

一早，秦渡头去了瓢城"和平军"司令部。司令部在瓢城中市桥北的一片古房群里，那儿原先是晚清时期的瓢城县衙，后来做了民国县府。司令刚刚起床，正与三姨太喝早茶。口中的大金牙，在晨光中多远就能看见。旁边的花园里传来几声鸟鸣。有人来报，一个姓秦的渡工来找司令，说是有要事报告。

"让他进来。"司令道。

秦渡头走进司令部，见过司令，给他鞠躬行礼。

"免了，这么早匆匆来有什么要事报告？"司令口中的金牙闪闪发光。

秦渡头早就听说司令嘴里的大金牙了，今天总算是看真切了，又大又亮。秦渡头的脸上布满了笑容，但心里恨不能一下子就砸了这个畜生。

司令咳嗽一声，秦渡头这才知道自己走神了。看着司令一双充满冷光的眼睛，秦渡头说："南瀛岛泰山庙夜里来了共产党的大官，我不敢不报告。司令有令，知情不报者杀头，窝藏共党者灭门。"

"有这事？"司令满脸狐疑地说，"他们的胆子也太大了吧。"

"这种事情哪能胡乱说的，去看下不就清楚了。"秦渡头答。

司令问："见他们几个人？"

"三四个。"秦渡头答。

"到底是三个还是四个？"

"连那个当官模样的人，一共四个。"

司令咧着嘴眯缝着眼看着秦渡头，秦渡头向他点头微笑。

"集合队伍。"司令大声喝道。

司令带着人马迅疾来到渡口。秦渡头一刻不停地将他们渡过河去，上了南瀛岛。

没过多久，南瀛岛上枪声大作。两个士兵护着"和平军"司令直奔渡口而来。秦渡头将他们渡过河来。上岸的那一刻，司令拍着秦渡头的肩膀说："兄弟，本司令不会忘了你。"两颗大金牙闪闪发亮，他让秦渡头再次过河去接他的那帮弟兄。

就在这时，潜伏在秦渡头家里的四个新四军冲了出来，一字排开，那汉奸司令与士兵还没有反应过来，就被打成了筛子。

"好！打得好！打烂他个忘了祖宗的畜生。"秦渡头说着，跺着脚，吐着唾沫。

与此同时，新四军大部队分西、北两路攻城，瓢城很快被攻克。

收复瓢城后，新四军迅疾向东海进发。这是一支特别分队，有极强的战斗力。他们昼伏夜行，带了一挺重机枪、六挺轻机枪和缴获的三门日本筒子炮，在夜间来到大河口埋伏下来，等待海船靠岸。"和平军"里的一个参谋提供了敌情，海匪就在这两天靠岸，匪首要来瓢城参加司令的生日宴。

一片艳阳的天空，海上帆船来了。海船缓缓靠岸，海匪丝毫不知道一支新四军的特别分队已经埋伏在这里。匪首第一个上岸，大摇大摆地走着，旁边簇拥着一群海匪。队长一声令下，枪炮齐射，火光冲天，平日里作恶多端不可一世的海匪被打得根本抬不起头来。匪首反应过来，趴在海滩的一个洼地里。其他海匪还想负隅顽抗，当场被击毙。

冲锋号吹响，"缴枪不杀"的喊声响彻海边，余下的海匪纷纷举手投降。

战斗结束后，特别分队在海边渔村开公审大会，将匪首及手上有血债的匪徒就地正法，愿意参加新四军的，跟着队伍走，其他海匪就地遣散，这股作恶多端的海匪势力，被彻底消灭。

正法匪首的时候，几个海边渔民过来与特别分队队长商量，能不能将匪首交由他们处决。队长看着几个渔民，不知道什么意思。围观的渔民说："他们的家人被海匪杀害了，还有一家的妹子，一家的女儿被他给糟蹋了。"

队长没有说话。几个渔民以为队长已经默许，一拥而上，将其按倒，操起铁棒就向狗日的砸去。在渔民的一片痛骂声中，匪首脑袋被砸烂，脑浆四溅。反应过来的分队长要去阻止，这不符合新四军的纪律，那匪首已经是血肉横飞了。

分队完成任务后，一路回到瓢城。新四军在瓢城发动群众，将那些恶霸地主、汉奸、伪政府官员、投日分子"拉清单"，开公审大会，分批进行镇压。

日本人集中周边的日伪军，对瓢城进行重点进攻，大有一举消灭瓢城新四军主力的架势。敌人来势汹汹，直扑瓢城而来，飞机坦克大炮还有汽艇，立体合围，气焰甚嚣。这次投入进攻的日军一部是从海上来的，有着那种神道狂热的强悍与凶猛，意图以闪电之势速战速决重新占领瓢城。

军首长布置迎敌，决定将一旅留在城里，其余两旅转入外线，将日伪军放进城里打。

这是一场硬仗，敌人在飞机坦克掩护下，不停地向瓢城发起冲锋。新四军边打边撤，将日伪军引入城内，隐蔽在外围的新四军迅速合围。由于敌情掌握比较全面，战术得当，里外夹击，打了一个大胜仗。

日本人被城里的新四军一旅反包围包了饺子，眼看着突围无望，小队长拔出军刀，解开裤带，裸露胸膛，剖腹自杀。

一名新四军战士拉动枪栓，对准他的头部就打。

"不要开枪。"军首长冲上前去，"让他自行了断，尊重他的选择。"

日本小队长向军首长行了军礼，然后叽里呱啦地说了些什么。只见他将军刀刺入自己的腹部，刀尖从背后伸出，然后左右转动着。在嗷嗷的叫声中，日本小队长低下头颅，一动不动地跪在地上。

军首长说："日本军人为什么有如此强悍的战斗力，是因为他们训练有素、心中有着信仰。这种信仰就是天皇，就是神道，但他们是为军国主义殉葬。我们共产党的军队也有自己的信仰，我们的信仰是人民，是劳苦大众的社会。"军首长离开了，甩着手大声说道，"给他葬了，立个碑，让他的后人以后好找。"

大汉奸"和平军"司令被击毙，日本鬼子被消灭的消息，像风一样迅疾地刮到海边；海边匪徒被一网打尽干净彻底地消灭的消息像风一样迅疾地刮到瓢城。两股黑恶势力被铲除，瓢城军民欢欣鼓舞。他们载歌载舞，鞭炮齐鸣，锣鼓喧天，在瓢城市街中心搭台唱了三天大戏。

那年初冬，瓢城要飞雪的样子。一阵阵冷风吹来，很快就降下了大雪，那是一场铺天盖地的落雪，瓢城南门对岸的南瀛岛，一片白雪皑皑。泰山庙的红墙在雪中更加鲜艳了，多远就能看见，庙后的一片竹林，竹叶上落满了白雪，远远看去就像是白色的竹叶。在南瀛岛甚至在整个瓢城，也就是寺庙，在茫茫的一片白色中，还有大团的红色，其他皆为白色一片。

庙宇里的青烟与钟声依旧，但一早一晚有了军号声。

15

瓢城冬日的黄昏，有着一种枯黄的刺骨寒冷，那场冬雪，十天之后才从地面慢慢地消失。南门房舍在夕阳下，泛起一阵阵淡淡的金黄。暮色来临前的天空，有着一种温暖的感觉，尽管随后而来的夜晚，又是一个雪后寒夜，但这短暂的温润，显得弥足珍贵。这天是渡客最少的一天，秦渡头的心里很是高兴，系船早早回家。自从与漂亮女人在一个屋子里过活，他就时常地想着早早回家与女人在一起。家的温暖，无时不在吸引着他，心往家里去。快到家的时候，秦渡头看到一个男人立在屋前。那人戴着眼镜，倒像个书生模样，可这人的身形、皮肤、着装并不能支撑他是穿长袄、做细活、舞文弄墨之人。

他闻到了一股浓烈的海腥味，显然是这个男人身体散发出来的。眼前的男人来自海边？他不停地嗅着鼻子，确认着自己的判断。秦渡头陡然醒悟过来，这个戴着眼镜，并不像真正文化人的家伙，一定是从海上而来的海匪。他倒吸一口凉气。

眼镜男人已经看到了秦渡头。秦渡头走上前去，让他进屋坐，男人犹豫了一下跟了进去。

女人一下子就认出眼镜来了，稍稍一愣，很快便恢复了平静。女人不语，只是与他四目相对，微微点头。眼镜看着漂亮女人，岁月在她脸上没有留下太多的痕迹，依旧是那般美丽，皮肤比先前更加白嫩了。女人立在那儿，如屋后的桂树一样沉稳，只是树梢被风吹了有些细微摆动。眼镜看到了，那是她头上的一缕发丝，随着人进屋时带来的轻风在微微闪动，她的身体如大树一样纹丝不动。

在眼镜的想象里，苦命的女人，定是日渐苍老。倒是希望这样，可以满足他在海上对女人照顾带来的虚荣。人性大概如此，希望与自己在一起的时候好，与他人在一起时差，这样，女人与他在海上的时光，就变得更有意义了。眼镜无法忘怀与女人的那段生活，也盼着女人的心里能够记得这一点。如此感怀，一次次在眼镜心中涌起。可见面的情形，使他大吃一惊，女人比先前更加美丽了，他心中生出了时光倒流的感觉，同时为着一种失落的情绪所包裹。

女人瞅着眼镜，他的脸上留下了太多的岁月痕迹，成了饱经沧桑的男人。女人感觉到时光行进的脚步拥有的腐蚀力量，不过眼镜男人的身体，倒是有了几分强悍与结实，少了"文气"，更像是"匪"了。自己离开海边的时候，眼镜男人的眼神透射出的那种不舍，她自然晓得，但她不能不走。海匪的帆船，她一个女人，不能像羊羔一样在群狼中与他苟且。现在眼镜男人突然造访自己，究竟何故？女人不得而知。

女人示意眼镜到桌边坐下。眼镜看了看秦渡头，向桌边走去，然后坐了下来。眼镜对秦渡头说："顺道走这边看看，一刻的工夫便走。"

秦渡头对眼镜说："不忙。我去街上弄些酒菜来，晚上一起喝了酒吃了饭再走不迟。你们先聊着，我这就去买了回来。"说完出门去了。

女人坐到桌子的另一边，与眼镜隔桌相望。随后，他们交谈起来……

秦渡头并不知道这眼镜是谁。从没有听说过这人，就像是突然降临的天兵，站在了家的门口。看他的样子，文绉绉的眼神，强壮的身体，一张内藏凶险的脸。秦渡头的心里有了一种不祥的预感，这个满身腥臭的家伙，与那些门前屋后转悠的男人不一样，是有目的而来的。眼镜是与女人相熟的人，他与女人对视的眼神说明了这一点。他这次来是要带女人走的，这是明摆的事情：书生模样，带着匪气，路过这里，就是要带女人远走高飞。

这时，屋前的河流里来了鱼鹰船，鱼鹰人吆喝的声音一阵阵传来。每当有鱼鹰船经过的时候，秦渡头就会停止撑船，看鱼鹰捉鱼。即便是急着上岛进庙祈祷的人，也不催着他撑船，与他一起看鱼鹰捉鱼的场景。鱼鹰一会儿水上、一会儿水下地翻腾着，捉到了大鱼。有时，捉到特别大的鱼，几只鱼鹰一拥而上。今天他无心去看鱼鹰捉鱼的场景，满脑子都散发着浓烈的鱼腥味。

一路走着的秦渡头，心如刀割，知道漂亮女人与自己在一起并没有感到欢悦，跟着他过日子也是勉强之举。现在眼镜来了，她一定会跟着他走的。这么想着的时候，眼泪下来了。秦渡头不想流泪，可就是控制不住。他甩了甩脸上的泪水，想想自己这些年，在女人最困难的时候，风雨无阻嘘寒问暖，每一个细节都做得用心。如此得来的女人，现在说走就走了，心中愤恨直冲头顶。

"妈的，我砸了你眼镜，抠了你眼睛！"秦渡头的身体抖动起来，内心燃烧着夺妻之恨的火焰，从未有过的怨毒，一下子蓬旺起来。他捶胸顿足，火冲头顶，恨不能回头就去砸了那杂种，烧了女人的房子，然后自己一死了之。

黄昏已经来临，天空飘着橙黄色的流云，秦渡头回头望了望自家房舍，泛起一层金色，屋后的桂花树树梢在风中摇曳着，心中的怨恨稍稍平复一些。他转念一想，也罢，女人在那个月夜投河自尽，也算是个刚烈女人。眼镜男人来找她，自有来找她的道理，冷静观察了再说，不能随了性子。

他向市街里走去。

南门房舍中，眼镜看着漂亮女人，感到她多了一层安定之后的贤淑。自从跑单帮的将她带走之后，他就没有睡过一次好觉。再大的事情，也挡不住对女人的一遍遍思念。她是那般善解人意，柔情似水，即便是在愤怒时也依然是那般美丽。眼镜反复温习着与女人在一起的日夜，一回比一回强烈。他后悔了，不停地拍打着自己的胸脯。眼镜一次次看到海上的飞鸟，就找来木棒驱打它们。可后悔又有何用？只能以后有机会去瓢城看她了。

女人看着眼镜，没有想到他会来看自己，心里十分高兴。女人看眼镜的神情专注而浓烈，就像是在看久别重逢的亲人。说实话，她心里也是想念眼镜的，特别感谢他在海上对自己的保护。每每在不经意间，就会想到海上漂泊的日子，晨曦里翱翔的飞鸟，东方升起的红日，眼镜男人的柔情。眼镜来看她，她心里非常高兴，不枉与他一场。

"刚才的那位是？"眼镜问女人。

"我男人。"女人答道。

"跑单帮的呢？"

"打没了。"女人告给眼镜跑单帮的情况,以及后来她是怎样嫁给秦渡头的。

"过得还好吗?"眼镜问。

女人没有回答。

眼镜男人问起一瓢水的事情,知道这是女人在瓢城做的一个店铺。在海上,漂亮女人没少谈起这件事情,店铺的牌匾还是她死去的男人亲笔题写。男人被打没了,她被海匪抓来了,无人看管的店铺,后来是怎样的一个命运?

女人说:"早被日本人占了。"

"新四军收复了瓢城,以后有机会做起来的。"眼镜说。

女人没有说话。

眼镜知道女人依旧美丽,并非生活过得安逸,而是她天生丽质。

眼镜对女人说:"这次来瓢城,是想看看你过得怎样,总是在心里惦念着。海边的生活,一直在我心中搁着,不能忘了那段美好时光。没想到跑单帮的也没了,那是个多么仗义的人,否则我也不会让你走。没想到你过得这么苦,后悔当初让你走了。"

"一人一命,我就是遭灾的命,到哪儿都是一样。"她看着眼镜道,"你怎么一个人跑来瓢城,出什么事情了?"

"新四军攻打了我们,打得好啊,一群乌龟王八蛋,我早就受够了他们的气。我是跑出来的,现在已经是走投无路了。虽说我并无恶债在身,却也是匪不可免。在你这儿我不能久留,得尽快离开。"眼镜向女人讲述了新四军攻打海匪的情形……

秦渡头买了很多的卤菜,打了上好的酒,一路小跑回到家里。

女人坐在窗前,呆呆地望着窗外,眼镜男人已经不见踪影。

"人呢?"

"走了。"

"为什么不留他吃饭?"

"他得赶路。"

秦渡头拎着酒拿着菜站在堂间里看着门外,半晌说不出话来。没想到眼镜这么快就走了,他正准备着与他斗酒,无论如何也要把他斗倒。

女人道："你把酒菜放下，我们喝。"

渡头这才缓过神来，将酒菜放到桌上，眼睛依然看着门外。

"不要看了，走了有一会儿了。"女人说，"我们喝酒。"

秦渡头在外打酒买菜的时候，漂亮女人将眼镜送上了南瀛岛，她不想等自己的男人回来送他。夕阳西下，成了一个大大的火球。漂亮女人撑着渡船，眼镜过来帮她，女人不让。眼镜站立船头，看着西去夕阳的余晖，一脸凝重。晚霞照着河面，河中反射着一闪一闪的酡红色，照着眼镜和女人的脸。冬日忧郁的空气与暮色中一缕缕微红融合在一起，晃眼着渐趋灰暗的两岸景致。瓢城南门的河流与房舍被黑暗前的混沌所笼罩，不少人站立河岸观看漂亮女人撑船，他们不停地议论着，这可是天大的新鲜事了，从不出门的女人在撑船，单单送着一个男人。

"她的男人秦渡头呢？"

"那个站在船头戴着眼镜的男人是谁，他们到底是什么关系？"

"不一般，他们之间的关系肯定不一般。"

船到了南岸，眼镜跳上岸去，回身与渡船上的女人打躬作揖，转身离去。

对岸不少人上渡船，他们不停地打量着漂亮女人，然后去看眼镜男人离去的背影。渡船在河中行进，船上男人们的眼睛一刻不离开漂亮女人，嘴里啧啧不停，真的是绝代佳人，名不虚传啊，还亲自为我们撑船了呢。

"你男人秦渡头呢？"

"……"

"刚才那个戴眼镜的男人是谁？"

"……"

船到北岸，女人将船系好，转身就走，径直往家里回。

16

天完全黑下来了，到了掌灯时分。大地进入夜晚时刻，特别昏黑，眼睛一下子适应不了，看什么都很模糊。平日里，油火熏黑的灯罩，女人总是及时擦拭干净，她看不得灯罩上留下黑灰。点亮油灯，灯罩里浮出细细的黑烟，屋子一下子亮堂了起来。外面的黑暗一层层加深，屋里的灯光一寸寸明亮，女人与秦渡头对面而坐，这样温馨的时刻，未曾有过。秦渡头很是高兴，他尽量压抑着内心的欢悦，细细端详灯下女人。

灯下女人稳稳坐着，目光落在灯罩边沿。女人与他同饮，这是生活里的头一回。两人的身影，放大地照在墙上。女人将目光移开，端起酒盅与秦渡头喝酒。一盅盅地喝着，秦渡头大气不敢喘，只把那酒往肚里咽。秦渡头看着女人，心里有着说不出的兴味，女人实在是太漂亮了，怎么看都是天女下凡。自己与她做了夫妻，至今还怀疑这一切是否真实。眼镜来了，女人并没有跟他走。秦渡头庆幸没有放任内心的怨恨发作，做出不可挽回的举动。事缓则圆，控制好自己的情绪，就会往好的方向发展。

女人的脸渐渐红了起来，是那种白里透红，红中有润，宛若施了胭脂。秦渡头心中窃喜，渐渐地舒展开来。他来了诗兴："海阔从鱼跃，天空任鸟飞……"酒可以助兴，可以使人出口成章，还可以壮尿人胆。他大胆地看着女人，看得非常放肆。

女人笑了。心想自己不得已委身的男人，还有着雅趣的一面和男人的恣肆。不管这雅趣与恣肆是别处学来的，还是酒后蹦跶出来的，与那粗俗的形象有着怎样的不协调，但终究是男人的情怀。女人觉得酒挺好，也是凭借了这酒的迷香，拉近了心灵的距离。

灯下男女，一脸温和表情。

秦渡头看着女人道："你来自江南，他正好去往江南，为什么不与他一同去了？"

女人举盅让他喝酒，并不回答他的问话。

"你可以不回答我的话，但你不能再喝了，从没有见过你喝酒，还喝了这么多，会伤了身子。"

女人端起酒盅，一饮而尽。

秦渡头连忙端起酒盅，也将酒一饮而尽，然后不停地喘气。

酒喝干，再斟满，不醉不罢休。就这样一盅盅地喝着，不知道喝了多少盅。

女人抬头看着秦渡头，女人还从来没有这样看过他呢。

秦渡头说："你不要这样看我，丑人一个。我不能再喝了，从没有喝过这么多酒。今天你能与我秦渡头对饮，那是三生有幸。我秦渡头是什么？十三个牛屎饼高的秃头渡工。你是什么？天仙可比的女人。一个天上，一个地下。"

女人笑了，笑出声来，这是她第一次看着秦渡头笑。漂亮女人的笑有毒，有着穿透一切的锐利芒刺。秦渡头等她这样的笑，已经等了很久很久，眼泪流了下来。他对女人说："我并不想流泪的，可它就这样流淌下来了。我心里高兴啊，许是前世修来的福分，得来你这样的女人。"

女人看着屋外的河面反射过来的银色光芒，转头倒满酒盅，端起一饮而尽。

秦渡头张了张嘴没有说话，他做梦也没有想到漂亮女人这么能喝酒，自己根本就不是她的对手。这时，女人又倒了一盅，要与他碰杯对饮。

"喝。"他鼓起兴致，与女人连饮三盅。此时的秦渡头特别享受酒带来的醉意，他飘飘然了，身体也浮动了起来。

夜已深去，没有一点声响。秦渡头直勾勾地看着漂亮女人，女人的脸在他的眼前飘来飘去，变成了许多影子。这是他一生中与漂亮女人喝的唯一一次酒，那感觉就像是久旱的土地浇了一场透雨。土地湿润了，泥土软塌了，人也塌陷了。看着看着，他就趴在桌上昏睡过去。

夜深人静，月光照着屋前的河面，闪着银光。女人依旧清醒，凝视窗外。她的心里有着一种凄婉的苦涩，从江南来到江北，经历了多少事情，都是自己的美貌惹的祸。再也回不去江南故土了，她想到了死去的母亲，想到了与自己断然脱离关系的父亲。女人潸然泪下，自己早就是一个随风飘荡的孤儿了。

南瀛岛泰山庙响起子夜的钟声，漂亮女人看着昏睡的秦渡头，眼泪止不住地流淌。人存于天地之间，受着天地的摆布，受天地而生，受天地而活，同样也受天地而死。眼镜男人与她分隔两岸却不能相见，这就是天命。同是天涯沦落人，她与眼镜有着肌肤之亲，又与他共度了海上艰难时光，内心对他充满感激。然而上天还是要她与秦渡头共度人生，这是命。

眼镜住在南瀛岛泰山庙，这一夜他根本没睡，目不转睛地看着河对岸那户人家的微暗灯火。他太喜欢这女人了，就近在咫尺，却无法与她在一起，更不用说给她一个安定的家了。人生就是一段惆怅，更是一份凄凉。有无来世，也不能破了这天涯共此时的守望。他眼镜是没有这个福分了，只能相隔一方，默念相觑。

有人说，第二天天还没亮，眼镜男人就上了南下的帆船，消失在茫茫晨雾之中；也有人说，眼镜根本就是虚晃一枪留在了瓢城泰山庙，从此隐姓埋名，默默地守望着自己心中的女人。不管别人怎么说，那以后就再也没有人见过眼镜男人。

眼镜来过瓢城之后，漂亮女人再也压抑不住内心的涌动，一次次想去南瀛岛弄清楚眼镜到底是去了江南还是留在了瓢城。屋前的河流，河上的渡船，成了女人与南瀛岛的阻隔屏障。

受着强烈好奇心的驱使，女人终于去了岛上。

女人去往南瀛岛泰山庙，是在私下里隐秘进行的，乘的是河下游的一条打鱼船。渔船不大，上面的桐油已经剥落，一看就知道生活的艰难。这户人家，一对夫妇，三个孩子，一家人都是光脚，在船上行走方便，也少了额外的开销。就是上岸，去了市街，都是光脚。习惯了。市面上的人一看，就知道他们是渔船上的。

这天，漂亮女人来到河的下游，渔船停靠在河边。女人左右看了一下，向渔船走去。快要上船的时候，船家以为她要买鱼，将鱼盆端了出来。女人从跳板往船上走去，船主男人赶紧放下鱼盆，过来搀扶。上船之后，女人向船主说明来意，要去南瀛岛打听一个上岛的亲人。船主知道她是岸上房舍里的漂亮女人，是渡工秦渡头的"家里"，来找自己送她上岛，一定有什么难言之隐。船主没有多问，让她坐到船舱里，绕行将她送到岛上。

女人给了船家银钱，船主没有推辞，欣然收下，并向她点头道："随时可以来，我将你送到岛上。"船主看着左右道，"不会有人知道，请你放心。"

女人点头微笑，给他鞠躬致谢。

女人终于来到岛上，泰山庙的方丈接待了她，单手打躬作揖："阿弥陀佛。这次女施主来本寺有何事？"女人向方丈打听眼镜男人，方丈告给她本寺从未见过一个戴眼镜的男人进寺。女人心想，我明明将他送到岛上，他也说进庙歇息，方丈怎么会全然不知呢，难道这里面有什么蹊跷吗？

　　方丈回到寺庙。一刻工夫，清悟和尚见她，与她来到竹林。

　　清悟单手打躬作揖："阿弥陀佛。"

　　女人双手合掌回礼。

　　清悟让女施主坐下，女施主坚持让他先坐。相互礼让之间，两人都笑了。

　　一同坐下之后，女人想询问眼镜的事情，还没开口，清悟就主动对女人说了眼镜，与方丈说的一模一样。

　　阳光从密密的竹子缝隙间照进，闪着微弱的光。清悟与女人对面而坐，进行交谈。清悟和漂亮女人在竹林里到底交谈了什么，无人知道。他们之间有了怎样的约定，更是无人知晓，一个完全远离尘世的静谧世界。

　　暮色下的竹林，光线暗淡，对面已经看不清人脸。女人与清悟似乎都没有离开的意思，觉得这个竹林的狭小空间，可以装下他们的整个世界。

　　终于，女人起身。清悟也站了起来。

　　女人带黑回到南门家里，她的眼前浮现出眼镜男人上南瀛岛的背影，以及朦胧暮色中清悟脸上的痛苦表情。

17

　　那以后，女人常常去泰山庙后面的竹林里，仿佛那儿对她有着一种特别的吸引，这样的情形已经阻挡不住了。自从眼镜男人来到瓢城看她以后，漂亮女人的心里燃起了一种火焰，一步步蓬旺燃烧起来。她知道，心中的熊熊烈火会烧了自己，烧了渡船，烧了南门房舍。然而私下里的举动，一次次激发了她要上岛去庙的欲望。

一次，女人与清悟见面，问他寺庙存在的意义。清悟告诉女人，寺为"寸土"，庙为寸土之间获得广大的"自由"。看到女人专注的神情，清悟说："这是有别于尘世的另外一个世界，是一个修炼的道场。"

女人似懂非懂，但眼前的世界仿佛大了起来，心境也有了很大的宽慰。她一次次与清悟见面，清悟对她说："佛爱的最高境界是'无我'，或者说爱所有人。"她看着清悟，非常想与他再靠近一点，感受他的气息。然而女人明白，自己与清悟之间的朦胧情感，除了有悖道德，还亵渎了神灵，她感到从未有过的痛苦。

女人起身告辞，清悟打躬作揖相送。

回到南门房舍的女人，抬头望向天空，以期内心平静下来。瓢城的天空上飞过一群鸟儿，她知道那是飞向西边芦荡里觅食的椋鸟，一群一群的，一排一排的。她想到了书生，想到了跑单帮的，想到了眼镜，想到了秦渡头。这么想着的时候，便把目光送向河里的渡船。然而她眼前浮现的，不是自己的男人秦渡头，而是泰山庙的清悟和尚。

对面寺庙里的清悟，早课晨念的时候，念着《楞严咒》与《心经》，女人的影子不停地出现。他不去想她，保持着心静；早斋之后的禅堂打坐，女人的影子又一次出现，他竭力驱散女人的身影，修行五行；傍晚时分的晚殿，他不再让女人的影子出现了，用心诵读《佛说阿弥陀经》《礼佛大忏悔》与《蒙山施食》，他的心又一次进入经文的世界里。

女人的一切，看在秦渡头眼里，他并不去说破。秦渡头知道，有些事情一旦说破就会走向反面，情形也将随之改变，变得难以控制。秦渡头明白，隐匿于女人心中的一些东西，开始迸发出来了。

女人走到屋后，立在桂树下，背对着秦渡头。她表面平静，内心紊乱，有着说不出的隐痛。清悟的容颜，一次次浮现在她的眼前，一个清秀威武的身影，已经无法从内心里祛除。她不知道如何是好，知道自己的行为已经过格。

秦渡头站在女人身后，不去惊动她。桂树好像也知道了状况，没有一点声响。女人的身子动了一下，秦渡头轻轻地往前挪了挪，尽量靠近一点。此时的秦渡头小心翼翼，抬着的手悬在女人身后，不敢动弹。女人的身体微微有些颤动，伸过去的手猛然缩了回来。他知道女人在呜咽，再次伸过手去，轻轻抚摸她的头发。女人纹丝不动。他的手去抚摸女人的耳朵，动作很是轻柔。女人依然不动。他就去抚摸她的脸。女人的泪落下了，湿了秦渡头的手。

秦渡头知道，女人心里的苦不能与自己说得，他也不好前去直面女人心中的痛，那样非但不能减轻她的苦楚，反而会使她更加难受，自己也将成为她防备的一面。他与女人始终维持着一种微妙的平衡，作为长久共存的基础。

一阵风吹来，桂花树摇曳着枝叶。女人知道，她与秃头渡工的缘分未尽，还得生活在一起。寺庙里的清悟，是一个细长的影子，宛如竹林里飘浮的梦。梦是美好的，但梦终究是真实的虚幻。

秦渡头变得大胆起来，试探着向下抚摸女人的身体。女人并没有拒绝。丑陋的秦渡头知道女人的柔软之处，人非草木，孰能无情。这样的时刻，她似乎也愿意秦渡头来抚慰自己，心中柔弱的一面凸显了出来。

此时的秦渡头，已经拥有了强烈的冲动，身体里的一股股热浪正在急速奔涌，做不到无声无息了。他轻声地对女人说："泰山庙里的方丈是个斜眼的男人，主持仪式时喜欢斜眼看人。我想他可能是觉得世间不如意的事情太多，做方丈的也是没有法子，只能做斜眼旁观。"

"……"

"其实方丈的这种姿态，并不适合做僧侣的，做不到慈悲为怀，更不适合做方丈。"他的声音稍稍大了一点。

"……"

"哪有斜眼的方丈，一看就让人觉得这庙里供奉的是凶神恶煞的杀神。"他的声音大了起来。

女人笑了。

看到她笑了，秦渡头在她的耳边不停地说话，一阵阵气流吹在她的耳朵后面，她的身体也一点点地酥痒起来。男女之间久了，并非是容颜在相互吸引，一种心灵的默契与关爱更能打动人心，女人渐渐有了飘浮的感觉。

秦渡头的声音完全大了起来，像是在咬她的耳朵。女人身体里的燥热慢慢地膨胀起来，猛然就浮到了空中。男人的甜言蜜语与悉心呵护，终于换来女人的又一次心动。

"你就是我心中的魔，附在我身上的鬼，怎么也甩不掉。"漂亮女人已经敌不过秦渡头的柔情，一把抓住他的手，倒在了他的怀中。

18

一九四五年八月，日本人接受《波茨坦公告》，无条件投降。九月的瓢城，周边的日军向所在新四军缴械投降。瓢城举行了盛大的欢庆，道路上挤满了欢愉的市民，各行各界进行胜利大游行，锣鼓、彩旗、鞭炮，游行的队伍一眼看不到头，仿佛循环往复似的。在瓢城的各个广场搭台唱戏，人山人海，盛况空前。热闹欢快的场景，白天，黑夜，没有停歇的时候，郁积于民众心中的压抑、痛苦、悲愤、狂喜，一下子释放了出来。

在这欢庆的日子里，女人想到的尽是些一瓢水店铺的事。一瓢水的日子，无不勾起她对逝去往事的美好回忆。秋的南瀛岛，在阳光照耀下呈现出少有的鲜活样子，屋后的桂花树一树的金黄饱满。漂亮女人向瓢城西城走去，人山人海的场景顾不得去看了，径直往瓢城西街去。

她偷偷来到一瓢水所在的酱园店，那儿的房子已经不复存在了，毁于战火。女人站在那儿，心中燃起的希望瞬间破灭了。她所想的事情，是尽快把一瓢水恢复起来，可现实给了她重重的一击。女人并没有被打倒，她要另择地方，把一瓢水店铺重新做起来。

就在女人转头离开的时候，酱园店灰黑的瓦砾中，一束金光反射到她的眼里。她急速上前，扒开瓦砾：镶着金边的原木；再扒，黑字；再扒，"一瓢水"牌匾。"老匾还在。"女人将一瓢水牌匾扒了出来，紧紧地抱在怀里。她泪流满面，无比激动，想到了当初书生男人题写牌匾的情景，感觉到了逝去男人的余温。瓢城的天空就像这抗战胜利的欢庆一样，晴空万里了。那天的瓢城天空，飞着许多候鸟，鸟儿也欢腾起来了，在这座城市的上空盘旋。

女人在一片欢笑声中，抱着一瓢水牌匾在市街里急速地行走。她在心里说着："天不灭我，这是天意。"像是看到了自己失散多年的孩子。一瓢水牌匾，就是她与书生的孩子，她一定要把一瓢水店铺重新做起来。

秋日的午后，瓢城市街里许多人看到漂亮女人抱着牌匾，向瓢城南门走去。不少人惊讶于一瓢水牌匾完好无损，他们相信，江南来的漂亮女人一定会把一瓢水店铺重新做起来，那是个多好的店铺。

盛大欢庆的余音还未消散，国民党与共产党破裂了，"一瓢水"重新做起的打算，也在这动荡的时局中胎死腹中。女人将一瓢水牌匾擦洗干净，用黄绸布包裹起来，外面加裹了深蓝色的棉布，吊挂在堂屋的房梁上。国民党第一绥靖区司令李默庵，调集第六十五、八十三师等四万余众由南向北进攻瓢城。同时，国民党整编第二十五师黄百韬由西向东压了过来，策应瓢城攻势。共产党华野七纵节节阻击敌人，最后扼守瓢城南大门外围阵地。野战军首长粟裕趁北线战事稍缓之机，亲率一师陶勇部、十三旅皮定均部、十纵谢祥军部之三十旅，由北飞驰南下，统一指挥瓢城保卫战。

瓢城战役，共产党军队重创国民党军队，毙死、毙伤、俘敌近万人，缴获大炮、轻重机枪、步枪、弹药若干，取得瓢城保卫战的重大胜利，严重迟滞了国民党军的进攻态势。瓢城战役后，为避敌锋芒，在运动中大量消灭敌人，共产党军队主动北撤，南征北战。

国民党军进入瓢城后，招募民工为其服务。瓢城是老解放区，无人参加，国民党军队开始强行征召。一时间，全城鸡飞狗跳，人人自危。秦渡头被抓去做了马夫，随着国民党军队向北进发。已是深秋时节，北方一阵阵冷风吹来，天空昏暗，远处零星响着炮声。离开瓢城的时候，秦渡头都没有来得及与自己的女人道别，就随国军一路向北开拔了。

人在动荡不宁的年代中，就像蝼蚁一样，秦渡头一次次回望远去瓢城的城郭，眼前浮现出女人的身影。他流泪了，不知道自己还能不能活着回来，他放不下自己的女人，放不下渡船，都是他生命里重要的东西。

秦渡头跟随国军一路北上，浩浩荡荡的国民党军队一眼望不到头，完全是碾压的态势，所向披靡了。行进中的秦渡头想，刚刚打败了日本人，老百姓过上了安定的日子，国民党与共产党又打起来了。国民党与共产党不是自家兄弟吗？自家的兄弟打起来，这家还能好吗？连老百姓在家守着自己的女人都不行，硬拉着到这里来，这都是为了什么？

　　静静地，看到了山峦的影子。出生在平原的秦渡头，从没有见过山，他翘首盼望着能够走到山下看山的雄伟。可怎么往前走，山影依旧，并不能到了山脚下面。他知道了，看着很近的群山，其实离得很远，大山完全给人以时空错位的感觉。到了骆马湖边的时候，已是晚上，大军就地宿营。一轮明月悬挂天空，湖面闪动着水银一般的波光，庞大嘈杂的军队一下子安静下来。坦克与军车在月光下闪着黝黑乌亮的身影，偶尔有几声战马响鼻声。

　　深秋时节，湖面吹来飕飕的冷风。秦渡头想到了渡船，想到了自己的女人，一种内心涌动不可抑止地控制着他的身体。他想家了，想漂亮女人了，再这样跟着国民党军队走下去，就看不到自己的女人了。那个月夜，女人向河中沉落的情形浮现眼前，还有泰山庙后面的竹林，不停地摇曳。他不能再跟下去了，国民党、共产党兄弟反目，与我们老百姓有什么关系？那是你们手中有枪有炮，一心要把对方给灭了。我不想做这个帮凶，我得回去，我的漂亮女人一个人在家呢。

　　秦渡头乘着夜色逃跑了，心中尽是女人的身影。

　　他一路向南，奔跑在回家的路上。他的眼睛一直看向前方，绝不回头看上一眼。他怕回头一看，就有人在追赶自己。他不想死，他死了，自己的女人怎么办？秦渡头没日没夜地奔跑着，饥肠辘辘。他在地里偷些吃的，河里喝些凉水，困了就蜷缩在树下或者路边的草堆旁打个囫囵盹。一路乞讨偷盗的秦渡头就像猪狗一样，草行露宿，食不果腹。

　　那个冷风飕飕的夜晚，秦渡头回到瓢城。

　　满脸胡子的秦渡头抱着自己的女人号啕大哭，女人捂住他的嘴，不让他哭出声来。女人抚摸他的头，没有几根头发了，可胡楂却是那样地戳人。女人的手，那般地温柔，秦渡头心想，女人是舍不得自己。秦渡头告给女人一路跑回来的情形，那真是千山万水。

　　"知道你回来不容易。"女人笑道，"仅仅就跟着军队跑了一趟，腔调都变了。"

　　秦渡头说，自己是在逃跑，抓回去是要被枪毙的。就是被毙了，也要见到自己的女人。

女人说："你且洗了干净，我再给你做些吃的。"

秦渡头眼泪一下子涌了出来，这是他一生中最为难忘的交欢。他闻到了女人身上的香甜气息，真的有那种桂花的香味，不浓，淡淡的。以往他也闻到过这种香气，却没有这般清新，一路回乡的劳顿完全消失了。

秦渡头说："我死也值了。"

女人说："你不会死，他们一准回不来了，一路向北不知道要打到哪里。再说鹿死谁手，还没个定数。万一他们回来了，你就往西乡芦荡里跑。当年日本人也没有进得去，何况他国民党军队。"

"国民党军队，武器精良，训练有素。坦克车一辆接一辆，还有军车和战马，场面够大。"

女人笑道："不一定的，共产党的军队神出鬼没，有着自己的法子，他们好像更接地气。我们这儿是老区，环境没有那么凶险，你就待在家里，哪儿也不要去。"

秦渡头有意无意地看着北边的原野，生怕国民党军队再次回来。

女人说："你就不要看了，一时半会回不来。"

还真的如女人所言，国民党军队越走越远了，看来真的回不来了。

来年的冬天，特别寒冷，离开瓢城一年多的国民党军队回来了，已经溃不成军。共产党军队重新收复瓢城，那些国民党残兵败将却参加了共产党的军队，成为"解放战士"。

秦渡头对女人说："国民党那样浩荡的军队被打败了，你说得对，共产党军队更接地气。那么多国民党残兵参加了解放军，国民党军队焉有不败之理。"

部队休整之后继续开拔，地方政府组织民工支前，秦渡头也想参加。他与女人商议："我想参加支前，支援人民军队。"

"参加。"女人说，"共产党的队伍是穷人的队伍，穷人的队伍要得天下。"

"你舍得我离开？"秦渡头问。

"舍得，男人要跟大势，我不能让你窝在家里，你在队伍上好好干。"

支前的队伍出发了，秦渡头戴着大红花推着独轮车，与大军南下。

漂亮女人没有送他，他一步一回头地看着瓢城渐渐远去。越往南去，天气越来越转暖了，秦渡头的心里并没有春天的感觉。虽然这是他主动参加的，然而离开瓢城的那一刻，心里就开始后悔了。他知道，那是因为漂亮女人。他依旧想到了自己会在战火中死去，就再也见不到她了。怀着这样复杂的心情，秦渡头一路跟随支前队伍南下。

秦渡头离开瓢城之后，漂亮女人悄然去了南瀛岛泰山庙，她要为秦渡头祈祷，祈祷他一路平安。她多少次来过泰山庙后面的竹林，进泰山庙还是第一次，清悟和尚全程陪同女人，引来许多香客瞩目。清悟为秦渡头做了平安道场，念了《金刚经》。之后，女人与清悟去了后面的竹林里。

那以后，女人常在傍晚时分去寺庙后面的竹林里看望清悟，她喜欢夕阳西落之后，竹林里的幽暗紧紧包裹自己，有着一种特别的安妥。夕阳即将垂落，竹林有着悠远静谧的意境，与她在对岸家里想象的一样，是个极清幽的地方。

19

支前的路上不断有国民党飞机轰炸，但支前的队伍没有减缓前进的脚步，他们跟随大军一路南下，摧枯拉朽，势不可当。长长的队伍一眼望不到头，像游走在大地上的一条巨龙。前面的大军中有支前队伍里的子弟，后面的支前队伍里有大军中的亲人。前面的大军前进到哪里，后面的支前队伍就跟到哪里，这两支大军组成了不可阻挡的"钢铁洪流"。

部队到了江边，大军转入游泳划船训练，准备渡江作战。秦渡头会游泳，又会弄船，被留了下来。江岸边，芦苇丛间，到处是训练的官兵，还有踊跃参加的船民。群众被动员起来了，这是一场为着自己的解放战争。江面偶尔过去一艘舰船，江岸的解放军密切监视着。

夜晚，江面吹来一阵阵风，江边的芦苇发出沙沙声响。秦渡头又开始想家想女人了，那种销魂不迭的奔涌一次次涌上心头。他竭力控制着自己，女人说"共产党要得天下"的话一遍遍在耳边回响，一次次阻隔着他想逃离的欲念。看着滔滔江水和宽阔的江面，对岸国民党军队的探照灯在江上来回扫着，他的心还是浮动了起来。从国民党军队中逃脱，他没有丝毫的犹豫；从共产党军队中逃跑，他犹豫了。但这犹豫，终究敌不过对女人的深深思念，动了离开的心思。

半夜时分，月亮出来了。春天的月光很是皎洁，天气依旧清冷。芦苇已经有半人多高了，青青的一片静静地立在岸边。风停了，江面平静了下来，一艘国民党巡逻军舰出现在江面，显得孤单清冷。秦渡头睡不着，他在等待一个机会，逃离江边。已经顾不了那么多了，他想女人快要想疯了。

那是个无月的夜晚，薄雾平铺江面，陆地近处也看不清人脸。江上划过探照灯，草丛间发出几声虫鸣。人们的注意力都落在警戒江岸，准备渡江的船只正往江边集结，藏在芦苇丛里、河湾里、树林后面。江岸的排炮，陆续进入炮位，做着渡江前的最后准备，只等上面一声令下，渡江作战，解放江南，解放全中国。秦渡头乘着夜色、雾霭与芦苇的掩护逃跑，这是一个绝佳的逃离机会。越来越浓烈的思乡之情已经扛不住了，他必须得跑了。

秦渡头一路向北，奔跑在回家的路上，眼前不停闪着女人的身影。他心里想着，随船过江定会死人，那么宽的江面，都是些小木船，国民党有炮有军舰有飞机，一发炮弹就将船炸飞了。我死了不要紧，一百多斤扔江里喂鱼好了，可女人怎么办？他要尽快见到自己的女人，一刻也不能再等。

秦渡头没日没夜地奔跑着，披星戴月，恨不能一下子就到了瓢城。一路上，到底跑了多久又睡了多久，他根本记不清楚。白天与黑夜已经没有明显的界限了，脑子里只有家乡瓢城、南门房舍、房舍里的漂亮女人。一路上，他看到战争留下的痕迹。一样地想到了那个问题，国共两党就是自家兄弟，为什么要打仗分出高低呢？打仗会死人，他不想死，他想自己的漂亮女人。秦渡头在路边的田埂休息一会儿，继续前行。一路乞讨、偷盗，往家的方向没日没夜地奔跑。

经历千难万险的秦渡头，终于回到了瓢城。

回到瓢城的秦渡头，已经是蓬头垢面，衣衫褴褛，与叫花子无异。

他抱着女人痛哭："我不想逃跑，实在是想你想得不行啊。"

看着男人的样子，女人没有嫌弃，而是笑道："看看你都成什么样子了，就是再想也不能逃跑啊。现在是共产党的天下，以后一定会找你算账。你这样一跑，功臣变成逃兵了。"

"我哪能不知道这个道理呢。逃兵就逃兵，算账就算账，就是死了，也要死在你怀里，做个花鬼。"他看着女人说，"你不知道啊，朝思暮想的滋味实在抓心。我顾不得那么多了，大军就要过江了，我不想死，我死了你可怎么办？"

女人抚摸着他的脸说："也罢，过江一定会死人。好死不如赖活着，我与你一起面对以后的情形，过那守穷的日子。你且洗了干净，我再给你做些吃的。"

又一次难忘的交欢，那桂花的香味扑鼻而来……

女人有身孕了。

秦渡头看着自己的漂亮女人，满眼是泪。女人帮他擦去眼泪，看着屋外的河流。人的生命就像是初夏里飘飞的柳絮，红尘中人，有着永远也解不开的谜。灿烂的生命，是跳动的火焰，更是泥土中的种子。女人终于怀上了。秦渡头满面笑容地抚摸着女人的肚子，高兴得不知道怎么好了。他霍地站了起来，搓着手转着圈，然后向渡船奔去。女人意欲阻拦，秦渡头已经箭一般地飞了出去。女人心想，这样也好，省得以后的日子躲躲藏藏。

"回来了？"有人问秦渡头。

"回来了。"秦渡头答。

"部队上没有留你吗？"

"没有。大军早已过江了，大部分支前人员都回来了。"秦渡头一跃上船，把那渡船撑得漂了起来。船在河中一线行进，秦渡头站在船头满面喜悦，转头看向自家房舍。渡船过河的人看到他兴奋的样子，也有了八九不离十的猜测。

"怎么，她有了？"

"有了，终于有了，老天有眼啊。"

太阳从东边升起，秦渡头在河中愉快地渡着香客。

很多香客有着赶早的习惯，他们总是想烧得一天的头香，以为清静一夜的菩萨会给他带来佛界里的额外祥光瑞气，一个个赶着上岛。清晨的空气，使人感到神清气爽，又是渡船上岛烧得头香，心情格外地好了。秦渡头并不去与这些人搭话，他知道他们的心思在头香里。万一他们问了有没有人上岛，他也不好回答。说没有吧，到了庙里就知道了；说有吧，当场就会不高兴。仿佛是彼此约定了似的，上岛的人也不问秦渡头，免得坏了自己的心情。

中午时分，秦渡头并不能闲着。渡客来了，他便随叫随到。有时候饭碗才端起，就有人叫船："渡船。渡船。"他放下碗筷，向河边奔去，一边跑，一边叫着："来了，来了，误不了你的事。"

零星上岛的散客，多为周边县城来的信众。他们来到这里，都是急不可耐地要过河上岛，一刻也不能耽搁。这些临时抱佛脚的香客，是最不能怠慢的，似乎有着一股怨气。怠慢了他，骂你便是轻的，还要动手打人。远处而来的人，耍耍横也没人晓得，秦渡头每每以一种谦卑的笑脸迎接这样的人。

太阳从西边落下，秦渡头更是难以消停了。上岛坐禅打念的人一个个从各处出来，乘船回家。一趟又一趟地渡着他们，倒也没有矛盾，这些人依旧沉浸在自己的氛围里。有时候只有一人，在船上还坐禅打念。渡船到岸，不招呼他上岸，就那么坐着不动。

秦渡头一点怨气也没有，以为自己的一份善缘，源自这份忙碌渡口的劳作。他兢兢业业，任劳任怨地把这份工作做好。自己的女人有了孩子，这是天大的喜事。女人是土命，结出了果子，土地就归谁所有。这样联系着自己的劳作与得来孩子的秦渡头，脸上充满了喜笑，见到他的人，无不被他的欢悦所感染。

"恭喜，恭喜，看你高兴的样子，脸上都放光了。那女人以后就死心塌地跟你过了，秦渡头好福气。"

"谢谢，谢谢。"秦渡头一个个打躬回礼。

一个人送来了祝福，紧跟着一个个送来了关心的话语，就像滚雪球一样，越来越多，越来越大了。秦渡头感恩戴德，一身谦卑，无论谁给了祝福给了关心给了哪怕只是小小的一个注目，他都是恭敬地回应。

在一片议论声中，秦渡头把渡船撑得更加地飘逸平稳了。

20

一九四九年十月，中华人民共和国成立，瓢城市街里彩旗飘扬，锣鼓喧天。这年的秋天，苏皖边区五分区，正式改为瓢城行政区，中市桥北老瓢城县衙旁的一栋民国小洋楼，瓢城行政公署在此挂牌办公。眼看到了腊月，天气冷得满地冰霜，漂亮女人生下一女孩。秦渡头高兴不已，看着瓢城市街里的风景，深感好日子来临了。热气腾腾的景象，又有了骨肉，大树长成了根系，库房上了门锁，再大的风雨也不会刮走了。喜兴写在他的脸上，天气一点也不觉着冷。还图什么呢？孩子就是拴住男女情感的带子，以后就不用再担心她会离开自己了。

女人看着怀里的女儿，并不言语。不知道是初为人母的不适应，还是生孩子累坏了身子，女人脸上并没有那种特别欣喜的样子。苦涩与欢悦在女人脸上交替着，她看了屋后的桂花树，又去看对面南瀛岛泰山庙后面的翠竹林。

秦渡头对女人说：“我从内心里喜欢这孩子，来得太及时了。”

女人朝秦渡头笑笑，伸出手去。

秦渡头一把抓住女人的手说：“世道变了，人也变了，日子会变得越来越好。”秦渡头说完，哈哈大笑。

“你就不要傻笑了，给孩子取个名字吧。”女人说。

“那是。那是。”秦渡头道。

天降下了大雪，弥弥漫漫，漫天飞舞。南瀛岛泰山庙里长着几棵梅花树，正开着鲜艳的梅花，在一片白茫茫的雪中，煞是嫣红。秦渡头抱着女儿上南瀛岛去泰山庙，请庙里的方丈给取个名字。

方丈笑道：“取名是父亲的权利与责任，怎么跑到寺庙里来让我给取名了？”

秦渡头说：“我成天渡人上岛，自己所得福报皆来自寺庙福源。请方丈取名，也是我家女人的意思，她是个有文化的人。”

方丈微微点头，看着婴儿红扑扑的小脸，抬头斜眼去看正在盛开的梅花，对秦渡头道："那就叫腊梅吧。寒冬腊月得来的孩子，又是这样的漫天大雪，不容易啊。"

秦渡头的眼睛有些湿润。

方丈笑了，单手打躬作揖道："阿弥陀佛，善哉，善哉。"

秦渡头离开寺庙的时候，寺庙后面的竹林旁站着清悟和尚。他看着秦渡头抱着孩子，单手打躬作揖道："阿弥陀佛。"眼睛一刻不离秦渡头父女。

秦渡头点头回礼，眨了眨眼睛离开了。

南城房舍里有了女儿腊梅之后，日子一下子亮堂了起来。秦渡头走路带风，抬头挺胸一路小跑，得意的神情挂在脸上，他的心中感觉到从未有过的安定。一家，一船，一孩子，自己女人的心思，也在孩子的一面，日子过得平静而充实。秦渡头觉得这样的生活，是天底下最幸福的生活了，就像平稳飘逸的渡船在水中行走。

女人常在门前眺望河对岸泰山庙后面的竹林，看着那随风飘荡的绿浪。屋里传来孩子的哭声，她转身回屋去哄孩子。有了孩子的女人，为着家里的琐事不停地忙碌着。她的心中渐渐燃起了对一瓢水店铺的向往，这是她心中的一个念想，一个心结，一个自己必须要去实现的梦。然而眼下的情形，不能支撑她把一瓢水重新做起来的想法，便把心思用在孩子身上。

瓢城南门的天空一日日明亮，又一日日暗淡。在这循环往复的平静日头里，女儿腊梅牙牙学语了。秦渡头看着天空、河流和屋后的老桂树，感到日头流逝得真快。喇叭里播放着"五星红旗迎风飘扬，胜利歌声多么响亮……"的歌曲，瓢城市街也有了乱世之后的繁荣，仿佛一阵阵狂风过后洒落下了绵绵细雨，飞扬的尘土不再空中到处飞舞了，满目疮痍的土地拥有了前所未有的安定。

秦渡头对女人说："你的话准呢，国民党再也回不来了。"

女人将腊梅抱在怀里，触目于河对岸泰山庙后面的竹林。秦渡头感觉到女人在想些什么，至于她的心里到底在想什么，倒也不必去多问。

瓢城南门人头攒动，进城办货的人越来越多了。河对面的南瀛岛一片葱葱绿绿，河两岸开着一簇一簇的蔷薇花，红的、绿的、白的、黄的。秦渡头觉得天空与河流，一下子清澈明亮了许多，忙碌起来的渡船，一趟趟送着去往南瀛岛泰山庙的香客。渡客的脸上再也不是过去的那种苦涩神情了，话也多了起来，说着说着就落脚于秦渡头的生活，仿佛南门渡口的一家有着说不完的话题。

秦渡头愿意他们谈论自己的生活，无论是对他的恭维，还是对他的贬损，他都爱听。在渡船上的一片欢笑声中，秦渡头不停地给他们作揖感谢。

渡船靠岸，渡客们回头对秦渡头笑着，觉得秦渡头是个心胸开阔之人。漂亮女人跟他，不是没有道理的。

南瀛岛西天的晚霞正在渐渐散去，天空灰暗下来，天很快就黑了。天擦黑不多时，东边天空里的月亮就升了上来。月光下的河边，秦渡头收着渡船缆绳，将船系好往家回。屋里传出孩子的哭声，秦渡头赶紧进屋接过孩子，让女人去做饭。

瓦屋炊烟缭绕，南门外的河流闪烁着银光，屋后的桂花树在月光下显得特别安静。一家人的日子，就这样在一个个平淡的时光里流淌，并不去与外界有什么瓜葛。男人在河上弄船，女人在家里带孩子，越来越像是平常人家的安定生活了。

世间万物总有不尽如人意的地方，一切都在时间的流淌中变化着。生活安定了，可以休养生息了，清澈的河水中游动着柳条鱼，河岸边的野花在一阵阵轻风中茂密地开放着，一切拥有了太平景象。

一天早晨，喇叭里传出"雄赳赳，气昂昂，跨过鸭绿江……"的歌声，各行各业为抗美援朝出力。不多久，在瓢城市中心，召开公审大会，在被镇压的人中，秦渡头看到了眼镜男人，罪行是特务，一个共产党干部被杀，他有重大嫌疑。秦渡头将这消息告给女人，女人半天说不出话来，她不相信眼镜会是特务，会杀共产党人，是不是搞错了。

"这么大的事情还能搞错吗？"秦渡头对女人说。

女人说倒也是，照理人命关天的大事，政府是不会冤枉好人的。可在女人心里，眼镜男人怎么也不像是特务和杀人犯。女人非常难受，一个有文化的书生，自己的女人被人祸害了，烧了财主家房子，落草为寇，怎么就成杀害共产党干部的罪人了呢？女人默默走到瓢城市中心，看着那个高台，上面公审大会的横幅还挂着。曾经呵护过自己的斯文男人，已经不在人世了。

随着形势的发展，一股萧索之气正一步步向秦渡头袭来，与他清算旧账。秦渡头是典型的穷苦人家出身，一辈子的职业就是渡船，春夏秋冬严寒酷暑循环往复，也只能勉强度日。然而就是这样一个贫穷的人家，真正的劳苦大众的一员，依旧没有博得别人的同情与怜悯。

平静的日头，勾起一些人对逝去往事的记忆，他们揭发秦渡头的过往劣迹。他渡过日本人，渡过大汉奸"和平军"司令，有了这样的污点，性质就发生了变化。他渡过共产党新四军要员，去伪军司令部将大汉奸引了出来，在南瀛岛渡口将其击毙，共产党大军南下，主动参加支前队伍，这谁都清楚但谁也无法替他说话，因为没有功过相抵一说。秦渡头从江边逃跑回来，应该按逃兵论处。在南门的家里还有一个黑帮、海匪的小老婆，与伪军司令还有一腿。据藏在秦渡头家的四个新四军说，秦渡头的老婆长得的确漂亮，一看就知道不是一般的女人。还有为被打死的汉奸司令收尸的时候，发现他嘴里的大金牙不见了。他们认定是秦渡头撬走的，因为当时只有他在场。

秦渡头矢口否认："我是稀罕他嘴里的大金牙，但我没有撬。一阵枪响，我都吓死了，哪还敢去撬他嘴里的大金牙？"

秦渡头百般辩解无济于事。

秦渡头的所作所为，一件件一桩桩，一个渡工，有了这样复杂的历史，自己说不清楚，别人更是说不清楚了。随着社会上的运动深入，秦渡头被抓了起来，等候审判。

那个平静的早晨，南门外的河边来了三个全副武装的人。他们直奔渡口而来，不容分说将秦渡头抓了就走。渡船的缆绳还没有来得及系好，渡船在河里胡乱地漂着。秦渡头回头去看它，叫着："我的渡船，漂走了。"

秦渡头被关进了大狱，政府在核实他的材料。秦渡头感到一股强劲的风暴向他冲击而来，那些看似友好的实际骨子里看不惯他的人一个个冒了出来。他们咬牙切齿，义愤填膺，细数秦渡头的劣迹，推动着政府法办了这个睡了漂亮女人的秃驴。

情形急转直下，秦渡头已经是孤立无援、在劫难逃了。

这时，女人站了出来。

平日里不出门的女人，穿了上好的衣服，把自己收拾得整整齐齐，抱着孩子，为着自己的男人到处奔走。

她找了共产党大干部并向他表明，自己的男人是个老实巴交的渡工。他渡过日本人不错，但他没有做汉奸；他渡过汉奸伪军司令也没错，但他帮助新四军除掉了这个数典忘祖的畜生；他参加过支前队伍逃跑不错，但他并未叛变通敌，他是舍不得我才回家的，属于自行脱离。大军胜利的时候，也不缺他一个，我们不要那个功劳。共产党虽说没有功过相抵一说，但也不能功过不分，随便抓人，滥杀无辜。漂亮女人的叙述不紧不慢，句句清楚，眼睛不眨一下。最后女人对大干部说："我相信你，相信共产党，相信政府。"

共产党大干部不敢相信自己的眼睛，眼前的这个玉质一般的女人竟是秦渡头的老婆。老天爷也太会开玩笑了吧，一个貌若天仙婀娜多姿，一个秃头矮小鄙夷不屑，简直就是乱点鸳鸯谱嘛。看着眼前的漂亮女人如此执拗地为自己的男人据理力争，大干部也被她的举止感动了。他命专人查办此事，给个公正的结论。

结果，秦渡头没有被当作叛逃通敌分子处理，还得了一纸嘉奖，奖励他锄奸有功。

21

放回家的秦渡头，抱着女人孩子痛哭。女人并没有过多地安慰他，而是想到一家人，单靠着他的渡船度日不行，自己得出来做事。再大的困难，也要将一瓢水店铺重新做起来。女人将屋梁上的一瓢水牌匾取下，打开外面包裹的布，深切地看着它。

女人在外面奔走，张罗着重新开店的事宜。她看中了西街的一个店铺，与人家也谈好了转让的费用。可重新开张需要一笔钱，她与秦渡头怎么也凑不起这笔银钱。陡然发现，他们无亲无故，也无有钱可借的朋友。她意识到，恢复一瓢水是很难的事情了。女人将一瓢水牌匾重新吊挂起来，心里非常难过，呆呆地看着门前的河流。

腊梅一天天长大，可以跟着秦渡头一同摆渡了。秦渡头也乐意带着女儿一同上船。女儿腊梅上船，渡船上就有了与以往不同的情趣，腊梅的皮肤和脸蛋遗传了母亲，白嫩嫩的，有着一份别样的可爱。渡船过河的人，总喜欢前去摸摸她的脸，有的还揪着她的嘴巴不放。

腊梅不恼，睁大着眼睛朝人家看。

香客放下手，对秦渡头说："你女儿的脸让人疼爱，将来一定会嫁个好人家。"

"托您的福了。"秦渡头说，"女儿皮肤和长相随她的母亲。"

"这话你就说对了，女儿并不像你，像她那风花雪月的母亲。艳福不浅啊，秦渡头。"

秦渡头一点也不气别人这样说自己的女人，反倒是有了一份自豪。不管自己的女人过去怎样，终究跟了我秦渡头过日子。在我落难的时候，她还挺身而出救了我的性命，怎样的女人才能做到？

看着河对岸南瀛岛，秦渡头用力地将船撑向前方。

船上的人笑了，看着秦渡头和他的女儿，觉得上天还是同情本分厚道之人。俗话说得好：聪明人吃老实人；老天吃聪明人；老实人吃什么？老天就给他吃了。秦渡头风雨无阻，一日一日地做着渡船的工作，得来这样的人生艳福。

渡船靠岸，秦渡头迅疾系好缆绳，他一个个扶着上岸。对岸的渡客，他又一个个地扶着上船，安置到各自合适的位置。老人和孩子，他为他们准备了小凳坐下，妇女们安排到船的中央。秦渡头的行为，得来渡客们的一致好评。

秦渡头摆摆手，拍拍自己的胸口，告给渡客们自己是心里高兴干事起劲。正是来往的渡客，改变了自己的生活。他把渡船擦洗得锃亮，船撑得既快又稳，这是他的福源。

渡船在一片笑声中靠岸。

渡客上岸，去向各方。

腊梅在渡船的一片欢悦中愉快地生长着，她特别喜欢跟着父亲去南瀛岛玩，那儿是她百玩不厌的地方。只要是上岛，她就兴奋，就欢快，一会儿跑前，一会儿跑后，一路叽叽喳喳笑个不停，活像只布谷鸟不停地欢叫。腊梅的身上好似扯了一根细线，拉扯着秦渡头的眼睛。

疯煞一阵子的腊梅，总要到庙里去逛一圈。秦渡头后面跟着，坐在庙门外等她，倒也是短暂的休息。

在泰山庙里，腊梅看到了各式各样的香客，有求官的、求财的、求子的、求平安的，还有什么也不求，只把那庙宇看作是一种精神寄托。他们手持供香，口中念念有词，将香插于香炉里，然后到大殿去跪拜求佛，一切看在腊梅的眼睛里。

腊梅出来了，秦渡头收起烟袋，与女儿往渡船去。

回到家里，腊梅急切地把庙里的所见所闻告给母亲。

母亲听着笑着，对腊梅说："人的一生是命定的，无论富贵，还是贫穷，都逃脱不了生命的轮回。烧香拜佛，大部分人是去求菩萨保佑，也有一部分人是祈求来世。"她告诫女儿，"人存于凡间，勤劳和健康是顶大的事情，其他的事不要太过顶真。无论什么人，平静的日头都是一种好生活。"

腊梅看着母亲笑了。

腊梅一有空就往泰山庙跑，她喜欢去那个地方，就像魂魄落在了那儿一般。她学着香客的样子，祷告、磕头、祈福，把母亲告诫她的话说给菩萨听。说了这些后，她又坐父亲的渡船回到家里，把庙里的情形一五一十地告给母亲，然后再坐渡船上南瀛岛去泰山庙。

乐此不疲。

秦渡头看在眼里，一幅幅赏心悦目的画卷印在脑中，为着一种春天暖流一样的东西所缠绕。女儿腊梅在他眼前晃来晃去，使得他真切地感受到了一个个平静日头的幸福滋味。这日子越过越有意思，从未感受过的美好阳光照在身上。秦渡头一边撑船，一边对女儿腊梅说："你不能老去庙里磕头求菩萨，耽误了爹的渡船是小事，老去求菩萨就不灵验了。"

腊梅说："菩萨对孩子的所求有求必应，因为孩子正在长身体。"

"这孩子，道理还不少，不知哪里学来的。"父亲撑着船与女儿腊梅说着话，心中欢悦无以言表。

记得在一个初春的上午，阳光和煦，一辆黑色轿车停在渡口，一位穿将军服的人从车上下来。秦渡头正在系船，将军来到他的身边。当他看到将军的时候愣住了，这个人不正是当年他送上南瀛岛的那位首长吗？

将军朝他笑着，微微地点头问道："还认得我吧。"

"认得，认得。"秦渡头答。

"过得还好？"

"好，好。"

秦渡头围着将军转了两圈，看着他的大檐帽与肩章。黄色的肩章，镶了红色的边，一枚金色国徽，三颗银色五角星。秦渡头一边看，一边嘀咕着："这就是将军豆吧，这么多豆豆，得是多大的官啊。"

将军上船，秦渡头有一肚子话想对他说。可将军站立船头，看着对岸的景致。显然，他已经进入沉思之中。秦渡头心想，将军一定是触景生情，想过去的岁月了，到了嘴边的话，咽了回去，只把那渡船撑好。

秦渡头把将军渡过河去，将军回头与他招呼一声，上南瀛岛去泰山庙。

看着将军离去的背影，秦渡头拍了拍自己的身体。

金色夕阳挂在天上，将军从泰山庙出来，直奔渡口，乘船回到北岸。将军回头与他打过招呼，坐进小汽车走了。

秦渡头呆呆地看着将军远去的汽车，消失在拐弯处不见了……

22

平静的日头，时时不同，又时时一样，日出、日落，渡船、岛上。晨曦的南门，河面升起袅袅雾气，渐渐上升、散去。湿润的空气一阵阵吹来，滋润着秦渡头的心肺；晚霞的西天中，飘着姹紫嫣红的云彩，映照着秦渡头宽大的脸。自然里的时间轮回看得分明，渡工秦渡头一日日在水上来回送着渡客，一种别样的幸福在静静地流淌，安逸而悠远。

这样平静幸福的日头并没有一直延续下去，在那个夏日的早晨突然中断了。南瀛岛对面的一方要修路，一批批政府人员过来做工作，勘测人员也同时进场。政府人员来到秦渡头家，向他宣传政府的决定，做搬迁的准备。

秦渡头看着政府来人说："生活过得好好的，怎么突然就搬迁了呢？"

政府人员说："上面大领导发话了，这里要修路，在西城门外的上坝村统一安置你们。由于你当年渡过新四军大干部，而且锄奸有功，还得了嘉奖，地方让你们先选。"

"我们不选，这儿靠近渡口，我还要渡人过河呢，请政府酌情安排。"秦渡头说。

"不需要酌情安排了，这儿很快就要造桥了。有了桥，还要渡船干什么？"政府的人说。

突如其来的变故，一下子打破了南门河岸这户人家的平静生活。秦渡头看着自家女人，如此情形，他的心中没了主张。

女人看了看政府的人，对秦渡头说："听政府的安排，也渡了差不多了。"

没想到自己的女人说出这样的话来，秦渡头说："我们在这里已经住了这么多年，怎么说搬就搬了呢？还要搬到西城门外的上坝村去。"

"修路建桥是积德的事情，听政府的安排。"女人说。

听了女人的话，秦渡头转头对政府的人说："那就听政府安排。"

西城门外的上坝村，瓢城人管它叫"坝口"。这个两条河之间的村庄，紧挨着瓢城西城。村里最东户的人家，距离瓢城西城门就不到一里地。村子东北的河对岸，是城里最大的医院——瓢城医院。站在西城门楼眺望，上坝村尽收眼底。南门拆迁的人安置到这里，也算是较为合理的方案。

政府的人带着他们来到上坝村，看了几处可以安置的空地。秦渡头女人选择村前的那块地，她一眼就看中了这个地方，那是全村的上首，视野也特别地好。

上坝村人不同意。

"那么上好的地方，凭什么给她？"村里人想这块地都快想疯了，怎能让个不相干的外人给占了。多少年过去了，这块好地也就作为一个公共的地方在行走，大家也都接受了这样的现实。现在倒好，说给她就给她了，简直是笑话。

风水的讲究，是个特别在意的事情，又是全村的上首，上坝村人感到特别别扭，纷纷向拆迁安置指挥部反映情况。指挥部的人说，那是政府的统一安排，我们只是按照政府的政策做好安置工作。见指挥部解决不了问题，上坝村人去找政府，政府的人说："这是上面大领导的安排，必须让他们先选。既然他们选中了，那这块地就得给他们，没有什么好商量的，这是政策。"

上坝村人知道这件事情已经没有地方去反映了，一个个气不过，奔走相告一定要搅黄了这件事情。

女人与秦渡头又一次来到坝口，上坝村人像是看"西洋景"似的看她，同时以一种敌对的态度审视这个南门过来的不速之客。岁月在她的脸上没有留下什么痕迹，却是越发地柔嫩起来。以前有人在一瓢水店铺里看过她，这么些年过去了，经历了那么多事情，还有了孩子，怎么还是那么艳丽呢？她不是生活中人，很可能是乘着夜晚月光而来的什么东西。

"一个野种，占了我们的地方。"有人开始攻击。

"没有规矩了，想占就占了呢。"已经是群情激愤。

漂亮女人走了。秦渡头看了怒目瞪眼的上坝村人，也跟着女人走了。他的心里很难过，南门那么好的房子，说拆就拆了，还有渡船的工作。到这样的一个地方来安家，以后的生活怎么过？你看那上坝村人，一个个凶神恶煞，就差把人给吃了。

女人走后，上坝村人开始议论起来，尤其是那些女人。

"你瞧她的脸，她的眼睛，她的身段，还有她的皮肤，白得跟个妖精似的。"

"妖精来了，全村都散发着骚气。"

上坝村女人的心里无法否认这南门女人的美，明了自己与她无法媲美，嘴上却是不依不饶。

"这也太奇怪了吧，经历了那么多事情，跟着十三个牛屎饼高的秦渡头过了这些年，还生了孩子，难道吃了仙果了吗？还是她的身体有什么特别的地方？"

"你们可不知道了，秦渡头一有空就回家渡她。不管秦渡头怎么折腾，她都是稳如泰山，来者不拒。"

"你瞧瞧她那双手，纤细柔嫩，光滑如玉。在她面前，哪个男人控制得住？"

"骚女人就是这样，成天无所事事，等着男人来×她。"

一旁观看的男人笑了，笑上坝村女人的酸劲，这些丑女人，相貌、身段、皮肤，无一可以和人家相媲美，也就是嫉妒罢了。

一个大个子男人道："啧啧啧啧，大家看看，都说得快流口水了。"

女人们不说话了，一个个看着大个子的女人。

大个子的女人上去对着自家男人就是一巴掌："你起什么哄？别人起哄都可以，就你不行。空长一个大架子，上来折腾三分钟完事。你有秦渡头十分之一的能耐，我也不至于成天像个抽大烟的脸。"

女人们都笑了，笑得前俯后仰，满脸通红。

大个子站在那儿，一脸蒙圈，这一巴掌实在是让他丢尽了脸面。他想发作，又不敢发作，平日里就不是自己女人的对手，现在要面对上坝村这么多的娘儿们，岂能是她们的对手。

这时，村长吼了起来："都给我滚回去！越说越不像话了，一群母夜叉。"

女人们这才想到了正事，一个个对着村长吵："你跟我们凶什么？有本事把她给赶走了，那才是真爷们儿真干部。"

村长皮笑肉不笑地说："没办法，你们谁找了政府的人来说话，我立马就把她赶走。这政府叫我往哪我就往哪，难不成还听了你们这些娘儿们的不成？"

女人们不说话了，一个个瞪着眼睛朝他看。

"怎么，不认识了，还是我的脸上写了'水浒''三国''隋唐演义'？大家都是老相识了，不要一天到晚唯恐天下不乱。"村长道，"要不让你们的男人来当这个村长试试？这不是个什么好差事，别以为吃香的喝辣的吆五喝六地抖威风，谁都不容易。"

女人们你看看我，我看看你，一个个不言语了。

"当官的都不是好东西，穿一条裤子。"其中的一个终于忍不住骂开了。

村长道："这官也不是谁都可以当的，我不跟你们计较，都是乡里乡亲的，这女人占了村头的那块地，我心里也不舒服。但是没有办法，政府的安排。都散了吧，一个个横眉竖眼的，给谁看呢？"

女人们不情愿地散了。

漂亮女人让政府的人把自家屋后的桂花树移栽过来，政府的人照办了。高大的桂树立在村头，引来许多人围观，像是在看稀罕之物。他们上下打量着这棵桂花树，原来是棵老桂树，却生长得高大壮硕，绿生生的。

漂亮女人让政府的人砌围墙，交代前后留足行道。政府的人也照办了。施工队放了墙基，漂亮女人说："对的，就在这里。"

漂亮女人让政府的人在院子里盖五间瓦房、两间偏厨。政府的人看着她说："这个我们做不了主，得回去请示领导。"

"那你们回去请示吧。"漂亮女人说。

政府的人认为秦渡头的女人太过分了，满足一个，下一个来了，不能这样由着她。政府的人定不下来，向上级请示。上一级也定不下来，又向上一级请示。就这样一级级地向上请示，最后上面答复："同意所请，妥善安置。"

上坝村从此有了这户独立小院桂花飘香的人家。

23

坝口小院落成的那天，上坝村人不停地过来看。他们在院子周围转来转去，不能接受这既成事实。一块上首宝地不声不响地给了野种女人，还成了独立小院，他们却没有任何法子来阻止这件事情发生。郁闷的心情无处言表，他们围着院子转圈，嘴里骂骂咧咧。

"人家上面有大干部罩着，下面有村里的小干部护着，平头百姓有什么法子。"显然这话是从牙齿缝里蹦出来的。

"看来女人还是长着一张漂亮的脸蛋好使。"说话的人，一半似笑，一半似怒。

"算了，算了，我们在这里放什么屁都是没用。"一个个无奈地离开了。

搬家的那天上午，村前小院面前围过来一大群人，看西洋景似的。

女人过来了，死死地守住蓝布包裹着的一瓢水牌匾。上坝村人议论着："那一定是他们家的宝贝，你看蓝布里还有一层黄绸布呢。"

"听说几个男人给她留下不少东西。"

女人将一瓢水牌匾搬进屋里，挂在堂间的屋梁上。

上坝村人等着女人出来，可女人再也没有走出屋门。

秦渡头搬着家私，与围观的人打招呼。他们的眼睛一个劲地往屋里送，期待女人的出现。

渐渐地觉得无趣了，院前的人慢慢散去。

上坝村村前小院里的漂亮女人什么也不做，精心地守护着院中的桂花树。她与桂花树结下了深厚的情意，是患难之交的朋友，经历过孤清风雨。移栽过来的桂树在新的环境里长势良好，结了满满的一树桂花。与南门的告别，并没有因为迁移，影响到它的生长，还更加地茂盛了呢。有了桂树，女人仿佛还是在南门，并没有什么生疏之感。不同的是，现在有自家小院了，这一点她特别高兴，要与外界隔开的想法，在这坝口小院里实现了。

漂亮女人在树下铺了草席，用竹竿将桂花打下，用白糖将桂花腌制，然后装瓶。一层桂花，一层白糖，煞是好看。做出的桂花膏，想让村里人尝尝，她带着腊梅挨家挨户送去。

各家的男人客气得不得了，一个个脸上放光似的，与她殷勤地打着招呼。他们接过桂花膏，瞅着漂亮女人，眼睛都笑眯了。

她又来到一户人家，开门的是个女人，见到她就怒道："你这是什么意思啊，谁让你送桂花膏来了？一股骚气。"关门让她走人。

漂亮女人站在那儿，半天说不出话来。她看着满脸委屈的腊梅，心里后悔了，没有把持住自己，做了热脸贴冷屁股的事情，拉着腊梅往家回。

男人们兴高采烈，女人们怨声载道，上坝村男女的不同态度，很快演变成了家庭的矛盾。男人满嘴委屈，一脸沮丧，不停地解释道："这就是客气而已，根本没有什么暧昧的东西。人家好心好意送来，总得给个笑脸吧。"女人不依不饶，紧追不放："你照照自己的脸，都成桃色了。看她长得漂亮，跟她去过啊。"脸色铁青，不能平息一腔怒气。

上坝村热闹了，到处是男女斗争的情景。他们反复说着一句话："不就是一个女人吗？"可他们的"不就是一个女人"的内涵有着天壤之别。为着这天壤之别，彼此面红耳赤，口干舌燥，甚至拳脚相向，不共戴天。

女人们去找村长，为民除害，她们得站出来说话。

来到村部，女人们一个个义愤填膺，围住村长叫唤。"她什么意思啊，走街串巷，挨家挨户的。"一个女人大声说道。其他的女人跟着叫："对，对，她到底是什么意思？""谁让她给我们送桂花膏了，一股骚气。"

村长觉得好笑，这种事情也来找我？你们爱要不要。有哪一条规定，不许别人送东西。是村约规定了，还是法律规定了？你们倒是说说看，我这个村长怎么来管这种事情？

女人们更加恼怒了，让村长一定把这个妖孽赶走。"这样下去怎么得了，不知道要祸害多少男人。""上坝村要遭大难了，来了狐仙女人。"她们眼睛看着村长，嘴却噘了朝外，要呼喊更多的人来向村长施压，表达驱鬼送神的坚定决心。

村长道："什么狐狸大仙，都回家去忙吧，吃饱撑的。还走街串巷，我们这儿是上坝村，哪来的街？别学了点词就乱用，猪鼻子插大葱——装象。"

女人们道："你怎么老是向着外人的？本乡本土的你不帮，愣是帮着外人说话。这我们就不能答应了，你是她的村长，还是我们的村长？我们也是维护上坝村的民风，这样的女妖留在村里，哪有个消停日子。"

"我怎么向着外人了？她已经是我们村的人了。你看她那架势，有着政府撑腰，谁能说个'不'字。还这就不能答应了，什么事情要你们答应了？简直是笑话。告诉你们，我是所有人的村长！赶紧地散了，无法无天了呢，一群没文化没教养的女人。"

"我们没有教养，她有教养。她一定是跟上面哪个大干部睡了，否则哪来的派头？"

村长笑道："让大干部睡，那也得有个像样的姿色。就你们一个个长得这等模样，怕是没有哪个大干部想睡。"

"难不成你也想睡了她？这样一个劲地替她说话。"女人们眼睛瞪得滚圆。

村长皮笑肉不笑地说："一个个把嘴给我夹夹紧，我倒是想跟她睡呢，我想你们的男人也不一定抗得住，否则哪来的那一张张殷勤的脸。这是政策，懂吗？政府的安置。怎么说人家也是城里人到了乡下，已经落户上坝村了，男人渡船的工作也没了。"

"妈的，男人没有一个好东西。"闹事的女人自己撤了。

看着女人们离去的背影，村长又好气又好笑，直摇头。

回到屋里，村长拿了桌上女人送他的桂花膏闻了闻，笑道："你这是何苦呢，这群母夜叉怎么可能接受你的好意。这不老鼠舔猫屁股——找死（屎）嘛。"说完，看着屋外的瓢城天空。

傍晚，村长在路上遇见秦渡头。秦渡头停下立着，等候村长到来。村长走到秦渡头跟前，秦渡头知道村长有话要说，恭敬地等他发话。

村长是个能说会道的人，作报告说上半天，中间没有一句重复的话。他向秦渡头点头道："让你的女人不要再挨家挨户地送桂花膏了，这不是好心办坏事嘛。她那脸蛋那身段太遭人嫉妒了，你就自家关了门去快活吧，我这个当村长的也不好维持。"

秦渡头点头称是，觉得自己的女人的确不应该这么做。他对村长说："打下桂花做桂花膏送人，是因了桂树长势好。这不典型的吃力不讨好嘛。上坝村人原本就对我们有意见，还往枪口上送。"

"这就对了，明事理不糊涂。吃力不讨好的事情千万不要做，你对他好，他以为是应该的，弄不好还觉得是在害他。"村长对秦渡头说，"还真是看不出来啊，你秦渡头也挺能说的，道理一点不乱。"转而一下子拉下了脸道，"上坝村民风向来淳朴，相互间不忌生冷，百无禁忌。

现在倒好，一个个跟见了鬼似的，什么狐仙鬼魂来了。你秦渡头自己看看，村里现在是个什么样子了？男的说话慢声细语一脸微笑，跟个娘儿们似的。女的一个个吃了火药似的，满嘴胡话。"

"村长您别生气，我一定让她不要出门乱跑了，坏了村里的风气。"秦渡头给村长打招呼。

"尤其是在晚上不要出来。你女人的皮肤白得比天上的月光还亮，多远就能照人，难怪那些多嘴的女人那么说她，人还以为什么显灵了呢。回吧，记得看好自己的女人。"村长一边走一边交代着，头也不回。

"记下了。"秦渡头给远去的村长深深鞠了一躬，然后站在那儿眨着眼睛，半天说不出话来。他不清楚这一躬是对村长的感谢，还是对村长的敢怒不敢言。

秦渡头回家把村长的话告给自己的女人。

女人没有说话。

秦渡头又说了一遍，女人依旧没有说话。

秦渡头知道了，女人并不想搭理这些闲言碎语。从此，女人大门不出二门不迈，成年累月地待在院子里不出来。

上坝村人再也看不到漂亮女人的身影了，就连大的节日也不见她出来，倒是常常看见秦渡头带着女儿腊梅到处跑。渡船的工作没了，秦渡头改行做了箍桶匠。渡船上做活的汉子，眼疾手快臂力大，很快就学得了箍桶的手艺，有了很好的口碑。从此，秦渡头变成了秦箍桶，走街串巷地吆喝着："箍桶哦——"

秦渡头肩上的箍桶工具担子，一上一下地颠着。女儿腊梅跟在后面，并不与父亲说话。路上遇见熟人，熟人们大多还叫他秦渡头。秦渡头愿意别人这么叫他，他怀念水上漂的日子。有人改口快，叫他秦箍桶，他也一样地乐意，本来就是改行做了箍桶匠了。

熟人与秦渡头打过招呼后，朝后面的腊梅笑笑，腊梅也朝人家笑，然后站在那儿，看着人家离去。

"走了。"秦渡头招呼着腊梅。

腊梅转头，跟着父亲向前走去。

24

日子过得真快，好像并没有多少时日，往返于南瀛岛的桥就造好了，取名"瀛洲桥"。一桥飞架南北，南门与南瀛岛从此变成了通途，桥上人来人往。秦渡头挑着担子来到南门河边，看着建好的瀛洲桥，心里有着说不出的滋味。他抬头望向南门天空，又低头看向南门河流，放下工具担子，呆呆地望着河面上的瀛洲桥。虽说河上造了桥，自己也做了箍桶匠，却在情感上并不能与渡船的那份生活相分离。现在渡船没有了，房屋拆除了，心中涌起阵阵伤感。秦渡头回忆着过往，那是个多好的日子，在水上飘逸地漂着，抬头就可以见到自家的房舍和女人。

瀛洲桥建成通行的那天，举行了盛大的落成仪式，桥头搭了主席台。南瀛岛的天空飘着白色云彩，桥上两边排列的红旗，在风中发出噼啪声响，锣鼓喧天，人声鼎沸，群众黑压压的一片，一排排整齐地站着。领导一个个上台讲话，声音大得震天响。各种车辆依次从桥上驶过，潮水般的人流涌向桥面，场面够大。

人流不断的情景持续了一个多星期，在一个雨后的早晨，突然停歇了。

一天上午，太阳高挂。秦渡头想带女人和女儿去看桥，怕女人不想去。犹豫之间，他把这个想法告给了女儿，让女儿腊梅转达，女人一口就答应了。

"看，一定去看。"女人说。

秦渡头非常高兴，他太想一家人出门走走了。自从离开南门来到坝口，南门河边的房舍、渡船、南瀛岛时常在他的梦里出现。他知道，那段南门生活，并不能在心中有所遗忘。

腊梅在前面跑着，穿着绿格子裙。

那是在春末，母亲让父亲给她扯了绿色的花布，为她做一件连衣裙，可把腊梅给乐坏了。母亲用了整整一天时间，为她做好了绿色的花布裙。腊梅成天穿着绿色花布裙不肯脱下，美的劲头自不必言说，又蹦又跳。

母亲感叹道："绿裙子好看，绿色是春天的颜色，是竹林的颜色。"

腊梅知道，母亲所说的竹林，是南瀛岛泰山庙后面的那片竹林。她曾经在母亲的眼睛里，看到一波波绿浪在闪现。母亲说这话的时候，她仿佛又一次看到了她眼睛里的竹林。

腊梅穿了格子裙来到南门瀛洲桥，心中别提多高兴了。

腊梅前后跑着。父母在后面跟着。腊梅不停地回头催促父母快点。父亲说："你好好走路，不要跑个不停。"腊梅哪能听得进父亲的话，上南瀛岛去泰山庙本就是她最快乐的事情。

瀛洲桥到了，腊梅从桥这边跑到桥那边，又从桥那边跑到桥这边，仿佛在丈量桥的长度。她不停地笑着，笑声在瀛洲桥上空飘荡。

女人站立桥中央，手扶栏杆，看着流淌的河水。抬头望去，泰山庙后面的竹林，泛着一波波绿光，寺庙的红墙与它相互映照。河里一条机帆船正朝桥下开来，声音越来越大了。到了桥下，传出一片瓮声。

女人流泪了，流得畅快淋漓，还哭出了声来。她想，澄碧的天空下，清澈的河面上，如此一方的天地，有什么不可以放声痛哭呢？心中积郁的苦痛一下子爆发了。

腊梅第一次见到母亲哭，还哭得如此毫无掩饰，让人感到意外。母亲在瀛洲桥上哭天抹泪的样子，与平日里沉稳大气的形象大相径庭。腊梅为母亲感到难为情，不想去看她的样子。秦渡头也感到骤然，他知道自己女人的心里有苦，但没有想到光天化日之下会这样。难道外面有什么东西让她触景生情了，还是瀛洲桥上的空气有着催人泪下的气息？

腊梅不跑了，让父亲去劝母亲。

秦渡头并不前去，外出的时候与自己的女人保持距离，她的心里会自在一些。秦渡头知道与女人相处的方式，一直就是以这样的细腻柔润对她。她哭一定有她哭的道理，这个时候去劝她，反而会加重了她的伤心。

腊梅看在眼里，心中疼着父亲，处处谦让着母亲。作为他们的孩子，腊梅既骄傲又难过。一边是漂亮修长的母亲，一边是矮小秃顶的父亲。

女人明了自己的失控，转头笑了。

秦渡头好似什么也没有看见，抬头去看南瀛岛的天空。他的动作很是细微，不让女人有所觉察。

女人笑了，知道自己男人一直在用心对她。

腊梅走上前去搂着母亲的臂膀，母亲摸了摸她的头说："今天妈妈哭了，不应该这样，给腊梅丢脸了。"

腊梅也学起父亲的做法，不去接母亲的话，而是对母亲说自己想去泰山庙玩，去看信众烧香磕头祈福。

母亲点头同意，腊梅一路小跑去了泰山庙，父母一前一后跟着。

跟在后面的秦渡头，眼睛并不去看前面的女儿腊梅，而是一刻不离开自己的女人。女人与他一同出来是极少有的事情，这让他感到很有面子。阳光明媚，天空蔚蓝，秦渡头满脸笑容，走出了挑箍桶担子的小碎步。

周围的人投来惊奇的目光，他们跟着女人一起走，要近距离看这个江南来的漂亮女人。

秦渡头一点也不反感，反倒是觉得自豪。跟的人多了，他还有意往后退着，好让人家看个究竟。时间一下子凝结了美好心绪，女人刚才桥栏杆旁痛苦的一幕，仿佛没有发生过。

到了泰山庙，腊梅拉着母亲往里去。母亲说："你自己进去吧，妈妈就不去了。"腊梅去看父亲，父亲对母亲说："孩子想我们进去，我们就一同进去看看吧。"女人不响。秦渡头不再说话。

腊梅过来拉父亲："妈妈不去，就爸爸跟我一起去。"秦渡头说："你自己进去玩吧。平时我们又不进寺庙，陡然进去闲逛，对菩萨不敬。我和你妈妈就在外面等着，你在里面不要太疯煞了。"

腊梅说："那好吧，那我就一个人进去玩了。"

太阳照着寺庙，炉香的青烟在空中飘着，庙里传出铃铎声。腊梅向庙门走去，进门时回头看了一眼父母，然后走进寺庙。

腊梅特别想母亲与她一同进庙，看她如何在庙里祷告、磕头、祈福。但她不知道怎样说明自己的想法，使得母亲能够知道她的意图。她与母亲之间的话题本来就少，有关庙宇进香的事情，母亲倒是与她说过一些。借助这样的话题，腊梅常常与母亲拉近了距离。母亲对她告诫的话语，腊梅记在心上。今天赶巧是个机会，与母亲一同进庙参拜庙堂诸神，然后一起说说话，该有多好。可母亲似乎并不想与她谈论任何事情，就是庙宇的话题，也是不想沾边。回想刚刚母亲在瀛洲桥上哭泣的情形，腊梅知道一定勾起了母亲什么痛苦的回忆。

进庙的腊梅，东张张西望望，无数次看过的景象，不断地有着新奇的感觉。庙宇景象深深吸引着这个顽皮的漂亮女孩。在这里，她看天，看地，看人，看树，看庙里的诸神，摸摸这摸摸那，之后学着信众的样子去祭拜神像。虽说女孩生得漂亮，但在寺庙里，没有人注意一个女孩的行为。腊梅在庙里自由行走，尽情放飞自己。

以往，腊梅会一直走到泰山庙第四进的地方去看藏经阁。站在藏经阁上眺望原野，有种少有的庄重感，就是母亲所说的佛家普度众生的那种感觉吗？小小年纪，登高望远，望出了这样的境界，也不枉她常常到寺庙里来。外人是不让进藏经阁的，腊梅却常常溜进去。她觉得寺庙中一个清秀的和尚对她很好，常常见到他在远处悄然跟随的身影。

今天，她似乎有些心思，没有像往日那样在庙里逗留太久，转一圈就出来了。

母亲不见了。腊梅问父亲："妈妈呢？我正要告给她，在庙里祷告、磕头、祈福，求了菩萨保佑你们，身体健康，长命百岁。"

秦渡头道："你妈妈已经走了，她是不会进庙的，也不想在这里久留。"

"为何？"腊梅问。

秦渡头没有回答，抬头去看顶上的太阳。秦渡头想到了自己的渡工岁月，仿佛是昨日情形，一下子触碰到了他心中的柔软之处，竟然潸然泪下。秦渡头的眼泪也流得痛快淋漓毫无顾忌，自己一直小心翼翼地与女人相处，免得她心中不快，生出些枝节来。现在女人离开了，他无须小心翼翼了，想怎么流淌就怎么流淌。

腊梅心中来南瀛岛的欢悦一扫而空，一跺脚，自己回家去了。

"你慢点。"秦渡头跟在后面不停地叫着。

腊梅不听，反倒是加快了步伐。

秦渡头说："眼泪是人与自己内心痛苦的一种交流，有了什么疙瘩不通畅了，水冲一冲就好了。"

"不听，不听。"腊梅捂住耳朵，奔跑起来。

秦渡头依然说着，他的唠叨声在腊梅耳朵里越来越小了……

第二章

腊梅花

25

瓢城清晨的天空上，飘着淡淡的云彩，秦渡头走出小院，外出箍桶。腊梅跟在后面，跟着跟着脚步就慢了下来。她长高了，跟在父亲后面有些害羞了。秦渡头放下箍桶担子，回头对腊梅说："如果不想跟着爸爸，那明天就不要再跟了。"腊梅摇头，加快步伐，走到父亲前面。秦渡头挑起担子追着说："你不要走这么快，爸爸挑着担子跟不上你的步子。"

秦渡头叫着："箍桶哦——"

腊梅与父亲拉开距离，她不喜欢父亲的叫喊声。

秦渡头对女儿说："手艺人不但要手艺好，还要会吆喝。"说着就让腊梅一起吆喝。

腊梅没有吆喝，走得更快了。

"爸爸不让你吆喝了不行吗？"

父女俩，就在这一前一后、有一搭没一搭的交流中，走过了一个个岁月。

眼看着腊梅到了上学的年龄。秦渡头想，得让女儿去念书识字学文化，不能再跟着自己到处跑了。

一天收工回来，秦渡头来到女人身边，正要对女人说这件事情。女人道："我知道你想说什么。人要有文化，女孩也一样。"

秦渡头笑道："我就是要与你说这件事情，你却已经考虑到了。那就听你的，我这就送她去学堂念书。"秦渡头要将女儿腊梅送与西城沈家，跟着穿长衣的私塾先生沈均泽学习。他对女儿说："一定要好好念书，能读到哪读到哪，爸爸箍桶可以供养你。"

腊梅看着父亲，应答着："嗯。"

一早，上坝村在晨曦的寂静中醒来，村巷飘散着淡淡的薄雾，东边的天空中一片淡蓝色浅光。秦渡头带着女儿秦腊梅，向瓢城西城沈均泽家走去。

沈均泽是瓢城沈家的后生，沈氏家族的祖上产业过去遍布这座城市。沈均泽做过沈氏绸庄和沈氏药铺的东家。后来败了，沈先生办起了私塾。瓢城人信他，以为他是才高八斗的饱学之士，真正有学问的人，不少人将自己的孩子送到他那里去求学。

进入瓢城西城，秦渡头停顿一下，回头看着瓢城西城门楼。高大的西城门楼立在晨光下，散发着青光。腊梅不能理解匆匆赶路的父亲，为什么突然停下来看西城门楼。秦渡头感觉到了腊梅的疑惑，笑道："爸在想，站在西城门上看上坝村，看咱们家的小院是怎样的一个情形？"

腊梅生气了："你一大早急匆匆往西城沈先生家赶，我跟在后面一路小跑才能跟上。现在倒好，在门楼下发呆了。"

秦渡头赶紧向西城走去，直往沈先生家。

秦渡头走得快，腊梅后面跟得紧，心中对父亲有了意见，要么停下来看西城门楼，要么赶集一样快走。

沈先生在晨读，抑扬顿挫，中气十足。见到秦渡头匆匆带着女孩来，放下手中线装书，看了看秦腊梅，转头对秦渡头道："一大早，你带着孩子到我家里来干什么？有什么急事吗？"

"送孩子来念书。"秦渡头笑着说。

沈均泽道："秦渡头啊，都什么年代了，还把孩子往我这里送啊？赶紧地送去城里的公办学堂念书。"

秦渡头道："我们还是相信先生的学问，就是想跟着先生学。"

"那就到登瀛小学吧，我已经在那里做兼职国文老师了。"沈均泽看着秦渡头道，"他们叫语文，我觉得还是应该叫国文更为妥帖。"

秦渡头张着嘴看着沈均泽。

沈均泽道："送去啊，现在哪还有私塾了。"

秦渡头去瓢城西城登瀛小学为腊梅报了名，交了学费，父女俩一路回到坝口小院。秦渡头将去沈先生家及到登瀛小学报名的事告诉自己的女人，女人说："去给腊梅置办书包吧。"秦渡头就去西城为腊梅买了书包，还根据学校的要求买了算盘，登瀛小学教珠算。

在学校的学堂里念书，腊梅觉得很是新鲜。虽然母亲也教给她一些知识和做人的道理，但在学堂里学习，完全是两回事。她知道这样的机会来之不易，得用功学习，不能辜负了父母的期望。腊梅学语文，学算术，还学珠算运用。她挎着书包和算盘，进出瓢城西门，来往于登瀛小学与坝口小院之间，把学堂里的生活一天天地过着。私下里，沈均泽还偷偷地教她《三字经》《千字文》《弟子规》《女孝经》，先生以为，老祖宗的东西不能丢。

一段时间学习后，沈均泽先生觉得这孩子灵气，让她好好学习，将来升入中学，甚至去读大学。他对秦渡头说："腊梅是个好苗子，将来一定有出息。"秦渡头点头称是，但心中觉得，那样的奢望太过遥远了。

受到夸奖的腊梅学习更是认真了，对于他们这样的人家，课堂里学习也是奢侈的事情。她白天学，晚上学，就是母亲也觉得她过于认真了。腊梅总是笑笑，把精力用在学习上。她觉得学习是件很愉快的事情，一点也不苦。母亲让她去睡觉，她说不困，再学一阵子，累得母亲吃不消陪她了。

父亲秦渡头早早地睡下了，白天去箍桶，要走很远的路。一天下来全身酸痛，恨不能吃了晚饭就上床睡觉。秦渡头知道，他的身体得好好的，一家人指望着他的箍桶担子呢。

时间来到了一九五八年夏天，社会生活发生了很大的变化。上坝村村民小组变成了上坝村生产队，农村体制有了根本性的变革。生产队成立那天，在上坝村场头，村长对村民们说："人民公社是社会主义组织的基础单位，生产队又是人民公社的基础单位，我们也就是公家的人了，而且是最最基础的一分子。以后你们就不要叫我村长了，一听就是农村人。以后你们叫我队长，社会主义的生产队队长。你们也不再叫村民了，而叫社员，社会主义的公社社员。革命分工不同，工农商学兵，各司其职，做工、种田、治学、经商、保家卫国，我们排第二。不久的将来，就会消灭三大差别，特别是城乡差别。"队长抬头道，"总有一天，城里人想到农村来是件很难的事情。你们还不要不信，农村空气好，自然环境好，哪像城里，空气混浊，看不到像样的天空与草地。"他不停地开会，传达上面的精神，生怕上坝村生产队落后。

社员们听了队长的话，也并不全跟着他的思绪去想。乡村哪能赶得上城里呢？祖祖辈辈都想进城，哪有城里人想进农村的，队长那是在做美梦呢。心里这么想着，情绪上还是受到了队长的感染，对未来有了美好的向往。那一阵子，上坝村生产队的社员们也的确有了不一样的感觉，他们开始过着带有半军事化的集体生活，一个个喜笑颜开，到了一起也不忘相互调侃一番。

"社员同志，上工了？"

"上工了。"

"城里人有上下班的时间，我们也有上下工的时间了。"

他们一溜边地坐在田埂上，看着高高的天空与宽阔的田野，兴高采烈地议论着。还有些荤话出来，逗得大家都笑了。他们觉得这田埂的风景挺好，尤其是村里的男人与村里的小媳妇们在一起的那种浓郁的乡间集体氛围，即便是家里有了红烧肉也不会急着赶回去吃的。

广阔的田野里，吹来一阵阵轻柔的风，吹得社员的脸红扑扑。

上坝村生产队在城边上，这个城乡接合部，自从村改队之后，就真的有了城里人的感觉。上坝村人的主观思想里，"城市"意识多些，"农村"意识少些，现在又有了集体上下工时间，就觉得自己是"准市民"了。

临近的生产队用一种羡慕的目光看上坝村生产队，他们说："我们隔着上坝村生产队，人家很快就变成了城里人，我们也就差那么一点点。可就是差那么一点点，就还是地道的农民。"一时间，调进上坝村生产队很难。就是上坝村嫁了姑娘，也要送礼给生产队长，保留上坝村户口。不仅如此，上坝村人很快过起了吃饭不要钱的生活。

> 自从吃饭不要钱，农村风气大改变；
> 男的吃饭不要钱，浑身干劲冲破天；
> 女的吃饭不要钱，做活赶在男人前；
> 老的吃饭不要钱，不服年老也争先；
> 小的吃饭不要钱，勤工俭学成绩显；
> 越想心里越是甜，共产主义快实现。

这首歌颂集体食堂及农村新面貌的歌，腊梅在登瀛小学登台表演，唱得好，唱得真切，就像在唱自家生活一样，还拿了奖。腊梅捧着奖状一路回家，心里不知道有多高兴了。走出西城门的时候，她回头看了一眼瓢城西街，心中生起一种比城里人生活还要美好的感觉。

母亲看着腊梅的奖状，满脸笑容。父亲将奖状贴在堂间醒目的地方，左看看，右看看，然后深情地看着腊梅，看得腊梅都不好意思了。

上坝村人的集体生活，以及农村体制变化带来的兴奋，并没有持续多久，全国出现了严重的三年自然灾害。先是大旱，树木干枯，河水见底，是全国范围的一场灾难。后来，南方又出现了暴雨大涝，雪上加霜。饥荒的年景里，一个个面黄肌瘦，萎靡不振。瓢城发生了饿死人的事情，周边乡镇的情形更糟，有全家饿死的事情发生。从上到下，撤了一批干部，一时间防止饿死人成了头等大事。那个困难的时期，成为一段刻骨铭心的国家记忆。

在这场灾难面前，秦家的日子要好过一些。秦家有块菜地和水边的不少空地方，长了很多的胡萝卜，秦渡头又有箍桶的手艺，可以讨些吃食。虽然也有断顿饿肚子的时候，但比起其他人家，算是很好了。那段时间里，漂亮女人整天穿着破旧的衣服，蹲在菜地和河边看地里的东西，那是他们家保命的食物。说来也怪，穿着破旧衣服的漂亮女人有着很大的震慑力，即便是饿死鬼来也不敢动手到她的地里偷盗。

一天，几个叫花子模样的人来到河边，被菜地里长的胡萝卜给吸引了。女人看着他们，咳嗽了一声，叫花子这才看到拿着铁叉守护菜地的女主人。看着眼睛里冒火的女人，再看看她手中的铁叉，知道他们一旦有所行动，眼前的女人一定会拼命。几个叫花子愣是没敢上来，沿着河边向另外的地方缓慢走去。

一日日地熬着，日头变得漫长而遥远。人在饥饿中的样子非常可怕，眼睛闪着一缕缕贼光，其他的部位仿佛都已经死去，唯独眼睛活着。榆树皮、野菜、水边芦苇的根茎、老鼠、黄鼠狼基本都吃光了，甚至有些人看到地上的石块都想啃。这样的情形，直到第三年温暖多雨的春天来临，才有所好转。

那场春雨是场及时雨，庄稼长势很好，生产队也号召各家各户养猪养鸡养鸭，所有的荒地都开垦种上了农作物，一定要把肚子弄饱。看着农作物的长势，以及圈里的家禽家畜，一个个焦黄的脸上有了喜色。饥饿造成的恐怖阴影停留在人们心间，对于地里长出的农作物，围栏里生长的家畜家禽，他们就像看护自己的孩子一样，看护着它们。

随着灾情的减缓，人们脸上渐渐有了"活色"。后来人们回忆起这段经历时，普遍认为，天灾人祸共同造成了不堪回首的大饥荒，而且是人祸占据了很大的成分，并对之后的及时播种与放开种植养殖的特殊政策记忆犹新，感激不尽。

虽说腊梅的母亲是有文化的江南富贵人家出身的女人，父亲秦箍桶也有意将女儿培养成有文化的人，但严酷的现实告诉腊梅，不能靠着家里供养了。经过这样的饥荒灾年，也改变了秦渡头先前的一些想法，与其念书，不如早点出来谋生。腊梅小学毕业，秦渡头让她去学做小生意。秦渡头以为，继续念书意义不大，也不那么现实了，学得一身营生的本领才会受用一辈子。父亲的想法与腊梅的想法不谋而合，腊梅决定不再念学。

当秦渡头向沈均泽先生婉转地说出这样的想法时，沈均泽对秦渡头说："现在是很困难，但人要看得长远。人无远虑，必有近忧。先不要着急，你且回去与自己女人商议商议，看看她是什么意思，然后再作决定不迟。"沈均泽认定尽快让孩子去做买卖苦钱，是秦渡头的意思，他的女人不会同意。

秦渡头回到家里，与女人商议腊梅的事情。

女人说："念书是大事情，由腊梅自己来作决定。"

秦渡头去问腊梅："学与不学，妈妈让你自己作决定。"

"不学了，去做小生意。"腊梅说。

秦渡头回头给沈先生回话："我们商议过了，我家那位说了由腊梅自己决定。腊梅说，她想做小生意。"

"不能够，迂腐。"沈均泽看都没看秦渡头一眼，直接摆手让他走人。

晚上，母亲将挂在梁上的一瓢水牌匾取下，眼睛里闪着一种可以穿透岁月蹉跎的光。母亲似乎看到了逝去瓢城中的历史光影，她在光影下的一瓢水店铺里招呼着客人。逝去陈旧的空气中，飘着江南小吃的清香。母亲将外面的蓝棉布打开，又将里面的黄绸布打开：原木底，黑字，镶了金边，"一瓢水"牌匾呈现在腊梅面前。

"妈妈在瓢城西城开了一瓢水店铺，用的就是这块老匾。那时的一瓢水可蓬旺了，来店里的人络绎不绝。兵荒马乱的年代，没有穷人做活的机会，先遭了海匪，后来日本人占领瓢城，再后来国共军队打仗。在妈妈手里，几经周折，一瓢水没有重新做起来，只剩下这块老匾了。现在我把它交给你，以后一定要把一瓢水做起来，这是妈妈的一个心愿。"说完，将牌匾放在堂间的条案上。

看着条案上的一瓢水牌匾，腊梅觉得母亲在向她交代一个顶大的事情，涌起一种神圣感。腊梅转头看向父亲，父亲向她点头微笑。腊梅知道了，自己承载着父母的期望，便在心里记下了母亲的重托，好好地做买卖，将来做一瓢水店铺。

26

瓢城在晨曦的微光中苏醒，上坝村前的小院里，腊梅已经准备好去西城摊点的货物。远处蟒蛇河河堤的树林里，传来鸟叫的声音。先是一两只，后是三五只，再后来就是无数的鸟鸣了。做起小生意的秦腊梅，把地里长的青菜、萝卜、小葱、大蒜等青货洗干净，然后在一丝丝的甜味与泥土的清香中，到西城门里露天摊点去卖。晨曦的空气格外新鲜，西城门楼闪着绿荧荧的青光，腊梅来到露天集市。

东边的天空泛着白色的亮光，摊点里已经是人头攒动。腊梅把篮子里的货物摆放好，叫卖起来。这个露天小集市，有蔬菜、鱼、蛋、鸡鸭鹅、猪肉、卤菜熟食等，多半是附近的农村人进城摆摊，或者是城里的小商小贩。一开始，腊梅并不会做小生意，有些不好意思，更不会吆喝叫卖。然而渐渐地，她熟悉了小集市里的氛围，慢慢老练起来。腊梅一面做活，一面盘算着以后的大事，小小心中，放进了大大的将来。

"一瓢水"这样的字眼在腊梅心中反复出现，也成为一种店铺的样子，时常浮现在她的眼前。母亲曾经对她说过那个西城一瓢水店铺蓬旺的样子，自己重新做起来，也一定会是门庭若市。腊梅对于一瓢水店铺的想象，在一次次的虚幻中，变得清晰起来，牌匾、门脸、柜台、货架、店里陈设、菜肴……

卖了青货，腊梅披着朝阳回到家里，帮着母亲做事。傍晚时分，夕阳西下，腊梅又去西城摊点做个晚市。一天两趟，并不感到苦累。

西城露天集市摊点里多了一个漂亮的姑娘卖货，来买货的人自然多了起来，而且姑娘的货都是些新鲜的青货，卖得可好了。腊梅已在露天集市的买卖中，有了自己的一席之地，为着一个长期的事情在做了。她很高兴，感到非常充实，并对未来有了一个美好的憧憬。

晚上，母亲做桂花膏给腊梅到集市去卖。腊梅把西城露天集市里卖青货和桂花膏的钱交到母亲手里，母亲说："妈妈不管钱的，你把钱交给爸爸，让他给你积攒起来。慢慢地把事情做大，以后开店。"

腊梅把钱交到秦渡头手里，对爸爸说："妈妈说了，她不管钱的。"

秦渡头朝房里望着，想想自己的女人是个少有的好女人，对自己一直很是尊重。秦渡头接过钱，对腊梅说："钱爸爸给你攒着，不花你一分，将来做一瓢水店铺用。"

腊梅的心甜滋滋的，对未来的期待又近了一程。

腊梅在露天集市里的买卖做得轻松自如，人也一天天地成长着，仿佛自己生来就是做这一行的，并不需要旁人来教会。母亲做的桂花膏，城里人特别喜欢，慕名而来的人不少。这样的情形启发了腊梅，有自己独特的东西，就比普通的青货赚得更多。于是，她开始学习做米粉、卤肉与腌菜的技艺，偷偷学着人家的做法。一样样的东西做得仔细精到，在集市中就有了稳定买卖的本钱。有了这些手艺，秦腊梅的小买卖做得一天比一天好了，人气也一天比一天旺。

回到家里，腊梅告给母亲桂花膏一抢而空的情形，货还没有落地，就围来一群人，很快就一抢而空了。抢到货的，一个个给钱，拿了就走。没抢到货的，在那儿呆望着。

母亲问腊梅："你知道桂花膏为什么好卖吗？"

"妈妈的手艺好。"腊梅答。

母亲笑道："好的桂花膏只需一丁点儿，清香就会四处飘散。"

腊梅听懂了母亲的话，好的东西就是有着自身的精华。母亲会心一笑。灵巧的腊梅，让母亲越来越看到了希望。

院子里的桂花树摇曳着，发出沙沙声响。一阵阵的桂花香气飘散出来，飘向整座村庄。腊梅要跟母亲学做桂花膏的手艺，母亲手把手地教她：打下桂花，用水漂洗，去掉杂质。第一时间将它烘烤脱水，或者将它摊开风干，然后一层桂花一层白糖，封存于阴凉之处，让花与糖相互浸透彼此融合。一段时间后，金黄色的桂花晶莹剔透，便是人们心中的那种上好的金桂了。拿筷头蘸一点桂花膏，用舌头舔一舔，有一股酸甜的味道。可很快，酸甜的味道消失了，满嘴的香味在跑，那种金桂所特有的清香，在嘴里四处飘散。这样的金桂膏，俏卖是必然的事情。

瓢城西城门楼为明代建筑，三叠式楼阁，台基城墙为青色方砖垒成，层层叠叠，那大方砖一块足有二十斤重。上面的阁楼，飞檐斗拱，瓦蓝屋顶，深红的廊柱朱漆斑驳。西城人喜欢爬到城楼上去眺望，一边是瓢城城池，一边是瓢城郊外的村舍。由于战火的摧毁与时间的侵蚀，城墙已经残缺不全了，可西城门楼这座明代遗存，却坚固地立在瓢城天空下，以它苍灰的身姿，支撑着几百年来的浮城流云。

秦腊梅每天走过西城门，做着摊点里的营生，并不去关心外面的事情。外面的情形与她没有多大关系，她与父亲母亲生活在自己狭小的空间里，过着底层人家的平静生活，所能看到的皆为地面上的事情。把这些事情做好，也就维系了平常日头的基本生计。

集市摊点对面的一家做着米面饼生意，是瓢城西城沈家的店铺。店铺临街两大间房屋，一间为门面，一间为住房。门面一间的门前支着大炉，上面是大铁锅。后面的长木案板台面，是米面饼工作台。再往去，摆放着一堆堆食材。进旁边的住房得从工作间的后屋进去，累了可以在里面休息。米面饼需求量大的时候，店主人就在门市店过夜。住房的一间临街有一大窗户，街面的风景尽收眼底。

店主人是个胖胖的中等个男人，圆圆的脸，浓眉、大鼻子、大嘴、大耳朵、大手，眼睛却很小，一笑一线。他时不时地看着路对面做青货买卖的姑娘，已然成为他心中关注的焦点。他一天天地打量着勤劳能干的姑娘，一天天地有了别样的心思，觉着这姑娘实在是漂亮体面，手脚还特别麻利，能独当一面，是个少有的吃得了苦的好姑娘，将来一定撑得起家。

店主人抬头看过西城天空，将一个个米面饼往热锅上贴，一面贴着，一面也不忘了转头去看一眼对面的姑娘，为着一种深深的心思所牵绊。

终于有一天，店主人放下手中的活，向对面走去。

腊梅没有注意到店主人的到来，依旧做着手里的活。

店主人近距离地看姑娘，更是喜欢了。那皮肤，那眼睛，那个子，还有那一双灵巧的手。一切都让他满意，笑眯的眼睛真的成了一条细线了。

姑娘见有人站在跟前，问他要买什么。

店主人笑道："不买什么。"回头指了指路对面的店铺。

"原来是路对面卖米饼的。"姑娘说着摆弄着自己的青货。

店主人上下打量着姑娘，问道："你叫什么名字？"

"我叫秦腊梅。是腊月里生的，南瀛岛泰山庙的方丈起的名字。"

店主人笑道："好名字，你把东西摆到我家店里去卖怎样？"

腊梅道："我们非亲非故，为什么要到你家店里去卖呢？"

店主人说："那你就做了我儿媳妇怎样？这样就是一家人了。"

腊梅的脸红到了耳朵根，她怎么也不会想到，一个素昧平生的人，说出这样的话来。

"羞死人了，我才多大年龄，怎么可以谈婚论嫁呢？"腊梅低头道，"再说，这样的事情得由父母来做主。"说着还觉得没有说尽心中意思，便看着店主人道，"你不好好在店里打饼，跑过来跟个小姑娘说这话，羞不羞？"

"啧啧啧，这姑娘能说会道。"店主人哈哈大笑起来，"你把米粉、卤肉、腌菜、桂花膏放到叔的店里去卖如何？"

"放你店里去卖，就少了我的自由。还有，米饼店里卖起了青货、米粉、卤肉、腌菜、桂花膏，哪叫什么店铺？杂货店也没有这样的。"

"小小年纪也懂得了自由，还知道了店铺的卖相。那你知道自由是什么？"

"自由就是做着自己喜欢的事情，勤劳地干活，将来嫁个实实在在的人家平静地过日子。"

"这姑娘家，还嫁个实实在在的人家平静地过日子，你这就不羞了？

哈哈。"店主人一下子笑得喘不过气来,眯缝成一线的细眼,不停地冒出泪花。

腊梅担心地问店主人:"叔,你不碍事吧?这样笑会呛了肺的。"

"没事,叔没事。你是哪家的姑娘?"店主人依然笑着,小眼睛不停地眨着,眼泪还往外冒。

"我是坝口秦箍桶就是以前渡工秦渡头家的。"

店主人一脸惊讶,眼前浮现出漂亮女人的身影,自言自语道:"难怪这姑娘这么好看,原来是那漂亮女人的女儿。"随即问腊梅:"你妈妈还好吗,怎么常年不见她出来?"

"我妈妈喜欢待在家里。"

"应该出来走走,晒晒太阳,对身体有好处。"

"妈妈在家院子里也能晒太阳。"

对面忽然飘来一阵煳味。"不好,米面饼煳了。"店主人拔腿就往回跑。

腊梅笑了,笑得前俯后仰,嘀咕道:"好。让你不专心做活了,跑过来闲聊。"

店主人不再过来了。

27

秦腊梅在西城露天摊点越干越有劲了,生意也越做越好。一年四季中,她的货都是好卖的,购买的人群,不但固定了下来,还有了扩大的趋势。先前的一个大篮子已经不够用了,变成了两个大篮子。后来又不够用了,换成了小推车。越来越能干的秦腊梅,长相完全随了自己的母亲,特别是皮肤和脸,还有个子,简直就是一个模子里脱出来的。

对面的店主人有些坐立不安了,心底里喜欢对面的卖菜姑娘。他又想跑过去说话了,把话说开。

在腊梅这边,米饼店店主说了唐突的话,但她并没有放在心上,只当是叔叔与晚辈的说笑。人要经得起玩笑,特别是生意人,人家说两句讨便宜的话，这个耳朵进，那个耳朵出。腊梅想到了父亲挑着担子一路做活的情形，也是各有各的不容易。

夕阳照在西城门上，光线一点点地在城楼上移动，从白色变成黄色，从黄色变成橙色，最后变成了红色。瓢城西城门楼上的大喇叭里播放着歌曲，是歌唱祖国社会主义建设成就的歌。耳熟能详的乐曲随着风向一阵大一阵小，传向城里城外。

秦腊梅推着小车经过西城门，向坝口小院走去。她在一阵阵的歌声中走着，最喜欢听的歌是那首《我们走在大路上》，意气风发，斗志昂扬，一边推着小车，一边跟着哼唱。

夜里下了一场大雨，街树被冲刷得干干净净，市街石头路面也没有一点灰尘。早晨天空放晴，房舍仿佛涂了一层清漆似的光亮，地上的水塘里，倒映着地面的景物。空气湿漉漉的，走在路上，虽然有的地方有着泥泞的感觉，人却感到了爽朗。

摊点对面的沈家店铺门口，站着一个穿戴整齐的少年，小分头，小白脸，脸上挂着微笑。从少年的穿着看，家境应该不错，俨然一副小少爷的派头。这个少年正是米面饼店主人的公子，今天店主将他带来，是要看对面卖青货的姑娘。少年与自己的父亲一样，一眼就看中了这个漂亮的少女。少年对父亲不停地点头，父亲很是高兴，看着小分头的儿子，眼睛都笑眯了。但高兴之余，店主在嘀咕着，是不是太过心急了，这么早就把事情给儿子挑明，很难长久下去的。但父亲似乎已经不能再等了，一家养女百家求，不能被别人家给抢了先，再提这事就麻烦了。

腊梅只是看了一眼小分头，并没有去细瞅，依旧做着自己的活计。

小分头向秦腊梅走来，走到她的跟前。

腊梅放下手中的活，看着小分头道："你要买货吗？"

小分头答道："我不买货，我是来看你的，我叫沈宗宝。"

"我叫秦腊梅。我们又不认得，你来看我干吗？"

"我爸说你是西城门外坝口秦渡头家的女儿，我家就在对面。"说着，指了指对面的米面饼店。

"原来是对面米饼店的啊，小分头倒像是少爷的模样。还有你的眼睛，活像你爸。不过，你的眼睛要比你爸的大。"

小分头说道："现在都什么年头了，还少爷少爷的，那你就是小姐。"

"我不是，哪有小姐在地摊上卖青货的。"腊梅看着小分头说，"没有看到你住在这里嘛，怎么突然冒出来了？"说完自己笑了。

"我平时不住这边。"沈宗宝看着秦腊梅地摊上的青货说，"我爸让你到我们家去做买卖，你为什么不去？"

"我跟你爸说了，到你们家做买卖，就少了我的自由。"腊梅答。

"自由？自由是啥玩意儿？"小分头问。

腊梅说："这你都不知道？自由就是做着自己想做的事情。比如，去瀛洲桥玩。""那我们就去泰山庙玩。"说着就拉腊梅往南瀛岛去。

腊梅挣脱着。

沈宗宝将秦腊梅的东西收拾好，送到自家店里，转头对她说："等回来，我爸给你钱。"拉着秦腊梅就往南瀛岛跑。

说来也怪，秦腊梅并不反感他的这种鲁莽，便跟着他一同去南瀛岛泰山庙。

腊梅与宗宝一路小跑来到瀛洲桥。此时南门的天空一片湛蓝，河水泛着涟漪，宛如一幅水墨丹青。站在瀛洲桥上眺望河流，苍茫而悠远，直到与那个朦胧的天边连在一起。

秦腊梅告给沈宗宝，这儿原来没桥，父亲秦渡头就在这条河上做渡工，自己常常跟在父亲后面，将渡客来回送着。后来造了桥，他们家就从南门搬到西门。父亲的渡船工作没了，改行做了箍桶匠。母亲在家长年累月不出门，照看桂花树。桂花做成桂花膏，在集市里特别好卖。

沈宗宝看着秦腊梅，笑了。他告给秦腊梅，自己的父亲沈佑田是瓢城沈记米行沈均豪的长子，现在做米面饼生意。原来的西城私塾先生后来的登瀛小学语文老师沈均泽是他的二爷爷，二爷爷过去是瓢城绸庄的东家，后来绸庄着火烧了，沈家渐渐败落，二爷爷做了私塾老师，后来做了登瀛小学的兼职语文老师。

"原来是大户人家的后生啊。"腊梅说。

"什么大户人家的后生，就是做米面饼的。你见过做米面饼的大户人家吗？"宗宝说，"不过家里还有些值钱的物件，被我爸藏起来了，说是以后会派大用场。"停顿了一会儿，对腊梅说，"我爸让我跟你在一起玩，他很喜欢你。"说完理了理自己的小分头。

腊梅脸红了，怎么父子俩一个样的呢，说话那么直接。她对宗宝说："原本是高高兴兴来南瀛岛玩的，你却说出这样的话来，坏了气氛。还有我要提醒你，家里有值钱的东西，对外不要讲，会招惹麻烦的。"说完，她看过左右。

宗宝不响，心里谢过腊梅，她说的话与自己父亲的话一模一样。

沈宗宝还想对秦腊梅说些什么，但不知道该说什么好了，愣在那儿看着腊梅傻笑。

秦腊梅知道沈宗宝的心思，对他说："我知道你还想说些什么，一时找不到合适的话了。"

宗宝站在那儿，直勾勾地看着腊梅，然后对她说："你说的话我记住了，你是真心为我家好。"

秦腊梅觉得沈宗宝是个实诚人，而且有着几分斯文的迂腐，便说："我又没有说你什么，愣在那儿干什么？"

"你挺凶的，有点让人害怕，不过我倒是喜欢你这样的。"

"还有你这样的人，喜欢别人凶巴巴的样子。"说完，与他一同去南瀛岛泰山庙玩了。

瀛洲桥、南瀛岛、泰山庙，是腊梅生命中最为重要的去处，只要说到去那儿，什么事情都可以放下，再大的问题也牵动不了她去那里的心思。晨钟暮鼓，梵音缭绕，腊梅喜欢那里的佛门景象。在腊梅的心中，泰山庙里的一切，是另外的一个世界，在这个世界里，充满了太多的好奇。进入寺庙，依靠自己的理解与想象，可以展现出一个个与现实不同的奇妙景象。

28

寺庙的钟声响了，香炉里冒出青烟，袅袅升起，在上空飘荡。寺庙后面的竹林在风中摇曳，发出沙沙声响，传到寺庙里来。腊梅带着宗宝在庙里祷告、磕头、祈福，做得很是虔诚。

宗宝看着腊梅，觉得她真的很好看。腊梅闭起眼睛默念，虔诚中的她让宗宝感到一份别样的可爱，并且有着一种平静的力量在冲击自己。这个勤劳有趣的少女，父亲特别喜欢的姑娘，就在自己的身边，他的心中生出了一种别样的情愫。这种浓密的情愫，就像夏夜天上的星河，密实密实的。

沈宗宝学着秦腊梅的样子，默念祈祷。

一阵仪式后，腊梅问宗宝："你向菩萨求了什么？"

"我求的是以后有十亩地，让你种蔬菜去卖。"沈宗宝看着秦腊梅说。

"痴话，哪来的十亩地？"

沈宗宝问："你求的是什么？"

"我求的是以后有钱了，做一瓢水店铺，让瓢城人都吃上我们家做的江南小吃。"腊梅答。

"同样是痴话，哪来的江南小吃？"

"有的。我妈妈以前就做过一瓢水店铺，做得可好了，是西城的旺铺。现在爸妈最大的心愿，就是让我把一瓢水重新做起来。"腊梅说。

宗宝说："你一定会做起来的，我爸说你非常能干。"

宗宝与腊梅都笑了，笑自己傻。

离开泰山庙，走过瀛洲桥，他们约定，以后有空再一起来南瀛岛玩。

宗宝与腊梅，一路欢笑地回到米饼店。宗宝让父亲沈佑田给腊梅钱，腊梅没有要钱，拿了东西就去对面摊点卖。沈佑田笑了，让宗宝不要再过去了。那以后，腊梅与宗宝成了好朋友，常在一起玩耍。

秦腊梅与沈宗宝在一起的时候，沈宗宝常常与她谈起父亲沈佑田让自己读的那些诗文。腊梅看着宗宝，心里生起一种崇敬。宗宝给她吟诵诗文，吟着吟着就唱了起来。

"这是唱读。"宗宝对腊梅说，接着就唱读起来。

秦腊梅想到了沈均泽先生在学堂里读文的样子，就是这样的读法。"到底是不一样的家庭，知道的东西还不少。"腊梅的心里美滋滋的，并告给沈宗宝，"你读文的样子，跟沈先生一样。"

"差远了，我肚子里的东西，不及二爷爷一角。"宗宝说。

与腊梅在一起，宗宝不但唱读诗文，还时不时地给她演唱淮戏。每次演唱之前，都要"喤哚，喤哚……"地来一番前奏，烘托个气氛。

腊梅觉得，宗宝对于淮戏的理解，有着戏班里人的那种架势，尤其是对开场的锣鼓准备，完全营造出了那种氛围。不过，沈宗宝的唱功比较一般，甚至还有些荒腔走板。

沈宗宝有些生气，感到秦腊梅对于他唱的淮戏的理解，没有对他关于诗文的理解到位。宗宝心想，卖青货的丫头也是凭借着自己的直观感觉判断，并不能理解了自己是在用心演唱，为着一种特别的表达而被她接受。

看到沈宗宝生气的样子，秦腊梅觉得他很可爱，明明是诗文娴熟，戏曲跑调，却坚定地以为自己的戏曲水平比诗文还好。这大概就是不行的东西，反倒是在意了的。

腊梅也是常与宗宝说些米粉、卤肉、腌菜和桂花膏的做法，还告给他从别人及母亲那里学来做这些东西的经历。

宗宝觉着新鲜，并让她以后多给他说些这方面的事情，自己也想学得这些手艺，以后好帮助爸爸。

"一家人做一家事。"腊梅说，"你学了做米面饼的手艺就行了，其他的不一定要学。"

"你说话的口气很像我爸，他也让我学了做米面饼的手艺。"

秦腊梅笑了，对沈宗宝说："你们沈家从米行做到米面饼，倒是越做越像我们这样的人家了。不过你们家过去的底子好，以后还会发达起来。我们这样的人家，也就是做小买卖了。"

沈宗宝说："什么你们这样的人家，我们这样的人家。你这样的人家很好，我也想卖青货呢，还想学会做上好的金桂。米面饼的手艺并不好，起早贪黑的，成天围着大炉子转，一鼻子烟灰。"

"吃得苦中苦，方为人上人。"秦腊梅说。

他们叽叽喳喳地说一些事情，心也越来越近了，成了很好的少年伙伴。

清晨，秦腊梅在摊点上做活，沈宗宝从对面的店铺里看她，这段时间里，他与父亲住在米饼店旁边的房屋里。秦腊梅对沈宗宝说过，在她做活的时候，不要过来打扰。所以，沈宗宝只能在对面的房子里看着。

一炉米面饼出锅了，沈佑田将米面饼铲下，放在簸箕里。

沈宗宝在隔壁的屋子里看书，心却在对面。沈宗宝先是高声吟诵诗歌，抑扬顿挫；之后又唱了起来，唱得动情动意。他一边唱，一边看着对面的秦腊梅。沈佑田知道儿子坐不住了，叫他过去送饼。

沈宗宝拿了饼飞快地跑向对面，站在秦腊梅面前直喘气。

沈宗宝对秦腊梅说："热的。"

秦腊梅严厉地说："我们说好的，在我做活的时候你不要过来，怎么又跑过来了？你这样不守规矩，将来怎能做成大事？"

沈宗宝指了指对面说："我爸让我送过来的。"

父亲沈佑田正朝这边笑着。

"我不要。"秦腊梅说。

"不要也得要，我已经送过来了。"沈宗宝捧着饼站在那儿不动。

秦腊梅将饼收下，对沈宗宝说："你先回去，等我卖完了货，一起去南瀛岛。"

对面店铺的一锅米面饼又出锅了，饼香飘过马路，飘进了路这边人的鼻子里。

路这边的人跑向对面的米饼店，一锅米面饼连同先前簸箕里的米面饼，很快就卖光了。

米饼店主人沈佑田，请箍桶匠秦渡头晚上到瓢城酒庄吃饭，说是有要事相商。

秦渡头感到骤然，平日里仅仅就是见个面，从未有过交往，怎如此郑重其事地请他到瓢城酒庄去吃饭呢？他左思右想，不得其解。女人见他迟迟不能入睡，问什么事情。秦渡头将米饼店沈佑田请他吃饭的事情告诉女人，说怎么也猜不到沈佑田请他进馆子的缘由。

"既然人家郑重其事地请了，那你就去吧，到那儿不就知道什么事情了。米饼店沈家，过去是瓢城的大户，应该有正经的事情找你，否则不会在瓢城酒庄请客。"女人说。

"我也是这样想的，但怎么也想不出他有什么要事与我相商。"秦渡头说。

女人说："早点休息吧，劳累一天了，明天还要出去做活。"

29

天擦黑之后，秦渡头从坝口出发，带着忐忑不安的心情往瓢城酒庄去。秦渡头的心里不停地犯着嘀咕，实在是想不出沈佑田请他吃饭的理由，至于有什么要事与他商量，更是难以猜测。箍桶，米饼店，怎么想也是两个不搭调的行当。秦渡头快步向前，心里不停地嘀咕着，脚步却并没有减缓。不管怎么说，沈佑田请他到瓢城酒庄吃饭，也是件挺有面子的事。

来到西城瓢城酒庄，他停住了脚步。瓢城酒庄那是一等一的饭庄，秦渡头从没有进去过。这里与他无缘，也无须到这里来吃饭。有些人有些地方，是常年不会交集的，他们相互不熟。不是沈佑田请客，秦渡头是根本不会到这里来的。

秦渡头抬头看了酒庄的门头，向里面走去。

沈佑田迎了过来。

秦渡头说："何等事情，如此隆重？随便找个地方抽袋烟就可以解决了，非要到大饭店来破费。"

"大事情，非来饭店不可。"沈佑田道，"还必须是瓢城酒庄。"

秦渡头看了看沈佑田，知道他对于这件事情的郑重态度。秦渡头看着店铺里的陈设，果然是上等饭店的气派：黑石地板，酒店四壁与屋顶，皆为上好的木料；各处摆放着物件，一看就是些有年头的老物件，瓷器、铜器、奇石、古画、紫檀屏风；桌椅皆为黄花梨木，餐具是景德镇瓷器，象牙筷，着实讲究。堂倌穿着一式的考究堂服，皆为标致模样。瓢城酒庄的贵气，是其他饭店无法比拟的。

秦渡头低着头，微微弯着腰，跟着沈佑田来到坐席。

沈佑田招呼秦渡头坐下，堂倌过来给他们倒茶。秦渡头无心喝茶，也无心去看酒店里的陈设了，眼睛盯着沈佑田。

沈佑田要了冷碟，点了热菜，拿了上好的瓢城陈酿，然后对秦渡头说："今天我们慢慢喝酒，好好叙谈。"

"叙谈什么？"秦渡头说，"你这样郑重其事的，弄得我不知所措。"

沈佑田说："先喝酒吃菜，然后慢慢叙谈。"

沈佑田敬秦渡头酒，秦渡头木然地端着酒盅。

沈佑田把酒干了，然后放下酒盅。

秦渡头依旧端着，无心喝酒。

沈佑田知道自己不把事情说清楚，秦渡头是不会喝酒的，便对他说："我也不请旁人做什么媒妁之言了，怕的是说不清楚，跟一片云似的飘来飘去，落不成雨，反倒是误了大事。如果你跟别人把话给说死了再来改口，也就变成了难事，还招惹他人议论。这样的事情，当面锣对面鼓的好。"

秦渡头一头雾水，对沈佑田说："你这没头没脑的，话说得绕来绕去，不知道是什么意思，头晕。有话你就直说。"说完放下酒盅，他不能不明不白地喝了这酒。

沈佑田一笑，对秦渡头说："你先把酒喝了，听我慢慢给你道来。"

"你先说事，我再喝酒。不要喝了酒，事情办不成，酒都吐不出来。"秦渡头有些急了。

沈佑田知道秦渡头耿直了起来，也知道自己说话的确有些绕口，如果不说出缘由，他定是要起身走人，便对秦渡头说："我想你家腊梅做我家宗宝的媳妇，你看如何？"说完给自己斟满了酒，端起酒盅再次向秦渡头敬酒。

秦渡头感到很是意外，重新端起酒盅，慢声慢语道："这是哪儿说的，太突然了，没有一点思想准备。"他喝了一口酒，顺了顺心气，对沈佑田说，"这沈、秦两家，有着天壤的高低相差，门不当户不对，我们不敢有这样的想法，也不便来攀这门亲事，而且不知道腊梅是否愿意。当然他们两个小的在一起玩倒是有了不少的时日，可那毕竟是两小无猜的玩耍。"他看了看沈佑田说，"你还是收回成命吧，人要知道深浅，我们当是不配的。"说完，将酒一饮而尽。

"看你说的，还弄出这么多的酸理来，实在是有些过了。"沈佑田放下酒盅道，"哪来的高低相差？都是一样的靠劳动生活的人家，也就是一个站在地上、一个站在席子上的差别。"

"那也是有差别的，你们腿上没泥，我们腿上到处是泥。你们沈家的祖传产业，以前遍布瓢城，标准的大户人家。我们秦家是什么？地道的农民，而且还是西乡芦荡里没有土地的农民。这贵贱之分，一目了然。这样的结亲，我们担当不起，你还是灭了这样的想法。"秦渡头说完起身告辞。

沈佑田有些生气了，过于谦逊退让就是骄傲执拗了。"你是西乡芦荡里的，那你家女人呢？还是江南大都市里来的呢，据说是真正的富贵人家，岂能是我们可比。"他稳了稳心气说，"是我们家宗宝求你家腊梅做媳妇，我这个当爸的也是豁出去一张老脸了。"他让秦渡头坐下，听他细说。

秦渡头并不想听沈佑田再说这些，一个劲地执意要走。

沈佑田笑了，向秦渡头噘了噘嘴，意欲表达自己的话说急了，坐下来听他把话说完再走不迟。

二人归座，相互作揖。

沈佑田道："现在都什么年代了，你还谈论这些。我们家祖传产业不假，可那是过去的事情。当下沈家还有什么存留？不过空架子罢了，连薄产都谈不上。眼下的情形你又不是不知道，只能在夹缝中做点小买卖。好汉不提当年勇，晚辈不摆先辈阔。现在，你们是农民，我们是小商贩，荒年时还不及你们呢。如果你们不想与我们这样的人家结亲，看不上我们家宗宝，或者说你们家腊梅私下里有了中意的人家，那就不妨明说，不要弄出'贵贱之分'这些没用的东西来搪塞人。我们这样的人家现在也确实让人有些担忧，说不准哪天就能生出事情来。但我们这样的人家，多少还有些书香诗礼的残存。"说着，拿出了一个精美的檀香木盒。

沈佑田从木盒里面取出一对翡翠玉镯说："说媒得下了聘礼，我是为自己的儿子说媒，也就自带礼物了，希望不要见笑。刚才我已经说过了，是怕别人说不清楚。"

秦渡头霍地站了起来，说道："新鲜，哪有这样提亲的？你沈佑田一口气说了这么多，也该让我说说了。"

沈佑田对秦渡头说："你只管说，我洗耳恭听。"

沈佑田这么一说，秦渡头倒是说不出话来了，站在那儿，动着嘴唇。

沈佑田笑道："我是一片真心，你不要误解了我的好意。你坐下，我们慢慢细谈，沈、秦两家结亲没有什么不好。"

秦渡头坐下，看着桌上放的翡翠玉镯，人家拿了像样的聘礼，一点虚假的成分没有，只是自己不能理解这样的做法。便对沈佑田说："那你倒是先说说，为什么偏偏看中我家腊梅？"

"宗宝喜欢腊梅，我也喜欢。无论什么时候，手艺和勤劳都是过活的资本。腊梅在米面饼店对面卖青货，每天都看在我眼里，她的一举一动我看得分明，是天下少有的好姑娘。再者知儿莫过父，我家宗宝这小子就要娶你们家腊梅这样的女子才行，他实在是少不更事，要有人管着一起过日子。"

"我看你家宗宝挺懂事的一个孩子。再说，这样的大事得听了腊梅母亲的意见。"

"这就被你说中了要害，一代好妻，三代好子。你家女人何止是貌美一说，秦渡头啊秦箍桶，你是前世修来的福分。得来如玉一般的女人一辈子享用不说，还赚得了后代生命的好基因。"

沈佑田的一套说辞让人不知深浅，这门亲事不结也罢，秦渡头又犯起牛劲来，起身要走。

沈佑田对秦渡头说："我二叔说了，瓢城西城门外上坝村秦渡头的女人是富贵人家出身，长得貌美遭匪才落得跟了秦渡头。但她无论在什么状况下都能生存下来，并有着一份随遇而安的平静，是个极不简单的女人。"

秦渡头笑了，重新坐下，知道沈氏叔侄是真正恭维他女人。

沈佑田二叔沈均泽这么说秦渡头女人是有依据的，那个死去跑单帮男人的父亲在沈记绸庄做掌柜，深得沈均泽信任。跑单帮的在小的时候就显现出做生意的天赋，沈均泽有意栽培他，出钱让他读城里的学堂。城中的新式学堂，正规教算学。沈均泽以为，进入那样的学堂，才算是真正学到新知识，跟上时代脚步。

沈二爷用心对待他们父子，掌柜的更加用心把绸庄做好。来来往往，上上下下，他都亲力亲为，将沈记绸庄做成了瓢城最好。沈记绸庄，不但绸布品相上乘，布料的品种也丰富，做得大宗的买卖，也做得零碎布头，一样的笑脸相迎。绸庄的生意一日胜似一日，二爷却让他不要劳累拼命，生意带长了做就是。主仆二人真心相待，一时传为佳话。

那年冬天的一个夜晚，瓢城沈记绸庄失火。火势很大，大火映红了瓢城西城。当消防队的人赶到时，一场大火已经烧了店铺，烧了库房，跑单帮的父亲救下账本与柜台里的银钱。看着一片狼藉的沈记绸庄，他痛心疾首，一时想不开，在家悬梁自尽了。

沈家人并没有责备于他，他却为人刚烈，自行裁决，对失火一事负责。沈家二爷一时没了主张，紧锁眉头。看着一片废墟的沈记绸庄，想到已经死去的绸庄掌柜，做梦也没想到最后弄出这个局面。"烧了就烧了吧，你要这般为何？"沈均泽的心里有着说不出的伤痛。

"糊涂啊，有那么严重吗？万事都有个解决的法子，人一死就变成了死结，还连累了东家的名声。"不少人这么议论。

跑单帮的父亲这样做也并非不能理解，绸庄是沈家最赚钱的产业。瓢城及周边乡镇一半的丝绸生意，出自沈记绸庄。沈家二爷把这么重要的买卖交由他打理，结果一把火给烧了。不以死谢罪，更待何时？

沈家觉得对不住他，有意收养他的儿子，不枉主仆一场。可跑单帮的什么也没说，葬了自己的父亲，拎着包裹外出闯荡江湖去了。

临行前，他向沈家二爷鞠躬辞行，说不混出个人样来绝不回瓢城。

"出息。"沈二爷道，"成与不成，回到瓢城。你父亲不在了，沈家就是你家。"

跑单帮的在外闯荡多年，决定回到家乡瓢城发展。

回到瓢城的时候，沈家已经走了下坡路，一日不如一日了。跑单帮的对沈家二爷尊敬有加，凡事皆与其商议，所以沈均泽对秦渡头的女人很是了解。

秦渡头笑了，他说："那我就先谢过了你与沈二先生如此看重我家女人与女儿，不过这样的事情，我一人不能做主，得她妈妈与她自己同意。我回去即刻告给她妈妈，并问问腊梅的态度，尽快给你回话。"

"这就对了，我等的就是这句话。"

"干。"

"干。"

二人拉近了距离，起了谈兴，打开话匣。沈佑田与秦渡头说着瓢城旧事，细谈慢饮，仿佛多年不见的老友。他们谈论西城门楼与瀛洲桥，谈论箍桶与米饼，谈论时下的形势与未来的生意，全然没有一点生疏之感。

一轮明月挂在天上，月亮的银光从天空洒落下来，洒得满地都是。瓢城酒庄里灯火通明，酒气飘香。沈佑田一盅一盅地喝着，喝得满脸通红。秦渡头今天也喝了不少，已经不能再与沈佑田一盅一盅地干了，怕喝高了丢人。

"你好酒力。"秦渡头说。

"贪杯了。"沈佑田道，"我再乘着酒兴说句势利的话，倘若宗宝与腊梅能成，我拿出钱来，让他们重新做一瓢水。我知道那是你女人最大的心愿，也是你秦渡头最想让腊梅做的事情。"

秦渡头觉着沈佑田是动了真心思。

酒毕，秦渡头推了聘礼，说这不合适，但一定回去与自己的女人商议，给他个准信。

二人打躬作辞，乘着明清的月色各自回家。

30

坝口小院里，漂亮女人正等着秦渡头回来。沈佑田请他吃饭，一定有什么正经的大事，女人睡不着，坐在屋里等他，看看究竟是怎样的事情。窗外瓢城夜晚的天空，一片黛色，院中的桂花树，在微风中轻轻地摇曳，屋里的女人并不能听到桂树摇曳的声响，只看到黑暗中微微摇晃的桂树枝叶。

从瓢城酒庄回到家里的秦渡头，把沈佑田提亲一事告给了自己女人，还说了西城穿长衣的沈均泽先生的话。看得出来，他很高兴。秦渡头去了瓢城酒庄，喝了良酒，听了沈佑田一堆恭维的话，怎能不高兴呢？他还转达了沈佑田要让两个小的一起做一瓢水，秦渡头说这些事情时，尽量保持着平静的心绪，以表达他的内心沉稳以及对这件事情的淡然态度。

女人注意到了秦渡头刻意压抑着的内心激动，心中暗笑，你就装吧。她对秦渡头说："问下腊梅的意思，大户人家的后生应该错不到哪儿。"然后给他泡了一杯好茶醒酒。

秦渡头接过茶，看着女人，心里更是高兴了。他喝了一小口茶，放下茶杯，来到女儿腊梅身边。

腊梅正准备着第二天摊点里的货物，秦渡头问她："你觉得沈记米饼店怎样？"

腊梅一边忙着手里的活，一边对父亲说："西城就数他们家的米面饼好。"

"那你觉得米饼店的老板沈叔怎样？"

"圆脸，浓眉，大鼻子，大嘴，大耳朵，大手，就是眼睛有些小。"

"我不是说长相，而是说他这个人。"

"挺客气的，常过来关心我的青货买卖，让我到他们家店里去做，还说让妈妈多晒太阳。有些话多。"

"那他家公子呢？"

腊梅抬头看了秦渡头一眼说："小分头，有点贪玩。爸，你问这个干什么？"

秦渡头笑了，腊梅放下手中的活，睁大眼睛朝父亲看，闻到了他身上的酒气。腊梅觉得父亲秦渡头说这样的话有些古怪，但她还是感觉到了话中有话，便问他今天喝了多少酒，说了这样不上不下的话，到底有何用意。

秦渡头告给女儿腊梅，他与沈老板在瓢城酒庄的一桌好酒好菜，今生今世都没有吃过。酒庄的陈设，大气高档。说过这些后，他说了沈老板为儿子宗宝提亲的事情，还提到了沈家下的聘礼，但被他谢绝了。

腊梅看着有些醉意的父亲，羞红着脸道："爸，你喝多少酒了，浑身酒气，还说这些酒话。"然后口中喃喃自语，"他倒好，一起去南瀛岛泰山庙玩，心里却想着这等事情，还让他爸来提亲。"

声音虽小，秦渡头还是听到了，他说："到目前为止，这件事情当是沈家老的意思，小的应该是喜欢你，挨不着小的什么事。"

腊梅噘嘴不语，眼中有气，还有些委屈，不过倒也有一点点小小的惊喜。总之，她是气愤与内心激动交织在一起的状态。她对父亲说：

"你说他们心存这样的想法，气不气人。"

秦渡头笑道："人家事情做得有板有眼，没什么大毛病。沈家已经郑重其事地来提亲了，爸在瓢城酒庄也喝下了良酒，你倒是有个态度，我好给人家回话。"

"你还笑。"腊梅心里并没有与宗宝相好的准备，只觉得有一种管束他的冲动，大概这就是人们所说的缘分吧。腊梅感到突然，搁着父亲的催促，她说："这样的事情应该由父母来做主，哪是我们小辈应该考虑的事情。"

"我与你妈妈说了，妈妈说大户人家的后生应该错不到哪儿，让我问你的意思。"说完还急切地补充道，"老的说了，事情能成，助力小的开一瓢水店铺。"

"那就爸爸做主。"腊梅说完，脸红到了耳根，然后对父亲说，"我可不是看中他们家的钱财。"觉得这样说更是难为情了，捂脸转身。

秦渡头回屋，把腊梅的态度告给了女人，端起茶杯喝了一口茶。

女人对秦渡头说："得请了正规的媒人，媒妁之言不可少，这个沈家应该知道。你提醒一下，防止疏忽了。"

秦渡头说："我记下了，与沈家见面时，我说下。"然后将茶杯里的茶，大口地喝了下去。

女人说："你慢点喝，哪有你这么喝茶的。"

秦渡头道："太渴了，嗓子眼冒烟了，一桌好酒好菜。"就这样，秦渡头做主定下了这门亲事。

三日后，秦渡头去西城米面饼店铺，给沈佑田回话，告诉他家里的决定，并将保媒一事说与沈家。沈佑田说："那是自然，怎么可以没有媒妁之言呢？"不久，沈家请了媒人，下了聘礼，在瓢城酒庄办了订婚喜宴。

瓢城西城沈家与坝口的秦家定亲的消息，像风儿一样传开了。这些日子里，秦渡头心情格外地爽朗，没想到秦家与沈家可以结亲，这让他很有面子。沈家在瓢城那是一等一的人家，不管现在如何，祖上的荣光犹在。大户人家的风范与传承不是说没就没了的，骨子在，家族的光晕就在。只要时机一到，定会风生水起再度升腾。

沈佑田沈家，过去在瓢城不是一般的大户人家。他的爷爷沈继岚，清同治年间的进士，晚清的官员，做过淮盐道台。沈继岚恩科及第后，瓢城沈氏祠堂大门与厅堂里高悬"进士及第"与"金榜题名"，沈家西城的宅院门前竖立了"双斗"旗杆，彰显荣耀。旗杆竖立的那天，县衙的官员及瓢城文人雅士达官显贵到场祝贺。旗杆高高耸立在瓢城天空里，在市街的任何地方都可以看到。沈家门前的那条街道，被衙府命名为"旗杆街"（旧时冠名的旗杆街现在瓢城仍然存在，旗杆的八角底座，在一次道路拓宽中，搬到了瓢城博物馆）。

恩科进士沈继岚分发外省任用，在台州县令任上政绩突出，被朝廷委任为淮盐道台。那可是一肥缺，一般是皇亲国戚的人脉才会有此担任。沈继岚在道台任上做得并不顺利，各种权贵势力都盯着他手中的权柄。他不能与这些人为伍，又不能周旋于这些人中间，更是不善权变，一气之下辞官回乡。

回到家乡瓢城的沈继岚办起了实业，置办的第一个产业是瓢城织布厂。他通过上海买办机构购置织布机，聘请织布专家，在瓢城招募织布工人进行培训。沈继岚在瓢城北城买了一块地，盖了工厂。他给工人做了一色布的工服工帽，看得瓢城人很是新鲜。沈继岚在官场的旧部与门生，听说他兴办实业，纷纷前来相助，出钱出人，联络关系。织布厂一开业就门庭若市，供不应求，一派欣欣向荣的景象。

办起织布厂后，沈继岚又在瓢城开办了米行、油坊、药铺、绸庄。沈家的产业越做越大，还办起了沈家大码头。

沈家大码头坐落在瓢城西城的蟒蛇河东岸，那是一段顺直的河岸，原只有一个小码头，供行船人员上下。船靠码头，人上岸采购吃用，然后上船继续航行。也有顺带捎人捎货的。人货上岸或者人货上船，小来小去的运输，图个方便而已。

瓢城乃长江下游平原水网地区，一条条河流纵横交错，没有一个像样的大码头，水运滞后，着实让人感到不可思议。沈继岚看到了里面的巨大商机，决定置办大码头。他用织布厂、米行、油坊、药铺、绸庄赚得的钱财，不停地往大码头上投，购置码头周边的土地与房产，添置设备，不断扩张。

经过十多年的经营，沈继岚拥有了二十多艘运输船、两艘海船，三个可以上下大型货物的码头。瓢城沈记大码头已然成为长江下游里下河地区的物资集散地，一时间商客云集，货物堆积如山，运输船舶接踵而至，大小车辆车水马龙，一派繁荣景象。

发达的沈家，在瓢城东城、南城、北城置办了大宅子。还在瓢城市街中市桥北，盖了戏园，捐给县衙，供市民观赏，一时传为佳话。事业如日中天的沈继岚在码头上行走，在瓢城市街里行走，派头十足。

"巡抚也未必有他的派头，亲王、郡王差不多。"

"沈爷原本就是举人，而且官至道台。现在是腰缠万贯，富甲一方，当然不输那些朝廷官员了。说是王爷的派头，也未必夸张。"

"沈家的风光，那是无人可比，产业遍布瓢城。"

一个雨后的下午，沈继岚突然抱病卧床不起。先前以为是偶感风寒，过度劳累。他让家人别大惊小怪，自己的身体自己清楚，硬朗着呢，一个个该干吗干吗。看到老爷的态度，谁也不敢说什么，一个个背着他走。可渐渐地，老爷的病越来越重了，百般诊治不见好转。瓢城的医生知道病情凶险，推托自己医术有限，让赶紧到外面请名医，不要误了诊治时间。

沈家托"上头"的人，花重金请来了京城太医院的御医。

御医从运河坐官船一路南下，到淮安府换坐民船来到瓢城大码头，一刻没有耽误，直奔沈府。一番诊治后，开了药方，沈家人立刻去抓药。御医不肯收金银，说是宫里的安排，沈家给了他一方鸡血石和一幅唐代名画。御医没有理会，沈家人给了御医的随从，随从看着御医，御医只当没有看见，随从便收下了。

御医走后，沈继岚奇迹般地好了，精神抖擞地去了沈家大码头，看了北城织布厂，又在瓢城市街里巡视了他的店铺，走出了特有的四方"官步"。看到沈继岚的人都说："沈家老爷又神气起来了。"可那是沈继岚的回光返照，即便是御医也无力回天。一月后，沈继岚一疾而终。

"皇帝是假，福分是真。"

沈继岚归天后，沈家老大沈均豪继承了米行、油坊和乡间田产；老二沈均泽继承了药铺、绸庄与市街门面；老三沈均诚从外面回来继承了织布厂和大码头，他喜欢古玩，又在瓢城后街开了一爿老物件店铺。沈氏三兄弟一心想光大父亲留下的产业，把它们做成老字号、甲子店、百年厂。可改朝换代，兵荒马乱，外敌入侵，父亲的产业非但没有光大，反倒是根基未守，急速败落，兄弟三人怎么挽救也是无济于事，那真是时运不济，江河日下，三风不做，六逆弥臻。老大做了米面饼营生，老二做了私塾先生，老三重新外出，不知去向……

这样的人家看中了腊梅，秦渡头和他的女人自然是高兴的。

腊梅与宗宝常在一起玩耍，彼此喜欢，父母之命不可违背，可内心的情感波动也未必就是遵从了父母之命的缘故。起初，腊梅与宗宝在一起有些别扭，不能像过去那样轻松自如了；后来，渐渐地适应了下来，并因了这层关系而形影不离。他们跑瀛洲桥，上南瀛岛，去泰山庙，进店铺做饼，下园子摘菜，忙得不亦乐乎。腊梅还不时地管着宗宝，让他去读书写字，让他揉面做饼，既能文又能武。

沈佑田看在眼里，喜在心上："对了，这门亲事是定对了。"

上坝村人羡慕着秦渡头的好运气，屋里天仙一般的女人藏着，女儿定了瓢城头等氏族的姻亲，有头有脸，据说沈家还有意帮助秦家重新开设店铺。

"渡船渡出了狗屎运，箍桶箍出了天赐的好姻缘。"

31

国家政策有了一些调整，允许适度发展私营经济，秦腊梅与沈宗宝将挂在堂间里的秦家老匾取下，在瓢城西城开了一瓢水店铺。秦家的一头出牌匾，并拿出沈家给的定亲彩礼与这些年的积蓄做股本，沈家的一头出了股本金，一瓢水店铺在西城重新开张。

西城一瓢水挂牌营业那天，腊梅的母亲过来参加开业仪式，她等这一天已经等得太久太久了。母亲凝望着一瓢水老匾，原木底，字为黑色，镶了金边，眼睛里有了晶莹的泪。自己曾经经营的一瓢水店铺回来了，她想到了自己的书生男人，一瓢水牌匾就是他的亲笔手书。母亲站在牌匾下，感到尤为亲切。迎面的柜台红木做成，天然生漆，擦得锃亮，店中摆放了很多老物件。儿子宗宝要开一瓢水店铺，父亲沈佑田私下里张罗着，店铺里的陈设得有样子。

母亲仔细看着，现在的一瓢水店铺，排场比自己当初的一瓢水阔绰。她相信，新的一瓢水店铺一定会蓬旺起来。很多人跑过来观望，明面上是看一瓢水店铺开业，实质是看漂亮女人。

"多年不见了，还是那个样子。难怪有人嫉妒秦渡头，这么漂亮的女人跟了他秃头渡工。"私下里有人议论着。

漂亮女人立在店堂里，喃喃自语道："一瓢水回来了。"她明白，一瓢水已经是下一代人的事情了，她不可以在这里碍手碍脚，便悄然离去。

看到自己女人走了，秦渡头也跟着走了。

腊梅很不高兴，店铺刚刚开张，你们到这儿来点个卯就走了。

一瓢水店铺开张之后，生意很快红火了起来。进一瓢水店铺的人，年龄大些的东张西望，他们在寻找漂亮女人的身影。当他们看到秦腊梅时，一个个惊呆了，简直就是一个模子脱出来的。细细看去，还是少了漂亮女人的那种风韵。这些人有着深深的怀旧心绪，仿佛青春岁月里的那样一份骚动，依旧还在。

一瓢水延续了江南小吃，增加了自家做的米粉、卤肉与腌菜。一个个的小冷碟整齐摆放在厨房外的条案上，看着就想吃。不仅如此，一瓢水还将沈家米面饼引进店里，并增加了瓢城吊炉饼。蟒蛇河里打上来的新鲜鱼儿与米面饼锅贴，那是难得的好口味，吊炉烧饼与桂花鸭汤，成了店铺的招牌菜。一瓢水店铺很快蓬旺起来，与此有很大的关系。除了西城人来消费，南城、东城甚至北城人也过来吃喝。一传十，十传百，一瓢水成了全城闻名的旺铺。

秦腊梅可高兴了，母亲的心愿在她手里实现了。漂亮女人看着自己能干的女儿，眼睛里一阵阵闪着欢乐的泪花。"一瓢水真的重新起来了。"她在心里一遍遍地说着。

然而天有不测风云，就在一瓢水蓬旺的时候，一把火烧了店铺，而且是在夜间，很是蹊跷。这火到底是哪来的？没有人知道。查了很久，没有查出原因来。大火熊熊燃烧的时候，映红了西城半边天。更为蹊跷的是，店铺的火就一直在后店燃烧，就没有蔓延到前店来。当秦腊梅赶到，将一瓢水牌匾抢下，大火就烧到前店了，并呼啦一下烧塌了门脸，整座店铺烧成了灰烬。

秦腊梅抱着牌匾，呆呆地看着眼前的废墟，脑子一片空白。

天渐渐亮了，沈、秦两家人一脸沮丧。秦腊梅含泪将一瓢水牌匾擦洗干净，用布包好，一层黄绸布，外加一层蓝棉布，挂到屋梁上。

母亲坐在屋里，低头不语。命运多舛，难道一瓢水就只能是这样的命运吗？她觉得这是上天对她的惩罚，自己是有罪之人，罪孽深重，所以就有了如此结局。世间什么都可以不信，唯有因果。母亲背朝腊梅，腊梅知道母亲在默默流泪。母亲的心中一直指望女儿将一瓢水做起来，已经做得很好了，没想到一把大火，烧成了灰烬。

腊梅走上前去，紧紧抱住母亲，说一瓢水店铺一定会重新做起来的。

秦腊梅找阴阳先生来看风水掐八字。阴阳先生是个枯瘦的老者，在瓢城颇为有名。但凡大的开业活动、房屋落成什么，请他的人不在少数。阴阳先生过来一番察看，一番掐指打卦，得出的结论是："沈家的人多金，易遭火克。"

沈宗宝的脸色瞬间就变了，对阴阳先生说："过去沈家绸庄是遭了火灾，但一瓢水是秦家的店铺，不是沈家的。我与秦腊梅虽然定亲，但她并没有过门到沈家来，这场大火怎能算到沈家头上？"

阴阳先生没有说话，平静地离开了。

秦腊梅看着沈宗宝，嘴里嘀咕道："你跟人家说这些干什么？"

沈宗宝道："他说沈家人多金，难不成一瓢水遭火是沈家带来的了？"

看着阴阳先生离去的背影，秦腊梅木然地站着。

午后的太阳越来越往西边去了，瓢城西城门外的上坝村笼罩在一片橙红的光线里。村前的小院中，桂花树仿佛披了一身橙黄色的袈裟，闪闪地发着一束一束黄光。漂亮女人走出院落，穿着不显眼的农妇衣裳，从坝口小院出发，沿着河边走到西城门下。她在西城门下站了一会儿，然后顺着西城城墙往瓢城南门去。

很少有人注意到城墙脚下的行人，更没有人把农妇模样的女人与漂亮女人联系在一起，因而她的行走没有引起别人注意。只是人们一路隐约地闻到了桂花的香气，却怎么也想不到这清香来自农妇身上。

来到瓢城南门，女人在南城门下低头站了一会儿，然后看着眼前的行人，心里好似想起什么。女人抬头看往西天，天边的太阳已经变成了红色。红色太阳照在瀛洲桥上，瀛洲桥变成一座红桥了。女人直了直身子，过瀛洲桥上南瀛岛去泰山庙。

血红的晚霞映照着寺庙与竹林，一片红光。女人在庙后的竹林里坐着，竹林中阴森暗淡，是极为幽静的一处。女人在阴暗的地方独处惯了，并不喜欢阳光的照射。但这丝毫不是因为她见不得光，恰恰相反，她的心里透亮着呢。女人对世事看得清楚，一切的美好与丑恶都是脱胎于人间里的羁绊，远离是最好的法子。

近来的一段时间里，女人不停地往南瀛岛泰山庙跑。清悟和尚出庙来到竹林与她相见。清悟与女人对面打坐，进行交谈。时间一分一秒过去，夕暮的余晖渐渐淡去，竹林周边开始模糊起来。那个挂在西天的条状暗云，很快就不见了。大地进入暮色之中，看不清对方的脸。清悟与女人静静地坐着，让时间尽情流淌。

天完全黑透，女人起身告辞，借着夜色回到坝口小院。

秦渡头知道自己女人的行踪，但从不点破，还帮着她隐瞒这个秘密。秦渡头知道，女人去南瀛岛泰山庙一定有着自己的想法与道理，说破了这件事情，会影响到女人的情绪。秦渡头一副若无其事的样子，耐心地等待着，等着女人风平浪静的时候，一切也就自然明了。

秦渡头整理着他的箍桶工具，全然不去关心女人的行为。

女人去泰山庙与清悟和尚见面，这样密集的交往有一年多时间，很是蹊跷。坝口、南瀛岛、泰山庙、漂亮女人、清悟和尚，一条秘密锁链，就这样维系着。

一日，秦渡头外出箍桶，女人将女儿腊梅叫到跟前。腊梅看着母亲，不知道要对她说什么事情。女人看着窗外的桂花树说："哪天我走了，你一定要在晚上去泰山庙找清悟和尚，他知道该怎么做。"说话的语气很平静。

母亲突如其来的话语，让腊梅惊呆了，不知道她在说什么。

母亲笑了，对女儿说："人总是要走的，俗话说得好，人要善始善终。母亲没有个善始，只能求得善终了。记住，不管黄道吉日还是黑道凶时，即刻入殓，不要停留。桂树开花，放些桂花在棺内；桂树没有开花，放些树叶在棺内。"

腊梅张着嘴，半天说不出话来。她不知道怎样回答母亲的话，瞪大眼睛看着母亲。看着看着，就哭了起来。

母亲笑了，擦去腊梅脸上的泪水说："吓着你了吧？妈妈说的话你记在心上就是了，其他的不要多想。一旦那天真的来到，就按照妈妈说的去做。"许久，母亲对腊梅说，"一瓢水一定要重新做起来，这是妈妈的心愿。"

腊梅不停地点头，身体在急速地颤抖。

32

坝口小院里，秋日早晨的凉风一阵阵吹来，院中的桂花树结了满满的一树桂花，花香飘溢，香满整个村落。上坝村人走在村巷里，总是有意无意地嗅着鼻子，闻着桂花的香气。村前小院里的漂亮女人，成了上坝村人心中的一个谜，长年累月见不着她的身影，就像是随处飘散的桂花清香。他们有意无意地在坝口小院转上一圈，抬头看向院中高大的桂树，仿佛是要完成一个任务。

秦渡头早早起来，收拾着箍桶工具，准备外出做活。抬头看见院落的墙头，一只鸟儿落在上面鸣叫着。小鸟仰头看天，又转头看秦渡头，对着他连叫几声。秦渡头看着小鸟，知道它已经在这儿数日了。每当秦渡头外出箍桶时，它就落在墙上与他打招呼。秦渡头总想匀出些时间来与它交流，小鸟一次次相送，感动了箍桶匠，滋生出不一般的情意。

秦渡头与屋里的女人招呼一声，向门外走去。

出院门的时候，秦渡头停了一下，觉得有些异样。墙上的鸟儿扑棱一下飞走了。秦渡头抬头看着飞去的鸟儿，知道招呼女人的声音惊动了它。秦渡头站在那儿笑了，这么多年了，不都是这样吗，出门招呼一声女人，女人并不答他，然后自己离开院落外出箍桶。今天是怎么了，难不成还想女人答应一声，出来送送自己？他摇了摇头，向门走去。

秦渡头挑着担子一路走着，有了很大的心思。一种说不出的感觉在胸中徘徊，他想到了逝去渡船上的时光，就像清晨水面的雾气一样在心中缭绕。无论渡船在岸离岸，掉头就可以看见自家房舍，那是一种可以自我掌控的生活。到了坝口以后，这样的感觉再也没有了，特别是做了箍桶匠，一个人孤单地做活。先前还可以在家的周围做着，现在是越做越远了。秦渡头一路走着，有人喊他做活，他赶紧地进入人家院子里。

放下箍桶担子，秦渡头与主家热情地打着招呼。

这户人家要做的是澡桶，算是比较大的活了，秦渡头谈了价钱，户主笑呵呵地说："你是西城门外上坝村的秦箍桶吧？价钱我不还，你说多少就是多少，大家都说你手艺好。"

秦渡头非常高兴，没想到自己箍桶匠的名声还传得这么远呢。

摆下"作场"，开始做活。做着做着就走了神，眼睛离开手里的活计，朝着一个并不存在的虚处看去，一阵阵发呆打愣。秦渡头的心里有着一种莫名的东西在晃动，像是夜间独行时的恐惧，走着走着就奔跑起来了，还唱歌壮胆。他寻思着，可能要出什么事情。这样的想法，已经有一段时间了，近来变得越来越强烈起来。但到底会发生什么事情，他不知道。

午后的太阳定在天上，怎么也不往西边去了。秦渡头一次次抬头看天，太阳高悬，洒下一片刺眼的白光，秦渡头赶紧闭上眼睛，将头低下。当眼睛重新睁开时，院子里的鸡鸭围了过来，它们也觉得这个陌生的做活人在发呆打愣，一定有什么心事。

秦渡头想赶走身边的鸡鸭，却见主家在不远处瞅着自己，一脸的疑惑，便重新做起活来。

秦渡头心烦意乱，一天的活计做得简单潦草，一次次痴钝愣神。他不停地抬头看天，想早点收工回家。偏偏这天日不能快快地行走，越是着急，越是在原地不动了，急煞人也。

主家看在眼里。这个传遍各处的精湛手艺人，原来是个磨洋工的主。不想给他工钱。甚至有那么一会儿，想回了他，不要糟蹋了自家木料。

秦渡头倒也知道分寸，明了自己的活做得马虎，死活不肯收钱，太阳刚刚偏西，就收工走人。

主家觉得秦箍桶倒是个实诚的手艺人，怕是家里真的有什么事，忙对他说："你赶紧回家吧，别误了事情。"

秦渡头一路往家赶，一步紧似一步。一般是出门觉得路长，回家觉得路短。可今儿秦渡头觉得这回家的路特别漫长，不停地加快步伐。可步不跟心，人不上前，他将箍桶工具担子扔在一边，站在一旁生气。

气了一会儿，他又将工具担子挑起，摇头道："我跟工具担子置什么气，这样回家的速度不是更慢了？"他不断地寻找着与担子协调奔跑的节奏，终于找到了一个与担子可以合拍的频率。

夕阳西落时分，秦渡头回到家里，比平时到家要早。橙红色的阳光从桂树枝叶间洒落下来，他卸下肩上的工具担子，敞开自己的衣服，忙着招呼屋里的女人。

没有声音，一片寂静。

平日里，女人会应着声音出来接他肩上的工具担子。男人辛苦一天了，院子里接应下也是应该的。今天是怎么了？又不是去庙上的时间。难道有什么急事去庙里了，还是觉得他回来太早，并不愿意出来接他？这么想着的时候，他掸了掸衣服，拍了拍脚面，洗了把脸，擦了擦一路回来出汗的身子，重新理好衣服，叫了声"腊梅"。叫完之后，他就笑了，腊梅这个时候在露天集市里呢。自从一瓢水店铺大火烧了以后，她又回到那个地方去做小买卖了。

小鸟从空中飞来，落于墙头，对着秦渡头鸣叫不停。它一边叫，一边抖动着尾巴，仿佛在向他传递着什么紧急信息。这个时候很少见到小鸟来的，还一个劲地上下抖动尾巴拼命地叫着。

秦渡头陡然感觉到了什么，没有与小鸟招呼，一头冲进屋里。

女人穿着一身漂亮的绸缎衣服，直挺挺地躺在床上，已经断气了。女人的面容很安详，像是睡着了一般，同活着的时候一模一样，旁边放着"一瓢水"老匾。秦渡头张大着嘴，扑通一声跪下了。他难以接受这样的事实，一点征兆都没有，这到底是怎么了？人说没就没了。

愣了半晌，秦渡头对着死去的女人说："你也太自私了，这样不声不响地走了，总得说一声让人有个思想准备啊。你是个狠心的女人，就这么撒手人寰了，我可怎么办？"他哭着说，"我就觉得今天有些异样，果不其然。近来的日子里，你不停地往泰山庙跑是在安排后事吗？我一直担心着，就怕你哪天事情安排停当了，就会突然离去。"秦渡头捶胸顿足，悔恨不已，"去做什么工啊，自己的女人怎么走的都不知道，连一句话都没有留下，这可叫我怎么活？"

突然，秦渡头想起了什么，没有声张。他站了起来，顺了顺心气，去瓢城西城摊点叫女儿腊梅。

腊梅正在卖青货，见父亲急匆匆来到，一边卖货，一边问父亲什么事情。

"赶紧收摊回家。"秦渡头说。

看着父亲的脸色，腊梅知道出了什么大事，赶紧收摊与父亲往家回。

回到家里，腊梅扑通跪在母亲面前，号啕大哭。"难怪我出门时与她招呼，她没有应答……"

父亲一把捂住腊梅的嘴，她这才想起了母亲的交代。

父女二人跪在女人面前，眼泪不停地流淌。腊梅将父亲扶起，不让父亲跪着，同辈是不要跪的。秦渡头说："哪还有什么讲究，我心里稀罕你妈妈。她就这样走了，连个交代都没有，这可怎么活？"

天一擦黑，腊梅去了泰山庙。她出院门沿河快步来到西门，从西门顺着城墙一路疾步抵达南门，过瀛洲桥上南瀛岛去泰山庙，按照母亲生前交代，找了清悟和尚。

清悟和尚乘着夜色来到坝口，进入村前小院。

清悟和尚双手合拢，向女施主行注目礼，站在那儿半天说不出话来。显然，清悟的眼睛里盈满了泪，强忍着自己的悲痛。

清悟向秦渡头与腊梅一番交代后，匆匆离去。

33

五更天，墨蓝的天空闪烁着星星微弱的光亮。屋后的桂花树耷拉着枝叶，突然间也像是跟随女人死去了一般。腊梅过去摘了一些桂花，放在母亲的身旁。她与父亲一起，将母亲的遗体偷偷运至南瀛岛泰山庙后面的竹林里。

清悟和尚等候在那里，墓穴已经挖好，棺材放在旁边。

见秦渡头与秦腊梅来了，清悟对他们说："棺木是女施主生前准备好的，一直放在寺庙闲置的库房里。赶紧地将女施主入殓，越快越好。"在清悟的帮助下，秦渡头将女人的遗体放入棺内。那个黑暗已尽黎明将至的初秋夜晚，清悟、秦渡头、秦腊梅按照女人事先的交代，将其秘密安葬。

母亲生前有过吩咐，在棺椁内放桂花。腊梅一边整理着桂花，一边落着眼泪。

一旁的清悟说："不要把泪水滴到女施主身上，这样对施主不好。"

腊梅不哭了。

清悟立着，默咏诵经。

腊梅看到了，清悟和尚自己也在落泪。

漂亮女人的离去有着无尽的悲凉，却有了秋的黎明的静谧之美，这与清悟和尚默咏诵经有关。腊梅感受到了，清悟与他们一样，拥有了失去亲人般的悲伤，她与清悟有了心灵的相通。秦渡头一铲一铲地将泥土覆盖，女人与他们分隔在两个世界里了。

一阵风吹来，竹林沙沙作响。

没有坟头，一片平地。

东边的天空里有了一丝光亮，是那种沉睡天空初醒时的浅色蓝光。秦渡头与腊梅在家中一个木盒里摆放着母亲的牌位。他们压抑着内心的痛苦，不敢哭出声来。秦渡头对女儿说："你从此没有妈妈了。"腊梅对父亲说："你从此孤身一人了。"两个人紧紧抱在一起，眼泪打湿了他们的衣衫。

没有人察觉到秦渡头家少了一个人，这人平时就不见，仿佛这人早已不在人们的视线里了。日升日落，一切与平日无异，只是秦渡头与女儿腊梅的心里藏着秘密与痛苦，这痛苦一天天地淡着，又一天天地浓烈起来。不管是淡着的痛苦还是浓着的悲伤，日头也就渐渐地习惯了。

母亲去世后，腊梅做着集市里的小买卖，那桂花膏也一直没有缺货。偶尔也有人问起腊梅母亲的情况，腊梅总是笑笑，并不回答。问的人也笑了："你妈妈做的桂花膏真的是无人可比。"

腊梅好似有了某种催促，肌肤与神韵离母亲更近了，心中也一日日地想起母亲的最后交代，重新做起一瓢水。父亲看着女儿，虽然心里充满了痛苦，但年轻人就是年轻人，悲伤并不能阻拦了她的蓬勃活力，越发地朝着旺盛的方向去了。秦渡头一次次看向女儿腊梅，想起已故女人的容颜，心里充满了思念。秦渡头依旧做着箍桶活计，天亮出去天黑回来，把时光一天天地打发着。

一天，秦渡头喝了酒，告诉腊梅母亲的故事，觉得女儿应该知道一些事情了。腊梅张大着嘴听父亲讲母亲的往事，她太想知道母亲的过往了。

腊梅坐在父亲身边，不时地问这问那。

乘着酒兴，秦渡头道出不少女人逸事，腊梅听得入迷。

"你妈妈不是我们瓢城人，是从江南来的。她……"

腊梅竖耳聆听，听着听着，眼泪就下来了。

秦渡头说："看你都听哭了，我就不说了。"

腊梅不依，还要听妈妈的故事。

秦渡头道："爸爸有些累了，明天再给你讲。"

"不行，不行。"腊梅百般纠缠，"就是一夜不睡，也要听妈妈的故事。"

秦渡头拉下了脸，腊梅知道父亲真的生气了，就收敛起自己的情绪。"那就明天听爸爸讲。"

父亲笑了，让腊梅去睡觉。

盼来了第二天，腊梅来到父亲身边，让秦渡头再讲母亲的故事。

秦渡头矢口否认："我讲什么了？我什么都没有讲。"

"你讲了，讲妈妈来自江南，讲书生男人，讲跑单帮的，讲眼镜男人，讲泰山庙里的斜眼方丈与清悟和尚。还讲了一瓢水店铺。"腊梅盯着父亲。

"我讲了吗？那全然是爸爸酒后的昏话，什么也不作数。你妈妈在下面知道我说这些，非得骂死我不可。"

腊梅知道，父亲所讲的母亲的故事绝不是什么昏话。世上许多言语，事后都说是酒后昏话，殊不知，酒后吐真言。腊梅有了对母亲过往的遐想，来自父亲酒后的叙述。她很想知道母亲逝去生命里的细节，使得母亲的形象丰满起来。她一次次盼着父亲再次喝酒，可盼来这样的时刻，秦渡头却缄默不语了。

虽然父亲不再讲述母亲的往事，但母亲的昔日旧事，已然成为她可以想象甚至倾心的资本。腊梅在梦中一次次见到自己的母亲，不单单是那个桂花树下的美丽女人了，而是从江南来的，漂泊于大海的，游走于乱世的，开过一瓢水店铺的传奇女子。

腊梅不再追问父亲，将这样的心思压在心底。她觉得保持朦胧与神秘很好，母亲就是天上飘动的云彩，各种颜色组成的美丽梦幻。在女儿心中，母亲越来越拥有奇幻色彩了。

秦渡头看着女儿腊梅，心中有些愧疚，对腊梅说："要不给你讲讲爸爸的故事吧。"

腊梅说："好的。"

"爸爸是个孤儿。"刚一开头，秦渡头就没词了，"嘻，也没有什么值得告诉你的东西。爸爸是个孤儿，从西乡芦荡里来，做了渡工，后来做了箍桶匠。"

"没了？"腊梅问。

"没了。"秦渡头说。

"还不如不说呢。"腊梅说。

能说会道的父亲，面对女儿腊梅，显得特别笨拙。腊梅知道，对于母亲的故事，父亲满肚子都是，就像春日的蟒蛇河河岸，五颜六色，但他不愿意再讲；对于自己的故事，就像是冬天的蟒蛇河河岸，光秃一片。父亲娶了母亲，生下了自己，他们在心里都特别爱她。

那天的天空，飘着五色云朵，那是瓢城少有的美丽天空。院子的围墙上落下两只小鸟，不停地鸣叫。

秦渡头对腊梅说："哪天我死了，与你妈妈合葬是不可能了，也不必打扰了她的清净，你就把我的骨灰撒到竹林后的大河里，陪在你妈妈身旁。"并交代女儿，"我走后，你与宗宝搬到小院里住，家里不能没有人，家里的条案上摆放我和你妈妈的牌位。记住，在供果里放上桂花，你妈妈最喜欢桂花了。每年桂树开花时，将你妈妈的牌位在院子里的桂花树下放三天，她要与桂树说话。"

腊梅看着父亲，交代得如此详细，难道真的要随母亲去了？她张大着嘴，似曾相识的一幕浮现在眼前，吓得直哭："我不能没有爸爸，这个家就我孤身一人了。"

父亲对腊梅说："你与宗宝已经定亲，有宗宝陪你。"然后仿佛是在自言自语道，"爸爸这辈子值了！你千万不要伤心，我是想你妈妈了，想得心里发慌。虽然她的心并不在我这边，但我深深地爱她。她没了，我也活得无意味了。"

腊梅呆呆地看着父亲秦渡头，不知所措。

34

母亲死后一年的同一天傍晚，父亲秦渡头死在了同一张床上。

去世的前一天，秦渡头将腊梅叫到身边，对她说："死神已经追赶我了，我看到了阎罗王的脸，与寺庙里的十殿阎罗不一样，一点也没有凶神恶煞的样子。"秦渡头先是跟腊梅要烟抽，腊梅给他装了一袋旱烟，给他点了火。抽完烟后，秦渡头又跟腊梅要酒喝，说他这一生中喝了两次痛快的大酒，一次是眼镜男人来的那个夜晚；一次是瓢城酒庄与亲家喝的良酒。平日里，秦渡头是不喝酒的，只有在特定的情形下，才会喝酒。他知道，这是自己最后一次喝酒了。

腊梅给父亲倒了满满的一盅酒。秦渡头笑着对她说："对，要满满的一盅。"然后看着漂亮的女儿腊梅，眼神有着一种见到了自己女人的欢喜。"像，真的太像你妈妈了。"秦渡头一边喝酒，一边与腊梅谈起陈年旧事，满嘴都是腊梅的母亲。

腊梅要给父亲找些下酒的菜，秦渡头不让，他告诉腊梅："现在喝酒就像是喝水一样，身体里缺水了，找了下酒的菜，反倒是坏了酒的味道。"接着又说，"你妈妈是世界上最美的女人，与她一起过活，上辈子积德了。"

腊梅看着父亲秦渡头，静静地凝听爸爸说话。

"没有想到你妈妈那么能喝酒。"秦渡头又喝了一口酒道，"那天海边的眼镜男人来了，他在海上保护了你妈妈，你妈妈对他心存感激。"

"……"

"有人说眼镜男人随船去了江南，也有人说他隐姓埋名留在了瓢城，就在泰山庙里隐藏着，没有人知道他的行踪。"

"……"

"眼镜男人后来被镇压了，罪名是反革命特务，还有命案，是我亲眼看到的。但眼镜男人是个冤案，你妈妈一直认为他不可能是特务，更不可能杀害共产党干部。真的被你妈妈说中了，那个杀害共产党干部的凶手，后来被抓到了，政府为眼镜做了平反，但人死不能复生，他成了冤魂。"

腊梅睁大眼睛看着父亲，不知道怎样回答父亲的话，更不知道父亲这时候说这些话的意思。秦渡头拉着腊梅的手说："爸爸告诉你一个秘密。"欲言又止。

腊梅觉得父亲有事情要交代，对秦渡头说："爸，你有什么事情就说吧。"

秦渡头深情地看着腊梅，一副痛苦神情。

"没事的，你对我说，爸爸。"

秦渡头艰难地对腊梅说："你不是爸的亲生女儿，爸哪能生出你这样漂亮的女儿。"

腊梅极为震惊，无法接受这样的事实："你不停地与我谈论眼镜男人，难不成我是他的孩子？"一股凉气从腊梅的后背穿过。

"不是，你不是眼镜男人的孩子。"

"那我是谁的孩子？"

"你是清悟和尚的孩子。尽管你妈妈没有说过，但我最初就知道了。"

"爸爸。"腊梅放声大哭。

秦渡头疼爱地抚摸着腊梅说："孩子，不要哭，人要知道自己的来处，爸爸不能瞒你了。爸爸谢谢他们给我生了这么一个漂亮孝顺的女儿。"秦渡头紧紧抓着腊梅的手说，"妈妈走后，你要为妈妈守孝，就没有让你与宗宝完婚。爸爸走了，就不要守孝了。你与宗宝赶紧完婚，让宗宝搬到小院来住。还有，千万不要忘了，再困难也要把一瓢水重新做起来，那是你妈妈最大的心愿。"

第二天，父亲秦渡头就没了。

腊梅向生产队报丧，队里来人帮着料理后事，方才知道秦渡头女人一年前就已经死了。上坝村人对秦渡头女人去世没有报丧，感到惊愕，怎么一点动静也没有呢？这么大的事情，哪能不声不响地做了？村里来的人将这些告诉生产队长，队长非常生气，亲自来到坝口小院，问秦腊梅："当时怎么没有向队里报的？你看这事情做的，还当我们是组织单位吗？"

秦腊梅说："妈妈生前有所交代，不麻烦队里。爸爸觉得妈妈的历史不好，也就没有惊动队上。这不爸爸又不在了，不能再不报告生产队了。"

"这是什么话，乡里乡亲的，怎么着也应该送你妈妈一程。你们这样做事太不上规矩了，叫我这个队长怎么向全生产队的人交代？就是大队过问下来，也是不好听的事情，说出去让人家笑话，以为我上坝村生产队没人呢。"

一个来自江南的漂亮女人，至死也没人知道她的名字，就像风儿一样从江南飘到江北，然后在这片远离故乡的土地里随风飘荡。受尽人间疾苦的女人，渴望爱与安定，有自己的一爿店铺，好好地过日子。然而这成了遥不可及的梦幻，最终落入大地召唤的黑暗。即便是她的离去，也是跟着自己并不愿意委身男人的死，一同被人所知晓。

来吊丧的人，看着秦渡头与漂亮女人的遗像，情不自禁地落下同情的眼泪。他们追忆着秦渡头与漂亮女人的点点滴滴，议论着坝口小院的这家并不招惹是非。他们渐渐地觉得，上坝村上首的这块风水宝地让他们给占了，也是上天在帮助这户人家。男主女主的寿缘都不大，死场却不错，属于善终。

一切都按仪规做了，秦渡头的骨灰盒安葬在上坝村西边一里地的公墓里，长长的队伍为秦渡头送葬。秦腊梅没有想到，平日里与人没有什么来往的父亲，死后却如此招人待见。

秦腊梅不停地给送葬的人作揖道谢，感谢他们的一路相送。

头七，秦腊梅与沈宗宝请了瓢城永宁寺的十三个和尚，在自家院落里放了一台"焰口"，为父母的亡灵超度。请了亲朋好友左邻右舍，还一起去请了队里的干部。

队长说："腊梅母亲走的时候不来请，现在来请不去。"

秦腊梅说："就请干部给个面子，乡里乡亲的。这不父亲刚走，两个事情一起做了。"

"哪有这样做事情的？千古奇闻了呢。"队长看着秦腊梅说，然后看着沈宗宝。

沈宗宝说："诸位可能不信，这件事情就连我这个做女婿的也不知道。老人的心愿，怕惊动大家。办完丧事，我请队干部瓢城酒庄喝酒，上好的瓢城陈酿，清蒸梅童鱼，管饱、管够。"

"此话当真？"

"君无戏言。"

"你倒是君了，我们是什么？"

"你们是皇帝，土皇帝，比那真龙天子还福分。"沈宗宝连忙打躬作揖道。

队干部不知道是应该气还是应该笑，纷纷看着队长，队长挥手道："罢了，罢了，土皇帝也是皇帝，乡里乡亲的。"

晚上，坝口小院里灯火通明。在西城门楼上都可以看到上坝村前院落里的灯光，特别是那棵桂花树，在灯光映照下显得高大幽静。院子里搭建了面朝院门的焰口坛场，中央为焰口台，供奉太乙救苦天尊神位，左边为孤魂台，台上安奉着已故父母的亡灵牌位，挂着书写放焰口原因的黄榜，右边为阎罗台，挂着十八层地狱鬼王的画像。台前的供案上摆放着鲜花、香炉、水果、水盂、斛食、长明灯六种供品，腊梅摘了一大把桂花，放在供案的中央。

村里的大人小孩过来看热闹。院内坐满了人，一个挨着一个；院外站着人，一边聊天，一边等着里面的大戏开始。一阵锣鼓之后，乐器声音响起，和尚们开始说唱。声音此起彼伏，村里人觉得很新鲜，比那看社戏有意思。

和尚们说的时候，由一个和尚先说，然后众僧应着。说的内容是和尚们平日里打坐念经的练习，也是"开香"的一个仪式，一问一答，充满了仪规的程式。唱的时候，由一个和尚主唱，众僧跟唱。吟唱的是《破狱咒》《追魂咒》等符命，又敲又打好不热闹。

焰口进行到一半，众僧停下。首座者念经似的念着文稿，文稿的内容是对死者的歌颂。祭文一般的颂词之后，坐在侧面的一位唱起了颂歌，声情并茂，一气呵成，其内容为死者后生晚辈的成就与功德。一时间，院子里的坛场中神像赫赫，灵位森森，香烟袅袅，灯火熠熠。村里人被这边焰口道场的法事吸引了，这些人中，还有来自瓢城西城的人。

焰口一直放到深夜，主家的人还要为先人的亡灵守夜。直到次日清晨第一缕阳光出来，才回屋歇息。并不是腊梅一家，村里的许多人家都赖床了。上坝村前的院落一片寂静，静得没有一丝声响。与这小院的寂静一同的是，整个村子连狗叫声鸡叫声都没有了。

焰口放过以后，村里人觉得秦腊梅与沈宗宝都是孝顺之人，秦渡头与女人有了这样的女儿、女婿也算是值当了。

沈宗宝兑现了自己的承诺，在瓢城酒庄放了两桌酒席，请了村里的大小干部与亲长，上了上好的酒菜。那天，沈宗宝从头到尾彬彬有礼，显示出一个大户人家后生的教养。队干部们吃喝得尽兴，纷纷说沈宗宝会办事。

秦腊梅看在眼里，心里充满了感激。

35

上坝村西边的公墓中，没有父亲秦渡头的骨灰，那里仅仅就是一个空墓。父亲的骨灰被秦腊梅藏在了一个坛子里，她要按照父亲的交代，撒在泰山庙竹林后面的河里。那个无月的夜晚，天空一片漆黑，秦腊梅抱着一个坛子来到南瀛岛泰山庙后面的竹林，坛子里放着父亲秦渡头的骨灰。父亲的骨灰装在红色的丝绸布袋里，秦腊梅看过左右，确定没人看到，将骨灰取出，撒到竹林后的大河里。秦腊梅跪了下来，对着父亲的亡灵磕了三个头，禁不住泪如泉涌。

秦腊梅想放声大哭，她的心里有太多的苦水，父亲母亲都不在了，自己并不是秦渡头的亲生女儿，父亲却是那样地爱着自己。沈宗宝紧紧抱住她，秦腊梅伏在沈宗宝怀里，压抑不住内心的痛苦，张着嘴大口大口喘气，任凭泪水流淌……

秦渡头死后，秦腊梅与沈宗宝按照父亲的交代，搬进坝口村前的小院里。秦腊梅与沈宗宝并没有按照秦渡头的交代完婚，腊梅坚持要为父母守孝，宗宝理解她的一片孝心，征求父亲沈佑田的意见。沈佑田说："你与腊梅已经订婚，秦渡头走前有交代，现在腊梅要为父亲守孝，都是孝顺的孩子，你可以搬过去住。"沈宗宝看着父亲，心中一片感激。

几经考虑，腊梅还是去了南瀛岛泰山庙找清悟和尚，她想与亲生父亲见面。方丈接待了她，并告诉她，清悟在她母亲去世后不久就离开了寺庙。到底去了哪里，没有人知道。这种无声的远行，是清悟的一种姿态，是想永远地消失在熟悉他的人的视线里，即便是自己的亲生女儿，他也绝不可以相认，就是生活在她的身边也是一种罪过。腊梅低着头，半天说不出话来，她的眼前浮现出清悟和尚清秀的样子，他站在远处，看着她在庙里行走。

回到坝口，腊梅趴在床上一个劲地哭泣。

日夜思念父母，成天以泪洗面，院子里的生活已经不是先前的样子了。父母在与不在，完全是两样的情形，一种从未有过的孤寂感，冲击着腊梅的心。父母去世，生父不知去向。那般美丽的母亲，私下里与和尚偷情，是见不得人的事情。尽管她是先于父亲秦渡头认识清悟，但两个世界里的人，这种行为终究有悖于纲常。她为父亲秦渡头鸣不平，同时又似乎在理解母亲的情感，清悟太英俊了，母亲又是那样美丽。自己是他们的爱的结晶，是两个俊俏男女的孩子，不可以这样看待自己的亲生父母。然而腊梅在心中认定，秦渡头才是自己的父亲，这一点不会改变。

父亲秦渡头默默低头做活的身影，一次次浮现在腊梅的眼前。平日里对父亲的嫌弃与厌烦，统统消失了，感恩的心绪一下子填满了她的胸腔，不停地哽咽。父亲这么多年对自己的养育，对母亲的爱与尊重，腊梅觉得秦渡头是响当当的汉子，可以说是伟大的男人。那个悄然离去的和尚，与父亲秦渡头根本不可以相提并论。

桂花树摇曳着枝叶，传来一阵阵沙沙声。

"人死不能复生，活着的人还要把日子过下去。你这样苦贱自己，也不能回到过去时光。"沈宗宝耐心地劝说着秦腊梅，"父亲娶到母亲这样的人也算是他的造化，父亲不止一次地说过他这一生值当。母亲嫁给父亲这样的男人，也算是有了一个安定的家。"

腊梅不停地哭着，你哪里知道我心中的苦，更是不知道父亲心中的苦。我不是他的亲生女儿，父亲的心中要承受多大的苦痛与压力。她恨着自己的父亲秦渡头，为什么不早告诉自己真相，她也好对他好点再好点。

沈宗宝说："父亲做着渡工与箍桶匠养家糊口，让母亲少了抛头露面、风吹雨打。父母有了你，说明他们是真心在一起的，这就足够了。我们要好好生活，这是父母最想看到的。"

秦腊梅哭得更加厉害了，她说："我也知道这个理，但我心里就是过不去。这个院子是母亲南门的房子拆迁置下的，人说四世同堂是大福大贵的家庭，我秦家两代人现在变成了一代人，我怎么欢悦起来？"

每当月亮高挂的夜晚，腊梅就想母亲，想她的音容笑貌。她告给宗宝："我在月光下，常常看到一个白色的影子在树下移动。我知道那是母亲，她舍不得离开我们，舍不得离开桂花树。可当我与她说话的时候，那个影子就不见了，原来是幻觉，一个个并不真实的幻觉，我并不能与母亲面对面说话了。"

"那你见到过父亲吗？"宗宝问。

"见到过。"腊梅说，"我看见父亲渡船的样子，在水中不停地打转；也看到过父亲箍桶的样子，箍的桶一点也不圆。我替父亲着急，一觉醒来，知道是梦。"

沈宗宝抱住秦腊梅，知道她心里苦。他抚摸着腊梅的脸说："不要难过，父母按照自己的心愿走了，那是他们的福分。他们在那边一定过得很好，我们也尽到了做后人的孝道。父母能生出你这样的孝顺女儿，应该心满意足了。"

"你也挺孝顺的。"腊梅看着宗宝说。

没想到沈宗宝这么会劝人，腊梅心里还真的好受了许多，跟了这样一个男人过日子也算是有福了。她想到了父亲秦渡头在瓢城酒庄喝下良酒后对她说沈家提亲的那个夜晚，父亲笑眯眯的表情浮现在眼前。当时她怪了父亲，现在看来父亲高兴是对的，她得感谢父亲秦渡头。

沈宗宝与秦腊梅商议起一瓢水店铺的事情，他知道这是腊梅心中最想做的事情。随着二老的离世，想要真正帮到腊梅，重新做起一瓢水，那是最好不过的事情。他想尽到一切的努力，帮助腊梅做起这件事情。

时间到了一九六六年初夏，政治形势发生了巨大的变化，国家进入一个内部动荡的特殊年代，重新做起一瓢水的想法彻底成了泡影。瓢城市街里红旗飘扬，建筑物上拉着横幅、竖幅标语，高音喇叭里不停地播放着革命歌曲与最高指示，墙上到处是大字报。群众沸腾了，不停地奔走相告，像是夏天的热浪四处飘散。

夜幕降临的时候，沈佑田穿了一身破旧的衣裳，推着破旧三轮车，上面放着墙上脱落下来的纸张、垃圾箱里捡来的废旧材料，一路踉跄地往西城去。入夜的瓢城西街，路人行色匆匆，根本不去注意一个收破烂的人。沈佑田来到西城门外的坝口小院，将家里收藏的金银细软、玉器、瓷器、字画等运了过来，让宗宝和腊梅千万藏好，这是沈家最后的财物了。腊梅第一次见到破败的沈家有不少好东西，赶紧地与宗宝分地方将这些物件藏起来。

运动不断发展，沈佑田日渐苍老，被批斗了几回，还抄了他的家，抄出一个大瓷瓶、两幅字画、三个金戒指，还有原本线装书。世界上的许多事情是从"消息"开始的，那年上坝村传来的最大消息是坝口小院里的一对男女非法同居。秦腊梅与沈宗宝住在一起根本不是什么新闻，上坝村人个个知道。但这个消息传到"锄奸队"那里，就是个大新闻了。

"锄奸队"是自发的组织，成员是瓢城西城一带游手好闲的人。先前是类似于"打狗队"一样的团伙，在夜间寻找流浪狗，打死扒皮烀肉吃。后来没有什么流浪狗可打了，就找人家的家狗打，闹得瓢城人深恶痛绝。那个特殊的年代，声名狼藉的一群人摇身一变成了"锄奸队"。在中国的土地上，打着"锄奸"的旗号，一定会有市场，并可以引起巨大共鸣。据说抗日战争时期，伪军的人数超过侵华日军的人数，这在世界战争史上也是少见。人们对于汉奸的仇恨，可谓是深恶痛绝，欲杀之而后快。别说是在那个年代，就是在现在，说是铲除汉奸，一定是一呼百应，刨你祖坟，砸你狗头。

36

一九六七年春天的秦腊梅与沈宗宝遭到了这样的境遇，一切变得在劫难逃。原本"锄奸"与"奸情"是两个不同概念的事情，八竿子打不着。然而到了锄奸队那里，愣是成了一件事情。锄奸队已经有些时间没有什么像样的行动了，听说上坝村小院里住着一对狗男女，他们立刻兴奋起来。一番调查之后，秦腊梅与沈宗宝成了江南申城资本家与江北瓢城资本家的两个狗崽子。他们在一起搞破鞋密谋变天，这样严重的事件怎能放过，必须清除他们，一对漏网之鱼。就这样，秦腊梅与沈宗宝被拉出来批斗。

秦腊梅的脖子上挂了破鞋。两只破鞋是黄纸糊的，用铁链子连着，上面画了胡子一样的毛须。有人说那是胡须，有人说那是毛发，有人说那既不是胡须，也不是毛发，是阴毛。两只破鞋挂在秦腊梅脖子上，显得很沉重。看的人有些纳闷，两个纸糊的东西，怎么这么沉呢？知道内情的人道："那哪是什么纸糊的破鞋，里面是两个铁匠打的铁砣。"

秦腊梅与沈宗宝被锄奸队从上坝村押到西城门，将他们押上了西城门楼，对着瓢城西城低头认罪。

"我们是订过婚的，我不是破鞋。"秦腊梅反复说着这句话。

"住进坝口小院是腊梅父亲临死时的交代。"沈宗宝坚决不肯低头。

"订婚是封建残余，没有任何法律效力。不是正式夫妻明目张胆地住在一起，就是搞破鞋。"

"我们没有搞破鞋，腊梅是我的女人。"沈宗宝大声说道。

一群人上来就是一阵拳脚，秦腊梅拼命地护着自己的男人沈宗宝。

"你们就是想密谋变天，好回到过去那种人剥削人的社会，过奢侈的生活，这是白日做梦。"

"我们没有想变天，更没有密谋什么。我们都是守法的平民，过平静的日子。"沈宗宝的头依然昂着。

"让你昂头。"锄奸队队长对着沈宗宝不停地扇耳光，直扇得他满脸是血。

没有想到的是，与村前小院人家一直不对付的上坝村人看不下去了，纷纷站出来保护两个小的。他们抄了家伙，一路浩浩荡荡来到瓢城西城门楼，比冬天上河工还要壮观。人多势众的上坝村人，一个个脸色铁青，手操各种家伙，一字排开站在那儿，仿佛巍峨的群雕。领头的对锄奸队说："老的是老的，小的是小的。人家沈、秦两家是正规定的亲，这样批斗两个小的不合适。"那架势，不惜与"锄奸队"一战。

看到那么多村民为他们说话，手里的家伙都是实打实的"硬货"，不是叉子就是镰刀，还有大锤与斧子。锄奸队草草批斗一番，散了。"妈的，看来他们人缘不错。"这样的时刻，上坝村人施出如此大的善意，秦腊梅与沈宗宝做梦也没有想到，他们满含热泪，给一个个上坝村人磕头致谢。

有了上坝村人的庇护，他们安全多了，可以过上正常人的生活了。可这样长期下去不是个事，订婚是订婚，结婚是结婚，还是有区别的。这年春末，上坝村人为他们举办了简单的婚礼。队部开了介绍信，公社盖了章，领了结婚证。为了感谢上坝村人，沈佑田在坝口秦家院落招待上坝村人吃喝一天。那样的形势下，这么做是要冒很大风险的。但沈佑田坚持要这么做，自己花钱请客不怕什么，他从心底里感谢上坝村人。在那个年代，让大家吃喝一天，没有比这更为实惠的感恩了。

秦腊梅与沈宗宝又一次被拉去批斗，说是婚姻大操大办。让上坝村人一同参加批斗，上坝村人一个个不说话，下意识地舔着自己的嘴唇。批斗的时候，让上坝村人发言，没有一个人发言。组织批斗的人也觉得无趣，一声"散了"。大家就呼啦散了。

沈佑田心中唯一的奢望是抱孙子，可秦腊梅的肚子一直没有动静。

没有给沈家生出一男半女，秦腊梅觉得自己对不住沈宗宝，对不住沈家长辈，常常坐在院子里发愣。坝口小院里的桂花树没有结什么桂花，腊梅知道，自从父母走后，没有人服侍它了，也就不怎么肯开花了，如同自己的肚子一样瘪瘪的。秦腊梅非常难过，呆呆地看着院子里的桂树。

"我对不起沈家。"她自言自语道。

沈宗宝看出女人的心思，对秦腊梅说："不急，会有孩子的。现在到处闹革命，你有这样的想法是不对的，是封建残余。"

腊梅的眼泪一下子下来了，她说："生孩子是人之常情，不是什么封建残余。"

"你说得对，女人生孩子是天经地义的事情，就像大鸡抱小鸡，大猫生小猫，我们默默努力就是了。"沈宗宝说。

"爸爸一天天老了，想要抱孙子呢。"秦腊梅看着沈宗宝说，"你倒是没有什么原则，女人一发火就转向了，要是在战争年代，我看你很可能就是个叛徒。"

"你倒是挺会联系实际的，家里也斗争起来了。对外可不能这样说，更不能说自己的男人是叛徒，要是上纲上线就麻烦了。"然后看着秦腊梅说，"不要哭，我们好好过日子，孩子一定会有的。"

秦腊梅点头称是。

平日里，沈宗宝晃荡着身子，并没有那种心细的举动，宛如大男孩一样。但在大事面前，他却有着男人的担当，到底是大户人家出身。秦腊梅笑了，心中压力也小了些。她看着桂花树，然后摸自己的肚子，期盼怀上孩子的那一天。

在一片革命的浪潮中，别人在外面闹革命，在大街上，在舞台上。他们在家里闹"革命"，在屋子里，在床上。都是闹革命。所以，在"革命"之前，也说些充满激情的话。他们想笑，但很快就调整了自己，这是极为严肃的事情，革命的火种已经燃烧到社会生活的各个方面，这是一场毋庸置疑的彻底革命，所有人所有事都将在其中受到洗礼，无一例外。

秦腊梅与沈宗宝讨论起他们行为的"革命"性质，并与外面那些人的行为做比较。秦腊梅认为，都拥有着不可抑止的激情，这一点是共同的。但别人是为了大家，他们是为了小家，对于这一点，她始终有所担心，觉得自己不够纯粹，于是就背诵一些革命语句。沈宗宝认为，他们在家里的激情与外面那些人的激情有所不同，他们所获得的欢悦，是人的原始性力量在驱动，为了下一代，是正常的情感。外面的那些人，为着一种带有暴力倾向的激情所缠绕，是一种非正常的情感，这种情感被夸大了，会伤到他人，或者说这种激情所追求的理想，有着焚毁的力量。砸烂旧世界，建立新世界，一切灰暗的东西都会瑟瑟发抖，这样的豪情值得肯定，但也不能毫无节制，总有一天会做过头的。

秦腊梅说："你这样分析很危险，属于立场问题。我们这样的人做好自己本分就是了，人家的激情是革命性质的，是为公的；我们的激情是家庭性质的，是为私的。弄清这一点，就不会犯大的错误。"

"你倒是会活学活用，激情还分公私，态度特别端正。但我相信，那些把自己的激情建立在他人痛苦之上的情感，终究不会长久。"沈宗宝说。

秦腊梅一把捂住沈宗宝的嘴："又犯糊涂了不是，你们家一点也不过硬，这一点要时刻提醒自己。怎么就管不住自己的嘴呢？你这样说会找来麻烦的。"

在充满革命激情的氛围中，沈宗宝与秦腊梅折腾了几年，依然没有动静。他们不能理解这样的情形，是不是有什么地方做错了，还是他们的举动并不能结出革命的果实？经过反复思量，宗宝与腊梅坚定地认为自己的男女情欢没有问题，身体也没有问题。这可急煞了沈佑田，他就这么一个儿子，没有孩子就等于是断子绝孙了。

沈宗宝带着秦腊梅去看老中医，听说这个老中医治不孕不育有祖传秘方。老中医家在东城，他们乘着夜色去了老中医家。知道老中医不会收钱，是私下里行医，就在南门黑市买了紧俏的烟酒。进入老中医家，老中医在大堂里坐着，戴着墨镜，并不明亮的光线中，根本看不到老中医墨镜后面的眼睛。老中医给腊梅号了脉，看了舌相，让她一天吃一只没有打鸣的小公鸡，连续吃三个月，保准会怀上孩子。

沈宗宝大喜，偷偷到菜市场买那种毛还没有长全的小公鸡，那种小公鸡不打鸣。他不在一个菜市场买，怕别人看见。小公鸡放在一个布袋子里，袋子里漆黑一片，鸡以为是晚上，一般也不叫。买回的鸡他偷偷地杀，然后烧给秦腊梅吃。不停地吃鸡，变着法子烧，清炖鸡、红烧鸡、白烧鸡、白斩鸡、炒鸡丝等，秦腊梅只要闻到鸡味就吐，最后发展到看到鸡跑就吐。她的眼睛里全是鸡，已经得了鸡恐症。

37

一九七二年早春，天气特别寒冷。一阵阵寒风吹来，瓢城蟒蛇河河面结了一层薄冰，宛如罩在河面上的灰白绸布，随着风浪轻盈地起伏着。白天行船碎了冰面，夜里又结了起来。清晨醒来，河面灰白一片。市街中的路边店铺一阵阵散发着热气，人嘴中呼出的气像一缕缕白雾。沈宗宝去往西城看望父亲。近来，父亲的身体越来越不好了，因了腊梅一直不能怀孕生孩子，还有几个月前发生的一件事情。当时，父亲沈佑田正组织米饼店员工学习中央关于向全国群众传达林彪事件的通知，结果把文件给弄丢了。事情不小，沈佑田一下子嗓子哑了，身上生出了疥疮。虽然后来文件找到了，但沈佑田还是被隔离审查了两个月。父亲的身体变得更糟了。

沈宗宝走进瓢城西城门，向西街米饼店走去。

米饼店已经变成了小集体单位，属于西城居委会。父亲做了主任，还配给他一个支部书记，是西城居委会一个女干部兼的。多远就看到低着头做米面饼的父亲，三四个大妈在旁边站着。东边的一间房屋也开了门店，做了锅贴熟食。一左一右两个门店，左边是沈佑田做米面饼，右边是一个女的在做锅贴，三四个大妈来回晃荡。这些大妈是居委会安排过来的，做些打下手的活。店铺的收益主要来自锅贴，那是肉馅饺子的锅贴，上午、下午、晚上，生意都很好。

来吃锅贴的人，大多数是家境比较好的，并不是当饭吃，而是作为小食。里屋摆放着两张圆桌，上面有酱油、醋、辣椒和大蒜头，旁边一个保温大桶，里面泡着大碗茶，免费的。如果你想要好茶叶，可以单泡，但是要收费。

米面饼不像锅贴，基本上只有一个早市的生意，但每天也都在不停地做着。做出的米饼供应一些单位的食堂与工地，由那三四个女的去送。

"你来干什么？"沈佑田见到儿子来了，拍了拍手，迎了上去。

"我来看看爸。爸的身体不好，你要注意休息。过去是自家做米面饼，现在是集体的了，你又是主任，怎么还亲自上锅呢？"

"不要乱说话，让他们做我还不放心呢。"

"我没有乱说话，怎么就不知道爱惜自己的身体呢？"

"你不要来关心我的事情，回家做好自己的事。爸的身体，最好的药方就是抱孙子。"他小声对儿子说，"怎么样，吃了老中医的药管用吗？"

"有效果。"

"什么叫有效果？到底怀上没有？"

"可能会怀上。"

"什么叫可能会怀上？"

"她那个没有来。"

"哪个没有来？"沈佑田很快就反应了过来，"知道了，爸知道了。你赶紧回家去，爸这边不用你管，有好消息一定提前告诉爸爸。"

秦腊梅终于怀上孩子了。

那是在美国总统尼克松刚刚访华不久，沈宗宝来到瓢城电影院看电影。电影正式播放前插播《新闻简报》，他看到了美国总统尼克松的尊容，一个大鼻子西方人。周恩来总理在机场迎接尼克松总统，军人仪仗队威武雄壮。毛泽东主席在书房里接见尼克松，双方谈笑风生。

那天的正式电影并没有给沈宗宝留下很深的印象，他依旧沉浸在《新闻简报》里。电影散了以后，一路回家途中，尼克松的形象反复浮现，这是他第一次看到美国人的样子。

到家之后，沈宗宝向秦腊梅比画着："尼克松是个大鼻子总统，鼻子特别大。美国人就是大鼻子种。"

秦腊梅忽然一阵反胃，一下子就吐出来了。沈宗宝意识到自己的女人怀上了，拉着她就往瓢城医院去。到了医院，医生做了检查，进行了检测，结果真的是怀孕了。

回家的路上，秦腊梅闹着要去看电影，说是要看看美国总统尼克松到底是怎样的一个大鼻子。她说："你们沈家的鼻子就不小，但真正的大鼻子到底是什么样，还没有看见过。我要去看电影，看看美国人的大鼻子。"

　　沈宗宝说："回去找报纸，让你看尼克松的大鼻子。"

　　秦腊梅说："报纸是死的，电影是活的，我要去看电影。"

　　"好好，去看电影。"沈宗宝陪着秦腊梅去瓢城电影院看电影。

　　他们往西城门走去。夕阳快要垂落了，西城门泛着一抹浅浅的红光。走进西门，秦腊梅跟着沈宗宝直奔西街瓢城电影院。走着走着，多远就看到"瓢城电影院"五个大字了。据说，"瓢城电影院"五个字是郭沫若先生的手笔。当时瓢城文化局一位干部写信给北京郭沫若先生，说瓢城是革命老区，物质条件匮乏，群众文化娱乐场地和设施比较简陋。为了丰富人们的精神文化生活，政府修建电影院，恳请郭沫若先生为瓢城电影院题字。不久，瓢城文化局收到了郭沫若先生的回信，里面有一张写有"瓢城电影院"的竖形字条，左下角落款：郭沫若。

　　来到电影院门口。

　　这是一座老式的民国建筑，门脸是高大的牌楼，下面是罗马柱门厅，两边是电影广告橱窗。沈宗宝在售票窗口买了票，是红色的票，瓢城电影院的票有红黄蓝三种。沈宗宝拿着红票与秦腊梅进入影院，找到座位坐下。白色银幕挂在舞台上，后面的音响放着革命歌曲。秦腊梅抓着沈宗宝，她还是第一次与沈宗宝看电影。

　　"自己一个人偷偷来看电影，也不知道带我来一起看。"秦腊梅嘀咕着。

　　"这不带你来看了嘛。"沈宗宝说。

　　"我不说，你会带我来看吗?"在秦腊梅的抱怨声中，影院里的灯关了。

　　"五星红旗迎风飘扬"的乐曲声响起，工农兵雕像在旋转，"新闻简报"四个字由小变大，占据整个银幕。在《新闻简报》中，秦腊梅看到了美国的大鼻子总统。她目不转睛地看着银幕上的美国总统尼克松，透过电影一闪一闪的光线，沈宗宝看到秦腊梅紧张的表情。秦腊梅的心里在想些什么，他不知道。他抓住秦腊梅的手，秦腊梅的手心里出了汗。与沈宗宝一样，她对正式电影没有多少印象，尼克松的大鼻子不停地在她脑海里闪现。

看完电影后，沈宗宝拉着秦腊梅的手一路回家，他们没有说话。初春的瓢城夜晚，有着典型水乡城市的那种阴冷潮湿。途经西城米饼店时，秦腊梅不停地看着店铺，还看了对面的空旷地面。自从沈宗宝住进坝口秦家小院，秦腊梅就不在米饼店对面露天摊点做了，而是交了定金，去了瓢城西城集市，在那里有了自己的摊档。

瓢城西城集市是一座废弃的教堂，在那里卖货，比在露天强多了，刮风下雨，人刮不到淋不着。瓢城人喜欢把西城集市，唤作"教堂集市"。

回到家里，沈宗宝这才问她："怎么看了电影不高兴了，一路鼓胀着脸，手心里不停地出汗，你在想什么？"

"他的鼻子太大了。"秦腊梅说，"要是生个男孩，鼻子大点无妨，不难看。要是生了女孩，那么大个鼻子，难看死了呢。"

"中国人的鼻子没有外国人那么大。"

"你们沈家的鼻子就不小。"

夜里，沈宗宝被秦腊梅的尖叫声惊醒。他知道秦腊梅做梦了，对秦腊梅说："做噩梦了？"

秦腊梅告给沈宗宝，自己生了一个大鼻子女儿，要多丑有多丑。沈宗宝先是一愣，然后对秦腊梅说："梦是反的，放心睡觉。"说完，倒头呼呼睡了。

秦腊梅翻来覆去睡不着。她想到了自己的父亲母亲，想着想着就哭了起来。她不敢哭出声来，怕影响到沈宗宝睡觉，眼泪默默地流淌。

秦腊梅的肚子一天天大了，沈宗宝让她歇着，不要伤了身子。

秦腊梅说："我没那么娇贵，忙碌忙碌好生。"然后深情地看着自己的男人。

沈宗宝道："还是注意点好，不要用力过猛，动了胎气。"说着端详起自己的女人来。

秦腊梅理了理自己的头发和衣服说："怎么，哪儿不对劲了吗？还是变丑了？"

沈宗宝笑道:"倒是越丑越好的。"

秦腊梅知道了,她的男人是在看她怀的是男孩还是女孩。俗话说,儿使母丑。她问沈宗宝:"那我丑了吗?"

"倒是没有,你的脸色更加红润好看了。"沈宗宝非常肯定地告给秦腊梅,不但没有变丑,而是变得比以前漂亮了,就像春天盛开的桃花。

秦腊梅的脸一下子拉了下来,她不希望听到这样的话,这说明她怀的是女孩,沈家老小都会不高兴的。她一心想为沈家生个男孩,自己的心里也喜欢男孩。

沈宗宝说:"没事,男孩女孩一个样,就是女孩我也高兴。"

秦腊梅看着沈宗宝道:"什么男孩女孩一个样,你沈宗宝一心就想要个儿子,你老子更是盼着抱孙子呢。"但沈宗宝说出这样的话来,她的心里还是很高兴的。

腊梅生了,是个女孩。

沈宗宝站在病房外半天说不出话来,他想到了父亲沈佑田。当他将这个消息告诉父亲沈佑田时,沈佑田的脸一会儿红,一会儿白,最后挤出一句话来:"生了就好。"

私下里,秦腊梅不停地看着女儿的鼻子。庆幸的是,并不是梦中所见的那种大鼻子。看着看着,她笑了,自言自语道:"以后再怎么长,也不可能是大鼻子的。"

沈宗宝在自家院子里摆了六桌酒席,请了亲长至亲与上坝村的干部及邻里。他请了瓢城酒庄的大厨来掌勺,精美丰盛的菜肴,上好的陈年老酒。沈宗宝对客人们说:"腊梅头胎是女儿,但是金贵着,我给孩子取名金草。请大家开怀畅饮,一醉方休。"

来客们你一言我一语地道贺。

"女儿将来一定是个金子一样发光的小姐。"

"女儿好,爸爸的小棉袄。"

别人这么说着,沈宗宝也觉得头胎女儿是好事情,孩子长大了,可以帮大人做事情,还可以帮着带弟弟妹妹。沈宗宝觉得,他的女人再生,一定是个男孩,那样就是儿女双全了。

一晚的酒席,沈宗宝来者不拒,只见他手舞足蹈,天南海北地说个不停，喝得酩酊大醉。客人们也似乎在配合着他的激情与疯劲，把酒喝得歪歪扭扭。

人散之后，沈宗宝一头倒在床上，睡了整整一天一夜。

38

在那个动乱的年代里，最为奇异的一幕是，吊挂在坝口小院屋梁上的一瓢水牌匾安然无恙。人们或许已经遗忘了那个牌匾，或者上坝村对坝口小院一家施以默契的同情，没有谁来造次，抑或为漂亮女人的魂灵一直守护着这个老匾，一瓢水牌匾孤独安详地待在屋梁下面。

瓢城的天空，乌云一个劲地翻滚，一副大雨将至的样子。灰暗苍穹，阴沉低垂，仿佛就要砸下来一般。地面映射着空中的灰暗，成了一片黛色，院中桂树不停地摇曳，发出一阵阵无序的声响。金草出生的第二年，秦腊梅又怀上孩子了，真是肥沃松软的土地，阳光充足，雨水充沛，易于植物生长。她挺着大肚子，在桂树下缓慢地走动着，心中嘀咕着什么。原先阳光明媚的天空，充满柔情，可转眼就乌云滚滚，一副低垂的样子了。

沈宗宝从外面回来，对秦腊梅说："天要下雨了，回屋去吧。"沈宗宝的话打乱了她的思绪。秦腊梅看着沈宗宝不说话，身体微微抖动着，抬头去看灰暗的天空。她对沈宗宝说："头胎是女孩，二胎应该是男孩了吧？总不能连着生女孩啊。"说完紧紧抓住沈宗宝的手。

沈宗宝知道自己女人的心思太重，这样下去会坏了身体，对胎儿不好，对秦腊梅说："没事，万一是女孩，我还是金贵，依然在院子里放桌子摆酒席，给她取名银草。"说完就将她扶到屋子里。

秦腊梅笑了，笑得有些苦涩，自言自语道："祖宗保佑，生个男孩，带把的，不能老是光滑滑的。"说完，下意识地抬头看了吊挂在屋梁上的一瓢水老匾。她相信，爸妈的魂灵一定会保佑他们。沈、秦两家的联姻，是公公沈佑田的看中，他认定腊梅会是旺夫的女人，可以管束儿子一起过活，会生儿子，为沈家传宗接代。心中担忧的秦腊梅，生过一个女孩了，再生一个女孩，公公一定扛不住。公公的身体越来越不行了，生个孙子冲冲喜，该多好。

腊梅不停地在家里照镜子，看着脸上的变化。当她看到了丑，丑到连自己都不想多看一眼了，心里就高兴，身体就会飘浮起来；当她看到了美，脸色红润，肤质细腻，就会大发脾气，要摔镜子。秦腊梅就这么翻来覆去地一会儿高兴，一会儿沮丧；一会儿飘浮，一会儿坠落，弄得沈宗宝心神不宁，寝食难安。实在是受不了她的折腾，沈宗宝把镜子摔了，大声说道："你就生女孩，爷喜欢！"

秦腊梅站在一边，身体直打哆嗦，一句话也说不出来。沈宗宝问："谁欺负你了？你这一脸委屈的样子。"

秦腊梅摇头道："没人欺负我，是我在欺负自己。看来又是女孩，难道我就是生女孩的命吗？"

沈宗宝生气道："你个乌鸦嘴，孩子还没有生，就在这儿乱放炮。"说完，一甩手离开小院，往西城去了。

这么多年没有孩子，吃了多少的中药偏方，最后不打鸣的公鸡使女人怀了孕，怎么就不能怀个"小公鸡"呢？有了孩子又怕生女孩，人真的是愁了这个愁那个。沈宗宝进入西城门往市街里走去，走着走着，就来到了西街米饼店。多远看到父亲弯腰做活的身影，他躲闪到一边，不敢去见父亲。他也觉得，这次腊梅弄不好还是个女孩，这样的预感非常强烈。

秦腊梅生了，果真是个女孩。

她哭了，哭得伤心凄凉。

沈宗宝对秦腊梅说："生孩子哭，对眼睛不好，要说想儿子我比你还想呢，再说这生男生女是由男方的染色体决定的，与女方没有关系，要说有责任，那也是我沈宗宝的责任。女儿就女儿，不怪你，我说过，爷喜欢。"

秦腊梅哭得更厉害了："你喜欢个屁啊，纯粹是谎话。我还不知道你沈宗宝一心想儿子，是我不争气。就是退一万步讲，你心里想得开，可是你爸还在，我可怎么见人哦。"说着号啕大哭起来。

沈宗宝大声呵斥道："不要再哭了，有什么好哭的。妈的，再生，生出个带把的来。"说完看着屋外院子里蓬勃生长的桂花树，脸上露出了少有的凶光。

"你看那桂树干什么？"秦腊梅不哭了，看着沈宗宝。

沈宗宝没有说话。

"你倒是说话啊，你看那桂树干什么？"

"我想自己对你的承诺，在院子里摆酒席。"说完就走了。

沈宗宝兑现了自己的承诺，在院子里摆了三桌酒席，请了西城小酒馆的厨子来掌勺，桌上的菜肴与酒远不及生金草时的排场。亲长们一个没请，至亲也没有全到，一帮酒肉朋友倒是一个不少，三桌酒席，并成了两桌。沈宗宝说不要并，客人说并，不要浪费。沈宗宝对客人们说："虽说二胎还是女孩，一样的金贵，我给孩子取名银草。请大家喝酒。"

来客纷纷说道："女儿好，贴心。""金草、银草，用不完的金银财宝。"

沈宗宝看了勉强凑齐的两桌人，旁边的一桌空着，心中说不出滋味。他很快就喝醉了，不是来者不拒，而是主动地给一个个敬酒。一口菜没吃，一圈下来就趴下了。客人们相互敬酒的样子在他的眼睛里忽闪忽闪的，碰杯声在他的耳边回响，客人们之间交谈的嘈杂声，渐渐淡去。

沈宗宝的心里苦啊，一心想生个儿子孝顺自己的父亲。父亲眼巴巴地盼着抱孙子后去阴曹地府见沈氏先人，可现在又是个丫头片子。父亲的身体一天不如一天了，万一父亲有个三长两短，他沈宗宝就是大不孝啊。

酒毕，客人们散的时候，秦腊梅抱着孩子送客，沈宗宝死猪一般地趴在桌子上。

"谢谢款待。宗宝是性情中人，酒醒就好了。"客人们与秦腊梅打着招呼。

秦腊梅抱着孩子，不停地点头。

私下里，秦腊梅频频地看二女儿的鼻子，大鼻子一直是她心中的担忧。银草的鼻子挺挺的，极为匀称，非常好看，将来一定是个美人儿。她笑了，笑着笑着却呜咽了起来。她想到了父亲母亲，想到露天市场，想到南瀛岛泰山庙，想到大火焚毁的一瓢水店铺。她是不孝的，没有让父母看到一瓢水重新做起来的场景。现在，她又拖累了男人沈宗宝，一个劲地生女娃。这样一想，眼泪就哗哗地流下来了。

父亲沈佑田终究没能等到秦腊梅生儿子的那一天。弥留之际，他对儿子说："宗宝啊，爸一辈子看人没有走过眼，你媳妇秦腊梅，爸算是看走眼了。那么好的身体，那么大的屁股，怎么一个个生丫头呢？"说完，一口气就过去了。

沈宗宝哭得死去活来，说什么也是对不起父亲。不孝有三，无后为大。父亲的年龄并不算大，却没有等来抱孙子的一天。父亲沈佑田去世那天，沈宗宝对着父亲的亡灵捶胸顿足，不停地磕头："我大不孝啊，没能给您抱上孙子，让您老人家没脸去见沈家先人了。"

沈宗宝在蟒蛇河上游沈家墓地为父亲修了漂亮的坟茔，长跪不起……

时间来到了一九七六年，这年的中国发生了太多的大事。十月之后，瓢城市街里敲锣打鼓，庆祝一个时代的结束。人们渐渐感受到了一种长期禁锢下的释放，政治形势呈现出逐步放开的局面。如果说先前的生活是在尽可能地阻止个人意识对公共思想的侵蚀，建立一个纯粹的共同信仰体系的话，那么现在的情形正朝着相反的方向发展，发挥个人主观能动性。

翌年秋天，国家恢复了高考，尊重知识，尊重科学，尊重人才。人与人之间的相互往来增多了，心中的种种担忧与顾忌也渐渐淡去，比起先前的情形要自由许多。世界在变，许多事情陆续发生，不在过去的一种"常态"中行进，人们要过好的生活，穷得太久了。

一九七八年之后，经济政策的放开程度远超于政治，解放思想，发展经济，成为强劲的时代潮流与动力。以经济建设为中心，鼓励个人致富，日头为一种可期的东西在驱动。人们所谈及的话题，也不再是"上头"的一些东西，而是工作安排、家具电器、生活营生与发家致富。最先感受到这种变化的，是那些靠着自身能力谋生的人群，他们生活在底层，没有正规的工作，遵循着国家的政策营生过活。经济松绑的环境，使他们看到了可以改变自身命运的情形，能够在原有的一份狭窄衣食外，找到更大的空间，拥有不一样的人生。

秦腊梅是城乡接合部的农民，沈宗宝是城里底层的市民，他们就属于这样的群体。秦腊梅与沈宗宝坐在堂间里，看着屋梁上挂着的一瓢水牌匾，议论着家庭的未来。他们明白，得有了资金，才能开一瓢水店铺。开了一瓢水店铺，他们这样的家庭才会真正有好的生活。

外面的形势越来越有着催人奋进的意味了，沈宗宝满怀激情，各种想法在他的脑海里出现。父亲沈佑田已经不在了，不能再对自己有所庇佑。两个女儿两张嘴，单靠着女人秦腊梅在集市里的小买卖过活，怎么也是个穷日子过，更不用说重新做一瓢水店铺这样的事情了。

"家里一直是你撑着，我并没有做什么事情。一个大男人晃晃荡荡的，也算是废物一个，我得做生意苦钱养家，以后的政策会越来越放开的。"沈宗宝对秦腊梅说。

"万元户"是那个时候梦寐以求的事情，沈宗宝的心里想着的就是这个，他觉得是时候出来一拼了。

秦腊梅知道自己的男人，嗅觉虽然灵敏，但对于生意并不晓得怎样去做。她对沈宗宝说："做生意不是件简单的事情，看风就是雨，往往会落得浑身是水。这些年，你在家里看书吟诗写字作画，虽说没有什么成就，但我喜欢。我与你结亲，看中的就是这点。"

"吟诗作赋写字作画弄不来钱财，还不停地往里面贴钱。"沈宗宝对秦腊梅说，"两个孩子了，吃饭、穿衣、上学，都要花钱。你倒好，事情还没有做，先是一盆冷水浇头。"

"为人仁义，酒一喝没了原则，更不会人际关系的盘算，你缺少做生意的精明。"秦腊梅对沈宗宝说。

"没有人天生就会做生意。人家做得我也可以做得，好歹我也是沈家的后生。"沈宗宝对秦腊梅说。

秦腊梅不再说话了，看着沈宗宝笑。

沈宗宝道："你不要笑我，我已经说过，光靠着你在菜场里的营生，富不起来，这是明摆着的事情，一瓢水什么时候能够做起来？我得出来做事。"

院子里的桂树一片葱绿，秦腊梅觉得自己的男人有了责任，心里一阵高兴。她看着桂花树，想到母亲在树下教她做桂花膏的情形。母亲的脸就像盛开的桂花一样，散发着迷人的香气。

"你到底同意不同意我出去做事？"沈宗宝说，"得有个态度不是？"

秦腊梅表达了支持他出去做事的态度，两个孩子的父亲，祖上先人也是瓢城过去的富商，冲着这点，也得让他试试。她也知道，靠着集市摊档里的买卖，家庭不可能有大的改变。但商场不能意气用事，得一步一个脚印。

沈宗宝对她表示，做了踏实的事情，积累了资金，让她做一瓢水店铺，他跟在后面做些辅助的工作。生意方面，他相信自己的女人是把好手，自己再回头做她秦腊梅喜欢看到的事情。

就这样，沈宗宝开启了自己的生意之路。

39

沈宗宝做的第一个生意，是跟着堂弟去收旧塑料。

一早，秦腊梅放下集市里的活，去西城登瀛食铺买上好的点心。西街的景致，向来没有什么好看的，也就是些老旧的风景，说实话，秦腊梅还真的没有认真看过西街的景象。今天，她要好好地看看了。西街进入她的视线，出现了鲜活的样子，人们的脸上洋溢着为生活奔忙的热情。今天，她的心情也特别好，一路来到西城登瀛食铺买了点心。

秦腊梅拎着点心回家，对沈宗宝说："虽说是自家兄弟，但求人家做事，不能空着手去。"

看着秦腊梅，沈宗宝心里有些感动，女人比他想得周到。

秦腊梅对沈宗宝说："与弟弟一起做事，一定要谦虚，身段放低点，注意言谈举止。生意有生意的规矩，你这方面经验不足，多听听弟弟意见。你的那套斯文的东西，在生意中没有什么用处，一定要收起来。在商言商，生意场不是舞文弄墨的地方，这一点我得先提醒了你。"

"知道了。"

沈宗宝接过点心，去了堂弟家。

堂弟家在瓢城北城蟒蛇河边，刚进四月，空气里还有些寒气。沈宗宝要了三轮车，一路去向北城。路上的行人不多，偶尔有几辆自行车滑过。北城是人流稀疏的地方，路边的店铺也较东城、南城少了许多，更不用说西城了。又是过冬季不久，没事人不往街上跑，街面显得冷清。北城人说话与老瓢城人不一样，有着很强的"侉"音。可能是北城的居民，先前大多来自瓢城北边的移民。但北城人抱团，有什么事情，兄弟一起上。这是一个让瓢城人称道，又让瓢城人伤透脑筋的事情。所以，瓢城东城、南城、西城的人，很少与北城人来往。

一路上，沈宗宝想着一些事情。男人不能养家，靠着女人营生赚钱，实在有失体统，营生才是大事。"你就等着吧秦腊梅，我定会把生意做好，担起家庭的责任。"沈宗宝心中充满了一种力量，就像一股春天的气息，在胸中涌动。

路边的泥地里，冒出初生的野草与野蔷薇。河岸的柳树，长长的柳条有了隐隐的淡黄色新芽。堂弟家门口的桑枣树，依旧是光秃秃黑乎乎的，这是他们家的标志，在一溜边沿河的房子里很是好找。上次来弟弟家，已经是两年前的事情了。往日里，他与堂弟来往不多，堂弟喜欢买卖，他喜欢书画，不在一个频道。堂兄觉得堂弟铜臭味太重，堂弟觉得堂兄一股子酸气，但兄弟间的情感一直不错。弟兄几个中，就数堂弟最会做生意，这次跟了他做，一定会做好。沈宗宝抬头看往北城初春的天空，深深呼吸着好闻的春日河岸清香。蟒蛇河清晨的湿润空气，岸坡上的葱绿野草，落满露珠的野蔷薇花，垂挂着的杨柳，一幅水乡春日的美丽图景。

快到堂弟家的时候，他提前下车，付了车钱，快步向弟弟家走去。

见到堂兄来访，堂弟客气相迎，沏茶让座。"哥哥看你，还带了这么好的点心来。我也没有去看哥哥嫂子，惭愧了。"

堂兄道："平日里我也没有来看弟弟，一来就有事情，惭愧的应该是我。两个孩子了，你嫂子做摊档里小生意，非常辛苦，我得出来做事。先前你嫂子不同意，听说是跟着弟弟做，她就支持了。登瀛食铺的点心，就是你嫂子买的。"

堂弟心中有些犯难，对堂兄说："收旧塑料可是个脏活，哥哥一身讲究衣裳，再好好想想，我看不适合你做。"

"不用再想了，这个活没有什么风险，吃得了苦就行。弟弟能吃的苦，哥哥也一样能吃得。什么事情都有个开头，从简单的不需要什么投入的小本生意做起，然后再做其他，我与你嫂子一心想把一瓢水店铺做起来。"

看着堂兄，堂弟觉得他挺有远见，也很实在，就带着他一同去收旧塑料了。

"收旧塑料哦——"

"旧塑料收哦——"

堂弟堂兄轮流叫着。叫了以后都笑了。接着再叫，声音越叫越大。

"收旧塑料哦——"

"旧塑料收哦——"

沈宗宝与堂弟一路收着旧塑料，并不觉得苦累。回来之后，得到女人的款待，酒是必定有的，还有下酒的好菜。天热的时候，有凉菜；天冷的时候，必为其温酒，有两个荤菜。沈宗宝一日日将收旧塑料的活计认真地做着，与堂弟收了前街收后街，收了城里收乡下，心中为着一种期待所牵引。他一次次想到在瓢城西街盘下市口好的店铺，然后让秦腊梅做一瓢水。这样的憧憬已经隐约看到它的身影了，想想自己的女人，是个吃苦顾家的人，这么些年，是她支撑着家道。

瓢城塑料厂位于北城的蟒蛇河畔，常年收旧塑料。这家国营工厂是瓢城化工局的下属企业，效益好，福利高。想进塑料厂工作是件很难的事情，光是化工局同意还不行，还得找上面的头头。那年秋天，化工局局长的小舅子想进厂工作，局领导班子集体研究，塑料厂厂长书记都参加了，这样的一个阵仗，只是到码头上去做吊车工，依然不能平稳进厂，最后愣是一同安排了上面头头的一个亲戚做仓库保管。

塑料厂的河边有两台大吊车，比瓢城轮船公司的码头吊车还要高大。塑料厂出货、进货都在这个码头。与这码头吊车相匹配的，是塑料厂的一个船队，一式的钢质船。那样的年代里，一个非运输企业，拥有这样好的船队，是了不得的事情。每当钢质船队从瓢城轮船公司码头经过，专业弄船的公司员工都从船舱里探出头来张望。

"好家伙，都是钢质船。"一路目送着船队远去。

堂弟与堂兄将收来的旧塑料冲洗干净，租船送往瓢城塑料厂。一路向北，蟒蛇河两岸的风景尽收眼底，河中观景，独特、新鲜。河岸缓缓向后退去，远处瓢城电厂的烟囱矗立在天空里，慢慢地变大变高。到了电厂的河面时，烟囱都戳到天空里去了。瓢城没有这么高的建筑，天上云彩仿佛都在烟囱顶部飘着。在瓢城的任何高处向北望去，都可以看到瓢城电厂的烟囱。

瓢城电厂是省属企业，在蟒蛇河岸立着，是一种标志性存在。电厂周边高墙围着，还有岗亭，进入电厂是要检查的。不少画家把它当作高大神秘的存在做写生。瓢城的不少青年把进电厂看成是很荣耀的事情，据说只有电校毕业的学生才可能进厂。瓢城一位权贵的亲戚军队转业，找了省上的领导打招呼，才进厂做了保卫科干事。

与船一同经过电厂河面，前往北城塑料厂的情形，常在沈宗宝回忆里闪现，那是他与堂弟最为惬意的时刻。远远地看着塑料厂了，吊车上的一位向堂弟挥手，堂弟对沈宗宝说："他就是化工局局长的小舅子，现在是吊车班班长。"看得出来，堂弟与他关系不错。塑料是泡货，很快就吊上了岸。厂里过秤，到财务科拿钱，都是局长的小舅子一路跟着。堂弟要给小舅子回扣，小舅子说这可不行，朋友之间哪能这样，也不能给姐夫丢脸。

堂弟在塑料厂旁边的小饭店请他吃饭。局长小舅子挺仗义，将吊车班的人都叫来了。小饭店的菜都是家常菜，满满一桌也花不了多少钱，酒倒是喝的好酒——瓢城陈酿。局长小舅子对堂弟说："不要给他们喝这么好的酒，嘴喝刁了。"

堂弟说："不能够。菜差点没事，酒得好。"

小舅子对手下的人说："喝，放开喝，好酒。"

酒席散了之后，堂弟拿了两瓶瓢城陈酿给局长小舅子带回家，他愣是不要。

卖得的钱，除去成本花销，堂弟与沈宗宝一人一半。沈宗宝觉得不妥，提出四六分，他四，堂弟六。堂弟道："自家兄弟，我一分钱，你一分钱。就这样，以后不许再提。"

回到家里，沈宗宝告给秦腊梅他在塑料厂的见闻，说堂弟是个有"门路"的人，与他一起做生意是做对了。他给秦腊梅比画着化工厂河边大吊车的高大，说那是专门吊大型设备的，吊塑料就跟吊小鸡似的；他说堂弟在化工厂如入无人之境，路路通。

秦腊梅看着沈宗宝说："你多听他的准是没错。"

沈宗宝将得来的钱交给秦腊梅，秦腊梅心里很是高兴。沈宗宝对秦腊梅说："怎么样？钱说苦就苦到了。我慢慢地做，有了积攒之后就让你做一瓢水。"

"一瓢水。"秦腊梅重复着，抬头看向屋梁上挂着的一瓢水牌匾。

"一瓢水必须重新做起来。"沈宗宝抬头去看一瓢水老匾。

沈宗宝的钱，秦腊梅留一半给他，去喝酒抽烟看戏交朋友；一半攒着，以后开一瓢水店铺用。沈宗宝心想，女人是个会持家的人，对钱做了很恰当的分配。这是自己苦来的钱，用着舒坦，也就不客气了。沈宗宝花钱潇洒，一点也不小气。

与堂弟一起做生意的日子里，沈宗宝心情极为愉悦。他与堂弟走街串巷，如同寻宝一般。虽说是收旧塑料的买卖，愣是做出了长辈们收老物件的感觉，看着熟悉而陌生的市街街道，街边连接街巷的入口，是通向要收旧塑料人家的通道，他与堂弟一个挨着一个进去，又一个挨着一个出来。收旧塑料的生意做得风风火火，钱也渐渐多了起来，堂弟买了机动三轮车。这样，收货的速度加快了，可以跑得更远了，收的范围也更广了。

沈宗宝跟着堂弟去瓢城东城车管所上牌照，两人的脸上显着欢悦的神色。开着机动三轮车在大街上行驶，心情就像是瓢城五月的春天，一片勃勃生机。一个个瓢城景物向后移去，市街里的人也一个个地被甩在了后面。沈宗宝不停地回头看那人、那物，自己仿佛在瓢城市街里飘动起来了。到了东城车管所，办手续，上牌照，速度很快。堂弟与他开了上牌照的机动三轮车，在瓢城兜一圈。

有了机动三轮车，不但省了跑腿的辛苦，人也风光了许多。他们满瓢城跑，满村镇跑，叫卖声一浪高过一浪，生意越做越远。

40

生意中的沈宗宝与往日大不一样，有着别样的气韵，人也不像以前那般飘浮了。晚间，沈宗宝向秦腊梅说着对于形势发展的看法。自从做了生意以后，沈宗宝非常关心国家大事，特别是经济方面的形势，都有自己的一番见解。国家在深圳、珠海、汕头、厦门办经济特区，瓢城市街里也出现了一些不一样的景象，私营经济悄然发展起来，说得有板有眼。

看着沈宗宝，秦腊梅想，人得出去走走。一个整天在家吟诗作赋的人，做了正经的事情，而且做得挺好，到了"商海"也算是习了水游了泳，并没有什么不适应的地方。女人觉得沈宗宝做得不错，对于形势的分析更是头头是道，给了他鼓励与赞许。

"早点休息吧。"秦腊梅说。

"你也早点休息，明天都要起早。"沈宗宝道。

窗外的桂花树在夜间的微风中，轻轻地摇曳着，沈宗宝与秦腊梅进入梦乡。坝口小院的这户人家，正慢慢地朝着一个向好的方向发展。这么些年来，终于有了一个提升家庭经济的好光景。

一早醒来，吃了秦腊梅的荷包蛋早饭，径直往堂弟家去。沈宗宝不让弟弟接他，而是到弟弟家会合，然后一同出去。沈宗宝有了少有的好心情，一路哼唱着淮戏段子。堂弟喜欢听，两人便在一片淮戏声中，踏上收旧塑料的路途。

在一片向好的生意中，有着让人忧虑的事情。堂弟是个情感丰沛风流潇洒之人，典型的情种，一路走一路嫖。一开始，沈宗宝并没有过多地在意这种事情。跟着人家做事，秦腊梅反复交代，即便是堂弟做了什么，也是他个人的事情，不要多说。俗话说得好，劝赌不劝嫖，劝嫖两不交，自己也就一次次忍了。

沈宗宝把这一切看成是春天里的田野微风，吹一阵就过去了，好好把握自己就行。堂弟做这事情的时候，他坐在不远处的田埂上，看着乡间的如画风景。乡村的天空、河流、原野，一派原始景象。他在想秦腊梅，想自己的两个孩子。自己的女人秦腊梅是个少有的好女人，任劳任怨做着集市里的小本生意，从未有过怨言。现在自己做了生意，她是一个劲地鼓励，并提醒注意与人相处的分寸。

一阵风吹来，他看向堂弟走进的那户人家。

门开了。堂弟走出户外，向他走来。

他们谁也不说话，继续收货，仿佛是生意路上的小歇。堂弟的脸红扑扑的，沈宗宝的脸铁青，怎么也掩饰不了心中不快。堂弟知道沈宗宝心中有气，看着天空说："乡间空气真好，天空特别宽阔。"说着，瞄着堂兄。

沈宗宝不朝堂弟看，而是去看茫茫田野。他压住心中怒火，一句不说堂弟的不是。

堂弟笑了，没有笑出声来，他的心里清楚，沈宗宝其实已经震怒，只是不想说他，也真的难为他了。

一次次地，堂弟的行为堂兄实在看不下去了，不问高矮胖瘦年龄大小，只要能动手就动手，这般滥情，迟早会出事情。做哥哥的不能不提醒弟弟了。

"我们是来收塑料的，不是来播种的。生意刚刚有了起色，不要胡来。忍一忍，苦了大钱随你怎么弄，生意路上不能这样玩女人。"沈宗宝一脸严肃地对堂弟说。

堂弟笑道："宗宝啊，这你就不懂了，人生在世一辈子，不风流风流对不起自己。乡下的女人有她的好处，本分羞涩，半推半就跟你睡了。不像城里女人，涂脂抹粉，装腔作势。"

"正经的事情不做，干这等见不得人的勾当。"沈宗宝说着，并不朝堂弟看，"你说什么地方不能玩，偏要在做生意的路上玩，要遭晦气的。生意归生意，性情归性情，这是两种截然不同的东西，不能扯在一起。"堂兄苦口婆心地向堂弟阐明其中道理。

堂弟坐命桃花，风流成性，哪能听得进堂兄的劝诫。他说："这不是两样东西，是两个顶好的事情。一个'钱'字，一个'情'字。人生为钱为情，就是正经的事情。你放心，不会遭晦气的，更碍不了你赚钱。乡下女人也是寂寞，她们也想要。"

"昏话，胡话，越说越不像话了。"沈宗宝面有怒色，"乡下女人并不是你说的那样，她们淳朴、善良，有一颗清澈透明的心。你到乡下来这般撒野泼欢，天理不容。"

"没那么严重，我适当注意就是了。宗宝哥到底是饱读经书的人，说话挺有诗意。"堂弟软了下来。

机动三轮车行驶在乡间小路上，路边盛开着野花，路旁的小河里围着一段渔网，远处的田埂上有一对男女在行走。男的扛着锄头，女的拿着箩筐，沈宗宝寻思着大概是去刨红薯。机动三轮过去了，沈宗宝回头看着远去的男女，应该是一对夫妇。

不知道是近朱者赤近墨者黑的缘故，还是这等事情真的会传染，渐渐地，沈宗宝被堂弟的行为熏染了。仿佛也就在不知不觉间，乡下小媳妇渐渐进入他的视野，青涩娟秀，眼神身段，无一不是青青带绿如小树，清澈纯净若溪水。沈宗宝先是反感，后是在外面等着他们完事，再后来就跟着馋菩萨去遇臭猪头了。

看着紧张与慌乱中的沈宗宝，堂弟笑了，原来堂兄也是个性情中人，他反感这种事情是事实；他接纳这种事情，也是男儿的性情本色。堂弟对堂兄说："我佩服哥哥的眼力，要么不弄，一弄就是个羞涩柔嫩的小女人。"

沈宗宝看不惯堂弟的样子，可自己也是同道中人了，五十步笑一百步而已。他看着乡间田野，开始后悔起来。人本性或许就是下流，后天的教化，并不能完全抵御了原始冲动，他无法断定是什么原因使得自己与堂弟一样，做出苟且之事，这跟狗又有什么区别？

窗外，一只小狗在田埂上胡乱地奔跑。阳光照射，远处的水田里，泛着刺眼的光。沈宗宝觉得自己就是那胡乱奔跑的小狗，简直是斯文扫地。他站在那儿，半天说不出话。小女人呆呆地看着他，脸上露出委屈的神色。完事了，他去看一只乱跑的小狗不看我，什么意思啊？

沈宗宝将目光收回，苦涩地看着她。她的脸一片绯红，眼睛不停地眨着。沈宗宝下意识地掏出皮夹，要给她钱："你不要误解，我不知道怎样表达自己的心境，只是一点心意，就算是我在市街上给你买了好看的丝巾、发卡、面霜和香粉。"

小女人的脸迅疾沉下了，她说："谁稀罕你的钱了，你以为我与你相好，是为了这些？你真的是太小看人了。"小女人看着窗外，眼泪下来了。

沈宗宝说："我还会来看你的。"说完向门口走去。

小女人依依不舍地看着他离去的背影，然后将门关上。

沈宗宝心中的悔恨，一日日加深。他恨着自己没有把控住性情，一下子进入了泥沟里，头一阵阵发嗡。那个羞涩的微胖的手有些粗糙的乡间小女人，不停地在他眼前闪现。他回味着先前的一幕：小女人的身体不停地颤抖，一半是拒绝，一半是紧张中的呼应，刺激着他的大脑神经。当他快要飞升的时候，她将他紧紧抱住。

这时，一瓢水牌匾的幻影出现了，在空中飘荡着。他想到了那场大火，觉得自己现在就是在玩火，会烧了渐趋好转的运势。

田野里的稻草人，在风中摇曳着，像一个有着柔软身段的人在空中飞舞。天空中飞来了云雀，这种类似于麻雀的鸟儿，飞翔在瓢城周边的田间树林里。可能是里下河大平原的原野很像草原，抑或是它们从遥远的北方飞来南方越冬，喜欢上了这里的气候。云雀的族群，越来越大。

"感觉怎样？"堂弟问。

"不要再提此事，我很后悔，只当是阴雨的天气打了个寒战。"沈宗宝对堂弟说，"以后不要再做这种事情了，会遭雷打的。"

"事情都已经做了，还说这话，宗宝你虚伪了。我就不信你不喜欢那小女人，看得出来，她挺喜欢你的。得抓紧时间享受，路边的野花不采白不采。再者，你这样将人家丢在半道上，算是哪门子事情。"

"我一点也不感到享受，就觉得是在作孽。"沈宗宝对堂弟说，"怕是路边的野花采多了，被人家堵在村口田间的日子在后头呢。自作孽，不可活。"

堂弟不去看沈宗宝了，心想："你这不文不武的，何必呢？"

田野的风景宛如一幅自然风光的大画映入眼帘，沈宗宝紧锁眉头，他与堂弟一起做生意有了悔意，本以为堂弟心眼活人机灵，与他一起做生意准是没错。可在一起做了以后才发现，这是个天大的误会。堂弟生性堕落，言行极不检点，与平日里见到的弟弟判若两人。收塑料的活本就是个脏字，现在又弄出来一采花大盗，自己还跟着下水，就更是脏了。沈宗宝越想越气，越想越觉得荒唐，怎么有这么个堂弟的，与他一起去骗那淳朴的乡间女人。

远处传来拖拉机的声音，"突突突突"地向这边驶来。到了跟前看清楚了，是拉化肥的，上面坐着两个女的，戴着红头巾，一路交谈着。一个老汉牵着水牛在后面慢悠悠地走来，大牛后面跟着小牛。水牛昂着头，小牛低着脑袋，老汉背着手。路旁的小河里，散散地游着几只鸭子，它们扑腾着水面，溅起一片水花，然后向水下扎去……

一天，沈宗宝终于憋不住了，对堂弟说："这收塑料的生意我们就不做了，我觉得这生意没有太大的前景。"说完，去看乡间田野里的房舍，触目那房舍旁清澈流淌的河水。他想起了与乡间小女人在河边房舍中苟欢的情景，以及触碰她的湿漉的手的感觉。

堂弟看着沈宗宝说："生意不是做得挺好的嘛，有吃有喝有玩的，并没少赚钱。"

"你觉得好，那你就自己去做吧，我是不做了，它不适合我做，觉得挺难受的。"沈宗宝的态度非常坚决。

堂弟知道堂兄的心中所想，笑道："如果你真的不想做这生意了，我也不好勉强，不过你再好好想想，生意已经做上了路子，买了机动三轮，人并不算太辛苦，也就是赚多赚少的事情，不要以后后悔。"

沈宗宝道："是我要走的，我已经想好了，还是各奔东西的好。跟着你在一起做事，就是赚了钱也是往女人的裤裆里送。"他对堂弟说，"常在河边走哪能不湿鞋，多行不义必自毙，这是一种恶行，时间久了会毁了自己。你就好自为之吧，不要弄到最后伤及自己的身体与性命，哥哥不是在吓唬你。"

"知道了，你就不要再说这种难听的话了。"堂弟看着沈宗宝说，"人各有志，我们后会有期。"说完拍了拍沈宗宝的肩膀，哼起了小调。

这小调沈宗宝很是熟悉，多半是他睡了女人后哼唱的。每当这小调出现，沈宗宝心里就窝着一肚子火。今天堂弟哼唱，十分不自然，眼睛不停地看着堂兄。

沈宗宝皱了皱眉头道："后会有期。"嘴上这么说着，心里想着的是，谁跟你后会有期了！做生意从来不是这样的做法，我早把话撂在这儿了，被人家堵在田间场头打的日子在后头呢，丢了性命也未可知。

就这样，沈宗宝与堂弟作鸟兽散。

41

秦腊梅对于沈宗宝凛然断绝与堂弟的生意，非常惋惜，但心里还是高兴的，说明自己的男人是个正派人。沈宗宝满脸气愤的样子，使得秦腊梅心中升起一股敬意，在大是大非面前不含糊，这是极好的品质。不过这种敬意过后，渐渐地，秦腊梅为着惋惜的情绪所取代。她知道沈宗宝并不会做生意，空有一腔热情，堂弟是个生意经很强的人，跟着他做事不愁赚不到钱。一个好的机遇丢失了，一准他会后悔。

"品格比钱更重要，我再寻思着做其他的事情，不能这样自甘堕落，与他下去，也会变得昏糊，成为一个作风不正的人。我就不信，死了张屠夫，就吃带毛猪。"沈宗宝看出了秦腊梅的心思，为着自己的凛然举动辩护。

秦腊梅点头道："你是对的，我支持你。生意做起来了，人昏糊了，得不偿失，弄不好家还能散了。"心中惋惜随之淡了许多。

与堂弟合作的经历，使沈宗宝明白了一个道理，做生意合伙人很重要，情投意合，想法一致，还要品行端正。当然最好是一个人做事，省得许多麻烦。沈宗宝站在小院门前抽烟，烟雾在他的头顶缭绕，然后向四处散去。

抽完烟，沈宗宝对秦腊梅说："现在做一瓢水怎样？"

秦腊梅摇头道："还差得不少，一时半会儿做不起来。"

沈宗宝搓着手说："不急，总归会做起来。"

秦腊梅对沈宗宝说："你不是有些朋友路子很广吗，请他们喝酒吃饭，看看有什么门路。"

沈宗宝眼前一亮，他想到了一个人，这个人是他在一次小酒馆喝酒的时候认识的，是个诗人，笔名恺子，家住城南。他与诗人恺子可谓是一见如故。那天，沈宗宝在小酒馆里喝酒，一群朋友让他唱戏，一阵酝酿之后，他唱了起来。正在入戏时刻，诗人恺子进入酒馆，看到戏中宗宝，那是人戏一体，浑然天成，不禁眼前一亮。戏毕，恺子坐到沈宗宝对面。一番自我介绍后，彼此很快成了朋友。

沈宗宝喜欢古诗，恺子是现代诗人，使得沈宗宝开了眼界，原来诗是可以这样写的，的确比古诗词自由浪漫。古诗词平仄押韵对仗，就一古董。现代诗，根本没有这些禁锢。诗人恺子喜欢上了沈宗宝，他不但写诗，还喜欢戏曲，写了一些剧本，以为戏曲的对白就是诗歌。恺子看沈宗宝唱戏，沈宗宝听恺子吟诗，两人相见恨晚。

沈宗宝托诗人恺子找城南富商粟富贵，恺子一口答应了。诗人恺子与南门富商粟富贵是朋友，两家相距不远。商人最看重的是官员，但心中敬重的是文人。文人鄙视官员，却愿意与商人做朋友。恺子与粟富贵就是这样的朋友，又是近邻，还经常走动。粟富贵是瓢城最大的电机批发商，近来的电机生意特别红火，沈宗宝想跟上这个大势，做电机二手批发买卖，他认定这生意一定赚钱。

沈宗宝将这些告给秦腊梅，与她商量送粟富贵什么东西合适。

秦腊梅说："粟老板这样的人，什么也不缺，送东西不合适。礼轻了，人家看不上；礼重了，与自己的身份不符，人家也有压力。请粟老板去上好的馆子喝酒吃饭，酒菜要好，酒后再请他去好玩的地方转转。请他的人一定要与他过从甚密，这是关键。托朋友找门子，关键是对路子。路子找对了，事情就顺溜了，这叫事半功倍，一把钥匙开一把锁，玩耍的时候也放得开。人一开心，什么事情都是小事。"

沈宗宝惊讶地看着秦腊梅，生意与人情世故拎得清楚。

秦腊梅道："怎么，我说得不对吗？"

沈宗宝摇头道："太对了，真的看不出来啊。"

秦腊梅说："看不出来的事情多着呢。"

恺子能说会道，性格古怪，桀骜不驯，与沈宗宝的二爷爷沈均泽很熟。瓢城不大，文人圈子更小，在恺子眼里，沈均泽沈先生是真正的文人。

恺子约请粟富贵瓢城酒庄赴宴，粟富贵一口答应了。

瓢城酒庄，灯火通明，沈宗宝与诗人恺子静候来客。

粟富贵来了，大摇大摆地走进酒庄，恺子迎了上去。进门就听粟富贵对恺子说："你的朋友托什么事啊？何必到酒庄来，有事直接说话就是了。"

沈宗宝心头一热，朋友算是托对了，恺子与粟富贵关系果然不错。他搓着手，笑眯着眼，见过粟富贵粟老板，招呼客人入座。

不多一会儿，冷碟上桌，酒瓶开启，堂倌走菜，很快就酒气飘香了。桌面上，沈宗宝对粟富贵赔笑见礼，精心伺候，不停地给他斟酒添菜。

粟富贵喝着酒，吃着菜，指着沈宗宝问恺子："就是他吗？"

恺子说："就是他。他的二爷爷就是穿长衣的沈均泽老先生。"

"哦，大户人家的后生。"粟富贵放下筷子，后仰着看沈宗宝。

沈宗宝点头赔笑。

粟富贵道："瓢城沈家那可不是一般的人家，不但世代殷实，还是书香门第。你看那沈二先生，穿着长衣，越活越年轻了，绝对是文化人。"

"不，不，家道早已中落。而且文化人迂腐，空有着好身体与架子。痴过，浪得虚名。"沈宗宝连忙作答。

粟富贵一拍桌子，大声说道："好！兄弟，够味。做什么生意啊，金钱就是狗屎。"

沈宗宝吓得直哆嗦。"不好，这下可能要坏事，一定是碰到他的哪个机关了。"他想，碰到了什么不好的机关，事情就要散架，就会泡汤，就得完事，这是最为浅显的道理。他恨着自己，这个时候说这些干什么，实在是言多必失了。他也恨着朋友恺子，这个节骨眼上，你提那迂腐的老朽干吗，都落了西山的太阳了，怎么说也是往黑里去了。

恺子笑了，拍着沈宗宝的肩膀说："兄弟放心，有戏。有粟老板给你罩着，准有你发财的机会。"

沈宗宝看着恺子，然后看着粟富贵，不知何意。

"你做过生意吗？"粟富贵问。

"不久前与堂弟做过收旧塑料的生意，现在不做了。"沈宗宝答。

"还做过其他什么？"

"没有。"

"家里是做什么的？"

"家里在西城教堂集市做小本生意。"沈宗宝说，"不过以前做过一瓢水店铺，后来一场大火烧了。"

"西城一瓢水吗？"

"是的。"

粟富贵站了起来，对沈宗宝说："你在西城开个门市，我保你一年发财。"

简直不敢相信自己的耳朵，沈宗宝转头去看朋友恺子。

恺子道："怎么样？我说有粟老板给你罩着吧。"

沈宗宝赶忙起身向粟老板道谢："谢了！感激不尽！"不停地打躬作揖，眼泪就在眼眶里转着。

"别别，我看不得男人落泪。"粟富贵说。

沈宗宝强忍着内心的激动，向粟富贵敬酒。粟富贵让他坐下喝酒，沈宗宝死活不肯，对粟富贵说："不能够，这酒我得站着请。"弯着腰，把酒来敬粟富贵。

粟富贵道："不必多礼，瓢城沈家前辈值得敬重，这个忙，我一定帮你。"

沈宗宝依然弯着腰："前辈是前辈，我是我，不能依仗他们说事。"

少顷，恺子站了起来，端起酒盅对粟富贵说："我与沈兄一同请粟老板。"

"好，好，好。"粟富贵笑道，然后起身满饮一盅。

真是让人高兴啊，瞬间就成就了大事。沈宗宝一遍遍地敬酒，也不能表达了心中快意，他敬了粟富贵，敬恺子；敬了恺子，敬粟富贵。酒足饭饱之后，沈宗宝结了酒账，请粟富贵、恺子二人去瓢城浴室泡澡。

瓢城浴室在西城牌楼旁，很有名气。与其他的澡堂子不同，它有三个浴池，池子里的水温，有专人调节，适宜于不同人群的需求。孩子们喜欢从这个池子跑到那个池子，俨然是一种光腚的游戏。当孩子进入高温水池时，一个个蜷缩着身子从池子里跳出，赶紧地将身体泡进低温水池里。

澡堂里的服务应有尽有，搓背、修脚、按摩、刮痧、拔火罐。客人们躺着，茶、水果、点心不停地供应，热毛巾一个接一个递着，都是那种上好的毛茸茸的洁白巾子。还有一种服务其他的澡堂根本没有，就是中医坐诊。没听说过澡堂子里中医坐诊，瓢城浴室有，而且是请了瓢城的名医来坐诊，这成了瓢城浴室老字号的特色，已经有几十年了。

沈宗宝要了全套服务，粟富贵非常开心，让沈宗宝第二天去找他谈事。三人出了澡堂，满面红光，一身热气。沈宗宝不停地给粟富贵打躬作揖，恺子陪同粟富贵一起走了。临走前，对沈宗宝说："我陪粟老板先走，别忘了明天一早去找粟老板。"

沈宗宝频频点头，腰都已经弯下去九十度了。

回到家里，秦腊梅正坐在堂屋里等他回来。"你怎么还没有睡啊？明天一早还要去集市呢，这样傻等我干什么。"沈宗宝对秦腊梅说。

秦腊梅道："不放心你，睡不着。看到你回来的样子，应该是情况不错。"

"不错，不错。"沈宗宝绘声绘色地描述了与粟富贵在瓢城酒庄喝酒吃饭的情形，他与粟富贵的对话那是个精彩，诗人恺子恰到好处地起到润滑作用，一步步地朝着期望的方向去了。粟富贵一个"你在西城开个门市，我保你一年发财"，就把事情给落下了。他对秦腊梅说，"喝酒以后，我请他们去瓢城浴室，要了全套服务，粟富贵这样的人也感到受用，哼哼唧唧的，好不快活。出了浴室，他大手一挥，让我明天去找他。爽快，粟老板真的是个爽快人。"

秦腊梅笑了。

沈宗宝道："你提醒得好啊，诗人恺子，与粟富贵不是一般的交情，真是一把钥匙开一把锁。"他觉得还不过瘾，对秦腊梅说，"平日里觉得恺子这样的人特别古怪，百无一用，就是一诗疯子，没想到他有这么大的面子。"

秦腊梅说："早点休息吧，应该没有问题了。"

激情未消的沈宗宝，看着秦腊梅道："你先睡吧，我去院子里抽会儿烟。"

"你也不要睡得太晚，会失眠的。"

相托朋友，谋做产品代销，沈宗宝在西城开了电机门市，做起了他人生的第二个生意。这次生意是自己看中的，又是一个人在做，没有干扰，一定可以做好。沈宗宝在西城租房开店，放了八百响的鞭炮，开张营业。门店开业那天，秦腊梅一同去了西城门店。看到热闹的场景，秦腊梅高兴不已，断言沈宗宝的生意一定会做好。

她对沈宗宝说："好生意，好好做，我去集市了。"

沈宗宝说："一定会做好，你去忙自己的事吧。还是那话，赚了钱让你开一瓢水店铺。"

秦腊梅对他笑着。

电机生意一下子就有了起色，这是个已经走熟的市场，又有粟富贵一手批发货源，岂有不火的道理。沈宗宝忙上忙下，忙里忙外，也忙不过来这热气腾腾的买卖。忙碌的沈宗宝，嘴里哼着戏曲，那种惬意从未有过。生意原来并没有那么艰难，路子对了，很快就蓬旺起来。他庆幸自己及时终止了与堂弟的生意，做起了电机买卖，这样资金积累更快。

诗人恺子来看他，沈宗宝道："太感激你了，大恩不言谢！容我有情后补。不过你朋友粟富贵，那是个爽快之人。"

"你知道那天什么话对他的路子吗？"

"什么话？"

"文化人迂腐。粟富贵小学没有毕业，算账挣钱猴精，其他什么都不懂。"恺子接着说，"还有一瓢水店铺给你长了脸，他的爷爷在上海做过生意。"

沈宗宝对恺子说："是吗？没想到逝去岁月里的老店一瓢水，勾起了粟老板对先辈往事的回望，拉近了彼此距离。真的谢谢你了，恺子。"他接着对恺子说，"不过，现在赚大钱的有几个文化人？做生意的人其他不需要懂什么。"

"现在是初放阶段，一切还是粗放的经营，将来一定会有所改变。"

"还将来有所改变呢，先弄好现在再说吧。我看你就是迂腐的一个，空有一张嘴皮子，放着那么好的人脉不用。"这话沈宗宝在心里说着，他知道说出来会伤到他的朋友诗人恺子，人家诚心帮你，你还说人家的不是，这样做人不地道。

人各有志，各人有各人的活法与处世之道。

42

瓢城西城是商铺云集之地，各色买卖不断地推高这里的人气。一个地方，一种气候，会越来越蓬旺起来。瓢城西城，自古以来就是商埠之地，有着浓郁的商业气息。沈宗宝在西城电机门市忙碌着，他的身影不停地闪现。电机小宗批发，快进快出，生意做得风生水起，进货，出货，送货，一步跟着一步，后来人家干脆就自己上门来提货了。一个良好开端，就有了可以预期的未来，洋溢着一幅幅如画景象。"我是瓢城沈氏后人，不一样就是不一样吧。"沈宗宝的心里甜滋滋的。俗话说得好，不是不发，时候未到；时候一到，必然大发。他怎么也掩饰不住自己的内心激动，毫不吝啬地表达着心中的欢悦。

做着电机买卖，他没有忘记对形势的关心与判断，一切都在眉眼情绪间，折射出种种超前信息。沈宗宝在官方的宣传中，注意到了一个提法：对个体经济进行任何歧视、乱加干涉或者采取消极态度，都是不利于社会主义经济发展的，都是错误的。他看着瓢城西街，抹了一把自己的脸，坐下来抽烟，抽得很是夸张。

沈宗宝有些得意，提前做了个体经济。他想到了秦腊梅，你就不要再去做集市里的小买卖了，能赚几个钱？我来养你。赚了钱的沈宗宝，首先想到的是养自己的女人，可见是个不错的男人。当然，他的这种想法也有着其他的意思，就是让秦腊梅回家休息，给他再生个儿子出来。生意上了路子，经济也不错了，有了儿子，再将院子里的房子翻盖成小楼，这就是真正的成功了。

他将这些想法告给女人秦腊梅，秦腊梅说："生意刚有起色，你是仰仗了粟富贵老板的相助，不要过早地嘚瑟，一定得稳住，饭得一口一口吃，一下子吃太多了，伤食。内心的想法也不要太多，更不要放在脸上。一切显在脸上，会招来他人的嫉妒甚至惦记。"她对沈宗宝说，"电机生意不比集市里的买卖，生活里什么时候都需要，电机生意一旦走了下市，不能吃不能舞的。你要以丰补歉，积攒了资金做一瓢水，才是个长久的买卖。"至于再生孩子的事情，秦腊梅并没有接他的茬儿。

沈宗宝看着秦腊梅说："你想得比我周全，有钱了择一良辰吉日，挂牌营业，把一瓢水店铺做起来。"他看着秦腊梅说，"我是看你太辛苦了，想让你多休息。"

看着沈宗宝的样子，秦腊梅觉得自己的男人有了"格局"，不枉沈家后生，对沈宗宝说："我做惯了集市里的小买卖，并没有觉得苦累。你以前在家里吟诗作赋，我在外面有一种特别的感觉，自己的男人是个有文化的人。现在你出来做事，一下子就做上了路子。记得答谢人家恺子的人情，没事常在一起聚聚，喝喝酒，唱唱戏，泡泡澡，吟诗作赋，那是你的强项。"

沈宗宝从没有听过秦腊梅这样夸赞自己，心里很是受用。一炮打响了生意，你说是何等的感觉？欣喜若狂了呢，真的有点受不了。想着想着，嘴里念了起来："哐唉，哐唉，哐唉……"一抬手，一投足，眼睛不停地转着，然后大声唱了起来："春风得意马蹄疾，一日看尽长安花……"唱得飘然得意，每个动作，每句唱词，每个造型都流露出怡悦俊逸的神情。"忽如一夜春风来，千树万树梨花开……"

这一切都看在对面一家店铺的主人眼里，他歪斜着脑袋倚门伫立，望着沈宗宝的动情表演。男人的心里有着说不出的滋味，同是生意中人，自己的买卖做了好多年，没有人家刚开业的好，才开门几天，就这样红火，还唱了起来。看着对面一个嘚瑟的样子，好生让人嫉妒。

女人从店铺里出来，见自己男人斜倚在门框上。随着他的视线望去，对面的一位正尽情地唱着，一声高过一声。她站立不动，目不转睛地看着对面的情形。女人看得入神，真是一个飘逸潇洒的男人。自己的男人转头朝她瞅了一眼，这才觉得自己走神了。她收敛起目光，转身到店里面去了，可还是情不自禁地回头看了一眼对面的男人，嘴里轻声细语着什么。

沈宗宝门市对面的一家做着小五金生意，是从江南来的商客。男人生得黑乎乎的一张脸，小眼睛，瘦小身材，看上去有一种猥琐的感觉。女人却是少有的如花似玉。来买小五金的人，总要拿她说上几句荤话，不计生冷嘴德。男人也不恼，依然笑脸迎客。生意讲究的是和气生财八方进宝。自己的女人生得漂亮，人家说几句就说几句，又不是瓷的瓦的，碰坏不了。

五金店门口，不停地有男人进出。一个个精神饱满，一脸悦色。走进店铺时，滋溜小跑。女人说："来了？"客人应着："来了。"说着，就到了跟前；出店时，一步一回头，不停地与女人打着招呼，脚就像是被什么粘住了似的。女人笑道："有空再来。"客人应着："来的，来的，一定来的。"头还朝里面看着。

小女人三十岁不到，生得眉清目秀，桃花玉面，冰肌玉骨，皮肤白皙得跟精粉发面似的，光滑、细嫩。那身段可谓是多之一分多也，少之一分少也，并非是丰乳肥臀，却是恰到好处。性感，带有一丝优雅与庄重。

小小的店铺里，有着这样一个尤物，难怪那么多男客进进出出。她的男人又黑又矮，心思全然在买卖的一面，来的人也就有了恣肆。沈宗宝唱着唱着就把目光送到对面，他不敢相信自己的眼睛，这个女人，简直就是画中人物，通灵断魂，神咒缠绕，他的魂魄已经在小五金店里徘徊了。

倚门而立的黑脸，招呼着对面的男人，请他过来吃饭。"老哥歇会儿，过来喝一盅。"他对沈宗宝叫道。

沈宗宝放下手中的活，嘴上还没有来得及说完客套的话，人就已经到了小五金店里。

看到沈宗宝来了，女人偷偷地笑。

他与黑脸喝酒，小女人不停地添菜。气氛很是融洽，那真是主人客气，客人心悦，其乐融融，一团和气，跟一家人似的。

吃着喝着，沈宗宝看着一对男女，一白一黑，一美一丑，怎么也不能理解眼前的一对是一个正常组建的家庭。难不成这黑脸有什么超长本领？他琢磨着，这里面定有不平常的故事，或者有什么妙手文章。

黑脸边吃边说："电机生意近来特别红火，先生好财运。"眼睛却并不去看他。

"电机生意是好，你们小五金生意好像也不错，人进进出出地不断。"沈宗宝走出自己的思绪，眼睛依旧盯着小女人。

"好是好，就是太慢。而且是零打碎敲，不像电机生意，一笔像一笔。"

"慢就慢点，稳定就好，积少成多。"沈宗宝举杯与黑脸喝酒。

"稳定有什么用，房租、水电、税费、应酬、开销，一样少不了，赚不得几个钱了。"黑脸举杯应着。

女人又来添菜，黑脸对女人说："你不要再忙了，坐下来陪沈哥吃饭。"

女人坐下，低头不语，不敢正眼瞧沈宗宝。

平日里，女人整日面对的是又黑又矮有着阴森气息的男人。现在沈宗宝就在眼前，她所看到的是一张清秀和煦的面容。怎么看怎么舒坦，越看越兴味，越看越往心里钻了。但她不敢去看，在黑脸面前更是不能直视端详。

沈宗宝看着黑脸说："老弟好福气，娶了这么漂亮的女人。"

"哪有什么福气，她跟着我没有过上好日子。走南闯北，生意一直没有起色，没有先生的好财运。"转而对女人说，"来，你陪沈哥喝一个。"

女人站了起来，端起酒杯。

沈宗宝也站了起来，端起酒杯。

女人说："我请沈哥喝一杯。"

沈宗宝说："喝，喝。"

他们就把酒喝了。

喝完酒，沈宗宝坐下。小女人依然站着，抹了抹嘴对沈宗宝说："我先生说的意思是小五金生意不好做。"

"那我们就一起做电机生意怎样？有我沈宗宝的，就有你们夫妻俩的。"沈宗宝道。

黑脸说："此话当真？"

"君子一言，驷马难追。"

"好，给沈哥满上，我们再喝一个。"黑脸吩咐女人。

小女人添酒，低头不语。

沈宗宝与黑脸端酒，一饮而尽。

沈宗宝盯着小女人看，丝毫没有掩饰的意思。他喜欢这小女人，真的是太喜欢了。自从认识了她之后，就像是着了魔似的。脱口而出的"一起做电机生意"，就是最好的诠释。他也想到了很多问题，甚至想到了堂弟的行为，但他坚定地认为，他的这种情感与堂弟的那种滥情截然不同。

黑脸看在眼里，没有一点反感的表示，却是笑嘻嘻地问沈宗宝："那我们就一起做了？"

沈宗宝点头道："一起做了，不分你我，一家人。"说着，眼睛依旧在小女人身上。

黑脸道："没事过来喝酒吃饭，让她做给我们吃。"举杯对沈宗宝说，"来，我们再干一个。"

沈宗宝没有干，他让小女人拿来两只空碗，将瓶子里的酒全部倒上："要干就干个痛快，用碗。"

黑脸看着沈宗宝说："用碗。"

他们把酒全干了。

小女人看了看沈宗宝，又看了看自己的男人，起身进里屋去了。

43

就在沈宗宝思考自己的行为是否草率的时候，瓢城市街里出现了一道亮丽的风景线。粟富贵从上海买回来一辆轿车，德国产桑塔纳。那个瓢城的秋日午后，粟富贵坐在轿车后排，开着车窗，在市街中缓缓行进，路边店铺放着香港电视连续剧《霍元甲》主题曲《万里长城永不倒》。沈宗宝看到了这样的情形，粟富贵也看到了他，并与他打招呼。这样的一个情形，使得沈宗宝以为帮人是一种美德。

近来的一段时间里，在出门之前，沈宗宝总要捯饬一下自己，头梳得油光闪亮，衣服穿戴整齐。秦腊梅心里也是高兴，自己的男人终于做成了生意，希望他穿得体面一些。沈宗宝原本就是个标致男人，有文化，现在又做了像样的生意，哪能不注意形象呢。女人的心里高兴着，觉得自己的苦要到头了，等着换来甜了。

捯饬好了的沈宗宝与秦腊梅打过招呼，出门向西城走去。看着沈宗宝离去的背影，秦腊梅心里一阵高兴。想不到自己男人有文化，人标致，生意也做得风生水起。

瓢城西城，小五金店改成了电机店。沈宗宝与黑脸不停地将电机往这边搬，小女人站立一旁看着，头不停地来回摇晃。阳光下的小女人，白皙的脸细嫩的手丰满的身段，脸上挂着微笑。沈宗宝心想，你就这样不停地摇吧，总有一天与我摇到一起去，摇成一个人儿。一种新鲜的情愫在他的胸中激荡，周边的空气也被撩拨得升腾起来，他一边搬着电机，一边瞄着小女人。小女人含情脉脉，婀娜身姿、艳丽面庞，摇晃了他的心绪。沈宗宝激情飞扬起来，满眼是漂亮小女人。冰肌玉骨的女人，宛如一根丝线，牵动着他的眼神，一种情感默契在其中悄然荡漾。他们仿佛是老相识了，那种多年不见的老朋友，现在终于见面了。

黑脸在一旁吭哧吭哧地做活，将电机一个个摆放整齐，无心旁顾沈宗宝与自己女人的眉目传情。小女人进屋去了，准备着中饭。一家人了，两个店铺也融合成一个店铺了，沈宗宝的饭菜也就一起下锅了。小女人做着饭，不停地出来看一眼沈宗宝，她控制不住。沈宗宝向她抛去媚眼，小女人偷偷地笑着，然后进店做饭。

沈宗宝与黑脸的女人很快就好上了，这似乎是顺理成章的事情。沈宗宝扛不住小女人的动人美丽；小女人也顶不了沈宗宝的风流倜傥与生意分享，真是个大气潇洒的美男子，她的心已经倾属于他了。哪个男人不钟情，哪个女人不怀春？干柴烈火，没有什么好与不好，关键是否动了真情，酥痒飘荡飞升浮动，万物皆兵不可阻挡。

私下里，沈宗宝见到小女人，就情不自禁地吟唱："蛾儿雪柳黄金缕，笑语盈盈暗香去……我欲与君相知，长命无绝衰。山无陵……天地合……"他与小女人的情感，在一个个充满清新的诗意里滋长着。小女人一脸深情地看着沈宗宝，看呆了眼，没见过这样的男人，做着那样的事情，依然是诗情画意，佳句不断。眼前的沈宗宝俊朗洒脱，斯文儒雅，出口成章，遂了心愿。这么多年的内心空洞，一下子被这个风流倜傥的男人给填满了。小女人的脸红扑扑的，与平日里煞白的面孔形成鲜明对比。

沈宗宝说："缘分，我也是欢喜。"

"何止是喜欢，真的要了我的命了。"小女人道。

沈宗宝将小女人搂在怀里，猛然将她抱起摔到床上。

小女人咯咯地笑着，无法理解一个文绉绉的斯文之人，同样有着放浪不羁的狂野，恨不能掀翻了她的整个身体。可心之处，不言而喻。正是来自这种儒雅狂乱的言辞举止，小女人的心完全地敞开了，任由着男人恣肆，两个人儿像磁铁一样紧紧地吸在一起，掰都掰不开了。

两人好上之后，小女人不让沈宗宝往自家店里跑，怕引起黑脸的醋性发作。她偷偷往沈宗宝店里去，一步一回头，像一只缓慢行走的白鹅。可无论小女人做得怎么隐蔽，一切都看在黑脸眼里，自己女人那种抑制不住的激情，一览无余。但他视而不见，三天两头请沈宗宝过来喝酒吃饭，他有自己的观察与思考。

沈宗宝内心的激动难以言表，沉浸在前所未有的兴奋之中。他满面红光，走路带跑，眼睛死死盯着小女人不放。他也提醒自己，在黑脸面前要有所掩饰，然而就是控制不住。

刚一坐下，黑脸对沈宗宝说："干一个。"

沈宗宝赶紧地转过头来，举杯说："干一个。"

女人不停地添酒加菜。

日子就这样一天天过着。沈宗宝无时无刻不在回味与小女人在一起的欢悦，已然成为无法抹去的心中记忆。这种记忆有瘾，就像是循环播放的录像片，在他眼前不停地闪现。小女人与自家女人的不同是，在那销魂时刻，小女人睁着眼睛看他，看得他心酥绵软激越亢奋。自家女人是闭着眼睛哼哼，像是在完成一个任务，完事后就急着去做活。小女人给他带来的不一样感觉，还来自彼此相处的轻松感觉，缠绵柔情，以及她眉眼间的风韵与满脸的桃花红晕。

为了躲避黑脸注视的目光，沈宗宝乘着小女人外出买菜的当口，在外面与她私会。他们已经是形影不离了，一刻时间也不能耽搁。与沈宗宝在一起，小女人常常与他谈起一些有趣的事情，比如故乡江南山间的翠竹；客人们来店里买货与她说的荤话；还有黑脸腰间的胎记。

说实话，沈宗宝也并非是那种得了女人脑袋全无的昏聩之辈，他知道不可能与小女人走过长久岁月。黑脸横在中间，小女人激情背后的真实意图，也谜一般地存在着，牵动着他的另一根神经。黑脸男人一副不闻不问的样子，总给他带来不踏实之感。

小女人对沈宗宝说："我与黑脸并没有什么心里话可说，他是个阴森小人，我就是想和你在一起。你放心，我并不怕他，我有为自己争取自由的权利。"小女人大气不怕的样子，使得沈宗宝感到自己的懦弱，得有点男人气概才是。然而一次次销魂之后，黑脸总是在他的眼前浮现。沈宗宝心想，占了他的女人，哪能如此轻松豁达？他在欢悦与惆怅中徘徊，心中忧虑一日日加深。

西城市街上人来人往，一派繁忙景象。小女人看着窗外的景致，用江南的软语学着瓢城的话对沈宗宝说："你千万不要有心理负担的，我男人看中的是你的电机生意，我看中的是你的人。你一定要好好地照顾到家庭，钱要往家里去的，有老婆孩子，过日子要紧。我那黑脸男人眼睛里只有钱的，有了钱他就没有自己的女人了，我知道他的德行。"

沈宗宝看着她不语，不知道如何作答小女人的话。

小女人理了理沈宗宝的头发道："如果你觉得我们在一起不好，或者有了什么心理负担，我也不会黏着你的。都是有了家庭的人，你又是本乡本土的体面人。你帮了我男人，又这样用心地对我。大不了再回到那人身边，做小五金的买卖过活。"

沈宗宝的心头一热，对小女人说："我不是这个意思，我们一直好就是了。"沈宗宝心中的顾虑化解在了小女人柔情似水的话语里。小女人紧紧抱着沈宗宝道："我的好男人哎，你的心里哪里舍得丢我，但你也不能完全放手让他去做啊。你看他成天笑眯眯的样子，都是些假象，他的心比蝎子还毒，得提防着他才是。"小女人的话，无一不是朝着他的心里说着。

看着小女人，沈宗宝一度哽咽，说不出话来。

小女人接着道："如果你真的丢了我，我就是这个世界上最苦命的女人了。"她的娇滴柔润、善解人意，一次次感动着沈宗宝。那黑脸又黑又矮，猥琐恶心，我沈宗宝是什么？堂堂的一表人才，大气纨绔，高低相差显而易见。

沈宗宝不停地亲着小女人。

"嗲了，真的嗲了，他个浑蛋一天到晚就是钱，哪天像这样疼过我的？"小女人的身体不停地抖动，很快就到了急速痉挛的程度。她对沈宗宝说，"我一次次地领略了你的情意，拥有一种畅然的心境，俊雅飘逸。如果不能与你一起，毋宁死。"

"不能够。"沈宗宝看着小女人，虽有着天仙般的美貌，说是倾城也不为过，可如此雅态怎可有得？

小女人笑道："我说的这些都是你在快活时蹦跶出来的，亲热时你还说着情话，真让人受不了，我特别喜欢这一点。"

沈宗宝大笑，笑得床都晃动了起来。

小女人让沈宗宝为她唱一段，她喜欢听沈宗宝唱戏。

沈宗宝呷了口茶，润了润嗓子，张着嘴，眼睛不停地转着，做些唱前的准备。

沈宗宝放下茶杯，一摆手，一扭头，念着"哐哧，哐哧，哐哧，哐哧……"的鼓点声响。和着这声音，他在床边碎步走圈，然后"啊——"的一声唱了起来……

看着戏中的沈宗宝，小女人如痴如醉，如此风流倜傥之人，对她尽心存意，想想这些年自己的生活，算是白过了。

听完一段折子戏，小女人抱住沈宗宝不放，真的是眼波销魂了。

沈宗宝掰开小女人的手道："你的身体有一种清香，你用了女人的面霜与香粉吗，还是你的身体散发出的香味？"

"我从不用面霜香粉的，那些东西费事，而且他也看不得我花枝招展的样子。可能是我们那儿的人常喝青竹里的水吧，所以身体里就带有了这样的味道。我们自己是不觉得的，外人一下子就能闻出来了。时间长了，大概你就闻不到了。"

"闻到。闻到。"沈宗宝抱着小女人，鼻子不停地嗅着。

小女人扭动着身体，发出咯咯的笑声。

44

秦腊梅从集市回来，沈宗宝躺在床上，外面摇曳的桂花树影忽闪忽闪地照进屋里。听到秦腊梅走进小院的声音，沈宗宝起身走出院门，向西城走去。看着匆匆离去的沈宗宝，秦腊梅嘀咕道："怎么神神道道的，近来像变了个人似的。见到我回来，就忙着出去，就是生意做得好，也不至于如此骄傲，家里女人也不见了。"

沈宗宝怕见秦腊梅，心里有事，小女人已然横跨在他与秦腊梅之间。不仅如此，他越发地感到电机生意的处理，过于草率，怕是要出麻烦。秦腊梅感觉到了男人的心中不安，难不成生意上遇到了困难？她担心着沈宗宝。

沈宗宝与小女人又见面了，这次见面，小女人对他说了自己的身世。

她与黑脸是同一个村子的人，那儿生长着翠竹，漫山遍野一眼望不到边。村里人将竹子砍下，做成各式竹器，大到睡床桌椅，小到笔筒竹筷。初春的江南山村，烟雾缭绕，雾气笼罩着群山，一片片茂密的竹林间，朦胧一片。近处的竹林弥漫着清冷的空气，光线暗淡，泥土潮湿。十七岁的江南姑娘，在山间竹林里采笋，眼睛不停地盯着地面，寻找破土的竹笋。姑娘起得早，竹林里还没有人，她要乘着这样的空隙多采一些。

山间竹子到处生长，密密麻麻地往外蹿，春天发笋的时候，怎么采它都有新笋冒出。姑娘已经采了不少的春笋了，心里非常高兴。采回竹笋，可以做成鲜笋泡在水里，可以晒干制成笋干，也可以用盐腌了放在坛子里。与豆腐烧，与肉烧，与鱼烧，与鸡鸭鹅烧，奇鲜无比。还可以与蚕豆烧汤，口味独特。

忽地，姑娘觉得背后有人。回头去看，没有看到什么。姑娘四处张望了一会儿，继续采笋。觉得背后还是有人，回头再看，没有看到什么。如此反复几回，都是同样的情形。姑娘有些怕了，她多想这时有人来采笋，与她一同面对这个阴冷潮湿的使人惊恐的江南山村早晨。

一阵雾气扑面而来，已经看不清景物。背后那个并不能看见的影子，就像幽灵一样缠绕在她的心里。她恨着自己的贪心，一次比一次早，生怕被别人采了去。就在她极度恐惧的时候，雾气之中，出现了一个人，黑脸汉子，正咧着嘴对她笑。

黑脸比她大好多岁，是村里有名的浪荡公子。家里有个酒窖，做着酿酒的行当。不远处的镇上有他们家酿的酒卖，生意很好。他们家几代人都做这生意，是远近闻名的酿酒大户。黑脸不用心去做自家祖传的营生，成天游手好闲，好逸恶劳，名声不好。去年春上，他坏了邻村的一个姑娘，家里花了大钱摆平了此事。不知什么时候又盯上本村的姑娘了，黑脸走到姑娘跟前，笑眯眯地说："这么早来采笋啊。"看到黑脸，姑娘恐惧之中有了一丝高兴。毕竟是同一个村子的人，总比不认识的好，她对黑脸说："早一些来，可以多采点春笋。妈妈腿不好，家里也就靠着我了。"

黑脸帮姑娘一起采笋，姑娘有些感动，觉得他并非村里人说的那样，是个十恶不赦之人。可很快，姑娘就从对方的眼神里看到了来者不善。黑脸一边采笋，一边抬头看她，眼神很是猥琐。姑娘竭力躲避着他的眼神，思忖着怎样离开。他朝她身上靠，说着就伸手来抱她。

"你给我走开，你是坏人。"姑娘叫着，拼命地奔跑。黑脸在后面急速追赶，一把将她抓住，抱起，向林子深处走去。姑娘拼命挣扎，用拳头打他的脸。黑脸道："已经跟踪你一个多月了，今天就是犯了天规也要了你。"

姑娘破了身子，谜一样的贞洁丢失了。

竹林里传来鸟鸣的声音，非常清脆。天光从竹间照射下来，一条条白色光带，雾气在光带中缭绕。高大的竹子一根根伸向天空，那般的刚劲有力。下面的黑土是松软的，一阵阵散发出长满青草的泥土清香。姑娘躺着，一切就像是场梦幻，她将头埋在地里，痛苦地呜咽起来。

天已大亮，早晨采笋人的脚步声一阵紧似一阵。

竹蔸歪，笋在边；
旧泥洞，笋下埋。
竹节短，离地浅；

竹节长，笋深藏。

当年竹，笋靠旁；

遇青鞭，笋两边。

一根枝，是公竹；

竹笋少，跳过找。

两根枝，是母竹；

竹笋多，用力刨。

　　远处传来采笋的歌谣，黑脸早已不见踪影。姑娘整了整自己的衣服，脸上挂着泪水，继续采笋。

　　太阳升上天空，从山上下来的姑娘，一路缓慢地回到家里。平日里山雀一般的姑娘，低头夹着腿走路，步履蹒跚，一脸黑气，一头扎进自己的房间呜咽起来。残疾的母亲知道一定出了什么大事，一再追问女儿到底什么情况，女儿哭诉着自己被玷污的遭遇。

　　母亲一头昏死在地，半天才醒。

　　母亲不依不饶，死活不肯接受任何可以使黑脸逃脱的劝和，定要惩罚了这个伤天害理的畜生。

　　村里人对这个畜生义愤填膺，这才出事多长时间，又来坏本村姑娘的贞洁了，简直就是一大祸害，天理难容。

　　苦命的母亲在那年夏天去山里采药，不慎跌落山下，摔断了腿。得病的父亲去镇上抓药，回来的路上被疯狗咬了。没有及时医治，悲惨死去。现在，女儿遭此劫难，母亲岂能容他。

　　黑脸家请出村里最年长的老辈来做工作，并一切由长老做主。

　　长老来找母亲，说乡里乡亲的，事情已经发生了，再往前走一步就难看了，结了怨，丢了钱，坏了各自的名声。但黄花闺女给坏了，也不能就这样草草给钱了事，得有个长久的说法。长老两边说和，最后断下：先给一笔钱赔偿，来年开春黑脸娶姑娘做媳妇，姑娘家的母亲由黑脸家赡养。白纸黑字，双方画押，他做见证。

　　姑娘怎么也不从，身子被他坏了，还要跟了他过。母亲看着姑娘，姑娘看着残疾的母亲，两个人哭成了泪人儿。

黑脸天生就是个油混，家里经济殷实，坐牢出来照样逍遥自在。看看残疾的母亲，自己已被畜生糟蹋，姑娘一狠心一咬牙就跟了畜生。

黑脸与姑娘成亲那天，村里没有人参加。村里人用了一种极其鄙视的态度对待他们，纷纷投来唾弃的目光。一对猪狗不如的东西，天生的污秽冤家。原本村里人是同情姑娘的，后来她嫁给了黑脸杂种，村里人也就连同她的母亲一起骂了。

草草结婚之后，黑脸的父亲不让他们留在身边，觉得丢脸。"是个男儿就出去闯出个人样再回来，留在家里也是丢人现眼。"村里是待不下去了，黑脸带着她外出闯荡。他们走南闯北，一路闯荡江湖，吃了很多的苦，最后在江北瓢城落脚做了小五金的生意。

小女人向沈宗宝——诉说着自己的不幸遭遇，在他面前哭成了泪人儿。沈宗宝听不得别人的伤心事，知道小女人的凄惨过去，更加地疼爱她了。他陡然觉得小女人的美并非全在于她的身体的美妙、容貌的俊俏与肌肤的白皙，而在于一种柔弱的纤细悲伤，有着一种忧郁美。他的内心的悲悯情怀越发地强烈起来，一个不幸的女子在花季少女时身子就给坏了，还要跟这无耻的家伙过一辈子。

小女人让沈宗宝在外面租个房子，这样想在一起就在一起了，不必偷偷摸摸地赶集似的，也免了黑脸在眼前晃来晃去。

沈宗宝无法招架小女人的妩媚，一次次陷落在无边的激情里。

45

瓢城的天空飘来一阵阵乌云，眼看着就要落雨。西城门外的坝口小院中，秦腊梅准备着第二天集市的货物。沈宗宝抬头看往乌云翻滚的天空，心中翻江倒海。他觉得自己正处在一个特殊的时刻，离小女人越来越近了，离电机生意却越来越远了，一种焦虑的情绪涌上心头。自己的所为，可能带来不测后果，这个可以改变自己与家庭命运的电机生意，变得越发缥缈起来。

沈宗宝下意识地抬头望向屋梁上的一瓢水牌匾，觉得原先离它很近的距离，就差取下来挂到店铺门头上了；现在是越来越远，远到已经够不着了。

秦腊梅感觉到沈宗宝有心事，对他说："看你这一阵子总是愣愣的，电机生意遇到什么困难了？"

"没有。"沈宗宝看着秦腊梅，尽量表现出轻松的样子。

"那你怎么老是发愣？"

沈宗宝没有说话，他的确是在想电机生意，想一瓢水店铺，一种不祥的预感一阵阵传遍全身。

"你赶紧去门市吧，不要老往家里跑。"秦腊梅说，"家里有我呢，做生意得专心致志，千万不能三天打鱼，两天晒网。真的遇到什么事情，一定不要瞒我，我们一起想法子。"说完，匆匆往西城教堂集市去。

秦腊梅走后，沈宗宝也离开小院，向西城走去。堂弟的形象一次次浮现在他的眼前，那个令人厌恶的家伙，不知道现在怎样了。想想自己的所为与他又有什么区别？有过之而无不及了，好好的生意撒手不管，整天与小女人厮混在一起，赶紧地拿回自己的生意才是。

进入西城门的时候，大雨落了下来。沈宗宝躲在西城门里，第一次感觉到自己可怜。城门外一片雨幕，根本看不清景物，哗哗的雨声淹没了其他声音。雨幕环绕的瓢城西城门中，沈宗宝在沉思，他与黑脸、小女人之间的关系，已经变得扑朔迷离了。小女人到底是真心爱他，还是一边爱着，一边惦记着他的电机生意？世间有着这样的漂亮女人，与你缠绵甚至是爱也是真切不顾，可在利益面前，又是另外的一副模样，仿佛她的情感与身体，是一种武器，变得很廉价。有那么一刻，沈宗宝甚至怀疑小女人与黑脸，一个在唱红脸，一个在唱白脸，合起伙来诓他。这么想着的时候，他不禁打了个寒战，接着就是一个喷嚏。

雨终于停了，沈宗宝向西城走去。

沈宗宝与小女人在一起，有些不自然了。小女人看出了他的内心起了变化，向沈宗宝表示，一定帮他看好黑脸。一旦黑脸有了吃心想占了电机买卖，就及时告诉他。她对沈宗宝说："你放心，我一定替你好好看住他。但你得跟我好，不能甩了我，我已经不能没有你了。"说着，嘴唇不停地颤抖着，不禁潸然泪下。

沈宗宝的心一下子又软了，他想了想，这女人的心思还在自己身上，不至于出现那样的局面。刚才她不是说了吗，替他看好电机生意，一有情况就会告诉他，小女人不至于糟蹋了美丽。再说，一起做电机买卖是自己说的，怨不得人家，往后多留心就是了。他对小女人说："我不会离开你的。"然后梗了梗脖子道，"只是觉得自己一个大男人，却担不起家庭的责任，刚刚有了好生意，又不能用心地去做。不过你放心，我不会甩了你的。"

　　"你骗人，你内心的想法都显在脸上了。"小女人呜咽道，"你一定会走的，而且对我也有了外心。"

　　沈宗宝将小女人搂在怀里道："你别这样说好不好，我们还在一起就是。"

　　小女人笑了。沈宗宝还在想着什么，小女人已经脱光了衣服。白皙丰满的身子裸露在他的面前，他无法把持自己了。

　　黑脸做的第一批电机生意开始分红，请沈宗宝到店里去吃饭算账。

　　早晨起来，沈宗宝将自己精心打扮一番，穿了上好的衣服，头发梳理得服服帖帖，还上了头油。他在镜子前照了又照，理了又理，理出一个标致男人模样。出了院门，向西城走去，晨光，城楼，河岸，路边小草上的露珠。进入西城，他一路豪迈地来到黑脸门店，倒是要看看他怎样做人。

　　看着沈宗宝一身行头，黑脸道："沈兄这是要相亲哪，这样帅气潇洒，怎样的女人可以配得？"

　　沈宗宝道："电机生意做得风生水起，我这个股东已经无所事事了。过来看看，得穿得庄重体面些。"

　　"那是，那是。交情归交情，生意归生意。"黑脸一笔笔报账给沈宗宝。沈宗宝听着，眼睛转着，微微地点头。账对边合角，清清楚楚。

　　眼看着上午时光过去，到了午饭时间。女人摆放桌子让他们喝酒，不时地抬头看着沈宗宝。黑脸还在低头核算利润，女人看沈宗宝的样子就更加地不管不顾了。她笑眯着眼，轻轻地摇晃着脑袋，扭着身子。沈宗宝理了理头发，梗梗脖子偷着笑。他知道女人喜欢的是自己，那不加掩饰的眼神与风姿说明了一切。

女人低头一笑，然后看了一眼黑脸，到厨房去端菜了。

利润核算出来了，黑脸当着女人的面给了沈宗宝六成。沈宗宝霍地站了起来，大声说道："不能够，五五分成。"

女人道："给你六成你就拿六成，生意原本就是你的，我们拿四成，已经是心满意足了，比那小五金的生意不知强了多少倍。"

"不行，不行，这有悖于做人的道理。说好了的事情，有我的就有你们的，必须五五分成。"

黑脸看着女人。女人道："你看我干什么，四六分成就四六分成。无论沈哥怎么说都不能变，他六，我们四。"

沈宗宝敌不过他们的一再坚持，提出一个折中方案：他五，黑脸四，小女人一。沈宗宝说："她平时烧饭给我们吃，也挺辛苦的，应该有股份。"

黑脸笑道："还是沈哥仗义，那就依你。"

女人哭了，看着沈宗宝道："没有想到，我一个无用的女人，也有了股份。我是高兴啊，谁拿我当人看了？只有你沈哥。"

沈宗宝急忙道："言重了，不可以这样说话。"说完看着黑脸。

黑脸道："我不气的，她是真的激动。你把她当人，我不把她当人。"

沈宗宝突然感觉到，黑脸虽说有着狰狞的一面，但在大事面前还是有分寸的。人家账务清楚，分成合理，事情知道轻重。再说这小女人也一心祖护自己，是自己心眼小了。

酒足饭饱之后，沈宗宝离开黑脸，一路哼唱着回到坝口小院。他把电机分红的钱交给秦腊梅，秦腊梅接过钱，看了看沈宗宝。沈宗宝说："电机生意最近淡了一些。"秦腊梅将钱一半给他抽烟喝酒看戏，另一半给攒着，以后开一瓢水店铺用。此时的沈宗宝又开始憧憬起未来了，院子里的小楼，一瓢水店铺。可想着想着，小女人的容颜浮现在眼前。

一天，小女人将钥匙往沈宗宝面前一放："我在外面租了房子，你想来就来，不想来不勉强。"仿佛是在说他怯懦的一面，连个租房子的勇气都没有，让一个小女人去做了这件事情。

沈宗宝看着小女人，半天说不出话来。他想到了小女人让他租房子的事情，自己一直拖着，现在小女人把房子给租好了，他有些尴尬。看来情感的一面，男人远没有女人坚决。

瓢城天空的阳光照进屋里，沈宗宝无法抵御小女人的柔情蜜意，虽说时常地在一起，却如那诗云："相见时难别亦难，东风无力百花残……"恨时间飞逝，不能时时相伴，便把那时光一次次用在了相互厮守上，断魄销魂了。

气喘吁吁的小女人对沈宗宝说："你要是一直对我这样好就好了，只怕是一阵狂风过后落得我去扫那遍地的落叶。情感这东西，不能过多的奢望。"

"你不是落叶，你是嫩芽。我沈宗宝对天发誓……"小女人捂住他的嘴不让说，并连声说道："我相信的，我相信的。"

沈宗宝对小女人说："以后你再说这样的话，就将你抛于荒野，做了野狗。"

"我不要做荒郊野岭的野狗，我要做你的女人。"女人央求道，略带凄楚的口吻，宛如身上散发出的翠竹清香吸引着沈宗宝。

沈宗宝从担心到意欲放弃到重新回到她身边，完全地失去了抵御的能力。

46.

做了电机生意之后，秦腊梅对沈宗宝非常关心，沈宗宝的内心有着不小的感动。同时，他又总是坐立不安，不停地注视着秦腊梅的情绪变化。自己的心中有鬼，看着他人的眼神里，也就有了狐疑。从秦腊梅的表情看，是想对自己说些什么，可她又什么也没有说，只是关心他的身体。对于这样的情形，沈宗宝感到有些骤然，如此含蓄的做派不是秦腊梅的风格，是不是她的有意为之？于是沈宗宝对秦腊梅的态度产生了疑惑，难不成她已经觉察到什么，在与自己周旋？

沈宗宝试探性地与秦腊梅交谈，他说："最近的电机生意有些清淡，我也不需要天天去西城门市，所以常常中途回来。"他瞅了瞅秦腊梅说，"生意的好坏取决于产品的需求与质量，还有信任你的客户。"

秦腊梅觉得沈宗宝做生意还是做出了一些道道，有了自己的心得，她对沈宗宝说："生意总有红火与清淡的时候，店铺的门面是正常要开的，倘若店铺不开了，人家会以为你是在歇业，或者说你的生意出了问题。店铺一旦冷却下来，重新焐热，要花几倍的工夫，这跟生炉子是一个道理。"

　　沈宗宝笑道："门店自然是天天开的，也不必时时地待在那里。电机生意，已经有了市场，声誉也挺好，不需要吆喝，全然是在自然跑量。"

　　"生意不比吟诗作赋，不能做甩手掌柜，有空还是要待在店里。"秦腊梅看着沈宗宝说。

　　从交谈的情形看，秦腊梅似乎没有发现什么，沈宗宝悬着的心一下子落了下来。他对秦腊梅说："你不要这样关心我，我可能会让你失望。不过我会用心把电机生意做好，不忘屋梁上挂着的一瓢水牌匾。"他接着对秦腊梅说，"我还是喜欢你过去对我的样子，一旦对我好了，反倒觉得自己不配。"

　　"倒是新鲜的事情，真心关心你，倒觉得不自在了。对你凶，反而觉着踏实。"说着，做了几样下酒的好菜让他喝酒。

　　酒菜上桌，秦腊梅叫沈宗宝进屋喝酒。沈宗宝坐到桌边，对秦腊梅说："你也一起喝吧。"秦腊梅笑道："哪天见我喝酒了，我看着你喝。"说着为他斟酒。沈宗宝赶紧拿过酒瓶，自己倒酒。

　　沈宗宝喝着酒吃着菜，秦腊梅一旁看着。他觉得自己女人的眼神里，有着一种怪异的东西。沈宗宝喝一口酒，琢磨着秦腊梅的用意，怎么也不能确定她的真实意图。

　　小女人怀孕了。

　　她不告给沈宗宝，也不告给黑脸，只让肚子里的孩子一天天长大。

　　小女人与沈宗宝在租住的房子见面，脸上挂着一种深沉的微笑，仿佛四月里含苞待放的花蕾。温和四月的瓢城，处处呈现出寒冬后复苏的景象。沈宗宝坐着，等着她往自己怀里钻。小女人一反常态没有过来，沈宗宝想了想，走过去主动抱小女人。

　　小女人一把将他推开，不让他碰了自己。沈宗宝又一次上前，小女人一样将他推开，不让他碰自己。

沈宗宝心里纳闷着，怎么一向急不可耐地往怀里钻的激情女人，拒人于千里之外了？他问小女人："我有什么地方做得不好吗？"

小女人摇头否认，可就是不让他碰自己。这样的举动使得沈宗宝极为不解，他反复思量，不明其中缘故。他问小女人："你这是怎么了，一下子不让我碰了？"

小女人笑而不答，深情地看着沈宗宝。

受着一种强烈疑问的驱使，沈宗宝思绪涌动，一定要弄清楚小女人的真实意图。他变着法子问小女人，小女人就是一个字不说。沈宗宝一次次转弯抹角地对她，小女人坐在那儿，无可奉告。

沈宗宝气了。小女人笑了。

见面很不愉快，这样的情形延续了好几天。无论沈宗宝怎么问，小女人就是金口不开。

终于有一天，沈宗宝忍受不了她扭扭捏捏欲予又挡的样子，动起粗手。小女人一把将他推开，脱了自己衣服。女人的小肚子微微凸起，沈宗宝一下子明白了。他又惊又喜道："为什么不早告诉我，有多长时间了？"

女人不响，脸上挂着微笑。

"告诉我多长时间了，还有，这孩子真的是我的吗？"

小女人的眼泪在眼眶里转着，大声说道："孩子是不是你的，自己没数啊！"

"这谁能说得清楚。"沈宗宝似笑非笑。

"你个浑蛋，他都多长时间没有碰我了。"小女人哭了。

沈宗宝思忖着，她的男人长时间没有碰她，那肚子里的孩子应该是自己的。但沈宗宝还是有了担忧，黑脸既然没碰她，那黑脸一定知道不是他的孩子，这可怎么办？

黑脸也看到自己女人微微隆起的小肚子，他低着头，眯着眼，非但没有发火，却是笑眯眯地嘀咕着："好了，终成正果。"他看着西城街面，人来人往，诡异地笑了。

黑脸对自己女人先前的那种凶相不见了，仿佛一对恩爱夫妻的做派。他看着店铺门外摆放的电机，阴沉的脸一次次含着冷笑。他让女人烧菜做饭，请沈宗宝一趟趟过来喝酒吃饭，还不忘为女人擦汗。他与沈宗宝喝酒聊天，说了很多的话，还说了小时候家乡的趣闻。酒足饭饱之后，他让沈宗宝在里屋歇着，让女人照顾沈哥，自己到外屋去支应生意。

里屋的小女人不停地摸着沈宗宝的手，一次次往自己肚子上放。摸着摸着，小女人又将他的手往自己的胸口送。女人的胸脯更加挺拔了，沈宗宝乘着酒性不停地摸着，摸得很是恣肆。可心中的那个不祥预感，一次次涌上心头，他吃不准是不是黑脸与小女人合伙做的局下的套。

女人的肚子也越来越大了，一切显得异常平静。就在这样的时刻，黑脸约他晚上到瓢城酒庄吃饭。"终于来了。"沈宗宝说。

沈宗宝去瓢城酒庄赴约，走得很慢，琢磨着黑脸请他到酒庄吃饭的用意。他想，黑脸定是与自己谈论女人肚里的孩子。月亮升上天空，倒映在村前的河流里，将他带入一种迷惘状态。他无心看瓢城月夜，艰难地挪动双腿，走走停停，停停走走。

一阵晚风吹来，沈宗宝打了一个寒战。他继续往西城走去，西城门楼越来越近了，沈宗宝在心里思考着怎样面对这个局面。他心乱如麻，睡了人家女人，弄出了肚子，想抵赖都抵赖不了。这叫什么？这叫夺妻之恨，不共戴天。走着，走着，他的腿有些发软。进入西城门的时候，他在门楼下站了一会儿，调整下自己的情绪。

沈宗宝心想，既然躲不过去了，那就男子汉大丈夫，敢作敢当。船到桥头自然直，兵来将挡，水来土掩。他黑脸摆兵布阵，我就正面交锋，没什么大不了的。

这么想着的沈宗宝，大步向西城瓢城酒庄走去。

47

瓢城酒庄，灯火通明。黑脸已经到了，等着沈宗宝到来。黑脸的情绪非常平静，脸上挂着一丝微笑，仿佛是在等待一位久别重逢的客人。见沈宗宝来了，黑脸招呼堂倌，要了冷碟，点了热菜，拿了好酒。

沈宗宝对面坐下。

"来了？"黑脸说。

"来了。"沈宗宝道。

他看着黑脸，黑脸一副轻松模样。

沈宗宝心想："哪有睡了他女人怀了孩子，还这样稳如泰山的？"心中急速地盘算着，如果他要补偿，就依他；如果他要动粗，就立马走人，实在丢不起这脸。

一轮皓月从东边升上天空，黑脸与沈宗宝细饮慢谈，说些不着边际的话。沈宗宝支应着，知道这是正题之前的铺垫，他在等待后面的话题。这个时候带着耳朵听，是最好的法子。

"喝酒。"黑脸说。

"喝酒。"沈宗宝道。

他们连干了几盅。

窗外的瓢城市街里，灯光闪烁，瓢城的夜景从没有这样璀璨明亮，合着皓月当空，真是美不胜收。近段时间以来，瓢城政府搞了亮化工程，沿街的建筑都装了彩灯。电费由政府部门分摊，过去黑乎乎的瓢城市街，现在确实有点大城市的味道了。尽管第二天依旧是那个江北古老城池，可夜晚灯光闪烁，有着不一样的城市韵味。城市面貌，白日里靠高楼大厦、宽阔街道与行驶种种车辆来做诠释；夜晚的城池，灯红酒绿，种种奇幻美妙的、悠远空灵的感觉频频出现，也就有了不一样的城市味道。

瓢城酒庄里，二人喝着酒，吃着菜，黑脸轻松地与他谈论着家乡的事。他说："江南老家有个酒窖，已经好几代人做这样的营生。自己却不能好好地做家传行当，整天游手好闲，荒度了光阴。"他抬头看了一眼沈宗宝道，"她是被我在竹林里坏了的，这个想必你也一定知道，否则她也不会嫁给我这样丑陋的男人。你在她心中，现在就是天上奔跑的神马。"

沈宗宝愣住了，没想到黑脸对他说这些。

"那年秋天，我被父亲赶出家门。她一路跟着我，满心的不愿意，我知道她在心里恨我，只是因为自己的母亲，还有被我坏了，也就破罐子破摔了。"黑脸说着端起酒盅，让沈宗宝喝酒。

沈宗宝端起酒盅与他对饮。

黑脸放下酒盅，继续说着。沈宗宝不想听这些了，他这样厚颜无耻地谈论自己的过往恶行，是一种对美的亵渎。

突然，黑脸将头伸了过来，一脸凶狠的样子，看着沈宗宝说："这孩子未必就是你的，她死活不说孩子是谁的。"一字一字地从牙缝间挤了出来。

沈宗宝看到了对方脸上的一股灵异阴森之气，但他没有打算回避，近来一直忐忑不安的心，反倒是被这黑脸的单刀直入给放下了。天塌不下来，不就是孩子吗，他举手让黑脸打住不要再讲："放心，不是我的我也认了。说，什么条件？"

"痛快！"黑脸道，"电机生意你就不要再问了，进货出货我都包了，我的女人你随时都可以来睡，想怎么睡就怎么睡。已经是你的人了，我就不去做那打打杀杀的事情，落得别人耻笑。当然，赚得的钱，我会给你一部分，你还有女人和孩子。"

"还算有点良心，照顾到我的女人和孩子。"看着黑脸，沈宗宝又好气又好笑地说，"你女人说得对，你只认得钱的。那么好的女人，怎么可以用来做交易呢？跟了你黑脸，也是糟蹋了美丽。"

黑脸霍地站了起来，将头伸到沈宗宝面前，皮笑肉不笑地说："告诉你沈宗宝，你不要太过张狂，以为我是个忍气吞声的孬种孬包，我的女人她终究还是我的女人，这头一炮就是我给她放的，她哪儿来还得到哪儿去，最终都得回到我的怀里。别人用用，没什么大不了的，不是瓷的瓦的坏不了。她就是有着十八只翅膀，也飞不出我的手心。"

沈宗宝"啊"的一声站起，指着黑脸："呀——呀呀呀呀呀呀……"

酒庄里其他用餐的人见状，知道这一对喝高了，可细听仿佛与女人有关，也就不去干预他们的交锋。

堂倌过来问话，告知公共场合，不要大声喧哗。

两个男人喝醉了，漂亮小女人挺着肚子走进酒庄。大家围过来看。一个丑陋难看，一个标致俊朗，一旁的人知道了事情的大概。漂亮小女人还真的能干，结了酒账，挺着肚子，一边一个扶着两个男人走出瓢城酒庄，进入西城市街。

沈宗宝与黑脸睡在一张床上，女人打了热水毛巾给他们擦脸擦手。

第二天醒来，女人睡在中间，挺着大肚子。

沈宗宝没说什么，穿好衣服。

黑脸也没说什么，穿好衣服。

女人朝他们笑笑，然后去做早饭了。

起床后，沈宗宝与黑脸相互打着招呼。

"喝多了。"

"喝多了。"

吃罢早饭，黑脸忙着电机生意。沈宗宝向对面自己店铺走去，明显地，他的店铺已经冷冷清清了。

沈宗宝打开店门进入店里，然后关门睡觉，一觉睡到夕阳西沉。

世上没有不透风的墙，这件事情还是被秦腊梅知道了。自己的男人在外面有了小女人，秦腊梅怒不可遏，终于明白了沈宗宝发呆打愣、钱越来越少的缘由。"那么好的生意不做，去搞小女人。这下可好，生意没了，肚子里还有了小杂种，我看你怎么收场。"

沈宗宝看着秦腊梅，面色苍白眉头紧锁语无伦次。他的手无意识地乱舞，眼睛不能朝着一个方向去看，想说些什么却欲言又止，然后一屁股坐在门槛上唉声叹气。

"出息。"秦腊梅道。

秦腊梅将屋梁上的一瓢水牌匾取下，放在条案上。

沈宗宝看到牌匾，呼啦一下哭了。他忍不住了，知道自己女人的用意。他对不起女人，对不起秦家，对不起沈家，也对不起两个孩子。

院子里的桂花树摇曳着，发出沙沙声响，秦腊梅想，眼前不是埋怨指责的时候，得赶紧地想法子解决了棘手问题。她让沈宗宝在家里待着不要出去，自己去外面看看情形，然后寻思着解决问题的办法。

有人告诉秦腊梅，西城五金店里的小女人不是个什么好鸟，典型的妖媚妖姬。"那个黑脸，龟背蛇腰一脸黑气，心术不正歹毒心肠。他与自己的女人狼狈为奸，一唱一和，诓了你家男人的电机生意。"

"……"

"那是个多好的生意，太可惜了。"

"……"

"不能再跟小女人在一起了,落不到什么好。成天看不到沈宗宝的影子,迟早成为人家的囊中之物。"

"……"

秦腊梅瞬间就低人一等,为了顾全沈、秦两家面子,她只好忍着,替自己的男人要脸。秦腊梅说:"沈宗宝喜欢喝酒,喜欢抽烟,一喝酒就不像个人样,但他不嫖女人的。"

来人看着秦腊梅,讥讽道:"都什么时候了,还死要脸活受罪。沈宗宝落到今天这个地步,你秦腊梅有很大的责任。"说完扭头就走。

秦腊梅愣在那儿,半天说不出话来。

48

坝口小院中,沈宗宝跟在秦腊梅后面,一副六神无主的样子。此时的沈宗宝,好似忠实的跟班,秦腊梅走到哪,他就跟到哪。秦腊梅走到桂花树下,他跟到桂花树下;秦腊梅走进屋里,他就跟到屋里;秦腊梅走到院子门口,他就跟到院子门口。

一段相跟之后,沈宗宝提出要去西城门市看看。

秦腊梅说:"你就在家里避风头,哪儿也不要去。"

沈宗宝看着秦腊梅,心中极想去西城门市,但态度还是迎合着秦腊梅。

秦腊梅对沈宗宝说:"事态严重,只能以静制动,躲着他们是最好的法子,听我的没错。"

沈宗宝说:"我听你的。"

秦腊梅是个特别能忍耐的女人,可面对这样的事情也有些茫然失措。她看着桂花树,心就像摇曳的桂树一样晃荡不定。抬头望向天空,瓢城的天空说变就变,弄不好就是阴云密布,大雨滂沱。不过她还是很快调整了自己的情绪,没有自乱阵脚,以不变应万变,是最好的法子。对方是黑脸小女人,又怀了身孕,不做出重大让步很难平息事态。她对沈宗宝说："这次得放血，破财消灾。"

沈宗宝点头同意，同时好奇地问秦腊梅："你是不是早有觉察？"

"早有觉察还不阻止了你，这种事情好玩啊？"秦腊梅对沈宗宝说，"我也是知道不久，关键是要想法子把这事情应对过去。真不应该让你做生意，至少还有面子里子。现在里子没了，只能想法子顾全面子了。"她看着沈宗宝说，"希望你像当初断绝堂弟一样，断绝与她的关系。"

"我……"沈宗宝心有不甘。

"我什么？透明的事情，他们是合起伙来诓你的钱财。"

"她……"

"她什么？乘着这事还没有闹大，族里的人知道得不多，赶紧地收场息事宁人。你沈宗宝做出这等事情来，辱没了我秦家的名声不说，还玷污了沈家门楣。"

"那电机的生意就……"

"认栽吧，不要再惦记那生意了，还有可能拿回来吗？那黑脸不就是图的这个，现在你就装傻，兴许这件事情能够过去。"

沈宗宝愣在那儿，半天说不出话来。

光线从摇曳的桂树枝叶间洒落下来，地上的光点晃来晃去，桂树在微风中轻轻摇晃树叶，似乎听懂了秦腊梅的话。但沈宗宝还想去西城门市，与黑脸好好谈谈，还有那小女人，该咋办就咋办，不能这样一口吞了全部生意。这么想着，就要往外跑。

"你给我站住。"秦腊梅大声呵斥道，"这么长时间他视而不见，为什么？你现在去，非但不能收回电机生意，还会把事情弄得不可收拾。现在就是要揣着明白装糊涂，撕破了脸，一切就难保了。"

沈宗宝摇晃一下，站住了。

秦腊梅说："相信我，为你好，为家好。让他们占了便宜，这事可以过去。"说完，眼泪在眼眶里转着。

心中有着万般不舍的沈宗宝，听了秦腊梅的劝谏，没有去找黑脸理论。他站在小院中央，茫然地看着黄昏院落之上的一片昏暗天空。他想到了与小女人在一起的情形，怎么也不能相信她参与黑脸的计划。自己就是想去问问，她是不是参与了黑脸的计划，一同诓了自己。只要她说了真话就行。

"不要去弄那些虚头巴脑的东西了，油船翻了，撇油花有什么用？破财消灾吧。"秦腊梅的话，打消了沈宗宝去西城门市的念头，他觉得自己就是个小丑，咏诗宣泄：

悲喜千般同幻渺，
古今一梦尽荒唐；
谩言红袖啼痕重，
更有情痴抱恨长。

沈宗宝魂不守舍的酸苦样子，秦腊梅看在眼里，知道小女人对他打击不小。丢失上好的电机生意，有了可怜的成分，原本心中满是刻骨愤恨，倒也生出一丝怜悯来。毕竟是自家男人，夫妻一场，接下来的日子还要在一起过。一根绳上的蚂蚱，事情败露，沈、秦两家名声受损，她在西城教堂集市里也抬不起头来。

秦腊梅让沈宗宝一口咬定没这回事，不管谁问都这么说。捉奸捉双，捉贼拿赃。只要黑脸与小女人不闹，其他人也看不了什么风景。

沈宗宝点头称是，现在他对秦腊梅是言听计从，关键时候还是自家女人好，有着大将风度。小女人有毒，小女人是催命符，小女人是这个世界上最危险的东西。惹上这玩意儿，破财消灾算是轻的，家破人亡，也未可知。小女人与婊子是同一个物种，比婊子的毒性强。

对于小女人的不知是恋还是恨的情感，渐渐演变成了对秦腊梅的愧疚。面对自家女人冷峻的面孔，沈宗宝的内心失去了底气。他反复向秦腊梅表示，自己并非眠花宿柳之辈，一切在于心中易于堕落的东西沉渣泛起，没有了抗拒诱惑的能力。同情与怜悯，使他迷失了方向。所有事情的结果就是电机生意的丢失，自己如梦初醒。

"我对不起你。电机生意可以赚得钱财，做一瓢水的资本。现在倒好，竹篮打水一场空了。"

秦腊梅说："现在不是总结经验教训的时候，只要你听我的话，就阿弥陀佛了。"

沈宗宝对秦腊梅不停地点头，表示一切都听从她的安排。

秦腊梅将条案上的一瓢水牌匾用黄布蓝布包裹起来，重新吊挂到屋梁上。她的眼睛里有了泪花，知道一瓢水的重启，变成遥远的梦幻了。它就是一个符咒，沈、秦两家的符咒，怎么也不能将牌匾在西城市街中挂起来。

虚妄的东西，定会带来无妄之灾，只能做破财消灾的打算。沈宗宝第一次感受到了，现实世界里，总有蠢蠢欲动的恶魔，无时无刻不在窥探意识朦胧、意志薄弱、心存善念、认知缺失的人。一旦有了缝隙，杀你个干干净净。

暗淡光线中的桂花树依旧葱绿，天晴天阴，它都是那样神采奕奕。一棵老树，有着如此活力。说来也怪，砍了它的心思又一次涌上心头，沈宗宝觉得这桂树很像小女人，散发着迷人的骚气。渐渐地，黑脸的形象出现了，变成了巨大的影子，与桂树融为一体。他找来斧子，站在树下，高高举起斧子。斧子没有落下，做出这等事情，还想抖威风吗？歇歇为好吧，他想。

斧子缓缓放下，沈宗宝手抓着垂挂的斧子，等待瓢城夜幕降临。

49

凌晨灰暗的天空中，闪着一缕微弱的蓝光，秦腊梅起床忙着摊档里的货物。上坝村北边蟒蛇河大堤上的树林里传来鸟雀的叫声。沈宗宝睡在床上没有起来，每天早起吸烟，然后目送秦腊梅离开的习惯没有了。与小女人的事情败露后，他就像是泄了气的皮球，耷拉在地上，一摊臭皮囊。"我不能没有你，没有你我就是一片枯黄的落叶。""我不要做那荒原野狗，我要做你的女人。""我会帮你看着他的，一旦有了吃心我就告诉你。"小女人的话，在耳边回荡。他捂起耳朵，不让这样的声音闯进耳朵里。

院中秦腊梅将货物整理好，装上三轮车，准备去往西城集市。临去集市时，不忘对屋里的沈宗宝再次交代："不要出门，在家避风头，等事情慢慢过去。"

"我知道了，你就不要老说这句话了。"他正以一种洗心革面的姿态反省自己，谦逊地面对未来。你一次次交代，就像钢针一样刺戳人心。

"走了。"秦腊梅说。

"放心，我不会出门。"沈宗宝尽管不想起床，还是爬了起来，送自己的女人。

秦腊梅骑上三轮车向西城去了。看着秦腊梅离去的背影，沈宗宝流泪了。事情弄到这个地步，怨不得别人，完全是自己的昏糊与无能。他恨不能一个箭步到了西城门市，打了黑脸，砸了门店，羞辱了小女人。

沈宗宝回到床上，昏糊地睡去，将一切抛于脑后。

太阳爬到了床沿，沈宗宝懒散地起来。盥洗之后，站在院子里抽烟，将目光投向地面，看着一趟蚂蚁爬动。一人在家，不想唱戏，不想喝酒，没了任何兴致。他狠狠抽了自己一耳光："沈宗宝啊沈宗宝，你就是个浑蛋加废物。"

沈宗宝呆呆地坐在堂间里。吊挂在屋梁上的一瓢水牌匾，再次映入他的眼帘。他想，与小女人的交往，严重扰乱了家庭磁场，一瓢水店铺越来越远了，变成一个无法企及的幻影。背叛家庭，上苍就会来惩罚你。

早市过后，秦腊梅从集市回到坝口小院。沈宗宝从屋里出来跟在她的后面，亦步亦趋地转着，就像一条忠实的犬围着主人转。

秦腊梅笑道："戏台上跟着佘老太君呢？你倒是抬起头来唱啊，不就是电机生意与小狐狸精嘛。如此谦卑的样子，我受不了。"

"我对不起你，对不起家，做了混账的事情。"沈宗宝说，"上好的生意弄丢了，自己背叛了家庭，一瓢水牌匾还吊挂着，我就是个十足的畜生与浑蛋。"

"自我反省可以，没有必要把自己说成畜生一样的东西。怎么说，也是一家人，我总不能与畜生生活在一起吧，你是在骂自己，也是在骂我。"秦腊梅说。

"一家人？"

"不是一家人，还两家人啊？"

沈宗宝的眼睛里有了泪。知道自己的泪水不值钱，仅仅就是内心忏悔而已，并不能洗刷身上的污垢。他想到了与秦腊梅一同去南瀛岛泰山庙的情形，他祈求菩萨十亩地，给她种菜；秦腊梅祈求做一瓢水店铺，让瓢城人吃上她做的江南小吃。那时候没有多少烦心事，生活虽说慢点苦点，却一片悠闲自在。

一段时间后，坝口小院里传出了沈宗宝唱戏的声音。那戏文唱得一阵阵哀婉凄凉，又一阵阵悲愤激越，把院墙都给唱抖动了。沈宗宝觉察到了什么，停了下来，围墙也停下了。他又唱了起来，围墙又抖动起来。还真的像那么回事。沈宗宝知道了，这是他的心在颤动。老早就听父亲沈佑田讲过那样的故事，说是，老和尚问小和尚："旗杆上的幡旗为什么会动？"小和尚答："是幡旗在动。"老和尚摇头。"是风在动。"另一小和尚答道。老和尚依然摇头。小和尚们都答不上来了，请师父赐教。师父道："心动。"

沈宗宝知道了，他现在就是心动。

戏暂时填补了沈宗宝心中的虚空，可戏毕竟是戏，并不能释怀了心中失落。情与欲，生意与诚信，家庭与声誉，一股脑地压在他的身上，用现在的话说，就是烂人烂事都弄到一块了。他清醒地意识到，所谓烂人烂事就是自己的任性造成的，这才是破事的源头。倘若没有这样的认识，苦与亏算是白吃了。沈宗宝毕竟是大户人家后生，他没有去怪罪他人，而是不断地从自身寻找原因。

最后他得出的结论是：自己就是个标准的窝囊废。

沈宗宝的第二个生意黯然落幕了，留下久驱不散的阴影。迟钝、恍惚、痛苦一阵阵袭来，夜幕下的西城门楼，灰暗、阴森、恐惧。无边的黑暗，已经在他的心里扎根，看不到黎明的曙光。与堂弟做收旧塑料生意，刚刚有了起色，因为心中那点所谓的正义，一气之下不干了；托朋友关系，得来上好的电机生意，因为小女人，一步步走到了今天。不是窝囊废，是什么？

院子里的桂花香气扑面而来，极为浓郁。沈宗宝唱了起来："爸教我学兵刃跑马挽弓，实指望尽孝道双亲受重……"桂花盛开的初秋时节，坝口小院里一阵阵传来沈宗宝的唱戏声。沈宗宝在家发呆打愣，一遍遍地唱着悲愤的曲牌词段，一会儿激越，一会儿凄凉。唱着唱着，就没劲了，偃旗息鼓坐在一旁抽烟解闷。

黑脸卖了门店与电机生意，带着小女人离开瓢城不知去向。黑脸与小女人走后，沈宗宝走出坝口小院，走向西城，走在瓢城市街中。他低头走路，抬头看天，不能正视周围的一切。以后多少年，沈宗宝从不提"生意"二字。只要一提生意，就会大醉一场。他也曾想过重新做起电机买卖，与粟富贵的关系还在，他对电机生意也有一定的了解。无奈，下游的客户已经没有了，而且电机生意也渐渐趋于平淡。正如自己的女人所言，慢慢地走了下市的行情，秦腊梅也不同意他再做买卖了。

"好手段。"沈宗宝在牙缝里挤出这样的话，他在诅咒黑脸，诅咒他的下流手段，将来不会有什么好结果，一定会遭报应。他没有诅咒小女人，毕竟她怀了自己的孩子。虽然她与黑脸一同走了，但他相信小女人的心中一定有他，她也没法与黑脸分开与自己长久生活在一起。她的命运早在竹林雾气的光带下，在松软黑土散发出的青草气息中注定了。

沈宗宝抬头看向屋梁上挂着的一瓢水牌匾，眼泪不住地流淌。他不再将它看成是沈、秦两家的一个希望，而是重新回到了家庭符咒的寰宇。

"沈宗宝真的伤着了，现在一喝酒就醉。"外面人议论着。

"电机生意和小女人闹的，也是可惜了，落得人财两空。"

"看来他是难以恢复元气了。"

渐渐地，与沈宗宝喝酒的人少了。即便是他请客，去的人也不多。他们不想看沈宗宝愤世嫉俗的样子，听他酒后滔滔不绝的酸语，实在是烦人。

"散了，散了。"

50

一个晴朗的上午，秦腊梅突然消失了，上坝村人感到很是蹊跷。他们一个个奔走相告，坝口小院里的女人失踪了。他们反复揣摩秦腊梅失踪的原因，怕是不那么简单。坝口小院里女主人的陡然消失，带来了上坝村人的许多遐想，他们怎么打听，也没有打听出任何结果。之后的一年时间中，周围的人愣是没有见到秦腊梅的身影，仿佛人间蒸发了一般。

最先发现这个情况的是西城教堂集市里的人，他们都知道，秦腊梅属于每天最早到达集市里的那一拨人。秦腊梅没有来集市摆档，很快就被发现了，他们好奇地看着秦腊梅空着的摊位。一连许多天，摊档的人都到齐了，唯独秦腊梅的摊档没人，他们便一致断定，秦腊梅家里出了大事。相互一打听，才证实了秦腊梅失踪的消息。

集市里空出的摊档，生出了苔藓，长时间空出的摊位被人占用了，也不见秦腊梅来过一趟。一个天天相见的女人，说不见就不见了，一点动静都没有，引来周围人广泛的猜测。他们开始骚动起来，奔走相告着秦腊梅失踪的消息。西城教堂集市里的人以及上坝村村民，议论着秦腊梅家可能发生的事情。他们在小院周围转悠，意欲知道更多的情形。没有女人的院子，冷冷清清，桂树在风中摇曳，宛如凄凉的秋瑟景象。去向河边码头的小径两旁长满了野草，石板码头一层深深的绿色青苔，走上去很滑。

一个男人带着两个年幼的孩子，女人不知去向，坝口小院的这户人家到底是怎么了？有人过来询问情况，沈宗宝平静地说："出远门去了，家里有些事情。"

"有些时日了，家里有事情出远门也该回来了。"

沈宗宝笑笑，不作回答。

"是不是因为五金店的小女人，秦腊梅想不开出走了？"

沈宗宝笑道："谢谢关心，就不劳驾大家了。"

怎么问，也不能从沈宗宝嘴里问出具体情况，他们便去找穿长衣的沈均泽先生。

沈均泽先生在看书，无论什么时候看到沈二先生，都是这副尊容，书就是他的命。听到来人说的话，老先生非常生气，放下手中线装书，大声说道："这算怎么回事，老沈家的脸都被他给丢光了，我不能不管。"

沈均泽一口气来到坝口小院，一脸的不悦，进门就嚷着："宗宝呢？你出来见我。"

见二老太爷来，沈宗宝赶紧见礼问安。

"这个就免了。"沈均泽挥手道，"你倒是说说，腊梅到底怎么回事？"

"出远门了，家里有些事情。"

"家里有什么事情，出去这么长时间？你得给我说清楚。"

看着一脸严肃、德高望重的二老太爷，沈宗宝只好回话："你孙媳妇到西边的芦荡去了，说那儿的水土长出的食物吃了生儿子，可生的还是女儿。没脸回来了，就让她在乡下待着了。"

"简直是混账话，岂有此理，赶紧让她回来。"沈均泽很是生气，对沈宗宝说，"平日里，你也有研修诗文、读诵经书的举动，天资还算颖悟。自己的孩子，哪能这样处理呢？有辱斯文，有辱沈家门楣，有悖天理人伦。"沈二老先生将手举得高高的，显然他已经愤怒了。

一旁观看的人默不作声，一个个盯着沈宗宝看。

"男孩女孩有那么大差别吗？你这样不得逼死腊梅啊，还不赶紧把她娘儿俩接回来。"说着二老太爷就要动手，被旁人劝阻。

"听二老太爷的，我这就去接她们回来。"沈宗宝去了西边芦荡。

西边芦荡离瓢城四十里地，瓢城人管那地方叫"西乡"。那儿有个叫作"龙口"的村庄，四面环水，周围都是芦荡。龙口村的标志物是村前的一棵高大的"五谷树"，这是棵古树，多远就能看见，高高矗立在水荡之上。大树四米粗的树干，高两丈余，鳞片状的树皮上蒙着一层黑色的面纱，树干的侧枝，由于岁月的磨砺，赤条条地伸向半空，古老而苍劲。新生的枝叶郁郁葱葱，其叶比槐叶大，比桃叶小，呈对称性生长。其果实形似稻、麦、黍、谷、稗。此树植于何年，谁也说不清楚。尽管有学者考证，系明代郑和下西洋携回之物，但何时流传到江北瓢城境内植于龙口，实难考证。

瓢城市志有云：传说很古以前，东海龙王常到水荡巡游，每到一处，海水都要淹没万顷良田，近海的百姓苦不堪言。龙王有个女儿，一次代父巡游，悄悄来到陆地，抬头一看，绿树成荫，荷莲满塘，人歌鸟语，风光无限。她扮成一农家姑娘，村里的人热情地接待了她，让她吃最好的食物。她不喜欢吃鱼虾，一个劲地吃米饭。她不知道这是米饭，人们告诉她稻子、麦子、豆子、高粱和玉米。龙女被这个新鲜的世界深深吸引了，决定不再回龙宫，留在人间做一普通农女。龙王派虾兵蟹将捉拿龙女，龙女一道白光腾空而起，一缕青烟之后，化作一棵树。龙王大怒，发起海潮，淹没了村庄。潮水退后，那棵树依然立在村头。每遇丰年，果实就似稻谷；每遇灾年，果实就似稗子。这就是"五谷树"。

秦腊梅的父亲秦渡头就出生在龙口村，一个远房表亲住在村子西北水边的一个茅屋里，是个孤寡老妇。平日里与秦家少有往来，与村庄以外的人就更是陌生了。秦腊梅就住在这间茅屋里，无边寂寞，度日如年。但想想怀里的孩子，也就慢慢地将芦荡水边的生活一日日平静地过着。

西乡芦荡的清澈河水，如透明清泉一般，可以看到水下的游鱼。清新湿润的空气，一阵阵袭来，润泽心肺。芦苇丛里传出悦耳的鸟语，还有鱼虾、野鸡、野鸭、鸟蛋，让秦腊梅渐渐喜欢上了这个地方。她想到了父亲秦渡头，也算是回到了父亲的故乡。

老妇对秦腊梅和孩子很好，对她说："听说你妈妈是个少有的大美人，而且是江南富贵人家的千金。从我见到你的第一眼就知道她有多漂亮了。"说着打量起腊梅来，"漂亮，真的漂亮。你就在这儿安心地过活，虽然偏僻，但什么都有，而且还能吃到城里人吃不到的东西。"最后她说："你们来我可高兴了，这样我就不再孤单了。"没想到，老妇是个能说会道的女人，可她说自己已经三年没有和人说话了，只是与鱼儿鸟儿嘀咕几句。现在表亲家的女儿来了，她一高兴，就说了那么多。

在芦荡的日子里，秦腊梅非常想念留在家里的两个孩子。她们从来没有离开过妈妈，沈宗宝能把她们带好吗？现在的情形也只能由他们去了。虽说岛上有其他居民，可每到夜晚，一片空旷，芦苇在风中不停地摇曳，就像有许多鬼魂一样，发出古怪的声音。偶尔一声鸟叫，还有野狗、野猫的叫声，使人毛骨悚然。水中哗啦一声传来，老妇说："那是水獭。"茅屋上有窸窣奔跑的声音，老妇说："那是黄鼠狼。"一个个这样的夜晚伴随着秦腊梅，初来时的恐惧也慢慢地消退了。她与老妇建立了深厚的友谊，这段漫长时光中，也正是有了她，自己才熬过一个又一个寂寞长夜。

沈宗宝在龙口村西北的茅屋中，见到了秦腊梅和孩子，一家三口抱头痛哭。秦腊梅捶打着沈宗宝的胸脯："你个遭雷打的，天底下没有你这样的男人。"说着，哭着，哭得死去活来。

沈宗宝紧紧抱住秦腊梅道："我对不起你啊。我就是个混账王八蛋。二老太爷让我来接你们娘儿俩回家，你就跟我回去吧。"

他们的说话声很大，还又哭又闹的，但孩子没有一点害怕，睁大眼睛看沈宗宝，呀呀发出声音。沈宗宝看着孩子，到底是自己生的，血缘关系厉害呢，虽是第一次见面，却有了亲近的感觉。秦腊梅告给沈宗宝，孩子特别能吃，米糊、鱼汤、野鸭汤，逮到什么吃什么。饿了，连鸟蛋都吧唧吧唧地往肚里咽。

沈宗宝笑了，笑得有些不自然。

离开龙口村的时候，秦腊梅给了老妇一些钱，沈宗宝带了物品给她。老妇并不急于接钱接物，而是不停地看着秦腊梅怀里的孩子。很显然，她与孩子已经有了感情。

秦腊梅说："以后我们会常来看你的，你自己保重身体，有空去城里看我们。"

老妇依依不舍地送别一家三口，当他们坐船离开的时候，老妇哭了，哭得很伤心。这一年里，她过上了真正的家庭生活，龙口村西北的冷清茅屋中，有了从未有过的人气。她高兴，她不想他们离开，她想与他们生活在一起。

沈宗宝与秦腊梅母女离开龙口村，一路回到瓢城西城门外坝口小院。

上坝村人交头接耳传开了："坝口小院里尽出些新鲜的事情，老婆失踪一年多，回来抱着个孩子。"

"去看看，到底是怎么回事。"

上坝村人要看一看失踪一年多的秦腊梅，究竟是个什么样子。人们潮水般地涌向坝口小院，像是看什么稀罕之物。当看着秦腊梅怀里的孩子，感叹着小院里的故事，都可以编成唱本了，一个比一个精彩。

二老太爷沈均泽来了，让沈宗宝在自家院子里放桌子请客，他对沈宗宝说："女孩挺好。你爸不在了，我来参加庆贺。"

沈宗宝点头道："让二老太爷费心了，是我自己不争气。"

二老太爷挥挥手，背着手离开小院，向西城走去。

上坝村的夜晚，明月挂天，桂花树在轻轻地摇曳，闪着微暗的银光。坝口小院里，厨子不停地忙碌着。按照二老太爷的吩咐，沈宗宝在庭院里放了一桌上好的酒席，请瓢城酒庄的厨子掌勺。冷菜已经上桌，熟菜一个个切好装碗，等待烹饪。月光下的院中，洒满银色的光线，桂花清香夹着菜肴的香气四处飘散。沈宗宝请了二老太爷和自己要好的朋友，都是些文化人。

沈宗宝专程去南门请了恺子，恺子知道他的电机生意以及小女人的故事，淡淡一笑。"男人嘛，没什么大不了的。电机生意丢了就丢了，再做其他事情。"这样的态度，让沈宗宝很是感动，对恺子说："都没有来得及谢你的恩情，生意就被自己给糟蹋了。小女人不是什么好东西，上头。"

恺子道："不可以如此言语，玷污了情感。你与小女人的行为有悖于公序良俗，但也不能随意糟蹋了情感的美妙。存在的，就是合理的，不要再去想那些事情了，人要向前看。"

沈宗宝向他打躬作揖，眼含泪水，到底是诗人恺子，有如此胸怀。离开的时候，沈宗宝再次对恺子行鞠躬礼。恺子道："倘若如此，我便不去赴宴。"沈宗宝赶忙告辞，转身离去，一边走一边嘀咕着："恺子，真朋友。"

桌上的菜，一道道都经过二老太爷过目。荤素比例得当，颜色搭配美妙，精致但不铺张，都是上好的食材，可谓一桌美味佳肴。酒是二老太爷喜欢的瓢城陈年老酒，倒在酒杯里金黄纯净。客人们都知道，这是二老太爷的做派，吃也要吃出文化。二老太爷以为，没有文化的用膳，是一种动物的本能；有文化的用膳，那才是补充了身体，提升了精气。

沈均泽看着桌上的酒菜，甚是喜欢。他不动筷子，没人敢动筷子，一个个抬头朝二老太爷看。二老太爷的感觉便更好了，他起筷，让大家喝酒吃菜，不必拘礼。大家动起筷子吃菜，并相互客套："请，请，请。"

二老太爷放下筷子，他们又将筷子放下了。

二老太爷笑道："荒度庚年，世信虚妄之书，惭愧之至。宗宝请客，我仅来作陪而已。"

众人笑了，觉着再拘泥客套就是对二老太爷的不恭了，便放口吃喝起来。

无风，院子里的桂花树非常安静，众人说话的声音也不大，皆因二老太爷在场。酒气飘香的庭院里，其乐融融，一桌盛宴。席间，没有人敢斗酒，一个个文质彬彬地相互看着，手中的筷子又落下了。

二老太爷催促道："你们喝酒吃菜，不必在意我的感受。"看到大家不动，他大声说道："你们喝啊吃啊，这哪像是喝酒的样子，不要辜负了好酒好菜好月光。"

尽管二老太爷不停地催促，还是没有人斗酒。二老太爷不高兴了，带头喝了起来，并说道："这哪像是在喝酒，难不成并不想讨了宗宝的酒喝？"见到二老太爷放口喝酒，又说了这样的话，一个个便相互敬酒斗了起来。

二老太爷高兴地笑了。

席间，有人提议，请沈先生给孩子取个名字。沈均泽道："取名是做父亲的责任和权利，还是宗宝来取。"沈宗宝不置可否，看着二老太爷。二老太爷向他点头，沈宗宝给三女儿取名水草。

众人说："不行，不行，这可不行，得让先生重取。"

二老太爷道："这名字好啊，名贱人贵。女孩我看过了，很像她故去的外婆，那可是一等一的大美人，西街开的一瓢水店铺，也是有口皆碑的旺铺。这女孩将来定会胜过男孩出人头地。宗宝和腊梅一定会享她的福，得她的济。"

二老太爷这么一说，众人附和："有福，有福。"

听到二老太爷这样的一番话，沈宗宝内心很是激动，站起来给大家打躬作揖，并一一敬酒。客人们道："三个女儿好啊，一辈子有酒喝了。"说着，他们要看沈宗宝的三女儿。

秦腊梅将水草抱了出来，客人们争先恐后地看，啧啧夸赞："漂亮，三女儿水草生得确实漂亮。"

二老太爷站了起来，对大家道："你们继续用，我就先行告辞了。"这是沈老先生的做派，大家一一站起，目送着老先生离开。

这一年，农村政社合一体制，恢复到乡村建制，公社改为乡，大队改为村，上坝村生产队改为上坝村村民小组。

上坝村人不乐意，觉得又回到先前的农村了，一听就是农民。"准市民"的身份一下子没了，他们认为这样改来改去没什么意义，甚至有人认为这是复辟，"还乡团"回来了。

西边紧挨上坝村的人笑了，他们说："还是乡村好，大家一样了，又都是地道的农民了。"

51

国家改革开放不断地推进，社会一天天变化着，坝口小院人家在日渐浓郁的经济氛围中度过一个个日头。三女儿水草可以走路了。走着走着，就渐渐长大了。同在坝口城乡接合部长大的水草，处处表现出与两个姐姐不一样，懂事、机灵、讨人喜欢，还主动为母亲做事。母亲有什么东西掉了，她忙着帮母亲捡起来。母亲要去集市卖货，她就跑到母亲身边，帮着母亲整理货物。小小身体，机灵而勤快，博得母亲的欢心。看着三女儿水草机灵勤快的样子，秦腊梅心里一阵阵高兴。

眼看着水草已经到了上学的年龄，秦腊梅让沈宗宝把水草送去登瀛小学念书。登瀛小学靠家近，还一直保持着珠算的课程，以后生活中有用。秦腊梅与沈宗宝都认为，他们的孩子将来是要做生意营生的。

"靠山吃山，靠水吃水；靠集市摊档，吃蒜姜青货。"

沈宗宝看着小院的天空，心中一阵阵难过。他整日关心这个形势，那个境况，自己却往着一种下行的路去了，便也一次次地提醒自己不要做无用功，免得人家耻笑。一个失败的生意人，谈论什么经济形势与经营之道，简直是笑话。

秦腊梅背负着越来越重的家庭负担，一个不停出事的男人，三个吃饭上学的女儿，就靠她在集市里的小买卖。男人生意失败后，她死死盯着他，不让他再做买卖。就是沈宗宝站在堂间里看吊挂的一瓢水牌匾打愣，她也是对他说："不要再看了，看不出道道来。重新做一瓢水，你就不要操这份心了。"秦腊梅不是一般的女人，她愣是让自己的男人在家里吟诗作赋，唱戏作画。她对沈宗宝说："你就在家里闲着，我喜欢。集市里的小生意，可以养活全家。再寻思着其他的法子，一瓢水一定会重新做起来的，急不得。"

"你喜欢我赋闲在家，我知道那是怕我再次出事。但我是个大老爷们儿，在家吃软饭，像什么样子。"沈宗宝显然是不高兴的，但也没有法子，自己落了下坡，不能再给家里添乱了。

秦腊梅理解自己男人的感受，但她不能让他再去瞎折腾了，一旦有所松动，指不定会出什么事情来，要是那样，就真的完蛋了，这个家就再也起不来了。

沈宗宝闷闷不乐地走出院门，漫无目的地向西城走去。想想自己一路走来，心里实在不服气。收旧塑料、电机买卖，都是好生意，怎么就被自己弄成那个样子了。他的心中依然拥有不少的想法，可再有想法，家里女人把持着，蹦跶不起多大的高度了。但他并没有放弃对外部情形的观察，认为在不断变化的情势中，还可以找到做事情的机会。先前的挫折算不得什么，人就是在挫折中成长的，所谓挫折成就人生。他注意到了国家对于企业的管理，强调厂长负责制。也就是说，厂长的权力会很大。于是萌发了与工厂领导交朋友的想法。

沈宗宝又一次想到了诗人恺子，请恺子吃饭。恺子爽快赴约。当沈宗宝与恺子谈到自己的想法时，他一口就答应了，会助他一臂之力，东山再起。男人哪能在家憋死，得想个新的法子。沈宗宝看着恺子，恺子道："你不要这样看我，虽然我不谙生意，但我觉着你行。"沈宗宝很是激动，问恺子："你真的觉着我行吗，还是只说些安慰我的话？"恺子道："你觉得我是说虚话的人吗？"

"不知道怎样感谢你这样的朋友，与你成为好友，三生有幸。"

"我知道你的心思，哪天一瓢水店铺真的做起来了，给我留张常年的桌子，白吃白喝你一年。"

沈宗宝哽咽了，不停地点头道："就是十年也行啊，一定兑现，到时候你不要做了不够朋友的举动。"

瓢城钢厂厂长，是一个诗歌爱好者，恺子约了"诗人厂长"。沈宗宝在家里挑了一个物件送与厂长，厂长非常高兴，恺子、沈宗宝、钢厂厂长，喝酒论诗。也是缘分使然，钢厂厂长喜欢古诗，对于戏曲更是情有独钟。恺子让沈宗宝唱上一段，沈宗宝"哐哚，哐哚……"地一阵仿锣鼓，一个亮相，就唱了起来。不多久，厂长也跟着一同唱了，恺子在一旁喝酒欣赏。

这顿饭，吃得尽情尽意。那不是喝酒，是戏曲交流会。

沈宗宝做了收废钢铁的买卖，他想到了堂弟，兜兜转转，又做了收旧的活。他买了三轮车，走街串巷收废钢铁。废铲、废锹、废锅，还有一些小工厂用完的钢材边角料。这样的生意，做得很好，收了就送去钢厂，钢厂很快就与他结算经济，从不怠慢。生意再起的沈宗宝，又一次想到了"一瓢水"，看着吊挂在屋梁上的牌匾，心中盘算着可以做起一瓢水的时间。秦腊梅说得对，拥有自己的店铺，才是长久之计，否则做不到安身立命。秦腊梅也对他表示，如果攒足了钱财，可以考虑与他一起做一瓢水。

兴高采烈的沈宗宝骑着三轮车，行进在瓢城街巷里与各工厂之间。他唱起了淮戏："看罢榜文心高兴，正和伯喈我的心。勤读诗书十几载，磨穿石砚盼连登……"收废旧钢材的生意，在一片戏曲声中行进着。可就在这一片欢悦声中，憧憬美好未来的时刻，有人举报他的废钢铁中有赃物。公安派出所找他谈话，他坦坦荡荡，都是自己花钱收来的，从没有捡过一两废钢铁。之于那些花钱买来的废旧钢铁，是否有赃物，他说不清楚。于是签了笔录，放他走人。人没有碍事，但回收废钢铁的买卖，成了他生意的最后回响。

废钢的生意黄了后，沈宗宝往着一个无所事事的方向去了。他一阵阵唉声叹气，预感到自己的好运气已经过去。对于女人摊档里的活计，也不想去帮衬，以为那里的买卖想要重整一瓢水店铺，根本没有希望。沈宗宝站在小院里，对天长叹："天不佑我！"

上小学的水草是母亲秦腊梅的好帮手，一有时间就陪着母亲去集市里卖货。水草学着母亲的样子做买卖，做得有模有样。

时间在一种平静的日头里流淌，眼看着水草读中学，出落成漂亮的大姑娘了。沈宗宝有了无以名状的涌动，心里的东西也渐渐复苏起来。二老太爷说的话在他的耳边回响，自己与秦腊梅将来会得水草的济。

小院里时常传出戏曲的声音，那个随性的沈宗宝又回来了。他完全想通了，一代人做一代事，现在自己不出事情，就是对家最好的贡献。

心境平静下来的沈宗宝又回到了年轻时的状态，吟诗作赋，写字唱戏。上坝村人说，沈宗宝是个天生的"乐天派"。也有人说，沈宗宝就是个不着调的公子哥。

凌晨时分，东方的天空里露出些微亮，沈宗宝起来在院子门口吸烟。晨曦中的宁静蓝光，宛如香烟冒出的淡淡青烟，一丝丝、一缕缕地飘散着。远处传来几声鸟鸣，不多会儿，许多鸟叫了起来。

秦腊梅起来，在院子里整理集市中的东西。水草跟着起床，帮着母亲整理货物。姐姐金草、银草还在睡觉，没有人去叫她们。

水草与母亲秦腊梅一同出门，向西城走去……

第三章

坝口小院

西城门外的坝口小院，院门朝南，正对着村前的河流。出门往河边去，是青石铺就的小道，两边的自家菜园里，长着各种蔬菜。河岸的石板码头，洗刷得干干净净，蹲在上面，可以看到河里穿行的小鱼。院落里的高大桂树，花香四溢，多远就能闻到它的香气。村里人随意来掐些桂花回家，沏茶、泡酒、包粽子、做汤圆，那是家常便饭。

村前粼粼清澈的河流，是连接乡间与城里的水上通道。秋水时至，水中来往船只被院子里的香气吸引，船家将船泊在河岸，与院子的主人讨要些桂花带走。主人让他自己去掐取，不必客气，船主就自己动手去掐花了。回头的时候，带上些自家的红薯、玉米什么作为回礼。这样，桂花的情意就送到了百里之外。

一年又一年，古老的桂树拥有着旺盛的精气神，浓郁迷人的花香飘散在上坝村。上坝村人闻着这样的香气行走在村子里，会情不自禁地抬头望向村前的桂花树。上坝村人喜欢这样的花香，家家户户也都有这棵树长出的桂花吃，村里人就越发喜爱这村前的老桂树了。

老桂树长出的桂花做成桂花膏，西城教堂集市里有卖，许多人喜欢这种桂花膏，专程到集市去买。秦腊梅忙着集市里的买卖养活一家五口，桂花膏立了头功，那种金桂一般的桂花膏，是母亲交给她的"法宝"，在集市的摊档里一直卖得很好。

长期在家的沈宗宝，无所事事，觉得自己是半生潦倒，一事无成。院子里长着的老桂树，满院子散发着浓郁的香气，阴气太重，阳气不足，家里尽是些女眷，他常常有着这样的念头，并把心中怨气一次次往家里撒了。世间并不少有这样的男人，为着自己的糟糕情绪，使得家里充满了戾气。沈宗宝低头走路，抬头看天，就是不能正眼瞅人。熟悉他的人都知道他的内心不爽，三女儿水草虽说有了伶俐的样子，但三个丫头片子杵着，总是觉得难受。

沈宗宝在瓢城西街里走着，有人调侃道："怎么，不能平视了？家里女人又让你受气了？"引来哄堂大笑。

"不是，院子里的桂花香气呛着眼睛了。"说罢，揉着眼睛离开。

沈宗宝憋着一肚子气回家，看着院子里的桂花树，越看越气，转头离开小院，向西城小酒馆走去。收废钢铁的生意没有做成，沈宗宝一次次听到了自己生意的挽歌。每遇不开心的时候，他就到西城小酒馆去喝酒唱戏，排解心中苦闷。小酒馆里的氛围，是随意喝酒唱戏玩耍的去处，想怎么耍就怎么耍，没有任何顾忌。这酒好啊，喝了万事皆空，忧愁全无；这戏好啊，唱了痛快淋漓，倾诉了心中苦涩。"今朝有酒今朝醉，明日愁来明日愁……""烟笼寒水月笼沙，夜泊秦淮近酒家……"沈宗宝在西城小酒馆里找到了自我发泄的感觉。

这家小酒馆在西城牌楼旁，夫妻两个经营。看着不起眼，已经是三代人的传承。祖父那一辈在瓢城杏林饭店有过股份，在瓢城也是大户人家。后来不知道什么缘故退了股，买下了这座民宅，经营起小酒馆。小酒馆的房子是晚清时期的民居，青砖青瓦，外墙是厚重的青黑色，屋前的一块空地上，青石板发出幽蓝的光芒。酒馆没有名号，门楣上很随意地挂着"小酒馆"三个字，柳木牌匾，黑色字。"小酒馆"三个字倒是西城穿长衣沈均泽先生的手笔，瓢城人信他，清秀、文气、柔中带刚的笔力。酒馆中的物件，柜台、桌凳、酒具、盆碗、器皿，以及条案、挂件、茶几摆设，都是些老物件，一看就知道有了年头，早已烙上漫漫岁月的痕迹。据上了年岁的人说，腊梅母亲当初开的一瓢水店铺，就离小酒馆不远。瓢城人还一度对后街"沈记古玩"里的书生男人题写的"一瓢水"与西街沈均泽题写的"小酒馆"作比较，结果认为笔力、气韵，旗鼓相当。

西城小酒馆里聚集着诸多的瓢城酒客，上至舞文弄墨的文人雅士，下至市街里蹬三轮车、码头上拖板车"脚班"的世俗粗人，好不热闹。干切牛肉，配以蒜瓣、辣椒，浇以自家做的酱油，五香花生米、茴香豆、米粉、拌豆腐、熏卤等下酒的小菜，看了就食欲大振。热菜是现杀、现做，非常新鲜，吃的就是这鲜活。除了菜肴丰富、风味独特、价格便宜外，还有这里的自由氛围。走进小酒馆，不丢下酒钱是不可能的。

跑堂的见沈宗宝进店，赶紧地给他端酒上菜，他是这儿的常客，喜欢的菜肴也都晓得。这里的人都叫他沈家大爷，也有人叫他沈先生的，店老板就这样叫他。沈宗宝一伸手抖了抖袖口，端起酒盅喝了起来。他一连喝了三口酒，闭着眼睛咧着嘴巴呼着酒气，一副既快活又痛苦的样子，然后大口大口地吃菜。一旁看他喝酒吃菜的人，一遍遍地咽着吐沫，催着跑堂的赶紧拿酒上菜。跑堂的一溜小跑，给客人拿酒端菜。

沈宗宝吃着喝着，额头出汗，浑身起暖，人也飘飘欲仙起来。他的眼神或者说他的眼睛所能见到的东西，由实变虚模糊起来，脑海里的景象则由虚变实，一步步清晰可辨。沈宗宝在现实与虚幻中不停地转换，等待着一种感觉的出现。他又连喝了三口酒，吃了两口菜。"有了。"冷不防，他霍地站了起来，张着嘴，摆着手，扭着头，眼睛不停地转动，嘴里念着"哐哚，哐哚，哐哚……"的鼓点声响。和着这声音，他围着桌子碎步走圈，很快就成了戏中人物。

一旁的酒客道："沈宗宝要开唱了。"他们知道，沈宗宝喝到这个份上，由现实到戏曲的转换已经完成，接下来便是那特有的精彩表演。一个个放下酒盅碗筷，等待他的表演。跑堂的停了下来，柜台上的人放下手中活，朝这边看，柜台前等待安排的顾客也一同转身来看。

沈宗宝转着眼睛，运着功气，目光流动，嘴唇不停抖动。酒客们向他聚拢过来，嘴里还咀嚼着食物，他们要近距离观看沈宗宝的丰富表演。沈宗宝唱戏的样子，那真是让人欲进又止，欲罢不能，痛苦、真切、夸张、过瘾。

沈宗宝稳了稳神，咳嗽两声，瞅了瞅众人，一个亮相，一提嗓子，唱了起来："尊父命东平庄上访恩人，丽日春风伴我行……"声音洪亮，弦外有音。沈宗宝唱戏，有着明显的戏文曲调之外的东西，有时候还来点花腔。但他唱戏用情，动作到位，说是撕心裂肺、情真意切也不为言过。听戏的人一个个看呆了眼，没有见过这样的唱法。但他们又分明是喜欢这样的唱法，身形做派、对戏文的独到诠释，率真仗义，情深如潭水，人戏浑然一体。

沈宗宝的演唱，给酒客们带来了少有的享受，叫喊声、喝彩声不断。一段唱词之后，沈宗宝将盅中之酒一饮而尽，坐下稍息，声音戛然而止，一片宁静。众人屏息凝神，坐立不响，等着他的下段唱文。一时间，小酒馆里鸦雀无声，仿佛一切都凝固了一般。这样的时刻，就是掉下一根针来，也会听到清脆的响声。

沈宗宝顺了顺心气，坐在凳子上轻声呼吸，在做接下来演唱的准备。运气与情绪渐渐到位后，沈宗宝重新站起，摆了造型，瞥一眼窗外的瓢城西城门楼，瞅一下酒馆里的人群，仰了仰头，摆了摆手，一个亮相，接着唱起："谯楼上起更鼓，夜凉如水。听秋虫一声声，如泣如诉，凄凄切切，停停歇歇，千丝万缕诉与谁……"

"想想沈宗宝这些年也不容易，看他是在唱戏，实质是在倾诉，他的心中有着诸多的不快。"有人说道。

"是的，沈宗宝也的确不容易。一心想帮女人重整一瓢水店铺，无奈岔路太多，不能聚财，落得在酒戏中寻找感觉。"旁边人点头附和道，"你看他入戏的样子，比那戏台上的角还要认真到位。宗宝真的适合唱戏。"

突然，沈宗宝跳了起来，一脸悲壮。他的脸开始扭曲，整个身体不停地颤动，观看他的人向后退去，他们实在是受不了这夸张痛苦的脸。沈宗宝的情绪急剧变化着，身体不停地颤抖，大悲大喜，大恨大爱，一抬手一跺脚就可以将这小酒馆掀翻了。只见他瞪大眼睛，挺直腰杆，手舞足蹈，不能自已，嘴里不停"呀——呀呀呀呀呀呀"地号叫，骂骂咧咧地冲出酒馆，消失在市街里……

"哎，他又要回家去砍树了。都砍了一百零八回了，树还是树，蓬勃地生长，你说这好笑不好笑？"

"每次都被那能干的秦腊梅弄得丢盔卸甲，败下阵来。"

观看的人你一言我一语地议论着，仿佛成了戏的一部分。

"呀——呀呀呀呀呀呀……"有人学着沈宗宝的样子，引来哄堂大笑。

"喝酒。喝酒。都散了吧。"

全然没有沈宗宝的存在了。

53

夜晚瓢城广袤的天空中繁星点点，一片墨蓝底色。走出西城门，郊区的空气一下子清新起来，沈宗宝呼吸着带有泥土气息的新鲜空气，不敢相信，城市与乡村有着如此明显的差别，仅仅就隔了一个西城门楼。上坝村人家闪着微暗的灯火，真的就是农村的景象了。沈宗宝快步向坝口小院走去。

秦腊梅正低头忙着第二天集市里的货物，一对光脚丫的母女走进院落，她们是来送鱼的。母女是蟒蛇河渔船上的，一家三口靠打鱼为生，西城不少人知道他们。父亲将当天打上来的新鲜鱼儿归拢起来，晚上由母女二人送到坝口小院。渔家愿意送给秦腊梅，秦腊梅给的价钱合适，还常常送给他们自家菜园里的蔬菜。

看到喝酒回来的沈宗宝，秦腊梅不与他搭话，酒后的沈宗宝就是酒疯子一个，根本不像斯文男人。这样的情形下，不予搭理是最好的法子。

看到主家男人醉醺醺地回来，渔船上母女与秦腊梅打过招呼，赶紧向小院外走去，四只光脚消失在门外的黑暗里。

仰仗着酒性回到家里的沈宗宝看过离去的渔民母女，歪歪斜斜地对自己的女人说："秦腊梅你听着，万物生灵，皆与环境有关。为什么都生女孩？因为这桂树阴气太重。"说着，找来斧子要去砍树。

秦腊梅放下手中的活计，冲上前去大声呵斥道："喝了酒就不像个人样，不是唱就是跳，要不就是砍树。除了这些，你还能做什么？"

"我不唱，我也不跳，我今天就是要砍树，一定把这树给砍了。你看它不停地开花，散发着撩人的骚气，整个院子都被它给熏呛了，这样的环境怎能生得儿子？"说着摆出戏台上的造型，高高举起斧子，嘴里"呀——呀呀呀呀呀呀……"地叫着。

秦腊梅气得直跳："好你个沈宗宝大烟鬼大酒桶，你就是睡不着觉怪床歪的人！发酒疯砍树，算是什么男人？"秦腊梅万不可让他伤到这棵桂花树，这树是她秦腊梅的命，是秦家的宝贝。

看着震怒的女人，沈宗宝笑了，放下斧子对秦腊梅说："还说我会跳呢，我看你跳起来比我还要凶，一点也不美。"他再怎么以酒壮胆，遇见自己漂亮能干的女人，也只能认赆收场。

沈宗宝直勾勾地看着秦腊梅，知道自己女人心中的苦，远超过自己。他梗了梗脖子，目光低了下来。这些年，女人不让他做事，也是为他好。可诗文不比姜蒜，换不来银钱，全然是女人在养家糊口。沈宗宝对秦腊梅说："我也并不想折腾，只是觉得一个大男人，不能为家做事，心里闷得慌。"说着，斧子从手中滑落。

秦腊梅拾起斧子，将它放回原处，回头走到沈宗宝跟前，给他点燃一支香烟。"我知道你想做事，但家不能再有闪失了。你喝酒把控不住自己，又不会看人。"她接着说，"我们平静地过日子，女儿并不比儿子差，一定会得她们的济，相信我的话。"眼睛里有了泪。

瓢城的夜色，有着一种墨蓝幽静，沈宗宝离开坝口小院往瓢城西门去。他也不想这样，只是一喝酒就会发作。这时，他的酒也醒了，觉得自己的行为实在是让女人失望。西城门外的黑暗，反倒是衬托出西城里的明亮。他喜欢西城，他就是瓢城西城人，他的童年记忆里尽是瓢城西街的风景。后来他跟着秦腊梅来到坝口，成了城乡接合部的一员。沈宗宝走在西城橙色的街灯下，心中想起父亲沈佑田。他来到西街米饼店，店铺黑乎乎的，像一具僵尸立在城市黄色灯光里。

坝口小院里的秦腊梅，心中极为难过，自己男人至今没有找到生活的感觉。男人走后，她走进屋里坐在堂间，眼泪唰唰而下。漂亮能干的女人，在外不输别人，在家里，不停地面对男人的疯劲，渐渐有了对自己的怜悯。她也是女人，嫁到沈家，住着秦家的房子，也就如同招婿。父母不在了，家里一切都靠着自己，就是铁打的，也难以支撑这样的局面。可她只能硬撑着，否则这家就塌了。秦腊梅觉得自己命苦，老天也与她过不去。倘若当初一瓢水做成功了，自己男人也不会是这个样子，她也不可能窝在西城教堂集市里做青货买卖。

一瓢水店铺的场景浮现在她的眼前，她想到了自己的母亲。母亲是那样希望一瓢水重生，可一场大火烧灭了所有希望。自己这么多年来在集市摊档里做事，拥有了宗教般的虔诚，一次次在虚幻中看到神父站在耶稣受难的雕像下手捧《圣经》，听到响起的管风琴声，觉得自己也是在受难。她想着一瓢水重新开张的情形，可这样的憧憬变得越来越遥远了。

抬头望向屋梁上吊挂着的一瓢水牌匾，觉得一瓢水店铺，可能要交由下一代去完成了。这样的想法一次次在她的脑海里闪现，成为她安心在西城集市里做事的理由。受着教堂集市环境的影响，她仿佛一次次听到了上帝的声音，把生活里的一份安逸与宁静，静静地流淌着。

社会发展的脚步越来越急促了，为着一个较快的速度在行进。沈宗宝看着秦腊梅安逸于集市里的买卖，自己又不能做些事情而焦虑烦躁，越发地没有感觉了。过去的沈家，是瓢城少有的大家族，到了父亲沈佑田时完全败落了。兵荒马乱的年代，保全家业就非易事，家道中落在所难免。与朋友喝酒时，沈宗宝喜欢谈论家族的往事，朋友们这个耳朵进那个耳朵出。当他们听到大码头、织布厂、绸庄、药铺、当铺、沈记古玩、瓢城各处大宅时，总是微微一笑，那是沈宗宝在自说自话。

"大半个瓢城都是他们家的了。"

"谁也没有见过。"

"喝酒，喝酒，让他一个人去比画。"

沈宗宝对于沈家过去辉煌的描述，非但没有抬高自己的身价，反倒是被看成了添油加醋的涂脂抹粉。人的言行要与自己的身份相符，或缺了一头都是不着边际的存在。他感觉到了人微言轻的道理，不管你的家族过去有着怎样的辉煌，现在撑不起局面，一样地遭人耻笑。

来往于上坝村与西城门的沈宗宝，对于西城门楼有着一种特殊的情感。他把目光送向西城门楼。西城门楼在他的脚步中越来越近了，到了西城门下，仰望高大门楼的屋檐，已经斑驳陆离。天空下的门楼，经过时间风雨的冲刷，呈现出无比苍老的景象。他想到了自己父亲沈佑田给他讲述的沈家过往的故事，那时的沈家生活在别人羡慕的目光里。

进入西城门，他向西城走去。

见到形单影只走在瓢城市街里的沈宗宝，有人在路边议论着："沈宗宝又在想他的先人了，你看他走路的样子。"

"这年头吹牛打卦谁不会啊，又不花本钱。"

"人还是实诚些好，自己硬往上爬没用，反而折损了形象与声誉。"

"下面缺失了坚实的基础，人就站不住脚了。"

过去辉煌谁曾见？今日黯淡在眼前；落时凤凰不如鸡，龙游浅水遭虾戏；过去事来将来事，徒有虚名空悲戚。所有人都懂得这个道理，就是他不懂，成了没有支撑的不伦不类的瓢城纨绔子弟。

别人的议论，并没有影响到沈宗宝，他依旧乐此不疲地说着沈家往事。"我说归我说，听与不听他人事。瘦死骆驼比马大，得志猫儿凶过虎。该喝酒喝酒，该吹牛吹牛，该唱戏唱戏。"说完，摆出戏台上的造型。

其他人觉得好笑，直摇头。

沈宗宝心中存念着沈氏家族优渥的过往，一心想光复沈家基业，帮助秦家重新做起一瓢水，觉得自己有责任做这些事情。可他做过的事，没有一件做成，还弄出花边新闻，荒了光阴，散了人气。沈家的败落，在他手里又多了一层。

沈宗宝一身乳白色衣裳，油光闪亮的小分头，脚上一双黑白相间的尖头皮鞋，这是他的做派。喝酒谈论沈家过往得不到他人赞誉，他又开始注重起自己的行头来。这个时候，他更要穿得好一些，不能让别人看低了自己。说实话，如此装束在坝口也只有他沈宗宝穿，其他人想都不敢想。

"沈家不可能在瓢城就这么销声匿迹了，风雨飘摇之后，还会长出参天大树，一定得想法子东山再起。"沈宗宝不停地鼓励自己，一瓢水老匾还在，沈家的根基还在，阳光雨露一旦合适，定会蓬勃生长起来。

54

"我要做事。"沉寂多年的沈宗宝，终于对秦腊梅说出了这样的话。这种"我要做事"的想法，在一九九二年春天变得格外强烈起来。他手拿红色便携式半导体收音机，大步走到秦腊梅面前，煞有介事地说："南方吹来一股劲风，这风是专为生意人吹的。"

近来的这段时间里，沈宗宝总是对秦腊梅谈论村外的事情，从西街谈到瓢城，从瓢城谈到国家，越谈越大，越谈越有了奇幻的成分。沈宗宝以他出生在城里的视角，谈论经济发展、城市变化、国家政策，甚至国际大事。秦腊梅觉得好笑，又是经济，又是国家，还国际了呢。南方的风，怎会专为什么人吹，红色收音机里的消息，与你上坝村的沈宗宝有着什么联系？秦腊梅有着朴素的思想，但凡喜欢谈论国家大事的人，什么政策啊、战略啊、国际关系啊，都是些没有本事的主。自己的男人就是这样的人，夸夸其谈的飘货。退一万步讲，为着什么人吹，也不会为你沈宗宝吹。

秦腊梅说："以往的教训还不够啊？"

沈宗宝不急，向女人阐述自己的理解，他联系到时事政治，活脱脱一个政府官员在作形势报告。只见他郑重其事地对秦腊梅说："总之，我要做事。你得有个态度，这是天赐良机。"

在沈宗宝的一再追问下，女人秦腊梅给了他一个原则：家里没钱投入，一定要做生意，就自己去想办法解决资金问题。秦腊梅知道他做不了生意，也借不到钱，这么做，就是想灭了他再次折腾的念头。

沈宗宝去找朋友借钱，朋友一个个像是见了瘟神似的躲着他。沈宗宝不停地向朋友说明这是个投资的大好时机，不能错过。"每个特定的历史时期，都有一些政策窗口，抓住了这些窗口，就进入到一个新的市场，就会发财，说不定还会发大财。"他反复向朋友阐明这个发自肺腑的道理，以及自己对一些政策的预见性解读。

"这是洞见，真正的洞见。"沈宗宝说。

听的人笑了，没人相信他的"窗口"与"洞见"，沈宗宝画出的一个个大饼，目的是忽悠他们借钱。沈宗宝做生意，就是卖布不用尺子——胡扯，借钱给他，那是肉包子打狗——有去无回。

沈宗宝觉得朋友们并不是怀疑他的判断力，而是对落魄的自己缺乏信心。他陡然明白多说无益的道理，以酒会友，联络感情，才是正道。在以后的日子里，沈宗宝不停地请周围的朋友喝酒吃饭，于一次次酒局中，表现出少有的谦卑姿态。在那些酒后的午夜里，幽暗的星光悠远缥缈，他看到了沈氏先人风流倜傥的身影。他与先人的距离越来越近了，那是在黎明时分的浅蓝色光线中，半醉半醒的感知。

太阳出来了，沈宗宝坐在门口抽烟。烟雾在他的头顶缭绕，然后向四处散开。抬头望向天空，满天晴朗，他的酒也醒了。

秦腊梅看着沈宗宝，他不停地请人喝酒吃饭，成了她的一个心病。一方面，她不能断了沈宗宝的经济，那样，沈宗宝一定会炸锅，像一只随时可能狂叫的犬；另一方面，她又不能承受这笔花销，经济捉襟见肘。秦腊梅实在不能理解，这样以酒会友，究竟有何意义？

傍晚到来了，沈宗宝又请大家到西城小酒馆喝酒。一个个从外面走进小酒馆，相互寒暄，打躬作揖，笑容满面。

"宗宝请客，我们得来。"

"对，得来。"

"宗宝好口才，出手也大方。"

跑堂的在酒馆里穿梭行走，拿酒上菜。沈宗宝招呼开席，让客人开怀畅饮。酒过三巡，众酒客听沈宗宝口若悬河、一泻千里。

"唱一段？"有人提议。

"唱一段。"大家附和。

沈宗宝放下酒盅，站了起来。他张着嘴，摆着手，扭着头，眼睛不停地转动，嘴里念着"咣咴，咣咴，咣咴……"的鼓点声响，咳嗽一声，唱了起来。小酒馆里一片欢歌笑语，酒气飘香。

酒席散了，沈宗宝结了酒账。

大家打躬作揖，各自回家。

沈宗宝不停地请人喝酒吃饭，小酒馆、路边店面、大饭店，只字不提沈家的过去与生意的事情。那些喝酒吃饭的人，一个比一个放得开。

一路的时光里，沈宗宝坚持不懈地请客，大家也就相信了他的诚意以及沈氏家族曾经拥有的辉煌。虽说这是人的思想与酒菜相斗争的结果，但对于沈宗宝的信任感也确实在一次次酒气中增加了。正如沈宗宝所言，人多说无益，关键在于多做。

"宗宝这人，真正的朋友。"

酒后的沈宗宝，满面红光，口若悬河，说得正经八百的典故，也说得诙谐的闲文。古今中外，天南地北，上天文下地理，云山雾海神仙玄幻，还不时地说些风花雪月的故事与特别的新闻趣事。大家爱听，舒心养耳，好不快活。

沈宗宝的酒量很大，来者不拒。可酒量再大，也有喝高的时候。一旦喝过了线，他就方寸大乱，不停地说话，其他的人根本插不上嘴，越说越邪乎，手舞足蹈连说带唱。渐渐地，人都走光了。沈宗宝晃荡着身体行走在瓢城西街里，挨个儿找熟人闲聊。熟人见他就烦，用各种法子打发他走。

"花间一壶酒，独酌无相亲……""我醉君复乐，陶然共忘机……"沈宗宝一边走一边有一句没一句地吟诵酒诗。这样的时刻，唯有诗可以抒怀。人都是靠不住的东西，你立着，他围着；你倒了，他就散了。这就是现实世界。

走到西城门的时候，沈宗宝一屁股坐在地上。他抬头看着西城门楼，心中涌起一股苍凉。他想到了堂弟，想到了小女人，想到了那些吃他喝他的酒客朋友。"罢了。世风日下，人心不古。"沈宗宝嘀咕着，歪歪扭扭地走出西门，向坝口走去。

烂醉如泥的沈宗宝回到家里，秦腊梅正在看一瓢水牌匾。近段时间里，秦腊梅老是偷偷把一瓢水牌匾拿下来看。

沈宗宝看到一瓢水牌匾，对秦腊梅说："不要去摸那老匾了，你又不支持我出去做事，摸那玩意儿有什么用？"

秦腊梅看着满身酒气的沈宗宝不说话，不让他出去做事的想法，变得更加坚定了。

这时，沈宗宝的酒劲上来了，指着秦腊梅的鼻子说："你听着，像你这样成天在集市摊档里转悠，哪天才能把一瓢水做起来？你就是一只生母蛋的鸡，生不了公蛋。还有生意上，你死命地压住我，让我动弹不得。"

秦腊梅实在忍受不住他的疯劲，把家里的酒坛给砸了："喝，让你去喝。一喝酒，斯文扫地，胡说八道。家里值钱的东西都被你变成酒气冒了，最后换来什么？一帮狐朋狗友。吃喝谈笑，一个比一个来劲，可哪一个真正说你好了？又有哪一个真心帮助你了？你以为他们围着你转是乐意听你天南地北的胡诌啊，那是因为你不停地付酒钱。哪天不付这酒钱了，也就曲终人散了。"

秦腊梅这么一骂，反把他给骂醒了，翻着眼睛看着秦腊梅说："请人喝酒也不是什么大钱，配以真诚态度，就可以有广泛人缘。人立于天地之间，须懂得诗文古赋士礼，再落魄也要有这些东西，所谓诗礼簪缨，人情世故。予人以物，舍得有得，方寸之间见风景。"

秦腊梅早就听够了他的这些酸文涩字陈词滥调，收拾着被砸的酒坛，眼睛里盈满了泪。人立于社会哪是这些虚头巴脑的东西？是人的勤奋与靠谱。酒，古玩，男人醉醺醺的样子，成了秦腊梅无处不在的心痛。一次次醉酒骂人情形，在她的心中落下了阴影。男人的狐朋狗友越来越多了，家里值钱的东西越来越少了，这样的日子真的是没法过了，心中的苦越来越显在了女人脸上。

"爸教我学兵刃跑马挽弓，实指望尽孝道双亲受重……"沈宗宝又唱了起来。

55

秦腊梅一次次面对酒疯发作的沈宗宝，笃定这样的一个态度，无论男人怎么闹腾，就是不让他再做生意。沈宗宝在一次次酒醉酒醒中，明了自己与生意的距离远隔千山万水，想想不做也罢，落得自由清闲。一旦想通，酒也不喝了，人变得斯文起来。

一日黄昏，他从瓤城西街向西城门走去，走出了悠闲落拓的步子。沈宗宝虽然有诸多的不如意，但心里依然保持着大孩子般的清幽，那种逍遥自在的心绪，一次次涌上心头。走出西门，一阵清风吹来，他深深吸了一口黄昏里的空气。自从放弃再做生意的想法，他重新回到诗、书、画、戏曲的世界。

远远地看到蟒蛇河边坐着一个女子，他很好奇，站在一旁看着。那女子一动不动，蜷缩着身体低头看着河面。直觉告诉他，这个女子一定遭遇了什么伤心之事。基于这样的认识，他不走了，他要看着她，防止她自寻短见。

渐渐地，他向女子走去。

夕阳已经西沉，那轮天体像一个巨大的熟透了的红苹果挂在西天，河面一片酡红颜色。河上一些水鸟在飞动，叽叽喳喳，一会儿飞到这边，一会儿飞到那边。晚霞渐趋隐退，河水慢慢变暗，暮色即将来临。女子站了起来，向前踉跄一步，他一个箭步上去将她拉住。

一个男人突然从背后将她拉住，女子惊呆了。当她知道男人是在默默地守护自己，投去感激的目光。沈宗宝看着眼前的女子，长得很美，是个标准的美人儿，就是皮肤黑点，笑着对她说："遇到什么伤心事了，这样孤零零地坐在河边？"

女子哭了，告诉他自己的不幸遭遇。

漂亮女子其实是个小寡妇，男人是菌菇栽培的技术员，一个高大魁梧有文化的年轻人，拥有一身好技艺。一次去乡间培训栽培技术的回程途中，出了车祸。送医院抢救，命是保住了，却成了植物人。当她知道这件事情的时候，瞬间崩塌。女子哭肿了眼睛，哭伤了身体，哭得昏死过去。

想到自己男人细腻缠绵的情感，想到他手把手教给她菌菇栽培技术，她一次次地放声大哭。渐渐地明白，哭是没用的，得认命。她不再伤心落泪，而是打足精神服侍男人。觉得孤单的时候，她就看瓢城天空里的云彩，看蟒蛇河岸盛开的野花，看瓢城市街里的石头路面。春夏秋冬，拉屎拉尿，擦身洗澡，一年四季这人这屋子都是干干净净，把日子一天天过下去。这就是她的生活，与自己心爱的男人在一起，她很满足。

精心服侍男人整整六年，男人最后还是死了。她没有落泪，泪已经流光了，早化作干枯的沟壑。她来到西城蟒蛇河岸，在河边整整坐了一天，她与自己的男人就是在这里相识的。

他们相识于那个春天。

春日的黄昏，一个戴黑边眼镜的青年站立河岸，一看就知道是个有学问的人。男子向她走来，她的心跳猛然加速。他走到她身边与她说话。青年人对她说了自己的情况，像是先前认识一般，并说保持联系。她太想保持联系了，一个劲地点头。

在以后的日子里，青年人竭力呵护着她。一同散步时，总是让她走在自己的内侧。他没有什么甜言蜜语，是个深沉内向的人。他与她谈论河流，谈论瓢城石桥，谈论地里生长的植物，就是不谈爱情。她有些着急了，但又感到欣慰。

在一个秋日，青年人向她求婚。当他说出自己的想法时，她不敢相信自己的耳朵，睁大眼睛朝他看。"你不要这样看我，我是认真的。我是个与土地打交道的人，种植菌菇，是很脏很臭的工作，你愿意嫁我，就点头；不愿意，就摇头。"

她不停地点头。他笑着说："同意就同意，没必要点这么多头。"她害羞地将头转了过去。"你得想清楚了，我没有工作。"当她将头转过来时，对他说了这话。他笑道："我养你。我工资两个人过活没问题。"

夕阳映照在蟒蛇河上，一河酡红。西天里的红日照着他们的脸，发着一阵阵红光。她偷偷地看着他，想到了太阳。她真的想到了太阳，他就是自己的太阳，比天上的太阳还要明亮温暖。

婚礼极为简单，除了他的师傅，没有别人……

沈宗宝知道了眼前的漂亮女子原来是个小寡妇，刚刚死了男人，是到这里来追思的。他落下了同情的眼泪，对小寡妇说："人的一生总会有些伤心事，失去男人当是最为悲切的事情了。女人一个人过活不容易，现在就让你改嫁也做不到，但你得有自己的生计才行。"

"我是孤儿，在瓢城无亲无故。男人给我留下了钱，还有抚恤金与遗属补助，生活没有问题，但我想做事。可做什么呢？"小寡妇沉思了一会儿说，"要不开个小吃店应该可以。"

听了小寡妇的话，沈宗宝立刻想到挂在家里屋梁上的一瓢水牌匾。那个牌匾已经挂了许多年，落满了时间尘埃，已然成为沈、秦两家的一个符咒。他对小寡妇说："我们家先前在瓢城西城开过食店，叫'一瓢水'，生意可好了。后来被一场大火给烧了，只剩下光秃秃的一块老匾了。"

听到"一瓢水"三个字，小寡妇的眼睛一亮，她说："这是个好店名。有了好的店名，事情就成功一半。"

这话说得好，沈宗宝看着小寡妇没有说话，赶紧地往家里回。

回到家里，沈宗宝急切地告诉秦腊梅："傍晚时分，我见到一个女的坐在蟒蛇河岸。以为她想不开寻短见，就在一旁看着。后来知道她是个寡妇，刚刚死了男人。"

听沈宗宝一开口就是个女的，还是个寡妇，秦腊梅立马警觉起来。但往下听去，不禁一阵鼻酸，对小寡妇产生了怜悯。她抬头看了一眼屋梁上的一瓢水牌匾，对沈宗宝说："要不就让她开一瓢水店铺吧，牌匾挂着也是挂着。"

沈宗宝点头道："我就是这个意思，得你同意才行。"

秦腊梅叹了口气说："秦家的一瓢水老匾在屋梁上挂了很多年，现在有人出来挂这个牌匾经营，是件好事，一准是上天在帮助我们。不过我要见她一面，看看是否能行，不能辱没了一瓢水老匾。"

秦腊梅见了小寡妇，眼前一亮，因为她看到了自己母亲的身影，虽然只是一瞬，却是那般清晰可辨。眼前的小寡妇只是黑了一点，但神态很像她的母亲。秦腊梅毫不犹豫地将一瓢水老匾交由她去经营。

"缘分，这就是缘分。"秦腊梅相信她一定会把一瓢水做起来，做成西城的一爿旺铺。

小寡妇一个劲地点头。

秦腊梅对小寡妇说："我只有一个要求，牌匾永远是秦家的，秦家随时可以收回。"

"成啊。"小寡妇说。

瓢城西城一爿新店开张了，悬挂的是秦家的老匾"一瓢水"。

开张那天，沈宗宝过来看她，秦腊梅没有来。

小寡妇说："沈哥，你们是我的恩人，我会好好报答你们。我一定把一瓢水做起来，做成瓢城的旺铺。"说着就要给沈宗宝端酒上菜。

"我们不图这个，你好好做事就是。"沈宗宝说，"以后你不要叫我沈哥，叫我老沈好了。"

小寡妇说："那我叫你沈先生。"

"这样也好，既亲切又庄重。"沈宗宝在店铺里逗留了一会儿，转身离开。

来一瓢水的店客，抬头看见一瓢水牌匾，然后去看小寡妇的神韵，断定她开一瓢水店铺，得了沈宗宝的支持，有一瓢水老匾为证。一时间传闻四起，说是小寡妇开一瓢水店铺的资金，是沈宗宝卖了家里一副手镯供给的，有人见到他在那个雨后的晌午，去了南城的当铺。

"这不明摆着的事情，他喜欢小寡妇，小寡妇也喜欢他。"

"沈宗宝做生意不行，但他女人缘好，与他相好的个顶个漂亮。"

"蹊跷的是他的女人秦腊梅怎么就将家里的老匾给小寡妇经营了呢，她不担心自己男人花心吗？坝口小院这家，尽出些蹊跷的事。"

几乎所有人都无法回答这个问题，他们你看看我，我看看你，只好去问沈宗宝。

"一瓢水是不是你支持小寡妇开的？小寡妇与你到底是什么关系？"来人直截了当地问他。

沈宗宝冷着脸道："我与她没有任何关系，八竿子打不着，不可以胡乱猜测。一瓢水牌匾是秦家的老匾，这一点不假。她死了男人，我将这事告诉了秦腊梅，秦腊梅愿意帮她，挂秦家老匾经营。"沈宗宝看过众人说，"秦腊梅只有一个要求，秦家老匾随时可以收回。"

"听说你卖了家里一副上好的镯子，帮着小寡妇开了一瓢水店铺？有人见你在雨后的晌午去了南城当铺。"

"一个个吃饱撑的。"沈宗宝眼睛一瞪道，"我有那钱，不能自己开啊？"

56

小寡妇的一瓢水店铺，坐落在瓢城西城地藏庵斜对面，从那儿可以看到西城门楼，店面的牌匾是原木底，字为黑色，镶了金边。迎面的柜台红木做成，天然生漆，擦得锃亮。生漆家具越用越新，由乌变紫由紫变红，木质的纹理渐渐显露出来，在一层晶莹剔透的生漆后面煞是好看。柜台后的柜架摆放着桂花酒和腌制的瓜菜。往里去，店铺中央有一水池，池中生长着荷花、水仙，还有一种不知名的长着金色叶子的草本植物，大家管它叫"大金叶"。

人们都叫小寡妇"黑牡丹"。她的原名叫什么没有人知道，觉得她就应该叫黑牡丹，这很恰当。她乌黑油亮的头发，梳理得整整齐齐，斜斜地贴在额头上的刘海，疑似抹了上好的头油。两耳裸露在外，显得尤为柔嫩。头的右侧戴着一枚白色发卡，远远看去，乌亮的头上一点白色，煞是耀眼。近了，可以看清她的脸：丰满的面庞，雪亮的眼眸，鼻梁坚挺，唇沟分明。黑牡丹的美，是一种俊俏、干净与圆润。细细地品味她的样貌，不知是特别还是精致，竟是百看不厌的美人儿。

到一瓢水店铺来的人，被漂亮的店主人所吸引，也是因了这里的菌菇汤奇鲜，一个上好的一瓢水店铺回到了瓢城西城。黑牡丹在店铺里行走，顾客们的头不停地跟着黑牡丹转，她走到哪，目光就跟到哪，全然没有掩饰的自觉。见黑牡丹去了柜台，他们起身找个由头去柜台前搭话。黑牡丹心知肚明这些人跟过来的用意，与他们客气地交谈。

交谈甚欢，客人们也就有了更加的好感。

来一瓢水小坐的顾客，喝着这里的菌菇汤，看着小寡妇的身影，不知不觉间就把时间留在了店铺里。他们在一瓢水吃着，喝着，聊着，晃着。当他们走时，一次次回望着漂亮的店主人。上了年岁的人，每每想起过去那个漂亮的江南女人，觉得时光轮回了。他们站在牌匾下，左看右看，确定这牌匾就是当初江南女人的一瓢水老匾。

俗话说"八八钱八八货，八八生意八八做"。一瓢水的生意，用的是真材实料，从不做虚假的买卖。市口好，食材上乘，店主人又是个笑脸相迎的漂亮女人，哪有不旺的道理。来一瓢水消费的人络绎不绝，门庭若市，宾朋满座，成了西城的旺铺。

人们开始议论起沈宗宝，越来越觉得他的女人秦腊梅，是个非常有头脑的人。让小寡妇先做，做成蓬旺的店铺，他们再收回来，死匾变成了活匾。即便是沈宗宝与小寡妇有什么暧昧之事，也是自家老男人与外面小女人之间的苟欢，不吃亏，你看人家这肚量与境界。

一瓢水店铺的后面有片空地，上面筑着三间瓦房，生长着菌菇，专供一瓢水食材。栽培菌菇的技术是黑牡丹死去的男人手把手教她的，每道工序她都记得清楚，培育出来的菌菇个顶个好，饱满、色泽鲜艳。每当她在菌菇房的时候，就会想起死去的男人，想着想着，眼泪就下来了。她不断地提醒自己，将菌菇养好，将一瓢水店铺做好，就是对死去男人的最好怀念。

自家栽培的菌菇用作自家店里的食材，不仅质量有所保证，成本也降了下来。菌菇可以单做汤，也可以用鸡块一起炖，还可以用猪排、牛尾骨、羊蹄脚炖。炖出的清汤，滋润爽口、奇鲜无比，成了一瓢水的金字招牌。

　　客人喝得如此鲜汤，身体顿感沁入东来的紫气，精神抖擞，由里而外地改变了气色。再来一盅桂花酒、一碗红豆米饭、一碟本店腌制的瓜菜，那就是绝配了。米酒下肚，回味悠长，一阵酒气冒出，是淡淡的桂花清香。瓜菜进嘴，吃得嘎嘣脆响。红豆米饭的咀嚼，米豆一起黏黏粉粉的香味满嘴都是。一口滋润爽口的菌菇汤滋喉润肺，把那一嘴的清香一同送进肚子里去了。吃到最后，米饭不剩一粒，菌汤不留一滴，干干净净。客人一抹嘴，大声叫道："结账，这菌菇汤，实在是太好了！没有丝毫的外味，纯、正、润、滑。"

　　一瓢水斜对面的地藏庵，人来人往，人气蓬旺。地藏庵过去是有名的尼姑庵，方圆百里都知道，虽说庵里早已经没有尼姑了，却没有变得人去庵空败落下来，反倒是有着不少的信众到这里来烧香磕头。他们相信地藏庵的灵气，笃信虔诚，静默祈祷，络绎不绝。在西城一带，人们管它叫"无尼庵"，渐渐地也就没有人叫它地藏庵了，都叫它无尼庵。这样的称谓很快传遍了瓢城及周边乡镇，一个没有尼姑的空庵，如此叫法也颇为贴切，它的光环却是越来越显亮了。

　　无论是碧空的晴日，还是刮风落雨的阴天，从早到晚无尼庵人流不断。从外表看，一座并不起眼的尼姑空庵，有着如此旺盛的香火，着实让人惊叹。在香客们看来，一座空庵正可以表达心中忏悔，如此，凡间与佛界便可以自由往来了。

　　无尼空庵的光环越照越远，来的人越来越多，香火蓬旺，烟雾缭绕。古刹里升起一缕缕青烟，站在瓢城西城门楼上就可以看见。这边一处飘起的青烟，都知道那是无尼庵的香炉紫烟，成了瓢城一景。

　　来无尼庵烧香许愿的人，毕了，大多进对面一瓢水喝一碗菌菇汤，润润嗓子，稍事休息。他们看着一瓢水的店主人，心中暗暗惊叹着她的美。刚进过寺庙的人，还在一片虔诚肃穆之中，一下子就被眼前凡尘里的美妙所撼动了。心中持重又紊乱起来，坐下喝一碗菌菇汤，压压浮躁，慢慢欣赏了人间美色美味。一边喝着，一边瞧着店铺女主人。

按照卦象上说，寺庙所在的地方，聚集着强烈的意念风波，拥有很高的能量，周边是不易开店的。可一瓢水不一样，开在寺庙的对面，香火缭绕的无尼庵，漂亮小寡妇的店铺，玄幻的佛门与世俗尘寰，在这里柔和地结合在了一起。一玄幻，一现实，所谓能量的冲击变成了卦象的互补，成了相得益彰的存在。一批又一批客人来到这里稍歇，许了心愿，填了肚子，一瓢水生意红火也就不足为怪了。

隔三岔五，沈宗宝独自一人到一瓢水喝酒，已经有一段时间了。他轻手轻脚地来到一瓢水，占据店铺临窗一角，点一份菌菇汤、几碟小菜、一壶桂花酒。店铺的窗户擦拭得干干净净，没有一丝污迹。

黑牡丹经营一瓢水以后，沈宗宝就常到这里来小坐，虽然没有固定的时日与钟点，却拥有强烈的仪式感。沈宗宝来到一瓢水店铺，不像在小酒馆里那样喝酒唱戏，而是静静地坐着。他觉得一瓢水不是斗酒唱戏耍玩的地方，是需要清静默然的。

当沈宗宝进店的时候，黑牡丹不管在做什么，都会放下手中的活，向这边走来。他们四目相对，并不言语，有着某种默契。沈宗宝看着黑牡丹端上桌的桂花酒，轻轻地端起酒盅，小酌一口，轻轻放下，然后看向窗外。阳光从窗户照进店里，照在沈宗宝脸上，显露出平日里少有的平和与安详。沈宗宝又端起酒盅，呷了一口，然后把目光再一次送到店外，看瓢城西街的风景。

店客们喜欢看一瓢水店铺里的主人黑牡丹，与西城闲士坝口小院里沈宗宝交流的眼神，揣摩他们眉眼之间藏着的秘密。不少酒友进店，找出由头逗弄宗宝，让他喝酒唱戏，他就是不为所动，既不请客也不演唱。来的人一次次用了不同的法子，怎么也不能让他松动，觉得无趣，便一哄而散了。

黑牡丹远远看着沈宗宝，从不去惊扰他，知道他在睹物思情，追忆瓢城旧事。想想自己，也常有这样的情形，想到蟒蛇河岸的黄昏，红日照在河面泛起的涟漪，日落之后的河流灰暗。那是她生命里的美好风景，也是生命中的痛苦景象。

回忆是天空里的七色云彩，逝去生命中的故事，并不能与自己分开，成为一抹岁月残留的彩虹。黑牡丹默默地看着窗前的沈宗宝，与他相同的心绪在无尽地流淌。她欢迎沈宗宝到一瓢水来，于不言不语中，各自追忆过往生命里的岁月年华。

窗外西城门楼在不远处的天空下立着，阳光正一点点地在城楼上移动。沈宗宝静坐沉思，肃穆庄敬。他的眼前浮现出沈家店铺和沈氏先人的画像，看到逝去瓢城里的市街风景，一幕幕闪过。在一瓢水店铺中有着一种时光倒流的感觉，虚幻缥缈，但又十分真切。满脸痴迷的沈宗宝静默地坐在那里，任由时间流淌。

外面的光线从橙色变成红色，沈宗宝在静静的时间穿越中，坐到夕阳尽染，暮色来临。

57

瓢城的冬天到了。

冬日的早晨，天边露出一丝淡淡的光影，淡蓝色的。慢慢地，一丝浅蓝的光影变成一抹浅蓝的光亮；渐渐地，一抹光亮变成了一片蓝色。早起的秦腊梅在院子里整理集市中的东西，与母亲秦腊梅一同起来的水草，帮着秦腊梅整理货物。沈宗宝坐在院子门口抽烟，秦腊梅不去招呼他，他也不过来帮秦腊梅搭把手，仿佛集市中的买卖与他关系不大。

东方的天空中，蓝色光亮已经占了一大片天空了，天空下的河流、房舍、城楼清晰可辨。集市里的货物整理完毕后，秦腊梅直了直身子，一股湿冷的空气扑面而来，空中飘起晨雾，一切变得朦胧起来。晨曦中的蓝光，在雾气里忽明忽暗，虚晃了院子里的人影。谁也不说话，此时此刻，谁也无须说话。

远处传来几声鸟鸣，紧接着，叫声一片，那是蟒蛇河岸树林里过夜的麻雀叫声。秦腊梅和水草将货物装上三轮车，母女俩一同出门去往西城教堂集市。沈宗宝走到院外，目送着她们远去，消失在冬日的晨雾里。

晨雾中，水草跟在母亲后面，只见远处人影在移动，不见具体的人。一阵浓雾吹来，人影也不见了。自从水草起早与母亲一同去集市卖货，秦腊梅心中就有了一丝温暖。家里总算有个人接接手了，比起她过去一个人在萧寒的晨曦里去往集市，不知要好多少倍。母亲的心里感谢着水草，苦涩之中生出一阵阵欣喜。两个大的金草和银草不争气，懒成神，还没有批评她们，她们就巴拉巴拉地撑上了，这是秦腊梅心中的刺。

去往西城门的一段郊外小路，两边的风景在平日里看得真切，有着那种既原始又在时间中节节开化的样子。城市似乎要向上坝村的方向延伸了，上坝村也好似在一步步地走向城市。秦腊梅不止一次对水草说过："我们的生活离城里就隔一道西城门楼，努力了，就会进城去，妈妈也跟着体面；不努力，就在城外，与爸爸一样，从城里到了乡下。"

水草说："爸爸是爸爸，我们是我们。我们原就是生在乡村，倒是爸爸，从城里变成城乡接合部了。"

"鬼丫头，你倒是会结合呢。"

水草与母亲进入西城门楼，雾气在城里密集的房舍中陡然弱化。可朝露依旧像一头怪兽，一阵阵喷出冷气，直逼人心口。道边的露水结成晶莹的冰珠，白茫茫的。僵尸一般的街树朦胧地立在路旁，石头路面露出坚硬墨蓝的青光。黑黑的一溜边瓦屋，昏暗阴沉，穿巷的风宛如一根根细细的银针，刺戳人脸。手冷，脚冷，脸冷，水草缩着头，眨着眼，嘴里发出咝咝声响，在寂静早晨的街巷中放大着。

秦腊梅转过头来，脸色严峻，一副不高兴的样子。水草将头低下，不再发出声音。秦腊梅加快步伐，水草也加快步伐，紧紧相跟在秦腊梅后面，就差碰到母亲的屁股了。这种对于母亲威严的惧怕，使得水草在秦腊梅面前一点也不敢怠慢。

瓢城是长江下游里下河平原上的滨海城市，水网密布，空气潮湿。冬日晨曦里的市街风景，一片灰暗，满眼是灰黑颜色。水草与母亲在冷风飕飕的街巷里穿行，像是游走在幽暗的鬼谷里。走着，走着，秦腊梅又将头转了过来，发现水草紧跟在后面，脸色温和了许多。一阵寒风吹来，好似鞭子抽打一样，水草用手捂住脸。瓢城寒冷冬天的早晨，水草与母亲向西城集市走去。母亲的货都是些好卖的东西，却偏要赶早，水草心中不解，嘴上却不敢说出。

金草、银草依旧在家里呼呼大睡，她们吃不了这个苦，觉得这样的活计有些低贱，不愿去触碰，要与这生活有个明确的分开。水草不能理解两个姐姐成天无所事事的样子，不知道她们内心里想些什么，她们鄙视集市中的买卖，说穿了就是一点苦也吃不了的懒虫。不是妈妈在集市里蹲摊卖货，一家人喝西北风啊。在水草眼中，咱们这样的人家就应该做着这种事情，集市的活计一点也不低贱，只有懒惰才是可耻的。可母亲对两个姐姐偷懒耍滑，不闻不问，对她却一次次训斥。

水草曾经不止一次地纠结母亲为何对她对姐姐的态度不一样。后来她想通了一个道理，谁做得多，谁就会出错。两个姐姐什么也不做，自然不会出错了。其实，水草心里并不真的难过，她学会了集市里的营生门道，并在集市中捞些钱，到学校里放高利贷。每每想起这个事情，她的情绪就会舒缓，甚至是欣喜。

西城集市是瓢城最热闹的地方，已经有半个多世纪的历史。这儿原来是一座教堂，建于清末宣统二年，由基督教差会资助兴建。美国牧师布修圣夫妇受美国长老会差遣，带领陆希政（徐州人）、林贵嵘（河南人）、哈广文（山东人）等来到瓢城布道并建教堂，兴办学校、医院、圣道书院等。民国十六年，一场雷电引发的大火烧了教堂里面的结构，成了一个空壳。没有钱来修缮，就被摊贩所占，慢慢成了西城集市。

教堂集市里人头攒动，看得人眼花缭乱。集市中飘散着青货的湿润气息，人们拣来拣去，挑选自己满意的蔬菜。荤食的地方，鸡鱼肉蛋，有了浑浊的气息，特别是鸡鸭的摊档，一股腥臭，大多数人到那里买了就走，很少停留。

秦腊梅看了一眼水草，水草将头低下，帮着母亲将货物摊开，母女俩谁也不说话，动作一个比一个快。没一会儿工夫，货就摆好了。货刚摆好，人们一拥而上，一个跟着一个抢货，生怕下手迟了。一刻时间，货就被一抢而空。没抢到货的人一旁咕哝着："你倒是多备点货啊，老是这样吊嘴不到肚的。"

秦腊梅笑了。水草知道这是母亲的生意经。

收拾着摊位的秦腊梅，情绪松弛下来。她抬头看着周围的情形，手里的动作却一刻也没有放缓。秦腊梅思忖着，赶紧地收拾摊位回家做其他事情。生活的节奏就是这样，匆匆而来，匆匆而去，日头也就在这匆忙的来去中流淌着。

　　水草紧跟着母亲收拾，生怕慢了手脚，她知道母亲要赶回家去，忙家里的早活。摊位收拾好之后，秦腊梅与水草离开集市往家回。没有买到货的人看着她们离去的背影，遗憾地向其他摊档走去。

　　西城教堂集市里，秦腊梅几乎都是第一个收摊。卖的货都是刚从地里采摘回来的新鲜蔬菜，从河里打出水的鲜活鱼儿，还有自家做的豆粉、卤肉、腌菜与桂花膏。秦腊梅深谙摊档里的买卖，把集市中的营生细细琢磨，支撑着家道。那年与沈家合办一瓢水店铺失火后，她不得不从头开始，把心思放在集市摊档里的小本生意上。先前的秦腊梅在露天摊点做着青货买卖，进入西城教堂集市后，发现是个挺大的市场，可做的事情还不少。虽说这不是什么像样的生意，更不会发财，可对全家来说，却是可以养家糊口依仗的根本。这样的生意没有什么风险，能够持续，吃得了苦就行。

　　集市摊档里的营生，成了秦腊梅生活与家庭的抓手，她把一个个小买卖做得精到，相信一分耕耘得来一分收获，这就是她做人过活的道理。自己的男人是个喜欢玄想的人，如果她再弄出些不着边际的事情来，一家人就真的要喝西北风了。

　　太阳出来了，照在西城门楼上，金光灿灿。远远看去，阳光下的青灰门楼仿佛镀了一层金箔，不同来时的那种样子。城楼与天空之间勾勒出一道橙黄色的光线，越来越清晰起来了，好似城楼自身就是发光体。水草笑了，来时它灰蒙蒙的，像个巨大的僵尸；归时光亮如新，好似刚从沉睡中苏醒过来的巨人。

　　一股暖洋洋的气息扑面而来，时间停滞在了阳光里。

　　走到西城门下，从下面仰望门楼，肃穆庄敬，高大威武，横跨在时空里。西城门楼不分昼夜地耸立在瓢城天空下，苍老而古怪，使得水草联想到庙里高大的神像。门楼中到底有没有人，他们会不会看到城楼下的一举一动，说不定里面隐藏着什么鲜为人知的故事，疑问在她的脑海里闪现，全然忘却了古老瓢城冬日早晨的寒冷。水草的心中生出了恐惧，快步走过城门，走到门楼光照的背面。她疾步向前，渐渐奔跑起来，好似后面有一头怪兽在追赶。跑出一段距离后，回头再看西城门楼，没那么可怕了，宛如一尊静坐禅念的大佛，立在瓢城早晨的阳光下，有了一种亲和感。

"同是城楼，远近怎么有着这么大的差异呢？"水草的心中犯起了嘀咕。

秦腊梅看着水草飞跑的样子，笑了："死丫头，来时像个蜗牛，回时倒像个兔子。"其实母亲的心里稀罕着水草，与她合拍，给自己搭手。"不成器的东西。"她在心里骂着两个懒虫，有着一种说不出的隐痛。金草银草，哪怕有一丁点儿水草的样子，她这个做母亲的心里也会好受些。"太不争气了。"秦腊梅的心中尽是悔恨，没有教育好两个大的。

瓢城初升的太阳闪着金光，照着一对母女，那是瓢城西城早市后，从心底发出的喜悦光芒。水草眯缝着眼睛凝视着西城门楼，在她心中，它是瓢城的象征，是横跨在西城与坝口之间的一道屏障，将城市与乡村分隔开来。总有一天，她会跨越这道屏障，在城里买房子，还有自己的公司，成为像样的城里人，将父母一同接到城中住。

水草笑了。

秦腊梅嘀咕道："老城楼，一天能看好几遍，有什么好笑的。"

母亲哪里知道水草的内心波澜，她享受着瓢城早晨的温暖阳光，憧憬着未来世界，此等心情哪能憋住不笑呢？她的关于城市与乡村的遐想，总有一天会实现，这是一定的事情。

"走了。"秦腊梅叫道。

水草掉头一看，母亲已经走出去很远。

58

早晨的雾气已经散去，上坝村前的河里一片涟漪。晨风刮着河面，河对岸的人家到河边漂洗衣服，是上班前女人的一拨劳作。偶尔也有男人在河边，洗一些做工的工具。水草与秦腊梅从集市回到坝口，看河对岸一眼，走进自家小院。

沈宗宝咳嗽一声，表明自己的存在。秦腊梅好似没有看到一样，径直往屋里去。沈宗宝没有生气，习惯了，自己的女人一天到晚，脚踏风火轮似的一阵风来，一阵风去。

沈宗宝去看水草。水草朝他点头一笑，跟着母亲进屋去了。沈宗宝站了起来，拍了拍自己的身体，向屋里走去。

金草和银草还在睡觉，好似永远也睡不够。

秦腊梅进门就喊："起来了，两个懒成神的东西。"然后去厨房做饭。她知道这根本没用，也就是排泄一下心中怨气罢了。

每天如此。

漂亮能干的秦腊梅有着男人的那种魄力，可生活里也有无奈的时刻，两个懒成神的女儿就是她说不出的痛。两个东西动不动还与她争持，气得她心疼。院子里的桂花树摇曳着，发出沙沙声响，仿佛只有它理解女主人的心情。秦腊梅看了看院中的桂花树，深深叹了一口气，忙早饭去了。

早饭上桌，金草、银草还没有起床，她们一个赛似一个能睡，头都快睡扁了。时间对于她们来说就是多余的东西，可以随意浪费的平常之物。秦腊梅感到心痛，恨不能跑进去，将两个女儿拉到院子里一顿猛打。"我生的怎么都是这副德行？"她的心里念叨着这句话，这句话成了她的口头禅。不知是累，还是痛，秦腊梅眼睛里有了泪，像一只受伤的老母羊在默默呻吟。尽管是背朝水草与沈宗宝，故作看房门上的木梁，他们还是感觉到了她在偷偷落泪。

此时此刻的秦腊梅是天底下最为无助的母亲，身上掉下来的两块肉，死猪一般地躺在房间里，自己毫无法子来改变这一切。她想到了午后集市中散发出的臭鱼烂虾的味道，不禁在心里骂道："两条死臭鱼，满屋子的腥臭。"

水草把早饭快快地吃了，背着书包上学去了。秦腊梅转头去看水草离去的背影，深深叹了口气，擦了擦眼睛，拍拍身上的衣服，向厨房里走去。

沈宗宝坐在院子门口抽烟，这是他早饭之后的习惯。沈宗宝的烟瘾并不算大，也就是饭后一根烟，快活似神仙的那种。沈宗宝看着水草离去的背影，理解女人秦腊梅心中的痛，但他没法帮助到她。在两个大的面前，他这个做父亲的更是没有说话的分量，只要他一开口，两个大的就缠着他不放，最后弄得一点面子都没有。

金草、银草终于起床了，旋风一般地扫荡着桌上的东西，然后到厨房里拿一些吃的带走。

秦腊梅与沈宗宝你看看我，我看看你，一脸的无奈。满脸痛苦的秦腊梅，起身去收拾碗筷，心中难受一日胜似一日。沈宗宝实在弄不明白，秦腊梅这么一个能干的女人，怎么对待两个女儿却是束手无策。幸好水草有着独立的个性，身上的某些东西是两个姐姐所不具备的。沈宗宝预料着三女儿水草以后能成大事，也就不与秦腊梅和两个大的计较了。

秦腊梅看着沈宗宝，知道自己的男人在想些什么，她也知道水草是个有出息的孩子，嘴里咕哝着："一块馒头搭一块糕。"然后去看院中的桂花树。

秦腊梅与沈宗宝越来越觉得水草是个可塑的沈家后生，沈、秦两家的再起将来真的要靠她了。他们一天天地把目光聚焦在水草身上，对她寄予厚望。秦腊梅下意识地抬头望了一眼堂间里的屋梁，笑了。秦家老匾已经挂到西城黑牡丹一瓢水店铺的门头上了，还不时地看向屋梁。突然间，她觉得屋梁上有什么东西在动，细细看去却什么也没有。这是个幻觉，秦腊梅自言自语道："只有指望水草了。"

水草有一双灵动的眼睛，脑子聪慧，死死跟在母亲后面学习做买卖。她学着母亲谋生的本领，手脚麻利，洗刷收拾、种菜烧饭、提篮小卖、手推肩扛，除去女孩能做的活计外，还能做男孩可以做的事情。母亲一日日地另眼相看起她来，三女儿将来必成大器。

对于水草的一致看法，拉近了秦腊梅与沈宗宝的距离，他们都觉得水草可塑、可期、可做大事。为了验证其判断，秦腊梅专门去算命先生那里为水草算了一卦，说是水草至少有三十年的大运。可在培养孩子的问题上，秦腊梅与沈宗宝分歧很大。沈宗宝以为女儿应该学习做大生意的本领，不能成天跟在秦腊梅后面于集市中转悠，做蝇头小利的买卖。"小池塘里混日子，能有多大见识？"沈宗宝反复说着这样的话；秦腊梅则认为，凡事要从小做起，从基础做起，不能好高骛远。"集市摊档里的小本生意，正可以磨炼做大买卖的能耐。"秦腊梅不停地教给水草营生的诀窍。

水草接受着父亲的偏爱，更是喜欢母亲的严厉，这就是她不同于两个姐姐的地方。她知道事情的轻重，记得母亲一样样地教给她做的豆粉、卤肉、腌菜、桂花膏等，都是将来可以谋生过活的本钱。父亲沈宗宝脑袋里充满了幻想，想一口吃出个胖子来。这样做事，指定做不好。不过她还是对父亲敢想敢干的个性有着几分欣赏。像父亲一样敢于做事，像母亲一样打牢基础，成为她今后的一个准则。

阳光从东边的天空里照来，水草走出坝口，走进瓢城西门，走入西街。房舍、牌楼、石头路面，不远处的一弯石桥映入眼帘，晨光下的瓢城，古老，沧桑。亘古的街景，吹散了水草早起的困顿，她顿感精神抖擞，一股蓬勃朝气。在早晨舒爽的空气里，她不停地摸着口袋里的东西，集市中的辛苦被这心中的欢悦所冲淡了。水草不单有了碎钱花，还有了到学校里放高利贷的本钱。母亲说得对："勤劳是过活的一个本钱，将来可以过上好日子。"她一路愉悦地走着，心中想着将来一定做大事，开公司，赚大钱，支撑家道，这就是她最大的愿望。

路边一家家小吃店里冒着阵阵热气，水草加快了步伐，一路欢快地来到学校。学校的操场上打篮球的男生不停地奔跑着，他们早早地来到学校，一直打到上课铃响，才汗淋淋地走进教室。女生们也喜欢在旁边看，看她们心中的勇猛少年，领略男生的那种勃勃生机的雄性气息。

上课铃响了，女生拔腿就跑，球场上的男生慢悠悠地往教室去。

水草将集市中捞来的钱放了高利贷，放男生，现钱交易，十元钱起借，一分利，一星期一结账。看似很小的数目，并没有太大的压力。可时间一久，利滚利便是不小的数字了。比如借十元钱，一星期就是十一元。两星期就是十二元一角。三星期就是十三元三角一分。以此类推，七个星期就翻一番了。七个星期，一个半月时间，一晃就过去了，不知不觉间便欠下了水草许多钱。放女生，水草并没有想赚钱，十元钱，一星期一支水笔即可。

都知道水草这儿有钱借，又有了与她近距离接触的机会，借钱的男生多了起来。在他们看来，西城门外的水草，既能干又漂亮，是那种古老城池里的小美人儿，古典，时尚。这样的女生放高利贷，有着不可小觑的优势。一个接着一个到她这儿来借钱，没有多久，水草就成了学生中富有的债权人。

有了钱，水草并不独自享用，而是请了一帮同学去吃喝。她已经懂得分享的意义进而让他们再来借贷的道理，一家苦钱百家用，进得多出得少，大进大出才能做成大事。这样的一个态度，使得水草拥有了更高的人气。大家觉得她并不是纯粹为了钱，而是为了交更多的朋友。

水草身边聚集的人，越来越多了。

59

听说西城一瓢水店铺可以喝到瓢城最好的菌菇汤，下午第二节课后，水草带着一群同学去往西街。瓢城午后的阳光渐渐趋于柔和，蓝蓝的天空上飘着粉色的云彩，有的是团状的，有的是丝状的。说它们是粉色云彩，其实并不确切，应该是白色的云被西去的阳光照出了粉色的边沿。团状云彩，更像是有着粉色叶子环抱的白花。丝状云彩，是一根根长长的粉色丝线。

水草带着同学一路来到无尼庵对面的一瓢水。无尼庵与往常一样，里面升起袅袅香炉青烟。对面的一瓢水店铺，一片蓬旺。看到一群学生进店，黑牡丹的眼前一亮。一瓢水不缺客人来消费，可漂亮的女生带着一群蓬勃朝气的同学来店铺做客，着实是一个新鲜生动的画面。黑牡丹笑眯着眼睛看每一个学生进店，放下柜台上的活，热情地跟了过去。

众多学生中，黑牡丹一眼就看上了水草，与众不同，有着一种精明与聪慧，并在这精明与聪慧中透射出别样的东西。水草也觉得一瓢水与其他的店铺不一样，有着老店的风韵。店主人更是温婉漂亮，大方得体，是个让人感到特别舒服的女人。水草与黑牡丹四目相对，相视一笑，仿佛在哪儿见过一般。

同学们坐下之后，叽叽喳喳一片声音响在店铺里，黑牡丹于笑声中推荐着店里的特色菜肴，水草一一点头同意，黑牡丹的好感又多了一层。她喜欢水草的性格，大大咧咧的，与自己的个性很像。安排好菜肴后，黑牡丹带着水草参观她的店铺，仿佛这样最能表达自己对这位女生的认同。黑牡丹向水草一一作着介绍，还破例让她去看店铺后面的菌菇房。

三间瓦房立在店铺后面的空地上，黑砖青瓦，里面长着褐色油亮的菌菇。走向菌菇房的小道两旁，长着几朵野菊花，看得出来，主人喜欢这屋后的野生环境。走进菌菇房，水草的眼睛一亮，知道这是一瓢水的秘籍与特色。将来自己也可以做这样的生意，前店后厂。看过油亮的菌菇之后，回到前店，水草把一瓢水里的角角落落看得仔细，从中悟出道理来。

看到水草眼睛里的光，黑牡丹不去作过多解释了，她知道女生已经看出了本店的经营特色。黑牡丹笑了。水草笑了。她们都感觉到了对方心里的东西。这种并不言语便可以进行内心交流的互动，一下子拉近了彼此的距离，她们有着天然的亲近感。冥冥之中一定有着什么东西在牵动着，水草与黑牡丹很快成了朋友，并且都认定以后一定会有什么大事情可以一起做。

家里有两个姐姐，但水草却从未感受到黑牡丹这种大姐姐般的关爱。她看着黑牡丹，心中燃起一种蔚蓝色的欢悦火焰。水草与黑牡丹相视一笑，各自去做自己的事情。黑牡丹去了柜台。水草去了同学中间。

在黑牡丹心中，始终认为水草像一个人，她陡然地想到了沈宗宝。"像，特别地像，尤其是眼睛和鼻子。"当她从侧面打听水草确实是沈宗宝的三女儿时，更加相信了自己与水草的缘分。

水草成了一瓢水的常客，这里的店主人，是自己欣赏的女人，漂亮，能干，她愿意接近黑牡丹，与之交谈，袒露心中的一些小秘密。水草与黑牡丹有着说不完的话，一个是店铺老板，一个是在读学生，但这丝毫不影响她们交流的深度。她们交流的落脚点，总是将来一起做事。她们又一次笑了。

姐姐金草、银草知道妹妹水草与一瓢水的黑牡丹成了朋友，知道她在学校里放高利贷的事情，她们在密谋一件事情。水草没有丝毫的觉察，她与两个姐姐平时就交流不多，属于那种在一个屋子里生活，却没有心灵交流的姐妹。

"这样的好事岂能让她一个人独享，得找她谈谈，让她明白其中道理。"大姐金草说。"不要以为自己聪明能干，别人就是傻瓜笨蛋，一个个透亮着呢。"二姐银草说。被母亲骂着两个懒成神的东西，商量好了给妹妹水草"上课"。这样的事情她们是一拍即合，为着一个共同的利益。

当天下午，金草、银草来找水草，将她堵在放学的路上。水草立着等待她们问话，她知道，两个姐姐是来兴师问罪的，不知道要弄出什么花样来。

金草、银草笑眯眯的，一边一个站着。

"你在学校里放高利贷的事情我们都知道，赚了多少钱我们也清楚，这些钱都是你从妈妈早市里顺手牵羊得来的。"大姐金草脸上的笑随之消失。

"对的，有福同享，有难同当，这件事情也就可以过去了。否则大家都不好看，难免会起了波澜，伤了姐妹感情。"二姐银草脸上的笑依然存在。

没有想到，两个姐姐如此狰狞，水草霍地站到一边，问她们想干什么。

金草说："我们不想干什么，照理应该三三分，但你起早贪黑的也够辛苦，分我们一半就行。"

"这是我们的最后底线，没有商量余地。有什么事情，姐妹们一同承担。"银草附和着。

两个姐姐压了过来，水草说："你们凭什么？"

"不凭什么，你自己看着办。要么给钱，要么我们回去告诉妈妈。"金草说。

"不代表你偷偷做了，别人就不知道了。"银草说。

金草、银草，一唱一和，一硬一软，一阴一阳，一股肃杀之气。这哪里是什么亲姐妹，分明是打家劫舍的活土匪。水草明白，倘若不答应她们，接下来便会有秋风扫落叶之举来对她，毋庸置疑。到了那时，狂风横扫，草木枯落，一片凋零，难以收场。

两个姐姐，平日里休息得元气充足，正找不到发泄的地方，得来这样的机会，岂能善罢甘休？水草思量再三，决定妥协。好汉敌不过四拳，她们又是为着利益而来，只能退后以求和平共处。那时的水草，已经懂得时时刻刻都要随机应变的道理。这样，水草早起得来的辛苦钱，不得不与两个姐姐分享了。

拿了钱的姐姐并不满足，她们看着市街景象，对水草说："你带我们去西城一瓢水喝菌菇汤，据说那里菌菇汤特别好喝，还有桂花酒、瓜菜和红豆米饭。"

水草不客气地说："钱都已经给你们了，你们自己去就是了，一瓢水又不是我开的。"

"我们去是我们自己去，你带我们去是你带我们去。我们知道你跟小寡妇好，你带我们去可以喝到更好的菌菇汤。再说一瓢水的牌匾是咱们家的老匾，喝她点菌菇汤算得了什么。"两个姐姐看着妹妹水草。

"老匾？"水草惊讶不已，怪不得第一次见到黑牡丹一瓢水门头上的牌匾感到熟悉，好似在哪儿见过，原来是自家屋梁上消失的老匾。姐姐们都知道一瓢水店头上的牌匾是自家的老匾，自己却不知道，也是蹊跷的事情。看来两个姐姐比她精明，可这牌匾到底是怎么回事，父母为什么没有对她讲，两个姐姐却知道？

水草带着金草、银草去一瓢水喝菌菇汤，一路心事重重。天气晴好，姐姐金草、银草一脸阳光，妹妹水草一脸昏暗。瓢城西城市街上走着姐妹三人，谁也不说话，步履却越来越快，往西街一瓢水店铺去。

金草、银草、水草走进一瓢水。黑牡丹看到水草一张阴沉的脸，再看看后面跟着的两个，很快心里就有了数。两个姐姐坐下，水草站到一边与黑牡丹说明来意。黑牡丹点头称是，抬头看了看金草、银草，给她们安排去了。

黑牡丹给她们端来菌菇汤、红豆米饭与瓜菜。两个姐姐指指柜架上的桂花酒，黑牡丹一应给她们拿来。金草、银草吃着喝着，吧唧着嘴，全然没有水草与黑牡丹的存在。她们吃吃喝喝笑笑，扫视着店铺里的陈设，然后去看窗外的西街景致。

黑牡丹对水草说："你与两个姐姐不像。"

水草说："也有人这样说过。"然后去看窗外的市街风景。

店外的市街里洒满了瓢城的明媚阳光，不远处的西城门楼立在天空下，身姿挺拔俊朗。水草想到了凌晨与母亲去往西城集市的情景，每次到了西城门下，自己总要快速行走，生怕城楼里有什么东西砸下来。机敏的她可以规避很多不利的东西，可对于两个姐姐却是束手无策，也就理解了能干的母亲为什么对她们一脸无奈。

水草有很多的话想对黑牡丹说，可就是开不了口。黑牡丹朝她笑笑，让她不要说话，自己心里非常清楚。水草点头笑了，笑得有些苦涩。

喝了汤喝了酒吃了饭，两个姐姐一抹嘴对黑牡丹说："一瓢水的菌菇汤真的是名不虚传，米饭瓜菜桂花酒都是上好的味道，与街面上的其他店铺确实不同。有事找我们，不会白吃白喝。"

水草看着黑牡丹。

黑牡丹说："看得出来，你两个姐姐是仗义之人，不用结账。"

金草、银草走出店铺，抬头看了一眼一瓢水老匾，向市街中走去。

60

回到家里，水草急切地问父亲沈宗宝，黑牡丹一瓢水店铺牌匾到底是怎么回事，沈宗宝看着水草不说话。"你倒是说话啊，两个姐姐都知道了，我却一无所知。"水草追问着。沈宗宝不得不与她讲起那个黄昏与小寡妇黑牡丹在蟒蛇河岸相遇的故事。

"妈妈知道这件事情吗？"水草问。

"知道。"沈宗宝道。

"妈妈什么态度？"

"就是你妈妈让黑牡丹挂秦家老匾经营一瓢水，说是老匾挂在屋梁上已经许多年，不如让黑牡丹先做起来。与黑牡丹说好了，随时可以收回。"

"这件事情你告诉两个姐姐了？"

"我怎么可能告诉她们。"

那一定是妈妈告诉了两个姐姐，往日里母亲对她的严厉，以及对两个姐姐懒惰的包容，浮现在眼前。水草认定母亲偏心，从没有记恨过母亲的水草，心里对秦腊梅有了一丝怨恨，在妈妈眼里，她与两个姐姐还是有区别的。她怎么也想不通，自己勤劳能干，那两个好吃懒做，怎么妈妈就偏了她们了呢？

早晨，天空飘着小雨，到水草这里来借贷的人少了。这样的行为基本是在私下里进行的，又遇阴雨天气，自然没有什么人来了。水草看着教室外的细雨，翻着书本，在口袋里摸着钱。口袋里的钱少了一半，被两个姐姐分去了。今后还要与她们分，她的心里越想越难过。这时，一个高年级的男生悄然来到教室门口，向她招手，让她出去。水草看了看他，又看了看周围的同学，走出教室，来到操场边沿。

来人叫粟童，水草感到骤然，不能理解这样的人怎么来跟自己借钱。这个叫粟童的男生，高高的个子，宽宽的肩膀，细细的腰，是学校篮球队的主力队员，可谓标致风流人物。他的父亲是瓢城南门有名的富商粟富贵，根本就不缺钱。女生们齐刷刷地将目光聚焦到细雨中的粟童身上，思忖着他的真实意图。粟童突如其来的举动，一定不是向水草借钱那么简单，任何人缺钱，他粟童不可能缺钱。

水草没有借钱给他，转身就向教室走去。粟童伸手一把拉住她，手就往她的口袋里伸，嘴里还说着："你可以借钱给别人，怎么就不可以借钱给我呢？我就是要从你的口袋里把钱拿出来。"说着，手已经伸进了她的口袋里了。

水草甩开他的手，跳到一边道："你不是来借钱的，你这样拉扯，很难看。"说着，往教室里跑去。

粟童站在外面，一时不知道该怎么办了。雨水从头发上淋了下来，他看了周围的情形，抹了一把自己的脸，走了。

粟童可是学校里有名的公子哥，全身弥散着英俊气息，花粉一般地飘散着，不知迷倒了多少女生。她们春心荡漾，心神不宁，仿佛他的身上有着强大的磁场。就是男生也觉得粟童帅气，被他的潇洒气韵所吸引。粟童在学校里是个香饽饽，只要往篮球场上一站，场外就传出一阵阵的欢叫声。

"粟童！"

"粟童！"

"粟童！"

粟童的名声可不是太好，已经有过几个女朋友了，这是他的一个污点的方面。但这样的情形，似乎并不影响他在女生中的人气，所谓男生不坏女生不爱，并不能说明他是一个道德败坏的人。恰恰相反，学生们对他的普遍反映是一个挺仗义的人，而且说话算数。

放学铃响了，学生们走出教室向校外走去。没有借到钱的粟童心里非常不快，平时他总是拽拽的，都是别人向着他，哪有这样被人一口拒绝的事情发生。粟童挺着身子站在学校门口等待水草，他不相信，坝口的小女子可以这样对他。有人向校园门口走来，他将身子转了过去，不想让别人看到自己站在学校门口等人的焦虑神情。

出了校园的大门，就是瓢城市街，学校就坐落在瓢城市街里。学生是瓢城西城一带的孩子，还有瓢城西城门外坝口的学生。粟童站在校门市街一侧，这时，水草从校园里向学校大门走来，粟童下意识地整理了下自己的头发和衣服。水草没有在意粟童在等谁，她觉得粟童的这个举动与自己没有关系，他一定是在等待其他同学。水草走了过去，没有看粟童。她的举动并不是有意为之，而是很自然的事情。粟童的头随着水草在转，面对她的这种姿态，他也有些发蒙，不肯借钱，还这样傲气。

水草没有回头看他，粟童直勾勾地望着水草向市街里走去。

一位女生跑过来告诉水草："粟童是在等你。"语气有着几分羡慕。看着女生说话的样子，水草不知道如何应答这位热心女生的善意。她并不以为这位女生所说的是实话，其中掺杂了她自己的情绪所致的东西。如果粟童是在等她，那他为什么不自己来说？却是旁边的一个不相干的女生疯疯癫癫地跑来提醒她。

见水草没有反应，女生"哦"了一声走了。

水草对女生说的话没有在意，而且有些生气。你那样神秘兮兮地说话，根本没有必要，你们当他是帅气的王子，在我这儿未必就是。一个学校的同学，大家都是平等的，那般渲染烘托干什么？学校里，看的是学习成绩，不是什么其他的东西。就是退一步讲，他真的对自己有想法，那也是我们之间的事情，得由我们来处理，与别人没有关系。

站在校门口的粟童，望着她们离去的背影，心中一片茫然。昔日里傲气的男生，如今就像雨中的垂柳，了无生气了。他恨不能跑上去将水草拦下，问问她凭什么这样对他。粟童有些失落，这让他接受不了。

粟童如此这般了好几回，他与水草之间没有发生任何动静。无论粟童怎么想靠近水草，水草都是一样地平静如水。看来，南门富户的公子想和西门坝口的女生好，并不是件容易的事情。这样的认识很快就在同学们中间传开了，他们一次次地看到粟童站在学校门口，水草若无其事地从他身边走过的情形。于是，帅气少年，在傲气少女面前，相形见绌了。

事情渐渐有了微妙的变化，水草开始了自己的观察。这样的一个男生不停地注视自己，一次次在同学面前站在校门口等她，怎么着也不能完全做到心静如水。虽然他的口碑不好，或许又是一次心血来潮也未可知，但着实有着一种新奇的感觉。

水草已经感受到了他灼热的目光以及他内心深处迸发出的激情，宛如一匹亟待奔驰的骏马，意欲带领少女一路奔跑。水草相信他的眼神透射出来的渴望与期待，与以往眼神里的渴望与期待有所不同。一种神秘的力量，正在将她往一个不确定的方向拉去，她觉得自己有能力应对这个局面。

水草看着站立不远处的粟童，阳光下的俊朗少年，眼睛里流露出一丝痛苦的神色，触碰到了自己。她的心微微一颤。可行动上还是不敢前去，终究是件大事，不能贸然行事。粟童，南门富户粟富贵的公子，仰仗着自己帅气，以及家庭的优渥条件，肆意妄为，已经有过几个女朋友了，这一点同学们都知道。如果自己跟他好了，弄不好也会是先前几个女生的下场。这样想着的时候，一股寒流涌上心头，还是不去触碰的好。

水草与粟童保持着距离，不去靠近他。一紧一松，一进一退，摆在大家面前。周围的同学看出水草已经明了粟童的意思，并不打算去对这意思有所回应，一个个笑了。

"水草根本不理粟童，他一厢情愿罢了。"

"过瘾，解气，他粟童也有今天。"

"哈哈，哈哈。"

在一帮女同学的簇拥下，水草又一次从粟童身边走过，同时发出一阵阵笑声。粟童满脸通红，更加勾起了女生们捉弄他的冲动。她们注视着粟童的反应，看他有什么法子来打破这窘境。她们认定城南大别墅里的帅哥，已经败给了西城门外坝口小院里的美少女。

水草与女同学们的行为刺激到了粟童，他心中暗暗对水草说："我一定要得到你。你就等着吧，有你投降的一天。"

粟童不在学校门口等了，来在西城门下，等待水草到来。黄昏的西城门楼，镀上一层金箔，金色的阳光照在城楼上，虚幻了城楼青灰的身影。初春瓢城的下午，已经没有那么阴冷了，经过一天太阳的光照，空气温度也有了很大的提升。下午放学之后，是全天最为温暖的时刻。西城门是水草放学回家的必经之路，粟童站在西城门下，像是看守的门将，不停地看着远处的情形。"她应该过来了。难不成她已经过去了？不会的，一放学我就一路飞跑来到这里，她是不可能过去的。"粟童心里反复嘀咕着。

天色已经不早，已到黄昏时分，还不见水草人影。粟童有些焦急了。平日里，水草一放学就会离开学校，难不成出校门她去了其他地方？就在这时，水草独自一人往这边走来，行走的步子有些缓慢。粟童快步迎上前去，对水草说："我去过西城集市，看到你跟你妈妈在一起卖鲜货。"

水草感到骤然，黄昏的西城门下，他说自己起早去西城集市看他。水草有些不信。

"我真的去看你了。"粟童说。

水草相信了粟童所言，一时竟不知道如何作答。这时，她想到了两个睡懒觉的姐姐，暗暗地一笑，觉得粟童应该是与姐姐一样的人。起那么早，真的是难以置信。

粟童问："你笑什么？"

水草说："没笑什么。起那么早，是去西城集市买东西吗？"

"不是，我是专门去看你的，我就是想见你，很强烈。校园门口等你，已经不可能了，我知道你在同学面前的态度。但是一心想见你，也就到西城集市里去了。但那样的情形也是不好相见，所以我就在西城门这边等你了。"说完，觉得自己这样表达有失礼貌，露出歉意的神色。

不过他的这种坦诚，反倒拉近了与水草的距离。

水草说："那是我们家的营生，不需要什么技术与门路。妈妈说虽然苦些，别人也看不上，却可以解决吃饭上学问题。"

"那样的活我也可以做的，要不我每天去陪你？"

"不行，不行，那算什么。这样做不合适，而且我们之间也不会有结果。"

"你怎么就知道不合适呢，为什么又不会有结果呢？"

"我们两家的条件相差太大，大人们也不会同意。"水草说完，脸红到耳根。

粟童笑道："你还是想过了这样的问题，这与家庭没有什么关系。你们家祖辈过去还是大财主呢，那时候我们家还不知道在什么地方，做着怎样的事情。"

水草觉得粟童真的知道得不少，说出了祖辈的事情来。她明了粟童所说的话，是在甜言蜜语套近乎，但她并不反感，心里还有了小小的满足。沈氏家族富足的过往，瓢城人都知道，那是沈家值得荣耀的历史。不过，水草还是有所防备的心理，现在不比过去，粟家是瓢城的富商，自己家是城乡接合部的村民。

天空布满了晚霞，太阳已经西落。斜阳照着西城门楼，拖着长长的影子，天气也阴冷起来。水草看了看粟童走了，向坝口走去。

粟童意欲送她回家，遭到水草的婉拒。

水草前面走着，粟童后面跟着。水草驻足，粟童驻足。

冷不防，水草快速向家跑去……

61

清晨，寒气一阵阵袭来，雾气浮动，缭绕市街。粟童走过南城向西城走去，斜插穿城而过，从南门匆匆来到西城门外。三月的瓢城，常有倒春寒来袭，这样的早起，粟童以前不曾有过。正如水草猜测的那样，他总是到点才会匆忙起床，拿了吃的就往学校跑。

早起的粟童还没有完全醒来，他一路打着哈欠。但满脸是笑，与美丽少女见面的期待，使得粟童激动万分。出了西城门，他一路西行，向坝口走去。远远看到村前的院落了，院中桂花树在风中摇曳，一抹绿色，一抹浅青，更是一抹苍翠，朗然入目。他快步向前，眼睛一刻不离开院子里的桂树，恨不能一下子就到了它的跟前。

来到村前小院，粟童站立喘气，不能敲门进院。院子就像戒备森严的城堡，阻隔着内外。粟童在院外转着，瓢城早晨的寒气一阵阵袭来，激情少年全身散发着腾腾热气，与瓢城初春晨曦中的冷气浑然一体。外面的冷与里面的热，交融成了头部的雾浪，额头有了豆大的汗珠。他想着水草出来的情形，预设了两个方案：若她理睬自己，如何前去招呼；若她不理睬自己，又怎样去应对。母亲曾经说过："凡事有个预案，遇事就会从容，不会慌乱。"他在自己的设计中穿行，预备着即将到来的相见。

他有过几个女朋友，都是女生追他，一点也不费劲。自己一次次怠慢了她们，她们非但没有离去，反倒是越跟越紧了。只是后来，她们不能忍受他的冷热无常，纷纷离去。水草则不然，水草是他要追的女生。这个有着独立个性的女生，聪明能干，机灵活泛，在集市的买卖中得来一些碎钱，到学校里放高利贷，进行着二次增值。如何将这样的女生追到手，是他近来一直思考的问题。他的心里真的没有底数，得小心翼翼才是。同时，他又告诫自己要大胆出击。父亲曾经说过，"男人要有血性，遇事婆婆妈妈，干不了大事。"粟童以为，现在追求水草就是大事，他得有一些雷霆手段。

在院外徘徊的粟童，等待着院内心仪少女的出现。院中桂树一阵阵发出摇曳的声响，粟童抬头望向桂树，只能看到树顶。他向后退去，试图看到更多的桂树情形。不停地后退中，桂树一截截地从围墙里露了出来，他已经退得很远，依然只能看到树的半截。

他向围墙走去，待在离院门不远的地方。

水草出来了，粟童迎了上去。两人走近的时候都笑了，没有想象中的那种窘态。他们相互看着，仿佛事先约好的一般，忐忑不安的心很快平复下来。

"来了？"水草说。

"来了。"他答道。

粟童有些纳闷，她仿佛知道我要来似的，还这么客气。先前的紧张，现在的平缓，粟童觉得并不真切，甚至有点失落。预案一个没有用上，反倒是心中生起了疑惑。人就是这样奇怪，凡事顺达，疑惑产生；遇事艰难，反倒是觉得靠谱了。粟童这么想着的时候，水草向他挥手，不要让家人看到。粟童心领神会，快步离开。

他们向西城门走去，步履默契，一前一后步调一致。走进西城，步入市街，他们并肩同行，往学校走去。早晨的阳光照着他们的脸，晨风吹来，一点萧凉的感觉也没有，浑身起暖，脸色酡红。路两边的店铺吆喝着各自的买卖，街面上一阵阵热气飘起，在冷风中急速散开。人们正忙着早晨的采购，路人行色匆匆，一派匆忙景象。

水草与粟童在市街里行走着，除了有些不大自然外，与周围的环境还是很调和的。他们并不惧怕别人看到，别人也无心去过问这两个小人的情状。途经一瓢水的时候，早晨的阳光正照在店铺的牌匾上，一瓢水牌匾的金边随着他们的脚步忽闪忽闪地发亮。粟童什么话也不说，怕说了坏了气氛。同时，他也的确不知道说什么好。潇洒少年与怀春少女在瓢城市街中行走，渐渐变得轻松自如起来。

两个人都想着对方说话，眼睛看着对方，可谁也不愿开口，仿佛谁说了就矮了一截。沉默不语的等待，变成两个人更加协调的步履，走着走着，就变成了一种豪迈，好似体育课的操练。市街里的石头路面一块块向后退去，水草与粟童很快就到了学校门口，一下子感到路途实在太短。

他们停了下来，回望来路，觉得意犹未尽。快进校门的时候，粟童与水草相视一笑，然后分开，一前一后进入校园，约定放学后在校门口碰面，一同回家。

上课的时候，粟童想着水草，想着一路来到校园的情景。他觉得水草不是一般的女生，面对这样的事情，一点也不慌乱，有着一种从容不迫的镇定。说她是对自己有好感，她又是那样不可侵犯；说她是对自己没有好感，却又像是老朋友一般。一个帮着母亲在集市里卖青货的少女，有了浓浓的神秘感，他盼着早早下课放学，与水草一同回家。

水草也在想粟童，想他抬头挺胸向前快步走去的样子。他的大胆，她已经领略了。一早到坝口小院等她，这样的举动，多少会使人感动。水草陡然发现，粟童似乎有些怕自己。她偷偷一笑，然后看着左右。同学们正在认真听课，老师在讲台上讲解课文，水草一句也没有听进去。仅仅一个早晨，走了一趟市街，短暂地分开，就有了这样的期待，有些轻浮了。水草恨着自己的佻薄德行，抑或是真的喜欢上了他不成？

她不能回答。

与粟童的交往已经开始，就像春天里的桂树有了新绿。接下来会不会一片蓬旺，结出丰硕的桂花，结果难料。她必须这样去想，她是女生，而且一切来得太快，不能吃了大亏。母亲对她说过，凡事太顺，往往会出现意想不到的结果。难道她与粟童就是母亲所说的那种太顺的情形吗？一种不宁的情绪，随着水草的思绪飘然而至，已经扰乱了她的心智。

放学铃响了，学生走出教室向校门走去。

粟童早早来到学校门口，等待水草到来。水草来了，他走上前去。他们相互看了看，笑了，既是客气，又是见面时的羞涩。水草没有停下脚步，粟童紧跟其后，他们走出校门，向市街里走去。

粟童的心绪很平静，他已经认定了水草，这个聪慧的放着高利贷的美丽女子现在就在身旁，心也就有了从未有过的安妥，接下来的事情就是怎样走进她的生活。水草觉得粟童表现出来的平静与沉稳应该是真实的，是一种正常状态。家里没有哥哥，又没有与男生交往的经验，这份情意就显得弥足珍贵了。瓢城市街里的风，带着一种淡淡的香气，这香气水草很是熟悉。粟童以为是路边食品店铺里飘散出来的味道，水草则以为是坝口小院里弥散的桂花香气。

粟童说："不可能。你们家的桂花树怎么可能传出这么远的香气来。"

水草笑道："打我外婆从江南申城来到江北瓢城，就闻到那棵老桂树散发的香气了。不要说在西城，就是在东城、南城，都可以闻到它的清香。"

水草给他讲述外婆的故事，粟童听得入迷，对水草的喜爱又加深了一层。她不单是瓢城沈家的后生，还是江南富贵人家的后代呢，难怪有那样美丽的容颜和气质。

他们一路走着，并肩在瓢城市街中前行，很快就到了西门。

走出西门，向坝口走去，村前的院落出现了。初春的桂树绿生生地生长，一派苍翠鲜嫩的景象。每年的这个时节，老桂树都会冒出柔嫩的新芽。桂树在风中摇曳，发出清脆的响声。粟童看着水草，面前的这个女子与桂树一样翠绿鲜嫩。水草感觉到了粟童把自己与桂树的嫩叶联系在了一起，她说："桂树已经老了，但每年都长出新叶，开出满树的桂花。"

粟童说："我所看到的正是桂树长出的嫩叶，如同你的脸一样水嫩。"

水草笑了，觉得粟童的嘴够甜。

他们走到院落门前。粟童停了下来，水草向他挥手，然后向院子里走去。看着水草走进院落，粟童回头就跑，一直跑到西城门下。

气喘吁吁的粟童，仰望着高大的西城门楼，嘴里发出嗷嗷的叫声。他要迸发，要歌唱，眼睛睁得忒大，脸涨得通红，声嘶力竭。内心无比兴奋的粟童，有着莫名的压抑，水草并不是一个可以轻易驾驭的女生，她的镇定一次次给他带来了无形的压力。今天听了她那么多的话，还讲了来自江南外婆的故事，他要释放，要放声歌唱，要把兴奋与压抑的心情一股脑地表达出来。

城门周围的人，看到一个俊朗的少年在高声歌唱，唱得激情澎湃，撕裂震颤，定是出了什么大事。他们停下脚步来观看，要弄清楚这个少年为何如此高亢疯癫不能自己的缘由。人越聚越多，场面越来越大，粟童这才发现自己的情绪失控。

他停了下来。周围的人看着他，一副不解的神情。粟童心想："我就是高兴得想唱，你们这样看我干吗？"向他们微微一笑，一路哼哼地离开瓢城西门。

路人一片惊诧，这小子受到什么刺激了，还是走路拾到金元宝了？

粟童消失在西城市街里，围观的人一个个散了。

"神经病。"有人骂道，"大中午的，在这儿发疯。"

太阳照在头顶，院落里的桂树在风中不停地摇曳，一缕缕金色光芒忽闪忽闪地从叶间透射下来。水草站立树下，心事重重，心中不断起着波澜。风流倜傥的少年一下子走进了自己的生活，她丝毫没有处理这种事情的经验。怎么办？只能跟着感觉走一步看一步了。但有一点她非常肯定，在没有找到准确答案之前，这道题目就只能当作废题处理。

水草笑了，还与学习联系起来了呢。

"吃饭了。"母亲叫道。

下午去往学校，粟童没有来接她。放晚学的时候，粟童早早地在学校门口等她。水草与粟童行走在瓢城市街里，他们没有急于回家，而是在西街玩耍，看店铺，逛商场，登上西城门楼，眺望瓢城西城风景与西城门外上坝村。他们看到坝口小院里的桂花树，在夕阳晚照中，发出阵阵红光。

水草与粟童从西城门楼下来，往坝口小院走去。夕阳垂落，暮色来临。水草进院，粟童离开。

院落中，秦腊梅正准备着第二天集市里的货物，抬头看到水草，水草赶紧过去帮忙。

沈宗宝坐在一旁抽烟，心里想着，水草近来的行为有些反常，一定是有什么事情在悄然发生。他隐约地感觉到，水草身上发生的变化或许与情爱有关，自己的三女儿大了，是不是在暗中恋爱了？这样的年龄，作为父母应该重点关注。

烟雾在头顶缭绕，然后弥散开来。

62

粟童追求水草，水草心里忐忑不安，她非常想听听黑牡丹的意见。那个放学后的下午，水草来到西城一瓢水店铺。进门见到父亲沈宗宝一个人坐在一瓢水窗口独自饮酒，她心里一惊，坐到父亲身边。

见到水草过来，父亲沈宗宝朝她一笑，然后呷了一口桂花酒。水草对父亲说："黑牡丹是我的朋友，以后你不要到一瓢水来喝酒。"

没想到水草劈头盖脸地说这样的话，沈宗宝非常生气，对水草说：

"你们是朋友，我们就不是朋友了？我认得她比你还早。再说，我来一瓢水喝酒，又没有不给酒钱，爸爸会占了这样的小便宜？"

"我是担心外面有人议论，传到妈妈耳朵里不好。"水草说。

沈宗宝没好气地说："这就更不像话了，我来消费，外面人议论什么？一瓢水牌匾还是你妈让挂的，黑牡丹店铺里酿制的桂花酒，用的是我们家的桂花。我来自家牌匾的店铺喝口自家桂花酿制的小酒有什么不可以，怎么到你这儿就变味了呢？"

水草看着沈宗宝，没有说话，她不仅担心父亲会被人议论，还担心父亲酒后失态丢脸。便去问黑牡丹，父亲来一瓢水喝酒，有没有酒后恣肆。

黑牡丹说："你爸爸是个正经的人，一心想发财，对你寄予厚望。他来一瓢水，从未见过喝酒耍性，而是静静地坐在窗前独斟慢饮，是个很有修养的男人。"

水草对黑牡丹说："最好不要让他过来喝酒，省得别人有闲话。"

黑牡丹说："来的都是客，店铺人家，哪有拒客于门外的道理？你这样说自己的爸爸怕是不好。再说，一瓢水挂的是你们秦家的老匾，你爸妈是我的恩人，你爸爸过来坐坐那是天经地义的事情，只是他一定要给钱。"

水草不再说什么，说实话，她也不清楚为什么会这样说父亲。

黑牡丹严肃地对水草说："你到一瓢水来随时欢迎，如果是来说你爸爸，那就请出去，一瓢水不欢迎你这样的客人。"

没想到黑牡丹将脸拉下了，水草也不想留在一瓢水了，便无趣地离开。原本是来一瓢水征求黑牡丹意见的，没想到碰到了父亲，还惹得黑牡丹发火，水草觉得自己也太过草率了。她一路闷闷不乐地往家回，到家进屋倒在自己床上。

晚上，水草问母亲一瓢水牌匾的事情。秦腊梅告给她："黑牡丹死了男人，生活没有着落，帮她一把。"母亲看着水草说，"一瓢水老匾在屋梁上挂了那么多年，不如让她先做起来，也是死匾变成了活匾。妈妈已经没有精力做那样的事情了，你爸爸又是这个样子，更不用说你两个姐姐了。你现在还在念书，做一瓢水还不是时候。不过与她说好了，随时可以收回牌匾。"

母亲说的情况与父亲说的情况相差无几，水草不再说什么了。关于父亲在一瓢水喝酒的事情，话到嘴边，还是咽了下去。对于一瓢水店铺的支持，不代表母亲就可以放任父亲与黑牡丹交往，有些事情原本并没有什么，中间一传就变味了。

学期快结束的时候，学校礼堂正在做师生联欢会排练。这种一年一度的联欢会非常隆重，每个班级都要出节目，然后筛选出优秀的节目，经过学校音乐老师与活动积极分子组成的"导演组"加工成一台像样的节目，联欢时统一上台表演。

正式演出那天，粟童的节目是舞蹈，男生独舞。他的这个舞蹈，是草原牧人骑着骏马奔驰在草场的情景。粟童的体形与神情极其适合表演这样的舞蹈，大家都认为这是个非常漂亮的舞蹈节目。

一片茫茫的大草原，蓝天白云，青草连绵，弯曲的河流逶迤其间，悠扬的马头琴声响起，粟童缓缓上场。只见他做牵马状在舞台上转了一圈，又转了一圈，演绎着遛马的场景。音乐一声紧似一声响起，粟童一个跃身上马，急速奔驰。只见骑手昂头弓腰双手上下摆动，腿脚换步跳跃，舞姿神情把骏马奔驰的场景演绎得淋漓尽致。

宽阔的草原，快速悠扬的琴声，奔驰的骏马，英俊的牧马少年。

台下一片欢腾。

"粟童!"

"粟童!"

"粟童!"

水草没有欢叫，她觉得那些欢叫的女生有些夸张，一浪高过一浪，完全是推波助澜的结果。这是一种共振，向四处扩散着的共振，声浪越来越大。然而，也就在这样的时刻，水草的心陡然喜欢上了粟童，因为她找到了答案，他的帅气就是自己喜欢的理由。悠扬琴声中英俊的牧马少年奔驰的情形，不停地在她眼中闪现。她屏住呼吸，一遍遍地确认着对粟童的感觉，肯定，否定，不断反复，以至统一。

是的，她喜欢上粟童了。

舞蹈之后的一个夜晚，粟童约水草出来玩，水草答应了他的邀请。

她也想与粟童近距离接触，让心中幻象变成可以触碰的现实。水草知道，臆想是瓢城西城门楼上的浮云，虽然美丽，却很虚幻；接触才是西城门楼墙基的砖，实在，一块就有二十斤重。

天完全黑了，没有月亮，天上有着明亮的星子。水草来到西城门与粟童会合，粟童已经在那儿等她了。见到水草来了，粟童高兴地迎了上去。原本是想去看电影的，靠得很近，可以窃窃私语。可到了一起就觉得影院的空间太过狭小，并不能畅快地交谈，他们需要的是更为宽阔的静谧空间与幽独天地。

出了西城门往北走去，市街景物变得稀疏起来。世间许多隐秘的事情都是从离开喧嚣尘世开始的，走入隐匿空间，敞开心扉袒露心声，人也就瞬间靠近了。水草与粟童沿着护城河西岸并肩走着，有着一种亲和感。

晚风从河面吹来，一阵阵带着湿润的气息扑打着他们的脸。天空墨蓝，道路幽暗，东岸的房舍默默地立在夜空下，屋里的灯光昭示着漆黑的房舍也是有着生命的。粟童与水草向北走去，那是一段没有路灯的沿河路面，瓢城人管它叫"小海滩"。水草的心中感到一种从未有过的紧张，倒也只是一瞬间的事情。离开西城街灯带来的一份静谧，随着走向黑暗的脚步变成了静幻。晚间小海滩是平日里不敢去的地方，此时此刻却成了一种内心未曾有过的欢悦。

在水草的童年记忆里，这儿原是一片渔船云集的鱼市。清晨，天才微亮，外出打鱼的船就从这里出发，驶向不同的水面。一条条渔船搏击水浪，消失在人们视野里。太阳从东方升起，瓢城苏醒，古老市街的瓦屋，在晨辉下显出金黄耀眼的轮廓，它们在沉睡一夜之后，正在呼吸瓢城早晨的新鲜空气。赶集的人越来越多了，叫卖声吆喝声不绝于耳。空气中弥散着浓烈的鱼腥味。到处是水，即便是看上去干燥的地方，只要一踩踏也会冒出水来。行色匆匆的人们，开始一天的忙碌，小海滩一片喧腾热闹景象。傍晚时分，夕阳映照河面，外出打鱼的船陆续归来。渔获上岸，第二天转到瓢城各处的市场。这些往日记忆里的景象，不停地在水草的脑海中浮现，一幕一幕地覆盖着现实场景。

现在的小海滩已经是一片枯干的荒滩了，河中也没有了打鱼的船，昔日喧腾繁闹的场景早已不复存在。水草与粟童默默地向前走着，谁也不说话。

眼前的路变得越来越黑了，模糊一片，看不清东西。仿佛是一种自然的动作，粟童一把拉住水草的手。水草没有拒绝，还慢慢地依偎在他的身边。水草没有过这样的依偎，这种举动意味着什么，自己心里也说不清楚。理智一定是想拒绝的，可在这夜晚时分，她的情感好像并不能拒绝粟童的主动。渐渐地进入到一个奇特缥缈空间里，有了妙不可言的感觉，分明与这瓢城西城门外的夜晚有关。这种感觉的出现，使得水草一次次想到与粟童在西街行走时，一瓢水店铺牌匾在早晨阳光下闪着金光的景象。那个离开瓢城西城走向小海滩深处的行走，以一种终生难忘的形式，储存在她的记忆里。

原先双方在心里想好了很多的话，到这儿全都打住了，仿佛此时并不需要言语。走着走着，水草提醒自己，依偎在一起可以，再怎么美妙都可以，但绝不能让他碰了自己。此时的粟童，也丝毫没有那种侵犯水草的意思，连一点点的想法都没有。他的内心里所感受到的，也正是与水草一样的美妙。一缕缕神秘的气息，萦绕着他们，在瓢城西城门外蟒蛇河边四处弥散。

远处传来了光亮，那是瓢城医院门诊大楼的灯火。他们站立在那儿，眺望着瓢城医院门诊大楼。瓢城医院立在蟒蛇河堤内的一片空地上，比瓢城城里的地势要高出许多，远远看去便是悬在高处的光亮了。白天，可以看到耸立的白色大厦，大楼中央有红"＋"标志。夜晚，借着远处门诊大楼的灯光照耀，粟童看到水草朦胧柔嫩的脸，有着一种在白日里看不到的莹润。水草的眼睛特别明亮，瓢城医院门诊大楼的灯光，在她的眼中成了一个个光点。

粟童兴奋不已，他想到了瓢城繁星点点的夏日星空。

粟童的心开始跃动起来，迷蒙的夜色中，心仪女子就在眼前，心中顿生焦渴、遐想与冲动。这种焦渴冲动并没有转化为具体行动，此时的粟童所想的是多少年以后他还会与水草行走在这里吗，那时的他们会不会因为某种原因而天各一方了？粟童在心里骂着，什么事情不能想，偏要在这样的时刻想这样的事情，还是遥远的未来。真是奇怪了，进入奇妙的状态后，并不去想紧迫而欢乐的旋律，而去想以后可能不会相见的情景。

他们继续向前走去，走到了太平桥上。

太平桥的由来，是因了瓢城常常发大水，为治理水患，筹资而建。这个远看高悬的西城门外拱桥，下面是钢筋混凝土结构，上面是汉白玉栏杆，像一座年代久远的古老大桥。瓢城为水网地区，常年多雨。夏季来临的时候，蟒蛇河上游的洪水从瓢城西南高邮湖而下，瓢城人管它叫高邮客水。还有一路洪水从瓢城西北洪泽湖而下，瓢城人管它叫洪泽湖客水。说是高邮湖与洪泽湖的湖底都比瓢城的地势高，两湖一旦决口，下面将是汪洋一片，所以不得不往下游行洪放水。

瓢城夏季发水的时候，到处漂浮着树木、水草与杂物。人躲到高处的坡上，天空灰暗，空气潮湿，不时漂来一头头死去的牲畜。瓢城的老人们用极其痛苦的语言，描述着一次次水患带给他们的复杂记忆。他们生活里最为惊恐的场景，就是一年又一年的大水泛滥。

"洪水猛兽。"他们总是用这样简洁的词语，表达当时的洪水造成的灾害。

地方政府发动民众捐资，并积极向上争取，对蟒蛇河进行治理，疏浚河道、建闸控水、架桥铺路。蟒蛇河由西向东流经瓢城时拐弯北去成了护城河的一段，在河的弯处建了太平桥，寓意镇住水患永享太平。

太平桥建成后，瓢城的水患还真的减少了。是治理的结果，还是玄学在冥冥之中的安排，各有各的说法，反正是人的主观意愿与现实的做事，达成了合一的效果。所以，瓢城人对太平桥有着一种特殊的情感。有外地的朋友来到瓢城，他们都很乐意领着客人去往西城门外，指着汉白玉大桥说："这就是太平桥，保证了瓢城的太平。"

水草与粟童走在桥上，远方天空中的灰暗云彩在缓慢移动，河水如墨色的飘带伸向远方。水草靠在太平桥栏杆上，想起母亲秦腊梅带她到太平桥来的情景。那是在白天，走在桥上，从栏杆旁往下看，湍急的河水使人感到一丝丝惊恐，看久了还有一种眩晕的感觉，眼睛不停地冒着金花。

现在是晚上，水草与粟童走到桥边，她要看夜晚太平桥的情状。可天太黑了，看不清桥下的情形，只有忽闪忽闪的水流影子，根本看不出什么险峻来，那种白天看桥的惊恐，无法体验。

粟童在一旁看着水草，看她的脸的轮廓，朦胧的质感，增添了夜的静谧色彩，仿佛走在一个幽蓝世界里。这个世界微茫而神秘，有着童话般的意境。水草也感觉到了一种空灵的东西在身边萦绕，河水闪着点点银光，像一个个小精灵。水草与粟童都笑了，他们在笑什么，心里也并不能说得清楚。

过太平桥往北走的路，越往前去地势越低了，低到了与蟒蛇河相平。与河水相近的地方，感受到河面的宽阔，人一下子就小了起来。远看水银一般的飘带，变成了活的水流波线，夜幕与河流庄严地混合在一起，有着一种宁静的严肃。天空中的灰色流云在缓慢移动，蟒蛇河水，潺潺流淌，传递着夜晚静谧的湿润气息。

水草与粟童蹲在河边，细细凝听河水流动的声音。脸与河面靠近，水声越来越大，抬头望向远方，河上游的来水在夜幕下银光闪烁顺流而下，沿着瓢城古老的河床驶向北乡下坝村大洋湾，转头向东消失于茫茫原野，最终归入大海。

走着走着，地势又高了起来，河水声渐渐远去了。眼看着就到了桥下，那是瓢城城北的北闸大桥。原先的老北闸桥已经不在了，蟒蛇河上的北门闸也早已废弃，移到了蟒蛇河下游的北乡下坝村。这是一座新建的北闸桥，没有闸的功能，仅仅就是沿袭了地理的概念，故而得名。

水草与粟童走上桥面，立于桥头，河桥的桥灯照着他们的脸。认真地去看对方，也不回避射来的目光，仿佛一下子亲近了许多。他们笑了，灯光下的脸看得清清楚楚，回望来处，已经漆黑一片。

粟童拉着水草的手，向桥东走去。

路灯散发出橙黄色光芒，照在路面上，宛如铺了一层鹅绒毯，走在上面仿佛脚下安装了滑轮一般。他们的影子从后面走到脚下，走到前面。走过另一盏路灯时，重复着上面的情景。水草与粟童看着自己的影子不断地移动，其他的东西，已经是多余的了。

63

坝口小院里的秦腊梅，整天忙碌着，对于恋爱中水草的变化一点也不敏感，她的心思不在这些方面，集市摊档里的买卖才是她关注的重点。长期小本生意的经历，养成了秦腊梅专注的思维习惯，对于摊档以外的事情，有了一种迟钝。沈宗宝则不然，他已经敏锐地观察到水草微红的脸透射出的信息。这样的观察已经有一段时间了，他不断地证实着自己的心中判断，相信已经接近事物边缘。平日里大大咧咧的从不涂脂抹粉的三女儿，开始打扮起来了，从镜子这边走到镜子那边，然后穿上好看的衣服匆匆而去。沈宗宝非常肯定地断言，自己的三女儿水草已经在恋爱之中，现在要弄清楚这个男生是谁。

沈宗宝留心于女儿水草的一举一动，要一看究竟是怎样的一个情形。水草是沈家的希望，对她要格外留神，不能出了差错，接触了不该接触的人。沈宗宝知道，初恋是没有眼睛的怪兽，会一路狂奔，成功概率很小。一旦有了痴迷的情感，丢了魂，就不能在时间磨砺中成玉，最后把自己给搭进去了。沈宗宝将手中的香烟扔了，他要尽快弄清情况，然后对症下药。

夜晚小海滩行走后的一天，粟童送给水草一枚翠绿玉佛，水草不要，觉得收人东西不好，而且他们之间的情意还没有到达可以相互赠物的地步。倘若收了他的东西，就意味着对某些事情的认同，这样等于是确定了关系。

"你到底喜欢不喜欢？哪来那么多事情。"粟童说。

水草道："喜欢是喜欢的，但是这样不好，我们之间还……"

"喜欢就行了。"没等水草把话说完，粟童就将玉佩给她戴上了。

翠绿的玉佩挂在脖子上，映得水草红扑扑的脸格外鲜亮。水草是喜欢这翠绿玉佛的，更喜欢送这玉佛的人。尽管觉得唐突，可物的赠予还是拉近了彼此的距离，相互交流变得更加顺畅。水草以为粟童是认真的，因而就接受了他的玉佩。这样的事情发生，来得突然却也有自然的一面，水草在心中接受了与粟童进一步交往。

水草回家，脖子上多了一枚绿色的玉佩。沈宗宝从中看出一些端倪，这个追求自己三女儿的人出手不凡，是个有钱的主。沈宗宝觉得不能再等了，他去找黑牡丹，或许黑牡丹会告诉他一些水草的情况。

沈宗宝走出坝口，走进西门，向一瓢水走去。

瓢城西街里，一家商店正在做清仓的销售，门口的音响放着轻音乐。不少人在围观，有的买了一堆货物高兴地往自行车后座上捆，有的挂到了前面的车龙头上。近来的一段时间里，到处传说物价要上涨，人们疯狂抢购，商家也推出了许多促销方案，争抢客源。沈宗宝顾不得看热闹，径直去往西城一瓢水店铺。

见沈宗宝进店，黑牡丹放下手中的活，来到他的身边。他们四目相对，并不言语。当黑牡丹要为他端酒拿菜时，沈宗宝说："今天我不喝酒，有一件事情想来问你，一定如实告诉我。"

"你问。"黑牡丹看着沈宗宝。

沈宗宝告诉黑牡丹水草的情况，以及她脖子上戴的玉佩，不知道这个男生是谁。

黑牡丹说："水草倒是不止一次地带同学来一瓢水喝菌菇汤，那些男生对水草都好，但没有发现她对哪个男生有特别的兴趣。"

沈宗宝有些急了，脖子上都戴了信物了，明摆着是在恋爱，怎么连你也不知道呢？

黑牡丹宽慰着沈宗宝："你不要着急，水草是个聪明的女孩，又漂亮能干，一般男生她是看不上的。即便是私下里有了男朋友，那一定也是不错的主。我尽快替你把情况摸清楚，第一时间告诉你就是了。"

沈宗宝点头道："我就是这个意思。"说完起身告辞。

黑牡丹正准备去找水草谈谈的时候，水草一个人来到一瓢水。自从上次来一瓢水遇见自己的父亲沈宗宝之后，水草心中一直感到别扭。想说的事情没有说成，却闹了无端的情绪，把正事给耽搁了。这不，还是得来问人家，便又一次来到一瓢水。

见水草进店，黑牡丹主动迎了上去。

水草笑了，知道黑牡丹没有把那件事情放在心上，便对她说："上次来是有事想征求你的意见，结果遇到了爸爸，就没有说成。"

黑牡丹说："你啊，什么都好，就是控制不了自己的情绪，怎能成就大事。有什么事情，你尽管说。"

水草把粟童的情况告给了黑牡丹。

黑牡丹微微一笑，对水草说："这个人家的条件不错，可以交往，不过最好当面看下人。还有，现在还在读书，不要影响了学习，情感方面不能走得太近，恋爱早，往往很难走远。"

水草点点头，没有在一瓢水逗留，离开店铺。

一天，夕阳即将垂落，晚霞照着一瓢水店铺外面的路面，沈宗宝从店外进来。黑牡丹迎了上去，将水草的情况告诉了他。沈宗宝笑了。"果不其然，原来是南门富户粟富贵的公子，难怪买那么贵的玉佛。好事情。"他很快转变了态度，还抖了抖手臂，"拿酒来！"

黑牡丹端来桂花酒、菌菇汤和几碟小菜，沈宗宝端起酒盅干一盅桂花酒。

黑牡丹对沈宗宝说："谈得太早了，还在上学呢。"

"我也是这么想的。"放下酒盅，看着黑牡丹。

黑牡丹一笑，转头离去。

阳光从窗户照进店里，照在沈宗宝脸上，他的脸色很平静。"粟富贵已经多年不见了。什么时候一起喝一次酒，把这件事情说一说，不能稀里糊涂的。"他在嘀咕中端起酒盅，又干了一盅。然后，他浅酌慢饮。

夕阳晚照的天空，从橙色变成红色，西城门楼有了一层红红的光晕。渐渐地，红晕褪去，有了淡淡的烟紫色。暮色来临的时候，沈宗宝起身向店外走去。

戴了粟童送的玉佩之后，水草渐渐地向他敞开了心扉，说些家里的事情。人一旦与对方说家里的事，就把对方看成是可以信赖的人了。水草对粟童说集市里的买卖和自己在集市中捞钱放高利贷的事，说母亲做的卤肉、米粉、腌菜与桂花膏，说父亲酒后失态的样子，说两个姐姐睡懒觉。

粟童很是感动，没想到水草会对他说这些，还说得这般详细，说明她对自己是真心的。以往他所交往的女生，不是扭扭捏捏地说些发嗲的话，一路端着，就是说自己的父母与家人如何如何地好。相比之下，水草显得特别真诚。

水草与粟童的关系快速升温，没完没了地交谈，也不能平息了心中倾诉的冲动。然而，男女之间的情感懵懂，并没有变成某种身体的渴望，一切是那样自然。粟童与水草无话不说，交流的范围也变得宽泛起来。说着说着，一阵笑声就穿插其中。

一天，粟童说到水草的父亲沈宗宝过去与瓢城西城五金店小女人的事。

水草听蒙了，沉默不语。

粟童感觉到自己的突兀，怎么说出这样的事来。他责备自己，说什么不好，偏要说这个，简直是没长脑子。

水草没有生气，反倒是笑着让他接着把话说完，尽量说具体点。

粟童看着水草说："这是我爸无意间说到的，大人们的事情也不好多问，也就是这些了。说真话，我不应该说的，你看我把事情弄的。"

水草不高兴了，对粟童说："事情你又说不清楚，那你跟我说这些干什么？真的是没话找话说，你让我怎么面对？"

粟童明了自己说了不该说的话，后悔不迭。他一脸窘色，对水草苦笑道："真的是话多了，不经过脑子就说出来了。关键是自己还说不清楚，你看这事情弄的。"

"说已经说了，还说这些没用的话。"水草道，"以后说话做事，先过过脑子，瞅准了再说，没人会把你当哑巴。"

粟童点头，一副知错就改的样子。

粟童所说的事情不小，水草心中暗生难过。但这件事情没有影响到她与粟童的关系，他们依旧一路来一路去，行走在瓢城市街里。

瓢城夏日的光线，特别刺眼。一场透雨，阳光一照，开始烘热起来，雨水打湿过的市街房屋、道路、街树，反射出一道道强光，很快就把一点点凉意给赶跑了。他们一路来到学校，学校门口挂着的校牌，发出强劲的白光，看得人花眼。

进校门时，他们不再像以前那样分开了，而是贴在一起。他们没有觉得不好，更没有理由分开走路。同学们看到他们的样子，都感到惊讶。"进展如此神速，都靠在一起了。"有人议论道。水草与粟童看到同学们投来的犀利目光，他们想，想看就看吧，无须回避什么。

与校门相对的是教师办公楼，楼前的红旗高高飘扬，右边是一排排教室，左边是宽大的操场。走着走着，粟童居然搂着水草了，引来更多同学注视的目光。"关系真的不一般了，都搂在一起了。"一个个发出了尖叫声。

水草与粟童相视一笑，继续前行。

同学们的叫声更大了，一浪高过一浪。

既然大家都知道了，水草索性请同学们去一瓢水吃菌菇汤。正好让黑牡丹见到粟童，她相信黑牡丹的眼力，她的态度至关重要。

那个夏日的下午，学校放学后，水草、粟童和一帮同学来到一瓢水。

黑牡丹心知肚明水草的用意，热情地招呼着学生们，留意观察水草心仪的这个叫作粟童的男生。她不停地在店铺里走动，一次次将目光向他投去。每次观察，似乎都有新奇的发现。黑牡丹反复观察，生怕遗漏了什么。她还前面跑着，后面跑着，左边跑着，右边跑着，好从多个角度观察粟童。

同学们嘻嘻哈哈，一瓢水店铺里欢腾一片，那种只有学生才会有的热闹场景，又一次在瓢城西街一瓢水店铺里出现。黑牡丹一番观察之后，来到水草身边，悄悄地告诉她，这个叫粟童的男生，模样标致，言谈举止与身边的其他同学相比，另是一样，有着不俗的一面，不愧是富家公子。可不知怎的，黑牡丹告诉水草这些时，心里咯噔一跳，被什么硬东西给碰了一下。她站在那儿，静静地回忆着自己的思绪，可怎么也想不出到底是什么碰到了自己。那种瞬间出现的感觉，宛如流星一样从天空划过，祭出不一样的感受。

黑牡丹眨了眨眼睛，理了理头发，拍了拍身体，到柜台去了。

水草的心里甜滋滋的，犹如路边盛开的小花迎风招展，丝毫没有注意到黑牡丹情绪的细微变化。学校里喜欢粟童的人多了，与黑牡丹的赞誉相比，都显得无足轻重。在这个世界上，黑牡丹是最美丽能干的女人，她眼中的帅气男生，一定是真正优秀的男生，这一点毋庸置疑。

阳光照着瓢城西城，西街店铺临街的玻璃窗，反射着一束束光线，照到一瓢水店铺里。时间在惬意中流淌，人在菌菇汤的清香里徜徉，西城门楼闪着耀眼的光影，店外市街中人来人往。高兴的水草，脸色红润，心仿佛吹满了瓢城七月夜晚的阵阵温润凉爽的风。

又一批客人进店，黑牡丹忙着招呼他们去了。

同学们喝着菌菇汤，全然没有旁人存在。他们相互交谈，叽喳声一片，吃着喝着，一个个兴高采烈。店铺里的其他客人，也被他们的情绪所感染，开始跃动起来，与这帮学生们互动。

夕阳西落，瓢城西街里的房舍落上一层晚霞的余晖。水草看着店外的路面，同学们都安静下来。疯煞半天的学生陡然发现，他们在一瓢水里吃喝得太多了，肚子圆滚滚的。当他们离开时，回望一瓢水店铺里的陈设，然后挺着肚子迈着吧嗒吧嗒的脚步行走在瓢城市街里，像是吃饱喝足的鸭子，有些夸张。他们心里感谢着水草的邀请，一瓢水里的东西真的是太好吃了。

黑牡丹站在柜台后，微笑着目送他们一个个离去。

64

水草与粟童成了一瓢水的常客，双双对对出入店铺。水草与粟童很乐意到一瓢水来，这儿有着吸引他们的东西，好喝的菌菇汤，好吃的红豆米饭与瓜菜，还有漂亮的店主人黑牡丹。水草喜欢黑牡丹，粟童也喜欢黑牡丹，黑牡丹更是喜欢他们。水草与粟童的到来，使得一瓢水多了平日里少有的乐趣，黑牡丹感受到了一种从未有过的朋友情谊与欢乐。

在一瓢水店铺中，水草与粟童可以随意吃，随意喝，好像在自己家里一样。黑牡丹也毫不客气地使唤他们做事，如同店铺里的伙计。有时候动作慢点，还遭来训斥。

"快点快点，要是你们这样开店，客人都走光了。"

"来了来了，催得人心里发慌。"

水草、粟童、黑牡丹，俨然是一家人的样子，店中气氛空前活跃。畅然的空气在一瓢水店铺里弥散，一阵阵笑语从他们中间传来。水草在一瓢水店里不管不顾，越来越恣肆了，这里跑跑，那里看看。她看着粟童，那样标致帅气，充满活力；看着黑牡丹，那般俏丽、能干。真的是乐不可支了，一个是贴心的男友，一个是贴心的女友，当是她水草的好福气。

水草一顿胜似一顿地能吃，吃得身体胖了起来。她并不理会身体的变化带来的体形发胖，只把那惬意的时光尽情地流淌。她的举动越来越没有看相了，这个坝口小院里的美丽女生，见到吃就全然没了形象。她环顾周围，又将东西放进嘴里。水草这样的举动，一次次看在粟童眼里，让他感到羞愧。心思在吃的一面的水草，全然不觉得自己行为的丑陋，不断地重复着这样的事情。粟童只当没有看见，眼睛一闭，让眼前情景过去。

黑牡丹也看到了水草的样子，以及粟童为水草感到汗颜的神情。她悄悄对水草说："不能再吃了，再吃体形就变得难看了，会臃肿起来。"

水草不予理睬，根本管不住自己的嘴，吃了还想吃，越吃越想吃，总没个停顿的时候。黑牡丹再次提醒她的时候，水草有些不快，一边吃着一边说着："不就是吃了点东西吗？干吗这么小气。"

黑牡丹无奈地笑了。

粟童沉着脸，没见过这么能吃的人，而且吃相一点也不好看，就像一只馋嘴的猫，与她的外形大相径庭。

黑牡丹与粟童相视一笑，然后将头低了下去。

看到粟童与黑牡丹诡异的样子，水草说："你们什么意思啊，不就是喝了几碗菌菇汤嘛，至于这样吗？两个人鬼鬼祟祟的样子。"说着又喝了一口菌菇汤。

黑牡丹与粟童只当没有看见，掉头就走。

渐渐地，水草觉着一瓢水里的气氛有些异样，陡然发现粟童与黑牡丹走近了，而且是一副亲热的样子。粟童帮黑牡丹做事，黑牡丹一个眼神他就知道她在想什么，很快就贴了过来。与水草只顾吃喝的情形形成鲜明对比，粟童更像是黑牡丹的帮手，他们之间非常默契。水草思忖着这样不对，黑牡丹是我的朋友，与粟童却搞在了一起，这样下去会出事情。水草觉得不能再在一瓢水里待了，拉着粟童说："我们现在就走，以后不来一瓢水了。"

"为什么？"粟童问。

"没有为什么，就是不要再来一瓢水了，这里的空气不好。"水草说。

粟童觉得水草胡搅蛮缠，而且心眼特别小。"你也太过分了，事情不做，一个劲地吃喝，在家里没得吃了。"粟童说自己在竭力缓和这种局面，尽可能地帮黑牡丹做事，还不是为了你水草。"你倒好，反倒说出这样的话来，针尖大的心眼。"南门富家公子与西门高利贷者，在一瓢水店铺里发生了矛盾。

"我就心眼小了，我再也不来一瓢水了，你爱来不来。"水草说。

对于水草的无礼，粟童心里很是难过，他让水草不要离开一瓢水，以后与黑牡丹难处。水草丝毫不予理睬，一个劲地要走。争取了几回之后，粟童放弃了，对水草说："你说得对，爱来不来。"扭头回店铺里去了。

柜台里的黑牡丹看到这边的情形，对粟童说："你们明天就不要来了，一瓢水庙小，容不下大菩萨。弄得你们之间不愉快，实在没有必要。"

粟童非常生气，他所担心的事情还是发生了。"丢人，实在是太丢人了。"他在心里说着，一气离开了一瓢水。此时的粟童，有着不可抑止的怒气，那个桂花嫩叶般的美少女，变成了泼辣的女子，反差也太大了。

水草笑了，一路追赶着粟童，嘴里叫着："你等等我呀，不要走那么快嘛。"

粟童根本不予理睬，越走越快，最后跑了起来，消失在瓢城市街中。

黑牡丹对着门口摇头道："你水草什么都好，就是心眼太小。粟童是个多好的男生，怕你不一定配得上人家。如此下去，真的够呛。"然后去忙自己的事情了。

一天，一个女生来到水草家玩，这是她的闺蜜。闺蜜与水草谈论起一瓢水的事情，说以后有空，还让水草带他们一起去玩。闺蜜与她谈到了粟童。闺蜜说："同学们都在谈论你与粟童的事情，真的替你高兴。"并想看她脖子上戴的玉佛。

水草说："我当是应该告诉你的，我与粟童做了朋友，无奈这样的事情在学校里传开不好，还都是学生。我自己不承认这件事情，别人也就不好过多地议论这件事情。"说着将脖上里的绿色玉佛取下来给闺蜜看。

"我是理解的，水草。"闺蜜接过玉佛，可能是过于羡慕的缘故，玉佛没有拿稳，一下子跌落了。玉佛跌入地面的声音，非常清脆，是一种结实的与地面的撞击。时间瞬间凝固。此时的瓢城天空，飘着一种钩卷云。夏日里，一般没有这样的云彩，一般要到秋天。按照气象上的说法，卷云是大范围冷暖空气运动产生的"系统性云"。钩卷云是平行排列的，丝状的云彩向上的一端带着小钩或者小簇。

水草捡起玉佛，上面有了一道裂痕。她抬头看往钩卷云的天空，然后看着闺蜜。闺蜜吓得脸色苍白语无伦次，不停地比画着，支支吾吾说了几句就跑了。

水草的脸涨得通红，没有责怪闺蜜的意思，但心中还是感到懊恼，闺蜜一阵风来吹落了树叶，自己却像风儿一样消失得无影无踪了。水草呆木地站着，手里拿着有了裂痕的玉佩，想到了粟童。难道这是一种预兆吗？生气的水草联想到一瓢水里的情形，现在又有了玉佩的裂痕。

钩卷云的天空下，粟童走进西城门，向坝口走去。粟童来找水草，有急事与她商量，一脸急促的样子。水草正为玉佩的事情发愁，见到粟童来，就将玉佩往他手里一送说："玉佩裂了。你早不来，晚不来，这个时候来。"

粟童拿着玉佩，丈二和尚摸不着头脑，不知道水草何意。他看了看玉佩说："裂了就裂了，喜欢再买一个就是，我有重要的事情与你商量……"

"不听，不听。"水草很不高兴，"你钱多啊？再买一个，还是原来的那个玉佩吗？有什么事情比玉佩还重要？这可是你送给我的信物。"她一跺脚，一扭头，走了。

粟童愣在那儿，半天说不出来话来。"这脾气。玉佩裂了，再买一个就是了，我与你商量的是大事情。我要离开瓢城了，你却掉头走了。"看着水草离去的背影，粟童真的生气了。先是一瓢水店铺里的不快，现在又是玉佩，看还有谁能容忍你的个性。

瓢城天空上的钩卷云向四处散开，越散越大，然后又慢慢地聚拢起来，组成一个个挂在天上的小云团，活像是大片的鱼鳞。这天象在气象上叫作高积云。高积云的出现，往往是天空要下雨的先兆。不过在瓢城，雨算不得什么，说来就来，家常便饭。

在坝口小院门口与水草分手后，粟童消失了，消失得无影无踪。

65

瓢城下了一场大雨。丝毫不像夏日里的阵雨那样很快就结束了，而是陆续地下了一天一夜。水草感觉到，这是上苍对她的回应，不让她去找粟童，也不让粟童来找她。天空里的钩卷云、高积云不是什么好兆头，这是一种急速变化着的极不稳定的天象，瓢城夏日的雨水，浇灭了水草心中的一切。

粟童的消失与玉佩有关，水草始终这样认为。一瓢水店铺里的不快，加之玉佩造成的她与粟童的分离，一种从未有过的孤单，扑面而来。看着被雨水浸泡过的市街石头路面，反射出一簇簇银色光亮，水草想到了那个夜晚与粟童在小海滩的行走，以及夜幕下流淌的蟒蛇河水。

风流倜傥男子的消失，引起周围人的注意，在同学们中间迅速传开。同学们齐刷刷地看向水草，已然成为犀利目光的扫视对象。水草知道，这些目光有些是善意同情的，有些是气愤的，有些却是不怀好意，更多的是疑惑。水草充满了愧疚，觉得还他有裂痕的玉佛，不加解释便耍脾气，一定是触碰了他的自尊底线。

粟童离去了。水草非常难过。

瓢城起了大风。瓢城夏天的风大多来自海上。从瓢城东边一路而来的海风有着强劲的力量，这种超强的海风其实就是一次次台风。广播里播放着第几号台风即将登陆，瓢城人就可以大致判断风的强度。每年夏季，大约从一号台风到十二号台风，强度呈现抛物线状，即越来越强，然后又越来越弱。过了十二号台风之后就很少了，即便是有也是比较弱的风了。

这年的台风是第九号台风，属于中等强度的台风。就是这种中等强度的台风，也将瓢城刮得天昏地暗。瓢城市街上，满天飘着树叶、纸张、杂物，电线杆被刮歪了，树被刮断了，广告牌被刮飞了，有的屋顶也被掀翻了。台风过后，人们纷纷跑到市街里望着瓢城灰暗的天空，以及大风过后的一片狼藉。

水草去了一瓢水，觉得粟童会在那里出现。只要粟童一出现，她就向他说明事情的来龙去脉，仅仅就是误会而已。如果他需要交流，那就交流；如果他需要道歉，那就道歉；总之他需要什么，就给他什么。她甚至想好了对粟童要说的话："我向你表示歉意，不应该那么简单地处理问题。"说着，还摆出了手势。

水草走进一瓢水。

黑牡丹只当没有看见。

水草知道黑牡丹还在生气，前去搭话："店老板生意可好？这么大的风还有这么多店客。"

"脸皮还真的厚。到一瓢水来干什么？"黑牡丹口气很是冷淡，一直没有抬眼看她。

水草告给黑牡丹玉佩裂痕的事，希望她能够帮助到自己，尽快找到粟童。

"这与我有关系吗？"黑牡丹说完就将脸转了过去，不再搭理水草。

水草道："有关系的。你不要这样冷落我，除了你我无人可找。我知道自己不会说话，得罪了不少人。"

"你还不会说话？一句话能让人家三天不能好好吃饭，威力可大了。"

"我也很难过，知道自己心眼小。现在粟童突然消失了，你得帮我想个法子。"

黑牡丹心里的气并没有消除，决定不再理睬这个针尖大心眼的女生。可嘴里却说："是你的跑不了，不是你的得不到，沉住气。"

"我就是有点沉不住气了。"

"沉得住气要沉，沉不住气也要沉。有点出息，干活去。"

水草看着黑牡丹不动，似乎还有话要说。

"看什么看，去做事。"

"哦。"

一连几天，不见粟童在一瓢水出现，水草心急如焚。粟童到底去了哪里？也是狠心的一个，不声不响，一去全无踪影。水草不知道如何是好，她知道人一旦拗起来，就互不相让了。水草后悔没有让粟童把话说完，把事情弄成了这个样子。她自言自语道："你为什么要这样做呢，这样做你就好受吗？"

粟童一直没有出现。

瓢城的秋天，说来就来了，秋风一阵阵刮着，很快把天气往深秋里刮去。时光秋凉如水，秋风萧瑟如笛，伫立于秋风中，抬头望向天空，禽鸟飞过。瓢城市街变得冷清起来，街树的树叶不停地掉落，空中寒气一日紧似一日吹来，拍打人脸。落满树叶的街道，一阵风吹过，石头路面发出一束束寒光。街面店铺的生意明显地淡了，那些路边营生担子已经不见踪影。一半在里一半在外的店面也基本歇业，就连老字号的杏林饭店、瓢城酒庄的生意也淡了几成，市街中的店铺早早收工打烊。

一瓢水依然红火。

一年四季中，一瓢水都是红火的店铺，根本不愁没有人来消费。已经麻木的水草，不去奢望粟童出现，或许他已经走远，一心远离。直觉告诉她，粟童早不在瓢城了，水草非常沮丧。一瓢水店铺的营生随着天气的变冷，上客越发地猛烈起来，这样的时刻，黑牡丹没有工夫安慰水草起伏不定的情绪。再者，水草自己惹下的事情，自己去处理好了，否则她也长不了记性。

水草不来一瓢水了，黑牡丹心里只有一瓢水店铺的生意。并且水草以为，黑牡丹心里倒是希望粟童离去的，她的高高挂起的眼神告诉了自己。抑或，黑牡丹对于粟童离去，并不能感同身受，觉得是对她水草任性的最好惩罚。离去粟童的背影拉长了，一样地拉长了她与黑牡丹之间的距离，她与一瓢水也渐渐生疏起来。

水草蹲在自家院落前的石板码头上，河里的小鱼慢悠悠地游动着，渐渐聚集到码头的边沿，仿佛与水草是熟悉的朋友。小鱼抬着头，摇着尾巴，拢到水草跟前。一阵风吹来，院子里的桂花树发出沙沙声响，鱼儿忽地受了惊吓，掉头向深水游去。水草苦笑着，用手划着水，希望小鱼再来。她看向河中对岸的倒影，涟漪的水光，将水中倒影摇晃得一片虚幻。她抬头看向河对岸，浓浓的深秋气息，一阵冷风吹来，不禁打了个寒战。

眼看着就入冬了，瓢城一片萧索。水草收到了粟童的来信，冰冷的心忽然照进一束光来。

　　我去了江南贵族学校，这是母亲的安排。离开瓢城之前，我对谁也没有说起，因为这突如其来的决定，连我自己也没有思想准备。这边的学校没有一点意思，简直就是枯燥乏味，仿佛坐牢一般。我常常在想一瓢水的菌菇汤，为什么那么好吃，配以红豆米饭与瓜菜，美滋滋的，特别享受。你就是那样吃胖的，我与黑牡丹怎么劝，也是无济于事。

　　⋯⋯

　　那个玉佛已经有了裂痕，我没有让你解释，便匆匆离开瓢城。现在看来是个错误。你不应该由着性子来，把玉佩给了我掉头就走，造成了尴尬的局面。我也不应该只顾着自己说事，没有让你把话说完，实在是因为外出学习事大，却低估了玉佩在你心中的意义。就这样阴差阳错，造成了彼此之间的误解。但玉佩你一定是要赔的，得赔一辈子。

　　⋯⋯

　　现在想来，离开瓢城一段时间也好，冷静之中懂得了许多东西。门楼、桂花树、西城集市，还有夜行的太平桥。一切的一切，都在离开中加深了意义。

　　⋯⋯

水草告给黑牡丹，粟童有了音信，眼睛里尽是欢喜，眉飞色舞了。

黑牡丹看水草激动的样子，又好气又好笑，平静地说："出息一点，他还是你的，等他回来再说，现在去干活做事。"并用眼睛告诉水草，重要的是沉住气，不要一会儿悲观沮丧，一会儿又神采飞扬，一点踏实劲都没有。

"哦。"水草应了一声。

那个瓢城冬日的早晨，窗外的冷风一阵阵刮着，桂花树不停地摇晃。母亲秦腊梅帮女儿收拾房间，看到粟童写给水草的信，知道了他们之间的事。秦腊梅先是一愣，把信看了一遍又一遍，火从心起，气冲头顶，怒不可遏。好啊，这么大的事情，还是个上学的女孩，私下里偷偷地谈恋爱了。她冲到水草面前，挥舞着手臂，让她跪下。

看到母亲手里拿着的信，水草知道一切都已经晚了，将目光投向一旁的父亲沈宗宝。沈宗宝正在点烟，胸有成竹地对秦腊梅说："孩子的事情，不要多管。这个叫粟童的男孩是城南富户粟富贵的公子，这样人家的后生，有什么不可以交往？你不问青红皂白地训斥女儿是不对的。"

想不到成天一身酒气的沈宗宝袒护着自己，水草心里有些感动。父亲在关键的时候头脑清醒，态度坚决，并非就晓得喝酒唱戏吟诗作赋。这样的时刻，有着父亲的支持，多少缓和了她与母亲之间的紧张态势。

秦腊梅非常生气，觉得沈宗宝是个没有脑子的男人。她对沈宗宝说："这件事情不成，水草会吃亏的。"

"吃什么亏？简直是迂腐。"沈宗宝道，"你这样兴师动众地教训女儿毫无道理。你是把孩子往集市的摊档里带呢，还是把孩子往西城门楼上引啊？这一高一低的事情都弄不清楚，还振振有词地教训人。告诉你秦腊梅，胡乱教训我可以，教训孩子不行。"

秦腊梅瞪了沈宗宝一眼道："你沈宗宝也是昏了头了，这样的事情能成吗？还都是上学的孩子，哪能坚持到结婚，这个你难道不知道啊？看到有钱人家的孩子就这样不管不顾，哪像是瓢城沈家的后生，到时候吃亏的还不是水草。"她指着父女俩说，"有你们后悔的时候，看你们怎么收场。"然后愤然离去。

沈宗宝昂了昂头，嘴里嘀咕道："女人当家，男人尿样。"看着秦腊梅离去的背影，他转头对水草说："粟家的底子厚实，不是一般的富户。但你们现在不能近距离接触。妈妈说得对，还是上学的学生，得有了分寸。"

水草点头道："我记住爸爸的话了。"

晚上，秦腊梅叫来水草，语重心长地说："妈妈不是那种古板的人，粟家在瓢城也是有名望的富贵人家。妈妈只是担心你这么早恋，很难结成善果。一个有钱人家的男孩，他怕什么？我们是女孩子家，实在是输不起。"秦腊梅接着说,"婚姻还是门当户对的好,妈妈并不指望你攀高枝,那样的生活未必属于我们。"

水草看着秦腊梅没有说话,将目光送向院前的河流。

一阵寒风吹来,河面一片银色涟漪。

66

漫长的寒冬,在一片思念中度过。

春天来临了。

初春的瓢城时节,西城门楼有着一种盎然复苏的景象,冒出层层绿意,墙砖缝隙里的苔藓显现出鲜活的颜色,门楼周边的树木长出嫩嫩的叶芽。西城门下,人越集越多,寒冬的萧索,渐渐被春日的习习暖风所取代。季节变换悄无声息,却一节节地感受到了细微的变化。

秦腊梅想到水草,这个从西乡芦荡里回来的机灵孩子,在姓粟的事情上听不进自己的意见,被懵懂的情感迷惑了。还有沈宗宝,光看到人家有钱,没看到这里面的凶险,那是拿水草的清白与沈、秦两家的名誉做赌注。秦腊梅断定沈宗宝赌不赢的,会害了水草,他身上的那点文气也将荡然无存。

沈宗宝坐在门口抽烟,他想到了自己的父亲沈佑田教他做米面饼的情景。父亲告诉他,家道已经中落,不得不做米面饼了,但这只是权宜之计,还可以东山再起。将来娶个可以持家的女子做媳妇,好好地做事,复兴沈家基业。没想到,这么多年来,自己一心想做成大事,可一个个像样的生意,在他的手里白白给糟蹋了。在秦腊梅眼中,他就是个不着调的纨绔子弟,根本做不了大事的半吊子,这一点他是既气又恨。现在,秦腊梅横七竖八地干涉水草的事情,这可不行。想着想着,他又去喝酒了。

沈宗宝去了一瓢水,在那儿喝酒无人打扰。

他坐在窗边的位置,菌菇汤、几碟小菜、一壶桂花酒,黑牡丹端了过来。沈宗宝没有去看黑牡丹,而是将目光送向窗外。沈宗宝的眼睛里浮现出沈家店铺、沈氏先人的遗像，还有蟒蛇河岸大码头的景象，这些逝去岁月里的场景一幕幕出现，无论是他曾经见过的，还是他想象的，都是那样地栩栩如生。

他轻轻端起酒盅，小酌一口，然后轻轻放下。

黑牡丹知道沈宗宝遇到不开心的事情了，她没有离开，而是与他对面而坐。

沈宗宝向黑牡丹微微点头，端起酒盅，喝了一口桂花酒，又转头去看窗外的西城景致。瓢城西街里人来人往，光线也趋于柔和。西下的太阳，发出橙黄色的光芒，西城门楼的楼顶有着一闪一闪的金光。

沈宗宝将酒盅放下，转头看向黑牡丹，这个漂亮的小寡妇，越来越像是自己的亲人了。他笑着对黑牡丹说："也是奇怪，看到你就想起自己的女儿，有时候也看成是自己的妹妹。"

"还是妹妹好，我一直就想叫你大哥。"黑牡丹说。

沈宗宝与黑牡丹到底是怎样的一种关系，西城人有着很多的猜测，这种猜测随着人们的细致观察而一度消散。后来的一段时间里，这种猜测又甚嚣尘上，他们觉得两人之间的关系并不简单。可他们一次次观察黑牡丹与沈宗宝的细节，愣是没有看出什么过格的地方。

沈宗宝并不在乎外界的议论，满脑子是水草与粟童的事情。

黑牡丹起身离开，不想打扰沈宗宝。沈宗宝坐在窗前，一直坐到夕阳尽染，暮色来临。

粟童离开瓢城之后，水草日夜思念着，渐渐变成了心灵的虚空。西城门楼，市街路面，学校大门，组成了空寂的一人穿行。周围的一切一步步离她而去，石桥、牌楼、店铺、操场，仿佛在一片荒原里了。水草心中一片焦虑，时常看向遥远的天空。天空上的云彩翻滚着，春日天上的云彩，一会儿似奔跑的小羊，一会儿似金鸡独立，一会儿又似一头公牛。

一大团云飘过来了，很像粟童，越来越像了，水草自己笑了。

眼看着到了夏天，下了一场场雨，瓢城的街道被冲刷得干干净净。

一阵阵热浪过后，风儿一阵阵吹来，秋天又到了。

秋天萧瑟的碧空里，依然不见粟童的踪影。

天渐渐凉了，冬天到了。水草的心反而不抱希望了，她大声对着南方喊叫："你不要回来，永远不要回来。"

飕飕寒风一阵紧似一阵地向瓢城袭来，西城市街里，行走的人群明显地稀疏起来，粟童从江南回到江北瓢城，眼睛里尽是寒冬的景致。与水草相好的日子里，粟童对西城门楼产生了某种特殊的情感，时常地去看它的细微变化，已然成为一种习惯。一到瓢城，他去看西城门楼。西边的天空被夕阳染成了桃红色，稀疏的薄云贴在天上，西城门楼也有了淡淡的红晕。

走到西城门下，仰望它的高大，怎么看都觉得今日之西城门楼与往日之西城门楼不一样了，墙基布满苔藓弥漫着潮湿气息的古老建筑，现在看来干净光滑，城门的墙砖如市街里的青石一样釉亮，不停地发出幽蓝清光，门楼与天空之间有了明暗清晰的界线。

"因为寒冬吗？"粟童不能确定。

他缓步向后退去，西城门楼渐渐变小。奇异的是，西城门楼不但没有往日一样地越来越暗淡下去，却是越来越清晰了起来。特别是门楼在冬日夕晖下的轮廓，变得越发明亮起来，有着不可抑止的最后一搏的绽放。在这暮色将止黑夜将至的时刻，粟童被家乡西城门楼的景象给惊呆了，这就是瓢城故乡的西城门楼，有着无以替代的古老庄重的美。

受着奇异发现的影响，粟童向前走去，要再次看门楼的细节。

门楼渐渐变大了，细部也丰满了起来，连城砖的细孔都看得清清楚楚了，仿佛还看到了岁月在城砖上留下的历史痕迹。看着看着，粟童又向后退去，看城楼的总体变化。这样反复多次之后，他大声说道："水草，我已经看到了，门楼确实有你所说的那种远近不同的景象，而且我看到了它的美。"说完立在那儿不动，久久凝望着暮色中的西城门楼。

瓢城城池的冬日，西城门楼的暮色，成为这座城市最后的光亮。光线熄灭了，夜幕降临，门楼瞬间模糊起来，立着的粟童进入门楼苍灰的肌体里。他紧闭双眼，与古老西城门楼浑然一体，任由这感觉肆意流淌。

陡然地，他想到了一瓢水。水草会在一瓢水店铺里吗？受着这样想法的驱使，粟童来到西城一瓢水店铺。此时的瓢城西街，已经灯火通明，正是晚间上客的时间。他站在一瓢水店铺不远的地方，向里看去，满满的一店人。他看到了忙碌的黑牡丹身影，没有看到水草。他决定不进去了，见水草之前，自己不知道要与黑牡丹说些什么，而且他想带给水草惊喜。

粟童向一瓢水投去一瞥，往南城走去。

清晨，水草与母亲去过西城集市，回到坝口小院。

吃罢早饭，水草走出院门，粟童在墙边出现。

水草惊呆了，悲喜交加自不必言说，突然来临的欢悦，有了变形的样子。平日里喜欢穿运动服的粟童，西装革履，已经不像是校园里的学生。她上下打量着粟童：黑西服，外面黑色呢大衣，脖子上挂着格子围巾，黑皮鞋，俨然一个俊俏的青年。短暂的忐忑之后，相互使了眼色，很快离开小院。

"南方的学校里穿西服，也就习惯了这样的穿着。"粟童说。

"穿西服挺好看的，很适合你穿。"水草说。

粟童带了很多好吃的东西给她，水草心中自然喜欢，那些过去的怨恨与阴霾一扫而空。粟童看着一脸惊喜的水草，不觉心里一颤。水草瘦了，好像削去了一层。思念煎熬中的粟童与煎熬思念中的水草，谈论着消瘦。粟童认定是相思的缘故，水草却说是很长时间没有到一瓢水喝菌菇汤了。

粟童知道她嘴犟，佯装着要举手打她。水草将头伸去："打啊，你打啊，总比音信全无来得强。"

粟童不与她争持，知道水草这样的女子是强压不住的，只能以柔软对她。他与水草一路走着，走过西城，走向南城，将水草带到家里，以这样的方式表明自己的态度。

南门粟童家，高大的独栋别墅，周围是小花园，凉亭、长廊、罗汉松、草坪廊椅、观赏鱼塘、葡萄架。水草看着粟童，没有想到他会带自己来他家。惊喜、局促，水草不断地平复着她的心绪。"也真有你的，都不跟我说一声。"水草觉得，南门富户的公子，做事与其他人不一样。

进入粟家门，水草这才知道父亲所说没错，粟家真的很富有，住着大别墅，拥有一家工厂，三个市口很好的门面楼，这样殷实的人家在瓢城并不多见。可见父亲在外喝酒，还是喝出了一些见闻与心得的，他对市面里的人事，了解得很清楚，对粟家的情形更是了如指掌。

粟童的母亲见了水草，眼光唰唰地扫视着，仿佛要看穿了她的整个身体。

水草羞红着脸，凝视着粟童母亲：个子不高，头发高高绾起，上面别着精致的发卡，面部皮肤白皙、细腻、红润，明显是精于保养的结果。脖子上戴着珍珠项链，手腕上是圆润的翡翠玉镯，手指戴着钻戒，一身穿戴高档讲究，俨然一副阔太太的派头。她面带微笑对水草说："我儿子喜欢你，我们就喜欢你。儿子的选择，就是我们的选择。"

这是从天而降的美事了，水草喊了一声"阿姨好"。满眼打量着粟家，仿佛是在做着一个美丽的梦。这一切来得也太过突然了，并没有多少思想准备。新奇，兴奋，恨不能把这家里的一切看个够。

母亲对粟童嘀咕着："她的眼睛太过活灵。"

粟童朝母亲瞪了眼睛，母亲连忙说："好，好，你看中的，就是妈看中的。"

在上坝村院落里生活惯了的水草，对粟家的环境似乎并没有太多的生疏感。她大大方方地楼上楼下跑着，仿佛是在自己家里。宽大的房屋，木质的楼梯，落地的真丝窗帘褶，展出粉色的牡丹花，透出华贵的质感。楼前的罗汉松，苍劲挺拔，郁郁葱葱。一旁的凉亭，红色的琉璃瓦，在光照下显得晶莹剔透。

满脸欢悦的水草，向外面的庭院跑去。

67

夕阳西落。西城教堂集市里，秦腊梅忙着摊档中的活计。晚市青货，洒了雾水，看上去依旧新鲜，但骨子里已经干瘪了。此时来集市买菜的，多为图便宜，或者早晨购物时间不便的人。摊主给了很大折扣，卖完可以早早回家。一天下来，家的温暖一阵阵吸引着自己，白日里的那种吆喝与精明，已被朴实真诚取代。这样的时刻，菜往往是论堆卖的。

此时的摊档里比较清闲，彼此间会谈论一些家长里短，打发无聊的晚市时光。光线越来越暗了，集市里的灯开了。摊档的同事问秦腊梅："听说你们家水草跟南门粟老板家的公子好上了？那可是一等一的大老板，南门少有的富户。"

秦腊梅笑笑，不做回答。对于她们的话，确实也不好回答。人家是替你高兴，以为攀上了有钱人家的高枝。但她却担心着这事情最终难有结果，落得别人耻笑。摊档中的秦腊梅，并不看好水草与粟童的恋情，读书的学生，情感哪能坚持到底。同时，她也在心里对这些所谓有钱人家，抱着并不稀罕的态度，甚至对暴发户有着强烈的抵触情绪。粟富贵不管做多大，在秦腊梅眼里就是大的暴发户。女儿水草与他家公子相好，弄不好是城头上跑马，兜一圈回到原地。

"我们也是替你高兴，与粟家结亲体面。"见秦腊梅没有说话，他们接着说。

"谢谢了，还不知道是浮的，还是沉的。孩子的事情说不清楚，都是上学的学生。"

别人看着秦腊梅，没有说话，她们无法猜测秦腊梅的心中所想。大家觉得，再问下去就显得无趣了。

沈宗宝抖起来了，看人的眼神与先前不一样了，好似身体注入了激素，不停地推动着他的欢悦情绪，走路拽拽的，头昂得老高，两个膀子摆动的幅度比先前明显地增大。旁人看着好笑，并不与他理论，你拽归你拽，碍不着别人什么事，也就是有钱人家的儿子做女婿，还没有过门呢。沈宗宝管不了这些了，他就是要嘚瑟，他的易于浮动的秉性显得淋漓尽致，有了愈演愈烈的趋势。

有人看不惯他了。"哎哎，你这头昂得老高，不怕扭了脖子啊。还有那膀子，摆的幅度太大了，晃眼。"

沈宗宝不予理会，我晃归我晃，你们该干吗干吗。这粟家是什么？家财万贯，真正的富贵人家。要是遇你们有这样的亲家，也会抬头挺胸的，何必藏着掖着。粟富贵是做生意的高手，说起来还是我的恩人，当年帮我在西城开了电机门市。只因小女人而废了上好生意。那个时候，自己常在粟富贵手里拿货，还时不时地在一起小酌。

"我们喝酒，都是到瓢城酒庄。"沈宗宝道，"瓢城酒庄的环境与菜肴，配得上上乘格局。每次去酒庄，菜是一式的老三样：清蒸梅童鱼、大鸡抱小鸡、八宝饭，酒足饭饱，神仙不换。"

"后来呢？"

"后来……"沈宗宝看着大家笑了。

每每想起这些事情，沈宗宝心里就难过。人与人之间，原本可以拉近距离做很好的朋友，走着走着就散了，说到底还是自己不争气。人走了下坡，气运发生变化，便与先前的人渐行渐远。这下可好，都快成亲家了，我看你粟富贵怎么办。

粟富贵倒也大度，对沈宗宝说："以后就是一家人了，不说两家话。我粟家再发达，也没有你沈家过去的底子厚，瘦死的骆驼比马大。听说我家老太爷还在你家曾祖的大码头做过事情，这就是你们家下人了，有事你开口。"

粟富贵所言是事实，不是他的自谦。粟富贵的老太爷原先是瓢城东城的铁匠，开一爿铁匠铺，做得一手好活。一天，沈宗宝曾祖沈继岚去东城宅院，看中了粟铁匠。沈继岚在西城大码头给他置办了像样的铁匠铺，专门打造船用物件，大到铁锚，小到竹篙前面的铁钩铁环扣件。沈继岚每年给他五十两银钱，相当于知县的年收入，是普通手艺人的五倍。他还可以在保证大码头活计的前提下，为他人打造铁器，所得均为他个人所有。

西城大码头的铁匠铺常年通宵达旦地忙活。

沈宗宝看着粟富贵说："不能够，此一时彼一时。你们家老太爷是手艺人，并非下人。瓢城人提到粟铁匠，没有不知道的。"他的心里想着，这粟富贵还真的是不俗，人家说出的话多得体，古今贵贱悟得分明，并不财大气粗以势压人。想必他粟富贵这些年的发达，也不是误打误撞的野猫花狸。

粟富贵看着沈宗宝，笑道："还是去喝酒？"

"喝酒，我请。"沈宗宝说。

沈宗宝与粟富贵去瓢城酒庄喝酒。酒是男人的情怀，这儿又是他们熟悉的环境，粟富贵与沈宗宝都是生于斯长于斯的老瓢城人，有什么场面上的事，都喜欢到这里来。瓢城酒庄的菜，应得了老字号的招牌，色香味俱全，其他的饭馆做不得这样精到。

他们要了冷碟：牛肉、茴香豆、拌粉，点了三样爱吃的热菜：清蒸梅童鱼、大鸡抱小鸡（在母鸡的肚里放鸡蛋）、八宝饭，既当菜又当饭，还特别下酒。尽管是熟悉的地方，菜也是老三样，沈宗宝与粟富贵还是有了久违的感觉。光阴似箭，日月如梭，一晃这么多年过去了。"常武不歌天亦老，琵琶又作过船声。"他们一边感慨着时光流逝，一边喝着酒吃着菜。富有的粟富贵喜欢文化人，沈宗宝也不吝赐教，一面卖弄着诗文风骚，一面请粟富贵点评。

粟富贵笑了，对沈宗宝说："让我点评，不是关公战秦琼——胡扯八讪吗？喝酒。"

"喝酒。"

两人又干了。

梅童鱼是瓢城沿海的特产，瓢城酒庄的做法与其他的饭店不一样，不是火烤而是清蒸。把那梅童鱼洗净用清水泡上，然后取出晾干，将盐、胡椒粉在姜汁里和着，涂抹在梅童鱼上搁一个时辰，然后放进蒸笼里蒸。蒸出的梅童鱼完好无损，口感鲜嫩，称得席上佳品。粟富贵与沈宗宝都喜欢吃这种清蒸的梅童鱼，喝上一口酒，吃上两口梅童鱼，那感觉真是美不胜收。

沈宗宝点了三大盘梅童鱼才打住，他们相互看着，忍不住都笑了。

"味道确实不一样，百吃不厌。"

粟富贵与沈宗宝在瓢城酒庄里称兄道弟地吃着喝着，一副快活神情。乘着酒兴，他们聊起了瓢城旧事，从瓢城西城门楼聊到中市桥桥塔；从蟒蛇河河水聊到北闸桥改建；从电机生意聊到市街门面租赁。

粟富贵说到电机生意的时候，沈宗宝说："这么多年了都难以释怀，那是个多好的生意，却被我给糟蹋了。否则，哪能到今天还这样飘着，实在是惭愧至极。"

粟富贵问沈宗宝："当初那小女人的事情，家里那位有没有难为你？"

"倒是没有。"沈宗宝道，"秦腊梅是个爱面子的女人，让我放弃电机生意，求得平安而退，了结此事。"

"好女人啊，大事不糊涂。不像我们家那位，跟个母老虎似的。"说着让沈宗宝喝酒。

沈宗宝端着酒道："可惜了那上好的生意，对不起你粟老板，也对不起我的朋友恺子。"

粟富贵道："还是你风流倜傥，值当。那是个多漂亮的女人，让人好生羡慕。这么多年了，还没有见过瓢城哪个女人盖过她。可以说，瓢城就没有这样的女人，却被你沈宗宝给占了。"粟富贵的眼里显然有了漂亮小女人的身影，可见他的这番话完全是发自肺腑。

沈宗宝以酒行礼："我再敬粟老板一盅，权当是为过去的生意道谢。"

粟富贵端酒回礼："不当事。生意算什么，春去春又来，花开花又落。"然后将酒一饮而尽。

沈宗宝与粟富贵在瓢城酒庄里尽心尽意喝了一场大酒，愉悦的心情自不必言说，两个准亲家，在酒庄里谈论逝去的瓢城往事，落脚于西城五金店小女人，好不兴味。欢悦之余，沈宗宝与粟富贵谈了自己的一些想法，粟富贵一一应允。

酒毕，宗宝结了酒账。二人打躬作辞，改日再聚。

临分手时，粟富贵对沈宗宝说："你的事就是我的事，包在我身上，一定助你一臂之力，让你东山再起。男人没有事业，确实腰杆不硬。"

沈宗宝千恩万谢，粟富贵说："那我先走一步。"

"你请。"沈宗宝看着粟富贵离去的背影，自言自语道，"这个小学文化的富户倒还真的够意思。"说完，看过左右，挺直了身体，消失在市街里。

沈宗宝嘚瑟的样子看在女人秦腊梅眼里，担心他的行为，会成为别人戳脊梁骨的谈资。可无论秦腊梅怎么提醒怎么泼冷水，沈宗宝就是听不进去，依然我行我素。秦腊梅喃喃自语道："不撞南墙不回头。"

金草、银草看到水草跟南门粟家公子好上了，对水草的态度发生了根本性变化。她们亲近着水草，仿佛以前的嫌隙芥蒂，完全算不得什么事情。金草、银草告诉水草，有什么事情只管说话，有姐姐给你撑腰，不会被人欺到。同时，两个姐姐也一再地提醒水草，心眼放灵活点，好归好，有些事不能吃亏。吃了那样的亏，跌了份不说，还落个以后不好做人的坏名声。

水草心头一热，关键时候还是亲姐妹贴心，她深情地看着两个姐姐。

"你倒是听进去了我们的话没有？这样翻着眼睛看我们，真的急死人了。"姐姐们着急了。

"我记下了。心眼放灵活点，不能吃亏。"水草说。

"这就对了。"两个姐姐笑了。

双方父母也都认可了他们的关系，水草就住到粟童家里。两个姐姐对着父母吵："怎么现在就让她住到人家去？"父母告诉金草、银草，是水草自己要住到人家去的，我们怎么说她也不听。

两个姐姐去找水草，让她回来住。

水草说："没事的，我会注意的，你们说的话我都记下了。"

两个姐姐相互看着，异口同声地说："有你吃亏的时候。"

68

瓢城的春天有着浓重的湿气，仿佛是冬日的冰凌要出来跳跃了。眼下瓢城，虽说是阳光明媚的春日，温度明显地上升了起来，然而还是那个多雨的城池。从天而降的雨水，完全扫荡了春季应有的干爽，使得这个全年湿润的古城名副其实。在无山甚至连高坡都没有的瓢城，大雨来临时，低洼的地方就成了"泽国"。春季里，不会出现泽国的情形，但连绵的细雨，使得连接乡间的官道泥泞不堪，更不用说乡村野路了。瓢城的情形好些，这个石头路面铺就的古城，经过多年的整治，虽有"雨城"之称，城池的排水却很通畅，那种大水淹城的情景很难出现。

烟雨飘飞的日子里，秦腊梅心中一直有着不祥的预感，可能家里要出事情。自从沈宗宝与粟富贵在瓢城酒庄喝了大酒之后，他的情绪就高涨起来，唱戏、吟诗作赋，还画了几幅很大的画，有山有水，有花鸟，埋在心底多年的冀望重新复活起来。秦腊梅知道，沈宗宝要显山露水了。

大河骤然要涨水，春水来势凶猛，全然是多年没有见过的景象。河水不能再涨了，再涨就要破堤了。果不其然，那个雨后的早晨，在一阵阵鸟叫声中，沈宗宝的脸上有了年少时的兴奋红晕，他义无反顾地行动起来，这次做的是钢材生意。

沈宗宝在瓢城酒庄乘着酒兴转弯抹角向粟富贵借钱，粟富贵是不想借的。但儿子粟童与他三女儿水草恋爱了，不好打人家的脸，答应帮他。他对沈宗宝说："一定记住，见好就收。"然后向他挤挤眼道，"再玩一把，证明一下就行了。"沈宗宝充满感激，觉得粟富贵是个有情有义之人。

秦腊梅呆呆地看着院中桂树，一片茫然，沈宗宝陡然做起了生意，他哪来的钱？秦腊梅如临大敌，像对一个戒毒多年的人重新吸毒一样，跳了起来："这么多年了，你现在又要折腾了，真的想我死啊？"秦腊梅气得恨不能将手中的腌菜砸在他脸上。

沈宗宝心平气和地对秦腊梅说："这次与机关干部做的是钢材生意，有着很大的把握，不会有什么风险。你把腌菜放下，我一五一十告诉你。听后你不让我做，我就不做。"

一个风和日丽的午后，瓢城的阳光照在石头路面上，发出一道道金光。沈宗宝走在瓢城西街里。原本是想去一瓢水小酌，走在半道上，忽然想去西城小酒馆了。那儿已经很长时间不去了，有些想念。

阳光照进酒馆，看不清酒馆柜台里的人脸。沈宗宝顺着阳光走进去，跑堂的随即迎了上来。沈宗宝坐下，跑堂的拿酒上菜。刚小酌几口，只见一个穿着讲究的人进店，那人的脸在强光中显得清楚：瘦精精的、戴着金丝眼镜，镜片后面是一双鼓鼓的水泡眼，小嘴，有着淡淡的胡须。

正当他琢磨来人的相貌时，那人在他面前坐下，对他说："你的气宇面相不错，应该是瓢城西城的体面人。"他放下酒盅，仔细端详这个"水泡眼"瘦人，然后说："我们并不认得，如此这般说话不显唐突？"水泡眼笑道："是的，我们是不认得，但很快就会认得了。"然后让跑堂的照样来一份。"嗨，还有这样的人，新鲜。"沈宗宝觉得这水泡眼有点逗。

水泡眼是瓢城南城机关的一个干部，手里掌握些权力，看着别人做生意发财，心中痒痒的。他想，得物色一个合伙人一同做生意。这个人最好不是身边熟人，要有做生意的经历，但又不是那种生意经很强的人。自己在暗处，那人在明处，生意就一定可以做好。

水泡眼在南城市街上游荡了几日，没有入眼的人选。今儿他来到西城，看着西城浓郁的商业气息，想就在这里物色人选应该没错。他进入小酒馆，看见沈宗宝，觉得此人就是自己要找的人。

跑堂的端来酒菜，水泡眼与沈宗宝细酌漫叙，彼此有了好感。谈到最后，相见恨晚。沈宗宝感到遇见了贵人，这就是："踏破铁鞋无觅处，得来全不费工夫。"

秦腊梅一听，跳了起来，嚷嚷道："你还有没有脑子啊，人都不认得，说干就干了。再说，做生意的本钱哪儿来？做钢材生意的本金，可不是个小数目。这生意不能做。"

沈宗宝笑而不答，一副成竹在胸的样子。"你不说出钱的来路，休想提生意的事情。"秦腊梅说。沈宗宝告给秦腊梅，钱是从粟富贵那儿借的。秦腊梅问沈宗宝："粟富贵究竟是什么态度？"沈宗宝说："粟富贵认为钢材生意正当时，积极支持我做，帮我重整旗鼓，并让我见好就收。"

近来在集市摊档里，不少人谈论钢材生意，秦腊梅的耳朵也灌满了。她实在拗不过沈宗宝，也就勉强同意了。但是她有言在先："赚了钱，尽快还人家粟老板，见好就收。"沈宗宝点头称是，对秦腊梅说："一旦赚了钱就还粟富贵借款，什么时候收手听你的。"

钢材生意做得不错，一连做了几笔，赚到了钱。看着大把的钞票，沈宗宝的眼睛都笑眯了。没想到钢材生意这么赚钱，激动得要叫要唱。多少年昏黑的日子，已经太久，一朝亮堂起来，亢奋情绪难以掩饰。唱，好好地唱。他润了润嗓子，摆开架势，"哐哋、哐哋、哐哋"了一阵子，开口大唱起来。

刚唱一段，他就打住了，得汲取过往电机生意的教训，不能得意忘形。他看了左右，再也没有发出声来。钢材生意做得顺风顺水，全然是人家水泡眼的门路，人家一点嘚瑟没有，我嘚瑟个啥？

戏不能唱，也不能嘚瑟，沈宗宝去西城请朋友喝酒。手里有钱，出手阔绰，一起喝酒的人不停地说着恭维的话。在一阵阵酒气中，沈宗宝得来一种久违的快意。

　　赚到钱的沈宗宝，想到的第一件事情并不是收回一瓢水，而是翻盖院落里的房子。孩子大了，家得有个"样子"。上坝村村前河流旁的小院里，三层小楼竖起来的情景，一次次在他眼前浮现，现在要亲手把它盖起来了。他指了指院子里的老房子对秦腊梅说："统统拆了，盖三层小楼。"

　　秦腊梅将信将疑地看着沈宗宝，难道家运转换了？不过，她喜欢沈宗宝手臂一挥的样子。

　　沈宗宝将一大把钞票甩到秦腊梅面前说："其他都是假的，这东西是真的吧？"

　　秦腊梅看着大把的钞票说："真的，一点也不假。"

　　这么多年，秦腊梅从来没有指望过沈宗宝什么。他做钢材生意赚了钱，第一个想到的是收回一瓢水。当然，对于集市摊档里的买卖，秦腊梅越来越有了感情。收回一瓢水，也没有先前那么强烈了。黑牡丹做得不错，适当时候沈家参股。等水草大了，再收回不迟。

　　沈宗宝看出了秦腊梅的心思，对她说："下面钢材生意还可以赚钱，再寻思一瓢水店铺。这次钢材生意，你要相信我。"

　　"相信你。"秦腊梅擦着自己的泪眼。

69

　　午后的阳光照着坝口小院，这是秦腊梅一天中少有的闲暇时间。沈宗宝在院子里来回踱步，一会儿看主屋，一会儿看围墙，一会儿看桂树。她不停地注视着他的神情举止，心中暗喜。沈宗宝没有注意到秦腊梅的注视，正专注于谋划院落的改造：三层小楼、青砖围墙、青石地面、假山，还有一个小鱼池。沉浸在小楼竖起来情形里的沈宗宝，已经心无旁骛。

　　秦腊梅想，人家苦了钱，就让他去谋划吧，爱怎么谋划就怎么谋划。她整理了东西，往西城集市去。沈宗宝没有送她。沈宗宝根本就不知道秦腊梅已经离开小院。天空的太阳完全偏西，光照没有那么热烈了。

这时，机关干部来找沈宗宝，轻手轻脚地走进小院，来到他的身边。突突的水泡眼小小的嘴杵在眼前，沈宗宝"哇"的一声跳了起来："你什么时候来的？吓我一跳。"

"刚到。"

沈宗宝让水泡眼屋里坐，泡盖碗好茶，他是自己的贵人。

水泡眼看着屋里的陈设，想要说什么，欲言又止。

沈宗宝道："没见你这么扭扭捏捏的，有话直说，不必顾虑。"

"有一笔生意可做，但对方要现金。"水泡眼戒备似的朝屋外瞅了一眼，小声告诉沈宗宝，"这是一笔大的设备买卖，进货、出货两头都已经弄好了，只等送现金去验货。"说完，晃动了一下脑袋。

沈宗宝放下手中的水壶，看着水泡眼道："怎么想到做这生意了？钢材生意咱们接着做就是了。"

"钢材生意已经到了尾声，很快就赚不到钱了，得尽快转向。"

"这样的好生意，干吗要带着我？还有，这生意到底可不可靠？"

"看你说的，可能不带你吗？这生意绝对可靠，就是要现金。我做事你还不放心吗？我俩是二一添作五的投资，没有出过任何问题。这么大的投资，我也怕不可靠呢。至于说为什么要带着你，你说呢？"水泡眼看着沈宗宝道，抖了抖袖口，端起盖碗，提盖划了划茶叶，呷了一口。

这笔买卖所需的现金数目不小，沈宗宝提出自己三分之一，机关干部三分之二。"家里要翻盖房子，年前就定下的事情，还要还了人家粟老板的借款，我就少占一点，生意也是你谈下的，这样比较公允。"

机关干部瞪大水泡眼道："简直是笑话，敢情我是想多占了似的，亏你说得出口。我想多占，还来找你干吗？这不脱裤子放屁吗？"

思忖半响，沈宗宝对水泡眼说："干！但这是最后一单。"

水泡眼没有说话。

沈宗宝与水泡眼凑足了现金，带着行李，坐汽车到徐州，然后转坐火车去往东北。

北去的列车发出咣当咣当的声响，窗外越来越有了北国的风光，绿山渐渐变成了黄山，又渐渐变成了没有植被的秃山。尽管窗外的风景渐趋萧索，可一路北上依然豪情满怀。沈宗宝庆幸自己认识了水泡眼机关干部，这是他命中的吉星。高兴之余，他念叨着："这是最后一单。"

水泡眼拉下脸来，很不高兴地说："你老是最后一单，最后一单。扫不扫兴啊，仿佛我们就只能做这么大的事情。做了这单生意，我们就是有钱人了，吃香的喝辣的，很多人羡慕都来不及呢，应该接着做才是。"

沈宗宝道："在外做生意真的是不容易，一会儿天上，一会儿地下，惊心动魄，变幻莫测，要个人承受呢。我想以后再也不东奔西跑了，选择一合适稳定的事情来做。"他对水泡眼说，"瓢城西街有我们家的店铺一瓢水，到时候你来参股，一起做就是。"

"西城一瓢水小寡妇的店铺吗，怎么成了你家店铺了？"

"随时可以收回。"沈宗宝告诉水泡眼一瓢水老匾的故事。

水泡眼感到很是惊讶，感叹着："一瓢水可是上好的店铺，小寡妇黑牡丹那是绝代佳人。你沈宗宝深藏不露，到底是瓢城沈家后生。"

沈宗宝不停地点头，但心中还是对这设备生意有所担忧，一再强调做了这笔生意，就转向做稳定的买卖。

"做生意没有半途而废的道理。"水泡眼对沈宗宝说，"前面的苦都已经吃了，后面就到了收获的季节。我们一起做，做出个大老板来。"

水泡眼说得在理，但沈宗宝道："捞取别人口袋里的钱是很不容易的事情，自己口袋里的钱被别人捞取那是一眨眼的工夫。商道凶险，人心叵测。"

"你这话是什么意思？"机关干部瞪着眼睛问沈宗宝。

沈宗宝道："你不知道啊，一朝被蛇咬，十年怕井绳，知人知面不知心。"

水泡眼霍地站了起来，大声道："没想到你沈宗宝原来是这样的人，分明是信不过我。我脑子哪根筋搭错了，非要与你一起做这生意。咱们现在回头还来得及，大不了我在朋友面前落个言而无信的骂名。"

"不不不，不是说你。"

"那你说谁？"

沈宗宝笑道："我也不知道是在说谁，可能是说我的堂弟吧。但他并不骗人的，就是喜欢嫖女人。不知道他的生意做得怎样了，恶习改了没有。"其实沈宗宝心里想说的是黑脸，他没有说出口。小女人的事情是他不愿提及的痛，他不想对机关干部说起。

水泡眼对沈宗宝说："以后不要说这样话，挺伤人的。做生意最怕相互嘀咕，财气就漏了。"说完，坐了下来。

乘客转过头来，看这边的情形。

列车员听到有人吵架，跑过来干预。"你们怎么了？这不是在家里，声音那么大，要吵架回家去吵。"

"不不不，我们不是吵架，我们天生就是大嗓门。"

"大嗓门也不行，公共场合，注意公德。"列车员不悦地看了他们一眼，转身走了。

机关干部歪斜着脸，金丝眼镜后面的一对水泡眼还瞪着呢。沈宗宝知道他是真气了，想想自己不应该那样说话。可不知道为什么，他就是想说，不说出来，心里难受。

火车到站，下榻宾馆，他俩一路无语。

北方城市明显有着寒冬的景象，已经是春天了，依旧到处覆盖着冬雪，街道两旁堆着老高的积雪没有融化。这座城市有很多欧洲风格的建筑，使人联想到过去外国人在这座城市里行走的情形。雪国的寒冷景象，使他想到了瓢城瀛洲岛泰山庙的冬雪，红色的寺庙围墙，后面的绿色竹林，与这眼前北国的雪景相比，窄巴多了。

水泡眼与沈宗宝从宾馆打车去向饭店，与供货人一同吃饭。沈宗宝有些疑惑，问水泡眼："怎么不在附近找个饭店吃饭呢，还要打车去？"

"是中间人安排的，应该是不想让供货方的人知道我们住的地方。"水泡眼道，"人家介绍的生意，也怕我们越过他们直接与供货人洽谈。得听从人家的安排，这是生意场的规矩，我们也不好违反。"

沈宗宝不言语了，既然是规矩，那大家都得遵守。他随水泡眼来到饭店。水泡眼与供货方的人一一打着招呼，相互嘘寒问暖，特别亲近。还有漂亮姑娘过来作陪，都是年轻的，高高的，有的还是混血儿。沈宗宝的耳边响起了水泡眼的话："做生意一定要有场子，场子越大生意越好做。行大欺客，客大欺行。"这大概就是水泡眼所说的场子吧。

一番寒暄之后，入座喝酒吃饭。倒酒，上菜，举杯，畅饮，一片喧闹气氛。

沈宗宝抱着装钱的皮箱不放，对水泡眼说："你喝酒，我看着。"

水泡眼笑道："我的酒量有限。你喝酒，我看着。"

"这可不行，我是有酒量，但我控制不住，喝了酒会误事。我女人反复交代，做事不喝酒，喝酒不做事。这么大的生意，不能有任何闪失。"

供货方的人笑了，他们说不要为难老沈了，谨慎是好事情，小心驶得万年船。

"来，我们喝酒。"就这样，沈宗宝抱着箱子，看着他们喝了一晚上的酒。

水泡眼喝高了，瘦弱的身体像风中摇摆的杨柳，东倒西歪。来到门口的出租车旁，水泡眼支撑不住了，身子往下瘫。沈宗宝费力地把他扶上车，自己跟着上车，发现皮箱不见了。沈宗宝急得满头大汗，瞬间，天坍塌了。

水泡眼一下子醒了："沈宗宝啊沈宗宝，这可不是闹着玩的，那可是我们的血汗钱。"

"何止是血汗钱，那里还有我借人家粟老板的钱。"说着，沈宗宝哭了起来，"这可怎么得了？"

出租车司机将车全部打开让他们看。没有。沈宗宝与水泡眼回酒店找。服务员说："我们看着你抱着箱子出门的。"

"赶快报警啊。"有人说。

水泡眼与沈宗宝报了警。

警方根据线索进行排查，找相关人员录取口供，对重点地方进行搜查，查来查去都是个无头案。

70

东北的这座工业城市，满地残雪，气温比瓢城寒冷很多。一阵阵寒气袭来，沈宗宝与水泡眼蜷缩在宾馆里。沈宗宝不想看水泡眼，水泡眼也不想看沈宗宝，他们都把对方看成是令人厌恶的东西。两张床上，一个朝左睡着，一个朝右睡着，仿佛对方的身上有着霉腐的臭气。他们在这座城市里不停地奔跑，所能做的事情都已经做了，没有丝毫的线索与进展，只能是无望地等待。

远离家乡的沈宗宝，想到了秦腊梅清晨去往西城集市的身影。他总是早早地起床坐在庭院门口抽烟，不去帮助女人一把，女人也不叫他过去做些什么，但他与秦腊梅一早起来的默契，显然是彼此间的一种心灵交流。秦腊梅喜欢他这样早早地起来默默地看着她做事，沈宗宝也喜欢秦腊梅清晨麻利整理集市货物的身影。秦腊梅离开院落向西城集市走去，他走到门口去相送。女人并不回头看他，但知道自己男人正在背后目送自己离开。

一阵寒风吹来，拍打着窗户，发出呼啸声响。沈宗宝与水泡眼满脸沮丧，呆呆地看着窗外北方城市里来往的行人。目光空洞无物，一片茫然，沈宗宝打了个寒战，眼泪流淌下来。沈宗宝并不去擦它，任它尽情流淌。这泪是为秦腊梅流的，他对不起自己的女人，一根葱一头蒜地在集市里卖着，支撑着家道。这泪也是为自己流的，怎么运气就这么差呢，刚刚有了起色，一下子又回到过去了。不是回到过去，是掉进无底深渊了。他更是知道，这泪是为水草流的，水草住在栗家，她可怎么面对这样的情形？

"一个大男人，怎么老是这副样子，哭有什么用。"水泡眼说，"有点男子汉气概好吗？"

沈宗宝大声道："我哪副样子了？你倒是说说。这么多钱转眼就没了，我怎么个男子汉气概？"

沈宗宝与水泡眼在这座城市里不停地折腾，期望事情能有反转，可折腾了一个多月，没有折腾出任何眉目来。水泡眼瘦了，眼睛倒像是消肿了；沈宗宝也瘦了，眼睛肿胀不堪。他们吃不下，睡不着，相互不想说话。世界一下子变得恐怖起来，希望变得越来越渺茫，就像燃尽的蜡烛，渐渐熄灭。

"回家。"水泡眼开口说话。

"回家？"沈宗宝疑惑地看着水泡眼。

"不回家又能怎样？在这边耗着，耗得起吗？"水泡眼说。

远离家乡的沈宗宝此刻已经完全成了没有思想的人，他死死地盯着水泡眼。远处的荒山上没有融化的残雪，如天空里的一朵朵白云，阳光下的城市街道，反射出淡蓝色的寒光，让他一下子明白了，这是在寒冷的北国。沈宗宝知道了，他们再在这座北国城市里耗着，已经毫无意义，更是没有耗下去的资本。无奈，他与水泡眼灰溜溜地登上南去的列车。

一路南行的列车上，两人默默无语。与来时的兴奋截然不同，归去的沮丧已经到达极点。同渐渐变绿的群山相映的，不是情绪的好转，而是越发沉默的苦痛。沈宗宝心想，回去怎么向秦腊梅交代？这是彻底完蛋的局面了。可不回去，在东北又能怎样？这么想着的时候，沈宗宝的眼泪还是止不住地流淌下来。

火车发出咣当咣当的声响，一下下敲击着沈宗宝的心。他转头看往窗外，又一次想到了水草，粟富贵看在女儿水草的分儿上，借给他做钢材生意的本钱，现在这钱已经血本无归了，连怎么丢失的都说不清楚。水草并不知道这件事情，要是知道了，怎样看他这个老子？沈宗宝陡然发现，秦腊梅不让他做生意是对的，自己并没有那样的本事和运气。世上没有后悔药，否则就不会有那么多悔青肠子的事情发生了。他不敢多想，再怎么后悔也无济于事，这次的跟头栽大了。

窗外的光线渐渐暗淡下去，暮色已经来临。原野里的风景慢慢地看不清楚了，窗内火车车厢的情形越来越清晰地映在了窗玻璃上……

一路回到瓢城的沈宗宝，极力躲避着自己的女人秦腊梅，一会儿这儿有事，一会儿那儿有事，就是不能在家里待着。他尽量保持着一副轻松的样子，似乎一切平安无事。秦腊梅的心里有些纳闷，看他那轻松自在的样子，难不成又做成大生意了？可她的心里还是咯噔了一下，难道发生了什么不测的事情？秦腊梅问沈宗宝东北之行怎样，沈宗宝向她微微一笑又出去了。秦腊梅嘀咕道："神神道道的，就是做成大生意，也不能这个样子。"

在外晃荡的沈宗宝，没魂似的东躲西藏，已然成为一个漫无目的的游魂。他每天都睡得很晚，起得很早。天一亮，就出去了，一直到很晚才回家。秦腊梅感觉到了异样，断定情况不妙。她问沈宗宝："东北的生意做得到底怎样？成天不照面了呢。"

沈宗宝一溜烟跑出了小院，后面传来秦腊梅的吼声："沈宗宝你给我听着，你必须把东北的生意说清楚……"

沈宗宝在早晨瓢城市街里漫无目的地行走，市街上有了嘈杂的声音，才渐渐清醒过来。太阳从东边升起，照亮了整条大街，他觉得自己肚子饿了，想起在瓢城酒庄吃早餐的种种乐趣。

一路来到瓢城酒庄，沈宗宝把早餐吃得精致兴味。吃罢早饭，他想去一瓢水店铺看看，在那里坐坐，与黑牡丹说说话。可现在这个样子，与黑牡丹说什么呢？谈论自己的失败吗，还是一瓢水经营？

沈宗宝去了北城。

自从与堂弟分手后，特别是他一次次生意失败之后，越发地怀念与堂弟在一起的日子。他来到瓢城北城外的蟒蛇河堤上，沿着河堤行走，岸边的房舍尽收眼底。家家户户的屋前屋后长着绿树，有樟树、柳树、苹果树、梨树、枇杷树……

远远地，看到堂弟家门口的那棵桑枣树了，依旧是黑乎乎的，这是他们家的标志。沈宗宝停住了脚步，他不能去堂弟家，俗话说得好，好马不吃回头草，丢不起这人脸。他站在堂弟家的不远处看着屋前的桑枣树，见到它也就等于是见到堂弟了。

离开瓢城北城，沈宗宝去了东城的一家吊炉饼店铺。他在店铺外面坐下，看店主人的操作。沈宗宝与秦腊梅过去开一瓢水店铺，用的就是他们家的吊炉饼，客人们非常喜欢，配以老鸭汤，那就是一绝。

他一眼认出了店主是多年前送吊炉饼的小老板，店主也认出他来了，是西城一瓢水店铺的沈哥，他们都笑了。

沈宗宝问道："大老板呢？"

店主告诉沈宗宝："家父十年前就已经过世了。"说完看着沈宗宝道，"一瓢水是多好的店铺，可惜一把火给……"

沈宗宝说："人有人命，店有店命，都是天意，没法子的事情。"

在吊炉饼店铺吃了中饭后，沈宗宝去往南城。

沈宗宝在南城粟富贵家周围转悠了一圈，去了南门瀛洲桥。他在瀛洲桥上站了一会儿，上南瀛岛去泰山庙。当他进庙门的时候，听到了风铃声。沈宗宝想到第一次与秦腊梅进庙的情景，想到秦腊梅祈祷时的所求，开一瓢水店铺，让瓢城人吃到她做的江南小吃。他也想到了自己的所求，十亩地给她种菜，让她去集市里卖。

暮色来临，南瀛岛有着一种沉寂默然的美，好似浓郁的水墨画。寺庙里升起的细细炉烟直插天空，已经变成了灰黑色，与黛色的天空融为一体。他在南瀛岛的斋缘饭店吃了斋饭，庙里的厨子掌勺，食材为庙田里长出的蔬菜与庙中做出的豆制品。

天完全黑了，沈宗宝不想离开南瀛岛，坐在露天的一块石头上，仰望瓢城夜晚墨蓝的苍穹。躯体与灵魂在浩瀚缥缈的时空里飘荡，仿佛远离了喧嚣的尘世。

夜已深去，他不想回到那个坝口小院。离开南瀛岛，走过瀛洲桥，穿过南城往西城去。他想见黑牡丹，有些心里话想对她说。人为什么要有女友，是因为有些事有些话是不能对自己女人讲的。但现在已经是深夜，一瓢水也打烊了，还有你与黑牡丹可以说些什么话？她是你什么人？他向西城门走去。

沈宗宝站在瓢城西城门楼的夜空下，一种古老的伤感涌上心头。

他在西城门里过了一夜。

71

天亮了，晨曦里的空气残留着夜露的湿气，凉凉的。秦腊梅没有去西城集市，在家等着沈宗宝回来。一夜未眠的她，一口饭也没吃，已经没有心思吃饭了。对于东北之行的真实情况，秦腊梅心中已经有了思想准备，只是不知道这次自己男人掉进了多深的坑里。秦腊梅夜里落了泪，许多往事在眼前浮现。她不能完全恨了自己的男人沈宗宝，而是恨着自己心软，又一次让他做了生意。

沈宗宝回到坝口小院，见到秦腊梅在等他，拔腿想跑。

"你给我站住。"秦腊梅大声叫道。

沈宗宝一个惊颤，腿一软坐在了院门上。

"做生意的钱呢？"秦腊梅问。

沈宗宝低头不语。

"你倒是说话啊，做生意的钱呢？"秦腊梅吼了起来。

"被人偷了。"沈宗宝说。

"被人偷了？你，你，你，这可怎么是好？那么多钱。"秦腊梅指着沈宗宝说，"你胆子也太大了，不是说好了赚了钱就还人家粟老板的借款，还了吗？"

沈宗宝低下头去。

秦腊梅一屁股坐在地上："这下完了，彻底完了。难怪你回来就不照面，一夜回到解放前了，还有那么多借款，怎么得了？"

沈宗宝实在是扛不住了，号啕大哭起来。

上坝村人听到村前小院里传出的哭声，一个个竖起耳朵听。"一定是前村那户人家，不知道又出什么事情了。"

"沈宗宝啊沈宗宝，你把沈家的脸都丢尽了。对不起列祖列宗啊，就是个孽障。"秦腊梅恨不能撕了他，"你还这样号啕大哭，不怕丢人现眼啊。"

沈宗宝一句话也不说，一声声叹息，每一声叹息，都是灵魂撕裂的震颤。他知道，秦腊梅这次是彻底绝望了。

沈宗宝病了，卧床不起。

窗外的树影晃动着，沈宗宝茶饭不思，水米不进，内心充满悲伤。生意、孩子、家庭，完全失去了主宰命运的力量，他开始怀疑起人生，只要自己参与的事情就会失败，就会朝着一个不可挽回的方向发展。他就是灾祸，就是铩羽之鸟，就是败落。黑洞里漆黑一片，连头顶上的一片青空也看不见光亮了。

看着沈宗宝的样子，秦腊梅心中充满了愤恨，恨不能砸了这个不争气的男人。可随着时间的推移，先前怨恨的情绪也慢慢淡了下来。毕竟是夫妻，有了三个孩子，沈宗宝没了，她秦腊梅也就是个寡妇了。沈宗宝在，她怎么也是瓢城沈家的媳妇。还有三个孩子。她知道这样下去，只能将自己的男人逼上绝路，渐渐地，她转变了态度，与沈宗宝一起，面对艰难的时日。

病了一年多时间的沈宗宝，从中医看到西医，又从西医看到中医，还请了民间郎中，差点到阴曹地府去报到。沈宗宝经历了痴人说梦的幻境，无望地消磨着混沌时光，打发一个又一个暗淡光阴。

从疾病中慢慢恢复过来的沈宗宝整日跟个瘟鸡似的，酒不喝，烟不抽，戏也不唱，将大把的时间交给对逝去往事的回忆，一个个不堪回首的场景片段，透过时间的迷雾闪现在眼前。东北之行是沈宗宝生命里的一个分水岭，彻底打垮了他的意志，从此变成一个失魂落魄的人。

瓢城西城门外的上坝村，瓢城西城门里的西街，偶尔看到耷拉着脑袋的沈宗宝，见到熟人，就避开走。坝口小院里的桂花树结了满满的一树桂花，沈宗宝呆呆地望着。秦腊梅劝沈宗宝："钱乃身外之物，搭上自己的身体一点也不值当，借粜富贵的钱咱们慢慢还。"

沈宗宝看着秦腊梅，眼睛湿润了，没想到女人这样对他。他想对她说些什么，却什么也说不出来，不停地哽咽。秦腊梅道："你想说什么，我心里清楚。说一千道一万，还是一家人。你沉了，我也浮不起来；你浮着，我还是面上的人。"

沈宗宝看着秦腊梅道："我对不起你，我就是在家里看书写字的命，不再给你添乱了。"

"有兴致唱唱戏，自己不是喜欢唱吗，老是闷着，对身体也不好。"秦腊梅说，"我喜欢你写字、吟诗、唱戏的样子。"

那个秋日的早晨，桂花的清香四处弥散，坝口小院里传出了唱戏的声音："喔哚，喔哚，喔哚……"但没有唱上几句，就偃旗息鼓了。死寂一般地沉静。沈宗宝好像不会唱戏了，嗓子也变得不灵了，他知道，那是自己的心境极度沮丧的缘故。

深秋的瓢城，秋风一阵阵刮过，街树纷纷落了树叶。街面的店铺，也一个接着一个地关门营业了，特别是面北的店铺，倘若开门经营，一阵阵冷风吹来，很快就将店铺里吹得一点暖气没有。进入冬季的时候，秦腊梅对沈宗宝说："今年冬天特别冷，桂树会有些枝叶坏死，要及时修剪，否则会影响到来年的生长与开花，你就在家里照顾好桂花树。"

得来这样的事情做，沈宗宝心中也是欢喜，总算是有些为家劳作的贡献。他与往常一样早起，目送着秦腊梅去往瓢城西城集市，然后开始修剪桂树。一天的时间里，早晨修剪最好，这样全天就有充足的阳光照射，有助于修剪伤口的愈合。他按照秦腊梅的交代，一天不能修剪太多，防止伤了桂树，就及时地细心地分布均匀地修剪坏死的桂树枝叶。

一冬的时间，他都在做这件事情，做得认真仔细。

秦腊梅回来看了非常满意，说他把桂树修剪得非常好。得来夸赞的沈宗宝看着秦腊梅，知道女人是在鼓励自己。秦腊梅对沈宗宝说："任何事情都会过去，前面会一片光明。"

沈宗宝笑了，知道女人是在学着他的口气说话。想想自己，连话都说得不接地气，生意哪能做好。秦腊梅骂得对，落不成雨的半吊子，还觉得自己有多大的能耐。

来年春天到来的时候，沈宗宝已经与桂树结下了深厚的情意，他理解了秦腊梅对这棵桂树的情感。看着自己修剪过的桂树蓬旺生长，心中一片欢喜。

72

按照秦腊梅的要求，沈宗宝待在家里，一天天地恢复着元气。他并没有闲着，研究起形势来。国家明确提出社会主义市场经济，也就是说，以后将由市场机制主导经济发展。但他已经失去了进入市场的资本与动力，这一点沈宗宝非常清楚，不出事就是对家最大的贡献，这样的认识深深扎根在他的脑海里了。

东北设备生意过去一段时间，谁也不再提这件事情，已然成为秦腊梅、沈宗宝偶尔触碰的心痛。沈宗宝有时会情不自禁地遥望北方，那个北国的雪城一次次浮现眼前，他心里清楚，仅仅就是独自眺望而已。公安部门每天都有很多事情要处理，他们这样的案件，也不是什么人命关天的大案，只好搁置了。搁置的东西，遗忘是迟早的事情。坝口小院里的日子，漫长而沉闷。

沈宗宝重又回到在家里吟诗作赋的时光中，他呆呆地立在桌前，手捧书籍，心却不能平复下来。生活的压力全落在了女人秦腊梅身上。沈宗宝明白，自己的女人在尽量淡化这件事情，让他走出阴影。

秦腊梅从集市里回来，告给沈宗宝一段教堂集市里的趣闻。说是集市摊档里的一个卖菜老头，老伴已经去世多年，一直没有续弦，跟着儿子儿媳妇过活，一家人做着熏腊的生意，在集市中也是上好的买卖。这个人家不是瓢城本地人，来自遥远的南方。有好心人给老头介绍个女人，重新成个家，老头怎么也不愿意。外人一阵纳闷，难不成老头没用？也有人怀疑老头不正经，与儿媳妇有染，干出了乱伦的苟且之事。后来渐渐地明白了，老头怕重新成家后，熏腊的手艺就跟着人家走了，他舍不得儿子儿媳妇一家，这样的情意让人感动。

沈宗宝看着秦腊梅，从不谈笑的女人对自己说这样的故事，他的鼻子一酸。夫妻本是同林鸟，大难来临各自飞，这话不完全对，至少对于秦腊梅不是这样。沈宗宝想到了那个瀛洲桥上一路奔跑的瓢城少女，一心想开一瓢水店铺，让全城人吃她做的江南小吃，结果做了一辈子集市摊档里的小本生意。他看着秦腊梅说："我一次次地让你担惊受怕，承受着一个又一个荒唐的事情，我对不起你秦腊梅。"

秦腊梅道："不要这样说，我愿意。"

那个晴朗的早晨，沈宗宝一路陪伴自己的女人走到西城门下，然后目送她去往西城教堂集市。

秦腊梅走后不久，黑牡丹来到坝口小院，让他去一瓢水店铺与自己一同经营。她对沈宗宝说："我知道你在东北生意的事情了，你不应该瞒我。不是南门的一个顾客过来说这件事情，我还蒙在鼓里。这次你就不要推辞了，过来一起做一瓢水，然后还了人家粟富贵的借款。"

沈宗宝看着黑牡丹不说话。

黑牡丹说："一瓢水原本就是你们的，我也一直想着报答你们的方式，这样正好。"

"水草知道这件事情了？"沈宗宝问。

"水草不知道，粟富贵不可能将这件事情告诉自己未过门的儿媳妇，那是非常掉价的事情，粟富贵不是那样的人。你一起过来做一瓢水，先解决眼前的困难。"黑牡丹说，"不要有任何思想负担，这样可以减轻秦大姐的压力。"

沈宗宝很是感动，对黑牡丹说："一瓢水你经营得好好的，我突然进去不合适，会添乱的。别人在背后议论我们还少吗？"

"别人的那点议论算得了什么？我根本不在乎。你不过去，我直接支持你钱，你是万不可接受的，我知道你的为人。"

沈宗宝没有说话，黑牡丹一气走了。

看着离去的黑牡丹的背影，沈宗宝嘀咕着："谢谢你了，但我不能去一瓢水店铺。"他不想把黑牡丹牵扯进来。

就在沈宗宝渐渐淡忘东北设备生意的时候，案子带案子破了此案，竟是那水泡眼与供货方的一个人共同作案。沈宗宝又惊又喜，赶紧地打听案情，看看这钱还有没有回头的可能。他去了东北，见了公安部门的人，知道了事情的具体经过。

出酒店的时候，水泡眼已经喝高了。沈宗宝将他从桌子上扶起，往门外挪。供货方的一个人也歪歪斜斜地过来帮忙，上车的那一刻水泡眼突然倒下，沈宗宝放下皮箱去扶他上车，就这当口，与他一起作案的人拎了皮箱。

知道了事情的大概，沈宗宝气得不停地喘气，恨不能一下子就到水泡眼跟前，将他给砸了。由于涉及金额大，又做了非正规渠道的生意，要重判。水泡眼想到了沈宗宝，强烈要求见他，对司法人员说："沈宗宝不到场，我不签字。"

说实话，沈宗宝也想见水泡眼，他所关心的是投入的钱能够回来。沈宗宝在心里盘算着，这样可以还了粟富贵的借款。如果不能够，收回粟富贵的借款就行。

只见水泡眼胡子拉碴，一张小嘴已经看不见了。灯光昏暗的看守所里，水泡眼向沈宗宝走来，当他走近时，把金丝眼镜取下，一双突突的水泡眼让人看了害怕。水泡眼已经多日没有休息好，折磨得脸都变形了。他看着沈宗宝，嘴唇直打哆嗦，一把鼻涕一把眼泪地说："看在一起做生意赚钱的分儿上，拉兄弟一把。"

"怎么拉你？"沈宗宝问。

"就说没那么多钱，只有一半。"水泡眼说。

"当时都录了底案，现在再这么说，等于是翻供。再说，那供货的人也不好串供啊。"沈宗宝说。

"没事的，买机器只要一半钱，我与一起作案的人串通好了，我不会忘了你的大恩大德。"

"你啊，看看自己做的事情。拉你可以，谁给我钱？"

"我给啊。"

"那好，你给我钱，我就拉你。"

"兄弟，现在哪有那么多钱啊。"

"我跟着你赚的钱可以剔除，我诚信帮你。"

水泡眼非常感动，觉得沈宗宝是个仗义之人，对他说："感激不尽，但是现在没有钱。"

"那钱呢？"

"一部分还了赌债，一部分给了相好的。"

"那就相好的给。"

"相好的人影都没了。"

"那就你老婆给。"

"老婆已经离婚了。"

"那我就没办法拉你了。我也理解你这次可能有点悬，钱数不少，情节又特别严重。但你也要理解我，那可是我借人家粟富贵的钱，这是我家水草……"他指着水泡眼道，"你也太黑心了，害得我大病一场，差点去见了阎王。"

水泡眼下了大狱。

73

水草与粟童的事情被沈、粟两家大人认可之后，水草住进了粟家的大别墅。这样的安排不知道是粟家老的意思，还是小的意思，抑或是沈家巴结粟家也未可知。外人的观感非常不好。粟、沈两家，说是开明，倒也开明；说是不上规矩，倒也真的是不上规矩。瓢城的民风虽说有着开放的一面，并不为一些凡理俗道所累。粟童和水草已经恋爱，但还是没有毕业的中学生，并没有任何形式的要约，两个小人儿就住到一起，还住在一个房间里，如此做派也不合这地方的规矩。一般说来，有了媒妁之言，下了聘礼，办了订婚的喜宴，方可以如此。可粟、沈两家却硬是不管，着实让人有些想不明白。

"小孩不懂老理古训，大人也装聋作哑吗？"

"这叫什么门风？"

背后遭人指指点点，沈宗宝心里很不好受。他借了粟富贵的钱，生意也做得一塌糊涂，难以向粟家提出让水草搬回来住的要求。沈宗宝一个人到小酒馆里去喝闷酒，跑堂的见他进店，热情地招呼着他。很快就上了酒菜。沈宗宝低头喝酒，不与人语。一旁喝酒的人，见他这个样子，也不与他交谈。

进入粟家的水草，过着优渥的生活。周日的清晨，瓢城最大的商城还没有开门，她就陪着粟童的母亲早早来到旁边的咖啡店用餐。她们坐着豪华的奔驰轿车，用着西式餐点，买着她们需要的或者不需要的东西。粟童的母亲想买什么就买什么，只要自己高兴，这样可以发泄内心的不安与浮躁。家庭用餐，有专门的厨子，午休过后的时间，粟童母亲拉着水草去喝下午茶。

姐姐金草、银草的话，妹妹水草渐渐地当成了耳旁风，是否还记得那些交代，也未可知了。此时的水草，全然沉浸在欢悦之中。进入粟家以后，水草自以为就是粟家的人了，一同吃饭，一同睡觉，过着一个屋子里的生活。

两个小人儿住在一起，自然是闲不住的，有了亲密的举动，打打闹闹，就往那男女情爱的深处去了。初食禁果的感觉紧张而刺激，大人们视而不见，就越发地没了顾忌。

水草怀上孩子了。

那是个初夏的早晨，水草起来一阵眩晕，口吐酸水，天旋地转。这可如何是好？她站在那儿半天说不出话来。水草的脸涨得通红，断定自己可能是怀孕了。她偷偷去了药店，戴了口罩，不让人认出自己。

瓢城东方红药店是一家国营药店，坐落在瓢城中市桥北约莫一百米的地方。水草戴着口罩来到药店门口，进门前，左右看过，刺溜进去。

一阵药味扑面而来，她买了早早孕的试纸。药店服务员将试纸递给她，看着眼前的姑娘，怎么看怎么像是个学生。水草庆幸自己戴了口罩，付了钱拿了试纸就走。

进入厕所，水草急不可耐地测试。

真的怀孕了，她站在那儿，半天说不出话来，思绪完全凝固了。

水草问粟童怎么办，粟童说："去问我妈。"

粟童问母亲，母亲说："拿掉，一定得拿掉。"

粟童告给水草自己母亲的态度，水草没有说话。

水草回去问母亲秦腊梅，秦腊梅说："留住，千万留住。你怎么这么不小心的？要稳住粟童，让他同意你生。"

水草对粟童说："我妈让我生下孩子，你看怎么办？"

粟童说："我们还小，中学还没有毕业，现在就生孩子人家怎么看？以后机会多呢。"

"那就听你的。"水草说。

那个晴朗的午后，粟童陪水草来到女子医院。

瓢城女子医院坐落在东城，是公私合营的医院。水草与粟童来到女子医院，医生对水草做了全面检查，确认已经怀孕。

水草进了手术室，粟童在外面等着，孩子就这样被拿掉了。

秦腊梅气得直跳，断言水草以后一定会遭罪。没了维系关系的资本不说，谁的头胎孩子就做了的？太不吉利了。秦腊梅越想越气，那么机灵的丫头，怎么就这么呆木了呢？住到一起可以建立感情，巩固两家关系，我们也没有阻拦你这么做，可你也不能不注意啊，这么早就怀上了孩子。怀了就怀了吧，还拿掉了，这算怎么回事！

沈宗宝的脸色非常难看，一个做父亲的大男人，也不好多说什么。他看着院子里的桂花树，在风中摇曳着，气不打一处来。他有一种预感，孩子打掉了一定会影响到水草与粟童的关系。一旦影响了关系，水草吃了亏不说，还丢失了坚实的依靠，那不是竹篮打水一场空了？这种预感越来越强烈了，他去南门请粟富贵吃饭。

粟富贵走出家门，见一脸焦虑的沈宗宝，说："你还是比我早了一步，原本我是想请你吃饭的。"

"这个不重要，谁请都一样。"

瓢城酒庄。一样的酒菜。两人心知肚明这酒的含义。

没等沈宗宝开口，粟富贵道："粟童和水草还在念书，孩子生下来也是不好。当然，打掉孩子我也有看法，哪有头胎就打掉的。不过你放心，一家人不说两家话，水草就是我粟富贵的儿媳妇，哪能让孩子白吃这苦呢，不能够。"

沈宗宝心头一热，话虽说得矛盾，但人家事理清楚，礼数到位，是自己敏感多想了。

"干一个。"粟富贵说。

"干一个。"沈宗宝道。

一场酒喝得畅然兴味，全然是割头不换的兄弟。

两人依旧谈论起了瓢城旧事。蟒蛇河，中市桥，西城门楼。谈着谈着，自然又谈到瓢城西街小五金店的漂亮女人。看来粟富贵对那个小女人耿耿于怀，想必当初也是动了心的，无奈被我沈宗宝捷足先登了。

粟富贵笑了。

沈宗宝端起酒盅敬酒。

粟富贵道："老兄好福气。"

沈宗宝将酒干了，对粟富贵说："小女人不是什么好玩的东西，闹心，弄不好就去了半条命。"

粟富贵哈哈大笑，指着沈宗宝道："假话，纯粹假话，你是得了便宜又卖乖。人生一世，风流二字，被你给占了。"说完将酒一饮而尽。

窗外，瓢城市街上行人来来往往。多少年了，这里都是瓢城的中心。现在，经济社会有了很大的发展，城市已经向东向南扩展了，但这儿依然是瓢城的繁华地段。沈宗宝与粟富贵吃着喝着，谈论着瓢城的新旧事物。谈着谈着，两人一口一个"亲家"地称呼起来，水草堕胎的不快烟消云散。

沈宗宝很是高兴，他站起来敬粟富贵酒："我们再干一个。"

粟富贵也站了起来，回敬道："干。"

酒毕，沈宗宝抢着要结酒账。粟富贵道："今天这酒账要是你结了，咱俩从此不遇。"

看到粟富贵的脸沉了下来，沈宗宝说：“那好，你结。”

“这就对了，今天酒账必须我结。”

二人打躬作辞，各自回家。

74

高中毕业那年，粟童申请到了英国留学的签证，这是个非常难得的机会。粟童将这个消息告给水草，水草跟着粟童高兴不已。自从住进粟童家里，水草就盼着粟童能考上大学，督促他学习。粟童的心思不在学习上，现在得来了这样的机会，自然是极为高兴的事情。

可渐渐地，粟童获得签证带来的兴奋，开始减弱下来，变成一种挥之不去的焦虑，水草的脸由红变白，渐渐地有了某种阴影。粟童看出了水草的情绪变化，并没有去安慰她。他知道那样做，非但不能打消她的顾虑，反而会在心里加重她的担忧。他带着水草外出游玩，在大自然中消减她的心中暗影。粟童要水草知道，虽然没有婚约，但她早已经是自己的女人。

一路上，粟童尽一切可能对她好，显得特别殷勤。水草知道，自己的情绪波动，源自内心忧虑。粟童带她出来散心，是为了驱散她的心中忧思。两人第一次远行特别兴味，备足了旅行的物资，水草的情绪被完全地带动起来了，高兴的劲头一波波地推向高处。

车在路上行驶，窗外沿路的景致映入眼帘，水草心中的忧虑渐渐淡去。公路上一幕幕向后驶去的风景中，她仿佛看到了瓢城西乡芦荡里的小船，那种渔家人的小船。不知道为什么，此时的水草，想到的是这样的小船。每当她想起这种小船时，就会把思绪送到瓢城西乡芦荡里。

水草在梦中一次次见到过西乡芦荡的天空，感受母亲秦腊梅的温暖怀抱。摇篮与水面，天空与河流，西乡芦荡的茫茫水世界，仿佛就是她生命中拥有的最初记忆。水草觉得这很神奇，人为什么能够说出逝去岁月中自己并没有记忆的事情，还那么清晰，比现实场景还要真切？这么想着的时候，水草与粟童来到一个大湖边。

下榻的宾馆可以看到宽阔的湖面，水草站立窗前，遥望远处水面一跳一跳的水浪。看不到湖的那一头。她又一次想到了西乡芦荡的风景，觉得芦荡的水波荡漾，也是这样的景象，不同的是瓢城西乡的湖，可以看到湖的另一头，这里的湖一眼望不到边。

一天的劳顿远行，人变得非常困乏。粟童对水草说："早点休息吧，明天还要早起。"水草觉得粟童不应该在这个时候说这样的话，他应该邀请她到湖边去走走。

"早点休息吧。"粟童依旧是这样的话。

水草心中以为，粟童应该抱抱她。

女人的一些小心思，男人并不能感觉到，女人的情绪，男人更是不会懂得。粟童又一次说："一天下来，真的很累了，早点休息。"看到水草没有搭理，他自己睡下了，很快就进入了梦乡。

夜晚的一片墨蓝天空下，湖面闪着点点银光。水草思忖着，天上并没有月亮，也没有明亮的星星，哪来的湖面银光？大概是白天的光停留在暗夜的物质里了，见到灵动的水就跳跃出来。这样的想法使她兴奋，水草想到了那个学校里联欢会上的草原舞蹈，之后是瓢城小海滩夜晚的行走，瓢城医院门诊大楼的灯光，夜空下蟒蛇河的流淌，再之后就是粟童外出的忧虑，以及他从江南回来的惊喜，再后来自己就住到粟童家了，并且怀上了他的孩子。

水草脸红了。她知道自己的脸红了，她感觉到了。与粟童走到一起，在众人的目光里住进了南门粟童家里，已经没有回头路。一次次回想着幼时并无记忆的初生时光，是一种心灵回望。过往已经回不去了，那种人生纯净的时光渐趋远去，前面将会是怎样的风景？水草不能笃定。

此时的粟童翻了个身，水草陡然觉得自己也困了。这么想着的时候，并没有多久，也进入了梦乡。

"你一定要等我回来，已经怀上我的孩子了。你放心，我一定与你一起去看西城的日落，我喜欢那样的风景。"梦里，水草听到了粟童的声音。

"西城门楼存在一天，我就会在你身边一天。门楼已经存在几百年了，它还会存在下去，我到死，也会在你身边。"粟童的声音又一次响起。

水草心里很是感动，粟童用亘古的城楼来做比喻，是一种海誓山盟，觉得他还是有担当的男人，于是她对粟童说："西城门楼还会存在几百年，我们可以活到几百年吗？"

　　"来世。"粟童说，"我们来世还在一起。"

　　太阳出来了，水草醒来，原来是梦中对话。她陡然发现，粟童正紧紧地抱着自己。刚才的对话，好像又不是在梦里了。水草笑了，起床拉开窗帘，看向大湖的湖面。

　　粟童来到她的身后，将她紧紧抱起。

　　离开大湖的风景，粟童与水草去向一座大山。

　　群山层峦叠嶂，雾气缭绕，奇松、怪石、云海，随处可见，一幅幅绚丽的图景。太阳挂在天空，云雾散去，峰林地貌，冰川遗迹，花岗岩造型石，泉潭溪瀑，粟童一边看着，一边给水草读着导游图里的内容介绍，并对着山景指指点点："你看那山体浑厚、峻峭、壮观，前山雄伟，后山秀丽，这是天底下最好的山景了。"

　　"是的，是这样的。"水草真的太高兴了，居然有着这么美丽绝伦的自然风光。她前去抱了粟童，这是她出来之后第一次主动抱他。外出游玩的时间里，水草一次次感受到粟童的温情。爱情原来这样美好，难怪诗啊歌啊的赞美不已。一起旅游的体验，增加了水草对爱情甜蜜的体验，满脸红晕，整个身体散发着欢乐的光芒。她太高兴了，粟童原来是一个有趣的男人。粟童说得对，还会有下辈子，下辈子还在一起。

　　外出旅游回到瓢城的水草，急切地去了一瓢水，将外面的故事说给黑牡丹听，并把一路的欢悦与黑牡丹分享。她对黑牡丹说着大湖，一眼看不到边的水面，说着群山、奇松、怪石、云海，说着一路看到的美丽风景。

　　看着滔滔不绝的水草，黑牡丹没有说话，情绪与水草一同飞跃起来的同时，心却在往下沉去。不知道为什么，黑牡丹觉得这件事情有点悬，总感到哪儿不对劲了。可事情到底是那儿不对劲了，又没有个准确的说法，总之是一种既欢乐又担忧的东西缠绕在一起。黑牡丹高兴的情绪慢慢冷却下来。

　　水草停止了倾诉，她感觉到了黑牡丹的担忧。看着黑牡丹，水草觉得，粟童去往江南贵族学校，最后完好无损地回到自己身边；这次粟童去向英国也会是这样的情形，学成之后回来与她成亲。现在她要做的就是赶紧地把自己的学习弄好，考上大学。

黑牡丹对水草点了点头，让她一起帮着做活，水草就去做活了。黑牡丹站立在那儿，望着做活的水草，心中有种说不出的滋味。她不能断定粟童就一定会变心，但又不能完全说服自己内心的强烈预感是空穴来风。她也想给水草以欢悦，与她一同分享爱的甜蜜；但她更想给水草以警示，免得真的事情来临招架不住。水草这个样子，哪能经得起粟童的变心。

水草感觉到了恐惧，黑牡丹沉默凝重的样子重重地压在她的心上。她知道黑牡丹心里担心着什么，这种担忧一定有她的道理，否则也不会是这副神情。水草不停地回忆起粟童一路的言行，怎么也找不到可以怀疑他变心的蛛丝马迹。难道时间与距离可以吗？有着腐蚀一切的魔力，包括海誓山盟的情感。水草明白，倘若粟童变心，他们的情感将万劫不复。母亲竭力反对他们的理由，就是怕不能走到最后，难道真的会出现那样的情形吗？一路欢笑的水草，开始有了心结。

瓢城的秋天，错落有致。天空、河流、树木、街市、拱桥，一幅幅淡淡的水墨画，仿佛停滞在了时间的画廊里。北方飞来越冬的候鸟在空中留下一串串鸣叫，空阔、辽远。静谧悠远的瓢城秋日，一片凋敝。粟童走了，去了万里之外的国度。水草的心空落落的。她淡淡忧伤的心绪，宛如秋风中的瓢城，萧瑟凄凉。她抬头望向远方的天空，感到一阵阵呼吸困难，空气越来越稀薄了。

很快进入了冬季，空气进入冰点。粟童离开的日子里，水草的心一片空落。住在粟家的别墅里，看着屋前的罗汉松与凉亭，陡然觉得陌生起来，就像是在空旷的原野里，住在一座荒凉的城堡之中。阴森恐怖的感觉一次次袭来，尤其是在夜晚，感觉会更加地浓烈。夜不能眠。水草想搬回家去住，又怕自己的离去加速与粟家的陌生。粟童母亲的脸上有了一些细微的变化，让水草感到一个不祥的幽灵正在路上悄然行进，等待着道路出口。

冬去春来，春去夏到，水草的心一片焦灼。在粟家已经是度日如年了，水草遥望天空，祈祷远在万里之外的粟童一切安好，并在心中记得家乡瓢城的自己。

75

夏末初秋的瓢城，暑气依旧袭人，秋风一阵阵吹来，还是那样燥热。中午时分的太阳，洒下强烈的光线，水草抬头望向窗外，屋前的凉亭，于热浪中浮动着它的身影。她有了极度不安的情绪，觉得要发生什么大的事情。

粟童母亲来到水草身边，对她说："我儿子在英国留学，希望你不要再打扰他的生活。"眼睛并不看她。

水草一下子蒙了，对粟童母亲说："我并没有影响粟童学习，我是积极支持他留学的，而且粟童从未对我说过什么。"

"儿子听我的，你们本就不应该在一起。"粟童母亲说。

水草不敢相信自己的耳朵，看着粟童母亲说："既然你认为我们不应该在一起，那你为什么同意我们住在一起？"

"儿子喜欢你，而且你会督促他学习。"

"什么？难道你就是为了儿子学习才让我们住在一起的吗？就因为你们有钱，就可以不顾别人的名誉与感受，做着你们以为的事情，我以后可怎么做人？"

"我可以给你一笔钱，而且你爸爸借的钱也一笔勾销。"

"我爸爸借的钱？这是什么意思？"水草问。

"你爸爸借钱做生意，亏了。你爸爸哪是做生意的料，就一酒鬼。男人都喜欢喝酒，可没见过你爸爸那样喝的，嗜酒如命，简直就是个酒疯子。依我是不会借钱给你爸爸的，是粟童的爸爸借的，因为你。"她看了看水草道，"瓢城沈家，到你爸爸这一代算是完了，崽卖爷田不心疼，多少家当背得起他那样折腾。"

水草无言以对，父亲借粟家的钱做生意，自己根本不知道。这个时候，粟童母亲却作为加大她走人的力度说了出来。水草无地自容，父亲沈宗宝的行为对她与粟童的关系有着怎样的影响，无从知晓。她对父亲背着自己做这样的事情，感到非常失望。

"离开我儿子，你要多少钱？"粟童母亲追问道。

水草看着粟童的母亲笑了，笑得非常苦涩，眼睛里尽是泪。她感觉到自己就像是件可以作价的物件在甩卖。在粟童母亲眼里，钱与情是可以等价交换的，情可以变成钱，钱也可以买到情。水草无法接受这样的现实，也顾不得长幼尊卑了，对粟童母亲说："在你们眼里，有钱就可以买到一切吗？你们家有的是钱，所以什么都可以用钱来解决？你不能这样对我，我怀过粟童的孩子，无论如何你得给个理由。"

粟童母亲看着涨红脸的水草说："你这丫头，说话还挺尖刻。不瞒你说，粟童正和京城一位家境很好的留学生谈恋爱，你就不要再纠缠他了，只当是成全了别人。这是人生大事，也是家族的大事，你们不适合。我已经说过了，可以给你一大笔钱，找到适合自己的人。"

水草的脸煞白，痛苦极了，一下子跌落到了深渊里。她无法面对这样的变故，整个人已经完全崩塌。粟童母亲的话不停地在她耳边回响，刺痛着她的心。她一遍遍地重复着自己说过的话，哀求粟童母亲念在她与粟童的情感，怀过粟家的孩子，可怜可怜自己，却丝毫没有得到对方的同情，更加坚定了粟童母亲的意志。

"就这样吧，你回去跟爸妈商量一下，开个价，这样两边都有个交代。"

水草的身子特别沉重，怎么离开粟家的已经记不起来了，神思恍惚。水草与粟童联系，让他说清楚这到底是怎么回事，不能这样言而无信，毫无道德底线。她对粟童说："我的一切都给你了，你得负起男人的责任。你妈妈可以不负责任，你粟童不可以。你对我有过承诺，这才多长时间？"

粟家老的一心了断水草的念想，已经做得极为绝情与残忍了。小的还有些旧情的牵挂，一时难以决断。母亲一次次催促儿子，让他尽快地了断与水草的关系，不要有任何的牵挂，妈是一心为了儿子好。粟童经不住母亲的死磨硬泡，加之一同留学的京城同学疯狂地追求，也就狠狠心与水草断了。

粟童眺望着泰晤士河上的落日，眼睛里有了泪。毕竟，他与水草是有感情的，水草怀过他的孩子。但妈妈是为自己好，这边的女友更适合做粟家的儿媳妇。

小的一旦想通了，比那老的做得还要让人憎恨。粟童告诉水草，外面的世界是辽阔的，他时常看到瓢城天空里的细雨，还有那枚玉佩上的裂痕。生活的情形发生了很大的变化，一切也将随之改变。河流、市街、牌楼、石桥、一瓢水店铺，家乡秋日的静谧值得遥望，但所有都是过去的景致了。过往已然逝去，无法复往。生活还得继续，如同瓢城早晨初升的太阳，光芒四射。

"你不要弄这些虚玄的东西来糊弄人，我不吃那一套。"水草也豁出去了，对粟童说，"既然你还记得瓢城早晨的阳光，那你就应该记得我怀过你的孩子，这是一种无法回避的责任。"水草以为，她与粟童已经完成了亘古的原始仪式，还开出了鲜艳的花朵，自己就完全是他的人了。这样的关系，应该如同坝口的闸门一样牢固，可一切正在分崩离析。她一次次地想到将来与粟童在一起的情形，以及粟童对她许下的诺言。水草继续与粟童联系，对方不再应答，音信全无，石沉大海。

粟童在英国认识的女孩是京城一位高官的孙女，叫林小翌，与粟童在同一所学校里念书。这个女子的出现，彻底终结了粟童与水草的情感，使得水草在遥远的故乡蒙难。粟童与林小翌在学校图书馆相识。当时，他在看书。她从外面进来，四目相对，彼此印象不错。坐下之后，他们作了自我介绍，知道了她来自京城，他来自瓢城。以后的日子里，他们有了时常的相见，人也慢慢地熟悉起来，并一步步走近。

异国他乡的校园风光，滋润着他们的心田，粟童与林小翌一起学习交流，探讨人生，去看河滩的野花草。校园中有一条河，河上有木桥，两边的河岸长满了绿树，河滩上铺满湿漉漉的青草，草间开着野花。粟童与小翌常到这座木桥上观看风景。校园的天空蔚蓝如洗，飘着白色云朵，倒映水中。粟童与小翌都觉得，英国的天空、河流与河岸风景，宛如中世纪的古典油画。小翌看着粟童，对眼前的这位男子非常满意，帅气，而且挺有思想。

林小翌不停地找粟童，与他一同上课，一同进图书馆，一同散步。

他们的身影落在校园的路道上、英国市街里、泰晤士河岸树丛中。远方家乡瓢城的身影越来越模糊了，欧洲市街风景一幕幕冲刷着故土瓢城的景致，粟童的世界悄然发生变化。

一段时间相处之后，林小翌认定粟童就是自己要找的人，拼命地追求他。女追男，隔层纱，林小翌又是一个野小子的性格，没有什么东西可以阻拦她的行为。粟童想到了远在故乡的水草，也想把与林小翌的情感控制在同学关系上，可粟童根本招架不住她的穷追猛打，连躲带闪地也不能回避了林小翌的激情。

粟童母亲知道了这件事情，兴奋异常，就像是吃了东北老山参喝了鹿茸血一般，一个电话接着一个电话地打来，让儿子丢掉水草抓住小翌。

"这含糊不得，儿子，一刻都不能迟疑。人生的重要关口得入神，关乎到将来，关乎到子孙后代。"

"……"

"对方的家庭多好啊，真正的达官显贵，千万不要犯傻，一定得抓住她。你再看看水草这边的家庭，要什么没什么，就一典型的摊贩市侩底层穷鬼。"

"……"

"同在一个学校里念书，情趣相投，志同道合。又是大都市来的女孩子，将来回来可以接你爸爸的班。"

"……"

"不能动摇，千万不能动摇。婚姻是一个人的大事情，更是家庭的大事情。"

"……"

母亲不停地说着，粟童烦着母亲的唠叨与威逼利诱，但心却渐渐地松动了。母亲不厌其烦的唠叨，在自己一次次缄默中，生出了带毒的美丽花朵。粟童站在那条穿越校园河流的木桥上，凝视着河中风景。一条木船缓缓驶来，木船上一对男女，男的划船，女的看着两岸的景致。天空倒映水中，仿佛一上一下两个天空。家乡瓢城的街景，门楼、集市、石桥、店铺，渐渐地在母亲的话语中消退了，取而代之的是站立在校园木桥上小翌的容颜。

粟童的心一天天松动。一个在遥远的东方故土，一个近在咫尺。环境对一个人潜移默化的作用是非常巨大的，这就是人性，也并非全在恶的一面。但粟童知道，与水草分手接受小翌，怎么着也是一种情感背叛。粟童把这份痛苦告诉母亲，希望母亲能够理解他的内心焦虑。

母亲告诉粟童，她知道儿子是个有情有义的人，妈妈也不是那种见异思迁贪图富贵之辈，实在是兹事体大，不可懈怠与疏忽。婚姻不单单是情感问题，而是一个家庭甚至家族需要全面考量的大事。婚姻与情感，不是一回事情，弄清楚这个，一切就可以迎刃而解，作出理智选择了。

"妈妈并非强迫你，自己掂量轻重，现在有两条路由你选择：卑贱的情感与高贵的婚姻。小翌家是多么高贵的家庭。至于水草，你不必担心，让妈去处理，这样的人家不能结亲，父亲是个酒鬼，借钱不还，母亲是个摊贩，水草将来也好不到哪儿去。"

见儿子没有回话，她接着说："水草为什么要拼命嫁你？不就是想借助粟家的力量，挽救她沈家每况愈下的家道吗？你一个留洋的才俊跟他们扯什么淡，白白误了自己的大好前程。一定要听妈妈的话，哪有妈妈让儿子吃亏的，你是妈妈身上掉下来的肉。"

"不跟人家谈就不跟人家谈，不要把人家说得那么不堪。"儿子终于说话了，"水草怀过我的孩子，怎么也得对得起人家。如果她一个劲地不放手，还有她的父母来闹事，那可怎么办？"

"这个好办，并没有婚约。有妈妈在，我会给他们一笔钱。你的那些担忧，与你自己的终身大事相比，都是无关紧要的。他们碍不着什么，更翻不起大浪，你就放心地与小翌好。"

母亲的软硬兼施起了作用。经过一番思想斗争，粟童遂了母亲的心愿，放弃水草，接受小翌。水草的命运，就这样被粟童母子安排了。

夕阳照在英国泰晤士河上，泛起一簇簇金色涟漪。远处天空里的太阳由金黄变成酡红，天体正徐徐沉沦。河两岸的悬铃木树，郁郁葱葱，形成长长的河岸荫道，绵延地向前伸去，与河岸一同消失的，是远去的悬铃木树的叠影。异国他乡的粟童，止不住流下了眼泪，林小翌紧紧抱着他不放。

遥远东方孤独凄凉的水草，被踩踏在了英国泰晤士河边的行道上。

水草知道这件事情已经无可挽回，没想到粟童会如此绝情，自己也只能在遥远的家乡，默默承受来自万里之外的辜负。无助的水草，对着家乡的河流，泪流满面。

世间许多事情一旦过去就不会回来，情感更是脆弱得不可依靠，充满了谎言与背叛。水草怎么也不能相信，那般的誓言，一下子灰飞烟灭了。她想到了黑牡丹的话以及她忧虑的神情，难道她真的有先知先觉吗？黑牡丹早就暗示于她，她却丝毫没有觉察。此时的水草恨着自己没有看准粟童，没有看清他的家人，更没有听进两个姐姐的话，过早地住到了粟家。水草想到了母亲，那般地反对自己，说不会有好结果，真的被她说中了。

"羞死人了，我可怎么活人？"

76

瓢城的天空飘来层层乌云，又要落雨了。灰暗天空下的瓢城西城门楼，犹如一个农夫站立蟒蛇河东岸，俯瞰河水流淌。以往的西城门楼，给人以高大威武的形象，就像一座肃穆威严的神像。今天的瓢城西城门楼，被天空的乌云压弯了，矮小而灰暗了。西街里的房舍，呈现出一片颓废的灰色。

水草匆匆来到一瓢水，她需要黑牡丹的帮助，已经支撑不住了。水草的脸上笼了一层灰色，眼圈发黑。见到失魂落魄的水草，黑牡丹直接问："出事了？"水草的眼泪一下子就下来了，怎么也止不住，像一只受伤的羔羊，眼中尽是绝望。

黑牡丹的脸阴沉了下来，担心的事情还是发生了。她愤怒地对水草说："找他妈妈去，衣冠禽兽的东西，白长了一副帅气模样。"

水草摇头道："找他妈妈有什么用，就是他妈妈让我不要纠缠她儿子的，她可以给我钱。"

"放屁！母老虎。"黑牡丹愤怒到了极点，第一次这样粗俗地骂人。水草如同她的亲妹妹一般，遭受这么大的打击，就像砸在自己身上一样难受。黑牡丹端来菌菇汤给水草吃，水草吃不下去，眼泪不住地流淌。

"身体总要弄好，吃饱了打足精神，再想法子与他们理论。"黑牡丹说，"光流泪没用，社会不相信眼泪。"

水草看着黑牡丹，擦去泪水，吃了起来。她太饿了，已经两天没有吃东西了。水草边吃边叽咕道："花心的东西，说变心就变心，还说怀了他的孩子就是他的女人，纯粹是弥天大谎。"脸上挂着泪水，嘴在不停地咀嚼。

看着水草的样子，黑牡丹心疼万分。她理解水草，眼泪是女人的心与情感交流的最直接产物。风一刮，云一飘，雨就下来了。黑牡丹无法让自己的心平静下来，没有很好地保护水草，事情到了这个地步，自己也有一定责任。可她也是无法保护水草，水草与粟童之间的情形她是一幕幕地看在眼里，并没有什么不好的地方，自己也很难具体地提醒到水草什么。如果一定有什么需要检讨的地方，那就是水草不应该住到粟童家里。她不去粟童家，也就不会有后来难以收场的结果。这样的检讨，黑牡丹能对水草说吗？显然不能。

水草不想留在店铺里了，要回家去。黑牡丹坚决不让她回去，就住在一瓢水。黑牡丹不放心她回家，可怜的水草怎么面对父母，父母又怎样面对这件事情？

水草留在一瓢水，在后店的阁楼上睡下了。

雨倾盆而下，黑牡丹看着窗外茫茫一片雨幕，心中特别难受。粟童的母亲，自己又不认得，无法影响到她的行为。粟童的父亲粟富贵，倒是可以托人与他交谈，但这种事情一个寡妇女人又怎么开口？而且是为了沈宗宝的三女儿，怎么也是说不清楚。没着没落的感觉就像是屁股被什么咬了，说不出口。如此情形，能干的黑牡丹也是束手无策了。现在除了照顾好水草的身体和情绪外，也很难想出更好的法子了。

外面的雨没有停顿的意思，黑牡丹想到了水草当初与粟童一同进店的情景。那是个非常阳光的男生，一个人在国外学习，周围不可能没有诱惑。平心而论，粟童有新的朋友也并非是十恶不赦的行为，问题是水草已经怀过他的孩子，这就是另外一种性质了。

雨停了，水草依然睡着。

黑牡丹精心照顾着水草，但水草还是不能再待在一瓢水了，她得回家。

　　从一瓢水出来的水草，拖着疲惫的身体回到家中，一头扑进自己屋里。院中的桂花树一个劲地摇曳，发出哗哗声响。

　　那个灰雾蒙蒙的早晨，两个姐姐知道了这件事情，金草暴跳如雷："让她多个心眼，有些事情不能吃亏，就是听不进去。现在可好，被人家一脚给踹了。"说着就去找她的那些"哥们"。

　　一脸愤怒的金草、银草，大摇大摆地来到粟家市街的门店。与两个姐姐一同去的几个是瓢城有名的"十三太保"弟兄，他们不容分说地将粟家的店面给砸了。

　　金草大声喊道："砸，统统砸光，出了问题，我一人兜着。"那些人就更不会手下留情了。

　　店铺的人报了警，派出所警车出动。现场一片狼藉，物件散落一地，店铺里的人惊魂未定地向民警诉说着他们的暴行。简直就是一群土匪。公安人员将他们抓了起来，一个个押上警车，往所里去。

　　警察对他们一一做了笔录，按了手印。金草说："一切与他们无关，是我请他们来的，有什么事情我一人承担。"金草被依法拘留，关押看守所，等待下一步处理。其他人写了情况说明，告知不可随便外出，要向所在派出所报告其行踪，签字画押后给放了。

　　银草与去的弟兄们看着金草，金草对银草笑道："没事，记得给我带好吃的。"转头对"十三太保"的弟兄们说，"兄弟们受累了，出去后，一瓢水放桌子请大家喝酒。"

　　秦腊梅瞪着眼睛看沈宗宝，沈宗宝坐在院子门口，脸一会儿青一会儿白。水草遭此变故，金草又被抓了起来，自己还无法与粟富贵发作。沈宗宝越想越窝火，越想越觉得自己是个败家的无用男人。自责、愤恨，他突然站了起来，找来斧子，直奔桂树而去，不容分说地抡起斧子就砍。

　　秦腊梅大声呵斥道："沈宗宝你干什么？不是说这户人家可以吗？哦，现在出了这么大事情，你不去找他们算账，反过头来自家里折腾，你算什么男人？要是当初我坚决不同意就好了，不会有这样的结果，也是财迷心窍了。报应，报应啊。"可无论秦腊梅怎么发威，沈宗宝就是要砍树。

水草冲出屋外，扑通跪了下来，大声喊道："爸，桂树是妈的命根子，你不能砍。要砍你就来砍我吧，都是我惹的祸。"

沈宗宝手中的斧子滑落了，呜咽起来，捶打着自己的胸脯。男儿有泪不轻弹，沈宗宝也是知道了事情的严重，到了无法挽回的地步。"丢人啊，嘚瑟过头了。还背着水草借了那么多钱，我哪儿像个父亲。"他蹲在桂树下不停地流泪。

水草是个特别怕吃亏的女孩，一身的机灵，可这次没那么幸运了，赔了了本丢了魂失去了珍贵的青涩红丸。原本以为可以跳进富裕人家过好生活，仰仗粟家的基础，开创自己的事业，全家人在她手上走出坝口，走入城市，走向富裕，结果遭受了这样的感情失败。水草向院前的石板码头走去，小径两旁的菜园长满了新鲜的蔬菜，与母亲一同去往西城集市卖青货的情形一次次浮现。走到码头边，她蹲了下来，看河中游动的小鱼，看着看着，眼泪就下来了。泪水滴落河里，小鱼游了过来。她笑了，小鱼被骗了，以为有什么食物落进河中。小鱼游走了，她的眼睛随着小鱼向河中滑去。

水草起身回家，取来米饭，将一颗颗米粒放入水中，小鱼游过来啄米。不一会儿，游来了很多的小鱼，它们一会儿水面，一会儿水下。猛然地，水下一条大鱼向上蹿来，吓了她一跳，水下还有这么大的鱼。水草笑了，那是她短暂的忘却了内心痛苦的嬉笑。将手里的米饭全部扔进河里，大鱼小鱼在河中翻腾着，河面折射过来的涟漪波光，忽闪忽闪地照在她的脸上。

水草站了起来，向西城走去。她迎着光，一路走到西城门下。西城门楼，这个明代建筑的遗存，矗立于天空下，显得古怪而高大。此时的水草仰望着它的雄伟，西城门楼是她心中故乡的象征，是几百年屹立不倒的存在。

一个男子伫立在西城门下，看上去有些文弱，但很清秀，显然他在注视着自己。水草向他投去疑惑的目光，我们认识吗？许久，男子向她走来，目不转睛地看着她。走近的时候，水草看到了他眼睛里的迷离与伤感。这个似曾相识的男子，给她留下了很深的印象。男子从她身边走过，转头朝她看着，直到再也转不过来的时候，扭头离去。

水草走进西门，向西城市街里走去。

那年坝口小院里的桂花树结了很少的桂花，村里也没有人来掐取。天井里冷冷清清，一家人的日子过得压抑低沉。秦腊梅埋头准备着集市里的货物，越是这个时候，她越是要沉住气，淡化这一切带来的伤感。水草正处在学习的关键时刻，不能影响了学业。秦腊梅在大事情上，有着女人少有的那种胸襟与镇定，她要与水草一起共渡难关。她知道水草喜欢一瓢水，喜欢黑牡丹，就催促水草到一瓢水去，家里的事情不要问，自己一心学习迎考就行。

一瓢水店铺里人来人往，却丝毫影响不到水草的学习，相反还会提高她的学习效果。黑牡丹非常高兴，她以这样的方式帮助到水草，心里感到宽慰。水草在一瓢水里，喝着菌菇汤，吃着红豆米饭，脸色一天天好转起来，那个白里透红的水草又回来了。

夜已深去，店客们意犹未尽，他们要见证一个重要的历史时刻。

店铺的电视里播放着香港回归祖国的场景，零点的钟声敲响，仪仗队员迈着铿锵有力的步伐。飘扬了百年的米字旗缓缓落下，五星红旗在紫荆花区旗的相伴下，冉冉升起。

在一片欢腾的气氛中，水草准备着高考。

第四章

创业

一九九八年，中国发生了特大洪涝灾害，长江、嫩江、松花江都是全流域受灾。电视里播放着一个个抗洪救灾的场面，军队开拔到了抗洪一线，地方上各行各业全力保障抗洪物资。这场继一九三一年和一九五四年两次大水后，又一次全流域的特大洪涝，受灾面积、人口、经济财产损失巨大，死亡人数已达几千人。

长江下游里下河地区瓢城西城门外的坝口小院里，水草睡在床上，蜷缩着身体，恨不能把自己蜷成一个四面透不进风的球。外面雷电交加，下着瓢泼大雨，上坝村完全笼罩在雨幕之中。屋内水草不吃不喝，躺在床上，背对房门。雨中上坝村静悄悄的，看不到人影，村巷里只有不断流淌的雨水。闪电、雷鸣、雨声，没有其他声音。房屋在沉睡，水草在沉睡，村庄在沉睡，整个瓢城都在沉睡。

高中毕业，水草没能考上大学，中学生活就这样暗淡地结束了。粟童的背叛，使水草的情绪跌入低谷。一心想考上大学，以摆脱心中痛苦的纠缠，又以失败告终。水草的精神受到了双重打击，人急速地向下沉去。大学是个神圣的地方，一个人的生命所能经历的最好过程，应该就在那里了。她多想通过这样的途径改变自己的命运，驱散粟童的背叛带来的灰暗阴霾，有个美好的前程和不一样的人生。可这一切，已经完全的不可能了。

水草的身心受到了巨大的摧残，对于自己的一面，毁了做女人的名誉不说，学习也给耽误了，还牵连了父母与姐姐。悲切的伤痛灼心难忍，肉体与心灵的创伤一同袭来，就像夏日暴风雨里的迅疾雷电，"咔嚓"一声就劈头盖脸下来了。对于父母姐姐的一面，一家人就像是掉入了泥潭一样，满身泥水。水草，带着整个家庭，跌入谷底。她一次次地想到瓢城夜晚的太平桥，瓢城医院的灯光，东方红药店的试纸，还有粟童母亲狰狞的脸。水草正经历着人生的至暗时刻，人遇不测事件，都是祸不单行。好像有什么声音在招呼自己，她向声音的方向看去，仔细凝听，却什么声音也没有，仅仅就是一种幻觉罢了。此时的水草，除了自己，不会有来自外部的声音与她呼应，她感到了前所未有的无助。

水草一句话没有，背朝床外一动不动。屋里静悄悄的，没有一点声响，哪怕是痛苦的呻吟也听不到。秦腊梅心里非常难过，知道水草心中的压抑，不是一般女孩可以承受。整个家庭，在一种极其沉闷的气氛中流淌。村前的小院码头完全浸泡在水中了，漫长的午后，天空一片灰暗，在雨水的间歇里，偶尔有蝉鸣的声音。小院的围墙下流淌的细水，像一条条长长的虫子。

沈宗宝坐在门口抽烟，觉得水草没有考上大学未必就是坏事，正可以放手大干一场，开一瓢水店铺。他扔掉手中烟蒂，走进屋里对秦腊梅说："大学没有考上没有什么大不了的，水草可以开一瓢水店铺，黑牡丹做得，她也做得。再说一瓢水，原本就是秦家的店铺。"沈宗宝接着说，"就做一瓢水，不一定比上大学差。"

看着沈宗宝没心没肺的样子，秦腊梅气不打一处来，气冲冲地说："你是怎么做父亲的，一点也不知道深浅，更是无法体谅他人痛苦。还大干一场，拿什么大干一场？屁股给人家踢啊。再者，店铺是个人就可以开吗？水草现在这个状态，怎能做得了那样的生意？"

沈宗宝看着秦腊梅说："一家人就这样唉声叹气不成？"然后大声对秦腊梅说，"我怎么就不知道深浅了？事情都已经这样了，又能怎么办，总得想个出路。"

秦腊梅气得咬牙道："沈宗宝啊，沈宗宝，你真的是坝口的一个活宝。什么时候说什么话，什么时候做什么事，一点数都没有。你就不能让人清净点，这个时候说什么做生意的事情。"

遭受数落的沈宗宝并不服气，瞪着眼睛朝秦腊梅看。

"你不要这样看我。"秦腊梅说，"你自己也做过生意，生意的艰辛难道心里没数吗？"

"我做过生意怎么了？"沈宗宝一气，甩手走了。

看着沈宗宝离去的背影，秦腊梅说："你说做过生意怎么了？"

水草沉溺在自己的痛苦里，心中无助如风雨中打落的小鸟，蜷缩成个小球。与粟童分手后，水草竭力忘却那段不堪回首的往事，可两人在一起的情形，如一幕幕飘忽不定的图像在脑中闪现。刻意遗忘的事情，并不能因此淡化，反倒是一次次冒出来扰乱心绪。当你索性不去触碰它时，却又在那儿慢慢地复苏起来。忘却如落日，隐藏了光芒，在黑夜中行进，会在晨曦里再次冒出。水草宛如在梦魇中奔跑，为着一个驱之不散的阴影痛苦，消失在迷航的风雨之夜。

连续数日的大雨终于停歇下来，陡然有了潮湿的阴冷。阳光出来了，一下子又烘热起来。窗外的朱雀叽叽喳喳叫个不停，一蹦一跳，搏击着水草的心。太阳的温暖，还是照到了水草冰冷的身上，她的体温开始回升。看着窗外的桂树，阳光下雨水冲刷过的桂花树，一身翠绿，光亮如新。水草知道桂树是不朽的，任何风雨都不可能将它打倒。水草起床站了起来，她要看天空下挺立的桂花树。

由于大雨，更是由于水草，秦腊梅已经三天没有出工了。她的心里清楚，水草已经被深深地伤着了，她得在家里照看她。有人冒雨到坝口小院来，要买秦腊梅的卤肉和桂花膏，她这才想起自己三天没有去西城集市了。

"怎么几天不来集市了？"来人问。

秦腊梅答："家里有点事情。"

来人看了看耷拉着脑袋不停抽烟的沈宗宝，拿了东西就走。

水草被迫离开粟童以后，强悍的母亲没有对她说过任何有分量的话，仿佛什么事情都没有发生一样。水草高考失败，秦腊梅更是小心翼翼地对她。她知道如果自己说了什么，一定会伤到水草，这个时候什么都不说是最好的法子。秦腊梅站在门口，看到跳跃的朱雀，她的心与水草一样疼痛。但秦腊梅相信水草会慢慢振作起来，她不是一般的孩子。

水草第一次见到母亲秦腊梅如此缄默，把伤痛留在心底，全然明了母亲是为了自己。生活是面镜子，你哭它就哭，你笑它就笑，人的内心才是主体。自己不能沉浸在痛苦、憎恨、愤怒之中了，只会拖累了家人，往着一个悲戚的泥潭沉去。水草走出房间，树上的朱雀扑棱着飞走了，在空中留下一串鸣叫。

多日不说话的水草，对秦腊梅说："妈妈，我要跟你做小生意。"

秦腊梅笑了，对水草说："以前你跟着妈妈做小生意，妈妈是高兴的。妈妈知道你是个肯吃苦的孩子。可现在不行，做小生意是很累的活计，而且让人瞧不起。妈妈不能让你做这个，将来婆家都难找。"

"我不怕吃苦的，我也不在乎别人怎么看我，我本就是属于这里的人。即便是有福分过那奢华的生活，怕也是过不惯，我就是穷人家的孩子。"她对母亲说，"我不能在家里吃闲饭，我的最大愿望，就是自己养活自己，我想跟着妈妈做小生意，然后寻思着做其他的事情。"水草郑重地对秦腊梅说，"我要做妈妈一样的人。"

秦腊梅眨了眨眼睛，竟有了泪花。高兴之余，母亲担心着，水草能够适应这样的劳作吗？

水草对秦腊梅说："我能。"

78

大雨过后的黄昏天空里，飘着丝状的云彩，像是一根根粉红色的丝带。连日的夏雨，一直延续到秋天，瓢城不停地落雨，仿佛天池漏了。地上到处是水，低洼的地方被淹没了，那里的房屋也都浸泡在水中。大水一时难以退去，金草、银草不想闷在家里，看一家人沮丧的脸，出门去玩了。沈宗宝看着消失在院外的金草、银草，非常生气，但又不好发作，那样更是增加了水草的压力。沈宗宝一甩手，嘴里嘀咕了几句，到门外去抽烟了。

暮色来临，天渐渐黑了起来，金草和银草没有回来。秦腊梅感到清静，烧了几样好菜，与水草谈论起生意。她对水草说："生意这种行当，有老老实实做的，也就图个平稳，并不与他人有所冲突，比如妈妈集市摊档里的小本买卖就是，各忙各的，一天到晚没个闲停的时候。这样的生意，只能养家糊口，求个肚子温饱就属不易，适合于在不开放的环境中，上了年岁的人做。也有精明地做生意的，这样的买卖得有'人脉'与'头绪'，还要有活泛经营的头脑。比如你爸爸过去曾经做过的钢材生意就属于这类。这样的生意做好了，可以发财，做不好，就有很大的风险。你爸爸的脑子跟不上，就被别人给坑蒙了。还有一种生意，涉及黑白两道，往往是些犯法的生意，可以发大财，也可能倾家荡产，甚至有牢狱之灾。这样的生意，我们家的人绝不可以去做。"

过去，水草仅为母亲的漂亮能干所钦佩，没想到她对生意的理解如此透彻。母亲靠着集市摊档里的营生养活了全家五口人，还真的是有两把刷子，看不出高深的小本生意，在母亲手里愣是做出了小传奇。水草的眼睛已经离不开母亲秦腊梅了，专注的眼神中有了明显的崇拜。

秦腊梅笑了，感叹道："妈妈不是一直做小生意的，其间，和你爸爸也做过一瓢水食铺，挂的就是现在一瓢水店铺的牌匾。只是一场大火，烧了所有的希望，愣是没有重新做起来，不得不让给人家去做了。"

水草知道黑牡丹一瓢水的牌匾是秦家老匾，但母亲如此郑重其事地跟她提起一瓢水还是第一次。母亲告诉水草，一瓢水是外婆的一个梦，也是她的一个梦，她与外婆两代人都没有做成，主要是时代与环境的原因，加之运气不好。现在，只有指望你水草了。秦腊梅详尽描述了一瓢水店铺两次失败的情形，试图用故事中最为蹊跷的部分，为自己没能延续一瓢水生意，找到一份充足的理由。其实，母亲秦腊梅心里清楚，一瓢水没有做成的根本原因是经济问题，店铺烧了，再没有经济能力重新做起来了。一瓢水店铺是母亲秦腊梅心中的痛，让别人挂牌去营业，也是不得已的权宜之计。

讲完一瓢水逝去岁月里的故事，秦腊梅眼睛里的泪流淌出来了。水草瞪大眼睛看着母亲，知道母亲对于一瓢水的心结。只见母亲紧锁眉头，像是上坝村蟒蛇河上游两边长满了野草的坝闸。

母亲秦腊梅稳了稳自己的情绪，对水草道："说起一瓢水，就控制不住自己，我们就从小生意做起，有了本钱后再做一瓢水。你答应了妈妈的这个要求，妈妈就带你一起到教堂集市里做事。"

"我答应妈妈。一瓢水牌匾一定会回到秦家，时间不会太久，但现在必须跟着妈妈做集市里的买卖。"

秦腊梅笑了。

一旁的沈宗宝看着她们，愧疚地低下头，女儿迫不得已做了摊档里的小买卖，是他这个做父亲的不称职，更不用说带着全家往高处走了。自己不停地弄出些状况来，坏了家庭的声誉，拖了家庭的后腿。

水草给父亲倒酒让他好好喝一杯，沈宗宝很是高兴，抬头望向秦腊梅道："家里就靠你了，我实在是不靠谱的男人，给家增添了太多的麻烦。"说完一饮而尽。

水草为父亲重新斟满了酒，然后拿来酒杯为母亲斟了一小杯，也为自己斟了一小杯。水草端起酒杯对父母说："我请爸妈一杯，明天，我就和妈妈一起去集市里做事。请爸妈放心，我一定会做好，然后做一瓢水。"

秦腊梅从不喝酒，见水草这个样子，也将酒杯端了起来。她说："妈妈等这一天已经等了很久，相信你一定会做好。一家人做一家事，你跟着妈妈做，妈妈带你。"母亲喝了一小口酒说，"你外婆、爸爸都是富贵人家的后人，现在的社会环境也有利于个体经济发展，就看谁的本领大了。妈妈相信，你一定能做好，改变家运。"

水草在心里从没有这样与母亲亲近过，她知道平日里少言寡语的母亲，是在鼓励自己创业。对于家的现状以及对未来的憧憬，水草感同身受，不管先人有着怎样的富贵，在外人眼里，他们就是小市民家庭，要想改变这样的境况，就得自己奋斗。母亲的态度使她备受鼓舞，这样的时刻，水草深切地感受到母亲的那一份深爱。

在外玩耍的金草、银草回到家里，刚走进院子就闻到了酒香。她们跑进屋里，见到桌上的酒菜说："好啊，我们不在家，你们就吃喝起来了。"然后将桌上的东西全部扫光。

秦腊梅看着沈宗宝，沈宗宝看着秦腊梅，一句话也说不出来。水草看过两个姐姐狼吞虎咽的样子，进房间去了。

久雨初晴的瓢城天空，洁净清爽，随后而来的阳光使得市街的空气燥热起来。在水草眼里，大雨过后的炎热是暑气的最后释放。瓢城的天空已经不再是先前的天空了，瓢城的河流也不再是先前的河流，只有瓢城西城市街的石头路面还是先前的样子，发着幽蓝清光。水草与瓢城南城英俊少年的故事，作为一种悠远的记忆留存在她的脑海里。雨后秋天，水草从灾难中走出，随母亲秦腊梅去西城教堂集市，开始了新的生活。

教堂集市中，人头攒动，各家摊档上摆放着青菜、韭菜、白菜、辣椒、土豆、萝卜等等，不停地招呼着顾客。集市里多了一对特别能吆喝的母女，生意就数她们好。妈妈的摊档有不少的老顾客，一些新顾客从她们摊位走过，水草吆喝着让人家停下来看货。水草与母亲相互配合，越来越像是一同做买卖的搭档。水草先前就熟悉摊档里的生意，现在当作自己的行当在做，与母亲一样，很快就成了集市摊档中的高手，引来其他摊位的羡慕。

"母女俩齐上阵，集市里的生意都让你们一家做好了。"有人大声说着，引来哄堂大笑。

摊档中的营生低微，一根葱一头蒜地叫卖着，但水草的脸上丝毫没有难过的神情，她觉得自己很充实，而且是在为以后一个大的生意做准备。买卖空闲的时间，水草看着集市的墙壁与屋顶，虽然已经没有教堂的物件与雕像，从墙壁与屋顶的残存，还是可以看出教堂的痕迹。水草感到了时间的深度，更是看到了人的生存不易。其实，人的生活无所谓高低，按照现有状况，把当下事情做好，然后一步步地往高处走，就是人的安身立命。今天的我比昨天的我好，这就够了。在西城教堂集市里，她并不感到苦累，倒是在摊档的叫卖声中，感到了家庭条件的悬殊。先前她并不相信这些，以为男女之间，并没有那种庸俗的东西存在。现实给她上了一课，这些看不见摸不着的羁绊向来就在人的思想里存在着，她的人生第一回合，已经输掉。

有人从摊档前走过，水草随即叫卖起来。

水草对于生意，有着天然的悟性。集市中的一些经营窍门一般人不去留意，水草却一一看在眼里记在心上。比如心算，几斤几两，几角几分，瞬间算出；比如新鲜的蔬菜泼洒些雾水保鲜；比如把松香熬了给鸭子去毛；比如在鳝鱼桶里放几条泥鳅；比如猪肉用红色的灯照着；比如大头的鲢鱼剁成头、中、尾三截来卖；还有糯米粽子、蛋饺、春卷现做现卖等等。这些东西虽然细小，并不为一种生存的大技术所显现其价值，但它透射出的活泛、灵巧与生意的智慧，以后会派上用场。

愉快地跟随母亲做着集市里的小买卖，就是别人用了歧视、压迫的目光看她，也是无法扰乱她的心绪。水草闻着自家院落里的桂花清香，做着自己想做的事情，这样的状态别有一番情趣。母亲说劳作可以换来美好生活，水草相信这一点。终有一天，会拥有很多财富，改变人生与家庭的命运，她在心里重复着那句话："一切不会太过遥远。"

秦腊梅眼中的水草越来越少语了，心思都用在了生意上。水草跟着母亲学做豆粉、卤肉、腌菜和桂花膏的手艺，秦腊梅所做的东西就是精到，这是母亲的绝活，更是母亲潜心研究与实践的结果。看似常用的食材，却有着不同的做法，各有各的门道与特色，最能体现手艺人的高低。有些吃食，大家都在做，但手法的不同哪怕是微小的变化，都会带来口感的差异，购买的人自然分出高低来。久而久之，就有了不同的口碑。

母亲秦腊梅做的豆粉，用的是上好的豌豆。她认为豌豆是最适合做豆粉的食材，只是一般人家不用。豌豆的青涩味不易去掉，弄不好就影响了口感，所以大多人家用的是蚕豆与绿豆。蚕豆与绿豆做出的豆粉不可谓不好，但蚕豆与绿豆做出的豆粉比比皆是，一样的味道。母亲所追求的就是独特，就是好中选优。她将豌豆一个个挑拣，将不饱满的、有虫眼的一一除去，然后用井水清洗干净，晾在外面晒。晒干的豌豆到石磨子上磨。磨好的豆粉再用井水一遍遍洗，洗后再晒。这样就可以除去豌豆的青涩味了。

秦腊梅将井水烧开用作发粉、成型、冷却，然后用刚打上来的井水泡着。淡绿色的豆粉泡在清凉的井水里，晶莹剔透，丝毫没有别人家豆粉的那种浑浊，看起来就想吃，嫩而筋道，特别爽口。豆粉可以生吃，浇上酱油、香油、辣椒；也可以熟吃，放姜葱，用素油，与腌菜爆炒，那都是一等一的口味。一般人家不会像秦腊梅这样去做，耗时耗力。但母亲坚决这样做，这就做出了不一样的东西，做出了长久的买卖。

卤肉的做法，秦腊梅选用上好的猪肉，不是其他人家用的猪头肉。猪肉用水清洗，放进锅里焯水，捞出用凉水洗去腥味。再放进锅里，等猪肉五成熟时，捞出再用凉水洗去油腻。然后回锅烧，放姜葱、生抽、八角、肉桂、红曲，还多用了一味中药当归，这是母亲的秘籍。做出来的卤肉，吃起来口感嫩、黏稠、爽口。秦腊梅做的卤肉，男人女人小孩都喜欢吃，还省了回家烧荤菜，买的人自然就多了。

秦腊梅的腌菜，那是专选个头大的新鲜水嫩大菜。洗干净挂在绳子上晾晒，晾干后用海边运来的粗盐腌制。大菜的缝隙中灌上盐粒，一个挨一个放入大缸。放满后，上面再撒一些盐粒，放进地里采摘回来的胡萝卜，盖上盖子。腌成的菜，黄里带绿，绿里带白，玉一般的晶莹剔透，看着就有食欲。腌菜可以生吃，倒上点自家磨的辣椒，浇上香油，嘎嘣脆；也可以熟吃，与肉丝爆炒，特别下饭。

秦腊梅做的桂花膏更是家传一绝，是母亲教给她的，从不外传。只需稍稍挑上那么一丁点儿桂花膏，无论做什么用，定有了久散不去的桂花清香。吃着吃着，眼睛就眨了起来，去找那桂花在哪里，却怎么也找不着。

秦腊梅所做的东西，就是干净、爽口、原汁原味，岂有不好卖的道理。抢手那是必然的事情，久而久之就有了特定的人群来抢货。秦腊梅从不跑量，顾客就不停地来抢。这一切都看在水草的眼里，做任何事情都有它的诀窍。

这些生意的诀窍，已经牢牢地记在水草心里了，这就是她创业与安身立命的资本。

79

瓢城早晨，飘散着一阵阵雾气，虚化了市街中的风物。水草与母亲来到西城集市，集市摊档里，就数她们家最早，还没有几个人，秦腊梅与水草把货物摊开。不断有人来到集市。突然多起来的人流，使得集市一下子嘈杂起来。人来人往，一个个忙着购买荤菜素食，一片片买卖声汇合在一起就听不清楚了，嘤嘤的，嗡嗡的。流动不息的人群，把集市中的温度给烘高了，也把空气给搞浑浊了。

那天，瓢城下了一场大雨，可很快就放晴了。像这样短暂的"急雨"，瓢城亦为常见。雨后放晴的瓢城天空，有着一种清新的感觉，瓢城人已经习惯了，一会儿风雨，一会儿晴日。人们跑到街面上去看瓢城市街的风景，呼吸着雨后的新鲜空气。

一个青年来到西城教堂集市，他很文弱，文弱之中透射出一股清秀。这个文弱清秀的青年在秦腊梅的摊档周围转悠，打量着这对母女，却不前来。水草一眼就看到了他，觉得这个青年似曾相识，一定在哪儿见过。她竭力回忆起与这个青年可能谋面的情形，终于想起来了，他就是伫立于西城门下的那个注视着自己的男子。

水草明显地看出这个青年不是来西城集市买货的，有着很重的心思。但她不能确定这个青年来到集市的真实目的。她将目光转向母亲。秦腊梅也注意到了这个青年男子的到来，笃定他是冲着水草来的，向水草点了点头。

秦腊梅转身去收拾青货，回避着青年。

水草的目光与他相遇。

青年走了过来，走到水草身边。

"我知道你在西城集市里卖货，就常到这里来悄悄看你。看到你忙碌的样子，我总是不忍打扰。"他对水草说。

"我老是想到你在学校里放高利贷的情形，那时候的你吸引着许多同学，大家都想靠近你。当时我也是想的，但我知道没有机会，那时候你跟粟童好，我根本靠近不了。"他继续对水草说。

"现在不一样了，现在我可以来找你了。那样的时光已经过去，有了单独靠近你的想法，就一次次地鼓起了勇气。"他还对水草说着。

水草很是惊诧。这么一个人，一下子就出现在自己面前，还文绉绉地说话，轻一句重一句地刺着自己，不知道如何作答。要命的是他还全然不觉，只顾着倾诉，根本没有顾及他人感受的自觉。显然，他已经憋了很久，一股脑地要把心里的话说出来。

"我叫关玉良，跟粟童一个班。我挺崇拜粟童的，帅气潇洒，家境又好，一般的人家根本无法与他相比。不过这样的人或许并不可靠，自家的条件好了，就有了比别人优越的感觉，对一些事情哪怕是极为严肃的事情也就少了负责的态度。"他仍旧滔滔不绝地对水草说。

"是吗？那就谢谢你了。你想买什么？"水草实在是不能让他再说下去了。

玉良说："我不想买什么。我就是想告诉你，有些事情过去了就是过去了，不能伤了心智。你不要在这里做小买卖了，人很辛苦也赚不得多少钱。你可以做录像厅的生意，我舅舅在文化局工作。"

水草愣住了，转头去看秦腊梅。秦腊梅将收拾好的青货放到摊位上，向水草使了眼色，又转身去收拾青货了。水草明白母亲的意思，让她抓住这个机会，尽快脱离集市里的小买卖。

水草问关玉良为什么要帮她，玉良说没有为什么，就是想帮她。水草怎么也不会想到，一个人在她最困难的时候跑到集市摊档里来，主动说要帮她，还提出了具体帮助的事项。她看着关玉良，这份相助弥足珍贵，也极为及时。

水草心中有了接受他善意的倾向。这是个极好的机会，又有着他在文化局当差的舅舅，一准能做出像样的生意来。水草对关玉良说："我们可以一起做。"

"不了，我并不懂得生意的事情，我喜欢的是拉胡琴。"关玉良说。

水草看着关玉良没有说话。

"高中毕业，我也没有考上大学，就跟着舅舅学习胡琴。我喜欢拉胡琴，小时候就很喜欢。可妈妈不让我拉，说是会影响了学习，而且即便是拉好了胡琴，也只能是到剧团去或者到文化馆去工作，人会很懒散。"玉良接着说，"现在好了，现在我可以尽情地拉胡琴了。大学没有考上，妈妈就不再管着我拉胡琴了，眼神里倒是有了让我拉琴的意思。我想去瓢城剧团工作，我喜欢那里的生活。戏曲的世界，是一个纯净的世界。"

水草笑了，向玉良点头赞许，并暗示他这是菜场，不是谈论戏曲艺术的地方。玉良也笑了："那我就不说了，我知道你一定会做的。"水草心中涌起一股暖流，想到了人们所说的"贵人"，这大概就是自己的贵人吧。

关玉良笑着对水草说，"那我就先走了。"说完离开摊档，向集市外走去。

水草与母亲收了早市的摊档回家，一路上，母女俩谁也不说话。瓢城早晨的阳光照耀着西城市街，今天西街里的风景特别好，石头路面发出一缕缕金光，不远处的牌楼上反射过来一束束金光，西城市街变成一个金色的世界了。水草一改过去总要在西城门下逗留的习惯，出了城门往上坝村小院走去。

回到家里，水草与父母谈起这件事情，父母表示支持她做录像厅，并且相信她一定能够做好。但一个现实的问题摆在面前，开录像厅要购买器材、租房子、办座椅，需要一大笔钱，家里拿不出钱来。家庭的吃喝用度基本上月月清，日子过得紧巴巴的，集市摊档里的小本生意虽说要不了多少钱，但还是要有一定的周转资金。

在父母心中，水草是沈、秦两家可以期待的后辈，这一点他们早就看好。以后重整家业、光耀门楣，就得指望三女儿水草了。现在玉良提供这样好的一个机会，却被经济给难住了，父母相互看着，满脸愁容。就在这节骨眼上，黑牡丹知道了情况，不容分说拿出钱来支持水草。沈宗宝、秦腊梅不想用黑牡丹的钱，当初老區给她用，没有想过要她回馈什么。

黑牡丹说："你们支持了我，我欣然接受了，生意也做上了路子。现在水草要开录像厅，家里一时经济紧张，我怎么就不能支持你们了呢？如果是这样，那我明天就将一瓢水牌匾摘下来还给你们。"此时的黑牡丹，已经将一瓢水店铺的房产全部买下来了，正寻着机会报答沈、秦两家。

就这样，水草的录像厅在黑牡丹的支持下，开张营业了。

水草的录像厅开在瓢城希沧巷北头，取名"一瓢水录像厅"。在水草的心中早已经笃定了这样的想法：以后不管做什么，都用一瓢水名号，她要做的"一瓢水"事业，绝不局限于一瓢水食铺。

瓢城希沧巷，清朝叫希沧民巷，民国叫希沧街，现在叫希沧巷。希沧巷在瓢城市中心电影院西面，是个很好的地段，人流量大，有着浓郁的娱乐氛围。希沧巷北头有一片店铺呈"T"字形，街面楼上楼下各六间，往里去的院子是三层小楼，有三十多间房子。庭院地面的石板缝里长满了茅草，迎面宽大的楼梯栏杆朱漆斑驳，长年租不出去。这儿过去是妓院，花街柳巷，店铺自然是不好租了，谁到这儿来买东西啊。可这儿做录像厅似乎很合适。一来租金便宜，地点隐蔽；二来很多人心里还是有着去看看昔日妓院究竟是个什么样子的想法。平日里不好去看，谁有事没事地到那儿去闲逛，别人看到也会遭遇冷眼。现在正好，有了录像厅，就可以名正言顺地去看了。

"看录像，看录像。"他们装模作样地来到录像厅，东张张西望望一番，刺溜一闪就进了昔日的妓院。

房子一间挨着一间，很像是旅社的客房。里面没有任何东西，是一个个空房间。时光扭转，岁月流逝，昔日风花雪月门庭若市的景象，早已烟消云散，只留得陈旧的石灰墙以及墙角的蜘蛛网，一阵阵散发出霉腐的气味。"过去的'窑子'原来是这个样子啊。"猎奇的心理得到了满足，便去看那武打的录像了。

水草将楼上六间打通做成录像厅，下面六间做小吃店。长条桌一头靠墙摆放，每张桌两两相对，上面放着筷笼、酱油、辣椒和醋。录像厅二十四小时循环播放，看累了下来弄点吃吃，馄饨、面条，想喝酒，有冷碟，也可以现炒热菜。吃过了抓紧上去再看录像，误不了事。这有吃有看还可以逛的去处，录像厅的生意很快就红火了起来。

"去哪儿看录像？"

"希沧巷一瓢水'窑子'录像厅。"

80

瓢城早晨的日头，温暖地照在水草身上，驱散着她心中的忧伤。水草已经从粟童背叛、高考失败的双重打击中走了出来，笼罩在她身上的阴影向后甩去，回眸往事，刻骨伤痛仿佛是一股股瓢城冬日的寒风，贴着人体。然而寒风虽猛，随着春天的到来，慢慢减弱了。世间没有一样东西是永恒不变的，欢乐、痛苦，甚至刻骨铭心的记忆。时间无常，烦恼无边，这是千古不变的定律。人去人留，花开花落，太阳照样升起，没有什么大不了的。让心归零，微笑前行，水草拥有了这样的心绪，抑或是一种很好的自愈。

水草走出院落，墙边开出了第一批蔷薇花，太阳闪着芒刺一般的光芒，照在花上，那般鲜亮璀璨。在鲜花的映衬下，一切都是明亮的，有了自己营生的水草，兢兢业业地做着自己的事情，一心扑在录像厅生意上。一股强大的动力推动着她，一定要做出样子来，好与这春天的鲜花做伴。

录像厅生意每天做得很晚，有时候到了凌晨还有客。希沧巷的其他店铺早已经关门歇业了，与茫茫黑夜融为一体，无声无息地立在路边。而录像厅这边灯火通明。夜深人静，录像的声音听得清清楚楚，还有夜间游魂似的人来看录像。客散之后，已经是三更时辰，有人到楼下的小吃店吃些消夜，忙碌的水草还要为他们服务。收工之后，回到家里稍稍休息，水草又赶早起来，她喜欢瓢城早晨的阳光和空气，清新、爽朗，此时的水草有着用不完的力气，脸上挂着欢悦的微笑。

录像厅的生意直往上蹿，远远超出了她的预期。从未见过这么多钱，水草真是乐坏了，钱就这么滚滚而来了，未曾想到呢。日子一下子亮堂起来，水草还了黑牡丹给她开张的钱，并把赚来的钱交给母亲，让母亲不再去做集市里的买卖。她心疼母亲太过劳累，自己应该挑起家庭生活的重担。

秦腊梅道："妈妈这边不需要你来照顾，我知道你是为妈妈好，但妈妈不需要这样。好的生意向来是做长，而不是一时的兴起，你一定要知道这个道理。钱你自己攒着，以后做大事用。"水草还是让秦腊梅不要再做集市里的买卖，一定要做，可以来录像厅一起做。秦腊梅生气了，板着脸说："妈妈做着集市里的事情心里踏实，虽说辛苦，也比不得其他的生意赚钱，但是千家万户需要的东西。这样的行当，可以做一辈子。在集市摊档里，我有了自己多年的朋友，丢弃了那里的买卖，我会想念她们，她们也会想念我，已不单单是一份营生了。"

水草不再强求，想想母亲说得对，自己刚刚做起了生意，就像是会飞的雏鸟，飞了不远的距离，不必过于嘚瑟。与妈妈集市摊档里的生意相比，自己录像厅的生意远没有妈妈的生意来得长久稳定。

父亲沈宗宝三天两头走进瓢城西门，沿着西街石头路来到希沧巷一瓢水录像厅。他不看录像，而是进入小吃店，坐在靠路边窗户的桌子前，点燃一支烟慢慢抽着，烟雾在他的头顶萦绕。抽完香烟，沈宗宝开始喝酒，自己动手，一碟冷菜便好。他一边喝酒，一边看小吃店外的景致。

水草见父亲来，下楼陪父亲坐着，还给他做了热菜。沈宗宝不时地催促着："爸爸在这儿就是喝喝酒，你去忙自己的事情，我也是在自我打发清闲。你妈妈说得对，我不出事就是对家最大的贡献。"

水草笑了，让爸爸慢慢吃喝，她上楼去了。

瓢城西城人来人往，到了希沧巷口，一阵阵武打片的声音从一瓢水录像厅传来，行人转头朝巷内看去。有人压抑不住了，刺溜进入巷子，往录像厅走去。沈宗宝看着笑了，喝了一口酒，吃了一口水草做的热菜。

录像厅外的天空，是瓢城城市中心的天空，房屋密集，各种声音混杂，汽车声，商铺门口的音乐声，人的说话声，还有录像厅传出的声音。阳光从西边的楼宇间照射过来，照在昔日花街柳巷的小楼上，这个曾经瓢城最大妓院里的茅草，在金色光线中微微抖动着纤细的身姿，散发着一闪一闪的光线。迎面宽大朱漆斑驳的楼梯反射过来的光，呈现出五颜六色的斑斓。妓院废墟，与水草一瓢水录像厅毗邻。录像厅里的声音一阵阵传出，驱散着逝去岁月中的霉腐气息。时间在连绵的光阴里流淌，瓢城希沧巷的三层小楼庭院，昔日灯红酒绿门庭若市的妓院，荒废着无人问津，仿佛为着逝去的花魁与青楼女子的魂魄有一个安息之处。庭院中的野草，一年年生长死去，祭奠着一个个难以安息的亡灵。斗转星移，物是人非。

这时，玉良来看水草，沈宗宝朝玉良笑笑，然后上楼去叫水草。

水草下楼，沈宗宝起身告辞，对水草说："你妈妈等着我回去呢，院子里的桂花树最近生了虫子，我得帮她处理下。"说完就走了。

看着沈宗宝离去的背影，玉良转头对水草说："我可以进剧团了。舅舅托了人情，与剧团的领导打了招呼。剧团里对我的胡琴水平进行了考核，很严格的，一共进行了三轮。他们认为我不错，可能会被安排在乐班里做二琴手。"

"是吗？那应该是高兴的事情。"水草说。

"我拉出的和弦很正，他们挺看中的，说是很到位，而且与主琴的配合相得益彰，有着明显的主次之分，又浑然一体。看来功夫不负有心人，以往的苦也是没有白吃。"他对水草说，"你知道拉和弦是什么样的感觉吗？就像是清晨河面升起的雾气，悠扬缥缈；又像是乡间田野村舍里飘起的炊烟，漫溢飘散；更像是春日中飞舞的绵绵细雨，轻盈润泽。我喜欢这样的感觉，我很适合做二琴手的。"

"看你高兴的样子，好像中了大奖。"

"做自己高兴的工作，就是特别开心的事情，比中大奖还要快乐。就像你做录像厅的生意，不也很快乐嘛。"

"苦到钱的事情，我就快乐。"

"看你说的，一说就是钱，倒是挺适合做生意的。"

对事物的不同看法，没有影响到水草与玉良的交往，却成了一种彼此补充的互动。水草之录像厅，玉良之胡琴和弦，都是他们的最爱。这种对于对方最爱的尊重，产生了相互吸引的力量。水草与玉良都拥有了自己喜欢的一份工作，笑容轻盈心酥绵软，接触的频率也高了起来。西城希沧巷一瓢水录像厅，水草赚钱的地方，玉良一心想去的地方，他们在这里谈论生意谈论戏曲，虽说是两个截然不同的甚至是不搭调的东西，却丝毫没有影响到他们交谈的深度。玉良帮助了水草，水草得来一份赚钱的生意，生活有了明显的改变。可他们谁也不提录像厅的事情，所以这样的交流就显得自然与珍贵了。

在水草眼里，热爱戏曲的玉良，是个认定了一条道就一直走下去的那种人。他专注于胡琴，热爱着戏曲，已经到了近乎痴迷的程度。水草喜欢看玉良的样子，热爱艺术的人，有着一种火一般的激情，玉良的心中就充满了这股不可抑制的激情。

在玉良眼里，水草是为了利益可以随时调整自己的人。说她是唯利是图，也并不怕她会生气，生意人本就是有着自己的盘算与精明，虽说在常人眼里终究有着不义的成分，所谓"义不理财，无商不奸"。可要想真正做好生意成为商人，并非易事，靠的是活泛与水一般的灵动。水草就拥有这样的灵动，而且是那种特别灵动的人。

水草与玉良，两个截然不同的个体，喜欢在午后的斜阳中谈论生活，谈论生命，谈论人生，谈论他们所关心的一切事物，然后看夕阳西去。他们对待事情的态度，有着很大的不同，然而他们并不对撞冲突，更不排斥摈弃。玉良一有时间就往一瓢水录像厅跑，这儿成了他最想来的地方。他想与水草在一起，水草也特别喜欢玉良看她的神情。

他们交谈甚欢，仿佛有着说不完的话，一日日地成为了无话不说的朋友。

81

水草做了一瓢水录像厅之后，家里的情形发生了明显的改变，就像瓢城少有的艳阳天气。沈宗宝在院中给桂花树刷石灰水，他已经给树干刷过几次石灰水了。沈宗宝一次次地给桂树刷石灰水，秦腊梅觉得刷得太多了，对他说："不要再刷了，刷多了也不好。"沈宗宝说："这是最后一遍。"

此时的秦腊梅并不想与沈宗宝谈论给桂树刷石灰水，而是想着另外一件事情，她觉得这件事情应该对水草说了，于是母亲与水草谈论起婚事。水草理解母亲的想法，三个女儿的婚事，自然是母亲心中的大事。水草看着母亲秦腊梅说："生意刚刚开始，现在还不想考虑这个问题。再说，两个姐姐都没有成家，我怎么可以谈婚论嫁，你还是先关心关心她们吧。"嘴上这么说着，脑海里还是划过了儿时在河边与姐姐们采野花缚在头上，装扮成新娘的情形。一次次地扮着，一次次地有了对未来的想象与憧憬。一晃，真的到了谈婚论嫁的年龄。

"那倒也是，但我并不担心她们的亲事。"秦腊梅说着去院子里忙着集市中的货物。水草抓紧进屋休息，下午到深夜的录像厅忙碌，不是她年轻，根本支撑不下来。再好的生意，再饱满的激情，也敌不过长年累月的劳累，水草早晨的回笼觉，睡得太香了，太阳都晒到了屁股，也没有起来的意思。母亲秦腊梅从不叫她，任由她睡到自然醒。有时候都过了中午，沈宗宝要去叫她起来吃饭，秦腊梅也不让。

水草起来了，看着中天的太阳眯缝着眼睛笑，她知道自己睡过头了，赶紧盥洗，吃饭，然后去希沧巷录像厅。到了录像厅一看，不少人已经等在那里了。一日一日地忙碌着，并不去思考母亲所说的婚事，母亲也按照水草所言，把精力放在金草、银草身上，先解决了她们的问题。到那时，水草也就自然地考虑自己的婚事了。

两个姐姐的婚事，还真的被母亲说中了，并没有操多少心。没过多久，金草就谈了个当兵的军官。父母似乎并没有感觉到大女儿金草在谈恋爱，却在一个初夏的早晨，金草像是给父母例行公事似的说："我已经谈恋爱了，我们商定尽快结婚。"

秦腊梅与沈宗宝相互疑惑地看着，然后问金草，是自己看中的还是经人介绍的。

金草根本不予理睬，不停收拾着自己的东西。金草就是这样，自己想做的事情谁也拦不住，她与父母说下也就是告知一声而已。

秦腊梅与沈宗宝四目相对，一脸无奈。秦腊梅说："这个金草也是，总让人提心吊胆。这么大的事情，也不跟父母商量下，说嫁就嫁了。"

沈宗宝道："木已成舟，还说那些干什么。大丫头的脾气你又不是不知道，省得弄得不愉快。"

秦腊梅想想沈宗宝说得对，她爱嫁谁嫁谁。

金草生得高大，大手大脚大脸，皮肤不传父亲也不传母亲，是那种棕红色的，一双三角眼更是没有沈家和秦家人的影子。秦腊梅与沈宗宝看到大女儿就发怵，也不知道金草怎么生得这等模样。秦腊梅与沈宗宝仔细回忆着嫡系亲属中是否有类似的人样，结果上下三代左右六房一一筛查也没有这样的品种。秦腊梅、沈宗宝与大女儿说话时，总是死死地盯着她的眼睛看，只要金草的眼睛变成了三角，那一定得打住，赶紧做出让步。否则，山崩地裂狂风海啸在所难免，她那火暴脾气十万精兵难当。

大女婿是瓢城东乡板仓镇浦湾村人，父母是地道的农民，家里只有三间土草房，在一条小河的旁边。儿子倒是挺有出息，在部队里埋头苦干，养猪种菜，去边疆，下海岛，一路提干。秦腊梅终于忍不住了，对金草说："这农村的孩子，父母又没有工作，听说他家只有三间土草房，是不是……"说着，并不敢正眼去看金草，而是看着自己的男人沈宗宝。

沈宗宝感到满脸火辣，心里在想，你看着我干什么？还有，你问她这些做什么，没话找话说，她会应答你的这些问题吗？但转念一想，这些问题也是他关心的问题，秦腊梅心里与他一样紧张。于是，他想帮衬下自己的女人。

不等父亲开口说话，金草大声说道："农村的孩子怎么了？最怕的是城乡接合部，城不城乡不乡的，两头都不是。"她的眼睛一下子就成了三角，露出眼白，眼珠子滚圆地在里面转着。金草的态度毫无过渡，丝毫没有给父母缓和的余地。

秦腊梅与沈宗宝相互一看，立刻打住不再说话。他们知道要是再说下去，金草一准就上蹦下跳骂爹骂娘。那样的话，两个老的难以收场。她要嫁就嫁吧，嫁个当兵的也好，死远点落得清静，省得杵在眼前堵得慌。

秦腊梅非常难过，自言自语道："我生的怎么就是这个样子呢？"

沈宗宝看着秦腊梅，秦腊梅有些急了："这大丫头怎么好歹不分呢，哪有父母让自己孩子吃亏的，你就让爸妈把话说完又怎么了？"

沈宗宝朝秦腊梅摇手道："随她去吧，我们还能拗得过她？拉倒不了。"说完，甩手离开小院，闷闷不乐地向西城走去。

瓢城夏日的暑气渐渐散去，坝口小院里的桂花树结了满满一树桂花。秦腊梅与沈宗宝商量，要给大女儿金草办个婚礼，毕竟是家里的第一桩婚事，不能草草地就把婚给结了。

金草说："不办了，他爸妈真的上不了台面。"金草把自己打扮一番，带着一只皮箱独自去了部队。

那天的瓢城天空，飘动着少有的卷层云，太阳的周围有着一圈光晕，沈宗宝站在院子中间，眯缝着眼睛看着天空，然后转头问秦腊梅："你说金草的性格像谁？"

秦腊梅对沈宗宝说："谁也不像，怀她的时候我做了一个梦，梦见一只大鹰在空中飞翔。只见它从高处俯冲下来，一下子就把我惊醒了。你说她像谁？也许是老鹰投的胎，一双鹰眼。"

"没有听你说过嘛。"沈宗宝道。

"现在说也不迟。"秦腊梅说。

沈宗宝不再说话。

秦腊梅拍了拍自己的衣服，进屋去了。沈宗宝眉头一皱，一提嗓子"啊——啊——啊——"了一阵子，然后点起香烟，离家而去，他回头看了一眼院落，哼哼唧唧地走远了。

银草生得娇小，小手小脚小脸，柳条眉丹凤眼，朱红嘴唇，玲珑剔透，一身的皮肤传了母亲，白皙细嫩，特别是脖颈，又细又长，往人堆里一扎，必定是先入人眼的女子。银草的性格不像姐姐金草那样粗暴，而是温和含蓄，充满柔性，言语的声音不大，可心里存着的东西却不少。谁要是真的触碰到她的利益，那必定是强烈反击，毫不留情，让你疼痛无比。

大姐金草结婚不久，二姐银草也谈上了，男的是瓢城税务局的干部，家里有钱有房，一家子老实人，什么都听着她吆喝。

银草是被她婆婆看中的，那天儿子带着几个朋友回家玩，银草是跟着去的。其中有三个女的，银草的皮肤最白，修长的脖颈，极为特别。乍看宛若瘦小的身躯，该有的都有，而且是那种特别舒服的俊秀模样。不仅如此，银草说起话来非常有主见，就是男生也有些怕她。婆婆看在眼里，心想这个叫银草的姑娘做了自家儿媳妇该有多好。她太喜欢银草了。银草也挺喜欢她的儿子，老实、工作好、个子高，更喜欢他的家庭。

秦腊梅知道了这件事情，心里很是高兴，放下手里的活，对沈宗宝说："还是银草脑子管用，不像金草一根筋。好歹是城里的干部家庭，经济又好，上得了台面，一家子体面人。"

沈宗宝说："老二不会吃亏的，这一点我相信。"

很快这件事情双方就定下来了，婆婆家请了媒人，下了聘礼，办了订婚喜宴。

在以后的交往中，秦腊梅对二女儿银草的态度看不下去，她想干什么就干什么，还没有过门就横七竖八地对婆婆家说话，将来真的过了门怎么得了。秦腊梅对亲家母说："你们也不能这样由着她的性子，有些事情得有自己的原则，媳妇不能一味地纵容，会上头的。上了头的媳妇，就是一匹脱了缰绳的野马，以后很难驯服。"

亲家母像得了金佛像似的把儿媳妇捧上头，不乐意地说："什么原则？我们喜欢她这样。我们家未过门的儿媳妇长得好看，柳条眉丹凤眼，那皮肤白得就跟玉一样，千里挑一，而且人小心大够狠。家里有个凶点的人，不吃亏。特别是我们这样的人家，遇事都是尿样，没有一个能出头的。现在好了，以后媳妇出头别人就不敢再欺负我们了。"

天底下居然有这样的人家，一家子让个小媳妇抛头露面，家里没人了？秦腊梅哭笑不得，对亲家母说："凶有什么用，什么活也不会做，懒成神。"

亲家母笑道："这你就不懂了，人善被人欺，马善被人骑，懒人自有懒人福。"她看着秦腊梅说，"倒是稀奇的事情，自家女儿自己不疼，让给别人家疼，我们算是赚了。"

秦腊梅不再说什么了，心想看你以后怎么受这软刀子，哭的日子在后头呢，哪有一点长辈的样子。到时候，别说我没有提醒你，自己的女儿，知道是个什么德行。

秦腊梅将这些告给沈宗宝，沈宗宝说好事情，银草就是厉害，以后不会吃亏。他笑呵呵地说："听说亲家公会喝酒吗？什么时候一起喝酒。"

"我在跟你说正经的事情，一天到晚就是喝酒。"秦腊梅一脸不悦。

"我也是在说正经事，亲家公不会喝酒，那多没劲。老大家已经那样了，不能老二家再来个老死不相往来。"

秦腊梅扭头就走，她跟沈宗宝说不到一块去。

瓢城杏林饭店，灯火辉煌，双方合办了二女儿银草的婚礼。参加婚礼的人络绎不绝，大厅里到处是人，可谓是人山人海。一下子摆了五十桌酒席，整个大厅摆得满满的，连过道里都摆上了酒桌，都是男方家拿的钱。上坝村家家户户的长者与每辈的代表参加了婚宴，一概不收份子钱。

秦腊梅与沈宗宝商议，总得置办些嫁妆给些回礼，否则面子上过不去。亲家死活不要，着实让秦腊梅、沈宗宝在上坝村露足了脸。秦腊梅与沈宗宝人前人后走着，一脸的欢喜，实在是掩饰不住心中的欢悦。

"办了那么大排场的婚礼，听说二女婿家什么嫁妆也不要？"有人问道。

"不要，不要，愣是不要。"

一旁的人好生羡慕。

这件事情不但在上坝村传着，还传到了瓢城西城。上坝村村前小院人家的二女儿，嫁了城里的一个好人家，一分钱彩礼不要，还贴了酒席钱。出席酒宴的人，不收一分钱。

一年后，银草生了个大儿子，又白又胖又漂亮，一家人笑得合不拢嘴。这户人家就更加地宠着儿媳妇了，像小祖宗一样地供着。

孩子百露那天，银草婆婆家在瓢城酒庄放了十桌饭，请了双方的至亲与朋友。

婆婆抱着孙子，银草像个白胖的菩萨一样坐在桌席上吃饭。秦腊梅实在看不下去了，走到银草跟前，让她去抱孩子。银草的婆婆一脸不高兴，抱着孩子就来阻拦，觉得秦腊梅是在多管闲事。

"姑娘出门到了婆家，就是婆家人了。要管要宠，那是婆家的事。"

秦腊梅看着亲家母，没想到她说出这样的话来。

秦腊梅转头去看银草，银草与他人谈笑风生，根本没有母亲婆婆的存在。

82

坝口小院里，桂树在风中轻轻地摇曳，母亲秦腊梅与水草谈论起玉良。她对水草说："金草、银草都结婚了，你的婚事也该提上日程了。"

水草对母亲说："玉良人不错，也挺热心，只是自己并没有去想这个事情。"

秦腊梅说："关键是心肠好，我看他对你不错，应该想这件事情了。"

水草沉默了。不知是对美的感知迟钝了，还是玉良就没有吸引她的地方，水草对玉良的好感并没有上升到情感层面，仅仅就是认定他是个好人。对自己有恩的贵人，心中存念着感恩，对他，水草没有那种情感冲动。

人的相悦是自然而然的事情，与恩情并不是一回事。当母亲与她谈论玉良时，竟一时不知道如何作答。显然，粟童对她的冲击太大，不再去想这方面的事情了，就想着一心把事业做好。水草的心中，有着这样的潜意识：事业做好了，不愁嫁不到好人家。没想到母亲秦腊梅直接点明了这个事情，她必须直面这个问题了。

许多事情不经人来点破，便为一层无形的薄纱所遮蔽，也就不会去想这些方面的问题。人与人的相处，轻松自如是一种良性的状态，她很享受与玉良的这种关系，为着一种深深的情意所缠绕。现在母亲将事情挑明，玉良又不止一次地暗示于自己，水草也就不好没有态度了。她对母亲说:"录像厅生意多亏了玉良,家境明显地有了改善,我在心里始终存念着对玉良的感恩。玉良晓得我与粟童的事情,还这样对我,人品可见一斑,嫁了这样的人过日子应该没有问题,只是自己似乎没有那样的思想准备,仿佛与玉良拥有兄妹之间朋友之间的那种情意更多一些。"

"妈妈觉得玉良这孩子不错,对你也是一片真心,过日子没有问题。妈妈想说的是,婚姻就是一起过日子,并不是卿卿我我的那些东西。这方面,玉良应该是一个很好的男人。人家对你好,又在图着什么?他不说,正是他的优长之处,咱们不能不理,装聋作哑。"

母亲说得很是恳切,水草看着秦腊梅说:"那你看看爸爸什么意见。"说完,好像有一股电流流遍全身。

院中的桂花树,在月光照耀下,发出一树的银光。沈宗宝近来的心情,随着水草录像厅的成功,变得一天比一天好起来了,他手夹香烟,坐在院子里不紧不慢地抽着。秦腊梅等沈宗宝抽完烟,把他叫进屋里,当着水草的面说了自己的想法,并告给他说,水草想听听爸爸的意见。

沈宗宝直摇头:"不行,不行。一个拉胡琴的,有什么出息,怎么能跟人家粟富贵儿子比,一个天上,一个地下。玉良是帮助过我们,但我们可以用其他的方式报答,不一定以身相许。"

秦腊梅阴沉着脸,朝沈宗宝瞪了一眼。沈宗宝这才感到自己说错了话,甚至有些昏糊了。

不知道是母亲的话说得有理,还是父亲的话刺激到了自己,水草决定接受玉良。这大概就是命吧,在一起过日子的人不一定就是自己倾心的,自己倾心的也不一定能把平静的日子过下去。世间万物,不能遂人心愿,缘分是关键。想想自己,也不是什么冰清玉洁的女子了,怎么着也是有过错的女人,嫁了玉良这样的男人,也算是挺好的归宿了。

水草去一瓢水,想再征求一下黑牡丹的意见。

走出院落,一阵微风吹来,她感到从未有过的舒展,步履也变得轻松飘逸起来。走进西门,走入西街,水草回头看了一眼高大的西城门楼。她没有停留,转头向一瓢水走去。近来忙录像厅生意,水草已经有段时间没有与黑牡丹见面了,她很想念黑牡丹,也想念一瓢水。水草加快了步伐,急切地来到一瓢水店铺门口。原木底黑字镶着金边的一瓢水牌匾高高挂着，水草走进店铺，正遇着招呼完客人回柜台的黑牡丹。

黑牡丹惊喜地招呼着："录像厅老板来了，你的生意做得不错，今天怎么有空到小店来一坐？"

水草佯怒着："人家这样说我，你也这样说我，不地道了。"

黑牡丹笑了，让水草坐下说话，并安排给她上菌菇汤。

水草阻拦道："今天来有一事征求你的意见，请你如实告诉我，帮我拿拿主张，菌菇汤就不喝了。"

"什么事情这样郑重其事啊，还有你水草拿不定主张的事，难不成是终身大事吗？"

"还真的被你说中了。"水草便把玉良的情况告给了黑牡丹。

"可以啊，这样的人过日子靠得住。"黑牡丹几乎不假思索地说出了自己的意见。

没想到黑牡丹的回答这么快，水草一脸惊讶。

"怎么，我的话还不够明确吗？还是我的态度太快了你反而觉得不踏实了？"黑牡丹看着水草说。

"没有，没有。"水草相信黑牡丹，她不假思索地表达了自己的意见，说明这件事情靠谱，水草在心里也就笃定了这样的决定，接受玉良的情感。

黑牡丹还是要留水草喝菌菇汤，两人好好聊聊。

水草说："不了。"

黑牡丹打趣道："看来录像厅老板真的挺忙，连喝碗菌菇汤的工夫都没有了。"

水草笑笑，与黑牡丹挥手告别，往西城录像厅去。

午后的太阳稍稍西去的时候，玉良来录像厅见水草。玉良给她讲了剧团里的事情，说是要排演新戏，自己已经进入乐队做二琴手。不仅如此，剧团还让他们乐班的人中途客串一些小角色。一来弥补人手不够，二来让乐班人员亲身体验演员唱戏的情状，这对伴奏也有好处。

看着高兴的玉良，水草对他说："看你，谈到唱戏，就斗大的劲了。我妈妈觉得你人不错，录像厅的生意多亏了你。"

"这没什么，相互帮助的事情。再说我也做不了这样的事，搁别人做也是做。"

玉良的话，水草听了顺耳，再次坚定了自己的决定，她微带羞涩地说："我妈妈的意思是让我考虑你。"

"什么？你再说一遍。"

"我妈妈让我考虑你。"

玉良什么也没说，拔腿就跑。

看着玉良离去的背影，水草一头雾水，心里嘀咕着："你有什么话就说嘛，干吗跑啊，也太奇怪了。你一次次地暗示于我，我明确地回答了你，你却拔腿跑了。"

当玉良再次来到水草面前时，手里抓着一把胡琴。他一边拨弄着琴弦，一边对水草说："我今天为你独奏一曲。"说着，他就独奏起来。玉良为水草独奏的是《光明行》，他非常喜欢这首乐曲，表达了追求光明进步，即便是受到挫折依然勇于探索的精神。在他看来，这首二胡独奏曲就是昂扬的民族音乐的最好体现，玉良完全沉浸在乐曲铿锵有力而不失柔美情怀的旋律之中了。

水草没有太多地留意乐曲本身，她的注意力在玉良身上。这个她没有好好看过的男人，今天要仔细看看了，看看他的神情状貌气宇风仪，他丝毫没有平日里的那种文弱，而是精神饱满激情四射。玉良在乐曲中流连忘返的样子让她感受到的那种洒脱，一点也不亚于其他男子，而且内敛、真诚、厚重，一股不曾有过的情感涌上心头。母亲的眼光没错，玉良不但心地善良，还有着一份对艺术的执着，这是一种非常难得的品质。

乐曲停了，玉良放下胡琴，走到水草面前，深情地对她说："如果你真的跟了我，我会用一生来爱你。说真话，每当我看到你在菜场叫卖的时候，心中就有了某种东西出现，却抓不住。闭上眼睛，所能看到的是你家院子里的桂花树。桂花树在风中摇曳，常常在我梦里出现，那是一种近乎飘扬的感觉，人都亦步亦飞了，可现实中却总不能走到它的跟前。我常常去你们家院子外面，一站就是半天，也不知道是怎么回事。"

"我相信的，可我……"水草想说些什么，被玉良挡住了。他告诉水草："在集市里的一片嘈杂声中听到了不少赞美你的话，我想到了许多事情，想得最多的是你在学校里放高利贷的情形，似乎觉得自己可以有靠近你的可能了。去年春上，我去母亲老家乡下，见到了迎亲的花轿，那唢呐声就像集市里嘈杂声一样，一阵紧似一阵，我便想到了你。我一次次地想靠近你，却并不能那样去做，我恨着自己。现在不一样了，你就在我的身边。"

"现在婚事不兴花轿了，都是用汽车接新娘。"

"是的，不过乡间还有用花轿的。我们结婚，得用花轿来接你。"

看着玉良，水草用近乎哀婉的声调说："我不能瞒你的，我怀过粟童的孩子。"

玉良一把抓住水草的手道："这个我知道，但这算不了什么，你不应该说的，甚至我还要感谢粟童才是。"

水草的眼泪夺眶而出，这是最能抵达她心底的话。水草想说些什么，却哽咽得一句话也说不出来。楼上传来一阵武打片录像的声音，水草稳定了下自己的情绪，对玉良笑着。一个男人面对如此情形，做出这样的回答，足以证明他的一片真心。水草已经在心里接受玉良了，他是一个少有的好男人，这一点确定无疑。自己与他一起过活，并不是仅仅出于感恩，以及玉良的善良，而是男人的心胸与担当。

水草对玉良说："我对不起你，玉良。"

玉良为水草抹去眼泪，说："人的身体是可以重塑的，可以将自己变得更美，而不是将缺陷植入其中。我看到了蟒蛇河岸的鲜花与桂花树的新鲜嫩叶，就像胡琴和弦一样优美。"说着，自己的眼泪滴落下来，他说，"我们不哭，一切都会好起来的。缘分，这是上天的安排。"

"那你为什么哭了？"水草说，并为玉良擦去泪水。

"高兴，我这是高兴。"

水草相信，这是真爱的力量。她与玉良商定，来年秋天完婚。

83

就在水草憧憬未来美好生活的时候，录像厅生意出了状况。仿佛只在一夜间，希沧巷周边录像厅多了起来，一溜边的录像声音传出，极为嘈杂，成为繁华街市的噪音。瓢城西街中，来往的行人走到希沧巷巷口，有的一走而过，为这种"杂音"而厌恶，好好的街市，成了低俗文化的场所；有的驻足听那传出的录像声音，呆呆地站一会儿，然后离开；有的听着听着就走进巷里，进入一家录像厅去看录像了。看完录像出来，眼睛一下子适应不了外面的光线，心中却是美滋滋的，这种平日里看不到的录像，真的新奇。

希沧巷的录像厅店铺多了，为了竞争，一家比一家声音大。管理部门一再找他们谈话，录像声音不能这么大。好一阵子之后，又大了起来，大到站在街头就能听到希沧巷传出的录像声。"一瓢水录像厅""一河水录像厅""黄河录像厅""长江录像厅"，还有"蟒蛇河录像厅"，这儿成了大江大河了，希沧巷"录像一条街"名副其实。这也并不奇怪，中国人喜欢扎堆，什么生意赚钱，什么生意就雨后春笋般生长起来。人的思维有着跟风的习性，生怕错过了上好的买卖，岂能让他人独占。

录像厅多了，生意变得稀疏起来，形成恶性竞争，很快就乱象横生。为了相争生意，录像厅除了二十四小时循环播放外，中间插播一些黄色毛片。某些怪异的气息四处飘散，来看录像的人多了起来，生意又开始向上蹿了。他们觉得这里有着一种特别的吸引，就像蝴蝶追逐花朵。常常听到一些女人的悬疑叫声，宛如遥远山谷弥漫的妖气。可细细听去，却什么也听不见了。躁动之后，一片宁静，人头黑压压一片，分不清楚男女。当中间毛片再次出现时，声音又一次四起，女人的声音，男人的声音，女人与男人混杂在一起的声音。这儿分明有了狐仙邪气，一阵阵地随着人的叫声传递着。因着这儿过去是红粉青楼妓院，有人说那些逝去的青楼女子与嫖客的鬼魂又回来了，它们正急切地寻找合适的人来附体。

一时间，希沧巷录像一条街出名了，也成了相关部门关注的焦点。

玉良来找水草，让她停了录像厅的生意。

"为什么？"水草问。

"舅舅说了，希沧巷录像厅有不少举报，要组织力量来检查整顿。"玉良说。

水草看着玉良，没有说话，她在思考怎样面对这个情形。如此局面，必须有个根本的应对法子，生意的秩序乱了，已经影响到生意本身。水草将一瓢水录像厅卖了，动作是那样迅速，没有丝毫的拖泥带水，她以为必须这样做。

卖掉一瓢水录像厅的水草，站在希沧巷瓢城西街巷口，心里很是难过。希沧巷录像生意是她开辟的天地，那般红火，一下子就被雨后春笋般冒出的录像厅给搅和了。生意可以慢慢做，也并不惧怕店铺多，可以加强服务的项目，可这样胡来，就难以为继了。

"再见了，希沧巷。"水草说完，扭头就走。

将经营尚好的一瓢水录像厅卖掉，水草和谁都没有商量。她想到了母亲秦腊梅对她说过的话："生意怎样做都可以，就是不能做了伤天害理的事情。自己赚了钱，却坑害了别人，迟早是要遭报应的。"恶魔畜生的世界并不都是在现世之外，堂而皇之地瞒过人眼，仿佛天底下就你的脑袋好使，或者干脆就耍了流氓的行为，得来不义之财。殊不知，举头三尺有神明，法网恢恢，疏而不漏，到了恶贯满盈之时，上天必定来拿你。做着集市里小买卖的秦腊梅，时常给水草灌输这些思想。水草爱听秦腊梅的絮叨，思路清晰，事理分明，可以做天下明白生意。

秦腊梅对水草说："这些道理都是你外婆在世时告给我的。虽说老旧，但妈妈一直记在心上。现在我把它告给你，你要牢记在心。做任何事情，除了吃得了苦，经得起风浪，还得有个做事的界限。有些事情能做，有些事情不能做，得有个衡量。"

"我记下了。遇有什么不义的事情，会按理处置。"

水草以为，现在希沧巷录像厅的生意，就是母亲所说的那种情形，必须卖掉。

看着已经易手的一瓢水录像厅，玉良对水草说："太可惜了，多好的生意。"

其实，水草的心里也是不舍的，但一定要这样做了。她对玉良说："生意再好，也必须斩断了它。"

"舅舅的意思是要注意，先停一停，并没有说一定要转手。整顿过后，录像厅的生意会走向正轨。"玉良说。

水草摇头道："环境坏了，你就是不做那些事情，也是说不清楚。

再说，你不做人家做，生意也就越来越差了。"

玉良点头称是，他也相信，有些事情光靠整顿未必有用，人在利益面前很难做到自律，就看利益的大小了，卡尔·马克思说过，有百分之三百的利润，就敢犯任何罪行。管一阵子之后，还会死灰复燃，到了那样的时候，问题就严重了。万一相关部门下死手，一起给抓了，就有了人生污点，那真的不值当。玉良觉得水草做得对，支持她的举动。

卖掉一瓢水录像厅的水草并没有闲着，很快找到了下一个生意场所。

瓢城南城的露天大货场，水草在这儿足足转了一个星期，她觉得可以在这里做些事情。看着瓢城南城的天空，水草决定下一个生意，开彩色玻璃门店。水草用卖掉录像厅的钱做彩色玻璃生意，也是跟着感觉作出的决定，不过有一点是肯定的，她已经看到了彩色玻璃的前景，是个潜在的大市场。她相信自己的直觉。女人是凭直觉做事的物种，水草又有着特别好的商业嗅觉，就像是狗鼻子，一点气味，就可以闻到。

瓢城南城不同于西城的店铺林立，是个并不热闹的交易市场，这儿更像是大的批发市场。各种木料、板材、槽钢、行管、油漆、木门、卫生洁具、玻璃等，堆放在露天里。南城自民国以来就是瓢城大宗商品的集散地，特别是建筑用材。水草将门店开在这里，是有所考虑的，从录像厅到玻璃门店，是她一人的独断专行，虽然这两个生意风马牛不相及，但是其中的道理如出一辙，就是先期介入。

彩色玻璃门店开在新落成的装饰城旁，取名"一瓢水玻璃屋"。她与玉良在店铺门口放了一挂八百响的鞭炮，就算是开张营业了。将门店开在南门，做彩色玻璃，是想走批发的路子，这样人就不会像录像厅那样辛苦了，生意一旦上来也都是大宗的买卖，做一笔像一笔。

玉良看着水草，昨日还是录像厅的女老板，今日就成了玻璃门店的小女人了。"就是走马灯也没这么快，跟变魔法似的。"玉良笑了，笑自己没看错，水草天生就是做生意的料。

说来也怪，卖掉录像厅生意以后，希沧巷那边的情形一天不如一天了，录像厅成了追查整改的重点，动用了公安力量，还抓了人。水草觉得很是幸运，对自己的凛然决断表示钦佩，也就相信了这样的话：生意的路走到一定的时候就得换换方向，走的人多了，就成了拥挤的路，也就会鱼龙混杂，泥沙俱下。

晨雾散去，周围的店商投来淡淡的一瞥，对这个新邻居不屑一顾。"一个毛丫头，只会在妓院里放录像，一出道就想啃大鱼头，到底会不会做生意啊？""这是典型的搬起砖头打天下——不知天高地厚。"

水草淡淡一笑，并不与他们理论。自己心里所能见到的景象，他们未必就能见到。生意各有各的做法，对行情的判断也是见仁见智。想要做最好的生意，就得有提前的考量，一旦形势上来就会占得先机拔得头筹。这占得先机拔得头筹的生意就是好生意，可以赚大钱。如此思考在水草的心里一直搁着，成为她行事的一个准则。

涉足到一个新行当，水草并不着急，她知道这是个没有走热的市场。她按时开门，按时关门，成天见不到一笔买卖。水草一副毫不在乎的样子，让人看了着急。"没有这样做生意的，妓院录像厅赚了点钱，到这里来嘚瑟了。"可水草对门可罗雀的时日，一点也没有慌张的情绪，优哉游哉。直觉告诉她，里面一定存在着好商机，只是商机还在路上奔跑着。何时可以抵达，说不清楚，但强烈的预感告诉她，一定会来，而且不会太过遥远。

心理预期，化解了等待的焦虑，水草耐心等着后面的那个好时光到来。

玉良对水草陡然卖掉录像厅开玻璃屋有着自己的看法，但也理解水草的想法，并跟随她的思绪一同奔走。生意的事，自己并不懂得，相信水草有她的道理。与水草在一起，心中充满信心，这是他唯一可做之事。现在水草做了新买卖，一日日的没有订单，玉良怕水草难过，时常过来看看，对她也是一种陪伴。

彩色玻璃生意很淡，几乎无人光顾，大家都在做光玻的生意。面对如此情形，玉良着急了，想为水草出出主意。他到外面跑了一圈回来，对水草说："人家都在做光玻的生意，没有见做彩色玻璃的，是不是先做些光玻的生意，总比这样耗着强。"

水草对他说："这就对了，他们都在做光玻的生意，唯独我在做彩色玻璃。你有空过来看看我就行了，不要这样陪我，彩色玻璃生意一时半会还上不来。"

"你倒是泰然，你是我女朋友，我不陪你谁陪你？不过，我还是选择相信你的判断。"玉良对水草说。

水草对玉良点点头，内心有些感动。玉良在生意上，总是那样毫无保留地支持自己，即便是这样冷清的场面，也依然是选择相信她，这对做生意的人来说至关重要，怕的是不停地唠叨拖后腿，一定会影响了生意的能量磁场。

"那我就先走了，有时间我会来看你，自己注意身体。"玉良对水草说。

时间一天天过去，彩色玻璃生意却一天天的没有起色。水草还是不急，她并不为周围的情形所动，一心等待着那个心中期盼的好光景来临。

84

十一月的深秋，是吹唢呐迎亲送女的好季节。水草想到了与玉良的约定，正可以用这段时间来完婚。天气已经完全转冷，各样的生意也清淡了下来，尤其是南门的批发市场，已经是非常清冷了。水草去西城一瓢水店铺找黑牡丹，与她商量结婚的事情。水草与黑牡丹商量婚事，是有其背景的，黑牡丹也应该结婚了，而且结婚的对象是现成的，水草要劝说她与自己一同完婚。

午后，水草早早地关了门店，从南城去往西城，风风火火走进一瓢水店铺。

黑牡丹热情迎上来，问水草什么事。

"我要与你一同结婚。"水草说。

黑牡丹笑道："奇怪，你结婚，拉着我干吗？"

"我就是要拉着你，你跟顾稼宜，我们一同结婚。"

黑牡丹觉得水草长大了，会关心人了，心里涌起一股暖流。但顾稼宜和自己，玉良和水草，完全是两回事情。她这辈子绝不会嫁顾稼宜的，不合适，某种程度也是害了他，这样的想法一直存在黑牡丹心里。

顾稼宜是黑牡丹生活中的一个重要人物，她开一瓢水店铺，他没少帮她，使她拥有了一个稳定的生意环境。蓬旺的店铺，不免招来一些街头油混捣乱。

这时，出现了一个彪悍的男人，他叫顾稼宜。

顾稼宜，满身肌肉的粗壮男子，往那儿一站，没有人敢来造次。油混们来过几次一瓢水，想与他"过过手"。可几个回合下来，没有一个是他的对手，一个个都被打趴下了。

"她是我的女人，谁碰了她，就休怪我不仗义了。"顾稼宜撂下了话。

知道黑牡丹是顾哥的女人，油混们也就不敢再来闹事了。

"我怎么成了你的女人了？"黑牡丹对顾稼宜说，"你帮了我，也不能这样讨人便宜。"

顾稼宜笑道："姐不必生气，这样说话他们才能听懂，没人再敢找你麻烦了。"

黑牡丹留顾稼宜喝酒吃饭，并说一瓢水的一个位置常年给他留着。

顾稼宜轻描淡写道："不必客气，小事一桩。欺负女人算不得本事，有事招呼一声，我来收拾他们。"

看着顾稼宜离去的身影，黑牡丹的眼睛有些湿润。

顾稼宜喜欢黑牡丹，一心想娶她为妻，已经苦等多年。黑牡丹并不准备接受顾稼宜的情感，因为他是个不停出事的彪悍男人，成天在街面上行走，让人没有安全感。再者，哪有年轻小伙子跟个寡妇女人成亲的，不合适，这样的婚姻也不会长久。

其实，散漫的顾稼宜有着一个好出身。他出生在瓢城中市桥旁的一栋老宅里，那是瓢城熟食业的家属区。父亲是瓢城老熟食业的会计，一辈子兢兢业业，生怕做错了一件事，算错了一笔账，是个典型的谨小慎微之人。"低头走路，埋头弄账，从不掺和与自己无关的事情。"这是所有人对他父亲的评价。

顾稼宜的祖父在瓢城杏林饭店当过二掌柜，烧得一手好菜，清蒸梅童鱼就是他的发明，那是他的一绝。后来不知怎的，这道菜却成了瓢城酒庄的招牌菜了。有人问过祖父瓢城酒庄的清蒸梅童鱼是怎么回事，祖父听后不作回答。

其实所有人都不怀疑祖父的为人，那是个丁是丁卯是卯的真君子，再大的诱惑，也不可能让他做了吃里扒外的事情，倒是怀疑他的徒弟。可有人要动他的徒弟时，祖父把菜刀狠狠戳在案板上，两个眼睛瞪得滚圆。"动他，就先来动我。"一旁的人个个吓得缩着脑袋，再也没有人提瓢城酒庄梅童鱼的事情了。

顾稼宜的祖上先人在皖南的一个山区小镇，小镇坐落在三面环山的地方，镇前流淌着清澈的河水。走进镇子就可以看见矗立着的大牌坊，那是小镇人的骄傲，因为从这个镇子走出去的大小官员有近百人之多。位高者一品，位低者七品，涵盖了各个层级的官员，皇帝御赐小镇牌坊。

顾家祠堂在小镇的西南方向，大门是带有西域风情的拱门，在中国的东部地区尤其是皖南山区有着这样的拱门极为罕见。据说，顾氏的祖上先人有着皇室血统，从西域而来，这就有了较为合理的解释。

那是很古以前的事了，皇室的一支为逃避追杀从西域来到这里。他们隐姓埋名，传承繁衍，便有了皖南这支顾氏后裔。这支外来的一族一代代繁衍，支派繁盛，有了庞大的族群，非常善于做生意。顾稼宜曾祖父做的是茶叶生意，主要经销徽茶，山里的毛尖与猴魁，是他的主打产品。曾祖父走南闯北，有了一种别样的气质，漂泊、坚毅、特立独行。曾祖父顺江而下，一路来到瓢城做茶叶买卖。初进瓢城，他就爱上了这个江北古城，与自己家乡皖南小镇有着几分相像。睹物思情，一景一物触目于眼帘，常使他想起故乡山城小镇的景物风情。

曾祖父在瓢城扎根，娶妻生子，繁衍后代。

那年曾祖父与朋友盘下瓢城杏林饭店，做起了饭店的经营。

杏林饭店是瓢城老字号，最早为北方来的满族旗人开的饭馆，多为北方菜系。后来瓢城当地的汉人参股，以瓢城特色菜肴为主，南北菜系兼容，有了自己的独特风格，成了瓢城最大的饭店。后来大清灭国民国开启，满人撤资北去，杏林饭店由瓢城人经营。

曾祖父与朋友盘下饭店后，杏林饭店的生意做得风生水起，饭店也迎来了旗人北去的鼎盛时期。后来渐渐淡了，不知道是什么缘故，可能是时运不济。再后来就只能勉强维持生计，当是时局不定之故。原本想一代代传承下去的产业，只传给了顾稼宜祖父做了二掌柜，向下就没有传得下去。

顾稼宜也是饮食业人家的后生，却没有沿袭父辈的道路，而是迷恋上修理自行车。顾稼宜白天修车，晚上举杠铃玩石锁，练得一身好肌肉。

后来，顾稼宜开始修理摩托车。在路旁租了一个门店，离一瓢水不远。晚上息业之后，他洗洗干净，去黑牡丹门店，等待一瓢水打烊，然后带着黑牡丹出去兜风。

顾稼宜从不进一瓢水店铺，黑牡丹也不叫他进来，就这样在路对面等着一瓢水晚市结束。风从路面吹来，吹散了他一天的劳顿，街面的晚市店铺也一个个关门打烊。

一瓢水灭灯了，他理理头发，整整衣服，推着摩托车向一瓢水走去。

黑牡丹给店门上锁。顾稼宜跨上摩托车，黑牡丹坐到摩托车后面。顾稼宜让黑牡丹抱着自己，黑牡丹很自然地抱着顾稼宜。顾稼宜发动摩托车，黑牡丹抱得更紧了，她知道顾稼宜开车野。摩托车开动了，呼啦就上了瓢城市街。

后来，顾稼宜开了汽车修理厂，到了瓢城郊区。一有空他就开着打了腻子的汽车来一瓢水等她，然后带着她一路跑，去看瓢城郊外的夜景。

一次兜风回来，顾稼宜向黑牡丹提出要娶她为妻。黑牡丹一愣，半开玩笑地回绝了他。顾稼宜没说什么，他想这件事情得正经八百地与她说才行，不能这样半真半假的。于是，在一个秋日的午后，阳光绚丽，顾稼宜请黑牡丹在瓢城茶馆喝茶。他将母亲留下的金戒指拿出，向黑牡丹正式求婚。黑牡丹没想到他以这样的方式重提此事，赶忙推托，表示不能接受。顾稼宜的脸色非常难看，对黑牡丹说："我是认真的，这是我母亲留下的，我想与你一同生活。"

"不合适，真的不合适，你还是收起这样的念头。"黑牡丹的态度非常坚决，说完起身就走。

顾稼宜还是一如既往地带她出去兜风。顾稼宜相信，世间的一切皆可以在流淌不断的时间中化解，黑牡丹会慢慢接受他。

黑牡丹与顾稼宜的想法不一样，我已向你表明自己态度，一切皆会在时间中渐渐地淡去，做普通朋友。

时间可以解决一切。

85

夜晚又一次来临，顾稼宜把车停在一瓢水对面。晚市的店铺一个个关门打烊，他耐心地等待着一瓢水关门，此时的他就像是失去了时间概念的悠闲浪子。

一瓢水灭灯了，顾稼宜理了理头发，整了整衣服，将车开到一瓢水门口。

黑牡丹给店门上锁。顾稼宜下车向黑牡丹走去。顾稼宜开车门，让黑牡丹上车。黑牡丹进车，顾稼宜将车门关上，走到另一边上车。

打了腻子的汽车跑在市街里，路边的房舍一个个向后退去，此时的瓢城夜晚很是清静，全然没有白天的那种喧闹。黑牡丹对顾稼宜说："人家修理的车子，不要开来开去，这样不好，一看就知道是没有修好的车子。"

顾稼宜对黑牡丹说："打了腻子的车子一样跑，碍不着别人什么事。再说，这修理的车子，不出来跑跑哪里知道它修好了没有。"

"你倒净是些歪理。"

"歪人只能说得歪理，否则你哪能死活不肯嫁我。"

"又来了，说好了不提这件事情，做一辈子朋友。"黑牡丹说，"一天下来都累了，好好放松放松，不要说这些事情。"

顾稼宜对黑牡丹说："我是真心喜欢你，不会藏着掖着，这辈子非你莫娶。"

"你这是何苦呢，我已经是有过男人的女人了，哪还有什么值得稀罕的地方，怎么说也是春末的花草了。我知道弟弟是真心喜欢姐姐，姐姐陪你耍，弟弟怎么都行，由着性子来。一起生活不合适，你不怕别人说，我还怕别人说呢。"

顾稼宜道："有什么不合适了？偏要这样固执。再说你都可以陪弟弟耍了，怎么就不能嫁了弟弟过日子，真是奇了怪了。"顾稼宜对黑牡丹说，"跟了我就知道是否合适了，结婚过日子，弟弟也是懂的。"

"像你这样的男人，女孩子喜欢的多呢，偏要找我这苦命的女人干吗？"

顾稼宜顺了顺心气说："那不成熟的青涩有什么稀罕，根本比不上你黑牡丹自信满满成熟女人的味道。弟弟喜欢大的女人，嫁了我你就不命苦了。"

"做朋友可以，做男人不行，我不想再结婚了。"无论顾稼宜怎么表白，黑牡丹始终就是这个态度。

"岂有此理。"顾稼宜把车子开得飞快，向郊外驶去……

一日，顾稼宜来找黑牡丹。没等他开口，黑牡丹就说："你不要再来死磨硬泡了，我们之间是不可能的。你应该放弃这个念头去找未婚女子，不能让别人在背地里议论你顾稼宜。姐说过了，可以陪你，其他免谈。"

顾稼宜笑了："谁会议论我顾稼宜，他们没有这个胆更没有这个兴致，我倒是希望有人来议论我呢。是你黑牡丹自己，怕嫁了我这个四肢发达头脑简单浑身肌肉五大三粗的男人吧。"

"……"

"实在是弄不懂了，我们的事情，非要在乎别人的看法干什么？"

"……"

顾稼宜走进黑牡丹店铺，拿了瓶货架上的酒就给砸了，然后瞪着眼睛对她说："你他妈的敬酒不吃吃罚酒，就是到了天边，老子也要娶你，你就是弟的女人。成天绕来绕去的，就是块石头也该化了。"说完扬长而去。

沈宗宝听说了砸店的事情，来到一瓢水店铺，如往常一样坐在窗前。黑牡丹向沈宗宝走来，站在他的面前。他俩四目相对，不言不语，保持着那份静默。

过了很久，沈宗宝说："顾稼宜是个不错的青年，他对你是真心的，这种事情装不出来。汽车修理的生意也做得不错，嫁给他，你不会吃亏。"

"不是吃亏不吃亏的问题，我不想结婚。"

"一个人开着一瓢水店铺不容易，这个人挺适合你。"

"你就那么希望我结婚吗？"

沈宗宝点头道："是的，为你好。人应该有自己的家，自己的孩子，人总有老去的一天。"

黑牡丹眼睛里有了晶莹的泪花。

往事历历在目，现在水草过来，要拉她一同结婚，倒是提醒了黑牡丹，这件事情不能再拖下去，得主动与顾稼宜说清楚，让他彻底放弃与自己结婚的念头。

黑牡丹请顾稼宜瓢城茶馆喝茶，顾稼宜很是高兴。"看来她终于想通了。"顾稼宜把自己好好捯饬一番，如约而至。

黑牡丹让顾稼宜坐下，然后给他沏茶。

顾稼宜端起茶杯，呷了一口，闭起眼睛，回味着茶的清香。顾稼宜睁开眼睛，放下茶杯，看着黑牡丹的脸，很快就闻出了一股味道。他皱了皱眉头道："如果今天你还是对我说那些陈词滥调，就赶紧走人，否则我砸了这茶馆。"

黑牡丹哭了。

"别别，有话好说。我看不得女人落泪，尤其是你。"顾稼宜站了起来，看着黑牡丹，实在是搞不清楚这个俏丽能干的小寡妇到底是怎么了。

黑牡丹让顾稼宜坐下，且听她慢慢说。她告诉顾稼宜，自己深爱着死去的丈夫，她要独自做一番事业，会离开瓢城外出发展，做个完全自主的女人。她对顾稼宜说："你也老大不小了，赶紧找其他人，不要误了自己的青春岁月。这样下去，我对不起你，我黑牡丹也承受不起这一切。相信姐姐，是真心地为弟弟好。"

一席话说得诚恳实在，使得顾稼宜看到了黑牡丹内心所想以及她不留缝隙的坚定态度，也是真心地为他好。顾稼宜知道黑牡丹与自己摊牌了，他与黑牡丹已经走到了尽头。

茶馆外的市街上，人来人往。顾稼宜突然觉得，尊重自己所爱女人的意愿，或许是件好事。想想自己，天不怕地不怕的一个，见到黑牡丹就成了温顺的小绵羊。得了，强扭的瓜不甜，娶她未必就会幸福。这么多年也累了。堂堂七尺男儿，拿得起放得下，从此各奔东西。

离开茶馆的时候，顾稼宜像是想到了什么似的，回头问黑牡丹：

"外面有人传你跟沈宗宝相好，你要如实对我说，是不是为了他？"

黑牡丹摇头道："肯定不是。"眼睛里含着泪。

顾稼宜转身离去，没有回头。

不久，传出顾稼宜离开瓢城的消息。

临行前，顾稼宜来过一瓢水，站在那儿久久凝望着熟悉的店铺。他决定离开瓢城回到祖先生活的地方，想想自己，没给祖上争得荣光，只能回到祖上先人的故土去重新开始了。

他向一瓢水投去最后一瞥，悄然离去。

86

水草与玉良的婚礼在瓢城杏林饭店举行。

杏林饭店是瓢城最大的酒店，坐落在瓢城南区的一片泽地里。清晨，太阳升起，四周飘起袅袅雾气，萦绕在饭店周边，疑似人间仙境；中午，泽地间涟漪的水晶光点，映照着饭店的身躯；黄昏时分，夕阳西照，一片通红。饭店是红的，大地是红的，泽地是红的，流淌的溪流也是红的，一片红红的海洋；夜晚，饭店的灯光划破夜空，远远看去，仿佛是漂浮于水上的宫殿。这家老字号酒店，经过几次改造，有着深厚的古韵却不失现代气息。一座古老而现代的酒店，矗立在原始风景上。

婚礼那天，玉良真的用花轿迎娶水草，雇了鼓乐班子，还有迎亲的司仪。迎亲队伍一路而来排得老长，唢呐声不断，引来无数目光。城里已经没有这样的婚庆了，即便是在乡间也不多见。花轿从上坝村出发，一路走街串巷，来到杏林饭店，着实轰动了一番。

玉良的这种做法，真的惊喜到了水草。先前他说过用花轿来迎娶她，以为只是说说而已，没想到还真的这么做了。玉良的个性倒是个说了就会去做的男人。水草看着玉良笑，玉良一脸严肃。玉良以为，婚礼的仪规核心是庄重，尤其是中式婚礼，没见过新娘嬉皮笑脸的。水草很快收敛起了笑容，一本正经地站在玉良身边。然而，她的心里还是不停地笑着，笑自己的男人是个中规中矩的人。

玉良头戴六合巾瓜皮帽，六瓣大红深蓝相间的瓜片尤为显眼，帽顶缀一红丝绒结成的疙瘩，底边镶一条一寸来宽的黑丝绒小檐，上面镶嵌着玉饰。身着长袍马褂的玉良，脚穿黑色皮鞋，长袍乃大襟右衽、平袖端、盘扣、左右开裾的直身式袍；马褂为对襟、平袖端、前襟缀扣襻五枚。因为是深秋，皆为厚袄。水草一身大红的婚服，上褂、下裙均绣有金丝龙凤图案，袖口、褂边、裙边绣着金丝海水江崖图案，领口是如意祥云。

一场典型的古式婚礼。

一对新人在众人羡慕的目光里，度过一生中最为欢乐的时刻。参加婚礼的人，感慨着人生应当好好珍惜，同枕共眠是天赐良缘，无论是富贵还是贫贱，暖心地在一起比什么都好。金碧辉煌的大厅里，黑牡丹看着水草和玉良，眼睛渐渐湿润了，为水草同时也为自己。她想到了顾稼宜，不知道自己那般坚定地对他是否正确。水草决定嫁给玉良，来找自己与她一同结婚，却成了自己与顾稼宜的最后晚餐。她强行将他推走，那样做真的是为他好吗？黑牡丹有些疑惑了。但很快，黑牡丹相信是为顾稼宜好，他一定会找到自己心仪的女人。

离开婚礼现场的时候，秦腊梅哭得很伤心，有着一种悲切的伤痛。这让人始料未及，同时也深切地感受到了婚礼喜庆中的一份凄凉。嫁女儿母亲一定是会伤心的，从此离开了自家房舍成了人家屋里的人。养育了这么多年不说，这说走就走了，在了别人家里也不知道是苦是甜。但秦腊梅的这种悲伤，似乎不仅仅是因为这些。

沈宗宝喝醉了，他不停地给亲戚朋友敬酒，从这个桌子敬到那个桌子。平日里，他喝酒就豪爽。今日，女儿结婚，哪有不喝的道理。酒席上的人并不与他斗酒，今天是他女儿出嫁的日子，不是斗酒的场合。可沈宗宝硬是要斗着人家喝，仿佛不喝就是不给他面子，也就怪不得人家了。

开席没多久，沈宗宝就被放倒了。

秦腊梅气得脸发白，你什么时候不能喝酒，这个时候喝得烂醉，哪像个父亲。看着倒在桌面上的沈宗宝，秦腊梅只当没有看见。

婚宴结束的时候，沈宗宝没能自己离开桌子，是别人把他抬回家的。一路上，沈宗宝不停地叫着秦腊梅的名字，一声比一声高。上坝村人笑道："喝醉了酒，也是一样地怕女人。"

到了坝口小院，送他的人要将他送进屋里。秦腊梅让他们将沈宗宝放在院子里，他们看了看秦腊梅走了。据说，那一夜，沈宗宝就是在自家院子里昏睡的。天气很冷，秦腊梅给他拿了被子，自己也裹了被子，陪了他一夜。没有人明白，秦腊梅为什么这样做。

婚后，水草与玉良的日子过得很平静。水草做着彩色玻璃生意，玉良拉着胡琴。秦腊梅与沈宗宝打心底里高兴，女儿的婚事都解决了，做父母的责任也就尽到了。往后她们各自过好自己的小日子，父母也就不必再去操心了。

平静日子里，水草与玉良的交流，显得很是客气，有着彬彬有礼相敬如宾的感觉。他们都觉得少了些什么，夫妻生活应该拥有共同的情趣才是，不能只是客气来客气去，仿佛为了某种礼数而做。水草希望玉良与她谈论市场与形势；玉良希望水草与他谈论戏曲与艺术。一时间，水草与玉良有点不像夫妻的样子，倒像是一对客客气气的朋友。

看到小两口的情状，秦腊梅对水草说："彩色玻璃生意一时半会还上不来，要不你们出去旅游，门店交给你爸爸去看管，他正闲着没事。"

水草放下手中的活，与玉良一同去看海。

去往海边的班车，是两节的大通套客车，速度不快。路线是固定的，是那种支线的县乡公路，末了要经过一片很长的盐碱地，约莫二十多里地。下车以后，要步行二三里，才能抵达海边的渔村。整个路程，大约需要两个多小时。

水草与玉良上了班车，出瓢城一路向东往海边去。

路上，他们各自谈着自己的事情，心思不在海滨之旅上。渔村生活的话题，并没有如来前的那般热烈，更不用说出海的急切期待了。那种关于海上渔船颠簸的担忧，丝毫没有进入他们的思绪，好像去海上只是对方想做的一件事情，自己仅仅就是随行而已。

班车在凹凸不平的海边公路上，摇摇晃晃向前行驶。从车窗往外眺望，田野中的房舍散落在海边土地上。越往前走，房舍越是稀少，绿地也越发地疏离了，变成茫茫的光秃秃的碱地。空气中有种说不出的东西在飘浮，光线变得越来越花白。是海风中吹来的盐分吗？还是没有了景物的遮挡，阳光变得异常刺眼？

偶尔见到一树，树枝都是一边倒地背朝大海。应该是常年海风吹拂的缘故，浑身呈现出灰白的颜色，像一棵棵枯树稀疏地立在荒原上。越往前去，道路越是崎岖不平，坑坑洼洼，一副原始状态。

下了汽车，他们步行向海边行进。

到了海边，看着远处的海面，视野一下子开阔起来。水草与玉良暂时忘却了一路的颠簸，把思绪融入大海。他们回到来前的状态，看海，急切地要去看大海。

水草往海边奔去，此时的她最想做的事情就是跟着渔船出海，看那无垠宽阔的大海景象与海上渔民的生活。玉良也是这样的想法，虽说瓢城是海滨之城，但海依旧是遥远的存在。瓢城人每天都可以吃到海边来的新鲜海货，可海的样子，海边打鱼人的生活却并不晓得。在他们的想象里，海边渔民会不会就是蟒蛇河里打鱼人的样子？应该不会是一样的，虽说都是打鱼人，但海边的打鱼人一定是那种全身黝黑，经历无数大风大浪的汉子，还有那些英姿飒爽的女人。

玉良追赶着水草跑，他们找了海边的一个管事，希望他能帮助安排跟船出海的事宜。玉良笑着递上一支香烟。那人接过香烟，并没有抽它，而是看了看香烟的牌子，然后挂在自己的耳朵上。

"玉良从不抽烟的，怎么还带了香烟来？"水草心想。

玉良笑了，向她挤了挤眼睛。水草这才知道，玉良原来是个细心的人。

管事说："近来天气不好，风浪很大，你们这些娇贵的人是去不了海上的，等风停了再说。"眯缝的眼睛停滞了一会儿，然后去忙他的事情了。

等来海风停歇需要时日，得先住下来耐心等待，水草与玉良去了海边渔村旅馆。

那是座紧挨着大海的石头房子。旅馆店主是个黝黑的有些肥胖的女人，她对水草和玉良道："每年都有不少人到这儿来看海，他们大多与你们一样，对海，对捕鱼，对我们海边人的生活感兴趣。"

“是的，我们就是想看这些。”水草对店主说。

“那就先住下吧，这时节的风就是偏多。怕是你们看了海以后就不想再来了，似乎都是这样，兴冲冲来，灰突突去。”店主说完，看着屋外风浪中的海面。

水草与玉良有些不解，海边渔民这样说可以理解，他们并不靠这个营生。你是开旅馆的店老板，也这样说就有点不合情理了。没有人来海边游玩，旅馆哪来的生意？你们吃什么喝什么？这个黝黑的有些肥胖的女人的言语，或许正是海边人的实诚，他们赚着游客的钱，说着心里的话，并不虚伪世故。

水草与玉良把目光送向大海。

87

在海边旅馆里，水草与玉良等待着风停，已经等了三天三夜。海风依旧那般肆虐，没有停顿的意思。一阵阵海风吹来，发出呼啸声响，天地混沌一片。水草与玉良在旅馆中说了很多生活里的话，越说越多了呢，平日里根本说不了这些话，比如清晨天空的蓝光，村舍的袅袅炊烟，瓢城市街里的石头路面，盥洗间的牙刷，书桌上的发卡，还有风衣上的纽扣，这才是过日子的样子。水草笑了，玉良也笑了，他们觉得海边来对了，一下子就进入了平常人的生活话题，特别亲切。水草和玉良一点也不急，风吹的海边好着呢，正可以放开聊天，旅店房间里传出一阵阵笑声。

窗外，海风不停地变换着方向，没有减弱的迹象。风搅动得海浪越来越高，海浪一排排，由远及近，拍打着海岸，遇到海堤，掀起冲天水幕，然后落下，发出轰鸣回响。透过窗户，水草与玉良看着波涛汹涌的大海，对于出海的期待，没有因为海风的肆虐而降低，心中涌出一阵阵兴奋，等待风停，尽快出海。

玉良一边看海面，一边与水草谈论着婚后的生活规划。玉良说，以后会带着她跑更多的地方。水草说，以后会抽出更多的时间来陪他。他们相视一笑，干脆站到窗下去眺望大海了。

海风终于停歇，等来出海的机会。水草与玉良被安排上船，显得异常激动，在一望无际的海面观看海天景色，看海边人的打鱼生活，带着这样的憧憬，水草与玉良随船驶向大海。

开始的情形很好，风平浪静，船平稳地驶离港湾，驶入宽阔的海面。水草与玉良的情绪一阵阵高涨起来，感受到从未有过的刺激与欢悦。眼前茫茫一片海水，一望无际，他们兴奋不已。出了近海，进入深海区，情形就不一样了，遭遇一阵阵风浪，船开始颠簸起来。风浪越来越大，波涛汹涌，船剧烈跳跃，一会儿上去，一会儿下来，水草与玉良开始晕船，呕吐不止。

船主说："你们只好忍着了，得出了这个航次。"说完，摇了摇头。

水草与玉良也听不到船主在说什么了。

海上的一天不知道是怎么度过的，全然没有了看海的兴致。夕阳来临的时候，水草与玉良才觉得有些清醒。眺望大海，火红一片，仿佛是要与这火红夕阳的宁静相称。海浪停歇，海鸟飞翔，听不到鸟鸣的声音，它们也不想破了这夕晖晚照中大海的静谧。颠簸之后的这种平静，宛如交响乐中的舒缓行板，悠扬婉转，如歌如诉。

夕阳西下，渐渐沉入大海，它最后一跃，夜幕降临了。

漆黑一片的海面，海船灯火微弱闪烁，宛如夜间的萤火虫。这是一个无边无际的黑暗夜晚，水草感觉到自己的身体，就像是飘浮在未知空中的浮物，又像是在地下的某个深潭里摇摆着的蛙类。

玉良显得很平静，他在想二胡，想自己对于二琴手的描述，除了清晨河面升起的雾气，田野村舍飘起的炊烟，春日里飞舞的绵绵细雨，现在又多了海面渔船的摇晃。他很高兴，不是来到漆黑夜晚的海面，哪有可能得来这样的体验，他要感谢无月的海上夜晚。

水草又一次呕吐，玉良关于胡琴的联想瞬间消失。

水草与玉良在海上待了两天一夜，几乎没有吃什么东西。吃不下去，即便是硬着头皮吃一点，也是很快吐了出来。海上之旅成了用命煎熬的时光，就像瞎子盼望天光一样遥远。人是那样渺小，小到如一滴海水，一粒海沙。

终于盼来了回港到岸，恨不能一下子就爬上岸去。渔村人说得对，他们不是来看海的，是来遭罪的。

船主从海船上下来，水草与玉良跟在后面，就像丧家犬一样往岸上爬行。

管事已经等候在那里了，看来他是一个责任心很强的人。

"怎么样？"他问船主。

"一个样，不是来看海的，是来活受罪的。一个个细皮嫩肉的，哪能受得了海浪的颠簸。"船主笑道。

管事看着下了海船瘫坐在地上的水草与玉良，脸完全脱色了，煞白煞白，觉得自己还在大海里颠簸着，并没有落地的感觉。

水草与玉良席地而坐，奄拉着脑袋，彼此看一眼的力气都没有了。"你们这些旱鸭子，根本经不住大海的风浪。"他们想到了海边旅馆的老板，那个微黑胖女人的话。

走出渔村，步履艰难地来到海边车站，水草与玉良一言不发，脑子里全然空了一般。跌跌撞撞上了回程的汽车，车上的人都笑了。

汽车行进在回程路上，一路颠簸起伏。没多久，水草与玉良就在车上双双入睡了。

回到瓢城不久，彩色玻璃的生意骤然升温，很快火爆起来。冬去春来，万物复苏，滋滋生长。水草的订单不断，不停地落实货源，安排运输。一下子忙碌起来的生意，全然颠覆了平日里的闲暇，已经顾不上其他了。由于专心做彩色玻璃生意，又是先期介入，做起来很是顺手，仿佛顺流而下的大船，把好船舵就行。

平日里门可罗雀的一瓢水玻璃门店，现在是门庭若市。其他商家慌了手脚，生意的方向明显地改变了，急切地转向却跟不上形势的发展。当他们扭头转弯意欲借势而上时，水草已经做得很精到了。那些人看着水草的门店，不再小看希沧巷妓院里放录像的小女人，心甘情愿地跟着她做起了二手的彩玻生意。

"看来还是你沉得住气，一下子就把我们给甩了。"

"生意就是这样，瞬息万变，谁也拿捏不准。赶紧地做好手上的买卖，不管它是一手的还是二手的，赚钱的生意就是好生意。"

"那是，那是。"

"别看人家人小，说出的话却充满了善意。赚钱的生意就是好生意，说得多好。"

比水草还要兴奋的是父亲沈宗宝，原本已经等得不耐烦的生意，猛然蓬旺起来。他相信三女儿水草了，真的是沉得住气，不像自己那般浮躁，没有定力。沈宗宝站在院子里，看着高大的桂树，左手叉腰，右手夹烟，一口接着一口地吸着。桂树摇曳着枝叶，他第一次感觉到桂树是家里的一员，是家里的宝贝。

秦腊梅回来了，沈宗宝赶紧地告给她水草生意的情况。

秦腊梅"嗯"了一声，忙自己的事情。

沈宗宝不停地到水草的门店转悠，放心不下那里的生意，连饭都在附近的小饭店里吃了。彩色玻璃的买卖仿佛不是女儿水草的，而是他沈宗宝的。他不顾秦腊梅的提醒，执意要把时间放在南门，摇晃着心中难以平静的思绪。但他没有忘记秦腊梅的忠告，不去水草门店。

跑堂的端来酒菜，沈宗宝顺了顺心气，一抬手，抖了抖袖口，端起酒杯喝了一口，然后鼻子呼着酒气，眼睛不停地看着水草的门店。他笑了，知道女儿水草由录像厅向彩色玻璃的转换已经成功。

88

坝口小院里，秦腊梅在桂花树下做着活计，心中起了波澜。近来的一段时间里，她看到一路激动的沈宗宝，知道水草南城的生意做得不错，渐渐地坐不住了。

沈宗宝看出了秦腊梅的心思，对她说："要不也一起去看看南城的情形？"

秦腊梅放下手中的活，与沈宗宝一同去往南城水草一瓢水玻璃门店。

沈宗宝在西城门下要了三轮车，与秦腊梅一路往南门去。秦腊梅与沈宗宝一同坐三轮车在瓢城市街里行驶，真的是少见。熟人们看到他们，私下里议论着："看来坝口小院里三女儿的南城生意做得不错，两个老的都坐三轮车过去了。""你别说，坝口小院里的三丫头，做什么成什么，不像她老子沈宗宝。""秦腊梅不是一般的女人，三女儿传她代。"

南城天空下，水草远远看到父母来了，放下手中的活，迎接二老。

秦腊梅对水草说："你爸爸不停地说彩色玻璃生意如何如何，被他说动了心，一起过来看看。你忙你的，不要管我们。"

"还被我说动了心呢，是你自己想来看，你在桂树下心神不宁的样子，谁看不出来啊。"沈宗宝对水草挥手道，"你去忙吧，我们随便转转。"

秦腊梅一边看一边点头道："不错，真的不错，是个好生意。"

"你看就好好看，不要不停地唠叨。"

"我唠叨几句怎么了？"

"你唠叨，你唠叨。"

水草的生意越做越大，在瓢城的多个方向开了分店，市场的占有率与市场覆盖率也有了很大的提高，单日交易的量大幅提升。情绪欢悦的水草，在一片欢腾的生意里，心渐渐大了起来，她要做更大的事情。单靠着彩色玻璃买卖，难成大事。这样的想法在水草心里陡然生长起来，变得越来越强烈。南门使她亢奋，同时也使她感到陈旧。水草要飞出南门，飞出瓢城，飞向远方。

这年立冬刚过，水草与黑牡丹在西城一瓢水店铺里，看到中国加入世界贸易组织的电视转播。艰难谈判十五年，终于在卡塔尔多哈落锤，着实令人兴奋。店铺中喝酒吃饭的人一片欢腾，经济的发展，使人越来越感到与世界接轨的意义。人们的思想更加开放了，也愈加地期待国富民强，生活往着更好的方向去。

这样的情形，触动了她们的神经，水草与黑牡丹商议外出发展。黑牡丹早就有这样的想法了，离开瓢城到外面去打出一片天地。她对顾稼宜不止一次说过这样的话，这话不仅是说说而已，一旦时机成熟，定会付诸实践。这不，说来就来了。

她对水草说："我们两个有缘，第一次见到你时就这么想了，将来一定会在一起做事。我知道，那是一瓢水天定的缘分，迟早的事情。"

水草说："对，现在是两个一瓢水，变成一河水了。"

两个心大的女人一拍即合，仿佛要做顶大的事情，她们似乎等待这一天已经很久。对外部世界的渴望，成了水草与黑牡丹不可抑制的神往，她们坚信，一定会在外面找到更大的发展机会，拓展出更大的空间。拥挤在家乡故土市街里的水草与黑牡丹，仿佛已经听到了远方的召唤。

　　不知为何，与黑牡丹外出发展，水草并没有征求父亲沈宗宝的意见，而是把这个决定告给了母亲秦腊梅。秦腊梅说这是个顶大的想法，又是结婚不久，慎重些才是。她对水草说："你去问问玉良的意见。如果玉良支持你去，你就去；如果玉良不支持，最好不要去。"

　　秦腊梅的态度，是预料之中的事情。母亲让她去问玉良，其实也就表明自己的态度。水草没有去问玉良，不去思量好好过日子，却是说走就走外出闯荡，玉良心里一定会不高兴。这样的事情，也不可以太多征求意见，那样会动摇了自己的决心。

　　玉良瞅着水草，水草朝他笑笑。

　　玉良还是在水草的笑中看出了端倪，他说："你有心事，但说无妨。"

　　水草告给他与黑牡丹外出发展的事情，并说这不是一时心血来潮，而是早有打算，是深思熟虑的结果。

　　"我并不懂得生意，但这边的生意做得好好的，怎么突然就远离家乡外出发展，其中有着怎样的道理？"玉良问。

　　水草说："现在的生意是不错，但有它的局限性，难成大气候。大城市机会多，可以有更好的发展空间，国家的经济形势看好，大城市首先会受到辐射。而且这边成熟的生意，乘着势头可以卖出好价钱，这样就有了做更大事业的资本，实现跳跃式发展。"

　　玉良看着水草，知道她的野心有多大了，都"国家经济形势"了。但他依然有些不解，大城市人生地不熟，即便是有了机会也是很难轮到外乡人来涉足。瓢城就不一样了，一砖一瓦在哪里都清清楚楚，人情世故更是看得分明。"难道瓢城就没有大生意可做了，偏要到外面去发展？"玉良问。

　　水草告给玉良，她与黑牡丹已经决定了，不日便要启程。她让玉良放心，一定会找到大的发展机会，一旦落地生根，就尽快回到瓢城，与他商议下一步安排。

玉良不再说什么了，他相信水草的能力，而且都已经决定了，说与不说都是一样。不同意吧，你倒是已经决定了，我又何必去做那拦路虎呢。

玉良知道水草的个性，想做的事情谁也拦不住，不必惹她生气。听说是与黑牡丹一同外出，多少会放心一些，也就不与她争持了。他对水草说："出去闯闯也好，否则你会一辈子埋怨我。"

水草卖掉所有的一瓢水玻璃门店，黑牡丹卖掉一瓢水店铺，共同去面对那个不确定的却有着无限吸引力的外部世界。黑牡丹将一瓢水牌匾收回，要求新店主不得使用一瓢水名号。买家说一瓢水名号是店铺的灵魂，要买就连一瓢水牌匾一起买。黑牡丹给了买家两个选择：不挂一瓢水牌匾，店铺可以降价；挂一瓢水牌匾，店铺不卖。买家只好让步，商议用"瓢城菌菇汤"。

一瓢水牌匾物归原主。

秦腊梅接过一瓢水牌匾，落下了眼泪，她无法理解水草与黑牡丹的举动，难不成瓢城就没有她们做的生意了？人心大未必是好事，所谓财大不上卦，要遭大的事变。她将牌匾擦拭干净，包上黄布，又包上蓝布，挂到屋梁上。世事变幻，兜兜转转，又回到原点了。秦腊梅看着头顶上的老匾，心中五味杂陈。

水草与黑牡丹站在瓢城市街里，熟悉的街道与风景在眼前闪现，忽然有一个感觉：她们已经不属于这个城市了。一种深沉的失落感冲击着她们，激情带来的亢奋，很快被背井离乡的伤感所取代。一瓢水玻璃门店在水草眼前浮现，一瓢水店铺在黑牡丹眼前浮现，她们要离开瓢城故土了。

周围的人都感到困惑与惊讶，无法理解水草与黑牡丹的举动，认为这两个女人一定是疯了。一个个摇头，实在是想不明白她们这样做的理由。"一定是脑子出了问题，否则哪来这么大的疯劲。""都是不安分的女人啊，有她们吃苦的时候。"

秦腊梅低头不语，忙着集市里的货物。她不想水草出去，但也无法阻止水草出去，缄默成了她唯一的选择。秦腊梅知道三女儿水草，勤劳、心大、路子野，是个做大事的料。

知道水草与黑牡丹外出发展，沈宗宝极为生气。他在坝口小院里不停地转着，怎么也想不明白如此不管不顾的道理。"怎么做一个生意丢一个生意呢，这是哪门子做派？还有黑牡丹，多好的店铺，说不干就不干了，自己做主把它给卖了。"

黑牡丹卖掉一瓢水店铺，沈宗宝火急火燎，想盘下一瓢水，将这个想法告诉秦腊梅。秦腊梅说："店铺已经转给人家，牌匾都送回来了，哪还有盘回来的可能。再者，你拿什么去盘一瓢水？"

"一瓢水店铺就这样落入他人手中，我心有不甘。"沈宗宝对黑牡丹有了怨气，你要转让一瓢水店铺也得与我们商量一下吧，现在倒好，成了人家的店铺了，我们还不知道。

秦腊梅说："那不叫一瓢水店铺，那叫瓢城菌菇汤了。"

沈宗宝仍不死心，想到了粟富贵。

他转弯抹角地请粟富贵吃饭。粟富贵说："一个人可以做什么事情，其实是由天定的，你沈宗宝适合喝酒唱戏吟诗作赋，不适合做生意。就不要再折腾了，折腾不出什么名堂来，多保重身体。"

沈宗宝看着粟富贵，想想自己，已经失败多次，人家这样说也是没毛病。粟富贵愣是没提一句他借钱做钢材生意的事，这一点就已经非常不错了。

粟富贵看着沈宗宝说："快吃中饭了，我请你去喝酒。"

瓢城酒庄。冷碟，老三样热菜，沈宗宝与粟富贵吃喝起来。酒一下肚，话匣打开。他们谈到中市桥，北闸桥，市街门面租赁。当谈到电机生意时，沈宗宝对粟富贵说："这么多年了都难以释怀，那是个多好的生意，被我给糟蹋了。"

粟富贵道："不要老提那档子事，过去了就不去想它了。孩子们都上来了，水草这孩子将来一定有大出息。"

说到水草，沈宗宝不知道说什么好。他想大骂粟家，尤其是他女人。同时，自己又羞于接话，借粟富贵的钱没还，人家是看在水草的分儿上。

粟富贵对沈宗宝说："我很喜欢水草。主要是粟童的妈妈，趋炎附势，看眼前利益，我也看不惯她。"他对沈宗宝说，"粟童的情况不好，婚姻也到头了。"

见粟富贵这样说话，沈宗宝心微微一震。但他现在提水草，提他儿子粟童，不合适。

继续喝酒，粟富贵又一次谈到五金店里的小女人。他对沈宗宝说："这么多年了，你有她的消息吗？"

沈宗宝摇头道："离开瓢城就杳无音信了，她与黑脸一样，都不是什么好东西。"说完，将酒一口干了。

"你不要这样骂她，我知道你心里是忘不了她的。小女人的感觉到底怎样？一定特别爽吧。"粟富贵笑着问沈宗宝。

沈宗宝没想到粟富贵会问这样的问题。"都过去那么多年了，最后闹得不欢而散，哪还记得什么快活的感觉。"沈宗宝喝了一口酒道，"你粟老板还缺小女人吗？这事还问我。"

"家里看得紧，女人太凶了。"粟富贵道，"靠钱得来的女人，不值得珍惜。你老弟好福气，那是个多么让人动心的小女人哪。"说完，将酒一口干了。

酒毕，沈宗宝抢着结了酒账。粟富贵没有与他争持，而是请他到瓢城浴室洗澡。粟富贵在瓢城浴室要了全套服务，两人浑身舒坦。如此情形，沈宗宝也未再提借钱盘回一瓢水的事情。

粟富贵与沈宗宝出浴室，全身热气腾腾。

二人打躬作辞，各自回家。

回到家里，沈宗宝看着屋梁上挂着的一瓢水牌匾，半天说不出话来。他突然觉得一瓢水老匾有着很强的讽刺意味，几十年了，它是什么？是秦家的一个辉煌过去吗？显然不是。是沈家的一个美好期待吗？也不是。它就是一个虚妄的幻影，又回到老地方了，符咒一般地俯瞰着陈年景色。

沈宗宝坐到院子门口抽烟，烟雾在他头顶弥散开来。他第一次真切地感受到自己的单薄，以及面对大事的无力，有一种空旷无依的感觉。

沈宗宝将烟蒂扔掉，回屋去了。

89

夕阳时分，水草来到瓢城西城门楼，她要远行了，来与它道别。西城门楼与自己有着千丝万缕的联系，远行前来看看它也是应该的。人果真要走的时候，心里就有了万般的不舍。每个人的心中都有一个真正属于自己的世界，这个世界就是家，就是童年，就是故土与亲人，还有发生在这里的一个又一个故事。在水草心中，西城门楼就是家乡故土，周边发生的故事，就是她生命中的记忆与底色。现在这些生命里的原始风景要离她而去了，心中顿生难过。

黄昏里的城楼屋檐，放射出百年不变的光霞，立在瓢城的历史天空下。天渐渐地暗淡下去，远处的街景模糊起来。市街的街灯亮了，西城门楼像一个巨大的神像，耸峙于暮色瓢城西街边缘。水草从门楼西边进入门楼东边，做了录像厅，又到瓢城南城做了玻璃门店，现在要走了。这说走就走的远行，水草并不能说得清楚，更是没有与父母和玉良好好商量。她站立西城门下，觉得自己也太过任性，想干什么就干什么，全然不顾他人感受。是不是自己已经厌倦了瓢城生活，还是外面的世界果真有着特别的吸引？此时此刻的她，陡然地不明白了。

她想到了母亲，一早去往瓢城西城集市的身影，就像历史的年轮一样清晰；她想到了父亲，坐在一瓢水录像厅小吃店里抽烟的情形；想到玉良在海边向管事递烟的情景；想到两个姐姐，在黑牡丹一瓢水店铺里吃喝的样子。她转身准备回家，看到了玉良的身影。

玉良向她走来，脸上挂着的不是责备，而是微笑。他对水草说："万一外面不好闯就早点回来，千万不要硬撑。命中有的一定会有，命中无的不要强求。有时候，过程比结果重要。人的运势，比努力更重要。"

水草的眼泪一下子涌出来了，她觉得自己不是个好女人。

玉良摸着水草的头，与她一同眺望西城门楼。

夜晚来临，西城门楼与天空融为一体，水草挽着玉良一同回家。

沈宗宝将水草叫到自己房间，取出一个檀香木盒，将里面的家传宝玉拿了出来，交到水草手里。沈宗宝说："这块宝玉是沈家祖上先人留下的最后宝贝了，你在做录像厅的时候，爸爸都没有拿出来，因为我不能那样做。现在是拿出来的时候了，在外面如果做不下去，就把它当了回家。任何时候，人比物重要。爸相信你，一定会做出一番大事业来，爸说的是万一。"说完，眼睛里盈满了泪。

看着父亲沈宗宝，水草不停地点头。她知道自己的行为对整个家庭意味着什么。父亲对她的支持，已经到了箱底。

沈宗宝要去送水草，秦腊梅不让。秦腊梅压根儿就不同意水草这么做，好好的生意放着不做，偏要到外面去闯荡，难道瓢城就没有她可以做的生意了？

"由着她去，好坏她自己受着。"

秦腊梅其实并不记恨水草的任性，她记恨的是水草像她父亲沈宗宝，想干什么就干什么。"有什么样的父亲，就有什么样的女儿，最后总要弄到不可收拾的地步。"秦腊梅自言自语道，对沈宗宝的怨恨，也转移到了水草身上。

沈宗宝看着秦腊梅，心里很是难过。自己也不赞成水草的行为，水草甚至都没有征求他的意见。但水草执意要出去闯荡，做父母的应该理解，总得去送送孩子。秦腊梅特别执拗，坚决不让沈宗宝去送。沈宗宝明白，秦腊梅心里是有气，甚至是有怨恨。他对秦腊梅说："不送，睡觉。"

离开瓢城的那个早晨，没有人相送水草与黑牡丹。水草与黑牡丹陡然地发现，她们并没有什么真正的朋友，她们是孤者，除了生意，就是她们自己。水草与黑牡丹向瓢城投去最后一瞥，匆匆离开家乡，奔向未知的远方。

她们一路向南，步履沉重。水草与黑牡丹不言不语，谁也说不清究竟要去向一个怎样的远方。她们不停地向前行进，一切是那样茫然。这种毫无退路的远行，是果敢的行动，还是仓促的举止，她们自己也说不清楚。她们相互看着，感到对方与自己一样，是个完全率性的女人。人家说得没错，真的是好好的生意不做，偏要出去折腾。开弓没有回头箭，现在说什么都晚了，只有将一切抛于身后。

一路南行，仿佛要去的地方正在召唤自己。水草与黑牡丹进入大上海的时候，感觉到了浓浓的经济氛围，大型广告屏幕上，播放着各种大牌产品，球星、明星代言。她们感到莫名地兴奋，然后自嘲是在经济大海里流淌的水滴。

在上海最南端的一个荒芜人烟的海边，水草与黑牡丹停了下来，她们已经走不动了。除去奔波的劳累外，海边的这方水土，仿佛有着磁性在吸引她们。那是个风和日丽的天气，天空一片蔚蓝，流淌着温柔的气息。这样的天气，在瓢城很难见到。她俩躺在地上休息了许久，然后站起来环顾四周。四面极目空旷，中间一座废弃的工厂，一派荒凉景象。

什么是漫无目的，什么是茫然失措，她们似乎已经感受到了。这个精疲力竭来到的荒芜南方土地，闪着一束束青光，使人有些目眩。海边天空下的废弃工厂，就像一具史前怪兽的巨大尸体，横卧在荒凉的土地上。难道这就是她们外出发展的寻觅之地？这片荒凉的土地果真可以做出一番大事业？水草与黑牡丹感到，已然走到了路的尽头。

看着眼前的景象，水草的心里一阵阵发凉。天空骤然灰暗下来，并不能一直支撑艳阳高照。创业不单是靠着激情就可以做到，空落，她们感到了无边的空落，觉得没有反复思量匆匆离开故土的行为，或许是个错误。

母亲秦腊梅的面容在水草的眼前浮现，母亲说过："凡事踏踏实实，不要像你爸爸那样充满玄想。"这样的话语，一遍遍地在耳边回响。现在水草已经理解了其中含意，原来母亲怒气的根源是在这里，她不想自己与父亲一样在虚空中飘着。水草的这些想法不好与黑牡丹说，只能在心里默默念叨。

黑牡丹其实与水草的想法一样，自己的头脑发热并不亚于水草。丢弃一瓢水那样的好生意，来到这个荒凉的地方，着实是有了荒唐的成分。

"荒唐。"黑牡丹说。

"任性。"水草说。

两个人终于说出了心里的话，不停地责备自己。

水草与黑牡丹抵达的这个地方，原来是一家国营钢厂。由于市场的变化，渐渐废弃了，能拆的东西都已经拆走了，留下空旷的厂区。她们向钢厂走去，废弃厂房，宛如荒废的远古城堡。周围几十里地没有人烟，遍地长满了野草，风吹野草发出的飕飕声响，使人联想到萧瑟的草原。偶尔有一两声鸟鸣，昭示着生命的存在。

工厂的对面是军队的一个炮营，那儿属于浙江地界了。

这个上海最南端已然荒废的地方，水草觉得有些生疏，又觉得有些熟悉，仿佛在哪儿见过一般。水草对环境总有一种特殊的敏感，并常常相信自己的这种直觉。她对黑牡丹说："这地方我好像见过，应该就是我们要来的地方。"

黑牡丹说："是的，在梦里见过。"

水草说："我真的有一种似曾相识的感觉，还有些浓烈。"

"的确够浓烈的，仿佛到了另外一个世界。人在自欺欺人的状态中就会有这样的感觉，好给自己一个心理暗示。几经荒废，再度重生。"黑牡丹说，"我们从来就没有见过这个地方，似曾相识仅仅是幻觉而已。"

水草默不作声，她知道这的确是在自欺欺人。

不知道是累了，还是冥冥之中自有安排，水草与黑牡丹决定不走了，不管它是怎样的荒芜之地，也无论在这里会有什么结果，就在这儿落脚生根了。这一点，两人出奇地一致，这个水草觉得似曾相识、黑牡丹以为梦中幻境的地方，留下了来自遥远江北瓢城的两个游魂。她们怀揣着事业梦想来到荒无人烟的海边，时间与空间将她们抛在这里，心中也宿命一样地接受了这里。

工厂留守人员来了，他们紧紧围着这对不速之客。

"你们是干什么的？"他们问。

"我们想租你们的厂房。"水草答，转而看着黑牡丹。黑牡丹说："是的，我们想租你们的厂房。"

"这件事情，得请示领导，我们说了不算。"于是，他们就回去请示领导了。

领导来了，后面跟着留守人员。领导走到水草、黑牡丹面前，挥手道："你们看中什么地方就租什么地方，价钱好说。"也不问她们租了做什么用，只迫切地想租出去。

领导是个小个子男人，脖子上扎条毛巾，一看就知道是个从基础班组提拔起来的干部。他滔滔不绝地讲述着工厂曾经的历史，以及它在辉煌时期的样子，后来因为产品单一，缺乏资金投入，一步步衰败了，直至倒闭，人员分流。小个子"毛巾"生怕遗漏了什么，最后补充道："这里的陆路、海路都很通畅，做什么生意都好。"

水草对黑牡丹说："租下了？"

黑牡丹说："租下了。"

就这样，水草与黑牡丹租下了三座大厂房和周边的场地。

毛巾对留守人员说："明天让她们去办个手续。"说完梗了梗脖子走了。

黄昏时分，天空飘动着鹅黄色的流云，流云的边沿镶着金边。几经变幻，天空渐渐变成了粉红色。晚霞映照海面，海水吸收着来自天空的粉色光线，没有多久，大海也变成粉色的海了。

水草与黑牡丹眺望粉色大海，她们从未见过这样粉色的海。海浪向海滩冲来，发出哗哗声响，海浪一排排，由远及近，最终变成白沫消失在沙滩上。

水草与黑牡丹伸展着手臂，她们要舒展一下自己的心绪，一路的劳顿，人困马乏，需要活动活动筋骨了。远去故乡的身影已经淡去，大海就在眼前，事业将如何开始？没有清晰的轮廓，心中忧虑一丝丝袭来。

忽然一声炮响，远处的海面溅起冲天水柱，她们吓了一跳。紧接着，炮声四起，震耳欲聋，大海里升起一个个冲天水柱，在晚霞中恰似一根根粉色天柱。水柱回落海面，形成多重轰鸣，仿佛天上瀑布一泻而下。

水草与黑牡丹没有想到，做出离开瓢城发展的决定是来看这粉色天柱的风景。一声声炮响，震耳欲聋，是礼炮还是警钟，说不清楚。但水草与黑牡丹知道，她们来到这里是天意的指引，更是走到了路的尽头的无奈。"留下！留下！"仿佛有个声音在不停地叫唤。

"我听到了那个叫我们留下的声音。"水草看着黑牡丹说。

黑牡丹说："我也听到了，不过好像并不是'留下'，而是'大海'和'大炮'。"

炮声、水声、冲天的粉色水柱，是她们冲动的最后归处。这儿是涸辙之鲋之地，还是柳暗花明之村，已然顾不了那么多了。倘若有什么大事业从这里开始，也是天下奇闻一件，神奇境遇，卓殊状况；如果在此覆灭，那就是自作孽不可活，一切命中注定。

天黑了，她们不再去想那些没用的东西。听天由命，落地生根，有时也是一种与现实妥协的法子。头脑发热作出的决定，已为现实一种，现在重要的是把下面的事情做好。水草与黑牡丹反复向对方说明这点，两人在哭笑声中接受了这样的现实。

床铺在厂房的一角，不远处的墙边，摆放着桌凳，上面是餐具、炊具。她们不忘时刻勉励，越是这个时候，越是要镇定自若，不能乱了方寸，既来之则安之。

黑牡丹收拾着厂房。空旷的厂房里，有着一种使人倍感虚空的感觉，一声咳嗽，能有几个回响。水草一旁看着，这个时候她也只能做看客了，还是黑牡丹可以做点事情。黑牡丹也不喊水草做事，她知道，此时的水草已经有些傻了。

黑牡丹思忖着，或许这个荒凉的地方，有着意想不到的东西存在，只是她们还没有发现罢了。陡然间，黑牡丹兴奋了起来，她似乎看到了菌菇生长的景象，那是一个从未见过的旺盛的菌菇生长场景，比她在瓢城一瓢水菌菇房里的长势还好。大片大片的上好菌菇，一个挨着一个，油亮亮的，整座厂房里都是。菌菇对于黑牡丹的意义，就如同水对于菜园，木料对于房屋，一瓢水就是靠着菌菇赢得顾客，做成了长盛不衰的店铺。

幻觉，那是黑牡丹的幻觉，她看到了菌菇蓬旺的景象。

水草也有了自己的幻觉。她看到了瓢城西城门楼，门楼墙基下发绿的苔藓，轮船公司大码头岸边高高的吊杆，还有自家院子里的桂花树……

90

夜已深去，水草和黑牡丹坐在床上。睡不着。废弃的工厂，漆黑的夜晚，无边的寂寥。水草的心里有说不出的难受，她觉得自己已经掉进一个无底的大洞，头上仅有一爿圆形的天空，几颗星子，镶嵌在灰暗的青石板上。这样的情形，在她的幻觉中已经出现过好多少次了，心中不停地涌起伤感。

时间一分一秒过去，寂寞沉静的海边暗夜，漫长而沉闷，使人感到一阵阵的窒息。水草怎么也不能入睡，脱了衣服睡下，又穿了衣服坐起。窗外，海风一阵阵吹起，可以听到刮在建筑物上发出的尖锐声响，类似于哨音。风停了，听不见了；风起了，又听见了。

这时，一声野猫的嚎叫划破夜空，碎了哨音风声的空寂。紧接着，无数的野猫叫了起来，在夜幕里四处飘荡。野猫的声音凄楚而恐怖，仿佛鬼谷里发出的声音，一阵紧似一阵。与这野猫叫声相呼应的，是大起来的海风。一阵风声，一阵野猫叫声，相互交替着。

水草一头扑进黑牡丹的怀里："厂房是租来了，可这里让人心生恐惧。我们到这里来干什么？到处是野猫的叫声，海风肆虐，一片荒凉。我头脑发热，你也头脑发热了吗？"

黑牡丹笑道："你这一惊一乍的，弄得人心里发慌。怎么，承受不住了，也就这点能耐了？"

看到黑牡丹拥有着如此定力，水草很是钦佩，觉得自己相差太大。她不应该再说什么了，应该与黑牡丹一同面对接下来的种种挑战。黑牡丹像是在对水草说，又像是在对自己说："开弓没有回头箭，我们是来创业的，不是来惊魂落魄的。稳住，不要自乱阵脚。这儿其实很好，可以做出一番事业来。"说着，她的脸上泛起了红晕。

水草从未见过黑牡丹这样的脸色，好似春天河岸边盛开的野花。她问黑牡丹："你到底看到了什么？"

黑牡丹回答："我看到了遍地生长的菌菇，过去真的是苦于没有地方。"

"你以为这是在经营一瓢水？这儿连个人影都没有，菌菇又有何用，可以发大财吗？"水草心里这么想着，嘴上却没有这么说。出来本是她的主意，再来挖苦黑牡丹就不像话了。这样不可言说的状态，莫不在她的脸上留下一会儿脸红、一会儿脸白的神情，把一切所想留给了缄默。

初来乍到的夜晚，迷茫与惊恐笼罩着水草，感到前所未有的无助。

荒凉的环境包围着身体，置身在无边的荒原之中。海风呼啸发出的撕裂声响，野猫一声紧似一声的嚎叫，使得水草心烦意乱。水草已经有些沉不住气了，看不到可以在这里做出一番事业来的迹象。是风将她们像树叶一样吹来了这里，她们也会像树叶一样被风吹走。

"这儿实在是太荒凉了。"水草心中的悔意与伤感又加深了一层，终于说出这样的话来。

黑牡丹不再理会水草的情绪，她已经说过，既然来了，就把这里的事情做好，其他的想法都是无益，现在的关键在于沉下心来做事，而不是一次次毫无意义地抱怨。

见水草不停地唠叨，黑牡丹说："荒凉是荒凉点，却没有人来打扰。"

"没有人来打扰又有何用？一片空旷的不毛之地，何来像样的商机？"说完，水草觉得自己的话才是真正的没用，于是说，"睡觉。"

黑牡丹看着水草大笑，笑她已经乱了方寸。

看着信心满满的黑牡丹，水草依然不能高兴起来。水草知道，黑牡丹现在满脑子是菌菇。她转念一想，菌菇就菌菇吧，总比自己满脑子虚空好。

深夜里，气温骤降。强劲的海风狂野肆虐，风声，野猫的叫声，不断交替。水草没有睡意，越来越清醒了，等待天光从东方出现。

黑牡丹睡下了，还有了小小的呼噜声。

水草看着睡去的黑牡丹，心存敬意。她想到了黑牡丹在一瓢水里行走的情形，轻柔飘逸。一些人总是在她回到柜台的时候，跑去攀谈。此时的水草在想，睡梦中的黑牡丹是那样安详静美。

集中意念，可以沉浸在忘我状态中，睡梦里的黑牡丹，梦见了自己的亡夫。她已经很长时间没有这样清晰地梦到自己的亡夫了，她非常想念那个成天与菌菇打交道的男人。已故亡夫在梦中向她微笑，告给她在这里长出上好菌菇的秘诀。黑牡丹按照亡夫的指点去培植菌菇，个个饱满，褐色油亮。黑牡丹走上前去与亡夫说话，亡夫与她一一交流，生怕遗留了什么。可说着说着，亡夫就像影子一样消失了，身后一大片上好的菌菇。

黑牡丹从梦中醒来，她相信这是亡夫在托梦，向她传递信息，这儿可以长出像样的菌菇来。她看着屋外，天已经亮了。

黑牡丹起来，走出厂房，看望东边的大海。海上正升起一轮红色的天体，海天红光一片。"菌菇，对，就从菌菇开始。"黑牡丹说。

相跟在后面的水草，不停地打断黑牡丹的思索，她说："我们是不应该来的。我做一瓢水玻璃生意，你做一瓢水食铺生意，那是个多好的日子。是不是重新考虑一下？现在走还来得及。"

"你说这话就没意思了，我可以做一瓢水，那终究是一片食铺的生意。你可以做玻璃门店，那毕竟是玻璃生意。现在已经到了这里，什么也没有尝试过就拔腿走人，也太差劲了吧。再说，我们已经签了租赁合同，瓢城生意也都卖了，没有任何回头的可能了。"

"你倒是想得开，但在这里到底能做什么？"

"菌菇，先从菌菇做起。我相信，一定会在这里创造奇迹。"

"奇迹？"

"奇迹。"

按照黑牡丹的布置，水草与她一同做起了培植菌菇。几座厂房里都栽培上了菌菇，她与黑牡丹没日没夜地看护着，越来越像农夫的模样。心却随着菌菇的生长，渐渐安定下来，炮营依旧定时打炮，成了水草与黑牡丹休息的号角。她们放下手里的活奔跑到海边，看着一个个冲天水柱，听水柱回落发出的轰鸣。

菌菇的生长，比想象的要好，呈现出独特一隅。黑牡丹没有想到，在这荒凉的废墟上能够长出如此的菌菇来，定是这儿被什么肥沃的东西给滋润了。黑牡丹按照亡夫的梦中指点，一步步做着，果然长出了上好的菌菇来。

长势喜人的菌菇，宛如排列整齐的小兵人，伫立在厂房里，那样子，一点也不亚于战场上军队的气势。三座大厂房已经不够用了，又租下更大的地方。黑牡丹没日没夜地忙碌着，脸上充满了喜兴。荒芜的土地，废弃的工厂，可以大面积栽培菌菇，给她带来少有的机遇。黑牡丹太感谢水草的随心所欲了，忙碌的她满眼都是丰收的景象，一点也不虚幻遥远。

不知道是喜还是忧，卖掉成功的生意外出发展，最后靠菌菇来垫底。对黑牡丹而言，是大喜；对水草而言，是小忧。长势喜人的菌菇，预示着某种吉兆，这是黑牡丹的看法；菌菇生长蓬旺，倒也涂抹了光秃海岸工厂的颓废景象，可菌菇到底能弄出多大的动静来，当是不可有太大的企盼，这是水草的想法。水草寻思着，是不是以后就变成菌菇生产专业户了，然后再依托菌菇的专业打开市场？

"你在那儿想什么呢？"黑牡丹手里拨弄着菌菇说。

水草说："没想什么，就是觉得菌菇长势确实很好。"

"那就把菌菇养好，不要一副神不守舍的样子。"黑牡丹说，"菌菇总是看得见摸得着的东西，一下子生长起来，说明这里可以大片栽培菌菇。我们且慢慢做着，凡事可以随着时间的变化，再寻思着其他事情。"

水草想到了她与母亲去西城集市，秦腊梅对自己说过类似的话。也真是这样，随着时间的流逝，做了录像厅，做了玻璃门店，现在又到了上海海边。渐渐地，跟随黑牡丹在菌菇里沉醉，成为一个现实的选择。

水草与黑牡丹期盼着喜人的菌菇给她们带来转机，就像田农盼望丰收的谷物。可上好的菌菇没有卖出好价钱，她们不掌握销售的渠道，任由着人家来砍价。

黑牡丹心痛不已，坐在厂房里发愣。

水草说："得与大公司签订长年购销合同，有一个稳定的销路，这样任人宰割不行，可惜了上好的菌菇。"

黑牡丹不说话了，她知道，水草已经有了感觉。一旦水草有了感觉，事情就会朝着一个好的方向发展，黑牡丹相信水草的经营头脑，她的活泛是自己比不了的。黑牡丹对水草说："我负责菌菇生产，其他的由你做主，你就放手地去做吧。"

说来奇怪，能干利索的黑牡丹，现在却听从水草的。水草也觉察到了，她对黑牡丹说："怎么，照顾到我的情绪了，哪来的这些谦让？"

黑牡丹笑道："与你出来的时候就已经开始了，你没有觉察到吗？"

"为何？"

"一起合作，总得有一个谦让。现在的情形，得有了通力合作的信心才行。"

水草笑了，笑自己真的是好福气。黑牡丹这样的朋友作为合作伙伴，真是万里挑一。

上海海边天空下的工厂，渐渐有了人气。

91

菌菇购销合同签订后，再租来一些厂房使用，黑牡丹似乎看到了自己事业的支点，撬动这个支点，就可以支撑事业的大厦。她不停地忙碌着，初来海边工厂时的那种低迷颓丧，被菌菇冲淡了。黑牡丹脑海里只有两样东西：逝去丈夫的幻影，上好的菌菇。她一次次在梦中与亡夫交流菌菇生长的细节，稳步扩大菌菇生产规模。

一旁的水草，怎么也看不到可以做大事的方向。她咕哝着："我们到这里来难道就是为了栽培菌菇吗？从此也就是菌菇专业户了。"可就在这个时候，陡然有个重大的商机在脑海里一闪而过，虽只是一瞬，却被她捕捉到了，一个巨大潜力的买卖在她眼前浮现：将这里的电力、道路、管道、厂房重新整治，进行先期投入，然后对外招租，一定会有大的前景。

黑牡丹犹豫了，对水草说："这样的想法靠谱吗？可不是小投入啊。"

有思想才会有行动，敢想才能敢干，一切皆有可能。现在的情形特别需要想象，脑海中的一片乐土，憧憬里的一幅美丽画卷，一个奇特的超前构思与决心。钢厂的原有形态失去了价值，成为一片废墟，但会以另一种形态出现，再生是普遍的自然规律。偌大的地方，便利的交通，完全是一个巨大的潜在市场，而且会是一个越做越好的事业。水草总是相信自己的直觉，这次也不例外。她对黑牡丹说："你坚信菌菇，我有犹豫，是我没有看到。我坚信这里可以整治对外招租，你有犹豫，那是你没有看到。"

"可以成功。"这样的直觉不停地萦绕着水草，给她以正面暗示。她觉得有一种内在的力量，使得深藏于泥土中的种子，接收到了阳光和水分。种子正在发芽，然后破土而出，向天空舒展，枝繁叶茂。隐约地，她闻到了花的芬芳，一种类似于自家小院里的桂花清香。这时，瓢城西城门楼出现了，金色阳光正照在门楼上。

黑牡丹看着水草，仿佛看到了她眼中的幻景，一种繁华的宏大场景。她知道水草，拥有那种敢想敢干的气派。黑牡丹一时无法用恰当的语言来表达，对于这个太过大胆的设想的具体看法，一种超常设想，已然超出她的思索范围。"她真的敢想。"黑牡丹回避着水草，以淡化自己的心中忧虑。同时，她又告诫自己，相信水草在瞬息万变中拥有的潜能，在思想与精神上同她保持一致。水草所看到的，自己未必可以看到，这正是自己与她一起出来创业的缘由。

水草坚定地做着自己的事情。要有大的发展，必须有创新意识，关于厂区整治招租的方案，占据了她的整个心思。她所憧憬的图景，清晰可辨，并渐渐立体起来。根据心中的意愿进行塑造，建设理想之屋，水草正在思考走向目标的具体方法和步骤。她与出租方交涉，意欲取得整个厂区投资再建的许可。水草心中明了，不是自己为着一个虚幻的想象所缠绕，而是与彩色玻璃一样，为先期布局。这个想法太大，远远超出"录像厅""玻璃屋"的范畴，但这正是出来创业的目的。水草认定这个创造性思维，来自灵性与认知。

她坐在海边，海风吹拂，思绪自由流淌。水草不停地放松自己，让轻松愉快的心绪徜徉。她知道，如果内在的思想错了，那么方向就错了，外在的破坏性因素就会降临。这般冷静思索之后，她坚定了自己的决心，在"体验""感悟"中，看到一个个美好景象。这不是幻景，更不是白日梦，而是独特的内在力量迸发出的"洞见"。此时的水草，完全拥有了"相信的力量"。

厂方根本不同意。"这不是胡闹吗，这块不毛之地，满眼看不到人影，招谁来经商？"这么大的工厂，怎能由着她们来开发，想干什么就干什么了。

水草道："这地方撂荒已久，并不见做了像样的事情。再这样荒废下去也就没有希望了。荒也是荒了，不如一试，并不损失什么。盈，大家获利；亏，我们认着，何乐不为？"

厂方的人看着水草，见她的态度坚决，以及对这地方的一个愿景的描绘，也渐渐地松了口："你说的事情太大，我们得请示上面领导。"

"那你们回去请示吧。"

海风吹来，水草不禁打了个寒战，真的是忒大的事情。此时的她，既希望厂方同意，又希望厂方不同意。倘若成功了，定是大成功；倘若失败了，便是血本无归。矛盾的心理，折磨着水草，但她坚信自己的直觉。

财富的属性在于交换，可以换取一切对人有用的东西。显然，水草的话厂方听进去了。几天后，上面领导来了，一个戴着墨镜的高个子男人，有着一种威风凛凛的感觉。那个小个子"毛巾"相跟在后面，显然是陪着他来的，这样的事情，在他这个层面解决不了。看到菌菇的长势，高个子领导摘下墨镜看着，脸上露出近乎惊讶的神色。"墨镜"从未见过长得这么好的菌菇，问道："你们是怎么培育的，销路怎么样？"

水草将购销合同给领导看。

墨镜看了购销合同，又看了看水草与黑牡丹，转头对毛巾说："派人过来调研，尽快拿出调研报告。"

委派过来调查研究的人，是个戴着金边眼镜的中年男人，带着两个女的，一看就知道是专门从事这方面工作的。他们在调研过程中，见到了一个这么能说的人。水草所展现出的一番前景，真的有一种魔力，使他们无法抗拒。中年男人与两个女的完全被她说动了心，一个几经荒废的地方，竟然会有那么大的价值与前景，又不需要他们投资，他们答应回去尽快向领导汇报。

中年男人与两个女的走了。

黑牡丹看着水草，不敢相信自己的眼睛和耳朵，简直就是将死人说活了。

"你不要这样看我，前景就是那个样子，我们是在帮他们。"

水草与黑牡丹等待回音的日子并不好过，表面平静，心中波澜起伏。黑牡丹很快进入菌菇世界，这样她可以忘却烦恼，走进幽独天地。

水草在厂区不停地转悠，思考着心中蓝图。她相信厂方一定会同意，除非他们的脑子真的不好使了。这是一个大胆而有前瞻性的想法，可以将这边的死地盘活。

一段时间后，墨镜和毛巾带着一帮人来到这里与她们洽谈。水草抱着黑牡丹大笑，终于等来了厂方的同意。她们不停地跳着，释放着内心的欢悦。

　　与厂方签订协议，是在一个雨后的早晨。海边大雨过后的天空，飘散着清新的空气。海边海水生成的固有味道，在一场透雨中给洗刷干净了。水草想到了家乡流淌的蟒蛇河，想到了母亲做米粉打上来的清澈井水。

　　黑牡丹也在想念家乡，想到一瓢水店铺的菌菇房。店铺后面三间瓦房的外面有一个水缸，上面放着水盆，那是她从菌菇房出来洗手用的。洗完手，她总要抬头看望天空，呼吸新鲜空气。菌菇房里有她喜欢闻的菌菇香气以及泥土味道，但终究是有些浑浊。现在的黑牡丹，就有点刚从菌菇房里出来的意思。她抬头看向海边宽阔的天空，呼吸着雨后的清新空气。

　　一张简易办公桌，放在迎面靠海的露天里，地上一摊一摊的积水，海风从海面吹来，吹散了水草和黑牡丹的头发。墨镜与毛巾两个大小领导到场签字，仪式简单却很庄重。太阳照射下来，地上的水塘反射着金色的光芒，海边废弃的工厂迎来了新的早晨。

　　合作协议签订后，全面开发的计划开始实施。水草与黑牡丹将工厂抵押贷款，加上自己带来的钱，重新增容变压器，拓宽道路，埋设管线，投资建设新房舍。水草将父亲给她的宝玉当了，她相信，这个廉价的地方，一定会带来自己一生中最大的商机，那个一次次在她脑海里闪现的繁华景象一定会到来。现在的关键是要有十足的耐心，以及对这地方的信心。

　　黑牡丹的脸通红。"出息点。"水草对黑牡丹说，就像当初黑牡丹对她说的一样。黑牡丹说："已经赌上全部命了。"水草说："我也赌上了，我们一定会赌赢。"脸也红了起来。

　　人对于一个奇想的实施，其实就是在赌命，赌上经济，赌上时间，最后的结果，就看这个认知的方向是否正确，以及沿着这个方向始终不渝的坚持。天下的所有成功，尤其是经济的成功，概莫能外。水草肉体的各个角落，都渗透在厂区整治租赁的规划中了。她不放过任何一个细节，明了今日之为，乃明日之果。现在的她带着真挚的渴望，催生行动，促成目标实现，用自信、勇气和强大的意念，抵御胆怯、消极，心怀美好憧憬。

挖掘机开了进来，汽车、吊车、管道、人力运输工具、变压器、脚手架，一派繁忙景象。水草从没有这样亢奋过，一半是相信自己捕捉到的机遇，千载难逢；一半是这么大的投资带来的压力反而使她兴奋起来。自从迸发出这样的想法后，水草闭起眼睛就能看到家乡瓢城的日出。这是个好兆头。水草不断提醒自己，千万不能动摇，开弓没有回头箭。

忙碌着菌菇的黑牡丹，在心里一遍遍地告诫自己，支持水草的决定，坚信她的超前思维和独特视野。这个时候，不能说泄气的话，更不能说担忧的话，好事一说就没，坏事一说就来，最好的法子是祈祷与相随。一切财富的获得，都离不开内在意识，是用心相谋的结果，在虔诚的态度下，聚力向前；所有损失，都是意识分散的结果，这是商道冥冥之中的规律，切不可散气，拖了水草后退。

黑牡丹一遍遍想起水草在一瓢水店铺里偷吃的情形，以为那样的时光最能表达水草的秉质。有时，"贪婪"与"疯狂"会成为内在驱动力，朝着一个意想不到的方向发展。

终于有了佳音，两家制造企业落户这里。水草与黑牡丹兴奋不已，水草拍拍黑牡丹，黑牡丹拍拍水草，一切都非常真切。这是一个良好的开端，从此外来投资就会陆续来到这里。

"是不是考虑回去，现在还来得及。"黑牡丹调侃水草。

"去，你就养好菌菇吧。"水草说。

风从海面吹来，一股咸咸的味道。以往，水草厌恶这种气味，给人以腌制与腐烂的联想。今天，水草觉得这味道很是好闻，实在是太好闻了，是真正的大海的味道。生意的方向对了，可以做出精彩来，水草与黑牡丹确信自己走在正确的路上。

等待中的时日，有了足够的清闲，水草想念母亲了，她极想告给秦腊梅，她不是在外面飘荡的，而是在外面创业的。母亲秦腊梅在她的心中有着不可撼动的位置，这么多年，一直是母亲支撑着家道。现在母亲还在摊档里做活，以后就不用再做吃苦的营生了。她想告给父亲沈宗宝，已经将祖传的宝玉当了，用于项目投资。但爸爸放心，不用太长的时间，宝玉就会赎回来。她想告给玉良，现在的分离，是为了以后更好的团聚。

汹涌的海浪拍打着海岸，水草的心一下子飞了出去，飞到海上，向上飞去，飞上云端；从高处俯冲而下，冲到海面，沉入海底；然后又从海底浮出海面，飞向远方。水草深深地吸了一口气，她已经很久很久没有这样呼吸空气了。

黑牡丹被水草的情绪感染着，张开双臂，深深地呼吸带有咸味的海边空气。对于黑牡丹而言，此时的每一分钟都让她感到欢畅，每一次吸进的空气都带有甜味，没有那种海边空气里的咸味了。她选择一个稍高的地方坐下眺望大海，她还没有如此眺望过大海呢。

今天，黑牡丹非常想看大海，眼前的大海宽阔无垠，她多想到海上去，坐上游轮，玩上十天半月。她的身体仿佛浮了起来，瞬间飞出去一般，在海的上空遨游。她闭上眼睛，又一次见到了一瓢水店铺。她进入后面的菌菇房里。在那里，她总是感到一份安妥与营生的自信。现在她来到海上，自由自在地飞翔。梦境与现实不断交替，一个个从梦境进入现实的奇幻感觉，使她流连忘返。

突然，水草眼前一阵眩晕，跌倒在地。这可吓坏了黑牡丹，她说："你可不能这样吓我，得好好的。万一你有了闪失，我可没有力量来支撑这个局面。"

水草说："没事的，可能是太累了。也可能是两家工厂进来了，心情一激动，就成了这个样子。"

"好好休息，千万不能出事，投资实在太大了。"黑牡丹说完看着水草，确认没事时，去看菌菇了。

看着黑牡丹离去的背影，水草想到她不止一次地表达过投资太大的想法。水草知道黑牡丹的担心所在，想想的确也是，她想到了夕阳中瓢城西城门楼上飘动的桃色薄云。

两家制造企业租赁的土地上，安装了很多设备。一批批工人忙碌着，全然是在做开工前的准备。水草与黑牡丹像个孩子似的看着两家落户的工厂，祈祷工厂尽快投入生产。每天起来做的第一件事情，就是去兜一圈，看工厂的情形，那种守望已经有了宗教般的虔诚。

她们意识到，两家企业的开工，就是租赁成功的开始。

92

清晨，太阳从海面升起，水草走在清爽的空气里。海边绿色小草上的朝露，在阳光照耀下发出点点璀璨的五彩光芒，她联想到电影中大教堂的那种玻璃花窗，想到早晨与母亲从西城教堂集市回来时，看到的西城门楼顶部的金光，也是这种璀璨的光芒。离家已经有些时日了，她真的想了，然而现在根本不可能回去。两家租赁企业做着开工前各项准备，她和黑牡丹默默祈祷着工厂给她们带来惊喜。

一个阳光明媚的午后，工厂的烟囱冒烟了。看到此等情景的水草，一边跑一边叫着："冒烟了，冒烟了，终于冒烟了。"跑去菌菇厂房叫黑牡丹。黑牡丹放下手中的活，相跟着水草往外跑，怀着一种既期待又怀疑的心绪去看工厂的情形。

工厂真的冒烟了。烟很好看，真是太好看了，不像以往看到烟囱冒烟，总是想到污染。工厂里的工人，一个比一个可爱，精神饱满，此时的黑牡丹与水草拥有了相同的情绪，她们太激动了。

"这儿的工人比我们那儿的工人精神。"水草说。

"这儿的工人比我们那儿的工人体面。"黑牡丹说。

两个人都笑了，分明是抑制不住自己激动的心情。她们又一次跳了起来，可很快，几乎是在同时，彼此提醒沉住气。这样的时刻，随意放纵情绪，就会冲淡成事的氛围，使聚集起来的能量散去。祈祷，不停地祈祷，宛如虔诚的教徒，用憧憬的结果，暗示心灵，事物之外的东西，让它远去。

后来的一段时间里，工厂的烟囱再也没有冒烟。水草与黑牡丹的心一下子悬了起来，刚刚起来的兴奋很快冷却下来。看来事情总要反复几次才行，等待，耐心地等待后面的好光景。天天去看高高的烟囱，天天没有动静，人也疲乏了起来。"不看了，看了也没用。"心里这样想着，眼睛还是情不自禁地去看烟囱的动静。

那段漫长的等待时光里，水草与黑牡丹看上去比实际年龄苍老了许多，面容憔悴，双眼凹陷，下颚一天天瘦消。她们变得沉默寡言起来，仿佛没有什么话可说。水草把思绪放在了野猫上，忙着给野猫烧饭。在这儿她们举目无亲，野猫就是她们的朋友，与她们相依为命的生灵。黑牡丹又一头扎进菌菇里了，她觉得还是菌菇实在，外面的情形只能交给时间了。

　　静能生慧。让心进入寂静状态，集中精力，智慧由内而起。此时的水草，尽可能地安静下来，在时间的静静流淌中等待着。对于租赁的坚信就是此刻最大的智慧，动摇不得，她清空大脑，闭上眼睛，聚集精神力量。水草相信自己拥有这样了不起的能力，更相信烟囱会再次冒烟，工厂开工不会太久，其他客商也会不断涌来。

　　水草看到了春天，河岸的蔷薇花五颜六色，树林的小鸟啼啭。宽阔庄园出现了，四周河水清澈，舒适华屋，内藏名贵书画，一幅丰盈美丽的画卷。这些梦中景象，一次次浮现在她的眼前。

　　水草照顾着野猫，野猫也把水草当成了妈妈。渐渐地，野猫失去了野性，住到厂房的一角。水草、黑牡丹、野猫，组成一个特殊的家庭，与野猫一同居住的时间，生出了许多乐趣。猫们有时排成一队，首尾相接在厂房里行走，一个接着一个地叫着；有时，猫们围成一团，一起叫；有时，猫一个个登场，有的昂着头，有的弓着背，有的跳跃式奔跑，有的匍匐前进……

　　水草与黑牡丹已经倦于一天天对工厂烟囱的守望了，心中的奢望也渐渐消散，她们看着工厂不温不火的样子，却也没有停顿的迹象，也就生出一丝安慰来，能慢慢地往前走就好。一日日的时光流淌，水草与黑牡丹总想在沉寂中找到一丝温暖。工厂、菌菇、野猫、海边寂寥的天空，她们四目相对，一脸苦涩。烟囱已经在她们的视线里消失了，强忍着不再去看它。

　　就在她们不抱任何奢望的时候，工厂一下子又起来了，一个个忙碌的身影在工厂里穿梭，水草让黑牡丹放下手中的活，一起去看工厂的情形。

　　黑牡丹不想看了，她不想再度失望。水草说真的起来了，黑牡丹依旧不想去看，不停地拨弄着菌菇。水草急了，大声说道："我说它起来了，你还在那不停地拨弄菌菇干吗？"黑牡丹放下手中的活，跟着水草往工厂跑。

这是多少时日之后的又一次隆起。看着工厂开工的一派喧腾景象，水草和黑牡丹激动得满脸绯红，她们跳啊蹦啊，瞪大着眼睛叫着，非常肯定地认为，这次工厂繁忙的场景不可能再次停歇，大好前景就在前方。

"要成功了，要发大财了。""这个地方算是来对了。"这样的想法占据了她们的脑际。水草和黑牡丹的脸上充满了前所未有的兴奋，客观世界仿佛有着一种神秘的力量在相助她们，一扫过去的阴霾灰暗，心中的欢悦一阵阵升起，笑声划破长空。她们置身于大自然的鸟语花香中了，与自然融为一体。

天空碧蓝，没有一片流云。大海传来温柔的浪声，一波一波地充满了节律。空中飞鸟发出声声鸣叫，比昔日密集了许多。鸟儿们似乎也感觉到了这里的人气，要飞过来看看有什么新奇。她们越来越相信意念的力量了，那种在潜意识中与现实世界的联系，不停地驱散着消极负面的影响。

"快了。"

"快了。"

她们祈祷着好日子来临。

对面的炮营依旧按时打炮。在一个个炮声中，水草与黑牡丹四目相对，脸上有了明媚的容颜。"礼炮，那是礼炮。"声音很小，这种故意压低心中欢悦的行为，看上去有些缩头缩脑。

猫们仿佛也知道了主人的心境，紧紧地跟在后面，一点声响没有。它们有的低着头，有的弓着腰，有的左看右看，不发出一丝声响，全然没有了先前那种桀骜不驯与狂乱散漫的样子。

黑牡丹看着这些野猫，对水草说："看来真的是有希望了，一切井然有序。"但心里还是不够踏实，"可不能再有什么闪失了，我们的全部希望就在这里了。"说完，捂住了自己的嘴。

她们站立海岸看炮营打炮，眺望海中升起的一个个水柱。晚霞中的粉色天柱，映红了天空和大海，水柱回落海面形成多重轰鸣，仿佛天上瀑布一泻而下。水草与黑牡丹沉浸在彼此欣赏的欢悦中，觉得自己够伟大，是一对敢于冒险、敢于折腾的女人。一份坚守，得来一份回报，废弃工厂，就是她们创造奇迹的好战场。

那是个满月的夜晚，一切都很平静。

水草和黑牡丹早早睡下，她们太累了，睡得很深很沉。猫们也累了，没有任何声音。如纱的月光洒满大地，海浪韵律般发出声响，宛如母亲的催眠曲。沙滩、明月、海浪、风吹，水草与黑牡丹到这儿就没有踏实地睡过觉。她们睡得太香了，好想睡上一百年。

夜里，日本海发生强烈地震，引发海啸，向四处散开。海浪一路西进，凌晨时分，到达中国东海岸。

清晨，黑牡丹醒来，发现屋里全是水，赶紧叫醒水草。

"怎么可能，在大海边，再大的水也会退去。"水草不信地，看向地面，真的满地是水。她霍地站了起来，冲出门外，一片汪洋。

两家工厂泡在水中，一片狼藉。天空茫茫一片蔚蓝，大地汪汪大水一片，野猫露出头来在水中游动，不知道该游向何方。天上的飞鸟不停地盘旋，认不出下面的一片是为何处。早先的情形不复存在了，根本就不是这个样子，飞鸟也陷入了一片沉思，它们盘旋了一阵子飞走了。

"黑牡丹！黑牡丹！"水草撕心裂肺地叫着。

黑牡丹就在她的身边。

水草哭了。黑牡丹哭了。她们一屁股坐在水里，呆若木鸡。

"怎么办？"水草看着黑牡丹问。

"到底怎么办？"黑牡丹看着水草说。

她们不约而同地想到，已经大祸临头，要遭大难了，大哭起来。如何应对这场突如其来的灾难，成了顶大的事情，无助、恐惧、绝望，笼罩着水草与黑牡丹。越是这样的情形，越是要咬牙坚持，她们不忘相互鼓励。

"到了这个时候，只有向前，没有退路。"水草自言自语道。

"对，只有向前。但路在何方？"黑牡丹喃喃自语。

"是的，路在何方？这是个问题，是个很大的问题。"水草说。

水草与黑牡丹相互调侃着，释放心中压力。在调侃的诙谐里，分明是手足无措的窘态，她们很想找到一个好的法子，但实在是想不出什么法子来。水浸透了水草与黑牡丹的衣衫，脑子里一片空白。

留下还是回去，现实而紧迫地摆在她们面前。

黑牡丹已经打定了回瓢城的主意，不管水草同意与否，都要这样去做了。她想一瓢水店铺了，想那个使她倍感自豪的瓢城时光。她相信依托一瓢水，还可以东山再起，这边已经是无力回天。"没有什么大不了的，人拿得起放得下。回到瓢城，东山再起。"黑牡丹对水草说。

水草不想回去，实在是无法面对母亲秦腊梅和父亲沈宗宝。她难以决断，就像面对生死一样的大问题。

大水退去，两家工厂空无一人。

供电局的人来了，出租工厂的人来了，还有工商税务局的。看似来慰问，实质是来清算经济，生怕自己的利益受到损失。

黑牡丹一声不吭。水草心里也没了主张。她们相对而视，脸色苍白，来人说的话一句也没有听进去。过来清算经济的人一个个抢着说话，然后留下一堆文字东西走了。

"走，就像那两家工厂的人。"黑牡丹说，"已经回天无力了，只能一走了之。三十六计走为上，留下来无法面对。"

水草不得不依了黑牡丹，面对家乡瓢城的方向，泪流满面。她说："我对不起爸爸，沈家最后的宝玉在我手里丢失了。"远处家乡小院里的桂花树树影，不停地在眼前浮现，还有西城集市里的摊档，水草跪下来说，"妈妈，我对不起你啊，辛辛苦苦一根葱一头蒜一块米粉地做着小本生意养家糊口，现在我捅下了这么大的娄子。"

"抓紧走吧。"黑牡丹催着水草上路。

93

事物的发展，不会按照人的喜乐进行，会有种种不测风云。急速回乡的路上，水草与黑牡丹一路无语。有所期待的外出创业，遭遇如此情形，以失败告终。困难时刻，哀与乐的情绪无敌于即将到来的各种清算，那个走投无路的夜晚，水草与黑牡丹悄然离开上海。没有眼泪，没有痛苦，一心想着的是尽快回到江北瓢城。

车在上海市街里穿行，她们无心去看窗外的风景。记得来时，大都市的发光让她们目不暇接，现在已经无心去欣赏这样的景致了。水草与黑牡丹来到江南的激越，变成了归去江北的颓废，她们已然明白，完全到了山穷水尽的地步。来不及想那些痛苦的忧伤，内心难以作别倾注大量心血的土地，只能以舍弃求得身退，这是极悲哀与无奈的事情。

上海越来越远，远方家乡瓢城在不停地呼唤，那是来处，更是归途。

离开上海之后，车速明显加快。路边的树嗖嗖地向后划去，可前面的路仿佛只是在一点点地靠近。汽车行进在柏油马路上，发出唰唰声响，犹如海风吹在建筑物上的那种声音，但不是哨音，是一种刮心的嗖嗖声。失败、恐惧压抑着她们，脑子已乱成一锅粥。

"赶紧回去。"黑牡丹满脑子就是这样的想法。

"回去又能怎样？"水草对黑牡丹产生了敌意，就像黑暗中闪过的一道寒光。

在黑牡丹的叹息声中，水草一次次想到了海边工厂。"猫，我的那些猫。"她大声叫了起来。

"怎么啦？"黑牡丹吓了一跳，大声问道。

渐渐地，车慢了下来。

"猫，我的那些猫。"此时的水草大声叫"猫"，一副惊魂不定的样子。

黑牡丹知道她是心有不甘，还在心中回望海边工厂。那儿已经无法回头了，已然成为泥泞的沼泽。她对水草说："你这样一惊一乍的，我的心都快跳出来了。抓紧赶路吧，人总有难以收拾的残局，那边完全回不去了。回到瓢城重新开始，一切还来得及。"

"猫！我的那些猫！"水草继续叫着。

"已经离开上海，家乡就在前方，还管那些猫干什么？还是先管好自己吧。"

"猫，我的那些猫，我一定要回去！"

"出来原本就是个错，再回到上海海边去又能怎样？不安分哪，就有了这样的结果。都是我的错，不应该滋长你的胡思乱想。"黑牡丹说，

"不要再想那些事情了，我们回家了。"

"怎么，后悔了？你不是说菌菇可以打天下吗？"水草说。

"天灾，不可抗拒。"黑牡丹指了指天。

"猫，它们怎么办？你走吧，我得回去。"

"那些猫原本就来自野外，它们依旧回归旷野，一样活得很好。"

"不行，肯定不行。"

黑牡丹的眼睛里尽是水草的疯相，一遍遍地叫着野猫，叫着重回上海。难不成仰仗那些野猫来扭转局面吗？可笑至极。人要担得起成功的欢悦，更要承受住失败的打击，你在那儿独自发疯又有何用？而在水草心里，陡然升起某种直觉，必须回去，已经到了偏执的程度。

黑牡丹一心想走，以为那是水草的狂想；水草拼命想回，天无绝人之路，不能这样把自己打倒。

水草与黑牡丹僵持不下。

最终，黑牡丹还是拗不过水草的疯劲，车子返回上海。

唯唯诺诺远不是黑牡丹的个性，她与水草出来打拼一刻也没有打愣，终于找到情投意合的合作伙伴。一路向南的脚步没有丝毫迟疑与惧怕，她相信与水草一起可以闯出一片像样的天地。可现在的情形是，用来发展的经济与法子已经耗尽，不得不弄清楚继续撑下去的成本。回到瓢城重新开始，还可以东山再起，也是唯一明智的选择。她们还有一瓢水，一瓢水老區还在，依托一瓢水，她们依然可以东山再起。她想到了那样一句话：及时停止就是前进。但她不能将水草一人丢在上海，自己对沈、秦两家有着特殊的责任。即便是回到上海重入苦海，也要相随与水草一同前行，这就是她的宿命。

多少年后，当水草与黑牡丹再次提起这段往事时，想给这样的时刻一个准确的定义。水草给了一个说法，叫作"无意识的惊恐"。黑牡丹并不苟同，说是惊恐可以，说是无意识，那真是睁着眼睛说瞎话了。

"猫，我的那些猫。"水草又叫了起来。

"回头了，你就不要再叫了。"黑牡丹心烦意乱地说，"不知道哪来那么大的劲，嗓子都喊破了。"

终于回到上海海边，那些猫们仿佛一夜间恢复了野性，成群结队地嚎叫着，一浪高过一浪。突然失去主人的野猫变得六神无主，四处乱窜，就像疯了一般。恢复野性的猫们的撕裂叫声在空中回荡，那般狂乱的情景让人恐惧，仿佛世界末日已经来临。水草的眼泪一下子夺眶而出："真的舍不得你们啊，我回来了。"

见到水草，猫们像是见到了自己的妈妈，齐声叫着，争先恐后地往水草怀里钻。那些没有钻到水草怀里的猫，有的对着水草叫，有的拱着背，有的不停地在那儿打转。水草笑道："不丢弃你们啊，无论到什么时候都不丢弃你们。我们是一家人，永不分开了。"说完去做饭给它们吃。

成群的野猫，语无伦次的水草，黑牡丹嘴里嘀咕着："猫有饭吃了，这有什么用，我们怎么面对一切？"

"你就不要再嘀咕了，走一步看一步吧，船到码头自然直。"水草大声说道，"我们就卖在这里了，烂也要烂在这里。在这里站起，或者在这里倒下。"

看着水草的样子，黑牡丹哭笑不得。

这般地与猫为伍，烧饭，说话，见到她们的人，无不摇头。

"投资太大了，可怜啊。"

无法作别的海边，难以回头的故土，她们身处绝境之中。大水过后的海边，一片狼藉。天空照射下来的光，在地面各处反射着，有白色的光，金色的光，红色的光，蓝色的光，还有青色的光，五颜六色了呢。刚刚退去海水的泥土，一片泥泞。

就在这样的时刻，发生了绝处逢生的奇迹。供电局来清算电账时发现，电表装反了。这是个事故，要追究责任的。供电局的人主动与他们商量，不收电费再送三个月的电量，只是电表装反的事情谁也不要再提。

水草与黑牡丹相互看了看，对供电局的人说："没有啊，我们没有用电啊。"

供电局的人笑了。

人生中有许多意想不到的东西发生，在她们走投无路的时候，出租厂区的人来了，对她们的遭遇表示同情，施出善意帮助她们。整座工厂租赁给她们二十年，前面的租金全免，只是要求算作他们百分之四十的股权。出租工厂的人相信，对野猫都如此用心的人定会重整旗鼓。

水草与黑牡丹看着出租工厂的人，不敢相信这样的雪中送炭，实在是感人肺腑。当她们确认自己的耳朵没有听错时，不敢作声，只在心中默念祈祷。更使她们感到欢悦的是，那个戴着金边眼镜的中年男人，是个法律意识很强的人，在保险条款中特别注明了意外险。

"这下有救了，可以渡过难关了。"看着眼前的恩人，水草与黑牡丹终于压抑不住心中的感动，号啕大哭，弄得人家手足无措。

两家工厂的人也回来了，他们的本钱丢在了这里，在这里跌倒就在这里爬起，否则就血本无归了。两家工厂的人流着眼泪与水草、黑牡丹握手，一句话也说不出来。水草与黑牡丹流着眼泪与两家工厂的人握手，也一句话说不出来。这样的悲壮与豪迈，不亚于一场大战的劫后余生。他们破涕而笑，把手都指向天空。

"对对对，天灾天灾。"

经历了跌宕起伏的变故之后，情形发生了传奇的逆转。两家工厂发展得很好，其余的土地也一个个租了出去，菌菇生产供不应求并且出口到国外。很快，这里成了方圆百里的知名市场，不停地有客商过来洽谈业务。水草和黑牡丹的事业涅槃重生般地走上了正轨。事情走了背势，举步维艰；事情顺当起来，如同飞升。用现在的话说就是，站在风口上，猪都能飞起来了。她们相信了这样的说法：最困难的时候就是最绝望的时候，最绝望的时候就是快要反转的时候。

"这叫什么？"

"触底反弹。"

黑牡丹大声对水草说："猫，那些猫。"

"怎么，你也感谢猫了？过去不是讨厌它们吗，现在知道它们的好了？"水草说，"你忙你的，我来服侍它们，它们是我们的恩人。"

"猫好不好我不知道，但我知道你好，要是真的回了瓢城，脸没了不说，哪来的柳暗花明？这辈子算是见识了。"

"我们已经离开了，家乡就在前方，还管那些猫干什么？还是先管好自己吧。"

"嗨，还说那些啊。"

对天命的相信以前不曾有过，夜晚成群的野猫在嚎叫，一切使得水草明了冥冥之中自有安排。看着这些野猫，就如同见到亲人一样，水草将野猫紧紧抱在怀里惯着亲着，像是抚慰自己的孩子。猫们也有了生命的依归，争先恐后地涌入水草的怀抱。

千万问题的解决，通过心灵守护，潜能与财富获得，可以在其中得到掌控。绝望中的回头，就是与野猫心灵沟通的结果。水草相信，最后一刻的坚持赢得自然的馈赠，而这一切皆与野猫有关。

黑牡丹站在一旁看着，她从没有如此看过它们，甚至从心底里厌恶这些东西。可今天，她的眼睛湿润了，她与水草一样爱上了这些野猫。它们与她们是紧密相连的彼此，成为整个网线上的环扣，失却了某个环扣，就失却了全部。人与猫都为自然生灵，相互依存，互相帮助。

黄昏来临，天空飘着鹅黄色的流云，流云的边沿镶着金边。渐渐地，天空变成了橙红色，晚霞映照海面。水草与黑牡丹眺望大海，海浪向海滩冲来，发出哗哗声响，海浪一排排，由远及近，最后变成白沫消失在沙滩上。军营的炮依旧响着，巨大的声音打破沉静，海面升起冲天水柱宛如礼花绽放，回落中发出多重轰鸣。天空依旧，大海依旧，可一切已经发生了根本性改变。否极泰来了。

看着大海的景致，黑牡丹以为自己从根本上缺少那种称之为耐性的东西。说到耐性，就会联想到忍耐，这方面她是有的，比如在最困难的时候，对于菌菇的坚守。然而那只能称之为"忍耐"，而不是真正意义上的"耐性"。与水草相比，自己终究还是缺乏了牢牢把握正确方向，敢于坚持的精神力量。现在好了，与水草一同听从冥冥之中野猫的召唤，重新回到上海海边，回到先前的轨道上来了。

微风从海面吹来，带着海的芬芳。水草想哭，她想到了母亲秦腊梅，想到了父亲沈宗宝，想到了玉良，想到了金草、银草。父亲给她的那块家传宝玉，花再大的钱，也要赎回来。这时，二胡曲《光明行》的旋律在她耳边回响，水草好似看到了拎着胡琴向她走来的玉良的身影。

94

瓢城的秦腊梅、沈宗宝、玉良，盼着水草早早归来。小院里的桂花树结了满满的一树桂花，翠绿的叶间密密匝匝，花香四溢弥漫，飘满了整个村庄。上坝村人已经习惯了这样的香气，并把这香气看着是上坝村特有的东西。清晨也好，晚夕也好，满村子飘散着的桂花香气，就是上坝村的标志。上坝村变成香气村了。

瓢城很多人知道西城门外上坝村前的那棵老桂树，西城教堂集市里有坝口小院人家的桂花糕卖，那可是上好的金桂，瓢城不少人专程到西城教堂集市里去买秦家的桂花糕。吃在嘴里满口香气，在碗里找那桂花，却怎么也找不到。

秦腊梅看着院中的桂花树，想到了自己的母亲。在秦腊梅眼中，桂树就是母亲，母亲就是桂树，这棵桂花树是她秦家的命根子，她极为喜欢这种一年四季挂着绿色的常青树。秦腊梅想念着远在他乡的水草。自己的母亲从江南来到江北，现在的水草从江北去了江南，难道这就是生命轮回吗？

秦腊梅在树下铺了草席，玉良用竹竿将桂花打下，然后清洗、晾干，将它们做成桂花糕，到西城集市里去卖。秦腊梅看着玉良，心里甜滋滋的，自己看中的这个女婿是个少有的好男人。她祈祷水草在外创业成功，早日回家与玉良团聚。

沈宗宝一样盼着水草归来。他站在院落门口，抽着香烟，把目光送向遥远的天际。他知道，这次水草外出是背水一战。想想自己，曾经梦想成为沈氏辉煌重新崛起的传人，至少也可以成为过渡性人物，最终却做了虚空缥缈之人。现在水草渐渐起来了，他得倾其所有支持她，这是沈家唯一的希望。

秦腊梅没有那么多的奢望，她所希望的是女儿水草安好。至于做出多大的事业，不是顶重要的事情。她把对水草的思念埋藏在心底，将集市摊档里的生意做得更加夯实。

水草不在瓢城的日子里，金草、银草经常回家看望父母。起初，父母很是高兴。那天，秦腊梅在做米粉。见到远处两个女的向这边走来，一个穿着粉红色衣服，一个穿着墨绿色衣服，一红一绿。这不是金草、银草吗，她放下手中的活，迎了上去。

金草、银草走到母亲跟前，秦腊梅上下打量着两个女儿，眼睛都笑眯了。

秦腊梅忙里忙外，烧好的给她们吃，收拾好了让她们住。嫁出门的闺女回家，是标准的客人了，秦腊梅烧了一桌好菜，让沈宗宝拿出上好的桂花酒。

一家人喝酒吃菜，其乐融融。

喝过酒，吃过饭，一家人坐在桂花树下喝茶，谈论着家长里短。秦腊梅让金草住下，银草对秦腊梅说："我也住下，与姐姐一同陪爸妈。"秦腊梅看着两个女儿，一脸的嬉笑。她们在家的时候，她是那样厌烦她们。离家去过自己的生活，心里却无时无刻不在想念她们，她们是自己身上掉下来的肉，哪能不亲呢。

沈宗宝坐在门口抽烟，他的心里一直想念着水草。在沈宗宝的心中还真的没有两个大的位置，他所喜欢的是三女儿水草。现在水草到遥远的南方去了，心中的思念一天天浓烈起来。秦腊梅过来，让他也坐到树下一同喝茶。他起身坐了过来，看着两个女儿，淡淡地一笑。

秦腊梅一次次热情地接待着金草、银草，金草、银草就来得勤了。在家里吃在家里住，自由自在，一有时间就往家里跑。乐此不疲。

秦腊梅管吃管住，沈宗宝从淡漠走向反感。金草、银草在家好吃好喝不搭一把手不做一件事，还把家里的东西往自己家里拿。不仅如此，两个姐姐从不关心在外吃苦的妹妹水草，秦腊梅也不说两个大的。沈宗宝心里实在是不痛快，嘴里不停地嘀咕着："先前你就偏心，现在回家这副德行，还护着她们。"秦腊梅说："我知道你在嘀咕什么，我让她们不回来就是了。"

金草、银草依旧三天两头回来，想吃就吃，想住就住，根本不在意父母的感受。沈宗宝背着手在院子里转着，然后一甩手离开小院，向西门走去。他走进西城，然后往北城去找玉良。一路上，沈宗宝心想，得让两个懒虫不再回家吃住，没心没肺的东西。

沈宗宝来到北城文化会堂，玉良正在排戏。见到岳父来了，他放下手中胡琴，向门口走来。

沈宗宝开口就让玉良搬回家住。玉良以为爸妈冷清，一口答应搬回去住。"那我先走了。"沈宗宝说。玉良说："进来坐坐吧，剧团里正在排练新戏。你喜欢唱戏，进去看看也无妨。""不了，我下次来看。记得早点回家住，我们都挺想你的。"沈宗宝说。

院里的桂树在风中轻轻地摇曳，光线碎金般从枝丫间洒下。玉良住进小院就帮着秦腊梅做活，他喜欢与秦腊梅垫了席子打下树上的桂花，然后将院子打扫得干干净净。秦腊梅看着玉良，觉得他特别有眼头见识。

沈宗宝很喜欢玉良，彬彬有礼，谈吐文雅，没一丝邪念，是个中规中矩的好男人。秦腊梅更是喜欢了，这是她看中的女婿，还帮着水草做了录像厅生意，改变了家里的经济。现在水草不在身边，他一个人也够孤单的，搬回来住可以消减他内心的冷清，自己做活也有了一个好帮手。秦腊梅觉得沈宗宝这件事情做得好，烧了几样好菜让他喝酒。

沈宗宝要与玉良一起喝酒，玉良说："我不喝酒的，剧团里的人基本都不喝酒，说不准就会让你客串些角色，还会唱上几句。"

金草、银草看到玉良里外忙着，父母对他又那么热情，不禁议论起来："水草也是，只顾得自己出去发财，一个人在外面自由自在，丢下玉良独自在家。也不知道她现在怎么样了，连个消息都没有。"

玉良只当没有听见，依旧做着自己的事情。

沈宗宝让玉良给水草写信，叫水草早点回来，全家人都很想她。

玉良说："在外创业不易，不去打扰她为好。她若做成，自然会回来。她没有回来，说明她还没有做成。现在去打扰，只会影响了她的情绪。"

沈宗宝看着玉良，心里说着："玉良啊玉良，你就是实诚的脑袋不转弯，听不出来我的弦外之音哪。"他对玉良说："在外打拼不容易，出去也这么长时间了，好歹也回来看看我们。"

玉良不再搭理沈宗宝，他觉得自己的想法已经说过了，没有必要再说第二遍。

见玉良没有反应，沈宗宝道："那我们来上一段？"

“好，来一段。这说来就来，还是你先敲一阵锣鼓，做个开场。”

沈宗宝“哐哌，哐哌，哐哌……”地敲了起来。和着这声音，他与玉良在院子里打转。玉良一个亮相，“啊，啊，啊——”唱了起来。玉良唱罢，沈宗宝唱。沈宗宝唱毕，玉良唱。唱得严丝合缝，声情并茂，身形投入。

沈宗宝与玉良在坝口小院里谈戏论唱，切磋技艺，相得益彰。交流完了唱，唱完了交流，戏中两人，心无旁骛，只把那世事里的烦恼抛在脑后。

秦腊梅放下手中的活计看他们唱戏。平日里，沈宗宝唱戏，秦腊梅听几句就去忙自己的事情了。在她看来，沈宗宝唱戏激情可以，但唱腔不圆，身形不对，过于夸张，有时还荒腔走板。

玉良不一样，只要玉良一唱，秦腊梅就放下手里的活，认真地听。她夸玉良唱得字正腔圆，有板有眼，神情、扮相、手脚配合、身形摆动，都是专业水平。

金草、银草看了一会儿走了，她们觉得这家都成戏馆了，老的小的都是戏痴，没有他们这样唱的，也没有这样听的。“妈妈明明不喜欢爸爸唱戏，怎么玉良一来，就喜欢听戏了呢，真是无法理解的事情。”

玉良没有注意到金草、银草离开院落，依然沉浸在戏里。沈宗宝看到两个女儿走了，唱腔突然高了起来，心里想着：“终于走了，两个懒成神的东西。”戏文也唱得一脚高一脚低，没了章法。

秦腊梅皱起眉头，自言自语道：“越唱越不像话了，没法再听了，还自我感觉良好。”说着也离开了。

玉良看着沈宗宝，示意他停下。

沈宗宝不解。

玉良道：“你唱跑调了。不能这样唱的，即便是有了独到的见解，也不能荒腔走板，胡乱演绎，戏有戏的章法。”

沈宗宝噘噘嘴，意思是说金草、银草走了，他是高兴。

玉良点头，表示知道了，然后入戏接着来唱。沈宗宝与玉良唱得畅然，越唱越有了浓烈的戏味，坝口小院里一阵阵传出戏曲的声音，这里成了他们唱戏的舞台。

在后来的日子里，金草、银草回家总是拉着个脸，仿佛有谁欠了她们似的。沈宗宝与玉良在唱戏，她们就不停地弄出响声来。

玉良停了下来，稳了稳自己的情绪，收敛起身形。

沈宗宝气得满脸通红，意欲发作，掼盆摔碗，这戏没法再唱了。可见到玉良涨红的脸，也就忍住了。

"不唱了，不唱了，唱个戏都没有个消停的时候。"沈宗宝大声说道。

家里唱戏的环境越来越差了，沈宗宝跟玉良一起去剧团里看排戏。

95

北城文化会堂，瓢城剧团的排练大厅就在那里。那儿原是瓢城县政府礼堂，后来政府搬迁，礼堂给了瓢城剧团，叫作文化会堂。瓢城剧团请省城有名的书法家题了字，写了"瓢城文化会堂"六个大字。瓢城人觉得"瓢城文化会堂"几个字，根本不及西城沈均泽先生的字好。真是长杆子挂灯笼，照远不照近。

进入文化会堂，玉良安排沈宗宝坐下，自己去参加排戏了。

唱戏与看戏，是两种截然不同的体验。玉良在台上，沈宗宝在台下。玉良上场之后，完全变了一个人似的。沈宗宝定神细看他演绎的角色，心中升起某种肃穆的情愫。沈宗宝戏唱得一般，但对戏的鉴赏能力挺高。玉良入戏很快，完全进入戏的氛围，他对戏的把握，拿捏得当，细微之处精准到位。没想到拉胡琴的小女婿，有着如此的艺术天赋与灵性。

沈宗宝看呆了眼，时不时地打着手拍，嘴里跟着曲调轻轻哼唱。平日里自己唱戏觉得还挺到位，并不知道别人的观感。今日玉良一唱，知道了差别，还不是一星半点。曲调、唱腔、节奏、板眼，都有着很大的不同。真是不比不知道，一比吓一跳，难怪秦腊梅说玉良戏唱得好，自己真的有些自由了，还有点荒腔走板。

"玉良演绎得好啊，天生就是吃戏曲饭的料。"台下的沈宗宝，摇头晃脑，沉浸在玉良的角色之中。"收获了，早该来这里看戏了，免得自己还那样感觉良好。"沈宗宝目不转睛地看着戏台上的演唱，就像看精细手工折叠的漂亮纸花。

"不一样，真的不一样。"沈宗宝不停地感叹着。

台上的玉良，并不满足于自己的演绎，觉着没有道尽心中意境。其他人都下台了，他还站在台上，神情凝重。当他发现只有自己一人在台上时，收敛起了心绪，心中对自己的不满意，还显在脸上。

玉良来到沈宗宝身边。

沈宗宝说："唱得好。"

"不精到。"

"还要多精到啊？我与你相比，那可是相差了瓢城东西一条街。"

回到家里，沈宗宝告诉秦腊梅，玉良戏唱得好，一点也不逊色于那些名角。"唱戏与看戏大不一样，那真是不看不知道，一看吓一跳。玉良在台上，手、眼、身体，完全融入戏中了，唱腔也特别精准圆润。"

秦腊梅对沈宗宝说："我早就看出来了。"

沈宗宝并不生气，要是搁过去，那是要好好反击女人一番的。现在一点也不了，他知道与玉良的差距所在。一个客串的小角色，玉良那般认真地演绎，着实应了那句："没有小角色，只有小演员。"沈宗宝与玉良反复交流演唱的心得，把那唱段一遍遍地练过。他们能就一句唱词，一个身形的配合，研究半天，直到满意为止。沈宗宝觉得过瘾，真正尝到了唱戏的滋味；玉良也不厌其烦，在一次次纠正沈宗宝的过程中，得来对演唱分寸的细微拿捏。

坝口小院的桂花树下，两人进行着戏曲的探讨，越发地痴迷了。

那是个秋日的早晨，沈宗宝与玉良一起床就谈戏唱戏。陡然，玉良站在院子里不说话了，眼睛看着天空。沈宗宝的心中有了一种异样的感觉，先前是隐约的，并不明了它的存在。在秋日早晨的天空下，玉良站在坝口小院中，呆呆地看着瓢城初升的太阳。沈宗宝觉得玉良哪儿不对劲了，可这到底是哪儿不对劲了，又说不上来。

"敏感了，不是在唱戏吗？"沈宗宝告诫自己不要乱想，这可不是随意乱猜的事情。可当他不去乱想的时候，那个说不清的感觉又慢慢地冒出来了。

他对玉良说："你不要紧吧？"

玉良不解："什么意思？"

"太过痴迷了。"沈宗宝道。

玉良淡淡一笑，立在那儿不响。不一会儿，玉良向屋里走去。

玉良的房间里有着许多戏服，这是他根据自己的想法定做的。平日里，他常常穿这些戏服演唱不同的角色，沈宗宝也是乐见其成，觉得玉良的戏路宽，唱什么像什么。今天，他穿了一件旦角的衣裳出来。

沈宗宝一愣，从没见他穿这样的衣裳。

"咿，咿，咿——"玉良转了一圈一个亮相，唱了起来……

沈宗宝心中的担忧越来越大了，觉得玉良已经不是对戏的痴迷了，而是脑子出了问题。如此下去，弄不好会走火入魔，甚至走进黑洞。一次次的担忧在沈宗宝心中燃起，他也不知道自己为什么会有这样的想法，但分明又是来自对某些现象的判断。

沈宗宝将这些悄悄告诉秦腊梅："玉良有着许多古怪的想法与举动。"说着指了指自己的脑袋，"是不是这儿出了问题？"

秦腊梅道："我看你的脑子才出问题了呢，人家戏唱得好，你就胡乱猜忌人家，哪有你这样的长辈。"

"不是的，我是觉得他的脑子真的出了问题。你看他那么多戏服，那忧郁的眼神，还唱了旦角。"沈宗宝说。

"这就有问题了？笑话，我看你是嫉妒吃醋。唱旦角怎么了？梅兰芳还一辈子唱旦角呢，都唱到美国去了，成为真正的戏剧大师。这说明玉良的戏路宽，不像你，就一个腔调。"秦腊梅道。

"我嫉妒玉良唱戏？还吃醋了。有意思吗，我就是那小肚鸡肠之人？你再仔细端详，然后下结论不迟。"

这么一说，秦腊梅倒是要细瞅玉良唱戏了。她留心玉良的言行，看得仔细详尽，不放过任何蛛丝马迹。一阵观察之后，秦腊梅非常肯定地对沈宗宝说："我看一点问题也没有。戏有戏的讲究，得入了剧情合了戏文的意境才能唱出好戏来。你不也常常这样对我说吗，人戏一体，你的入戏程度并不比他差。"

"我与玉良那人戏不一样。"

"有什么不一样了？要说不一样，你入戏一看就不像。玉良入戏，那真是活脱脱戏文里的人物。"

"你这是什么意思？你的意思是说我装出来的，玉良是自然流淌出来的？"

"这是你自己说的，我可没有说。但你不要不信，还就是那样。"

"这就坏了，说明我的担忧是存在的。"

秦腊梅对沈宗宝不屑一顾，认定这是他想象出来的东西。疯疯癫癫，权把现实当戏唱，入戏太深人癫狂，这是沈宗宝的常态。人家玉良一板一眼，神情入戏，反倒被他说成是不正常。秦腊梅觉得沈宗宝依旧是嫉妒的心理在作祟，她对沈宗宝说："你说玉良精神不正常，我一百个不相信。"她觉得还不解气，继续道，"玉良唱戏，声情并茂，情真意切，浑然天成。想不到你沈宗宝，居然嫉妒起自己的女婿了。"

看着秦腊梅，沈宗宝并不生气，他注意到了自己女人的用词。

"哟嗬！不能够，还声情并茂，浑然天成了呢。看来这人一旦进入状态，还真的是飘逸灵动耽溺陶醉。"沈宗宝判定，在他的熏陶下，集市里的小商贩秦腊梅已经可以与之做戏曲方面的交流了。至于玉良，经她这么一说一分析，还真的是自己想多了。

"惭愧，惭愧。"沈宗宝对秦腊梅说，"是我的眼睛和思想出了问题。我要向玉良学习，与他一同进步，真正进入戏的境界。"

"你就与玉良一起去入戏吧。"秦腊梅拍了拍自己的衣服道，"我还要到西城集市去，最近买卤肉的人特别多。"

沈宗宝觉得大跌眼镜，刚刚有了感觉，她又说到集市里的小买卖了。秦腊梅就是扶不上墙的烂泥，只知道卤肉腌菜桂花膏。"得，我也不与她争持，说了她也是不懂。"然后摆出造型，演唱起来。

认同了秦腊梅的话，沈宗宝放松了许多。不过在暗地里，沈宗宝还是有意无意地注视着玉良的状态，已然成为一种习惯。玉良不唱戏的时候，除了缄默以外，并无怪异之处，有条不紊地做着自己的事情。玉良唱戏的时候，也就成了戏中人物，全然没有旁人的存在。

沈宗宝笑了，自己唱戏只是业余爱好而已，玉良是剧团里的人，成天与戏打交道，有着这样的差异也是情理之中的事情。"无伤大雅，无伤大雅啊。"沈宗宝把怀疑玉良精神不正常一事放到了脑后，认定是自己的敏感。

深秋时节，瓢城市街里的石板路面落满了树叶，一层层盖了地面。一阵风吹过，落叶在地上打转，露出石板清冷的光。瓢城市街的天空，灰突突的一片，满满的即将入冬的景象了。天气一天比一天冷，沈宗宝眺望远方，思念着水草。

这样的季节里，水草从江南回到江北。

96

回到瓢城的水草，仿佛经历了无数的岁月。院中桂树依旧翠绿挺拔，坝口小院有着一种无限的亲近感，终于回家了。此次回来，是因为收到了父亲沈宗宝的来信。父亲在信中说，母亲秦腊梅独自在集市里做活，非常劳累；玉良已经搬回来住了，一家人都好，都很想念她；金草、银草，父亲的信中只字未提，倒是说了不少玉良的孤单。从父亲的信中，水草知道了家中的事情，自己得回来一趟了。猛然一算，已经出去很久的时间了。

回到家乡，水草做的第一件事是为父母在城里买房，她觉得应该从改变父母的居住条件开始，提高他们的生活质量。水草让母亲不要再做集市里的营生，回家好好休息，为这个家操劳一辈子，到了该享福的时候了。

秦腊梅看着水草，一回来就说这些，事业做大了，气也变粗了。但看到水草是为她好，于是对水草说："妈妈知道你是一片孝心，但妈妈在集市里做惯了，不做难受。"她告给水草集市里的生意情况，如数家珍一般，说个不停。

看着母亲秦腊梅，水草告给她自己在南方海边的情形，经济已经不是问题了，这次回来给二老置下房产，让二老进城过上好日子。

秦腊梅说："房子就不要买了，院子里的平房拆了盖楼，怎么着也是个脸面。你爸爸早就有这样的想法，可他的生意做得不好。这里的风水好，这不三代出了你水草。那商品住房一家叠一家的，我们也住不惯。"

"好的，那就开春盖楼。"水草觉得母亲的话在理。

水草不再劝母亲回来休息，她知道，让秦腊梅放下集市里的买卖回家享福，比登天还难。忙碌惯了的人，一下子闲下来也不一定是好事。秦腊梅看着三女儿，眼睛笑眯了。知道女儿水草外出发展已经成功，坝口小院里浮起一种美妙的东西，在摇曳的桂树声中飘荡，秦腊梅从未有过这样的惬意感觉，仿佛压抑阴霾的天空一下子亮堂了起来。有赖于祖上阴德，衣锦还乡，沈宗宝搓着手说："沈家有希望了，沈家过去辉煌又要再现了。"他大声说道，"我早就说过，水草是沈家的未来，不是胡乱的猜测，那是有先兆的。"

秦腊梅心里高兴，但没有沈宗宝那般兴奋。在她看来，水草的成功是自己干出来的，她的勤劳的样子一次次浮现。水草看着母亲，眼睛有些湿润，她非常想得到母亲的认可，成为她眼中能干的女儿。水草走上前去拥抱母亲，眼泪流淌下来。母亲知道，紧紧跟在身后的三女儿真的成功了。秦腊梅的心里喜忧参半，她想到了一件事情，这件事情她与沈宗宝都不好说。秦腊梅恨着自己，什么事情不能想，偏要在这个时候想这件事情。

玉良从屋里走了出来，看着水草微笑。

水草走上前去，想与他拥抱。可玉良并没有那样的冲动，两人客客气气的。

"回来了？"玉良问。

"回来了。"水草答。

秦腊梅向水草使了眼色，让他们进屋去聊，水草拉着玉良进屋去了。

夕阳从院中桂树的枝叶间洒下橙红的光线，满地的光点。玉良深情地看着水草，他想到了那个西城集市里跟在母亲后面做青货生意的小女子，后来的录像厅小老板，玻璃屋女店主，现在的一派气象的女商人。对于这些，玉良并不在意，但心依旧是喜欢的。

水草与玉良走出房门，走出小院，向西城走去。水草想看瓢城，玉良也想在市街里行走。他们从西城来到东城，从东城去往南城，欢悦的阳光照在他们脸上，直到夕阳浸染，回到坝口。

晚上休息的时候，水草将祖传的宝玉交给沈宗宝。水草对父亲说："宝玉当的时候，跟典当行说好了，以后用双倍的价钱赎回。生意一有起色，就将它赎回，我知道这块宝玉的意义，它是沈家的传家宝，现在完璧归赵。"

沈宗宝心里的高兴劲还没有消退，现在又出现了家传的宝玉，更是喜之不禁。他拿着宝玉看了又看，家传宝贝，完璧归赵。好事一桩接着一桩了，难以自制的他眼泪下来了，家里的古玩几乎被他败光了，只有这块宝玉一直留着。

"死玉变成活玉了。"泪眼的沈宗宝看着宝玉说。当初他将宝玉给水草，只是让她放手一搏，留个后路，做最后的一道屏障。祖宗庇佑，不但宝玉回来了，还派上了这么大的用场。看来沈家飞腾之兆已见，终于等来了瑞光烛照。

当着女儿的面落泪可是少有的事情，水草知道父亲的内心激动，她也了却了一桩心事。此次回来，水草看望父母，多陪陪玉良，她与玉良分别得太久。开春之后的日子里，院子里盖三层小楼，对围墙进行改造，上坝村前的这户人家，与先前大不一样了。村里人用了近乎羡慕的目光看这独立小院，感叹着秦腊梅、沈宗宝算是熬出头了，没有白养这三女儿水草，现在得了她的济。

小楼盖好后，秦腊梅看着漂亮的三层小楼，没想到秦家会有这样的好光景。这么多年了，一直窝着，小院的日子怎么也蓬旺不起来。生活在起起落落的日头中，磕磕绊绊地轮回着四季。现在好了，水草荣归故里，扬眉吐气。

沈宗宝静立三楼眺望远方，一副神情凝重的样子。过去他也有过眺望，只是在天井里看到的一角青空。现在他的视线越过院前的河流，越过远处房舍的屋顶，眺望西城门楼。这样的眺望，着实勾起他心中的冀望。重振沈氏家业的计划，一个个又蹦跶了出来。他自信有着"直挂云帆济沧海"的气宇，从不缺少好思想，只是时机不对，运势不佳，合作的对象不妥。他站立小楼半天不动，仿佛有着什么惊天动地的大事在酝酿之中。时间一分一秒过去，事情一寸一尺生长，沈宗宝的思绪被自己的憧憬所缠绕。

秦腊梅对水草说："你看看他，又在谋划什么计划了。他的什么蓝图、规划，就是出不了芽的豆豉。从没指望他能撑起家业，要是仰仗了他，真的一家子喝西北风了。"

水草看着秦腊梅笑道："幻想是一种美好希望，有时候也确实可以带动一些好的思路与方向。"

"没见过他有什么好方向，倒是一次次给家添乱。"秦腊梅说。

水草笑着，不语。

瓢城夏日市街的风景，有了不一样的景象，同是亘古场景，因了三女儿水草的荣归而光亮起来。秦腊梅去往西城集市的路上，着实感觉到了不一样的气息。她知道，这气息全然因为坝口小院三层小楼竖立起来的缘故。沈宗宝徜徉在瓢城市街里，有了一种飘逸之感。不同的是，他的步履沉稳了起来，话不多了，喝酒也很适度，不再是先前的那种来者不拒了。

沈宗宝稳稳地坐在酒馆里，面带微笑，眼睛看着酒馆外的景致。有人端酒过来与他共饮，他起身小呷一口，然后坐下，微笑地看着对方。一起喝酒的人不适应沈宗宝现在的做派，不停地打量着他道："怎么，女儿发达了，小楼竖起来了，形象改变了？"

"不是。并没有什么形象的改变，只是觉得风尘碌碌，一辈子下来大半，自己却是一事无成半生潦倒，除烟酒唱戏弄几句酸文外，无一技可以安身立命，不能再给孩子添乱了。"他对朋友说，"想想过去，手舞足蹈，活脱脱一个小丑。惭愧，惭愧，一切如梦幻之后的惊醒。"

"谦虚了宗宝，这到底是不一样了。有了三女儿水草，以后你就过富足的生活吧。"

"谢谢！得有了自己的事业才行。"

"我看你就不要再折腾了，好好地享福就好。水草成功了，后辈胜前辈，千帆竞发，何等得意。"

水草去了西街"瓢城菌菇汤"。她没有进去，而是远远地看着。她自己想去看，更是黑牡丹的交代。在黑牡丹心中，总有一份愧疚，将一瓢水卖了，与沈、秦两家都没有商量。以后回到瓢城，一定将店铺盘回，挂上一瓢水老匾，完整地交给他们，了却这桩心事。看着瓢城菌菇汤店铺，过去的一瓢水店铺，水草想到了挂在家里的一瓢水老匾，想到母亲在集市摊档里忙碌的身影。

秦腊梅依旧做着集市里的小本生意，水草回来对她没有影响。一阵欢悦之后，秦腊梅重又回到先前的生活里。常言道，脚踏实地才能行稳致远，她一直秉持这样的道理。秦腊梅与往常一样早起，去往西城教堂集市。她喜欢那里的喧闹，那是真正属于自己的生活。瓢城九月的天空，散发着清新爽朗的空气，她所稀罕的是集市中的营生带来的一份安逸。

"现在家里也不差这个钱，已经到了该享福的时候了。"水草又一次让母亲不要去集市里做事。

秦腊梅说："怎么，又嫌弃妈妈了？回来干什么，看你爸爸喝酒唱戏嘚瑟发疯啊？"

水草二话没说，跟着秦腊梅一起去西城集市。

相跟在秦腊梅后面，水草与过往一样地紧跟着，一步也不怠慢。秦腊梅回头对水草说："你快点。"水草贴着她的屁股走。"错了，错了，与我并肩走。"秦腊梅说。

"为什么要与你并肩走？我还是跟在你后头踏实。"水草说。

秦腊梅笑道："好了，好了。还是并肩走好，这样娘儿俩好说话。"

一路上，秦腊梅与水草不停地说话，语气温和细腻，丝毫没有过去的那种强悍。秦腊梅觉得这样舒服，因为她看到了水草从集市里走出去拥有的自信身影，越来越像自己年轻时的样子。过去的水草不知道被自己训斥了多少回，有事情总是支使着她去做，没少让她吃苦。可她并没有埋怨什么，而是兢兢业业地做事。越是能吃苦的孩子越是早成才，也被水草所证实了。

水草感激着母亲，从母亲那里学到了许多真本领。她看着秦腊梅说："我还是喜欢你以前的样子，那么凶，说一不二。我也曾想过，你为什么总是不训两个姐姐，由着她们去，对我却凶巴巴的，因为怕她们吗？"

"怕她们？你看妈妈怕过谁了，难不成还怕了她们两个懒骨头不成。不是因为自己生的，早就赶出家门去了，妈妈实在是对她们失望。"

"我觉得姐姐们也没错，各有各的想法，各有各的活法，成天忙碌也不一定就好。"

"什么想法？什么活法？懒从来不是立身的本钱，根本换不来美好生活。"秦腊梅看着水草说，"像你这样的自主生活，她们哪里可以达到，一辈子也达不到。"

水草知道母亲所说的意思，她爱着勤劳的母亲，母亲这么多年潜移默化教给她的东西，已经生根开花结果。

97

西城教堂集市，水草帮着母亲摆放货物。集市里的嘈杂声，一如往常，催促着手里的活计。一会儿工夫，货就摆好了。货刚摆好，人一拥而上，一个跟着一个抢，生怕下手迟了一步。一刻时间，货就被抢没了。母亲悠闲地收拾着摊位，动作麻利而娴熟，眼睛看着四周，手的动作一点也没有减慢。一旁没有买到货的人嘀咕道："你就不能多备点货吗？老是这样吊嘴不到肚的。"秦腊梅笑了。水草也笑了。水草知道，这是母亲的营生之道。一切还是老样子。

时光流转，生命搏动的节律，在这民国教堂集市中，演奏着亘古不变的旋律，然而人的穿着与精神面貌不一样了。陡然间，逝去教堂大火之前的情景，幻影一般地闪现着，还有教徒们礼拜的虔诚。水草没有见过民国教堂的样子，就是母亲也不能给她描绘教堂的情形。但她相信，在这个集市里，依然飘荡着古老的管风琴声。这样的幻境，以前也曾有过，可这次她真的看到了那样的情景。

秦腊梅与水草离开摊位往家回，摊档周边的人投来注视的目光，周遭情形发生了微妙的变化，这变化是她们对于母亲的态度。以往的时日里，她们是用了近乎嫉恨与排斥的目光看待母亲秦腊梅，现在她们的目光已经多了许多恭维的成分。

水草一边走着，一边与摊档上的人打着招呼。

"赶紧地撤摊吧，回家享福。"

"好福气啊，修来的女儿，前世的缘分，真的是没有白养这三女儿。"

后面传来议论的声音，渐渐变小了。

瓢城西城门楼耸立在天空下，那般地挺立。东边天空里升起的太阳，照得西城门楼金光灿灿。远远看去，青色的城楼仿佛镀了一层金箔。城楼与天空间勾勒出一道金黄色的光线，仿佛城楼自身就是发光体。

水草笑了，来时它像一个巨大的僵尸；归时，它似刚从沉睡中苏醒过来的巨人。一股暖流扑面而来，时间停滞在温润的阳光里，徜徉于瓢城早晨金色光线中的水草，心中一片温暖。这个明代遗存，坚固地立在瓢城天空下，以它苍灰的身姿，支撑着浮城流云。

走到西城门下，肃穆威严的西城门楼，从下面看去，高大威武，横跨在瓢城清晨的时空里。它苍老而古怪，使水草联想到庙里的神像。水草已经没有过去那种惊恐了，稳稳地站在那里。城楼安详地矗立在瓢城阳光下，宛如一尊静坐禅念的大佛。她——水草，已经不再是那个懵懂少女，而是历经风雨的女人。瓢城西城门楼，门楼早晨的太阳，亘古悠远，永恒地融入她的血液里。

水草与秦腊梅回到家中，沈宗宝正在院子里等着她们回来。

秦腊梅和水草热情地与沈宗宝打着招呼，然后往屋里走去。沈宗宝激动不已，起身相跟进屋。

水草给沈宗宝一个皮箱，里面放着钱。

沈宗宝不解。

"借钱还钱天经地义，利息我已经一并算上了。生意人家的资本都是趋利的，一切得按规矩办。"水草让他去还了粟富贵的借款。

沈宗宝看着水草道："还他钱？我还没有找他们算账呢，他们害得我们还不够啊？"然后转头去看秦腊梅。

秦腊梅说："让你去还钱，你就去还钱，哪那么多话的。"

沈宗宝笑了，对秦腊梅说："我还以为你不肯还呢。"

其实，沈宗宝心里是想还这钱的，借了人家粟富贵的钱那么久，不还总是一笔旧债，在人面前抬不起头来，还连累了女儿水草的名声。现在女儿做大了，堂堂正正地还了他粟富贵的钱，也是一种硬气。他走出坝口，走进西门，一路往南门走去。

沿路的风景尽收眼底，觉着瓢城的街景，是世界上最美的风景。沈宗宝没有叫车，拎着箱子走在瓢城市街中，他要让全瓢城人看看，西城门外坝口小院里的沈宗宝，连本带利地还了南门粟富贵的钱。他想到了北方的雪，想到了水泡眼，不知道他现在怎么样了。那钱水泡眼从牢里出来自己还得去要，那可是不少的钱。但他又一想，不去计较他了，善有善报，水草就是他沈宗宝最大的善报，倒是有些后悔当初没有拉水泡眼一把。

"不值得同情，他做绝了事情。"沈宗宝很快就在心里否定了妇人之仁，他沈宗宝最大的软肋就是无原则的善良，这是世间最不值钱的东西。

来到粟富贵家，抬头看往高大的别墅，沈宗宝进门微微昂起了头。

粟富贵感到一阵光线暗淡下去，看到昂头进门的沈宗宝，说："怎么，发达了，一早头昂得老高的，不怕扭了脖子？"

沈宗宝放下皮箱说："连本带息还了你借款。"

"这钱还还啊？水草的事情怎么着也是我们不对。"粟富贵道。

"依我是不会还你这钱的，还没有找你们算账呢，尤其是你老婆真的不是个东西。"说完沈宗宝头一缩，这才想起是在人家家里。

"不说她，几个娘儿们去喝早茶了。我老婆什么都好，就是势利。夫妻那么多年了，你说我怎么办？粟童快回来了，英国没什么好。"

沈宗宝道："你现在跟我说粟童回来什么意思？难不成还让我女儿回头啊。"

"没那想法。中午去喝酒？"粟富贵笑道。

"喝酒。"还钱的人，与粟富贵一同去酒馆一醉方休了。

这次他们没有去瓢城酒庄，而是去了瓢城西城牌楼旁的小酒馆，想换换口味。他们要了冷碟，点了热菜，边吃边聊，不愉快的事情全然抛在了身后。

菜过五味，粟富贵想听沈宗宝唱戏。其他桌面的店客也跟着起哄，已经很久没有听到沈宗宝的嗓音了，耳朵都生老茧了。

沈宗宝将酒一饮而尽，一摆手，一扭头，眼睛不停地转动着，嘴里念着"喱哚，喱哚，喱哚……"的鼓点声响。和着这声音，他大声唱了起来……

"好。"

"好。"

"好。"

一旁观看的人不停地叫着，小酒馆里又一次热闹起来。店主给每桌添菜，算作赠送，招呼客人吃好喝好。

沈宗宝不像以前那样围着桌子转圈唱戏了，而是稳稳地站在那儿，一板一眼地唱着。听戏的人也不再聚拢过来，他们不停地议论："宗宝的戏风变了，唱腔也圆润许多，功夫不负有心人。"

"现在宗宝不一样了，喝酒适度文雅，唱戏沉稳内敛，唱腔也有了很大的进步，表情没有那么夸张了。"

"人的气韵与自己的状态有着很大的关系，沈宗宝现在真的不同于以往了。"

"好是好，但没有以前有味道了。"

这么一说，大家还真的觉得以往沈宗宝唱戏，有着一种欲进又止、欲罢不能的感觉，那丰富的表情，痛苦、真切、夸张、过瘾。

戏完酒毕，沈宗宝去柜台结账，一把被粟富贵抓住。"这次我来结账，否则你还的钱我如数送回。"粟富贵道。

沈宗宝立着不动，对粟富贵说："这酒钱应该我付，拖欠了这么久才还你。"

粟富贵没有听沈宗宝说话，结了酒账，拍了拍他的肩膀道："兄弟，有空再聚。"

二人打躬作辞，各自回家。

这年的十月，中央作出完善社会主义市场经济的决定，中国经济进一步向好。沈宗宝将这个消息告诉秦腊梅，秦腊梅说："你少关心这些大事，多关心玉良的情绪，与他唱唱戏，提高自己的演唱技艺。"

沈宗宝说："关于戏曲，你就不要与我交流了。"

水草笑了。

98

　　据说，好事情不会都落到一个人头上，这是上苍的安排。如果你有了美貌，其他方面就会或缺；你发了大财，周围人的身体可能有恙，陡然的财运是用命来压的，生意中人普遍相信风水与佛事，是受了这些玄幻力量的影响。《易经》的核心思想是"一阴一阳之谓道"，万物变化的规律，都在阴阳之间。佛的核心思想是苦、集、灭、道四真谛，一切皆为因果，觅得苦的原因与灭苦的方法。水草并不相信这些，人的成功在于自身努力，顺乎天道，做正大光明的事情。

　　就在事业蒸蒸日上的时候，玉良病了，情绪反复无常，水草不得不去想那些近乎玄妙的东西，心一下子悬了起来。一种不祥的预感笼罩着，水草不敢前去触碰，生怕一碰就会激活了什么。她一次次回忆起与玉良在海船上的情形，自己的家园可能要遭遇不测的风雨，引来凶险的跌宕冲击。

　　太阳已经偏西了，西城门楼长长的影子，在夕晖中向石头路面拼命地延伸。西城门外的坝口小院里，桂树被夕阳照出一树红晕。秦腊梅看着院子里发呆打愣的玉良不说话，她不知道对水草说什么。

　　沈宗宝说："我早就发现玉良的异常，你妈妈总是不信，一个劲地说我脑子有问题。"

　　水草看着父亲，你这个时候说这些又有何用？难道去责备妈妈吗？

　　秦腊梅心里非常难过，好好的家怎么弄成这样？

　　院中的玉良一脸红光，他陡然笑了。显然，他沉浸在自己的世界里。玉良不言不语，摆弄着手臂与身姿。一会儿，他将头抬了起来，两手顺着目光投射的方向上下摆动；一会儿，将头低了下来，两腿交叉，身体前倾，宛如雕塑；不一会儿，他又在院子里不停地转圈，然后原地旋转。然后停下，眼睛直勾勾地盯着院中桂树。

　　落日的余晖，在小院的围墙上渐渐散去，玉良的笑脸一下子变成了阴郁的平面。一家人待在一旁看着，不知所措。玉良的病实在是太奇怪了，醒着的时候如在梦里；梦里的时候又如醒着。昼夜不分，乾坤颠倒。

水草陪着玉良看医生。

医生询问情况，拿了听诊器前后听着，然后说："做个全面检查。"

玉良就做了全面检查。结果什么问题没有，各项指标正常。医生说："没有明显的病灶，各项指标正常，回家多注意休息。"

这是最可怕的情形，看上去人好好的，里面发生了变化。由里而外的东西不定会在什么时候以什么样的方式爆发，这是一种极不稳定的状态。玉良成了一座活火山，水草心急如焚。玉良若无其事地对水草说："看看，还有什么需要检查的了？你们这是没事瞎折腾。"显然，玉良的平静之中有着一股怒气。

水草看着玉良，确实没有什么需要检查的了。

一阵流云从西城门楼上空压了下来，坝口小院桂树下的光线很快昏暗起来。虽说瓢城的雨说来就来，已经是司空见惯的事情，但西城门上的浮云呈现出如此灰暗的景象还是少见。一种强烈的压迫感扑面而来，那是暴雨之前的天象。水草眺望天空，感觉到最可怕的时刻已经不远，她的心如履薄冰。

玉良说："没事的，就是劲头足了一些，可能是精力充沛的缘故。"说话的样子有着几分可爱。

"怎么讲？"水草问。

"你有多长时间不在家里了？我们该有个孩子了。"说完看着水草，脸上挂着微笑。

玉良的笑有着一股柔软的气息，又有些苦涩，仿佛阳光下大宅背后的阴阳两面。结婚这么久连个孩子都没有，水草觉得亏欠玉良太多。想想这些年，只顾着自己的事业了，没有尽到做妻子的责任。水草决定好好陪伴玉良，弥补亏欠。她对玉良说："我把事情放一放，与你好好在一起。"

玉良给了她少有的笑脸。

这是水草与玉良最为快乐的一段时光。久违的陪伴，温馨而美丽。这段时间里，玉良为水草拉了很多的二胡曲，这些二胡曲都是她以前没有听过的。玉良拉这些二胡曲时，总要给她讲解一番曲子的背景与来历，以便她更好地欣赏。水草看着玉良，完全沉浸在乐曲旋律之中了，是个天生拥有艺术气质的人。回来的这段时间中，玉良一句也没有问过她生意的事情，仿佛她的成功与自己无关。然而见到水草想听二胡曲，他快乐得像个孩子，使出浑身解数拉给她听。

水草看着玉良，强忍着内心的苦痛。想想自己对玉良的照顾一点没有，玉良生命里需要什么，她不知道；玉良在剧团中干些什么，她不明白；玉良爱吃什么，她也不清楚。现在知道了，玉良最爱的是他的胡琴与戏曲。他一连拉了几天，显得异常兴奋，心中积郁的东西，随着乐曲一下子迸发出来。玉良是个少有的好男人，我一定要为他生个孩子。

肚子一直没有动静，这可急坏了水草。

看着院子里的桂花树，玉良对水草说："你与粟童怀过孩子，应该没有问题，怎么跟我就不行了呢？一定是我有问题。"

"是不是去医院检查下，也有可能当时我做流产坏了子宫。"水草说。

"不可。"

"那怎么办？"

"再等等。"

一段时间后，还是没有动静，玉良就依了水草去医院做检查。检查结果都没有问题。

"这就奇怪了，没有问题，怎么就是怀不上孩子呢？"

这件事情宛如西城门楼上的乌云，盘桓在水草与玉良心头。玉良更加抑郁了，水草的心一下子提了起来。再去看医生，医生建议是否去看精神病科，水草的心变得越发沉重起来。她无法想象玉良独自一人面对孤独时光的情景，自己不在家带来的空寥，对玉良的生活到底有着怎样的影响，她不敢去想。玉良不应该这样的，是她造成了玉良眼下的情形。

水草不在的日子里，玉良整日整日地泡在剧团里，那儿成了他的家。虽说玉良是拉胡琴的，还是二琴手，但对戏的每一个细节都有自己的理解。他以为，戏曲需要用心去揣摩，去品味，特别是在细微之处，包含着丰富的可能性。一旦把握到位，拿捏得当，戏份就出来了。多之一分少之一分，都会给戏带来不必要的东西，影响到戏的纯度。

一日日地与戏为伍，一日日地活成了戏曲中人，玉良已经渐渐脱离现实世界的烟火气，喜欢一个人在梦幻的空间里行走了，那是他向往的一个世界。那个世界，赋予了他思想的活力与情感，并在现实中找到一一的"对应"。他生活在极其"真实"的世界里，美轮美奂，那般纯净。

看到满脸焦虑的水草，玉良说："我的身体没有问题，你也不必过于在意我的情绪，可能是入戏太深的缘故。我知道这样不好，我只要把胡琴拉好就行了，不应该去想戏的事情。然而，在戏的世界里，人是那样纯粹与美好，自由自在放浪不羁，全然没有现实生活中的琐碎与羁绊。那是一个纯净无瑕的天空，水洗过一般的艺术殿宇，洁净、透明。"

水草强烈地感受到了玉良的内心孤独，与他不停地交流着生活里的事情，排除他心中的积郁与苦闷。玉良依旧沉浸戏中，呈现一个又一个幻象。水草与他谈论西城，谈论蟒蛇河，谈论母亲集市里的桂花膏。可无论水草怎样引导，玉良愣是不接茬。

"一段时间里，他们让我客串一些小角色，我便有了按照自己的理解与方式演绎的机会。许多情感的东西并非音乐所能表达，也非语言所能阐述，音乐与语言的美妙结合，那样的韵致形态，不紧不慢，不骄不躁，方可以雕琢出精妙的艺术品。这就是戏曲。人一旦进入那样的状态，就宛如进入到空灵的世界中，你便有了翅膀，有了洞察理想景象的源头，真的是妙不可言。"他看着水草说，"有了跌宕的心灵体验，灵魂渐渐飘动起来了，你一板一眼的行腔、念白、运步、举手、投足，手、眼、身并用，内心波澜，外形袒露，内外交融流淌出来，定是一等一的演唱技艺……"

玉良滔滔不绝，水草觉得自己离玉良越来越远，或者说玉良正急速地离开现实世界，奔向戏曲的痴处，真的到了走火入魔的地步。可再怎么欢喜，也不能把自己给搭进去啊。深深的忧虑在水草心中盘桓，并随着玉良的病情越发浓重起来，祭出生命里少有的悲凉。

水草带着玉良在瓢城到处转悠，希望能唤醒他沉睡的往日记忆。水草相信，故乡瓢城的老旧风景会让玉良回归日常，冲淡他脑海中的幻象。玉良成了这个样子，水草非常自责。

人总是在思索再生自己的方式，水草外出发展，玉良迷恋戏曲，都是这样的情形，然而两人朝着相反的方向，越走越远了。

99

水草与玉良从坝口小院出发，进西城门，过西街，一路来到希沧巷。自己起步的项目，就是玉良帮助的一瓢水录像厅。也正是这个录像厅，有了后来的一瓢水玻璃屋，有了外出发展的资本，有了现在的事业。那是她事业的源头。

希沧巷已经不复存在了，拆迁做了瓢城中医院的门诊大楼。高大的门诊大楼矗立在天空下，丝毫没有一点希沧巷的影子。门诊大楼前的停车场停满了汽车与电瓶车，地下还有个大的停车库。挂号看病的人进进出出，有的耷拉着脸，身体看来有恙；有的满脸笑容，看来身体检查没有问题。世界总是在无数的"阴阳"中运行的，这样世界就总体平衡了。

据说，拆迁妓院老房子时有过不小的争论，到底要不要做适当保留。一部分人说："不管好丑，这是一段历史。"一部分人说："这是什么狗屁历史？简直是笑话，是这座城市的耻辱。"最后大领导拍了板："谁都不要争了，拆了盖门诊大楼。"

"妓院"北边的瓢城中医院，早就想有一个像样的门诊大楼了，他们盯着前面的这一片房舍已经多年。听说希沧巷要拆迁，中医院的人四处奔走，启动各种人脉关系，都惊动了"上头"。国家对中医一直有着扶持的政策，瓢城中医院又是方圆百里有名的医院，上头的"大人物"发了话。希沧巷拆了以后，顺理成章地为中医院所用，盖了门诊大楼，各个方面反响也比较正面。

玉良站在中医院门诊大楼前，呆呆地仰望着大楼顶部。他觉得自己已经站在大楼顶部了，俯瞰瓢城，那是何等的一番风景。他多少次想站在瓢城之巅，俯瞰瓢城城池，这成了他近来最想做的一件事情。他对身边的水草说："高空的俯瞰，是美不胜收的风景。"水草看着他没有说话，然后去看瓢城中医院门诊大楼的楼顶。

看过了希沧巷，水草与玉良去看西城集市。他们沿着瓢城西街一路来到西城教堂集市，集市里人山人海，一片喧闹，水草回忆起玉良当初在集市中与她见面的情形。他站在远处看她，母亲转身去整理青货。他向她走来，与她谈论学习、生活，还有录像厅的生意。那天他说了很多的话，看得出来，那些话他早就想好了。

看着集市里的情形，玉良笑了，笑得有些苦涩。他对水草说："我一次次在集市的喧闹声中想到，如果可以与你在一起，一定得用花轿来接你。还真的用花轿接了，但我现在变成这个样子。我的身体出了问题，没想到这么严重。"

水草一愣，玉良说自己病了，这是第一次。就在她想着如何回答玉良的话时，玉良接着说："倘若我哪天不在了，你会怎样？"

没想到玉良会问这样的问题，水草说："你不要吓唬我，不会出现那样的情况。"

"我是说如果。"

"没有如果。"水草生气了，"不许胡说八道。"

走出集市，玉良的脸色非常难看。他对水草说："我知道你的用意，是想唤醒我过去的记忆，改变我的生活环境。但我还是喜欢戏曲，喜欢剧团里的氛围，以后你不要带我朝这些地方跑。"

水草与玉良去了瓢城文化会堂。

来到北城文化会堂，站立门前，玉良没有进去。水草有些诧异，你不是喜欢排戏吗，怎么到了跟前反倒不进去了？水草不去催促，她知道现在的情形，哪怕多之一分，也会引起玉良的反感。

玉良抬头看往文化会堂上的天空，眼睛一会儿明亮，一会儿模糊，有着一种进退维谷的犹豫。他转头去看水草，水草似乎有些懂了，玉良是在回避着什么。看来玉良还是明了自己的用意，并不想进排练大厅了，戏曲的美有毒。

水草与玉良回到西城，悄悄去看了"瓢城菌菇汤"。水草想进去，玉良却不让。然后他们去了瓢城茶馆，喝了上好的碧螺茶。玉良很是高兴，说碧螺有着一种特别的清香，他喜欢这样的香气。玉良喝茶的样子极为虔诚，仿佛碧螺的清香里有着他想要的东西。玉良抬头，轻声地对水草说："你还记得我对和弦的描述吗？"

水草说："清晨河面升起的雾气，乡间田野村舍飘起的炊烟，春日飞舞的绵绵细雨，还有大海里的渔船摇荡。"

玉良笑道："现在又有了新的比喻了：茶气中飘散的碧螺清香。"

水草说："你就是二胡了。"

短暂的平静，是那样弥足珍贵，水草多想时间就这样一直流淌下去。水草有了信心，这是她企盼的美好目标的第一步，会在玉良的心中慢慢生根，然后会有第二步、第三步，直到玉良回归正常。

傍晚时分，水草与玉良来到瓢城西门。夕晖映衬着古老城楼，染上一层淡淡的红色，天空与门楼之间，一会儿隔得分明，一会儿又模糊一起。门楼于夕暮中的景象，始终有着难以言状的奇妙，玉良立在那儿，看着高大门楼的变化。

水草又一次见到玉良忧郁感伤的脸，这脸与当初瓢城西城门下那张文弱清秀的脸有着极大的不同，仿佛现在的玉良，仅仅就是当初玉良的躯壳。水草的眼睛里一下子有了泪，想想玉良与自己成婚，灵魂不再，满脸苦涩，像个小老头。

暮色来临，昏黑吞噬了门楼。

水草与玉良回到坝口小院，秦腊梅与沈宗宝赶紧上菜上饭，满脸笑容。吃饭的时候，谁也不说话，生怕说了什么不好的话，引起玉良的情绪波动。沈宗宝拿出桂花酒，突然想到玉良是不喝酒的，又将酒送了回去。

水草说："爸，你想喝酒就自己喝，没事的。"

"玉良不喝酒，我就不喝了。你们今天去了哪里？去了北城文化会堂？"

"去了，我们还去了希沧巷，去了西城集市，在瓢城茶馆喝了碧螺茶。"水草没有说去"瓢城菌菇汤"，她不想让父母感到难过。尽管自己已经成功，但一瓢水老匾还挂在堂间的屋梁上。

秦腊梅没有说话，不停地看着玉良。

碧螺的清香早已经散去，玉良对水草的行为极为不满。这样亦步亦趋地跟着自己，无疑是对他的一种强迫，把他看作是不正常的病人。他根本就不需要这样的陪伴，他有自己独立的世界。

玉良对水草说："你就不要带着我到处转了，瓢城的街巷与古韵我比你懂。我生长在瓢城市街里，街中老景，闭着眼睛都能说出。牌楼、酒馆、茶馆、澡堂、地藏庵、中市桥、西城门、希沧巷、中医院、文化会堂。哦，还有一瓢水店铺，现在的瓢城菌菇汤……"玉良一口气说了很多的地方，并瞪眼对水草说，"我对瓢城的河流、石桥、街道、房舍，就像对自己的手脚一样熟悉。"

秦腊梅向水草使了眼色，让他们去房间里说。水草起身，玉良也起身，向房间里走去。没等水草坐下，玉良接着说："现实世界里的东西越来越模糊了，我所喜欢的戏中人物与场景，云雀一般地飞到我的身边。我把自己的灵魂交由了它去，任其飘动飞翔行云流水，带到一个现实中无法企及的地方。那是一个绝妙的世界，有着与世俗生活不一样的烟雨。你却横跨在中间，我连进排练厅的勇气都没有了。你就像个幽灵，在我的身边徘徊。"玉良缓了缓气，对水草说，"我想建立一个家乡戏曲艺术馆，可没有那个能力。"

水草的心一下子悬了起来，玉良玄幻一般的话语，使她感到惊恐。玉良已经病得不轻了，她多么希望唤起他的寻常记忆。而玉良的世界完全颠倒了，正从现实世界往虚幻世界里去，步履越来越快，越来越坚定，怎么拉都拉不回来。

夜深人静，月光如纱照进屋里。玉良毫无睡意，他看着窗外的桂花树，心中涌起种种幻象。水草坐在床上，她多想与玉良一同就寝。玉良却穿了戏服，一头冲进院子唱了起来。

沈宗宝来到玉良身边。穿着花旦服装的玉良正在摆造型。沈宗宝让玉良停一停，天亮了与他一同演唱。玉良说："等不到天亮了，你要一起唱，就先敲一阵锣鼓，做个开场。"见状，沈宗宝"喤哚，喤哚，喤哚……"地敲了起来。和着这声音，他与玉良在院子里打转。玉良一个亮相，"咿，咿，咿——"唱了起来。玉良唱罢，沈宗宝唱，沈宗宝唱毕，玉良唱，坝口小院里传出唱戏的声音。

村里人被吵醒了，嚷嚷着："深更半夜的，不睡觉了。小院里的人，一个个神经病。"

听到村里人的嚷嚷声，玉良不唱了，立在桂花树下。怎么劝他，也听不见，愣是站在那儿不动。

玉良一日日虚空了，瓢城西城门楼，北城文化会堂，东城门外盈宁桥旁的一座荒废大楼，在他的眼前不停地浮现。自从与水草去过希沧巷，看过中医院门诊大楼以后，玉良私下里偷偷爬上瓢城中医院门诊大楼的楼顶。他站在大楼顶部眺望瓢城，瓢城市街尽收眼底。风吹散了他的头发，他觉得自己飘飞了起来。他就是要这样的感觉，然而他觉得这还不够，瓢城中医院大楼下面太过繁闹，人来人往，而且只能看到市街里的情形，看不到瓢城全景，他要到视野更为开阔的地方去飘飞思绪。

一个雾气缥缈的早晨，玉良被一个声音牵引，从西城一路来到东城，路两边的高楼在雾气中忽隐忽现。他驻足凝望，觉得一个个雾气中的大楼都不高大。他觉得家乡瓢城就没有一座像样的大楼，于是他就这么一路走着。出了东城门，他一脸沮丧，知道再也找不到他认为的那种高楼了。就在他不抱希望的时候，城门外东城桥的雾气中，一个高大楼宇的影子在闪现。玉良疾步向前，一口气跑到了大楼下面。这是一座废弃的大楼，不知道是烂尾楼，还是拥有这座大楼的公司倒闭了。玉良急切地爬上楼顶，一点都不感到累。

站在大楼顶部，他平静喘气。这时，太阳出来了，照着整座瓢城。"太美了，家乡瓢城真的很美。"玉良第一次这样看自己的故乡瓢城。他在西城门楼上看到的是瓢城西城一带，在中医院大楼楼顶俯瞰的是瓢城市中心的景色，而在东城的这座楼宇看到的是整座瓢城。从东城看到西城，南城与北城也尽收眼底。街道与屋顶凸显之上，一条条街道像血管一样，遍布城池，一派壮观景象。"这就对了，这就是我要寻觅的地方，上面是瓢城金色的天空，下面是瓢城房舍的黑色屋顶与青石道路，我就在这天地之间。"他落泪了，心中激动万分。

从东城回到西城的玉良，有了一种安定感，无论水草怎么带他到处转悠，他的眼前总是浮现出东城桥旁那个废弃大楼的景象。水草不停地说着眼前的景致，以期唤醒他的平常记忆，他总是笑笑，不予应答。平日里熟悉的场景，开始浮动起来，一切变得飘忽不定了。水草站立其中，唠唠叨叨，一次次打乱他的思绪。"我要去自己的世界，你却与我说些俗语。""我想独立行走,你却在我的耳边唠叨不停。""我要断然地拒绝了你的好意。"玉良自言自语,摆着造型,眼睛看着远处的风景。

看到玉良的样子,水草的眼中写满了忧伤和悔恨。难道成功真的需要一种缺损来对冲吗?水草不敢去想。水草不停地做着噩梦,黑夜,白天,随时随地。

玉良病入膏肓,到了临界的边缘,一步步向幻象的世界里飘游。

阴郁的天空中,他的身体在急速坠落。

100

秋天来临的时候,瓢城天空里有了一阵阵凉风。这个多风、多雨、潮湿的海滨之城,风不停地刮着,有了淡淡的萧索之感。昏黑的夜晚,进入水草梦乡的尽是些纷杂的幻境,迷蒙而缥缈。河流、城墙、门楼、牌坊、店铺,在梦中穿梭,总有一个青色的影子在随风飘荡。一缕幽暗的青光从窗户射进屋里,给人以阴森的感觉。影影绰绰的房屋中,出现忽明忽暗的桂花树影。天渐渐亮了,依然沉睡的水草,不敢面对即将来临的白昼。一天一天地,玉良的病情在变坏。

寂静的瓢城清晨,西城门楼在晨曦中发出淡蓝色的清光,市街的石头路面,发出秋天的清光。玉良透着一股股清寡的病态,水草的心中一种说不明的东西在游走。渐渐地明朗了,就是玉良说的那句话:"如果我离开了,你怎么办?"水草的心陡然悬了起来,不知道该做些什么,方可以缓解玉良的病情。

水草一次次求助于医生,医生说:"这是一种特殊的抑郁症,是隐匿性抑郁的一种,不易发现,也不常发作。可一旦爆发,很难阻挡。"事情已经到了难以挽回的地步,自己却不能做什么有效的举动,心中焦灼不已。水草看着玉良,一股气流冲击鼻腔,眼眶很快就湿润了。

玉良对水草说:"你去忙自己的事情,不必过多地关心我,我会调整好自己。你这样不停地跟着我,反倒是一次次给了我压力。我并不需要你以为的那种照顾,只是希望你放手,那样我会自在一些。"嘴上这么说着，人却坐在那儿不动，如雕像一般。许久，他站了起来，在家里转圈，嘴里叽里呱啦地说个不停，直把自己转得精疲力竭，说得口干舌燥。

玉良走出门外，站立河边石板码头。水草跟在后面，玉良转头看过水草，转身就走，越走越快，走进院子。只见他往屋里去，打开衣柜，穿上戏服，一阵风似的蹿了出来，在院中打转。不一会儿，他又碎步跑进屋里，换上另一件戏服出来，在院中打转。他就这么一件一件地换着，一次一次地转着，眼里充满怒意。

"你根本就不懂我的内心世界，我的世界岂能与你一样？你的世界就是物。我已经说过，你不要跟在我后面，你这样毁了我的自由。"那些根植于玉良脑海里的记忆幻象，不停地闪现出蓝色光芒，就像一簇簇从坚固城墙缝隙里生长出来的蓝色蔷薇。他瞅着水草，一脸不屑。

一日一日地守护着玉良，水草不敢有丝毫的怠慢。院子里的桂花树不停地摇曳，虽然桂花已经收获了，还有着浓烈的桂花香气。这时的水草理解了父亲为什么在不悦时会迁怒于桂树，此刻的她，也有了砍树的冲动。想着想着，就想去找斧子，四处张望着，在心里骂着："你也想发疯吗？"

清晨醒来，一阵秋风吹来。太阳跟随风儿出来，河面有了金色的涟漪。院子里的桂花树，在晨光照耀下，披了一层金纱。水草耳边不停响起医生的话："精神意念的东西，也只能用精神的法子来解决。何时何地可以化解，没个定数，只能随时间来做调整。"

院中的桂树轻轻摇曳，太阳洒下怠倦的阳光，水草与玉良满脸疲倦。看着水草和玉良痛苦的样子，秦腊梅低头做活，默默嚼咽心中忧伤。她无法理解玉良变成这个样子，一次次想到玉良垫席子，与自己一同打桂花的情景。秦腊梅抬头看往桂树，苦苦自语："多好的家庭，一切都有了蓬旺的景象，怎么弄成这个样子了。"

沈宗宝急得团团转，一会儿唉声叹气，一会儿"呀呀呀——"地发泄一通。水草在上海海边的时候，沈宗宝常与玉良在院子里唱戏，那是一段极为美好的时光。他们唱经典剧目，也唱现代新戏；唱君仁臣良父慈子孝，也唱指奸责佞贬恶诛邪；唱兴衰机缘世事沧桑，也唱男情女爱悲欢离合。沈宗宝喜欢与玉良一起唱戏，那是一种特别的享受。现在水草回来了，玉良却成了这个样子。

沈宗宝对玉良说："我们唱一段？"玉良说："唱一段。这说来就来，还是你先敲一阵锣鼓，做个开场。""哐哚，哐哚，哐哚……"沈宗宝敲了起来。和着这声音，玉良与沈宗宝在院子里打转。玉良一个亮相，"啊，啊，啊——"唱了起来。玉良唱罢，沈宗宝唱；沈宗宝唱毕，玉良唱。唱得严丝合缝，声情并茂，身形投入。

秦腊梅很是高兴。在她看来，沈宗宝随心所欲的乱唱终于派上了用场。玉良一唱戏，一切就显得正常了。玉良在戏中表情豁然，情绪稳定，丝毫没有紊乱的现象。她对玉良说："你多唱唱，我喜欢听你唱戏。你爸那唱，一点也不好听，纯粹就是如意大调。"

玉良并不这么认为，他以为沈宗宝的唱腔没有刻意的雕琢，更加接近真实，唱出了心中的所悲所愤所欢喜。不像自己，低声吟唱哀伤悲叹，过于看中演绎的技巧，少了内心的呼应与迸发。

沈宗宝对秦腊梅说："怎么样，玉良的评价你总可以相信了吧？唱戏不一定要字正腔圆，重要的是要有自己的心得，你懂吗？"

"我是不懂，但谁唱得好唱得圆，我跟明镜似的。"秦腊梅道，"不过细细听来，你现在的唱腔好像也有了不小的进步，主要是跟玉良学的。"

"这倒不假。自从去了文化会堂排练大厅看玉良唱戏，就知道了戏曲演唱的韵味，以及与玉良的差距所在。跟在玉良后头学戏也是学到了很多东西，唱腔的提高，节律的把握，完全是玉良的功劳。"

玉良笑了，笑出了声来。

水草看在眼里，心中并不能高兴起来。她知道，这仅仅是玉良在戏中的稳定罢了。戏一唱完，他又会回到飘忽不定的世界。这种情形反复出现，已经不止一次冲击她心中的底线了。

沈宗宝对玉良说："现在水草回来了，一切都好了，生意也做得风生水起。我们不唱那些悲切的东西，我们今天唱欢快的曲调。"说着就唱了起来，唱得动情动义、明亮愉悦。沈宗宝唱了一段之后，在一旁喘着气，等着玉良接着来唱。

玉良没有接着沈宗宝的唱词，而是唱起了大悲调。他低垂眼帘，一脸苦相，唱得悲切凄婉，一片凋零。现在玉良只要唱戏，就唱大悲调。

"大悲调就大悲调吧，我也觉得唱完大悲调心里舒坦。"沈宗宝说。

他们对唱着。玉良唱罢沈宗宝唱，沈宗宝唱毕玉良唱，完全沉浸在了大悲大切的世界里。

秦腊梅实在看不下去了，掉头就走。

水草的眼眶里充满了泪水，看着玉良与父亲凄婉的对唱，整个世界都沉入怅然悲伤之中。

晚秋时节，秋风一阵阵吹来，瓢城市街中树叶飘零，满地都是。秋瑟萧萧的世界，恰似生命渐去的老者，呈现出垂落迟暮的气象。空气倦怠，流云低沉，一切了无生气，瓢城一派灰秃景象。这样的时间里，玉良喜欢上了喝茶，而且是在夜间喝。尽管有些怪异，水草还是高兴，她想起了玉良在瓢城茶馆喝碧螺茶的情景，便买了上好的碧螺、龙井、毛尖还有猴魁，置办了黄花梨茶台与紫砂茶具，尽量让玉良生活得舒适些。

茶中，玉良还是喜欢碧螺，口感温和味持久。他觉得碧螺有一种特殊的花朵香味，这香不是浓郁的花香，而是纯正的清香，鲜醇爽口，是其他的茶所不具备的。茶使得玉良十分亢奋，几夜几夜不睡觉。水草累了，实在是太困乏了，已经到了倦极的程度。

睡梦中，水草见到院落里的桂花树结了满满的一树桂花。翠绿的叶间，桂花满满；橙黄的花间，绿叶璀璨。突然来了一阵旋风，花儿散落一地，一片金黄。水草急了，倒不是桂花落下了没人来拾取，而是桂花散落之后，桂树的叶子也跟着飘落下来了。一阵旋风之后，花木凋零，树叶败落。

地面厚厚地覆盖着一层桂花，金黄灿灿一片。桂花不停地落着，没多大工夫，桂树就光秃秃的没几片叶子了，剩下裸露的树干枝丫。母亲站立树下，身上落满桂花。秦腊梅不停地做着手势，水草并不明白她的意思。

沈宗宝歪歪斜斜地走到树下。水草知道父亲又喝醉酒了。只见他晃晃悠悠，用力摇着桂树，又一拨桂花落下。水草心想，刚才不是桂树已经光秃成树干枝丫了吗，怎么又一次次摇下了这么多的桂花来？

水草渐渐明白了，这不是真实发生的事情，是自己在做着一个梦，一个关于桂树落叶的梦。

"玉良。玉良。"她在梦中不停地叫着，可就是醒不来。

101

一轮明月高挂，玉良悄然走出家门，步履轻盈飘逸，宛若梦中仙境。玉良跳跃着自己的身体，释放身体里的弹性，有着亦步亦飞的感觉。已经分不清什么是瑶池什么是现实了。玉良朝着自己思慕已久的地方走去，那地方时常在他的梦中出现。当他第一次见到那个地方的时候，就有一种久违的感觉，认定那是他要去的世界的入口。大楼的所有特征都符合他的要求：高大的、幽静的、发着淡蓝色光线的、在天地之间。他知道，从那里出发，可以进入幽蓝世界，从此自由自在，随风飞翔。

玉良走在夜风吹拂的瓢城市街里，路上行人稀疏，抬头望向天空，明月如昼，玉宇无尘，透明、洁净。他笑了，一切都与他在幻觉中见到的一模一样。幻觉就是现实，现实就是幻觉，在他这里早已经是一回事了。风吹在他的脸上，有着凉爽的舒适感，这不是瑟瑟的瓢城秋风，而是他生命里的春风暖流。街树、楼宇、车辆、草地，这一切现实世界中的景象，正与自己的生命渐渐脱离开来。奇异的是他感到了一种从未有过的亲切感，离他而去的不是现实生活里的景物，而是他要去的世界中的一路风景。他正以一种豪迈的心情与轻快的步伐离开阴冷潮湿、浮躁黑暗的世界，向着温暖与亲切奔去。

玉良的灵魂开始飘动起来，那是一种宛如羽毛在空中悬浮的状态。他顿感自己的身体很像风筝，在空中不停地飘飞着。他已经看到常人看不到的东西，从未有过的体验在身体里流淌，现世中的一切已经与他没有多少关系了，他正在远行，那种真正的远行。心中充满欢悦，自由的欢悦，离开这个说不清道不明世界的欢悦。

玉良一路来到瓢城东城门外的盈宁桥，废弃大楼立于东桥头南边的空地上，在夜空下发出银灰色光芒。他向大楼走去，站在楼下仰望着它的高大，一股亲切之感流遍全身，然后走进大楼。

他从楼梯上去，身体弯成弧形。这样的做法，有利于快速攀登。他看到了一个又一个充满温润的淡蓝色光线的幽独空间，顾不得回望了，那个前方的幽蓝世界，正在上面向他招手。他一口气爬上楼顶，没有气端吁吁的感觉，很是轻松。他站立大楼顶端俯瞰瓢城，身体挺直。夜幕下的瓢城城池，灯光闪烁，房舍、道路、桥梁，一切都变得细小了。此时的他觉得自己特别高大，上面是一轮皓月，正洒着清光；下面是灯火辉煌的瓢城，与明月遥相呼应；整座城池，尽收眼底。

"这就对了，这就是我要寻觅的角度，在天地之间。"他激动不已，泪流满面，瞬间就有了天地交汇天人合一的皈依与神往。这不是悲戚与逃避，是欣喜与超然，他正以悲喜洒脱的姿态，离开这个看似简单实际复杂的人间世界。

玉良平复了一下自己的心绪，身体已经是一半在飞了，他看到了天光，前端是淡蓝色，中间是粉红色，末端是紫色，一线过来，三种颜色显得分明。"这就是天光，多色的天光。"他微笑地对着瓢城城池说，"对不起了，我要独自飞翔了，把一切的担子都留给了你们。在这一派清光的露天里，正好上路。"他的身体宛如柳絮一样轻盈飘逸，大声喊道，"我对不起你们啊，我也是没有法子！"声音随着他的坠落而消失。

真是晴天霹雳，好端端的一个人说没就没了，在那个明月高挂的瓢城之夜。对玉良而言，他去了自己想去的地方。对周围的人而言，他走上了一条不归路。一生一死，阴阳两隔，从此再无相交。

水草呆若木鸡，玉良的死对她打击太大，她的眼前总是闪现一个又一个青色的影子从空中飘落的情景。她无法接受玉良走到这一步，自己在其中有着怎样的责任，一时也说不清楚。

"玉良啊玉良，人再难也不能走这一步啊，你毁了自己毁了我毁了周围的人，自己解脱了，留下大家为你背担重负，你不觉得这样很自私吗？"

回答她的是乱云飞渡的瓢城天空。起大风了，风中有许多杂物在飞舞。很快，一场大雨倾盆而下……

打击很快波及父母。

女儿遭此大难，秦腊梅的悲伤并不比水草来得小，默默地承受着心中悲痛，找不到可以安慰水草的法子。可她怎么也想不明白，女婿玉良会走这一步，他与水草到底是怎么了？最后弄成这样的一个结果，横竖不得结论。玉良是她看中的，自己在其中又有着怎样的责任？不能有一个准确的答案。草席铺在树下，玉良用竹竿打下桂花的情形，一遍又一遍地在她眼前浮现。心中悲伤，一层胜似一层深厚，只能默默地承受。

沈宗宝一下子苍老了许多，三个女儿中，他最疼爱水草，水草的性情也最像自己。出了这么大的事情，如何是好？水草怎能承得起这样的打击呢。"呀——呀呀呀呀呀呀……"他捶胸顿足，"玉良啊玉良，你好糊涂啊，也是狠心的一个了。唱戏就是唱戏，不能把自己给唱进去啊。在家里我们一起唱戏，唱得多好，可那只是戏啊，哪能成为现实一种。你这一走，我们可怎么办？"他跑进屋里，将玉良的戏服拖到院中，一件件地撕着，嘴里还喊着："呀，呀，呀，呀呀呀呀呀呀……"

"不能撕。"水草大声说道，"这是玉良的东西。"

"人都没了，还留着这些干什么。戏唱得好好的，可把自己给唱进去了。"沈宗宝扔下戏服，蹲在地上呜咽起来。

黑牡丹从上海赶回瓢城。

水草冲上前去，紧紧抱着黑牡丹失声痛哭："我不应该离开瓢城，我真的是一无所知，是我害了玉良。"

黑牡丹潸然泪下："玉良也是，选择了这样的一条路。多好的日子，已经成功了，可人没了。"

院子里的桂花树在低吟，它的叶子急速枯萎。一夜间就掉落得没有几片树叶了，只剩下光秃的树干与枝丫，与水草梦里的一模一样。

裸露的桂树立在院子里，水草找来斧子，直奔它而去，抡起斧子就砍。

看到痛苦至极的水草，沈宗宝跑上前去一把将她拉住。"我早就想砍它了，可那都是在酒后。桂树不能砍，它是妈妈的命根子，是我们家的宝物。所发生的一切，碍不着桂树什么事。你要砍，就砍我吧。你看它比我们还要痛苦，叶子都落了，它通人性。"

水草扔下斧子，抱着父亲失声痛哭。

秦腊梅去了瓢城东城，那儿的瞎子算命先生很有名气。先生姓陆，叫陆定天。瓢城人信他，即便是在风声很紧的年代里，去他那儿算命的人也不在少数。经他算过的人，心里也就安妥了一些。算得好事，偷着回家去乐；算得坏事，赶紧地花钱，请大师消灾。

秦腊梅替水草算了一卦。

瞎子陆定天说："此女非同一般，从云端而来，财无定量，三世也花不完。但此女命硬，生活中要遭大的劫难。"

"是她自己，还是周围的人？"

"我已经说过，她的命硬，是她男人。"

秦腊梅一听，道："难不成你真的是有眼无珠看不见吗，否则哪能睁着眼睛说瞎话，我家女儿还没有出嫁。"

"你看到的世界我看不到，我看到的世界你看不到。我已经说过，此女云端而来。是你的女儿也好，不是你的女儿也罢；嫁了人家也好，没有嫁人也罢。我八字算命，易经打卦。命上有躲不过，命上无赖不上，施主不必出口伤人。此女已经嫁人，而且亡夫。"

"什么时候亡的夫？"

瞎子陆定天翻着无珠的白眼，不停地掐指算卦，然后对秦腊梅说："还没有过头七，但他一路走得很好，是那边看中的人。"

从东城一路回到坝口的秦腊梅，心里一阵疼痛一阵安慰，急切地将这些告给水草，看来有些事情还是有着命定的一说。命由天定，天命难违，不可抗拒。既然是命中注定的事情，那也是必然要发生的事情，与其悲伤悔恨，不如心中相送了他去极乐世界。一生一死，都找到了安身立命之处。生者根起，死者根坏，生命轮回永无休止。

"什么根起根坏的，玉良才多大？还没有自己的孩子。"水草大声说道，"去了一趟东城，话都说得弯弯绕了。"

"算命先生说了，玉良在那边走得很好。"秦腊梅劝解道，"你也要从痛苦中走出来，人死不能复生。"

"有你这么劝解人的吗？"水草道，"难道这是应该的事情了？好好的一个人，说没就没了。你说啊！还有那东城的瞎子，岂能定了一个人的生死乾坤？那些算命的都是胡说八道的东西，什么生命轮回，生死相依。"

秦腊梅道："妈也是不相信这些，可不这样去想，又能怎样去想呢？正经解决不了的问题，只能听瞎子胡说了。算命先生说得有鼻子有眼，来龙去脉一清二楚，也就当作一种说法。总不能一味地责备自己吧，那样也换不来玉良复生。"

水草哭得更厉害了，一声声撕心裂肺。

人到底有没有来世，此时的水草倒是希望有的。休眠于体内的意念转化成某种思想，一种从未有过的悬浮感传遍全身，水草觉得自己的意识开始脱离身体，像鸟儿一样在天空飞翔，向着玉良飞去的那个方向飞啊飞啊，一下子从空中摔落下来。

"玉良，我真的对不起你啊。"水草蜷缩着身体，呜咽不止。

秦腊梅去北城永宁寺请了十三个和尚，在自家院子里放了一场焰口，为女婿的亡灵超度。上坝村人觉得秦腊梅平时是个泼悍的女人，对待女婿倒是有情有义。长辈为晚辈做这样的法事，也算是情真意切了。秦腊梅心中特别难过，觉得自己没有照顾好玉良，没料想女婿走了极端寻了短见。

放焰口的时候，水草跪在地上，恨着自己为什么偏要到外面去发展，像是着了魔似的，仿佛瓢城一刻也不能停留了，鬼使神差地离开了故乡。深深的悔恨笼罩着水草的心，她已经尝到了作为人的那种深切悲伤与无依。

水草突然觉得，玉良离开自己，就像是自己当初离开玉良一样，是一趟远行。玉良的死，并不是真切的存在，是一种幻觉。玉良一定在一个她并不知道的遥远地方活着，并在不久的将来回到自己身边。

水草仰天大喊："玉良——"

得不到任何回音，水草对着桂花树低声呜咽："玉良啊，我还没有为你生过孩子，真的对不起你啊，百身何赎。"她的内心已经崩塌。

坝口小院人家，进入寒冷冬季。

过了"头七"，黑牡丹离开瓢城去往上海，那边的市场不能没人。

她让水草在家，不要急于过去，那边有她。

水草要去相送，她不让。黑牡丹对水草说："我去看下'瓢城菌菇汤'就走，你在家注意身体。"

看着黑牡丹离去的背影，泪水模糊了水草双眼。

第五章

一瓢水

冬去春来，瓢城的天气一天天转暖，蟒蛇河边开出一簇簇蔷薇花，温暖的春日正渐渐走入瓢城人的日常生活。瓢城西街的店铺，防寒棉布门帘已经收起来，放进箱柜里，摆放到阁楼上。棉布门帘经过太阳的暴晒，已经蓬松绵软，等待来年冬天的降临。一家家店铺的大门洞开，迎接客人，街面上的人流也密集起来。经历过寒冷的冬季，瓢城人像是猫冬的动物一样，急切地出来迎接春天温暖的阳光。就在这样一片春暖的景象中，一个无风的夜晚，瓢城降下了大雪。雪在夜空里无声无息地飘落着，对面都看不清人脸。纷至沓来的大雪，瓢城的气温骤然下降，一下子又回到了凄清寒冷的冬季。

清晨醒来，白茫茫一片，完全是寒冬的景致。透过早晨的浓雾，阳光照射下来，有着一种迷蒙灵幻的感觉，洁白的瓢城，春天的西街一下子不见了。一家家店面又将棉布门帘取出挂上，瓢城人抬头望向天空，无法理解这场特大春雪的飘然而至，有何寓意。有人感叹道："瓢城有倒春寒的，没见过这样寒冷的大雪，它不合常规的天象。"

市面惨淡，人员稀少，刚刚起来的西街人气，一下子就散了。

水草病倒了，病得很厉害，全身发烫。父母要送她去医院，水草坚决不让，说是没事，过一阵子就好了，再说这大雪的天气，也不方便。母亲看着水草，知道这个时候硬是拉水草去医院，她一定会生气，于是近乎用了央求的眼神，让水草对自己的身体有个清醒的认识，千万不能硬扛。

"哪有这样扛病的？病了就应该去医院，浑身都发烫了。"一旁的沈宗宝说。水草竟翻了脸，大声说道："如果你们送我去医院，我就离开瓢城，再也不回来。"

沈宗宝无法理解女儿水草的执拗，拿自己的身体开玩笑。秦腊梅向他使了眼色，一同走出房间。母亲秦腊梅明白水草是在惩罚自己，与玉良的离世有关。自从玉良离去后，水草越发地思念那个逝去希沧巷夕阳晚照的黄昏，二胡独奏曲《光明行》的旋律在她的脑海里不断浮现。记得玉良在拉这首曲子的时候，许多人过来围观，就是看录像的人也围过来不少。这样的情形，已经占据了水草的整个思绪，她忘不了玉良的点点滴滴。

初春的反常气候，水草的病倒，坝口小院里一片死寂。硬扛着病魔的水草，一天天消瘦，已经整整瘦了一圈。水草的眼睛虚幻地看着一处，定住不动了。父母小心翼翼地对她，期盼这样的状态早早过去。瓢城市街冷冷清清，父亲沈宗宝走在阴冷潮湿的西街中，想起自己从东北回来的那场大病。与水草不同的是，他是完全失败之后的个人绝望，而水草则是大功告成后的丧夫之痛，他知道水草充满了对玉良的怀念，无法逾越内心愧疚的羁绊，真的撑不住了。

坝口小院里，一日日的沉闷空气，一家人心情极为压抑。母亲秦腊梅去西城集市了，她不能天天待在家里。沈宗宝起身去往西城，看似散心，实则是让水草一个人待着，慢慢自愈。这样的事情，只有自己走出来，方可以从痛苦中起来。在家杵着，反倒是于事无补。

水草的病硬是自己扛过来了。仲春的时候，水草把心中的痛苦深埋，开始自己的事情。她站在桂树下，看着院中高大的桂花树，在风中轻轻摇曳。光线从枝叶间洒落下来，照在水草脸上。她知道，不能这样痛苦下去了，会把一家人带入悲痛的漩流。她要像桂树一样，坚强生长。

春日里的一天午后，一个长期为粟富贵供货，安徽过来做水暖生意的货商，在瓢城酒庄喝下午茶。他吃着酒庄自家做的酥油饼与蜜汁叉烧，一副悠闲自在的样子。瓢城酒庄的茶论壶现泡，有上好的龙井、碧螺与猴魁，也有大叶子大碗茶大堂里免费供应。有人下午来，就着叉烧小酌，吃着酥油饼，喝着大堂里的大碗茶，这些人大多为脚班（搬运工）里的人和一些做粗活的人，衣着简陋，大声说话，举止粗俗。想要优雅的客人，得上楼雅座，有专人伺候。水暖货商雅座喝着家乡猴魁，说南门富商粟富贵的儿子，离婚从英国回来了，说得有鼻子有眼。

消息一经传出，像风儿一样在瓢城西街飘荡。

沈宗宝从西城一位朋友的口中得知这个消息，粟富贵儿子从英国回来，儿媳妇是京城一个大官家的千金，不肯跟他一同来到瓢城，两人就在英国分手。听到这个消息，沈宗宝不知道是应该高兴还是应该气愤。

他在瓢城西街里缓慢地行走着，午后的斜阳照着他的脸，一路闷闷不乐地回到坝口小院。

家里无人，他独自面对坝口小院夕阳西下的景色。原本是想回来对秦腊梅、水草说些什么，等她们回来，他又不想说了。沈宗宝的内心非常矛盾，他极想在秦腊梅和水草面前大骂粟家一顿，以解心头之恨，可心中又有着一种说不出的无奈，难以提及这个冤家。

夜幕降临，沈宗宝草草吃了一口，坐在院子里抽烟。抽完烟后，在桂树下站了一会儿，进屋睡觉了。他不知道为什么今天睡得这么早，以往抽完烟，总要到西城去逛一圈。今儿他不想，就是想早早睡觉。

这一夜，沈宗宝并没有睡着，看着漆黑窗外的桂花树影，一个灰暗的无眠之夜。后半夜，瓢城下起了零星小雨，雨下下停停，停停下下。空中陡然发出一种深紫色的浅光，从窗户照射进来，沈宗宝仿佛看到了一瓢水店铺大火后暗暗发亮的灰烬。他不知道这个时候想到那个遥远悲哀的时刻有何意义，在向他传递着怎样的信息。可夜空里的昏暗紫光，与逝去岁月中的大火灰烬联系起来的沉思，是那样不由自主，这里面一定有着什么内在联系。

临近黎明时分，雨停了，紫光也随之消失了，沈宗宝起来坐到门口抽烟。

天一放亮，他扔掉烟头，去往瓢城酒庄。他有一种预感，今天在酒庄里要见到一个人，一个他熟悉的有些时间没有见面的人。究竟是谁呢？他在心里嘀咕着。沈宗宝思索着来到酒庄，下意识地回头看了看市面，然后向店内走去。

进店坐下之后，沈宗宝眼睛扫视周遭，看看有没有想见之人。没有，一个也没有。早客已经陆续到来，那些似曾相识的人与他打着招呼，他知道这些都不是他要见的人。沈宗宝抬头望向酒庄店外，一个人向店里走来，南门富商粟富贵。沈宗宝琢磨着，今天要见的人难不成就是他粟富贵吗？这么想着的时候，粟富贵已经走到他的跟前，并与他对面而坐了。一番寒暄之后，一起用早茶，他们一边吃着早点，一边谈着天气之类的话题。

其间，粟富贵约请沈宗宝晚上瓢城酒庄喝酒，说他的儿子从英国回来了。

　　沈宗宝面有难色，早点"路撞"与晚间喝酒完全是两回事情。瓢城酒庄里有很多熟人，他的儿子刚从英国回来，自己就与他郑重其事地在酒庄喝酒，不合适，会招人耻笑，骂自己是个没有血性的人。

　　粟富贵对沈宗宝说："粟童的事情起先我就不同意，有悖于做人的道理。现在倒好，我们丢人现眼了，实在是对不起你们沈、秦两家，特别是水草，多好的孩子。不过，我们也受到了惩罚，落个离婚的下场。什么京城达官显贵人家的千金小姐，过眼烟云而已，一场虚空罢了。"他看着沈宗宝道，"怎么，一顿酒的交情都没有了？我粟富贵并没有得罪你。给个面子，我心里也烦着呢，正想着与你聊聊。"

　　见粟富贵说到这个份上，沈宗宝也就勉强地答应了他的约请。早餐用好后，沈宗宝与粟富贵起身走出店外，打躬作揖，各自回家。

　　一天的时间里，沈宗宝闷闷不乐，恨自己心软，怎么就答应了他粟富贵的约请呢？草率了。

　　晚上，沈宗宝从坝口一路慢悠悠地来到瓢城酒庄。

　　粟富贵已经在那儿等候了，几个冷碟，一壶瓢城陈酿，老三样的热菜。相互打躬作揖后，沈、粟二人坐下喝酒。窗外的瓢城西街人来人往，晚市的高峰已经来临。喝着，吃着，粟富贵看着窗外西街中的行人，眼睛里有了晶莹的泪花。

　　沈宗宝第一次见到粟富贵这样的情形，赶忙让他打住："这可使不得，粟老板。孩子的事情，做父母的也是希望他们好。"

　　粟富贵摇手道："不全为这个，你不知道我家那个，刚愎自用，霸道，贪图富贵，多好的事情被她给搅和了。"

　　"这倒不假。"沈宗宝道，"你们家那位还真的不是善茬，好好的事情给搅黄了，弄成现在这个不堪的局面。"然后举杯与粟富贵喝酒。

　　粟富贵端起酒杯，一饮而尽。

　　粟童母亲一手促成的儿子"高贵"的婚姻，并没有如她所愿，带着儿媳妇风光地回到瓢城接父亲的班，而是在遥远的英伦三岛解体了。南门粟家别墅里，失去了昔日的生气，一家人唉声叹气，死寂一般沉静。儿子粟童孤单地回到瓢城，母亲的眼睛都哭红了。粟富贵更是气得甩手离家，找沈宗宝到瓢城酒庄喝酒解闷。

　　从未谋面的儿媳妇林小翌，是个娇生惯养的女子，什么事情都由着性子。在她的房间里，摆放着卧式红色施坦威钢琴。请了专门的老师，弹了不到一年，就不弹了，琴房里发出刺耳的钢琴捶打声。之后她就喜欢上了旅游，满世界地跑，欧洲、日本、东南亚、北美，在加勒比海，差点被海水淹死。优渥的家庭条件，显赫的家庭地位，养成了她的怪异个性。与粟童好上之后有所收敛，但骨子里依旧任性。林家一心想粟童去京城，这样女儿女婿可以靠在身边，各方面都有家里给罩着。可粟童不想去京城，少了自由。粟童的父母也希望孩子留洋回来，接了家里的产业，做更大的事情。

　　林家坚决不同意女儿去瓢城，那个南方江北的水乡古城在哪儿都不知道，女儿哪能适应那里的生活。从都城到三线城市去，人会渐渐地颓废，那是婚姻的一种失败。

　　粟童倒也干脆："嫁就来瓢城，不嫁请便。"

　　小翌的母亲气得大发雷霆，大骂南方暴发户的儿子，是个不知分寸的家伙。女儿不停地闹着："我已经是他的人了，你们不同意，我就一辈子不嫁人。要不，我就出家当尼姑去。"无奈，母亲只好同意了。

　　粟童与林小翌在英国举办了一个简单的西式婚礼，商定既不去京城，也不回瓢城，留在英国发展。背井离乡的粟童与小翌，没有良好的依托，在英国淹没在茫茫人海之中。一次次想到回国，一次次又抱着留下来再看看的想法，就这样在英国雾气蒙蒙的都市里徘徊。共同生活，林小翌一步步发现粟童并不是自己想象的那样，拥有与外表一致的潇洒与强悍。粟童更是受不了林小翌的任性。激情过后的冷却，宛如河水退去的狰狞河床，水下东西全都裸露了出来。

　　远在他乡的瓢城风景，不断地在粟童眼前浮现，天空、河流、城门、牌楼、石桥、店铺还有坝口小院，他的内心充满了对故乡的思念。夜晚，远处传来一阵阵苏格兰风笛声，粟童想到了家乡瓢城中市桥北的那个戏园。他与母亲在那个戏园里看过戏，至今还清楚地记得，是家乡的淮戏《珍珠塔》。没有想到婚姻如此不可靠，他开始憎恨起母亲，更是憎恨自己，已经回不到水草身边了。母亲的不断催促，使他迷失了方向，生命里的一切改变了模样。

在英国新婚的欢乐中，粟童曾一度忘却了水草，以为情感是可以辞旧迎新的。英国的市街风景占据了他的视野，家乡瓢城越来越疏离了，变成了遥远东方小城中的一个光点。国外的自由生活，英国的绅士风气，粟童与京城小姐奔放在自在的生活里，一个只属于他们的小世界。

来到城市广场，游玩的人群中有人在喂鸽子，那是一种少有的黑白相间的鸽子。鸽子一会儿飞起，一会儿落下，与人类很友好。看着看着，他的眼睛模糊了，耳边出现一个声音，在英国嘈杂的市街里。他思忖着这是怎样的声音，渐渐地，他知道了，那是遥远故乡西城一瓢水店铺里同学的喧闹声。几经遗忘的过往场景，伴随着他心中的疼痛逐渐复苏起来。粟童站在车水马龙的英国市街中，感到前所未有的迷惘。与小翌的欢悦相比，粟童的灵魂并没有随之辉耀，相反，他越来越感受到心灵的灰暗与苦涩。粟童发现，他所喜欢的泰晤士河晚夕中的那轮红色天体也太过夸张了，家乡瓢城西城的落日余晖，才是宁静舒缓的景象。小翌与粟童之间的情感精灵，越来越虚幻缥缈。

在母亲主导下的仓促婚姻，又在母亲的催促下，粟童要带小翌回江北瓢城，成了他们婚姻分崩离析的导火索。小翌不肯去瓢城，要回京城，她想念京城了，恨不能立刻就回到父母身边。粟童暗示小翌，两人如果不回他的家乡瓢城，婚姻就可能解体。

"随便。"小翌不假思索地回答他。

苦苦支撑的情感，随着雾气不停地飘散。英国的天气极不稳定，看着风和日丽，艳阳高照，转瞬间就狂风大作，暴雨滂沱。雨过天晴的午后，他们在泰晤士河岸的悬铃木树下进行了长谈，坦诚，直率，好聚好散，重新找到属于自己的生活。泰晤士河中一片涟漪，他们似乎看到了吹拂过来的微风影子，缥缈、妖娆。但他们更是相信，那是真诚的话语掀起的细小水波浪。粟童与小翌都已经是一片乡心，分手的时刻已经到来，彼此祝福，各奔东西。

瓢城酒庄里，粟富贵端起酒盅，一盅盅地喝着，完全没了平日里的那种桀骜不驯。沈宗宝觉得，眼前的粟富贵就像一头受伤的雄狮，蹲在地上不停地喘气，看得出来，儿子粟童的事情对他打击不小。

粟富贵结了酒账，走出瓢城酒庄，与沈宗宝打躬作揖后，歪歪斜斜地向前走去。沈宗宝要去相送，他猛力挥手不让。渐渐地，粟富贵消失在瓢城夜晚的市街里，与他一同消失的，是瓢城夜空中的微暗天光。沈宗宝眨了眨眼睛，转头往西城门去。

出了西城门，他朝坝口走去。

回到坝口小院里，沈宗宝顾不得许多，乘着酒兴把这个消息告诉秦腊梅和水草，嘴里骂骂咧咧道："狗东西终于得到报应了，善有善报，恶有恶报，不是不报时候未到。粟富贵还算有点人心，请我在瓢城酒庄喝酒打招呼。喝酒归喝酒，我不停地羞辱他。"说完，朝秦腊梅和水草看。

秦腊梅只当没听见，忙着自己的事情。

水草也很淡漠，就像这个消息是一阵细风吹过而已，并不去接父亲的话。

浑身酒气的沈宗宝感觉到自己失态，到屋里去睡觉了。他陡然发现，对粟家的愤恨，并不能引起女人们的共鸣，她们不想谈论这件事情。或许她们这种漠视的态度，比起自己的骂骂咧咧更有力量。

第二天醒来，沈宗宝坐在门口抽烟，烟雾在他的头顶缭绕，然后向四处散开。东边天空里的一片淡蓝色天光越来越大了，他明了自己女人要到西城集市去了，将烟蒂扔掉，起身往西城门走去。

倒春寒又一次来袭，市街里的临街摊点都撤了。一家家店铺里的人一边做活，一边骂着："什么鬼天气，往后过了呢，越过越冷了。"行走在瓢城西街里的沈宗宝并不感到寒冷，他所想的依然是粟家做过的那些混账事。"多好的事情，被粟家女人给搅和了。"他在心里反复念叨着这句话。

沈宗宝在瓢城市街中漫无目的地闲逛，熟悉的市街风景，一幕幕地在他的眼前闪过，一种带有悔恨的伤痛涌上心头，不是自己折腾，把家弄成那样，或许沈、粟两家早已结亲。但转念一想，粟富贵老婆不是省油的灯，不管怎样，她都会拆散这段姻缘，与粟家的亲是结不成的。粟家女人害了水草，害了自己儿子，害了沈、秦两家。这么想着时候，他想到了玉良，那是个多好的孩子，是他帮助了水草，才有了后来的水草发展，可怎么一下子就没了呢？

沈宗宝想到与玉良在院子里的一次次对唱，眼泪流淌下来。

103

粟童从英国回到瓢城，才知道给水草带来的伤害有多大。什么是情什么是爱，什么是平静地过日子，以前不甚了了，现在终于明白了，就像是大梦过后的清醒。粟童想起与水草在一起的时光，瓢城西街、小海滩、北闸桥、一瓢水还有江南旅行，一幕幕浮现眼前，一种久违的亲近感油然而生。他快步向前，往西城门走去，他太想看西城门楼的景象了，那种远近差异的情形不知是否还在。脚步跟不上心中急切，恨不能一下子就到了西城门下，斜插径直往西城门去。

远远看到西城门楼了，夕阳晚照的西城门楼，背后天空里的大紫红，勾勒出了明暗交界的轮廓，显得异常宁静与庄重。他慢慢停下脚步，看着这个明代遗存，以往脑海里的景象依然存在。记得那次从江南回到瓢城，西城门楼呈现出的就是这个样子。他向前走去，走到城门脚下。西城门楼在天空中矗立着，高大威武。他稳了稳神，然后缓缓向后退去，门楼渐渐变小，它不但没有模糊起来，反而越来越清晰了。故乡没变，城楼没变，改变的是自己的心绪。

他想到了水草的脸，水草的身体，水草快乐的眼神，现在已经是完全陌生了。他对水草的伤害，早已化作了阻隔彼此灵魂的藩篱，落得自己成为今天这个样子。水草还可以与他一同看夕晖下的西城门楼吗？不可以了，完全不可以了，粟童明了，一切已经无法复往。

粟童走出西门，没有去往坝口小院，而是向北行进，看小海滩的风景。他想到了太平桥，想到了瓢城医院门诊大楼，想到了蟒蛇河水夜晚静谧的流淌，以及北闸桥头的灯火。

一个晴朗的晚上，粟富贵再次请沈宗宝到瓢城酒庄吃饭。沈宗宝不想去，怕粟富贵提到水草。然而思量再三后，觉得还是应该赴宴，怎么着也是粟富贵的脸面，打人不打脸，此时的粟富贵也确实有可怜的一面。沈宗宝心想，同情归同情，如果他依旧是谈水草，立马走人，不与他纠缠。

沈宗宝来到瓢城酒庄，粟富贵已经在那儿等候了。还是冷碟与老三样的热菜。相互寒暄之后，开始喝酒。气氛倒是融洽，粟富贵只招呼喝酒，不谈其他。酒过三巡之后，粟富贵与沈宗宝还是谈到了粟童与水草的事，说是自己的女人可以向沈、秦两家赔罪道歉，放多少桌面，请多少人到场都行，希望两个小的能够重新走到一起。他放下酒盅对沈宗宝说："粟童离婚了，水草也死了男人，现在更是门当户对。我们家作孽，得我们家来赔罪。"

沈宗宝霍地站了起来："你们粟家把我们沈家当什么人了？集市里买青菜萝卜呢？居然还有这样的心思。"

粟富贵让沈宗宝坐下，慢慢说话。他举杯道："喝酒，一句酒话而已，我哪还有什么骄傲的资本。"赶忙为自己打圆场。

一场酒喝得扫兴腻味，沈宗宝一路气呼呼地回到家里，将这件事告诉秦腊梅和水草。她俩的态度非常一致：根本不予理睬。

第二天一早，秦腊梅去西城集市卖鲜货了。水草整理了自己的行李，准备去往上海。粟童回来，加速了她离开瓢城的步伐，她不想与粟家再有任何瓜葛，离开是最好的法子。沈宗宝坐在门口抽烟，心里骂着南门粟富贵全家。玉良的死，更增加了对粟家的恨，一切都是粟家造成的。

那个春末的早晨，水草离开瓢城，去往上海海边市场，黑牡丹一个人支撑着，已经有些时间了，她得回去帮黑牡丹，更重要的是她有了大的想法要与黑牡丹商量。

上海海边的天空飘着长长的白云，从天边的一头伸展过来，从头顶划过，然后向辽远的天空的另一头伸去。水草急于与黑牡丹谈论心中的想法，没有空看天空的景致。

黑牡丹并不想与水草谈论这些事情，瓢城西城门楼，一瓢水店铺，还有对她一往情深的顾稼宜，成了她最为关心的事情。回到上海的黑牡丹，一直处在焦虑不安的情状中，玉良的死对她震动很大。人的生命意义到底何在，她反复思考着这个问题。睡梦中，黑牡丹常常梦见黑字金边的"一瓢水"牌匾，红木生漆柜台，店铺中央水池里的荷花、水仙、大金叶，还有后面的菌菇房。梦的最后，总是顾稼宜带着她在瓢城夜晚的市街里兜风。

黑牡丹急切地对水草说："你已经回到上海，我想回一趟瓢城，收回一瓢水。"

水草知道黑牡丹想念"一瓢水"的时光，想念顾稼宜了。她理解黑牡丹的心境，自己又何尝不想念玉良呢？玉良永远地消失了，顾稼宜还在，在皖南的山区里。水草对黑牡丹说："想回去就赶紧回去，一瓢水也应该收回来了。"把自己心里的想法以及想与黑牡丹商量的事压了下来。

一个阳光明媚的早晨，黑牡丹踏上回乡的路。一路北上，窗外的风景往后退去，顾稼宜到一瓢水砸店的情形不断涌现，不知道他现在怎样？还记得瓢城一瓢水店铺吗？还记恨我黑牡丹吗？她希望他记恨自己，说明他的心里还有自己。

回到瓢城的黑牡丹，向西城走去，步履急促而坚定。瓢城天空泛起了浓云，先是浓浓的白云，后来是厚厚的灰白色云，再后来就变成黑色了。阴郁的瓢城，带着黏稠的湿气，拍打着黑牡丹的脸，眼看着一场大雨将至。黑牡丹加快了步伐，走着走着，天空的雨就落下了。

还是那个多雨的瓢城。

黑牡丹出现在一瓢水。新店主是个长期在瓢城西街做买卖的生意人，知道一瓢水是个不可多得的好店铺，不想交店。他抬头望着外面的落雨，似笑非笑，不停地找出理由来涨价，意欲阻拦了老店主。黑牡丹一一应允，并不停地问他："看看还有什么可以涨价的了？"

"没了，没了，你也太客气了。"新店主说，"一瓢水确实是个好店铺，应该回到原先主人的身边。"说完，眼睛有些湿润，知道老店主不惜血本也要收回一瓢水了。

店外的雨停了，黑牡丹抬头望去，雨后的西城门楼，显得黝黑光亮。大雨冲刷过的一个个西城店铺，与平日里有所不同，像是穿了上好藏青呢料衣裳的新郎，立在湿漉漉的石头路旁。店铺的屋檐滴落着雨水，声音很有节奏地传到行人耳朵里，柔和的阳光出来了，照着瓢城市街，街角各处散发出迷人的光芒，仿佛转弯进去，就可以进到多彩的迷宫里。一个挨着一个散发着光泽的青衣店铺，油亮街树，地面石头间发出银光的一个个小水塘，这就是大雨过后的静谧瓢城西街的风景。

一瓢水终于收回来了。

黑牡丹去秦腊梅家，将一瓢水老匾请来挂上。"瓢城菌菇汤"换成了老匾"一瓢水"。黑牡丹把一瓢水的一草一木恢复到原有的模样，并对店铺大厅进行一番装修，添置了新物件。如此这般拾掇后，她站立店铺中央环视内店，昔日店铺场景一幕幕在眼前闪现。看着看着，黑牡丹的眼泪下来了，这是她发自内心的欣喜。

一瓢水失而复得，店主人黑牡丹站立前台招呼客人。不少老客前来看她，好似过去时光又回来了。一半是为菌菇汤，一半是冲着店主人而来，那样的感觉已经是久违了。看着店铺的景象，她想到了顾稼宜到店门口接她的情景。时间穿梭，世事沧桑，一丝伤感涌上心头。

沈宗宝请一帮朋友到一瓢水喝酒，他对朋友们说："一瓢水又回到黑牡丹手中了，请你们过去吃饭，管酒，管菜，大家尽情畅饮。"

众人来到一瓢水，黑牡丹亲自为他们服务，他们兴奋起来，眼睛不停地跟着她转。朋友们回头来看沈宗宝，又转头去看黑牡丹，不停地笑着，显得有些恣肆。黑牡丹丝毫不回避他们的目光，泰然地为他们拿酒端菜。沈宗宝伸手抖了抖袖口，端起酒盅喝了起来。他一连喝了三口酒，闭着眼睛咧着嘴巴鼻子里呼着酒气，一副既快活又痛苦的样子。

朋友们以为沈宗宝要开唱，他们默不作声地等待着。沈宗宝看到大家期待的目光说："我是喜欢唱戏的，几乎唱了一辈子，但一瓢水是个清静的地方，不适宜唱戏。"沈宗宝的眼圈红了，他想到了玉良，自言自语道，"玉良不在了，我也不再唱戏了。"

一旁的人看着沈宗宝，嗓子眼也有了哽咽的感觉。他们知道，沈宗宝是个重情重义的人，女婿的故去对他打击很大。酒客们一个个放下酒盅碗筷，与沈宗宝一同静默。

黑牡丹一旁看着，默默流下眼泪。可她很快控制了情绪，招呼客人。她知道，如今的劳作已经不再是先前的为了生计而奔忙的辛苦了，而是一种习惯，一种对自己东西的眷恋以及对昔日生活的怀念。如果玉良地下有知，一定不希望活着的人伤心痛苦。把日子过好，才是对玉良最好的怀念。

104

　　早晨，客人们与往常一样来到一瓢水店铺。一瓢水早市供应菌菇汤、米面饼、吊炉饼、瓜菜，这样的传统一直沿袭着，留住了很大的一部分客源。米面饼是西城一家做的，那是沈宗宝父亲沈佑田过去的店铺。父亲沈佑田去世后，沈家与这家店铺没有关系了，但一瓢水用的米面饼，一直还是这家的。吊炉饼用的是东城那家，是瓢城最好的吊炉饼。早餐讲究的人，还在菌菇汤里打上鸡蛋，或者加些荤腥的东西。店客们一边吃着，一边看着晨曦下的西城门楼。

　　来到一瓢水店铺的人陡然发现，店里的女主人不见了，代之以管理店铺的是秦腊梅与沈宗宝。只见秦腊梅在前台支应着，沈宗宝在店铺里跑着，脸上显着特有的兴奋。

　　"黑牡丹不见了，沈、秦两家接管一瓢水了，开起了夫妻店。"一传十十传百，很多人过来看热闹，这可是西城的一大新闻。他们实在是不能理解原有的店铺主人黑牡丹的突然消失，到底是怎么的一个情形。

　　店客们低头喝汤，抬头看店，琢磨着一瓢水店铺里的变化。疑惑地看着店中一切，仿佛黑牡丹藏在什么地方似的。有人不死心，一个劲地问沈宗宝，这到底是怎么回事？可别人无论怎么问，沈宗宝一概不予回答。

　　从上海回到瓢城的黑牡丹，收回一瓢水后，耳边不停地响着一个声音，这声音一会儿高，一会儿低，明显地来自遥远的山城。是顾稼宜，那个天不怕地不怕的男人在不停地召唤着自己。顾稼宜最愿意做的事情是为黑牡丹出手，而她最愿意做的事情是一次次地拒绝了人家的好意，把他逼到了无路可走的地步。

　　伤感一次次涌上黑牡丹心头，她善意地为他人着想，将幸福置于理智之中，这就是所谓的爱情的样子吗？她感到自己很可笑，人为地毁掉了一段美好姻缘。生活里到底有多少正确的抉择可以说得清楚，她思来想去，世界上根本就没有什么正确不二的情感。人应该有一个谦卑的姿态，对他人充满理解与包容。自己错失了一个真诚而美丽的故事。

深陷悔恨的黑牡丹异常痛苦，痛苦到恨不能砸了自己。生命里错过的花期，很难在复往的季节中重现。私下里，黑牡丹关心着顾稼宜的信息，听人说他回到皖南，重新办起了汽车修理厂，做了像样的老板；有人说，他娶了一位貌美的女子为妻，生活得很幸福；有人说，他的身边不缺女人，一辈子不准备结婚了，心里依旧有着黑牡丹；也有人说他去了国外，是偷渡出去的。

顾稼宜还是先前的顾稼宜吗？她在心里一遍一遍地问自己。黑牡丹决定去皖南山区小镇，弄清楚这一切。

沈宗宝支持黑牡丹放下手中的一切，去找顾稼宜，他对黑牡丹说："顾稼宜是个不错的青年，当初你那样对他不合适。赶紧去找他，补救这一过失。"

看着沈宗宝，黑牡丹的眼睛里有了泪，她说："我并没有去想当初的举动是否正确，只是后来它越来越指向自己的内心了。"

"人的内心情感，有时候是很奇怪的，会被一种想象的东西所感动，愣是朝着一个方向去了。时间一久，就凸显出了内在愚蠢。"

"就是这样的。"黑牡丹听了沈宗宝的话，更加坚定了去找顾稼宜的决心。

黑牡丹将一瓢水店铺交付秦腊梅与沈宗宝，去往皖南山区。临行前，黑牡丹对二老说："无论是否找到顾稼宜，我都不会回来了，一瓢水算是移交给沈、秦两家了，物归原主，也是一种报答。"

沈宗宝看着黑牡丹，眼眶里有了泪，并不是黑牡丹将一瓢水店铺移交给了沈、秦两家，而是感觉到黑牡丹与他们仿佛是一场永别。

秦腊梅对黑牡丹说："不把话说死，等你回来，一瓢水依然由你经营。"

黑牡丹突然跪下，对秦腊梅、沈宗宝说："感谢二老的恩情，真是一心想去找他了，我把事情给搞坏了。"

秦腊梅将她扶起，让她赶紧上路。

没有黑牡丹的一瓢水店铺仿佛少了什么，但秦腊梅、沈宗宝的夫妻店倒也别有一番天地。秦腊梅一刻不离柜台，迎客送客，沈宗宝行走在店铺里，夫妻二人配合默契，一瓢水管理得有声有色。

可这段时间里，秦腊梅夜里常常做梦，梦见自己的父母，梦见一瓢水被烧毁的那场大火。大火汹涌，映红了半条西街。她的心纠结起来，难不成并不能做了一瓢水买卖吗？还是自己就只能做得集市摊档里的小生意？人有人性，店有店性，一段时间后，秦腊梅决定不再站店，回到西城教堂集市继续做她的小本生意。她并不能与摊档里的那一份生活分开，更是怕自己与沈宗宝一起做店，带来什么不测。

一瓢水柜台中出现了一个与黑牡丹有着几分相像的女人，客人进店出店，她都微笑着相迎相送，神情与黑牡丹很像。"宗宝啊，你们到底是唱的哪出啊，先是一夜之间店铺的人事变了。夫妻店开得好好的，又弄出一个赝品来充货，到底是什么意思？"有人问沈宗宝。

沈宗宝笑道："没变，一切依旧，只是黑牡丹离开瓢城一段时间，她会回来的。"说完把目光送向窗外的西城门楼，眼神里有了些许忧伤。那个彪悍的顾稼宜，还会是先前的顾稼宜吗？倘若顾稼宜已经不是先前的顾稼宜了，黑牡丹怎么办？

人们对于一瓢水店铺的惊诧，一阵旋风似的过后，慢慢平息了。人的情感是一种极不可靠的东西，再好的怀念，也敌不过新生事物的出现。换了人的一瓢水店铺，或者说回到沈、秦两家的一瓢水，人们普遍怀疑沈宗宝能否把店铺做好。先前女人秦腊梅帮助他，还可以映衬；现在一个人在做，还有一个类似黑牡丹的赝品。

"这个秦腊梅也是，宁可在集市里做事，也不愿意到一瓢水来经营。对那个像黑牡丹的女人，她也放心得下？"人们一个个来到一瓢水，仔细观察沈宗宝的管理。他们发现，沈宗宝对于一瓢水的经营，完全沿袭了黑牡丹的做法，弄得井井有条。柜台里很像黑牡丹的女人，越发地有着迷人的风韵。他们觉得，坝口小院里的人家有些法子。

沈宗宝用心经营着一瓢水，但心中不停地想着远在上海的水草。黑牡丹去了皖南，水草一人在那边一定孤单。秦腊梅与沈宗宝一样，对水草很是不舍，在集市摊档里常常走神，一种从未有过的担忧涌上心头。她匆匆收拾摊档，去往一瓢水店铺。

秦腊梅进店就对沈宗宝说："你把一瓢水里的事情安排下，我们去一趟上海，这件事情不能再拖了，我常常在梦中梦到当初一瓢水的那场大火。我们一起去劝水草回来。玉良不在了，黑牡丹也走了，水草得回到瓢城。"

沈宗宝对一瓢水店铺柜台里的女人一番交代后，与秦腊梅踏上了南去的路程。

车在路上行驶，车外的景物唰唰地向后甩去，秦腊梅第一次感觉到了时光的速度。一路来到长江边，秦腊梅急切地看着宽阔的江面。轮船在江上航行，仿佛一动不动，她知道那是因为长江太大太宽了。她估摸着长江的宽度，有家乡瓢城蟒蛇河一百个宽。秦腊梅想到了自己的母亲，从江南来到江北，受了那么多的苦，再也没有回到过江南。这么想着的时候，秦腊梅落泪了，逝去母亲的容颜，一次次浮现在她的眼前。

秦腊梅想到了自己的父亲秦渡头，当年随大军南下支前到达江边，乘着夜色逃回瓢城。父亲是想母亲了。当然骨子里也一定有了贪生怕死的念头。秦腊梅心想，如果父亲当年没有逃跑，存在着两种可能：一是随大军过江做了功臣，成了共产党干部，做个村长应该没有问题，说不定还能做乡干部也未可知。她就是干部子女了。二是父亲秦渡头死在江里。长江是秦家人生命轮回里的一条奔流不息的大河，在秦腊梅心中奔涌。

秦腊梅与沈宗宝来到上海最南端的海边，天已经擦黑。一路劳顿，感到十分疲倦。水草见到父母，分外高兴，带他们去海边餐厅吃饭。那是一顿上好的海鲜大餐，西式吃法。秦腊梅与沈宗宝倒也并不生疏这样的吃法，跟着水草很快学会了刀叉的使用。

夜晚海边的天空，繁星点点，市场一片繁茂，一点也没有当初水草初到时的那种苍凉了。秦腊梅想起水草对她说过的话："现在的海边是个大市场了，已经没有过去的那种荒凉景象了。"好像别人的经历可以随着时间倒流而体验。

秦腊梅自言自语道："我怎么可以看见？"

"你看见什么了？"沈宗宝问。

秦腊梅笑而不答。

第二天，水草带着父母在海边转悠，除了那两家工厂，这里又建起了批发市场及仓储。原先空旷的废弃工厂成了大型市场，几百家商户进驻这里，有批发建材的、批发五金日杂的、批发家具的、批发被套床单的、批发医疗器材的、批发水果的、批发粮食的、批发鸡鱼肉蛋的，还有批发宠物的，应有尽有。

父母跟在水草后面看整个市场，从东到西，从南到北，这里走走，那里看看，生怕遗漏了什么。秦腊梅一边看，一边嘴里念叨着："这是多大的生意啊，做集市的小本买卖三辈子都不能够。"秦腊梅很是开心，做梦没有想到三女儿水草在上海做的生意是这样的，与她想象中的情形大相径庭。

"好，好啊。"她不停地叫着。

沈宗宝道："你看就好好看，不要叫个不停。"

"高兴啊，沈家出人才了。"

"这倒是的，出了大人才了。"

黄昏来临，正好又到了打炮的时间。一声炮响，远处海面溅起冲天水柱，吓了秦腊梅一跳。"怎么回事？"她问水草。没等水草回答，接着炮声四起，震耳欲聋，海面升起一个个水柱，宛如礼花绽放，水柱回落海面，形成多重轰鸣。

水草说："那是军营在打炮。"

秦腊梅感叹道："太平时期还打什么炮，又不是兵荒马乱的年代，怪吓人的。"

"平时军队就要多演习，真的打仗了才会有战斗力。"沈宗宝说。

"现在哪还会打仗？不会了。"

"军人时刻要准备打仗，这是军人的天职。"

"不管他天职地职的，我就知道太平的日子好赚钱。"

水草听着父母对话，笑了。

105

上海海边逗留的时间里，秦腊梅忘却了烦恼。她与沈宗宝从未见过这么大的阵仗，更是没有见过这样的生意。疑惑的秦腊梅看着同样疑惑的沈宗宝，弄不清楚这买卖为何种性质。秦腊梅与沈宗宝不停地思索着，终究得不出结论。看着偌大的市场，两个人的共同感受是水草做大了，做出了宏大的气势，是录像厅玻璃门店无法比拟的。

"当初水草说瓢城做不了大生意，外面有更多机会，我以为是她头脑发热，现在看来是有深远思考的。"秦腊梅兴奋地走在海边市场里，仿佛走在一个偌大的迷宫。她问水草："这是什么生意？"

"租赁市场。"水草说。

"市场还可以租赁？就是把人家的东西拿来，再租了出去收账，这不是典型的倒买倒卖吗？"秦腊梅嘀咕着。

"两回事。通俗的说法，就是我们搭台，商家唱戏。你们仔细看看，就知道是怎样的生意了。"

秦腊梅与沈宗宝一路仔细看着，似乎也悟出了一些道理来。

一晃一月有余，秦腊梅和沈宗宝准备回瓢城。

离别上海前的那个晚上，秦腊梅与水草进行了长谈，从生意买卖谈到个人情感，反复提醒水草要控制风险。

沈宗宝说："想孩子回去就想孩子回去，不要说些不吉利的话。"转头对水草说，"你妈妈也是为你好，生意做到这个份儿上，没必要再往深处去了。现在黑牡丹走了，这么一大摊子，一个人太辛苦。回到瓢城，爸妈放心，一家人也可以生活在一起。"

此次回到上海，水草就是想与黑牡丹商议在瓢城办厂的事情，转手这边的市场。可黑牡丹急着收回一瓢水去找顾稼宜，也就给耽搁了。

秦腊梅与沈宗宝收拾着行李，秦腊梅哭了，想到了自己的先人。沈宗宝也哭了，也想到了自己的先人。水草做了这么大事业，沈、秦两家终于扬眉吐气。可不知道为什么，心中伤感，一阵阵冲击他们。

离开上海，回到瓢城，秦腊梅与沈宗宝走进小院。

小院里的桂花树在风中摇曳着，发出沙沙声响。虽然离开瓢城仅仅一月，院中桂树树叶耷拉着，没了精气神。这棵老桂树有着灵性，抑或它也感觉到了什么。

上海回来之后，一瓢水的那场大火，常常在秦腊梅的梦里出现。沈宗宝也有意无意地想到一瓢水大火，当时还请了算命先生，说是沈家的人多金，易遭火克。逝去岁月中的往事一次次冒出，影响到他们的情绪。

午后的瓢城西街，有着一种悠闲的气氛。一瓢水对面无尼庵升起炉香紫烟，在空中飘散着，人进人出，一派肃穆神秘。一批批客人来到一瓢水店铺，柜台里的女人微笑着将他们引入内店。

客人坐定。菌菇汤上桌。鲜汤，红豆米饭，瓜菜。时间在周到服务中静静地流淌。集市里的秦腊梅，把青货生意做着，不再去想那些不愉快的事情。晚市收了之后，她收摊回家。路过西城门时，她驻足凝望。她很少这样看西城门楼，门楼已经沉入黑暗，秦腊梅想到了自己的父母。

之后的一天傍晚，秦腊梅来到南门瀛洲桥，把目光送向远方。近来的这段时间里，她老是梦见自己的父母。一阵轻风吹来，她闻到了桂花的清香，闻到了泥土的味道。她知道，那是瓢城南门老宅屋后的泥土味道，童年天空下渡口南岸南瀛岛的泥土味道，坝口小院河边小路旁菜园的泥土味道。

秦腊梅来到泰山庙后面的竹林里，静静地坐着。清悟和尚早已不在泰山庙了，去了哪里，没人知道。她想，清悟一定是刻意离开瓢城，他无法面对自己的亲生女儿，选择逃避。

人在世间，有着无尽的烦恼。无论是对逝去岁月的怀念，还是对现实生活的忧虑，都为一种忧郁的心绪所缠绕。人在自然面前是那样地渺小，秦腊梅陡然觉得，自己就是瓢城西城门楼上的一片浮云，蟒蛇河里流淌的一滴清水，泰山庙竹林里的一枚青竹叶。

那个秋日的夜晚，秦腊梅倒下了，住进了瓢城医院。水草心急如焚，从不生病的母亲，一旦倒下不是什么好兆头，她从上海赶回瓢城。水草对妈妈说："妈妈，你好好养病，我会尽快将上海市场转手，回来与你们生活在一起。"

听到水草这样的话，秦腊梅很是高兴，她说："妈妈就是全身无力，老天还没有到收我的时候。"说完，看着窗外的瓢城天空。

窗外传来清脆的鸟叫声，那是蟒蛇河岸的水鸟，这种瓢城特有的水鸟，多在水边的芦苇丛里，白脸白身，黑嘴黑翅，红眼红腿，非常善于捉鱼。瓢城医院离蟒蛇河不远，医院的树中有一些水鸟飞动。水鸟在树上啼啭，树间洒落下的光线，照得水鸟忽明忽暗，不停地映入眼帘。水鸟从树上飞下，飞到地面，在地上寻觅食物，然后飞起，飞向河的方向。

秦腊梅感到有一种东西在床前晃动，一闪一闪，看不真切。河岸、市街、门楼、店铺、桂花树、南瀛岛、泰山庙、竹林。闭上眼睛，种种景象就在狭小的空间里不停地跃动，像是夜晚上坝村场头演过的皮影戏，一会儿清楚，一会儿模糊。

一次次变换不定的幻觉中，秦腊梅渐渐睡去。

母亲睡梦里的景象为着一种美妙的场景浮动起来：朗朗天空，白云飘动，下面是浩瀚宽阔的水面，一艘帆船在大片的白色波浪中穿行，白色风帆，棕色船体，高高的桅杆。一个穿着旗袍的漂亮女人站立船头，白色风帆在她身后伸展，头上是一片碧蓝天空。身旁站着一位长衣男人。睡梦中的母亲翻了个身，梦中画面变了，碧蓝天空成了灰暗天空，帆船若隐若现。

漆黑夜晚里，帆船在河中行驶，两岸死一般地静寂。船舱中的男人光着上身，天气太热，女人只穿了无袖的单衣。女人蜷缩在男人怀里，渐渐睡去。女人做了一个梦，梦见自己在上海不夜城市街里，灯红酒绿，车水马龙，不时有外国人出现。

下半夜，母亲从梦中醒来。半醒半梦之际，她在纳闷，怎么我在做梦，梦里的女人又在做梦呢？梦上加梦了。

突然，一道耀眼的蓝色闪电划破天空，紧接着一声焦雷炸裂开来，在空中拉出道道银色弧线，河流、树木、房舍，被雷电交替映照。大地被雨罩白了，风撕扯着雨幕，一会儿东，一会儿西，一会儿南，一会儿北，风声雨声越来越大，越来越猛烈，所有力量都无法阻挡它的肆虐，满世界都是雷声、风声、雨声。强劲的风雨，如一团团白雾，在空中飞来飞去。雨落在河里，砸出密密麻麻的水泡。所有画面都压缩在一个薄薄的平面里，忽闪忽闪地看不真切。那平面不是固定的，一会儿平躺，一会儿竖起，一会儿又歪斜了，还不停地扭曲。

一个激灵，母亲从梦中惊醒。梦还在继续，复原着残缺的景象。

天亮了，水草陪母亲在瓢城医院做全面检查。

没有问题。

母亲说："靠着仪器检查不能解决问题，得找了真正的病根。"

水草带母亲去上海。

上海检查的结果，身体没有问题。

水草联系到上海有名的老中医，给母亲把脉。母亲相信中医。只见老中医微微仰起头，闭着眼睛细细给母亲把脉，一种亲切感油然而生。许久，老中医睁开眼睛，仔细瞧了瞧母亲说："没病，闲的。心浮气躁，肝气郁结。"

"对呢，是闲的，浑身没劲。"秦腊梅一改近来的颓废状态，对水草说，"还是老中医有水平，人家把把脉，看看相，金木水火土，一下子就把病因给找出来了。"

看着突然站起的秦腊梅大声说话，老中医吓了一跳，满脸通红地说："还真的是没病，中气十足。"然后摆摆手，让她走人。

找到病根的秦腊梅，回到瓢城，又去西城集市里做活。

站在小院门前目送着母亲，母亲的背影消失在远处，水草抬头望向天空。天上飘着各式各样的巧云，有的像山羊，有的像金鸡，有的像天狗，像飞龙，像美丽仙子，水草想象着各种图案。她已经很长时间没有这样的童心了，非常怀念逝去的少女时光。童心未泯的水草，不能再在瓢城逗留，得回到上海。

临行前，水草对母亲秦腊梅说："妈妈一定注意身体，我尽快处理那边的市场，回瓢城发展。"

听到这样的话，秦腊梅心里很是高兴，那种无端担忧带来的惊恐，一下子消减了许多。她对水草说："远方的天空再好，比不了自己的家乡。一家人在一起，比什么都好。"

回到上海的水草，心里祈福黑牡丹尽快找到顾稼宜，同他一起回来，做顶大的事业。水草想回瓢城了，要与父母生活在一起。

106

黑牡丹离开瓢城后，一路向皖南山区行进。山峦叠嶂，近处是黑黑的山体，恰似一片浓墨；往后去，颜色变淡，如青青水墨；再往后去，山峰是水迹一般的波线了。空中有飞鸟点点，仿佛是落在画上的墨滴。

黑牡丹终于找到了那个皖南山区的古老小镇。正如顾稼宜所说，镇中的高大牌楼多远就能看见，镇前的一汪水潭，是上游山间的溪流流经这里修建的大型潭池，溪水在此汇集后向下游流去。黑牡丹进入古老山镇，直接去往镇子的西南方向。很快，她就找到了顾稼宜说过的那个带有西域风情的拱门与祠堂。

黑牡丹急切地打听顾稼宜的下落，详细向小镇人描述顾稼宜的相貌特征。遗憾的是，没有人知道这个故里的子孙。失落的黑牡丹没有放弃，她在山镇住下，慢慢寻觅顾稼宜的踪影。

从山镇的一个老人那里，黑牡丹知道了山镇流传的顾稼宜曾祖父的故事。老人的叙述与顾稼宜告给她的故事完全重叠。顾家是西域来的族群后裔，在小镇做茶叶生意，后来顺江而下，到了瓢城古城，在那里繁衍生子。所不同的是顾稼宜并没有告给她，他的曾祖父先前有过女人，死在了茶道上。关于顾稼宜的消息，山镇人没有提供到有价值的线索，黑牡丹怀疑顾稼宜是否真的回到了故乡山镇。越来越迷茫的心境，使得她的内心充满了失落与凄苦。看着山镇镇街中的房舍与巷道，她哭了，哭自己当初那般决绝地回了人家，落得现在无限悔恨。一阵雾气向山镇袭来，古老小镇模糊在朦胧的雾气之中了。

黑牡丹心中期盼的东西越来越趋于渺茫，似乎顾稼宜口中祖先居住的山镇，除了拱门与祠堂，没有丝毫与他有关的信息。即便是山镇的顾氏后人，也没有人知道他是何许人也，更不用说他的行踪了。

每天清晨，黑牡丹都来到镇前的潭边。顾稼宜不止一次地说过山镇前的一汪水潭，那是她梦中都想见到的风景。现在就在这里。灰白色的浓雾在周围群山里不断地向外延伸，飘向小镇，将山镇包裹起来。一个个晨练者，看着这个远道而来的漂亮女人，一头乌亮的头发，雪亮的眼睛，坚挺的鼻梁，唇沟分明，产生了浓烈的兴趣。知道她在寻找一个叫顾稼宜的，镇西拱门祠堂的后人，感到好奇，更是欣赏，总想与这位远道而来的漂亮女人攀谈些什么。

一个肌肉丰满的男人来到黑牡丹身边，对她说："在离镇五十里地的县城有个修理厂，老板叫顾彬。你说的人相貌与他很像，他到我们镇上来过，不过不是我们镇里的人。"

黑牡丹眼前一亮，顾稼宜，一定是顾稼宜，姓顾，修理厂老板，不是他是谁？那个晚间开车带着她兜风的顾稼宜出现了，仿佛就在水潭的对面，还是那副模样。肌肉男看着黑牡丹，一次次被她的眼神与情绪所感染，知道她要找的这个男人，对她而言多么地重要。肌肉男二话没说，带着黑牡丹去五十里外的县城寻找。

车在山间的路上行驶，路旁的绿色群山，起伏跌宕，景色奇幻迷人。平原来的黑牡丹看着新鲜。透过迷雾松软的雾气，遥望山下的城市轮廓，密密麻麻的房屋隐约可见。山路转弯进入另一个山口，远处峭岩上的一棵山松，阳光从背后照来，变成了金红色的。黑牡丹第一眼联想到的就是佛光，拥有磅礴的气势。黑牡丹忐忑不安起来，不知道怎样面对顾稼宜。他还是对自己一往情深的顾稼宜吗？依旧是单身一人？

远远地看到修理厂了，门口停放着几辆待修的汽车。他们进厂来到厂长办公室，一个漂亮的女子接待了他们。

肌肉男问道："你们顾老板呢？"

女子答："去山里拖车了。"

山城的修理厂，做着山里路道拖车修理的生意，这些在山间道路上抛锚的车辆，并不是什么大故障，却有着很高的利润。黑牡丹虽然不知道汽车修理的经营，但她知道顾稼宜在这方面是有头脑的，他的形象也适合做这方面的生意。

一辆拖车进厂，上面是一辆红色的小轿车。一个彪形大汉从拖车上下来，往厂长室走来。

黑牡丹的心怦怦直跳，都快跳出身体来了。"顾稼宜。"黑牡丹似乎叫出声来，她紧闭双眼，心乱如麻。

黑牡丹睁开眼睛，完全惊呆了，这个叫顾彬的男人根本不是顾稼宜。

看着黑牡丹，顾彬不解何意。

肌肉男说明了来意，说她是来自远方江北瓢城，来找一个叫顾稼宜的男人。我觉得与老板的相貌相似，就带她一起来了。

顾老板笑道："你们算是找对人了，顾稼宜从瓢城回到山城也开了修理厂。后来他去了深圳，听说做汽车配件生意，应该是像样的大老板了。"

得来顾稼宜的消息，黑牡丹一刻没有停留，从山城去往深圳。

从深圳机场下飞机，黑牡丹一路往市区行进，看到一个全新的城市，这个先前南疆海边的小渔村，高楼林立，城市的醒目位置，竖立着各种发展经济的宣传标语、企业广告，一派大都市景象。黑牡丹顾不得看市街里的繁华街景，几经辗转，找到那家汽车配件公司。

公司的人告诉她，发达起来的顾稼宜在一次澳门豪赌中输掉了自己的积蓄与股权，在一个冬日早晨，去了香港。之后的情形就没有人知道了，有人说他去了英国，有人说他去了美国，也有人说他去了东南亚，还有人说他入了香港黑帮帮会。总之，没有人知道他的确切去向。

看着南国风光，黑牡丹知道，她与顾稼宜的情缘，彻底断裂在这个都市里了。黑牡丹哭了，发出撕裂的声响，知道自己已经追踪到了天涯海角。黑牡丹决定不再回去，留在深圳做事。这是在惩罚自己，同时依然存有着在这边或许还能遇见他的想法，痴心不能泯灭。

上海海边的水草已经着手市场转手准备，她相信母亲对于生意走向的感觉。秦腊梅，一个在集市摊档里做小本生意的女人，对生意有着特别的敏感。对水草而言，海边市场的生意也不是自己想要的长久买卖。国家发展正朝着一个对制造业有所倾斜的方向，不少外国制造企业纷纷落户中国大陆建厂发展，他们看中了中国的劳动力素质和发展环境。各地方政府也倾力招商引资，出台种种优惠政策。这样的情形下，一定会有不少配套生产的机会，水草知道自己的这一判断同样拥有前瞻性。

对于预感一向自信的水草，心中陡然被一个个市场所需要的工厂的样子所吸引，就像是城乡接合部，拥有连接城市与乡村的那种春江水暖鸭先知的敏感。这种敏感，与母亲的所虑是契合的，更增加了要转让市场的决心。水草很快找到了买主，谈得也非常融洽。接受市场的人是浙江的一个大老板，很看好这个海边市场，而且有着自己的长远打算，将来在这里建大型综合体，做长久的市场租赁业务。转卖的一些细节也都已经敲定，只等原有的钢厂确认。

水草来到海边，抬头望向大海。她想到了与黑牡丹来到这里的情形，炮声，烟囱，海啸，野猫，她们经历了太多的事情。现在说卖就卖了，也没有与黑牡丹商量，但她不需要与黑牡丹商量。水草相信自己的行为又是一个断然的举动，会朝着一个更好的方向前进。

晚霞映红了海面，还是那种粉红色。炮声响起，海面升起冲天水柱。她想黑牡丹了，非常地想。黑牡丹到底在哪儿，找到顾稼宜没有，怎么一点消息都没有呢？

107

那天早晨，黑牡丹与往常一样吃着广式早点，看早间新闻。一个关于火灾的报道瞬间让她血冲头顶："上海海边的一个大型市场发生特大火灾，目前统计已死亡三人，三百多家店铺被烧毁，其他房屋不同程度地损坏，整个市场已经瘫痪。这个特大的火灾事故，正在进一步调查之中。"浓烟滚滚的电视场景，黑牡丹一眼看出是她和水草的上海市场。冲天的浓烟，飘散在海边，遮蔽了半个天空。

黑牡丹迅疾赶到上海，海边市场一片狼藉。消防车已经撤离，不少人在清理现场。黑牡丹在派出所打听到了水草的下落，水草已经被依法拘留。当她赶到时，根据她自己的陈述，公安部门也将她拘留了起来。黑牡丹和水草在看守所里见面，水草一愣："这个时候你回来干什么，不是找死吗？你是怎么知道的？"黑牡丹说："都上央视新闻了。"她抱着水草，两人痛哭流涕。

市里调查组作出结论：一家住户烧饭的时候，煤气没有关好，结果点燃了厨房，烧了房屋。那天正好海边刮大风，风势凶猛，先是向市场一边刮着；市场燃烧起来之后，又刮起了旋风，就在市场的上空盘旋，很快就燃遍了整个市场。

一家三口被烧死了，其他人家庆幸没有死人。整个市场做了保险，每家租户也签订了安全合同并强行要求人员财产保险，水草与黑牡丹没有被追究刑事责任，但必须赔偿损失。保险公司赔付之后，水草与黑牡丹积极配合政府，努力做好善后工作。当事情全部处理完之后，水草与黑牡丹已经是一无所有。

来到上海之后，特别是做起了海边市场以后，水草与黑牡丹在发展方向上发生了分歧。水草要在上海将海边市场进一步做大，这完全是不同于一瓢水的产业；黑牡丹则认为海边市场这样的产业，没有自身的核心东西，并不可以真正长久。现在好了，一夜回到解放前了。

　　水草与黑牡丹回到瓢城，已是秋风落叶的时节。太阳正从西城门楼的那头向下沉去，西街的道路上，落下牌坊、房舍的长长影子。看着满地落叶的瓢城西街风景，水草已然丧失了东山再起的勇气，就像远去天空的夕晖一样，没有劲头了。先前的自己与现在的自己，成了两个世界的人。生意的事情，过去听人说过，一会儿天上，一会儿地下，这回算是彻底见识了。惊心动魄的事件，就在刹那间，一切产生了颠覆性变化。

　　与水草的颓废不同，瓢城西城在黑牡丹眼里充满了商机，她看着立在天空下的瓢城西城门楼，仍旧是那样地挺拔。她想到了菌菇，想到了一瓢水，想到了家乡这片生她养她的土地，一切还有希望。她们还很年轻，还可以从头再来。丢失的是已经做起来的事业，拥有的是继续做事业的认知与经验。有了母鸡，不愁下蛋。黑牡丹的态度，给了水草很大的勇气和动力。

　　水草与黑牡丹来到一瓢水，秦腊梅与沈宗宝什么也没说，上菌菇汤、红豆米饭、瓜菜、冷碟与桂花酒，为她们接风。二老对她们说："从今天开始，我们老的就撤场了，由着你们来经营一瓢水。"

　　黑牡丹起身敬酒，对二老说："一瓢水就是火种，可以再次燎原，大不了一切从头再来。"

　　水草的眼睛湿润了，觉得黑牡丹是她的保护神。每遇困难的时候，黑牡丹总是这样给她以力量。她想起了黑牡丹当初的那种发型与头饰，特别是黑发上的白色发卡，衬托出一个美丽能干的女人。

　　此时的黑牡丹笑了，想起水草贪吃的样子，在她的身上也确实存在着双重个性，她对水草说："你在一瓢水吃成了小胖子。"

　　"我们也并没有白吃白喝，你总是吆喝着我们干活。"水草说了这话，黑牡丹与她都沉默了，因为她们都想到了一个人，一个水草的心灵尽量不去触碰的人。

那个英俊的少年，去往万里之外的异国他乡之后，成了故乡瓢城一个忧伤的灵魂。他有着与水草和好如初的冲动，但他知道那完全是天方夜谭了。此时的水草无意间说出这个曾经的少年，可少女的心早已封存在那个遥远的过往了。生命不可以重来，因为时间不可以倒流。逝去岁月的风景，早已尘封在历史的泥土之中。

黑牡丹回来了，水草参与了经营，一瓢水的生意如先前一样红火起来。来一瓢水消费的人越来越多，他们都想看看上海归来的水草与黑牡丹。她们热情地招呼着客人，好似一瓢水刚开张营业。菌菇汤、桂花酒、腌菜、红豆米饭、小鱼锅贴米面饼、吊炉饼老鸭汤，水草与黑牡丹还增加了一道新菜：清蒸梅童鱼。是的，她们要做高端的食材了，让普通人也可以吃到高档饭店里的菜肴。不仅如此，她们在稳步地推出新菜，有瓢城"六大碗"、江淮"八道菜"，并研究其他菜系的特色菜肴，使一瓢水朝着一个更加开放的方向前进。

一瓢水店铺红火起来之后，水草寻思着新的发展方向，她在外面转着，很快就找到了新项目，在瓢城轮船公司大码头置办大型餐馆，取名"一瓢水老码头店"。水草让黑牡丹做总经理，黑牡丹说她有一人选更为合适，沈宗宝。

"我爸哪成？"水草说。

黑牡丹道："大码头早先就是沈家的产业，请了沈家长门长孙做总经理，天经地义，这个总经理非他莫属。而且你爸爸对于诗文、戏曲的热爱与天赋，会给一瓢水餐饮带来不一样的文化特质。"

水草看着黑牡丹，自己与她就是绝配。黑牡丹给事业底色，她就可以在上面画出最美图画。一个构想在水草脑海里生成，做连锁店，区域连锁，全国连锁，这就是关于一瓢水餐饮事业的版图。

黑牡丹笑了，对水草说："你真敢想。"

"我就是要干别人没有干的事情，做事业的拓展。"水草对黑牡丹说。

大码头的前身是沈氏家族置办的水运大码头。后来是日本人的航运株式会社瓢城水运站。再后来是新四军的运输社。全国解放后成了里下河地区瓢城航运局，即后来的瓢城轮船公司。大码头过去是瓢城最为繁忙的地方，是客运、货运两用码头。每天清晨，天还没亮，大码头就一片喧闹，人喊声、汽笛声，不绝于耳，一片繁忙。一整天都是这样。夜晚来临的时候，大码头灯火通明，那是装卸货物的时间。板车一辆接着一辆，一直到五更天，才会消停下来。

这样的情景后来渐渐消退了，主要是因为陆路运输的发展。闲置下来的大码头，长起了半人高的茅草。那个曾经喧闹辉煌的年代渐渐远去，留下太多的怀念与感伤。真是一个产业，其兴也勃焉，其亡也忽焉。为了盘活资产，大码头对外招租，水草一下子看中了这个地方，将其做一番大的改造，开大型餐馆。这块像样的产业之地，现在只能以餐馆的形式延续它的生命了。大码头长满灌木丛草，它的胸膛承载着现代食客的欢歌笑语。码头成了背景，水运繁华的昔日景象，成了人们茶余饭后的话题与点缀。

"一瓢水老码头店"立在瓢城西城蟒蛇河东岸，那里风景独特，环境优美，周边生长着翠竹与桑梓树。房舍四周，布满青藤，远看，房屋已经隐约在绿荫之中。进入老码头，宛如进入绿树深处，外部的世界变得遥远起来，仿佛在幽梦之中。瓢城沈记大码头，即后来的瓢城轮船公司，就这样在历史长河中演变成供人休闲吃喝的一瓢水老码头店。

108

那个晴朗的早晨，瓢城西城一瓢水老码头餐馆正式挂牌营业，放了长长的鞭炮，惊动了半个西城，餐馆的门口摆放着密集的花篮。不远处站着一个西装革履的人，触目于一瓢水分店开业的热闹场景，他伫立不动，宛如一尊塑像，呆呆地看着这边的情形。水草、黑牡丹、秦腊梅、沈宗宝都看到了，是粟童。

粟童没有前来，水草与黑牡丹也没有过去，仿佛是一种心灵默契。粟童的出现，使得一瓢水老码头店开业多了一份热闹中的平静，在一片欢腾的气氛中静默地流淌。水草与黑牡丹进店铺里去了，沈宗宝依然站在店外，被秦腊梅一把拉了进去。

一瓢水大码头店开业，粟童不请自来，沈宗宝的心里有一种说不出的滋味。此时的粟童已经完全唤醒了沉睡的灵魂，成了一个迷途知返的羔羊。英国之旅，泰晤士河畔，并没有走向人生企盼的路径以及对过去时光的遗忘，他的灵魂深处落满了悔恨的尘埃。重新回到家乡瓢城，只能触目于往昔场景，默默承接一个个使他更加怀念逝去岁月的痛苦。

水草的内心悲切已经无法使她与这个曾经的少年，一同去看瓢城秋天的日落了，那段曾经的美好时光，已经落满逝去天空的尘埃。往事回忆使她心酸，她一次次想到了玉良，那个在她最为艰难的时刻，走进自己生命的男人。水草心想，如果玉良还在该是怎样的一个情形？玉良会帮着父亲沈宗宝，到这里来切磋戏曲技艺，玉良与父亲在坝口小院里对唱的情景，不停地在她眼前浮现。但水草很快就否定了，玉良不会，绝对不会，他不会将戏曲与饭馆联系在一起，他就是那样一个执拗的人。玉良去了遥远的蓝色世界，自己的事业也遭受了巨大的失败，这么想着的时候，眼泪就下来了。

水草与玉良的夫妻缘分并非偶然，是前世的注定。她的不管不顾，毁了美好的一切，上海海边市场的大火，就是上苍对她的惩罚。当时她所想的是，创下一番事业更为重要。玉良死后，她真正明了人的生命里的情感价值，那种沁入骨髓的深深思念一阵阵袭来，柔肠寸断。瓢城西城门下的等待，海边渔船上的颠簸吐胆，上坝村院落里的悲切吟唱，她的眼前总是闪动着玉良的身影。玉良的最后眼神温柔而安详，每每在工作之余，那种眼神就会出现。现在她只有把事业重新做起，做出成就，然后还玉良心愿，建立瓢城戏曲艺术馆。她早有这样的想法了，无奈上海的事业失败了。

这年的年底，中国取消了农业税。上坝村一些户口迁进城里的住户，忙着将户口重新迁回村里。他们知道，以后可能就迁不回来了。水草相信，这样的经济形势下，一定会东山再起。

一瓢水老码头店生意很快红火了起来，像是夜晚熊熊燃起的篝火直往上蹿。这个以江南吃食为主，结合瓢城土菜与江淮菜系的饭店，有着蟒蛇河畔特殊的地理位置，人进人出，成了环境幽雅、菜肴鲜美的去处。水草与黑牡丹将一瓢水特色佳肴带进老码头店，并对一瓢水酿制的桂花酒扩大再生产做酒店的内供，还制定了一套一瓢水的特色菜谱与饮料，为以后的生意做准备，她们已经有了较为长远的考虑。

走过的路，已经积累了经验。依仗一瓢水生意，做更大的事业。她与黑牡丹不是当初的样子了，可以从容地面对一切状况。水草好想感谢黑牡丹，黑牡丹并不去看她，忙着自己手中的事情，与她在上海海边工厂培育菌菇时一样。

沈宗宝在老码头大堂里照应着，传菜的堂倌一溜小跑，生怕慢了客人用餐的节奏。沈宗宝从没有像现在这样潇洒自在风光飘逸，一脸的满园春色。有客人进店时，他热情地招呼店客："欢迎光临。"客人用餐结束离店时，他热情相送："欢迎再来。"遇到什么重要的桌席，还亲自上去又唱又耍地来上一段，把客人给笑翻了。

原先沈宗宝拒绝唱戏，他觉得这是对玉良最好的怀念。黑牡丹与水草请他出任总经理后，他不这么认为了。沈宗宝以为，在戏曲演唱的过程中，更能表达对逝去玉良的思念，九泉之下的玉良，见他不再唱戏，反而会不高兴的。他与玉良一次次演唱的场景历历在目，沈宗宝"喔唻，喔唻……"一阵锣鼓之后，唱了起来。

有的客人受着他的影响，也即兴来上一段，成了自娱自乐的玩耍，好不兴味。这样的情形，顾客们对一瓢水老码头店就有了别样的好感，不仅仅是吃喝了，还有了文化的娱乐。以后有什么事情，一定到这里来，有吃有喝有唱的。

"哪儿吃饭去？"

"一瓢水老码头。"

时间的流淌，有了稳定的节奏。沈宗宝一次次想到自己做过的生意，没有一个像老码头这样契合自己的性情，而且以这样的方式参与水草与黑牡丹的一瓢水事业，成了其中一分子。他的眼前的一切都是活的，洋溢着生命的美丽，心灵深处不停地跃动着，为着一个欢悦的向上的事业奔忙。沈宗宝微微地昂起头，他要用家乡戏曲的声音，为饭馆营造一种文化氛围。他爱这个工作，即便是用了可以赚得万贯钱财的生意来换，也是不会心动。同时，他也相信了因果。真心地帮助过别人，别人也会在一个不确定的未来回馈自己。他想到了初遇黑牡丹的情形，现在黑牡丹正与水草一道奔跑。他想到了秦腊梅，一个勤劳大气的女人，传承了她母亲的基因。沈宗宝相信，水草的事业，一定可以再次隆起，蒸蒸日上。

沈宗宝眺望蟒蛇河，沈氏先人的身影一次次在河面浮动，瓢城的母亲河，流淌着先人亡灵。沈氏后生沈宗宝，在家乡河流旁的店铺里，找到了自己生命的感觉。兴致来了，吟诗作赋通今博古；兴致去了，坐着打愣稍事休息。与昔日甚苦的奔忙相比，堪称神仙境界野鹤之趣，妙不可言了。他知道，自己做好了大码头，就是对水草与黑牡丹的最好支持。

一瓢水老码头店之后，瓢城"一瓢水城南店""一瓢水城东店""一瓢水城北店"相继开张营业，心也渐渐地变大了，一种默然的力量冲击着水草，她与黑牡丹商议在瓢城投资建厂。黑牡丹没有说话，觉得水草又恢复了过去的那种秉性。然而黑牡丹所回应的，依旧是一份保守的想法，做好一瓢水、老码头，还有瓢城东西南北的分店，专心做餐饮，以后逐步壮大做连锁，也将是一份不简单的事业。

水草看着黑牡丹，感到特别的欣慰。拥有这样一位合作者，是自己的福分。但她还是希望那个昔日与自己一起在海边听野猫叫声的伙伴，重新焕发起奔涌的激情。事实是，她们已经做了上海海边市场那样的大事业，只是遇到不测。现在回到家乡办厂，比海边市场那样的事业来得长久。再者，做工厂也并不耽误一瓢水、老码头，以及分店的生意，多种经营，是一个大公司的战略抉择。

晚间的一瓢水打烊了，水草与黑牡丹对面坐下，一起喝酒。桂花酒的清香飘散在寂静的一瓢水店铺里，还有菌菇汤、红豆米饭与瓜菜。夜深人静的时刻，窗外的瓢城西街，人影稀少。黑牡丹喝着桂花酒，一再对水草表示，自己会支持她的任何决定，她们一定会创出新的事业，但办厂得慎重，需要大量资金。黑牡丹还是那个黑牡丹，总是量力而行。

吃着喝着，黑牡丹落泪了，借着酒兴，她袒露着对那个杳无音信男人的深深思念。皖南及深圳落空的寻觅，增加了她对顾稼宜的想念。水草也落泪了，她非常理解黑牡丹的心情，自己又何尝不想玉良呢？

两个拼命的女人，失去了人生最为珍贵的东西，专注于事业已然成为她们的一个精神寄托。有谁知道她们心中的苦。她们都是女人，此刻瓢城夜晚星空里飘动的蓝色云彩，已经触碰到了她们最为柔软的部分。

两个苦命的女人，在店铺里吃着、聊着，直到东边升起红日。

109

初春的瓢城，蟒蛇河两岸飞着无数的蝴蝶，层层叠叠，看得人眼花缭乱。蝴蝶向水上飞去的样子，有着一种气势，密密麻麻地贴着河面飞舞。不一会儿，蝴蝶飞向天空，飞得老高老高的。然后，从空中落下，折回飞到河面。如此情景一般要到深春才会出现。可这年的春天来得早，遍地盛开着野花。粟童来到河岸，虽生在瓢城长在瓢城，这样密集的彩蝶飞舞也不曾见过，他驻足凝视，思绪进入彩蝶飞舞的世界里。

在这个蝴蝶飞舞的春日中，粟富贵邀请沈宗宝到瓢城酒庄喝酒，沈宗宝感到有些骤然，并心生反感。他将这些告诉秦腊梅，秦腊梅说："生意中人，以和为贵，没必要弄得难看。不要走得太近即可，让人耻笑。"

沈宗宝决定去下，他对秦腊梅表态，如果粟富贵谈水草的事情，立马走人。

沈宗宝来到瓢城酒庄，刚一进门，粟富贵就来到沈宗宝面前说："放心，不会再提水草的事情。"他让沈宗宝坐下，然后对他说，"现在有一项目，不知道你们是否有兴趣。如果有兴趣，请你们一起做，这可是个好项目。"

沈宗宝没想到粟富贵找他来是谈项目，而且有着诚心帮助他们的意思。沈宗宝知道，粟富贵不差好的项目也不差钱，来找他完全是出于善意。

粟富贵所说的是一个大的房地产开发项目，由粟童负责，他不干预。这个大型的综合项目，囊括了上坝村整体拆迁新建现代小区、瓢城西城改造、市河两岸整治、在西城教堂市场边建大型综合体。粟富贵是瓢城数得上的老板，而且与政府的关系特别好，与他一起合作做事，等于是跟着数钱。搁在过去，他会一口答应了。但是现在不行，他对粟富贵说："谢了！"然后起身告辞。

看着沈宗宝离去的背影，粟富贵没有说话。

粟童来找沈宗宝，他与父亲粟富贵的做派一样，邀请他到瓢城酒庄吃饭。比起父亲粟富贵，粟童显得彬彬有礼。坐下之后，沈宗宝感到一束瓢城天空的历史光束，照在晚辈粟童身上。粟童请他喝红酒，外国红酒散发着红色光焰。沈宗宝喝了两口说喝不惯，换成瓢城陈酿。

粟童说："父亲邀请你参加这个项目，全然是因为拆迁重建上坝村、改造西城，社会协调难度大。沈叔是上坝村人，有着很高的威望，坝口的人信你。"

沈宗宝知道粟童是在恭维自己，但他所说倒也不假，他沈宗宝在坝口一带的确有一定的号召力，粟家没有看错人。沈宗宝没有正面应答粟童，说是容他想想，改日给他回话。事情没有一下子回绝，因为他知道这个项目的分量，以及对于现在水草发展的意义。

明摆着是赚钱的大生意，又是粟家后面做，打着灯笼也无处去找这样的好事情。宗宝经不住这样的诱惑，但心里没底，先去找了黑牡丹。

黑牡丹支持他参加，这是个难得的机会，人情归人情，事情归事情，两码事。黑牡丹对沈宗宝说："一瓢水老码头店你不用担心，还有我和水草，不妨碍什么。但这件事情，你得征求水草意见，得到她的支持。"

沈宗宝心里有了底气，去找水草，说了粟家父子邀请他合作的项目。他对水草说："你妈妈可能会反对，如果你也觉得不妥，我就不去想这个事情了。"

"爸爸的事情，爸爸自己做主。"水草说，"要参加就得有股份，不能跑龙套。"

有了水草的支持，沈宗宝参加了粟童负责的项目，粟家也给了他像样的股份。水草与黑牡丹将积蓄，并用一瓢水店铺与瓢城各分店做抵押贷款，做了股本金，同时成立了"一瓢水"房地产开发公司，让沈宗宝去做这个项目。水草接管了一瓢水老码头店，她要将老码头做出品位来。店客们笑了："老码头店，老沈变成了小沈。"

瓢城西城的天空下，沈宗宝夹着皮包，跟在粟童后面，有着一份少有的自信。长辈跟着晚辈，还是粟家的公子，但他并不觉得跌份，都是公司股东。渐渐地，沈宗宝与粟童已经不像是两代人了，倒像是称兄道弟的哥们。西城、上坝村、市河两岸，到处可以见到他们的身影。

秦腊梅知道了这件事情，怎么也转不过弯来。虽然跟着粟家做事，有了靠山，不愁赚钱，但她还是不能接受这样的现实，她对沈宗宝说："跟在粟家人后面，总有攀附的嫌疑，还是个晚辈。"

沈宗宝说："没有跟在谁的后面，是合作的关系，有股份的。"然后直了直腰道，"面子是路边的小草、树上的露水、河边的烂泥，在乎这些东西，什么事情都做不成。我这是在借力发力，做一个顶大的项目。说穿了，我这并非是在为自己，而是为了水草。"

"水草她们倒是真的需要机会，但她未必同意。"做着集市摊档里小买卖的秦腊梅，对生意始终有着敏锐的觉察力。她知道这是一个千载难逢的好机会，对沈宗宝说："你征求水草的意见了吗，她是什么态度？"

"水草说了，房地产是个好项目，他们粟家有这样的实力，并且跟官方关系也好。跟着他们做，应该错不了。"

秦腊梅不再阻拦。

天空飞来了一群椋鸟，是从蟒蛇河下游海堤树林里飞来的。这种鸟儿喜食昆虫，有时成千上万只飞来瓢城，在空中黑压压一片，宛如蝗虫过境。在这个季节里，它们是飞向西边的芦荡去吃食各种昆虫。沈宗宝抬头看了空中飞过的椋鸟，向瓢城西城走去。进入西城门，走向西街，回头再看那些鸟儿，已经不见了。

熟悉的瓢城西城街道，阳光照射牌楼、店铺、石桥与石头路面上，发出金色的光芒。此时的沈宗宝心中生出了一种久违的感觉，踌躇满志，一副志在必得的模样。他知道，与粟童的合作，不会像以往那样落不成雨。

早晨的坝口小院，鸟雀叫个不停。沈宗宝不停地照着镜子，头发整理得油光闪亮，面料考究的西服，款式新颖，黑白相间的尖头皮鞋。如此这般捯饬自己，显得很是年轻。对于这一点，他颇为自信，觉得镜子里的自己，与往日行走在市街上的自己有着很大的不同。以往的沈宗宝是个随风飘荡的角色，现在的沈宗宝，可以做人生主角。走在瓢城市街中的沈宗宝，带风耍派。不少人恭维他说："越活越年轻了，宗宝。"

"跟上形势。"沈宗宝道，大步向前走去。

"看来沈宗宝这次真的要发了，你看他那神情与派头。"

"粟家在瓢城什么排场！后面还有女儿水草与黑牡丹支持，这次能成。"

沈宗宝的眼睛里绽放出异样的光彩，使得自身平添了许多别样气质与神韵。他时而面带微笑，给人以和蔼可亲之感；时而表情严肃，让人感到一丝威仪。不少人请他喝酒，他不像以前那样一请就到了，总是说忙。

粟家与政府的关系一直很好，官商联手，没有做不成的事情，这在中国文化中，有着根深蒂固的传统。粟富贵深谙其中玄妙与道道，这是其他渠道无法替代的力量，与官家的关系便一层胜似一层了。这次政府与粟富贵合作的项目，交由回国的儿子粟童管理，目的是让他尽早历练。

沈宗宝想，这个项目如果跟着做成功了，以往所有的失败和吃的苦，都没有白搭。自己也将在这份事业中，拉直了过往生命的曲线。同时，为水草与黑牡丹的事业，贡献出一份力量。

沈宗宝已经完全沉浸在美妙的场景之中。

110

夏日天空的阳光，照着瓢城西城门外的上坝村。村前院落里的桂树高高立着，一阵阵暖风吹来，桂树不停地摇曳，发出沙沙声响。村里人进进出出，脸上有了与以往不一样的神情，整座村庄开始躁动起来，村落要拆迁的消息传遍全村，有的高兴，有的难过，有的愤怒。

秦腊梅心中很矛盾，在桂花树下等水草与沈宗宝回来。水草从外面回来了，还没有踏进院门，她就迎了上去，问水草："自家小院一定得拆吗？会动了家族的胎气脉象。这是秦家的乐土福地，已经有了三代人的居住。"

水草道："是要拆的，这是一个整体工程，政府要打造瓢城一流的小区，小院不拆怎么行。你有什么想法，可以跟爸爸去说。"

"我跟他说不着，他哪能听我的。"秦腊梅对水草说，"他从来就没有把这院子当成沈家的房产。"

水草道："拆了小院住高楼大厦岂不是更好，脉象还会延续，不在于拆与不拆。"

秦腊梅知道了，保留小院的想法行不通，可心中对坝口小院的眷恋，是那样深厚。

不久，政府来人做秦腊梅的工作，希望她顾全大局："你是能干明理的人，大家都知道。这关系到瓢城的城市建设与形象，这样的大道理我们就不跟你讲了。工程你男人和女儿都参与了，带头响应是应该的，还可以得到优惠条件。"

"我们顾全了政府的大局，又有谁来顾全我们老百姓的小局？"秦腊梅说。

"城市改造，从根本上讲就是为了老百姓。这次领导下了大决心，一定要改变瓢城的老旧面貌，其他的都得让路。"政府的人说。

看着政府的坚定态度，项目沈宗宝与水草又参加了，秦腊梅不好再做无谓的抗争。她对政府的人说："个人斗不过公家。只是在这里住惯了，已经有了三代人的居住。"秦腊梅调整了方向。

"有什么要求可以说，只要政府能够做到。"

"保留院子里的桂花树，移栽到我家新院子里，让它的香气飘在上坝村。"

"这个没有问题，不但可以保留桂花树，还要在小区、河道两岸多种些桂树与柳树，让桂花的香气飘在上坝村飘在瓢城，让万条垂柳在河边的清风中荡漾。"

"将来房子建好了，在最前排的一楼给个大院子，我们在村前住惯了。"

"这个同样没有问题。"

"还要有经济补偿。"

"按照一比一的原则给房子，再给装修的补偿，同时针对家庭实际情况给予特别补助，如果您带头还有奖励。"

秦腊梅看着政府的人，一条条，一款款，合情合理，转身走了。

回到家里，见到沈宗宝在三楼上眺望，秦腊梅大声问楼上的沈宗宝："这三层楼说拆就拆了？"

"拆了，好事情。"沈宗宝说。

"对你当然是好事情了，你现在是大老板了，而且这院子又不是你沈家的房产，跟着你我就没有过过一天舒心的日子。"

"我沈家怎么了？瓢城如假包换的大户人家，怎么说也是有名望的大族。到这院子里住是你家老的意思，家里摆放的是秦家先人的牌位，你不说我还不气呢。搁在过去，那就是入赘了，是很没脸面的事情。怎么我想做点事情你就拗着来，好像我沈宗宝永远是个不着调的公子哥。再者，水草说了，生意是生意，人情世故是人情世故。你秦腊梅也说了，生意人以和为贵，格局要大，怎么现在这么小气了呢？"

"告诉你沈宗宝，依我是不会同意拆房子的。可你现在已经嘚瑟起来了，我也不好拂了你的面子。而且这一切是为了水草，但你自己要有分寸，不要以为拎着个皮包到处跑就是大老板了，说话做事得知道深浅。"

秦腊梅告给水草与沈宗宝吵嘴的事情，她说："这的确是个好项目，但我看不惯你爸嘚瑟的样子。"

水草对秦腊梅说："我知道你内心是支持爸爸的，为什么要拗着来呢？"

"嗨，到底是他生的，合起伙来了。"

水草对秦腊梅说："那我不是你生的？我理解你妈妈，跟着爸爸过日子不容易。但爸爸这次真的不是心血来潮不着边际，这个事情可以做成。"

"可以做成？"

"可以做成。"

两个人都笑了。

院落里的桂花树随风摇曳，一阵香气扑鼻。坝口小院中的这棵老桂树，一年年焕发着不老青春。仿佛是知道了自己要搬迁，桂树长了满满的一树桂花，黄了整整一棵树。桂树要在临走前，结出更多的桂花，以表达对上坝村这片土地的敬意。

秦腊梅看着院中桂树，顺了顺心气对水草说："不过看到你爸爸现在这个样子，倒也高兴，毕竟是在做一件正经的事情。较之于以往，也有了很大的进步与稳重的劲头。可不知道为什么，我就是对他放心不下。这方面，你爸爸吃了不少的苦头，得真正吸取了教训才是。"说着，她的眼眶里有了晶莹的泪花。

"你让爸爸去转，我们只当没有看见。这次有我呢，会好好把握。"

"我并不稀罕什么大生意，赚多少钱。人不要有太大的心思，能平平安安就行。我最关心的事情，就是把一瓢水做大。"

"一瓢水已经做大，不是问题。现在是要做更大的事情，这次西城开发就是跳板。那时候，一瓢水餐饮的业务只是其中一部分，你就等着好好享福吧。"

秦腊梅看着水草说："这一点妈妈是相信的，但现在的生活好了，我的心里却越来越空了，倒没有过去的穷日子来得踏实了，不知道为什么。"

"人大概都会有这样的一个过程，经历了太多的事情以后，反而觉得先前的生活来得踏实。虽说苦点，却有一种相互依存的感觉。"

秦腊梅的泪下来了，对水草说："妈妈心里苦啊。忙起来还好，一闲下来，鸡零狗碎的东西就出来了，心中委屈没处去说。"她对水草说，"你爸从不与我谈论生活里的事，成天就是烟酒戏，还有那些不着调的玄想，一出一出的，要个人受呢。"

水草点头同意，但她同时也不由着秦腊梅的情绪。没有人愿意长久地听别人倒苦水，那样的年代又有谁家不苦？逝去的苦难岁月，几乎家家都背负着不同的辛酸，那是一个时代的印记。水草对秦腊梅说："现在大家都好起来了，再也没有那样的苦日子过了。我们又是比人家先进了一步，你要懂得享受生活。爸爸虽说有着飘浮的一面，但也敢于做事，你要适应这样的状态才是。"

"妈妈还是喜欢集市里的小买卖，已经过惯了那样的生活。到集市里去，觉着亲切，那儿有我多年的朋友和同事，我最怕的是你爸爸再弄出些不可收拾的事情来。"

"西城改造要建一个大市场，到时候选择一个好的摊档做就是。至于爸爸，你由着他去吧。你刚才也说了，他是在做着一个正经的事情，是在为一瓢水更好的发展奔忙。"

秦腊梅看着水草，没有再说什么。

111

夏天的暑气渐渐过去，秋天已经来临，瓢城进入九月的天空。上坝村进驻了许多政府人员和拆迁公司的人，他们挨家挨户地做工作，不厌其烦地宣传旧城改造的意义。一股股强劲的外力，冲击着这个过往平静现在躁动的村落，上坝村家家户户的墙上画着红色的"拆"字，外面还有一个大红圈。看着这些红圈的"拆"字，有人兴高采烈，心中欢悦，不停地跳着；有人垂头丧气，站在老屋下发愣；有人干脆用黑漆给涂了，嘴里骂着："拆，拆，拆你妈。"

经过一个夏天的工作，已经陆续签下大半个村庄的人家，现在是在做最后的攻坚。秦腊梅并没有带头，虽然她的男人与女儿在项目里，而且对政府有所许诺，不闹事，不鼓动，只谈自己的事情，但她还是坚定的抵触者，成了仅有的几家钉子户之一。

秋天的凌晨，蓝色的清光照在院中桂花树上，桂树显得更加的墨绿苍翠。远处的树林里传来一阵阵鸟雀叫声，秦腊梅整理货物，去西城集市。家里的家私已经装箱、捆扎、包装，堆放在堂屋、天井里，等待搬迁的通知。水草回来做母亲的工作，秦腊梅最终签字同意搬迁，上坝村的所有住户都签了拆迁的协议。

沈宗宝与往常一样早起，在院子里抽烟。院前的河里有船驶过，那是往城里送农产品的机船。秦腊梅签字了，沈宗宝心里的石头落了地。他的心情很好，一支烟抽得很夸张。抽完烟之后，沈宗宝进屋拿了皮包，离开小院。

沈宗宝夹着皮包，快步进入西门，向瓢城酒庄走去。瓢城酒庄的早点，衬得上他的心境，吃着，看着，心中感觉顿感浓郁："我沈宗宝开始行大运了。"对于运势的看法，他是相信的，以往的经验教训告诫自己，稳住情绪与心态，内在功力就会注入事物灵魂，等待花开。此时的沈宗宝，仿佛从"官员"，向"哲人"转变了。

吃罢早餐，到了项目部，沈宗宝将皮包放在办公桌上。一个女人将泡好的茶端了过来。沈宗宝端起茶杯，悠闲地喝着。女人向门外走出，沈宗宝目送着微胖的女人消失在视线里。

在一派秋实的气象中，上坝村改造工程启动了。拆迁户被统一安置到临时居住点，或拿了搬迁的费用，自己租房。各家各户忙着搬家，上坝村大迁徙了，人山人海，仿佛逃难的人流，最后留下一大片空宅。随着最后一批住户迁出，项目部举行了隆重的开工仪式。城市官员、开发商、村干部、村民代表、工程建设者，参加了仪式，拉了横幅，插了红旗，放了鞭炮，敲了锣鼓。

无人居住的房屋立在上坝村土地上，活像一个个没了人气的破庙与老朽的怪物。人们不敢相信，曾经人气蓬旺的上坝村，瞬间变成鬼谷一般的阴森之地。挖掘机一辆接着一辆开进村里，尘土飞扬，一片狼藉。没有多少时日，瓢城西城门外蟒蛇河与市河之间的村落就不见了，剩下大片的废砖残瓦。

上坝村人看着世代居住的地方宛如战争废墟一样，脸上挂着既痛苦又兴奋的表情。眼前的废墟，成了多数人的默契，想着祖上留下的房屋瞬间消失，可以换来住上高楼大厦，过上城里人的生活，倒也是祖祖辈辈向往的事情。一边是旧有的村落，一边是可以期待的高楼住宅，人也就渐渐地散了。

秦腊梅适应不了这样的变化，仿佛生活忽然改变了模样。刹那间，她所熟悉的环境，一一从眼前消失，变成了流离失所的样子。她立在那儿不动，久久不肯离去。秦腊梅的心里有了莫大的恐惧，"过去没有了，以后的日子会是怎样的情形？"她反复琢磨这个问题。

水草来到母亲身边，她知道秦腊梅心里对坝口小院的情感。在母亲秦腊梅心中，从未想过可以依靠拆迁过上城里人的好生活，她笃定的信念是：即便是所有人都认定这是转换生活的好方式，她也不需要。把祖祖辈辈的房产以及多年的生活环境拱手相让，在突发性的改变中换来沾沾自喜的好生活，不是什么好事情，它凸显的不是新生活，而是带了悲哀色彩的强行拉扯。

晚落的夕阳，仿佛就在上坝村上空，曾经人气蓬旺的村落，变成了开阔荒凉的原野。过去这个时候，太阳已经落到村舍下面去了，余晖映照屋顶，晚霞的雾霭在村巷里飘散。今天，一马平川了，那轮红色天体就在上坝村上面，四面飘过来的风与村落废墟升腾起的雾气交融，虚幻了天体的艳丽红色，闻到的是土地与碎砖瓦混杂在一起的干燥味道。

水草与母亲站在上坝村废墟上，夕阳中，秦腊梅想到了父亲母亲，想到了南门老宅，想到了院中的桂花树。对往事回望的风帆一次次升起，以抵御家园的消失。

水草相拥着母亲，让她离开这里。母亲让水草先走，她一个人静静地站会儿。水草离开了，她知道母亲难以离别的心境。在秦腊梅眼里，上坝村人一个个变成了没有原则的势利鬼，不知道高兴什么；在上坝村人眼里，秦腊梅成了不合时宜的女人。与变化中的生活相比，她就像个落伍的老妪，应该称之为老朽了。他们无法理解，秦腊梅对过去穷日子的感怀与留念，到底有何意义。一面是自己的男人和女儿参与开发，一面是自己的执拗抵制，做给谁看呢？这不虚伪吗？

秦腊梅雕塑一般地立在上坝村废墟上，如同一只孤雁。大势下的人群，宛如迁徙的角马，一路向前。秦腊梅就像是落了单的角马，看着空旷日落的原野。旷野起风了，角马群远去了，留下的是寂静空阔的荒原。

夕阳向西边沉沦，秦腊梅的身影渐渐模糊起来。

仿佛是被梦魇住了，一家人都忘了桂树的移栽。移桂花树的人，没有把它当作一个特别的事情在做，将桂树与其他的树一起运走，堆放在一片场地上。当秦腊梅查问桂树下落时，老桂树已经在场地里暴晒了十天。沈宗宝慌了手脚，他知道桂树对于秦腊梅的意义。这么大的事情给疏忽了，自己干什么去了？

秦腊梅愤怒的样子一次次浮现在他的眼前，沈宗宝全身冒汗，慌乱之中就像无头的苍蝇在乱转。他一会儿看天，一会儿看地；一会儿抽烟，一会儿喝茶。突然，他放下茶杯，扔掉香烟，向门外走去。

沈宗宝来到一瓢水老码头店，将这件事告诉了水草。

水草一听生气了，抱怨着父亲："明知道它的重要，怎么就撒手了呢？弄成这个样子，老桂树怕是命悬一线了。"

"这十天的时间里，我究竟做了什么，竟把这么大的事情给忘了。"沈宗宝后悔不迭，"我一定是被什么东西弄得鬼迷心窍了，到底是什么东西，我也说不清楚。得想个法子解决才是，否则你妈妈那边没法交代。"

水草气着父亲沈宗宝，气着母亲秦腊梅，也气着自己。不管谁过问一下此情，也不会弄到这个地步。桂树移栽的事情，被家人集体遗忘，说明家庭沟通出了问题。水草与沈宗宝商量，一起去见秦腊梅。

秦腊梅听到桂树的事情后，并没有发怒。她对沈宗宝说："桂花树算什么？烧火都嫌硬的货，你早就想砍它了。这下正好，寿终正寝，省得劳你大驾。"

沈宗宝不吭气，任凭秦腊梅数落。

"树死了就死了，这下子满院子就没有骚气了。"

沈宗宝看着秦腊梅，还是不吭气。

"你看他的头，比年轻的时候还要亮。到底想干什么？越老越花哨了呢。"

"你这是什么意思？"沈宗宝实在是忍不住了，"有气就有气，不要糟蹋人。我知道自己错了，但你也不能这样损我。我就稍微注意了一下自己的形象，总得有个经理的样子吧，你就这样阴阳怪气地撑我。如此贬损自己的男人，是不是得来一种乐趣？再说这事业，也是大家一起做出来的嘛。"说完甩手就走。

秦腊梅笑了，指着离去的沈宗宝背影，对水草说："你爸爸就是这样，自私、任性、甩手掌柜，还一起做出来的，他沈宗宝做成过什么事情了？"

水草一脸苦笑。

112

沈宗宝不再过问桂树的事了，女人秦腊梅的话重重伤到了他。这样正好，桂树的事就算是交代了，爱怎么着怎么着吧。这般地去想，桂树的烦恼也就离他而去了。沈宗宝掸了掸自己的衣服，理了理小分头，向西城走去。

一天忙碌之后的沈宗宝回到家里，暮色已经来临。他草草吃了晚饭就睡，很快就睡着了。原本沈宗宝就是个没心没肺的人，现在桂花树弄成了这个样子，也就顺坡下驴了。

清晨醒来，沈宗宝匆匆收拾好皮包往西街瓢城酒庄去，他的这种做派已经有了一种仪式感。走在瓢城西街里，一种飘逸灵动的感觉在身体里流淌。来到瓢城酒庄，他端坐着用早点，眼睛看着窗外，不去想秦腊梅那张脸。

用完早点，他一路来到项目部。上坝村项目的进展，正以一种稳健的速度在推进，沈宗宝自言自语道："等我做出成绩来给你看，不要门缝里看人。怕的是别人没扁，自己却扁了的。"

水草与母亲秦腊梅去了瓢城北城蟒蛇河畔，请了有名的苗木种植专家，让他想法救了老桂树。专家随水草和秦腊梅来到堆放桂树的地方，他上下打量枯萎的老树，不停地摇头道："看来是活不成了，这棵桂花树太老了，已经晒得干枯了。"然后对水草和秦腊梅说，"你们一定让我想法子，就只能死马当活马医了。"

水草与秦腊梅不停地点头。

桂树被移栽到一个专门的地方，那是瓢城北城蟒蛇河岸的一个较为平坦的滩地。这地方光照充足，湿度适宜，易于树木生长。专家常年在这里培植树木，靠近河边的一间小屋，是专家的家。专家来自北方，是北方林业大学毕业的高才生，父母早逝，妻子是大学同学。在一个大雪纷飞的冬天死于癌症，没给他留下一个孩子。专家对死去的女人情感太深，决意不再组建家庭。正好瓢城林业部门将他聘请过来做事，他乐意地接受了。离家乡越远越好，可以忘却痛苦，他抱着这样的心境，来到南方江北瓢城，当看到瓢城周边的河流、湖泊，以及海边湿地，他喜欢上这里的生态环境。

专家在瓢城北城蟒蛇河岸的一片滩地建起了小林场，用以培栽苗木。今天，桂树移到这里。宽阔的蟒蛇河闪着涟漪的波光，河水顺流而下，河上飞着水鸟，来往船只行驶在河面上，为沿河的城市与乡村运送货物，一派浩荡景象。

"这是个好地方。"水草与母亲秦腊梅的心里涌起了一线希望，觉得到这里来或许能够救活桂树。

水草对专家说："不管有多大困难，也要想法子把桂树救活，用多少钱都行。这棵桂树对我们全家来说可是……"

"这不是钱的事情，树一旦干枯脱水就很难活了，而且它那么老。"专家打断水草的话，"我尽力吧，能不能活就看它的造化了，你们不要给我压力。"

母亲秦腊梅大声道："它能活，没有完全死去，我知道的。我看到母亲的脸了，还很清晰，一点也不模糊。"

专家瞅着秦腊梅，这么大声音，连河上行船的人都给惊动了，朝这边看。

"你怎么就知道它一定能活呢？"专家问。

秦腊梅答："树与人一样，有着寿缘，它还没有到达大限，还要子孙满堂。"

"子孙满堂？"专家问。

"对，子孙满堂。"秦腊梅答。

专家被这对母女感动了，知道这棵桂树对于她们的意义，宛如亲人一般，便格外地用心护理。

一天天地陪伴着，老桂树一天天地复活着自己的生命，专家的脸也有了欢颜悦色，还真的有了救树如救人的感觉。桂树一日一日地好转，一日一日有了活气，树干吸足了水，枝丫出了新叶，树皮开始由黑变黄变绿，仿佛知道主人对它的召唤。专家笑了，他说这棵老桂树已经很有希望了，再努把力，就会大功告成。

在专家的精心呵护下，老桂树终于活了过来，有一树的绿叶。专家自言自语道："真是奇迹，这么老的桂树，有着如此顽强的生命力。"

水草将这消息告给母亲，母亲秦腊梅并不去看她，低头道："我已经说过了，它的大限还没有到，你外婆的脸还很清晰。"然后脸色陡变，"沈宗宝就是个不着调的东西，不要嘚瑟得太早，忘了祖宗先辈。"

水草缄默着。她知道父母之间有了深深的隔阂，不是她可以缓解的。水草不想去触碰这些，尽量淡化这种状态。一个自以为是的父亲，一个深闭固拒的母亲，两个人生活了一辈子，谁也改变不了谁。人的固有的观念，超不出自己的认知，越说越是相互听不懂的话了。再往深处去，彼此就成了不可理喻的傻子。

水草来到北城蟒蛇河滩地，活过来的老桂树长势很好，全然亏了专家的抢救和呵护，她到这里来是想对他表示谢意。水草较为详细地向专家讲述了这棵老桂树的历史，以及下一步要移栽到新小区院子里的安排。那是他们家的贵树，是母亲的命根子。水草对专家说："我想送你一套房子，这个也正好适用。"

专家当场就翻脸了，纯粹是有辱斯文亵渎人格的举动，万不可接受。专家说："我救树是我的职责，如此干枯的老桂树救活了，何等的成就感。"

水草知道触碰到了专家的原则底线，不再说什么，把目光送向远处的河面。一艘帆船驶过，这样的帆船越来越少，仿佛时光流逝的缩影。之后的一个晴朗上午，蓝蓝的天空里没有云彩。水草与专家在北城的一家咖啡厅见面，专家开门见山道："我在瓢城东乡板仓看中了一片荒地，已经去过好几回了，一心想租下来培育适合瓢城生长的树种，苦于没有资金，事情一直搁着。"

水草非常高兴，终于有了感谢的机会，当场就答应下来。她陪专家去瓢城东乡板仓考察了荒地，那是蟒蛇河下游支流的一个三角地带，非常大，极为适合做苗木的基地。看过荒地之后，他们去板仓镇政府洽谈，租了那块荒地。从此，专家有了自己的栽培基地，而且瓢城又多了一家苗木开发公司，专家做了董事长。

水草的这一番操作，成为瓢城的一段佳话。

时间的脚步不会停止，更不会因为某个人的不适而放缓脚步，上坝村已经不复存在。秦腊梅知道，世界正在发生变化，自己也将在坝口的变化中走向一个完全陌生的生活。人真的是承得起重压的时日，却承不起轻松自在的光阴。

上坝村整体搬迁之后，父亲沈宗宝感到自己的任务已经完成，重又回到一瓢水老码头店。他太喜欢老码头了，在那里自在洒脱。虽说粟家父子百般挽留，但沈宗宝执意要走，一刻也不肯停留。沈宗宝顾忌到秦腊梅的感受，同时也为老码头店里的一份工作，深深地惦念着。他深吸一口气，自言自语道："终于可以回去了，外面再好，也不及我那一片天地。"

晚上，粟富贵与儿子在瓢城酒庄宴请沈宗宝，父子二人为他送行，并告诉沈宗宝拆迁任务已经完成，但并不意味着他与项目就无关了，他的股份不变，定会定期送去报表。

"客气了。"沈宗宝说道，将酒一饮而尽。

席间，粟富贵对沈宗宝说："这样做，是为了水草，帮助你就等于帮助水草。一瓢水生意不错，现在又有了老码头和瓢城各处的分店，但那不是水草心中的事业，她要做更大的事情。"

粟家将他们的举动与水草联系在一起，沈宗宝看到了粟家的诚意。他站了起来，恭敬地敬粟家父子酒。粟家父子站起回礼，一同饮了盅中酒。

沈宗宝重新回到老码头之后，客人们又听到一阵阵戏曲的演唱了。此时的一瓢水老码头店，内部已经换了装修与陈设，在二楼设了高档消费区，并将周边的大仓库租赁下来，一番改造后，做大型的婚丧喜庆。

113

上坝村脚下，一个功能齐全的小区建成了。蟒蛇河水纵横交错地引入地块，形成小湖、小河、小溪，无论何时何地，都可以看到太阳、月亮在水中的倒影。水岸长满了绿树，水中抛了许多山石，有的在水上，有的一半水上一半水下，有的在水下，仿佛不是刻意抛投下去的，而是从水里生长出来的，拥有了自然之美。河滩是绿色的草坪，草坪上散落着木质廊椅，坐在上面观看景色，幽美怡人。区间的小路，像一个个弯曲的小径，连接着区内的主干道路。沿途的一处处风景，都是独特一隅，精美雅致。上坝村人一个个站立那儿，拥有着悲喜交加的心情。他们张大着嘴，仿佛是在看"西洋景"，怎么也不能相信自己的眼睛，原先低矮零乱的村落一点影子也没有了，祖祖辈辈生活的地方为一个美丽陌生的环境所取代，就像到了大城市一般。

清晨，太阳从东方升起，建筑、绿树、芦苇、廊椅、山石，抹了一层金黄。那是晨曦的颜色，如天物初开的样子，朦胧、宁静；中午时分，绿树在强光照耀下变得浅淡了，水中的倒影，却是苍翠墨绿。水上水下，仿佛是倒过来的世界；傍晚时刻，夕阳挂在西天，渐渐地，火焰熄灭了，夕阳垂落，上坝村成了万家灯火。

小区该叫什么名字？这儿成为上坝村人的新家园，得有一个像样的名字才行，不能再叫上坝村了。他们请来村长，商议半天也没有商议出个像样的名字来。村长说："我看还是请百岁老人沈均泽题写小区名字吧，我们这些人想不出来。文化就是文化，不服不行。"

一行人去了西城沈先生家，带了上好的礼物，还有一笔可观的润笔费，先生值得这样的价格。沈均泽老先生依然穿着长衣，声音洪亮地说："现在都进城了。"然后写下"上坝郡"三个大字。看着这三个刚劲有力的大字，怎么也不能相信是出自百岁老人之手。

大家啧啧地称赞："好，好，好！我们怎么就想不起来呢？"

村长说："你们能想起来，那沈先生就白活一百年了。"

上坝郡建成后，西城改造启动，进展很快。西城改造成了小桥流水人家，道路也整修一新，用的是上好的石材，比起先前更像是古城模样。依旧还是那个瓢城西城，并不是大拆大建，却是在翻新中拥有了既现代又古典的风韵。走在瓢城西街里，一股股古风扑面而来。这样的改造还有个说法，叫作"改旧如旧，新建复古"。陈旧零乱、残破不堪的西城市街，有了雅致的风仪。

市河两岸，桂花飘香，柳枝摇摆，楼台亭阁。到了夜晚，灯光闪烁，火树银花不夜天。过去零乱灰暗的地方，如今成了花柳繁华地、温柔富贵乡。母亲秦腊梅仿佛走进梦境般的画面里，怀疑自己是否在做梦。这儿过去的夜晚是漆黑一片，只有在满月挂天时才会有朦胧的夜景。现在，一下子变成不夜天了。她一路走着，一路看着，怎么也不能相信自己的眼睛。

西城老教堂市场作为古迹保留下来，内部进行了重建，安装了玻璃花窗，有了耶稣雕像，还配置了管风琴，安装了一排排木质座椅，成了一座真正的教堂。虚幻中的教堂，变成了现实中的教堂，瓢城基督教会搬了进来。那天，做了一场弥撒，恭读《圣经》，全体教徒唱了颂歌，歌声在西城天空里飘荡。市场彻底搬了出去，新建市场在教堂旁边，与教堂相得益彰。

上坝郡，瓢城西城改造，政府、企业、市民都比较满意。瓢城的许多市民来看西城改造，特别是东城、南城、北城的居民，都想政府改造他们居住的环境。

站在西城市街里，瓢城人感到既陌生又熟悉。晚风吹拂着他们的脸，内心起了不小的波澜。母亲秦腊梅一直不敢相信，早年的风就会变换了方向，朝着一个地方吹去，怎么也会有南风雨北风雪的时候。现在她相信了，这股强劲的风，一定会朝着一个特定方向吹去，吹绿了城市，吹亮了人们的生活。

父母搬进了上坝郡一楼的庭院里，宽敞、明亮。母亲感慨着生活发生了太大的变化，可她的心依旧没有过去那般生活的滋味。不知道为什么，她无限怀念逝去的人生岁月。明面上，母亲秦腊梅接受了现实生活的改变，为之欣喜；骨子里，她依然生活在过去的时光里。秦腊梅觉得，现在的时间流淌太快，事物翻新的花样太多，不像过去岁月，一人一事，一心一念，时间静静地流淌，一切都很慢。秦腊梅站立院中，看着院子里的桂花树，也只有这棵桂树还是原来的模样，其他的都已经改变了。秦腊梅回忆起坝口小院的生活，早起、集市、青货、米粉、桂花膏，一幕幕浮现，那般地亲切。

秦腊梅想起漂亮的母亲在桂花树下手把手教给她做桂花膏的情景：打下的桂花，用水漂洗，去掉杂质。防止发热变色，第一时间将它烘烤脱水，或者将它摊开风干，然后一层桂花一层白糖，封存于阴凉之处，让花与糖相互浸透彼此融合。一段时间后，金黄色的桂花晶莹剔透，便是人们心中那种上好的金桂了。

看着庭院里长势茂盛的桂花树，秦腊梅对水草说："你看这棵桂花树活得多好，无论生长在哪里，都散发着浓郁的香气。它不会死去，它还会活几百年。到那时候，我们都不在了，就是我们的后人也已经过去不知多少代了。没有人记得我们，但一代代的人都会记得桂树。"

"它是植物，有阳光和水就可以生长。"

"人有时候并不如植物的，诸多的烦恼，根本做不到平静如水。但树可以，而且长久。无论春夏秋冬，严寒酷暑，它的根扎在泥土里，任凭风吹雨打，丝毫不会改变。"

"树是无意识的，少了酸甜苦辣、喜怒哀乐的体验。"

"它也是经历过凶险的，不是救得及时，早化为灰烬了。"

看着秦腊梅，水草觉得母亲并不是在论道桂树的生长，而是有什么话要说。她早就感觉到母亲的心里有着什么疙瘩一直没有解开，现在母亲与她说道这些，根本不是她的风格，一定是心中疙瘩又一次涌上心头了，得让妈妈解开这些年的心结。

"也是命大，那样干枯的老树，却奇迹般地活了过来，多亏了那个专家。"水草试探着对母亲说。

"人在辛苦中并不能得来一种自己所期盼的回报，有些人还会以为那是理所应当的事情，无所谓苦与乐。因为他们并没有经历过那样的艰难，所以就很难体会到那种心境，他们所经历的是别人过滤过的人间风景。"

母亲还弄出了"人间风景"来，水草一脸不惑，她已经非常明确地认定秦腊梅话中有话了，正一步步靠近她心语的核心。

秦腊梅看着桂树，不再言语。无论水草怎么暗示，她都不发一言了。

为了尽快让摊档里的人回到集市，新建市场的集市部分提前竣工运营。秦腊梅在西城集市中选择自己的摊档，生活重又回到了过去时光。水草一再劝说母亲不要再去集市做事，秦腊梅却不为所动。她一次次想到过往的生命场景，那个逝去岁月里的西城故事，是她一生中默默承受的折磨，虽说事情本质与水草无关，但她是事物的最终结果。芦荡里的一个个漫漫长夜，是她生命中最为灰暗的时刻。多少年过去了，她再也无法忍受下去了，要把这些说出来，还历史一个真相。可秦腊梅转念一想，现在与水草说清楚这些妥当吗？都已经过去那么多年了。

桂树在风中摇曳，发出一阵阵声响。母亲秦腊梅的心绪，就像风中桂树一样摇晃不定，从未有过的心灵煎熬，一次次冲击着女儿水草。

114

粟童来找水草，水草感到很突然。虽说是沈家与粟家共同的合作项目，但所有的事情都由父亲沈宗宝与粟家交涉，她与粟童没有任何交集。水草并不是刻意这样去做，而是尽可能地避免与粟童接触。在她心中，那个曾经的少年，已经不复存在。瓢城西城门楼，蟒蛇河太平桥，还有外出的江南大湖与群山，早已经烟消云散。现在粟童突然造访，并没有理由支撑他可以这样做，即便是粟家帮助了沈家，也不足以如此。水草从心里为他难过，过往凉亭，承载着罗汉松的阴影，星夜的蟒蛇河水，早已流入大海。此时过来，映在西街雨后路面水塘里的天空，只是残留孤单的画面，毫无意义。那个爱的记忆，已经完全被时间磨灭。

粟童告给水草，项目的事情，都是按照她的意图在做，这是自己秉持的一个态度，贯穿项目全过程。他对水草说："我来告诉你这些，是想表达对过往的赎罪。我伤害了你，但我也是自己行为的受害者。这一切源自我的母亲，我从心里恨她，是她害了我们。我知道对你说这些非常不得体，可我必须告诉你这些过往事实。"

水草生气了，他是自己母亲的奴隶，他又是那样地喜欢外面的世界，就不怕被人耻笑吗？情感遭受那样深刻的伤害，现在又来说什么"过往事实"，难道凶狠踩踏过的嫩草，还可以蓬勃生长吗？那个遭受夏日最强雷电，过后烈日烘烤的女孩，已经死去。粟童从英国回来后的相互静默，倒是可以有一种彼此珍重的心境，无论多么危难，也都伴随了成长。现在过来算作什么？温柔回望吗？摒弃前嫌的再回首，当是滑稽可笑的悲哀。

水草对粟童说："父母养育了我们，无论怎样都不应该责备于他们。归咎于他人的做法是一种懦弱，何况还是自己的母亲。我并不恨她，甚至也不恨你，一切都是命运的安排。希望你以后不要再来打扰，相安无事。"

满脸通红的粟童告诉水草，自己的婚姻非常失败。英国泰晤士河畔的时光是个极大的错误，那是一段完全走弯了的路。他对水草说："我已经与她分手了，给了她一笔钱。"

"简直是天大的笑话，倒是与你母亲一样的腔调，给一笔钱打发已经不爱的女人。你们粟家除了钱还有什么？"水草愤然离去。

水草的心里还是有了小小的骚动，毕竟是自己纯真的初恋，一段刻骨铭心的经历。那个草原的舞蹈，美丽而充满幻象的草原舞蹈，并不能随意忘怀。一片茫茫的大草原，蓝天白云，青草绿绿，弯曲的河流绵延其间。悠扬的马头琴声响起，少年缓缓上场。只见他做牵马状在舞台上转了一圈，又转了一圈，演绎着遛马的场景。音乐一声紧似一声地响起，少年一个跃身上马，急速奔驰。只见他昂头弓腰双手上下摆动，腿脚换步跳跃，舞姿与神情把骏马奔驰的情景演绎得淋漓尽致。

宽阔的草原，快速悠扬的乐曲，奔驰的骏马，英俊的牧马少年。

台下一片欢腾。

这样的情景在水草的脑海里一遍遍地回放着，怎么也驱散不去。难道有什么东西在复活吗？那个逝去的瓢城时光中，她与美少年走过人生最初的原始冲动，承受了人生最大的情感背叛，一度使她陷入至暗时刻，还有可能复活吗？骑马少年摔进了洞，与他一同消失的是一个叫水草的少女。

水草心中燃起了愤怒的火焰，无论那个草原的舞蹈是怎样的一曲美妙牧歌，曾经的少年已然成为不齿的男人。他的重新开始的欲望，就是无聊的滑稽。古老美丽的花园坍塌殆尽，一次次沉沦的红色天体，归入黑暗。水草知道，过往的春天无法复原，一切早已面目全非，如深秋飘飞不归的枫叶。

水草将这些告给自己的父母，她压抑不住要说这事的冲动，她的呼吸变得急促而苍凉，一字一句的诉说都很吃力。

母亲没有说话，脸色非常难看，那是全家的一个无法抹去的伤痛。这粟家到底怎么了，有点臭钱就可以胡作非为了，还是这个世界可以按照他们的理解反复奔走，如入无人之境？简直是笑话。

沈宗宝说："粟童与他老子粟富贵完全是两种人。粟富贵怎么都是个没有文化的暴发户；粟童彬彬有礼，到底是留过洋的青年。在项目方面，都是按照水草的意思在做，有着明显的谦让，这一点我清楚地看在眼里，他们是真心帮助我们。"

父亲沈宗宝的话，更增加了母亲秦腊梅心中的怒火。她大声说道："不管他是怎样的情形，怎样的谦让与帮助，也不能回头。当初他粟家的做派，那般地瞧不起我们做小本生意的人家。现在我们做起来了，他们又想来回头，放他一家子的青草屁。"愤怒的秦腊梅，不管不顾地爆了粗口，那情状，恨不能上去打了自家男人沈宗宝，一个毫无血性的东西。

沈宗宝紧皱眉头，嘴里不停地说着："啧啧啧啧……"这秦腊梅到底是渡工箍桶匠的女儿，长期做着集市里的买卖，爆得如此粗口，他觉得丢脸。"我就是如实地说了情况而已，我怎么就没有血性了？这样的人家，我恨不能砸了他家的别墅，我也不止一次地对面训斥过他。但情感是情感，生意是生意，两回事。"

"你生意怎么了？没有水草你屁的生意都不是，拎着皮包跟在小杂种后面，那叫什么事业？拎包的事业。"

沈宗宝看着秦腊梅，脸都气白了。

水草却高兴了起来，母亲又有了过去的那种精气神了。她似乎看到了当初随着母亲一路走向西城集市的情景，不时地回头让她走快点，还不停地训斥她。这很重要，因为如果自己做好了，母亲却没有了感觉，那也是罔顾的事情。只有所有的人都找到了自我欢悦的感觉，这样的成功才是真正的成功。所谓一人不快，举座不欢。

"妈妈说得对，非常带劲。"水草说，"我只是告诉你们这件事情，别人有了怎样的想法也是阻拦不住。但那是他们的想法，与我们没有任何关系。重重地伤害了我及我的家人，还可以重新再来吗？简直是天大的笑话。"梦中鸟儿斩断的翅膀已经扇动，怎可以再次被折断，水草接着说，"妈妈说得对，这纯粹就是胡扯，放他一家子青草屁！"

"就是。"秦腊梅说。

沈宗宝一甩手走了，水草与秦腊梅哈哈大笑，看着他离去的背影。

水草与黑牡丹商量，在瓢城寻找商机投资建厂，置下长久产业，就像瓢城西城门楼一样，百年不倒，历久弥新。水草在瓢城跑着，几乎跑遍了整座城市，寻找合适的投资项目。黑牡丹觉得现在已经拥有置办工厂的资本了，积极支持水草的举动。

瓢城开发区，韩国汽车落户这里，急需配套工厂。水草与开发区招商局的人进行了接触，谈得很好。开发区的人知道水草是瓢城西城人，将晚宴安排在瓢城酒庄。虽说水草生长在瓢城西城接合部，但还是第一次在瓢城酒庄吃饭。包厢里，一色的男服务员，白衬衫，黑领结，黑裤子，黑皮鞋。水草第一次吃到了正宗的清蒸梅童鱼，实在是美味佳肴。她想到了父亲沈宗宝，与粟童的父亲粟富贵都是在这里喝酒吃饭，老三样的热菜，清蒸梅童鱼、大鸡抱小鸡、八宝饭，今天她都吃到了。

瓢城是中国大陆第一个与韩国合资生产汽车的城市，瓢城上市公司达越集团与韩国现代起亚汽车集团，合资生产汽车。瓢城的道路、桥梁、车站、码头、机场、大街小巷、店铺、商场，到处都是韩文，这儿成了韩国汽车人的第二故乡。

韩国人偶尔说几句中文，瓢城人偶尔说几句韩语，都是家常便饭的事情。"你好，你好。""思密达，思密达。"问候不断，相互打躬作揖。"韩流"一波波冲击着这座城市，烤肉、泡菜成了一种时尚。瓢城汽车城，有为韩国人服务的休闲娱乐专区。韩国人每月都有回国的假期，他们最愿意做的事情，就是将这里的猪肉带回韩国。一小时的飞机行程，猪肉价格却是相差了好几倍，而且是农家散户饲养的黑猪，味道特别好。

水草与开发区洽谈，建厂做汽车配套产品，开发区同意了她们进来办厂。一切进展得很顺利，又是占了先机拔了头筹的投资。投资建厂购置设备培训工人上岗，需要大量的资金，水草让沈宗宝与粟家去谈，让他们参股一同经营。粟童二话没说就参加了这个项目，而且粟家与开发区的官员有着良好的关系，各种审批手续非常及时。他们将厂房承包给了一家专业建筑公司，将质量管理承包给一家资质好的监理公司，并购置成套生产设备。

"一瓢水"工厂建成后，很快投入生产。汽车产量一路攀升，一辆挨着一辆地停在工厂外的广场，远远看去就像密密麻麻的甲壳虫。配套工厂自然是水涨船高越做越大，成了像样的企业。一再地增加产量依然跟不上所需的节奏，水草不曾想到会有这样的好前景，完全由不得自己来把控。

银行主动来找水草放贷，水草知道汽车配套产业真正做上了大道。水草用银行的贷款扩建了两栋厂房。这还不够，又征用了土地建造新厂。看着一瓢水工厂的情形，水草涨红了脸。她明白，这将是她事业辉煌的新起点，是继一瓢水餐饮及一瓢水房地产开发之后的一个跃升，那般磅礴大势已经不可阻挡。

115

一个冬日的黄昏，大姐金草来找水草，她丈夫从部队转业回来了。大姐夫的工作安排得不错，在瓢城政府机关行走。但公婆的身体不好，没有养老的保障，经济一直很紧。水草说："好啊，当初大姐拿着包就去了部队，嫁给了大姐夫。现在看来，大姐是嫁对了。"

"我们来找妹妹不是说这个，我们是想……"金草说。

"有什么想法，就直接说。"水草道。

"我们想做些生意。"

"你们商量一下，看看做什么合适。"

水草在一瓢水老码头店请金草他们吃饭，母亲秦腊梅、父亲沈宗宝参加。没寒暄几句，金草就直奔主题，告诉水草他们商量过了，开个小饭店。一来，可以白天上班，晚上到店里去安排照应收账；二来，大姐夫有不少的战友，可以带来生意。他的那些战友喝酒用碗，经常在一起小聚，开了饭店哪有不来消费的道理。金草与她男人沉浸在饭店门庭若市的景象里，客人走后数钱的情形，一次次在他们眼前浮现。

"也好，你们就开小饭店吧，本钱由我出。"水草说。

母亲秦腊梅太高兴了，笑意盈盈地看着金草、水草。

父亲沈宗宝的脸上飘过一丝不悦，说是要去招呼客人，走了。

金草的小饭店开张了，取名"一瓢水小吃店"，他们觉得开店，也应该用家里老匾的名号。

金草的小店开得风风火火，来店吃喝的人络绎不绝。除了一些散客外，大多是大姐夫的朋友。小饭店基本上是每天满座，有时候还得加桌。大姐夫的那些朋友，三天两头地来吃喝，兄弟的饭店，一吃字一签，账单看都不看，倒也爽快。可让他们把前面的账目结一下，就没有那么利索了，口气很冲地说：“钱少不了你们的，先挂着，哪有这样做生意的，还让不让弟兄们来了呢。”

饭店开了一年，财务决算非但没有赚钱，还亏了投资的本钱。

水草让他们查出亏损原因，主要是战友欠账太多，今日推明日，明日推后日，一日日拖着，拖成了呆账。

没有做生意，以为是可以驾驭的赚钱买卖，也就是人辛苦一点而已。做了生意，方才知道，一点一滴积累起来，是件极不容易的事情。辛勤的劳作，未必就能自然流淌成大河，得一样一样地把控好才行。水草让金草不要再做小饭店了。这样做下去，有多少钱亏多少钱。

金草心不死，饭店不做之后，还是盯着水草，三天两头地来找她。金草对水草说：“算下来饭店还是赚钱的，只是第一次做生意，没有经验，不知道及时收账，更是朋友之间拉不下面子，就弄成了这个样子。”

不管金草怎么说，水草不再理睬。金草来，她只当没看见；金草走，她也不去相送。金草这般存有做生意的念头，分明是撞了南墙不回头。常言道，救急不救穷。你金草急什么了，又穷什么了？无非是两个老的没有保障，多积攒一些经济以备后用。

母亲秦腊梅来找水草，先说金草、银草都不是做生意的料，从小就懒成神，哪里懂得生意人的艰辛，然后说金草家这个样子，总得帮他们一把吧，姐妹三个她最放心不下的就是金草。

“这个我心里自然晓得，所以毫不犹豫地帮助他们开店。现在再帮他们，帮什么，怎么帮？这样做生意以为是可以赚钱，却丝毫没有经营的头脑。一帮朋友来吃喝，赊了一堆的账，如此做下去有多少钱亏不了？两个大活人，公家养着，生活衣食无忧。妈妈在集市里一份青菜、一块米粉吃喝的时候，她们在哪？我在上海走投无路、生不如死的时候，她们又在哪？要是记恨她们，怕是姐妹都做不成。”

看着滔滔不绝的水草，秦腊梅一言不发，低头默默离开。

在秦腊梅心中，水草变了，过去对她不失时机地点化与引导，就是想着有朝一日能帮助父亲重振家业，帮助姐姐改变命运。虽然两个姐姐都已成家，也并非是那种特别困难的人家，但妹妹发达了姐姐跟不上，终究是妈妈的心病。

水草知道母亲的心思，妥协了，让金草做酒的代理，并给了她资金，当着母亲的面对金草反复交代："一定要现钱交易。不管是谁，一手交钱一手交货，朋友归朋友，生意归生意。记住了没有？"

"记住了。"

"货真价实一定要做到，这是本分。眼睛里尽是货与钱，钱到货出，其他不管。"

"知道了。"

母亲看着水草，到底还是姐妹。但她知道，水草是看在她的面子上，一张老脸，水草没有拂她的脸面。

金草夫妇俩都是朋友人，价格又比人家低了一成，"一瓢水"酒品商店的生意还真的做上了路，并且越做越好了。有了前面的教训，他们死活不再赊账。那些朋友说了许多难听的话，金草不为所动，就是不让赊账，毫不客气地说："买就付钱，不买走人。"

男人有时敌不过战友情面，想赊账，金草让男人站到一边。

看到金草的三角眼，谁也不敢再说什么，赶紧付钱走人，发誓再也不买他们家的酒了。可最后还是来买，毕竟是战友，价格又便宜一成。

夏末秋初的一天，暑气还没有散去，瓢城市街里最大的商场，正在做一种促销的活动，人头攒动，喇叭声响，买一百元的货物给两张抽奖券，一等奖十万元，二等奖五万元，三等奖一万元。瓢城日报社也在跟风，开展订阅报纸有奖活动，一等奖瓢城达越集团生产的家用小轿车一辆，二等奖瓢城无线电厂生产的"莺舞"牌收录机组合音响一套，三等奖五年《瓢城日报》免费看。二姐银草来找水草，说大姐发达了，她也想做点事情。

水草说："发达什么了？大姐那是他们家两个老的需要赡养，苦些钱以备后用。你们家什么都不缺，做什么生意。"

银草笑眯眯的，不与水草争持，去上坝郡找母亲。

傍晚时分，夕阳挂在西边的天空，光线已不刺眼，太阳可以直视了。那轮橙色天体，在银草西去的脚步里，渐渐变成了红色。夕阳晚照的上坝郡，建筑、树木、道路、水面尽染猩红颜色，树梢像是燃起了一团团的火焰，远远看去，火红一片。河滩绿草的木质廊椅上，反射着红色的光亮，随着走动的脚步忽闪忽闪的。

上坝郡的庭院中，母亲秦腊梅在院子里准备着第二天集市里的货物。银草叫了一声："妈。"过去给她捶背。母亲觉得捶得挺舒服，直了直腰，问银草："找妈妈什么事？"她知道二女儿的德行，无事不登三宝殿。

"妈，我再给你捶捶。"

"说吧，什么事情。"

"水草做大了，金草发财了，我也想做点生意。"

"你去找过水草了？"秦腊梅问。

"找过了。"银草答。

"她怎么说？"

"她说大姐金草家两个老的需要赡养，我们家什么也不缺，你说她这是什么话。"

"水草说得对，你不愁吃不愁穿。生意就那么好做啊，听妈的话，不要凑这个热闹，回去把他们一家子管好就行了。"

银草淡淡一笑，回家去了。

看着银草离去的背影，母亲秦腊梅愣在那儿半天没有说话。她知道，银草不会善罢甘休的，但不知道银草又要生出什么幺蛾子。

第二天一早，银草一家来到上坝郡父母家。一进门，银草的婆婆说："这年头谁不想做生意发财啊，这是潮流。银草说得对，婆家有那是婆家的。凭什么一头一尾发财了，中间搁在一边。大的小的发财了，我们家还得靠工资过活？"

秦腊梅耐住性子，把亲家母的话一一听完。本性老实的亲家母，说出这样无礼的话来，她知道是银草的杰作。秦腊梅看着亲家母道："还真的是看不出来啊。怎么，跟着银草这些年历练出来了？能说会道了是不是？还一套套的。你倒是说说看，今天一大早到我家里来不问青红皂白，巴拉巴拉地说个不停，到底是什么意思？"

亲家母一下子被问住了，她哪是秦腊梅的对手，便转头去看银草。

银草说："是我让她说的，有什么不对吗？凭什么我就不能做生意，她水草没有爸妈哪能做得这么大，还不是跟着妈妈学到了本领。她在妈妈集市里不知捞了多少钱，我和金草都知道。"

父亲沈宗宝忍不住了，对银草说："你和金草跟妈妈去过几趟集市，你们吃过那样的苦吗？本事是自己学来的，更是自己干出来的，哪有这样的。"

"不跟你说，你跟水草是一伙的。"银草不客气地顶撞父亲，"你在背后偷偷支持她，还给了她家传的宝玉，不要以为我们不知道。我们不去集市，但我们没有捞妈妈的钱，没有将家里的祖传宝贝当了去做生意。"

"都给我滚！"秦腊梅大声吼道，"我早就看出来了，你们两个是一个比一个混账，吃着碗里看着锅里，好好的日子也过不安稳，要说无理取闹，那是一个比一个狠。我生的怎么都这么不争气呢，前世作了什么孽了。"

"我们走，以后不再进这家门。"银草带着一家人离开了。

金草也好，银草也罢，在她们心中，水草就应该为她们做事，打小就是这样，即便是水草成功了，也不应该有所改变。但现在的情形终究是有所不同了，由不得她们明目张胆地说话做事。

母亲秦腊梅来找水草，一脸无奈。

水草让妈妈坐下，对她说："不是我不帮她，你看她那个样子，哪能做得了生意，一天到晚跟个大小姐似的，不是添乱吗？还有她婆婆，也是个不知深浅的人。家里又不缺钱，跟在媳妇后面屁颠屁颠的，学会了无礼的一套。你说，哪像个婆婆的样子，不怕人家耻笑啊。"

"我已经骂过她们了，实在是不像话。可都是爸妈的孩子，你就帮帮她吧。否则，妈的日子也难过呢，你又不是不知道银草，妈妈最拿她没办法。"

水草敌不过母亲的恳求，同意银草以现金投入的方式参加她的生意，并承诺给她保底的分红，只是让她不要参与任何事情。否则，一切都不作数。

母亲点头称是，心想水草还是个仁义的孩子。秦腊梅起身告辞，水草要送她，她不让。

母亲秦腊梅去见银草，银草的嘴噘得老高的，并不理睬她。母亲拉下脸道："谁亏欠你了，给谁脸色看呢？太不像话了。"

"我们还能给谁脸色看，她现在发达了，只有她给我们脸色看。"

"她是谁？你是在指桑骂槐，不要以为我不知道。水草是你妹妹，她做这么大也是靠自己的本事。看看你们，从小就懒成神，怎可能做出这样的事业来。"秦腊梅对银草说，"水草已经说过了，你以现金投资分红。"并一再给银草说明，只能坐等分红，不可以有任何的干预与闲话，否则什么都不作数。

银草说："她哪像是我亲妹妹，一点人情味都没有。这件事情我听妈的，只要她不少了我们分红的钱就行。"

母亲看着二女儿银草，半天说不出话来。

116

汽车配套工厂做出了相当的规模，一瓢水餐饮也走出了瓢城，在其他城市开了连锁店，正在向全国发展。为了便于在全国开店，水草与黑牡丹精心筛选，创制出一瓢水"六碟""六碗""六饮"，以适应快捷餐店的运营。金草一瓢水酒品商店的生意也越做越大，开了分店。银草已不能满足于拿分红了，一心想让水草借钱给她做自己的事业。水草让银草不要投资做事，跟着自己就行了，这样没有风险，加大了她现金投入的份额。

母亲秦腊梅、父亲沈宗宝觉得尽是好事情，日头也越来越亮堂。上坝郡小区里时常听到沈宗宝的戏声，唱得畅然嘹亮。

瓢城西城大型购物中心全面竣工开业了，市场中的大屏幕上正在播放北京奥运会赛事，秦腊梅与往常一样早起，去集市里卖货，她深深地感到，一切的一切都不是从前的样子了，已经染上了银色的光环与金色的光焰。过去的那种苦涩、奔波的生活，只能在追忆中去品味了。

生活发生了很大的变化，却依旧改变不了母亲心中那部分固有的东西。水草让她回来享福，她怎么也不能丢了集市摊档里的买卖。习惯了的生命节律，有着一份自己喜欢的事情在做，赚钱放在分外，练了身体，愉悦了心情。吃喝玩乐的寄生虫生活，既无聊又难看，根本不是她需要的生活。怀着这样的朴素情感，母亲把集市摊档里的活计做着。

一起做活的人也不再去劝她回家享福了，她们想想也是，女儿是女儿，自己是自己，怎么着也有个独立的生活来源。再说，日子也并不差这些碎银，更不用说是过去那种为了摆脱贫穷的劳作了，也就是每天有个奔忙的去处。她们各自忙着手中的活，仿佛刚才懂得了什么是自主的活法。看看周围的一切，完全是一种火旺的生活景象。

清晨，太阳出来了，那是一轮瓢城少有的大太阳。阳光照在西城门上，门楼镶嵌了一道金边，忽闪忽闪的，一会儿与天空融为一体，一会儿又与天空截然分开。晨曦中的西城门楼，与往日一样立着，拥有亘古的风姿。水草迎着晨光，眯缝着眼睛，走进西城门。小桥、店铺、牌楼反射过来的光线，与直射于它们的光交汇，溅出五颜六色的芒刺，细碎得一丝一丝的，特别扎眼。西街，越来越有着古城的风韵，石头路面比以往显得更加光亮。

回望西城门楼，有着几百年历史的瓢城明代遗存毕竟是不同了，它把逝去岁月里的沧桑留在自己的躯体里，旷古而厚重。它经历了一次次脱胎换骨的洗礼之后，有了新的模样，傲然矗立在瓢城西城，成为这座城市的象征。

水草往西城市场走去，她去看望母亲秦腊梅。秦腊梅不再让她蹲摊，让她站到一边去，或者到别处去走走都行，她水草已经不属于这里了。水草可没有这样的想法，她觉得母亲秦腊梅带着自己在集市中所做的营生，正是这地方质朴人群的生命底色。无论自己走得多远多高，终究还是这人群里的人。这一点，任何时候都不会改变。她与母亲一起吆喝起来，那声音与过去一样清脆。

母亲很是高兴，她在清晨赶着早市的那样一份紧迫、一份勤勉、一份初始心绪，并没有被水草所遗忘。水草还是水草，还是那个有着勤劳与孝心的三女儿。她对水草说："事业越做越大，自己要注意身体，有些事情可以停一停了，不必那么拼命。"

"已经停不下来了。"水草说，"就像你摊档里的活计一样，无法停止。"

母亲笑了，对水草说："我这里就是青菜萝卜，葱头姜蒜，怎能与你的大事业相比。"

"青菜萝卜，葱头姜蒜，就是一瓢水的根。不管它会生长成怎样的参天大树，它的根系就在集市摊档里，在母亲脚下。"

母亲看着水草，没有说话，去整理青货。水草站在摊档前继续叫卖，引来许多注视的目光。

货物依旧像以前一样好卖，过来抢货的人还是那样密集。他们不停地抢着，不一会儿工夫，货就卖完了。卖了早货，水草与母亲收拾摊位，动作是那样麻利。

母女俩笑了，过去的情形一遍遍在眼前重复，却又分明是完全不同的情状。水草和母亲收拾了摊档，一路欢笑地回到上坝郡。

水草一天天活在满满的自信里，精力充沛，正向着自己的梦想与目标冲进。她与黑牡丹相商，在一瓢水餐饮连锁、一瓢水房地产公司、一瓢水工厂基础上，组建一瓢水集团公司，并建造集团总部大厦，将来上市。拥有这样的想法之后，水草不停地在脑海里描绘自己心中的蓝图。她觉得，成功的秘诀就是不断地强化自己的梦想，并坚定地相信一定会实现。

黑牡丹平静地对水草说："我没有那样的奢望，我就是想踏实地做好一瓢水餐饮。"

水草说："在上海的时候就议过这样的事情，后来市场出了事情。现在已经到时候了，必须组建集团公司。"

黑牡丹说："议是议，做是做，我当时还以为那是将来可以期待的一个愿景。"

水草与黑牡丹谈到了一块地，在瓢城北乡下坝村大洋湾。

"那地方我知道，茂密的芦苇，宽阔的水面，还有自然形成的半岛，地形独特，风景优美，是一块自然的沃土。"黑牡丹说。

"将它做成集文化、餐饮、教育、旅游为一体的大型综合群体，有戏曲艺术馆、图书馆、酒店、购物中心、综合写字楼，集团总部大厦就放在那里。"水草说。

黑牡丹看着水草，不再说话。

"已经有了思路。所有建筑融入中西、现代、水乡、艺术的元素，而每一个建筑的单体又是充满了个性的独立存在，并对整体贡献出一个不可或缺的部分。"水草依旧沉浸在自己的憧憬里，"请一流的设计团队来做。做成之后，那儿必定是瓢城的一个新亮点。"水草在给黑牡丹描绘心中的图景。

黑牡丹感觉到，水草的蓝图越来越清晰具体了。这次她所描绘的集团群楼建设图景，已经近在咫尺。她知道，水草说了就一定会去做。成功的人，心中都有大理想，并为实现这理想做准备，而后付诸实践。黑牡丹看着水草，想到那个刚进西城一瓢水店铺的妙龄少女，一个小心眼的人，现在却透射出一番大气象。她看到了水草永恒的梦想，坚定的渴望，以及始终如一的行动。此时的黑牡丹，想到上海海边的野猫与炮击、一同窥探那两家工厂烟囱冒烟的情形……

不知道为什么，此时的黑牡丹的心思，并不在与水草谈论蓝图规划，她已经没有那么大的野心了。她的心中有着对逝去岁月的深深眷恋，她想念顾稼宜了，非常地想，一直在想，已经到了不能自已的地步。

看着黑牡丹的样子，水草知道她又在想顾稼宜了，刚要开口说话，黑牡丹说："到一瓢水喝一杯。"两个人都笑了。

水草与黑牡丹来到一瓢水老店，服务员端来菌菇汤。菌汤原汁原味，没有任何外味，正、醇、润，喝在口中有着一种特别的享受。水草看着窗外改造后的瓢城西城，眺望西城门楼，觉得它比以往更加巍峨了。立着，高高地立着，在家乡瓢城的天空里。

水草转头问黑牡丹："再过十年、二十年、三十年，瓢城会是什么样子？我们将过着怎样的生活？"

黑牡丹说："我可没有想过那么大的问题，更是没有想到那么远的事情。不过我相信，到了那个时候，人们不会再像现在这样为着生计而到处奔波了，更愿意做一些自己喜欢的事情。他们会以为家乡是世界上最美丽的地方，过着温馨富足的生活。"

水草与黑牡丹都笑了，笑声飞越西城，飞向远方。

这天回家之后，母亲秦腊梅要看水草的工厂。水草非常高兴，随即安排母亲去看开发区的一瓢水工厂。

看一瓢水工厂的时候，母亲跟在水草后面，不停地问这问那。没想到水草的事业做得这么好，还有了汽车配套工厂这样的大产业。厂房、工人、流水一般的生产情形，看得她眼花缭乱，一愣一愣的。她埋怨着水草："这么大的事，做妈的怎么一点也不知道呢，只知道自己的女儿做大了，到底大到什么程度，心里一点数都没有。"

"知道妈妈并不稀罕这些，更是知道妈妈讨厌人嘚瑟，所以就没有向妈妈说，现在这不都知道了嘛。"水草说。

"该嘚瑟的时候还得嘚瑟，我所反对的是你爸爸那种没有实质内容的嘚瑟，不是你这样做了这么大事业，连妈妈都不知道的嘚瑟。沈、秦两家的祖坟放光了，还真的要谢谢你水草。妈妈的心里就是想一瓢水做起来，那仅仅就是一爿店铺而已，没想到，你做了这么大的事业。外公外婆在那边也一定会笑醒，还有你的爷爷沈佑田，也是一心想重整家道，这下沈家基业也真的可以光复了。"母亲看着水草，上苍给她送来了这么能干的三女儿。

看过水草的工厂后，水草带着母亲看了瓢城东城、南城和北城，还看了瓢城机场、港口与火车站，秦腊梅这才知道西城集市是个多么狭小的地方。自己真的已经落伍了，她的脑海里不停地浮现出瓢城景致，一阵阵地激悦着。

这些年来的瓢城发展，市民们深切地感受到了它的速度。港口、机场、铁路、桥梁、摩天大厦、巍峨群楼、风电、巨轮、现代工厂、新能源基地、数据中心……城市越来越大了，老旧的街区越来越小，旧城的模样也只能到西城去寻觅了。看过瓢城的城市风景，越发地感到西城改造的成功。她感谢水草，甚至感谢沈宗宝，他们真的为瓢城做了一件大好事，心中的那个瓢城依然存在。

在一个节奏越来越快的生活里，一些固有的东西顽强地存活着，如同扎根于泥土中的根须，紧紧地粘连在大地的身躯里，肢体健硕，枝繁叶茂，就像瓢城西城门楼一样，坚固地挺立着。母亲秦腊梅重新回到集市摊档里，她对水草说："不跑了，千好万好，没有摊档里的生活好，一人一个活法。"

117

　　瓢城落雨了，淅淅沥沥，没有停顿的意思。雨季，是一年四季中落雨相对集中的季节。可在瓢城，似乎全年都在雨季中。雨说下就下，没有固定的时日，瓢城人也习惯了这样的天气。长年的落雨，使得这座城市成为一座典型的雨城，雨幕中的城池呈现出奇特的古韵。石头路面反射着雨过天晴迷离清幽的银色光芒，空气中充满了潮湿的梧桐树气味。雨水冲刷过的街道、城楼、树木与房舍，倒也长年没有多少灰尘。在瓢城市街中，时常看到环卫工人在掏下水道里的淤泥，一坨一坨地堆放在窨井的旁边，等着专门的车来拉走。

　　烟雨中的瓢城，多了些许闲暇的心绪，吟诗作赋，琴棋书画，埋头写作，还衍生出一种民间说唱。这种说唱类似于苏州评弹，一人在台上自弹自唱，下面的人喝茶听唱，没有了时间概念。这样的情形，全然是烟雨造就的闲情逸致。细雨不停地下着，台上的一个旋律不断地重复弹唱，台下的一群摇头晃脑听着，时间便是充裕消磨的东西了。可这样的说唱终究没有演变成大曲艺，应该是这儿闭塞的缘故，以及没有出现轰动性的代表人物。

　　一段时间的落雨之后，终于出了太阳。城门、牌楼、房舍，还有新落成的瓢城西城市场综合体，反射出一道道强光，显得光亮如新。市街里的店铺门脸，宛如上了一层清漆，透着晶莹的光泽。店铺里的人也像是被水洗过的一般清澈，门里门外地忙碌着。人的情绪随着太阳的出现而好转，久违的阳光了，像是满地撒下了金子，随之而来的是一个个人的笑脸。他们不停地说着什么，把一件件东西往外面搬，有营生的工具，售卖的货物，还有多日不见光照的食材，他们要抢了太阳的强光。

　　可没过多久，雨又落了下来。雨很大。店铺里的人赶紧地跑出去将东西往店铺里面搬，一边搬一边骂道："鬼天气，没个晴朗的时候。"跑进店里的人拍着身上的雨水，一脸的无奈。抬头看往店外的路面，已经浸泡在雨水之中了。

整座城池，雨雾茫茫。

正是这样的大雨天气里，父亲沈宗宝冒雨来找水草，一脸的急切，进门就说："你妈妈有话要对你说，怎么劝她也是无济于事，偏要说那些不愉快的事情，我也是拗不过她。"

满身雨水的沈宗宝，脸色苍白，不停地喘气。这突如其来的情形，让水草感到骤然，多大的事情，如此急切，一刻都不能等待了？她埋怨父亲说："这么大的雨，也不打个雨伞，什么事情不能等到雨后再说啊，难道妈妈身体又出问题了？"

"她的身体好着呢，过去的事情在她的心中已经燃烧起来了，要开始烧人了。她说她的心里非常难受，必须把事情说出来，一刻也不能耽搁了。"

水草看着父亲，知道这件事不那么简单，她想起了刚搬进上坝郡小院里时，妈妈在桂花树下对她欲言又止的情形，她知道父亲匆匆而来一定与母亲始终没有说出口的那件事情有关。究竟是怎样的事情呢？她难以猜测。

屋外的雨哗哗下着，水草打了雨伞，与父亲来到上坝郡。

母亲低头不语，一脸凝重，其实她自己也不想说这件事情，都这么多年了，烂在肚子里算了。见到水草来了，她苦苦一笑，显得有些尴尬。父亲脸色非常难看，用手抹了抹脸上的雨水，眼睛瞪着秦腊梅。

水草的心一下子提了起来，她知道母亲要说的事情，已经与父亲有过一番不小的斗争了。那一定是桩重要的陈年旧事，一笔过往的老账，与自己有关。

母亲抬头看着水草，心情很是沉重。她知道这件事不说出来的理由有很多种，为了沈宗宝，为了自己的脸面，家庭的脸面，她不想让这件事坏了家庭的和谐。一次次话到嘴边，都是压了回去。可随着事态的发展，她越来越觉得这事应该告诉水草了，几经遗忘的话题，又一次复苏起来，到了非说不可的地步。

外面的雨还在下着。一堆往事涌上她的心头，要与这多年来的沉默做个了断。母亲转头看着父亲，一脸苦涩。

父亲说："你不要这样看我，好日子不过，偏要在这个时候说，由着你去。"

母亲的脸煞白，顿时又红了。

不知是因为说出这样的事情，内心要承受巨大的压力，还是因为终于要说出口了，母亲血涌头顶，平复了一下自己的心绪，平静地对水草说："妈这一生中所能经历的劳累、不幸与福报，都已经有过了。妈妈有你这样的女儿，心满意足。但这件事无论如何是要对你说的，不说，妈的心里实在是难受。"母亲的视线移开水草，触目于窗外的雨幕，眼睛开始湿润。

外面的雨更大了，看不清远处的景物，桂花树的枝叶在雨中不停地抖动。

"你说吧，不管多大的事。"水草感到妈妈在竭力压制住自己的情绪。

"这人吧，说善也善，说恶也恶，并不能说清楚。我们家的人脾气有好有坏，但绝对没有恶人。"母亲接着说，"过去的日子虽说穷点，但也算是和睦的家庭。"

"过去家里主要靠妈妈，你不要这样顾虑重重，想说什么就说什么，说出来会好受些。"

水草的态度使秦腊梅感到欣慰，她看着水草说："你与妈妈的母女情意在一趟趟的集市买卖中就已经根深蒂固了，妈妈特别感谢你起早贪黑的陪伴。那样的日子里，有个人搭把手，那是多么温暖的事情。"

"我是妈妈的女儿，陪着妈妈做事天经地义。而且，我从妈妈那里学到了很多的东西，终身受益。"

"我是想说……"母亲的眼泪下来了。

"你说吧，不要这样吞吞吐吐的，说出来就释怀了。"

"你不是妈妈的亲生女儿，是你爸爸跟别的女人生的。"

水草愣住了，这完全超出了她所能想象的范畴。这不是事实，一定是哪儿搞错了。水草急了，父亲冒雨匆匆将她叫来，就是要告诉她这个吗？她无法接受。

庭院里的桂花树在雨中不停地摇曳，从树上倾泻下来的雨水，瀑布一般地落向地面。窗外的雨幕里，楼宇虚幻着高大的身影，整个时空一片寂静，死一般寂静，唯有风声和雨声。水草含泪看着母亲，在急速地喘气，她对母亲说："这么多年了，从没有听说过这样的事情。"

"妈已经考虑很久了，说出来对谁都好，只是不应该在这样的一个雨天对你说这些，妈妈实在是憋不住了。"

水草将头转向父亲。

父亲点头道："你妈妈一定要让你知道，就只能遂了她的愿了。也好，否则对不起你妈妈，这么多年的委屈与养育之恩，为你受了那么多的苦。人应该知恩图报，即便是再亲近的人也是如此。"

雨突然停了，停得干干净净。

水草看着窗外，笑了，笑得非常彻底。

桂花树叶间泻落下来的雨滴声从屋外传来，淅淅沥沥，整个屋里寂静无声。父亲沈宗宝、母亲秦腊梅雕塑一样地立着。水草的身体不停地起伏，她的呼吸有些困难，湿润的空气里，仿佛氧气不够充足了。

"我们家还有这样一个惊天秘密，保守了这么多年，也真是难为你们了。"水草说，"难怪妈妈老是说两个姐姐是她生的，原来确有其事。你们早不说晚不说，这个时候说出来，你们舒服了，我可怎么办？"

母亲说："妈妈不告诉你，总觉得对不起你。人要知道自己的来处，不管好丑，都是自己生命的根。所以，妈妈决定还是告诉你。"她看着水草说，"妈妈过去总是让你吃苦，有了种种偏心，那样不由自主的行为，伤了你不少。但吃苦是人过活的一种本分，更是谋生的一个本钱，你比姐姐们好。"

"我比姐姐们好又有什么用，你心里依旧向着她们，这一点我早就清楚，只是不知道有着这样的缘故。"

"不管怎么说，你们是姐妹。"

"她们没有把我当亲妹妹，她们一直合起劲来欺负我。她们在家里可以坐享其成，而我不可以。"

"……"

"那女人是谁？"

"……"

"她到底是谁？"

母亲艰难地说："西城小五金店黑脸的女人。"

父亲说："我并没有想和她生孩子，是她自己要生的。"

"你抱回来，让我躲到西乡芦荡里，说是我生的。你沈宗宝一辈子不着调，干尽了没屁眼的事情。"

父亲紧闭双眼，一气走了。

母亲指着父亲的背影说："你走吧，我已经受够了你。"

这时，雨又下了起来。父亲并不躲闪，走入雨中，头也不回地向前走去，消失在茫茫雨幕之中。

水草突然知道了自己与秦腊梅是没有血缘关系的母女，心中陡然生出一种疏离感。淡漠的气息在空气中弥漫，雨中桂树的摇曳声响，一阵阵传来，与雨声混合在一起，异样沉闷。水草的泪水止不住地流淌，怎么也压抑不住心中的难受。她想到了那年高考落榜后的大雨，朱雀的鸣叫，想到秦腊梅带着她在集市里做活，与她谈论一瓢水牌匾。她恨着父亲母亲，一直瞒着自己。同时，她又受到了一种莫大的恩情的冲击，充满了愧疚感。她在心里说着，不是的，我不是那样的意思，我是想告诉妈妈自己的内心充满了作为她的女儿的那种自豪与感恩。水草已经透不过气来了，仿佛空中乌云要压下来了，她大声喊着："妈妈！"冲上前去与秦腊梅相拥，"我是你的亲生女儿。"一种潜起的亲情力量，远胜于亲生女儿的母女情感，水草要做妈妈的亲闺女。

秦腊梅先是一愣，然后将水草紧紧地搂在怀里，泪如泉涌。她说："你是妈妈的好女儿，是妈妈的亲女儿，妈妈对不起你。"

母女俩哭成了泪人儿。

泪水，雨水，不停摇曳的桂树身影……

118

黑牡丹知道了水草的故事，先前对秦腊梅感恩外，又多了发自内心的敬重。人世间的真挚情感，弥足珍贵，血情、亲情、友情、爱情……这也触动了她情感的深处，坚定地要去找顾稼宜。在事业一片成功的欢悦中，黑牡丹离开瓢城，开始自己的又一次寻觅之旅，她已经听到了远方召唤的声音。当水草来与黑牡丹讨论集团大厦方案时，黑牡丹说："我要去找顾稼宜了，我欠了生命里最该珍惜的人一个歉意。这个歉意，要用下半辈子来偿还。无论何时何地，就是天涯海角，我也要找到他，把这个歉意当面向他表达。"

水草看着黑牡丹，知道她现在满心都是顾稼宜。黑牡丹与顾稼宜没有走到一起，水草的心里也充满了无限的遗憾。现在黑牡丹要去找他，她全力支持。两个人的眼睛里都盈满了泪水，对于彼此的一份内心深处的情感疼痛，感同身受。那个夏末初秋的早晨，黑牡丹乘飞机去往南国。事先约好了，水草没有送她，黑牡丹独自上路，她要在一片宁静中去寻找那个被自己丢失多年的心中之爱。

黑牡丹走后，水草带着母亲秦腊梅去往瓢城北城下坝村大洋湾。在近乎原始的一大片滩地上，水草向母亲比画着未来集团的样子。秦腊梅知道自己女儿的野心，水草说的那个场景不会遥远，她相信水草的能力。秦腊梅心中想到了母亲，想到了自己，想到了水草，三代女人不同时代的命运。她对水草说："妈相信你会做出更大的事业，你遇上了好时光。想想你外婆，那样的年代也只能到处躲藏苟且生活，弄不好还会丢了性命；想想我秦腊梅，吃了一辈子的苦，起早贪黑没日没夜，就是解决个生计问题。一个小小的一瓢水，愣是两代人没有做起来；再看看你，才多大的年纪，已经做出这样的大成就。放在过去我们这样的人家想都不敢去想，哪能有这样的造化。"

看着秦腊梅，水草感到摊档里的母亲并不是别人想象的那样，只知道青货的小买卖。外人眼中的秦腊梅，有着顽固的思想，其实母亲的心中装着更大的世界，只是母亲生不逢时，尘封在生活的琐事里了。水草坚定地相信，人的成功是一代代人积累起来并传承下去的，并且必须要有母亲所说的那种时代大势的吹动，以及不屈不挠的坚毅。

回到家里，母亲将这些告诉父亲："水草要盖大楼了，很大很大的楼，那种摩天大厦，光宗耀祖了。"

父亲看着母亲说："不管水草有多大的成功，都是你秦腊梅教的。不是有这样的说法吗，叫什么来着？打底子，对打底子，你秦腊梅就是为水草打底子的人。没有你这个底子，哪来她的高楼大厦。"

"你真的这么认为吗？"秦腊梅问。

"我有很多不着调的地方，而且不停地放任着自己的个性。但有一个优点是肯定的，那就是从不说假话。"沈宗宝说。

母亲的眼睛里有了激动的泪，她笑了，她在乎沈宗宝这样说她。一代人做一代事不假，可水草把自己的成功归于家族一代代人梦想的延续，使她感到无比欣慰。现在沈宗宝又这样说，她真的非常开心。秦腊梅明确地向沈宗宝表示，水草不是自己的亲生女儿胜似亲生女儿，她与水草的情感，早已超出了血缘。

父亲落泪了，他担心母亲将水草的身世说出，会坏了家庭的和睦，没想到得来了这样的结果。看着眼前的女人，沈宗宝觉得幸福，真的是太幸福了。漂亮能干的女人，一辈子背负着家庭的秘密，最后还是说了出来，自己所担心的局面并没有出现，反倒是加深了母女之间的情感。自己与小女人生的女儿，到了秦家，秦腊梅接纳了她，并像自己的孩子一样抚养成人。内心充满愧疚的沈宗宝，此刻压抑不住情感的涌动，剧烈地抽泣起来。

"好了，一个男人。"母亲说。

父亲扭了扭身子说："这是情不自禁的事情，内心感动了，与男人不男人没有什么关系。"

母亲笑了，笑自己男人有时就像个大孩子。

母亲想到了瀛洲岛泰山庙后面的竹林，她去了那里，告给自己的父母，一瓢水已经大功告成，远不是先前的一瓢水店铺了，而是做了一瓢水集团公司。秦腊梅心想，如果自己的父母还在，他们一定会感到特别的欣慰。这么想着的时候，晶莹的泪水止不住流淌。

夕阳照在竹林上，闪着一阵阵红光。母亲坐在竹林里，久久不肯离去，她的身体已经与竹林融为一体，逝去生命中的场景，一幕幕浮现眼前。她理解自己的母亲为什么喜欢一个人到竹林里来了，在这里可以任意放飞自己的情绪。

瓢城的春天来了，春天里续写着更多的希望。

上坝郡庭院里的桂花树长出了新叶，嫩绿的、粉黄的、中间夹着橙红的。这棵跨越无数时空的老桂树一年一年生长着，越发年轻了起来，拥有一股凝聚不散的神韵。经历了两次搬迁的桂花树，仿佛得来新的环境的滋养与温润，郁郁葱葱，蓬勃茂盛，如初成的新树一样分外苍翠妖娆。它一次次吸足了脚下土地里的养分，长出比以往更为密实的桂花，清新的香气，飞流缠绕，四溢那特有的清新芬芳，在热爱它的人和城市中间弥散着。蟒蛇河、坝口、瓢城，古老而不断焕发出新生的广袤土地，一日日地迸发出孕育于体内的历经千年荣辱的力量，这种苦难与辉煌铸就的魂魄，温柔而坚毅。

母亲适应了上坝郡的生活，是坝口小院里的日子不能比拟的。看着院中枝繁叶茂的老桂树，有了对于新生活的认识。集市摊档里的活计，是她不会丢弃的生存所在，已经不是维持生计的买卖，那是她的生活方式。秦腊梅不再去想逝去岁月里的斑驳光阴了，那样的生活虽然与自己的生命紧相联系，但它们已经过去，留作一种深深的回忆，前方会有更好的风景，秦腊梅不禁嘀咕起来：

> 桂林虽产千株桂，
> 未解当天影日开。
> 我到月中收得种，
> 为君移向故园栽。

父亲无法相信自己的耳朵，成天在集市里做小本生意的女人，有着书香诗礼，吟诵起诗文来。他看着母亲说："不能够。"

"不要以为就你有那么两下子。我告诉你沈宗宝，无论什么人都是一日三餐，鸡鱼肉蛋，得与自己的生活相搭配。现在的生活好了，得有些精神的追求。"

"哈哈，小学文化，一辈子做着集市摊档的买卖，一夜之间有了这么大的变化，不能够如此雅态。"

"不要一夜之间两夜之间的，还不能够，那诗是我母亲在世时教给我的，是说那桂花树呢。"

水草坚决不让母亲秦腊梅再去集市里做事了，她觉得，二老享受生活就是她最大的孝。为了说通秦腊梅回家，父亲沈宗宝毅然放弃手中的事情，与秦腊梅一同回家休息，使得秦腊梅深受感动。沈宗宝说："老要时髦。这个时候听水草的话，就是最大的时髦。"母亲秦腊梅说："听你的，回家。"父亲母亲把上坝郡的闲适生活慢悠悠地过着，默默等待水草说的那个大洋湾集团总部项目付诸实施。

经过勘探、设计、论证，项目通过审批，一瓢水集团大型综合群体终于开工建设。建设设备纷纷进场，瓢城政府参加开工仪式，并将它作为瓢城的一个新亮点进行打造。各家媒体做了报道，一时间成了这座城市的经济热点新闻，一个白手起家的民营企业典型案例，吸引了众多眼球。水草将自己的精力放在这个大型项目上，不停地往大洋湾跑，有时候就吃住在工地。许多人劝她不要这样辛苦，有专业的监理单位和人员，她愣是不听，这是她的"商业中心"，一定要把它建设好。

看着群楼拔地而起的景象，水草兴奋不已。荒原里竖起一个个高楼，引得周边人驻足观望，他们在岸上、水上看着这个突然起来的综合群楼，不停地惊叹。北城门外蟒蛇河下游下坝村，一座"新城"即将出现。此时的水草，最想做的事情，就是集团群楼尽快完工，装潢进驻，让父母一同过来感受一瓢水成功的欢悦。

那个夜幕降临的瓢城夜晚，上坝郡一片灯火。父亲母亲在家看电视，电视里正播放着G20杭州峰会文艺晚会《最忆是杭州》的画面，山、水、花、月、古词曲，诗情画意，流光溢彩，充满中国传统文化元素。母亲对父亲说："谢谢你给我送来了三女儿水草，没有她，沈、秦两家还真的出不了头地，过上真正体面的生活。先前我一直有着怨恨，怎么也不能平复心中怨气。后来也就慢慢地接受了，谁让我秦腊梅是你沈宗宝的女人呢。现在不一样了，水草是老天送给我们沈、秦两家的大礼物，我们的任务就是享福了。"

父亲看着母亲，确认她是出自内心的话，竟然控制不住自己的情绪，哭了起来。母亲笑父亲的眼泪不值钱，笑着笑着，自己的眼泪也下来了。

那天晚上，母亲吃了三个肉粽子，这是她最喜欢的吃食。吃了一个，又吃了一个，笑眯了眼，她说："这是最好的江南吃食。"再吃了一个。

从未见过自己女人有这么好的兴致，满脸是大欢喜了，父亲知道母亲是真的高兴，溢于言表的情形说明了这一点。睡前，母亲对父亲说："家里的祖传宝玉传给水草。"

"你说这个干什么？"父亲一愣，没有去多想。

母亲平静地说："我突然想到了这件事情。虽说宝玉是你沈家的，但这件事你得听我的。"

"还有两个女儿呢，而且现在说这个事情不合适。金草、银草是你的亲生女儿，水草也不差这个钱。你这样安排，我不同意。"

"两码事，就这么定了。"

一觉睡去，母亲再也没有醒来。一个勤劳、善良、隐忍、坚毅的瓢城女人，安详地睡去了。上坝郡院子里的桂花树落了全部的叶子，只剩下光秃的枝丫。父亲坐在母亲身旁，深情地看着自己心爱的女人。金草、银草、水草三姐妹在地上跪着，金草、银草对水草说："我们是妈妈的亲生女儿，但妈妈心里最爱的是你。"

看过两个姐姐，水草没有说话，转头凝视熟睡的母亲。

母亲秦腊梅，没有看到"一瓢水"大厦真正耸立起来的一天，这是一个遗憾。倒不是水草想母亲看到她大成功的样子，而是想母亲看到一瓢水最为辉煌的时刻。一瓢水是母亲心中的梦。回想起来，她与母亲朝夕相处的日子里，不止一次地想过，一瓢水为什么没有在外婆与母亲的手中做起来呢，难道一爿店铺的生意就那么难做吗？当她长大以后，自己做了生意才知道，那样的年代里，父母养活自己的孩子，已经是最大的能力了。人的成功，一面是个性命运的牵引，一面是时代潮流的感召。水草成功了，母亲却不在了，她泪如泉涌。

母亲的葬礼在瓢城殡仪馆举行，一派庄严肃穆。粟童一家全程参加了葬礼，从头至尾没有说一句话，一切都在静默中流淌。

母亲安葬后，水草来到蟒蛇河边，宽阔的河面反射着瓢城傍晚天空的斜阳，一片金色涟漪。西去的太阳渐渐落下，水草坐在河岸，静静地坐着，一直坐到夕阳尽染。她怀着悲伤与怀念的心绪，凝望眼前河流。一阵风吹来，河面涟漪成了细细的波浪，抬头远望，蟒蛇河水向远处潺潺流去。有人说生命中存在着一种超越物质的东西，称之为"灵""爱"

与"开悟"，水草是相信的。那是一种精神力量，倘若她也拥有这样的力量，定是来自母亲秦腊梅。就像种子一样播撒在心中，之后的一切绽放的东西，都包含在原始种子里了，成为她对现实社会与生活的感知。

蟒蛇河变成了一条红色的河流，漂浮于水上的船只也发出酡红的光芒。一群群鸟儿，从蟒蛇河上空飞过。细细地看往河面，透过层层红光，银质一般的东西在水中跃动，一闪一闪的，首尾相接，连绵不断。水草想到了那个小海滩夜晚贴着水面看到的奔涌而下的河流情景，想到庭院里葱郁的桂树，还有镶着金边的一瓢水牌匾。太阳缓缓地向地平线沉去，蟒蛇河落入大地的怀抱。天黑了，光芒四射的太阳歇息了。河流知道，西街知道，门楼知道，那轮永恒的天体，一夜沉睡之后，会从大地的另一边再次升起。水草感到了一种强大智慧的法则，存于心中，那是母亲眉宇投足间传递给她的丰盈生命的秘密，即在母亲的潜移默化中产生的思想、感情与认知。母亲溘然长逝，使她对爱与财富，有了深刻的领悟。

"妈妈。"水草的叫声在蟒蛇河上空回荡。水草对着远方的母亲说，"我已经完全领悟到了你对生活的坚韧态度，对生命的大爱与亲情的呵护。我一定会沿着这样的路走的，将一瓢水做成恒久的事业。一定会的，妈妈。"

瓢城的天空依旧是多雨的苍穹，亘古不变。时间冲刷着生命里的尘埃、爱、欢乐、痛苦、悔恨、成功、失败。我们都在逃离，逃离渴望，逃离现实，逃离欲念的羁绊，逃离纷繁嘈杂的世界。难以忘怀那些给予我们启迪的人，无论是出于血缘、亲情，还是友情，都会随着时间凸显出来，值得永远铭记。时光流逝，心中渴望慢慢淡去，沉淀为一种内心平和与心灵通透，就像逝去的外婆与母亲一样，宁静地活在自然中间，活在感恩她们的人的心里。

蟒蛇河，故乡的母亲河，带着泥沙，带着瓢城一代代人的记忆，流向东边的大海……

时代演绎人生（后记）

　　我的母系家族金氏在家乡过去是大家族，到了我外祖父的时候，家道中落，留下许多经商的故事。受着这些故事的影响，以及时代发展的感召，一直想写一部南方人家三代女性商路情感的长篇小说。这样的想法，已经有很长的时间了，直到2013年，才着手做这件事。

　　写作中，除家族先人的轶事外，在人生不同阶段遇见的三个人也有着一定的影响。在我的童年记忆里，一个卖鱼的女孩总是不停地闪现，她跟随母亲在家乡盐城的登瀛桥口卖鱼。那鱼是她父亲刚从蟒蛇河里打上来的，买的人很多。即便是很冷的天气，女孩和母亲都是光着脚。她们的脸上露出的不是劳作的辛苦与营生的卑微，而是收获的欢悦。女孩的脚丫尽是泥，手也沾着泥水，眼睛却是那样地清澈明亮，使你看到了真正的纯净。我的青春岁月，正值国家改革开放初期，有一个娘家远方亲戚，生于典型的市民家庭，为了生意成功，什么都做，什么朋友都交。她将自己捯饬漂亮，脸上挂着微笑，穿梭于各种场合，总有一种眼神与表情的细微错位。在她心中，唯有生意，其他一切都不重要，倒是一个天生的商人。凡事做得早，做得得法，调动所能用的力量，敢于冒险，就可以拔得头筹，做成事情。在我的中年生命里，有一个非常要好的朋友，是位研究盐城文化及家乡淮戏的学者与剧作家。先前是写作小说的，后改写剧本。生平嗜酒，酒后思绪万千，心醉神迷，一边说戏，一边哼唱淮剧，真正沉浸在艺术世界里物我两忘。

这些年来，我对于他们的情感倾注，一日日地浓烈起来。他们不停地在我的脑海里闪现，又一次次消失于茫茫记忆之中。一个初秋的早晨，当写下"一瓢水"几个字后就突然明白，我的故事亦已成熟并恰逢其时即将呼之欲出：从"卢沟桥事变"到G20杭州峰会，门楼、店铺、街树、牌坊、石桥、寺庙、石头路面，近一个世纪里，世事沧桑，南方一家三代女性的命运几经沉浮……

书中三代女人的情感商路历程跌宕起伏，是人的宿命也是时代变迁的缩影。我想要追踪个体在时代中的演进，人在人性缺口里的种种生相与内心缠斗，以及一些蹊跷的外在因素对事物的影响。而贯穿其中的是"一瓢水"的创立、毁灭与重生：外婆——"漂亮女人"，在那样的年代里，到处躲藏，苟且生活，朝不保夕；母亲秦腊梅，吃一辈子苦，起早贪黑没日没夜，也只能解决生计问题；水草赶上了好时代，做出了商业传奇。乱世、战争、灾难，动荡、生存、发展……我格外在意这些宏大主题背景之下，那些细微而又悠长的情感流动，比如亲情、友情，这大概是我一直以来创作的情感底色。

每个写作者都有自己特定的地域文化背景和写作语境，语言的韵律，叙述的方式。我的作品多以江苏盐城为背景，这是很自然的事情。我总是企图以小说的形式与艺术之美，诠释家乡里下河地区的古韵风物与人文历史，努力使自己的写作浸润濡染到文学艺术气息，使这样的状态一直持续下去。

近三十年的阅读写作，已然成为一种生活习惯和方式。我的写作不快，《一瓢水》又一个十年磨一剑：构思、材料准备六年，动笔三年，修改一年。感谢作家出版社看中这部作品，并提出修改意见；感谢我的家人和朋友。因为他们，才有了现在的《一瓢水》，并还会有新的作品问世。